本课题为北京语言大学校级科研项目(中央高校基本科研业务费专项资金资助),项目编号12HQ01

王培友 著

宋诗品格与两宋文化生态

SONGSHIPINGEYU
LIANGSONG
WENHUASHENGTAI

中国社会科学出版社

图书在版编目（CIP）数据

宋诗品格与两宋文化生态/王培友著 .—北京：中国社会科学出版社，2015.11

ISBN 978-7-5161-7070-0

Ⅰ.①宋…　Ⅱ.①王…　Ⅲ.①宋诗—诗歌研究　Ⅳ.①I207.22

中国版本图书馆 CIP 数据核字（2015）第 268345 号

出 版 人	赵剑英
责任编辑	王　曦
责任校对	周晓东
责任印制	戴　宽

出　　版	中国社会科学出版社
社　　址	北京鼓楼西大街甲 158 号
邮　　编	100720
网　　址	http://www.csspw.cn
发 行 部	010-84083685
门 市 部	010-84029450
经　　销	新华书店及其他书店
印刷装订	三河市君旺印务有限公司
版　　次	2015 年 11 月第 1 版
印　　次	2015 年 11 月第 1 次印刷
开　　本	710×1000　1/16
印　　张	23
插　　页	2
字　　数	403 千字
定　　价	88.00 元

凡购买中国社会科学出版社图书，如有质量问题请与本社营销中心联系调换
电话：010-84083683
版权所有　侵权必究

目 录

序一 ··· 韩经太 (1)

序二 ··· 赵敏俐 (1)

绪论 ··· (1)

    第一节　"唐宋诗之争"、"宋贤精神"与宋诗文化属性 ······ (2)

    第二节　宋代诗歌文化特质与文化研究的学理基础 ············ (7)

    第三节　诗歌品格、文化生态及宋诗文化生态部类 ··········· (11)

    第四节　研究理念及研究视角：散点透视与关注焦点问题 ······ (23)

第一章　两宋政治文化制度与诗歌品格 ······················· (27)

    第一节　两宋台谏制度建设与诗歌之变迁 ···················· (28)

    第二节　两宋科举制度对诗歌发展之助力 ···················· (42)

    第三节　两宋乐府制度、歌妓制度与诗歌审美取向 ··········· (59)

    第四节　两宋曲宴赋诗制度与花卉题材诗歌审美诉求 ········· (65)

    本章小结 ··· (74)

第二章　两宋政治事件与诗歌品格 ··························· (77)

    第一节　宋初"文治"与"宋初三体"诗歌诉求 ·············· (77)

    第二节　"进奏院案"与北宋中期诗歌流变 ·················· (86)

    第三节　"车盖亭诗案"与北宋后期诗歌走向 ················ (96)

    第四节　"靖康之变"与南宋初期诗歌主题 ················· (112)

    本章小结 ·· (125)

第三章　两宋地域文化与诗歌品格 ·························· (126)

    第一节　宋初地域文化特质与诗歌审美诉求 ················ (126)

第二节　北宋洛阳地域文化与居洛诗人诗歌主题 …………（140）
　　第三节　两宋京城士人交游与其诗歌创作的趋同性 …………（158）
　　第四节　两宋不同地域娱乐游玩风气与诗歌风貌 …………（168）
　　本章小结 …………………………………………………（177）

第四章　两宋诗歌文化功能与诗歌品格 …………………（179）

　　第一节　宋初百年偶语诗的文化功能与诗性品格 …………（179）
　　第二节　欧阳修诗词题材差异与诗词功能分工 ……………（189）
　　第三节　"因诗求道"与黄庭坚诗歌的类型化特征 …………（200）
　　第四节　两宋礼仪诗歌文化功能与诗歌品格 ………………（222）
　　本章小结 …………………………………………………（232）

第五章　两宋士人文道观念与诗歌品格 …………………（234）

　　第一节　两宋"文章之士"文道观念与其诗艺追求 …………（235）
　　第二节　"道学之士"文道观念及其诗歌品格 ………………（252）
　　第三节　"传统儒学之士"文道观念及其诗歌品格 …………（281）
　　本章小结 …………………………………………………（296）

第六章　两宋理学文化思潮与诗歌品格 …………………（298）

　　第一节　两宋理学文化思潮与理学诗发展历程 ……………（298）
　　第二节　两宋理学"气象"涵蕴及其诗境建构 ………………（309）
　　第三节　两宋"理学诗派"诗歌的理学主题及其诗歌品格 …（322）
　　本章小结 …………………………………………………（334）

第七章　两宋文化生态与宋诗品格之关系 ………………（336）

　　第一节　两宋文化生态对宋诗品格生成的多维作用 ………（336）
　　第二节　诗歌品格与文化生态发生关系的途径与机制 ……（341）

参考文献 ……………………………………………………（346）

后记 …………………………………………………………（354）

序 一

韩经太

"宋诗品格与两宋文化生态"是一个极有探询价值的学术选题。之所以如此断言，当然是因为此间所谓"文化生态"已然涵涉两宋政治文化、思想文化、地域文化诸领域，从而总体上呈现出"文化诗学"的研究风格，并在一定程度上关系到"宋诗品格与宋型文化"的当下重大课题。选题的价值中已然包含着作者的眼光和见识，王培友博士以此为自家专著之标题，积数年学术钻研之心得于一体，学林读书人可以有所期待。

不言而喻，关于宋诗品格的诗学阐释，不妨在以下两种阐释模式中选择其一：或者以比较研究的方法在"唐宋诗比较论"的视阈下展开讨论；或者在文化诗学的视阈下以"宋型文化"为生态环境来探询宋诗所以如此的文化成因；两者之间，最终又是高度关联的。眼前这本书的学术视角，显然属于后者。一般说来，在学理背景的深入探究过程中，其所谓"两宋文化生态"的研究，都会或多或少地联系到"唐宋变革论"所引发的历史转型问题。日本学者内藤湖南1910年提出"唐宋变革论"，论证中世结束于唐代，近世开端于宋代。百年过去了，如是"内藤假说"影响下的近年"宋型文化"说，依然循守"唐宋变革"的思维模式。在某种程度上，中国现代学术百年以来逐渐深入的唐宋比较论，缘此而能够以超越"朝代"的眼光去通观"大历史视野"里"宋型文化"的"历时生成"特性。虽然，这本书的研究尚未进一步追寻上述这样的深层问题，但作者所设置的"文化生态"这样的研究视角，本然地具有宽广深邃的探询空间。这也正是其选题所含有的方法论的启示意义。

众所周知，宋代正当心性儒学复兴之世，在唐宋通观的意义上，有儒学复兴语境下的"古道"与"古文"的渐入主流；在宋明通观的意义上，有理学成熟语境下的"文以载道"与"明心见性"的深入人心。"两宋"时代，可以阐释为"唐宋转型"之两宋，也可阐释为"宋元替代"之两宋，还可以阐释为"宋明一脉"之两宋。无论如何，作为文学艺术创作与批评主体的士大夫群体的人格理想，是建立在心性儒学之所谓"孔颜乐处"基础之上的。文艺思想问题不等同于理学思想问题，但必须连通于理学思想影响下的士大夫精神生活。惟其如此，关注于理学思想观念及其相应范畴、命题究竟如何转化、移植为文学艺术思想领域的概念或命题，尤其关注以"孔颜乐处"为标志的儒家人格理想在具体投射于文艺创作和文艺批评时所生成的关键性问题，比如贯穿两宋文艺思想发展史之始终的"平淡"诗学观、"逸品"画学观与心性儒学之人格意象"光风霁月"的精神内涵，如此等等。与此相关的学术探讨占有《宋诗品格与两宋文化生态》一书的一半篇幅，而且是该书中的精彩部分。包括诗歌文化功能、士人文道观念和理学文化思潮的篇章，均与上述题旨相关，相信作者的论述和见解将有益于学界进一步的思考和论辩。

　　诗与政治的关系，是中国古代诗歌研究的核心课题，因为在中国传统文化世界里，诗歌作为"纯文学"的审美价值与其作为"诗教"载体的"文化功能"之间，是一体不二的。问题在于，悠久的诗教传统与当时的政治生态之间，往往处于基本原理与具体实践的历史矛盾之中，缘此而使很多问题显得纠结难明。《宋诗品格与两宋文化生态》的作者，在关注两宋政治文化生态之际，不流于泛泛而论，每能选中典型政治事件，通过诸如对"车盖亭诗案"等关系到士大夫群体政治命运的事件的因果剖析，透视士大夫文人在特定政治文化生态制约下的诗学心态，颇多启人深思的地方。其中一些事关当年"党争"细节的深入剖析，入情入理，使其最后的判断具备相当的说服力。

　　一般说来，宋代作为中国科技史描述中的鼎盛时期，科学技术文明观念中包含着客观"体物"而又"传神""写意"的文艺精神，包括道学家醉心于"吟风弄月"的诗性精神生活，其中就含有体悟天地万物之"生意"的"体物"精神元素。在这个意义上，联系宋代文艺家与理学家共同倡言"吟风弄月"的典型事实，进而探究其与理学"格物致知"命题的内在统一性，结合北宋诗坛"禁体物语"的诗学实质，提出宋代文艺思想体系之构建竟是"尚意"的一元论还是"意新语工"所涵蕴的表意体物之一本二元论问题，应该是"宋诗品格"阐释的题内应有之义。本书作者关于理学家言说之"气象"亦具诗学品格的阐述，不失为一种学理自洽的有益尝试。在类似涵涉深广而又思理深邃的问题上，如何参照当年王国维所谓唐人崇尚自然而宋人同时兼有技术之美的美学判断，从梳理源自先秦原始道家"道法自然"说而经由魏晋南朝《文心雕龙》之"自然之道"观的中国"原道"主义文艺思想传统，继而概括两宋文艺思想之"有道有艺"说、"技道两进"说的思想实质，最终为整部两宋文艺思想史确立主导理路和价值标准，留待我们探询的未知世界是非常宽广而深远的。本书所论，已然有所涉及，也为作者自己的可持续研究埋下了伏笔。

今年初春，国家总理在与中央文史馆馆员的交谈中，共同提到很多人把中华传统文化理解"偏"了！"偏"的反面是什么？世人常言，有"以偏赅全"，有"偏听"与"兼听"，有"偏激"与"中庸"，如此等等。克服"以偏赅全"的全面把握之所谓"全"，是一种在实践创造中与时俱进而无限扩容的"全"；克服"偏听"的"兼听"，指的是多元主体自由探讨的学术生态，以及与此直接相关的研究主体的辩证思维方式；而克服"偏激"的"中庸之道"，实质上是一种有容乃大并中正和合的成功气象。宋代乃中华传统文化集成变创之关键期，宋诗品格的阐释，因此而必然富有集大成以创新构型的深刻意义。本书之所见所识，自然是这种学术集成事业中的一部分，是值得嘉许和鼓励的。

2015 年 5 月 1 日"国际劳动节"

序 二

赵敏俐

宋代诗歌是继唐诗之后中国诗歌史上又一个重要时期，它是在唐诗基础上的发展，又以其不同的时代风貌与唐诗交相辉映，当然也引起了自南宋以后的唐宋诗之争。鉴于唐诗在中国诗歌史上少有争议的崇高地位，如何认识宋诗就成为千年以来学界不断讨论的话题。近年来，关于宋诗的研究不断深入，宋代诗歌迥异于唐代诗歌的艺术与文化特质也逐渐被揭示，"宋调"也因此成为与"唐音"并立的诗歌范式而被学界所认可。然而，如何从更深更广的文化层面来认识宋代诗歌，还有着巨大的开拓空间。

《宋诗品格与两宋文化生态》一书，正是培友博士力图在当下宋诗研究丰硕成果基础上的进一步开拓。宋诗所以异于唐诗者，学者们已经从多个层面进行过讨论，从"性情"与"才学"之别，到"盛唐气象"与"宋贤精神"的对比，从作品风格到艺术技巧上的差异，从社会变革到诗人心态的不同，等等，都有人做过相关的研究。而培友博士则从另一个角度来把握宋诗。他认为宋诗之所以异于唐诗而别开新境，是因为宋代有一个不同的唐代的"文化生态"，在此基础上产生的宋诗，形成了独特的"宋诗品格"。

我们知道，从文化学的角度来研究文学，是近三十年来的基本方法，它是对20世纪五六十年代以来主要从政治社会学的角度认识文学的一个突破，由此大大扩展了文学研究的范围，也将中国古代文学的研究提升到一个新阶段。以宋诗研究为例，近年来人们已经从两宋时代的政治文化、制度文化、地域文化、家族文化，特别是宗教、哲学、思想文化等方面对宋诗的生成与特点做过很好的论证。那么，培友博士在此书中引入"文化生态"的概念并作为宋诗研究的突破点，又有哪些新的突破？在我看来可能主要以下两点：第一是将上述文化不再看成是宋诗生成的"背景"，而将其看作是直接作用于宋诗生成的有机要素；它不仅是从宏观上决定宋诗创作的文化条件，而且是相对微观的环境条件，甚至是直接作用乃至渗透于诗人的写作动机、诗歌主题以及诗体结构中的一种内在的东西。第二是在此基础上认识宋诗发展的基本走向和艺术特质，进而探讨其生成的过程及方式。由此，作者在对宋诗进行总体把握基础上所概括出来的"宋诗品格"，也有了十分丰富的内容，它既涉及诗歌的内容，诗歌的境界、气度、精神，也要涉及诗歌的题材、主题、审美价值取向等问题。显然，这既是对以往关于宋诗研究的深化和细化，也是一种新的综合和系统化。

如此说来，关于宋诗品格与两宋文化生态便成为一个很大的题目，如何进行把握同时也成为对作者研究能力的一种考验。培友博士对此做了很好的处理。第一是选取了最能体现宋诗文化生态的几个大的方面，第二是关注焦点问题，在每个大的方面中选取了一些特殊个案进行研究。这样既避免了宏大叙事所带来的空疏，又将这个大的题目做到了细处。举例来讲，如宋初诗坛上白体、晚唐体和西昆体所以流行，与统治者的提倡、君臣唱和、馆阁唱和有重要联系，自范仲淹、欧阳修等人出则诗风为之一改，这其中自有多种原因，学界也有探讨。培友博士通过对台谏制度设立、田锡、范讽、范仲淹为台谏官等事件进行考察后认为，在北宋，似乎有一条"台谏官—政治主张—历史事件—士人呼应—士人气节"这样一个互相关联的历史主线存在。而士人气节的追求，又直接催生了士人的功业心态、帝师心态、闲适隐逸心态等，并内化为士大夫的典型文化人格。台谏官的讽谏主张往往形成政治事件，由此而成为某一历史时期重大政治措施、政体变革和社会风气变化的导火索，由此影响士人心态。同时，台谏官的遭遇，往往也对诗歌的发展产生重要影响。我认为，将台谏制度纳入宋初百年诗歌发展的考察视野，由此来看北宋"诗文革新"运动的发生、宋人在诗歌创作中对文道观念态度的变化、诗歌创作心态的变化和艺术审美风尚的转变等现象，就会有一个比以往的研究更加明晰的认识。再如，"文道观念"是两宋诗人诗学思想的审美理想的核心内容，但是在以往的研究中，学界对此重视不够，提起文道观，往往以理学家周敦颐的"文以载道"和程颐的"作文害道"以概之，并由此而产生了对于宋代理学家"重道轻文"的批评，很少对宋代诗人群体的文道观进行系统的分析。培友博士认为，从两宋士林群体的角度出发，可以将其分为"文章之士"、"传统儒学之士"和"道学之士"三类，他们各自对于"文"与

"道"的理解都有差异，其文道观念既有时代的共同特征，又有各自不同的特点。文章之士在文道观的讨论中更为重视"文"的独立性和本体地位，道学之士的文道观中既有重道轻文的一派，也有文道两分的一派，传统儒学之士则侧重于从现实生活体用的角度来认识文道关系。因为存在着三种不同的文道观念，这三类士人的诗歌创作也因此而不同。正是这三种类型的文章观念的互相激扬，才最终形成了宋人文道观念的时代特征。他的这种分析是符合实际的，由此我们才能理解，为什么说文道观念是宋人诗学思想与审美理想的核心内容，为什么宋诗的品格与文道观念有这么紧密的联系。

培友博士在本书中所提出的文化生态是个复杂的概念，它既包括物质的、制度的内容，也包括了观念的和心态的内容，为此他选取了制度文化、政治事件、地域文化、诗歌功能、文道观念、理学思潮等六个方面展开论述，试图更大范围地概括宋代诗歌文化生态的诸多方面，并通过个案的解剖，来说明两宋文化生态对宋诗品格生成的多维作用。不仅如此，作者还讨论了诗歌品格与文化生态发生关系的途径与机制。培友博士认为："诗歌品格——文化生态"发生关联的途径与机制大致有三个方面，其一是实践主体与创作主体的同一性身份。当创作主体试图表达这些社会身份属性特征的时刻，诗歌品格包括题材、内容、主题、风格以及表达形式、审美追求等，其实已经是被内在规定了的文化特性所决定。其二是创作主体的诗歌功能认知和实践。创作主体的生活诉求与人生理想实现的需要，往往导致创作者借诗歌的形式来实现。其三是实践主体以审美的方式实现文化生态与诗歌品格的会通。而这种审美方式与中国古代的文学传统又是密不可分的，这使它在与传统的对接中实现并由此展现出自己的个性。这体现了作者试图建构一个属于自己的完整的学术架构的可贵努力。

从两宋的文化生态入手来研究宋诗品格，这是一个充满了创意的研究课题，也是一个复杂的研究课题。如作者所言，本书中所讲的文化生态既包括物质的、制度的，也包括观念的、心态的，具体来讲，本书中所论及的文化生态就有文化制度、科举制度、地域文化、文道观念、理学思潮等等。而所谓品格，涉及诗歌的境界、气度、精神、题材、主题、审美取向等，两者都是复杂的概念，因此，如何将这两者有机地统一在一起，在我看来难度实在有些太大。培友博士也认识到了这一点，所以他采取了"关注焦点问题"和"散点透视"的方法来对本书进行把握和论述，并取得了很好的效果。但是，相对于这个大课题而言，这种关注焦点和散点透视相结合的方式，在我看来只能算是完成这个大课题的初步探索。关于宋代文化生态所面临的问题还有很多，而宋诗品格的诸多方面，本书也有好多方面没有论及，相应的，有的阐述也还不够透彻。至于如何在二者之间的结合中建构一个新的理论阐释体系，还需要在更多的微观研究基础上再进行宏观的把握。在这方面，作者还有好长的路要走。不过，本书能够达到现在的程度，也已经非常不易了。

培友博士有很高的治学理想与人生志向，2005年起跟随我学习，其博士论文题目即为"北宋前中期诗词风貌与文化生态"。在读书期间，他刻苦勤奋，研读原著，几乎遍览了北宋文人别集和后人所编宋代诗文总集，为他的宋代文学研究奠定了坚实的基础。同时他又注重理论修养的提高，认真学习古今中外的历史、哲学和文学理论方面的著作，有比较开阔的学术视野，善于思考问题，力求在学术研究中将史与论结合起来，取得了具有开拓意义的成果。2008年博士毕业后又到北京语言大学跟随韩经太先生做博士后研究，在韩老师的指导下有了更大的进步。在本书即将出版之际，培友请我作序，我很高兴。略书如上，为本书的出版表示祝贺。同时也希望培友再接再厉，将来取得更大的成绩！

2015 年 5 月 30 日于会意斋

绪　论

　　宋代诗歌是宋型文化的重要组成部分。与学术界对唐诗风貌、品格的认识高度一致相比，千余年来，人们对于宋诗品格及其历史地位的判定却是迥然有别的。褒之者认为宋诗文化底蕴深厚，涵蕴广博；贬之者则认为宋诗缺乏真性情，病在无意兴。围绕着对唐宋诗特性和历史贡献等问题的讨论，在中国文化史上形成了持续千年的"唐宋诗之争"。而饶有趣味的是，不管是否推崇宋诗，"宗唐派"与"宗宋派"大都承认，宋诗与宋代政治制度、宗教、哲学、艺术等相互交融，外显为宋代诗歌迥异于前的独特艺术风貌。近现代学者亦逐渐承认，宋代士人着眼于"文道"关系而从观念到创作的诗学实践，以其极富思辨性、哲理性的独特审美取向，成为泽被深远的不朽诗歌范式。可以说，宋代诗歌所蕴涵的"宋诗范式"、"宋人作风"及"宋人气象"等，已经成为中华民族不可或缺的文化传统。由此而言，对宋诗品格及其生成的发展历程、成因等问题进行研究，踵继先贤而"接着说"，无疑是很有意义的。不过，作为已经成为"显学"的宋代诗歌研究，近三十年来已经产生了大量的专门性研究成果。因此，要想入渊探骊，必须在治学理念、研究方法等方面有所突破才行。

　　作为"宋型文化"的重要组成部分的两宋诗歌，作者众多，作品丰富，风格多样，诗学命题及其流变相当复杂，这些特点与彼时的文化因素密切相关。并且，两宋三百多年的包括政治制度、社会文化思潮等在内的文化诸部类，也处在复杂多变的历史进程中，共同对两宋诗歌作者及其诗歌创作施加了或直接或间接的影响。这些因素，一方面注定了本书研究内容是丰富、饱满的，另一方面也决定了本课题的研究之路必定是艰辛、困难的。

　　考虑到研究对象内容的丰富性，本书力图从两宋历史语境的文化生态视野下，探讨这一时期诗歌品格及其发展进程的背景、因素、状况，研究两宋诗歌的诗性品格及其成因。本书研究既涉及文学本位研究所必须面对的问题，如两宋诗歌创作主体、诗歌作品、诗歌接受主体的关系问题，诗歌范型、主题、诗格类型、审美品格，以及两宋诗人文道观及其创作实践的矛盾性问题等；也涉及文化生态部类与诗歌走向及品格生成的关系问题研究，如两者的沟通渠道、会通方式、诗学范畴的内涵流变等。

本书研究对象内容的丰富饱满，也对其研究方法提出了比较高的要求。为了实现研究目标，笔者打算按照历时性与共时性兼顾、历史的美学的逻辑的统一的原则，借鉴中国古典艺术的"散点透视"原理，从两宋诗歌发展进程及影响诗歌品格生成因素的历史进程中，提炼出若干"焦点问题"，构建课题研究的"点"与"面"，而大致以历史进程为主线，考察两宋"文化生态"对"宋诗品格"产生作用和施加影响的"关节点"以及作用渠道等问题。

按照学术惯例，本"绪论"重点探讨课题研究的客观性基础，界定课题研究所用的术语、概念，交代课题遵循的研究理念、研究方法，为本课题正文部分的相关研究奠定客观的、科学的学理基础。

第一节 "唐宋诗之争"、"宋贤精神"与宋诗文化属性

研究宋诗，自然要提及"唐宋诗之争"。自南宋以来，围绕着唐宋诗高低之甄别，事实上成为了后世诗人学习诗歌创作的取法基础，影响到宋代以降的诗歌乃至文学的发展。直到今天，围绕着"唐宋诗之争"而展开的古老话题，仍然经常泛起学术争论。因为"唐宋诗之争"事关前人对宋诗品格的总体把握，也涉及对宋诗历史地位的认定，因此我们对宋诗品格的探讨，也必须从这一重大文化现象说起。

如果我们不再纠结于唐诗与宋诗孰优孰劣的判断，亦不从艺术本位来分析唐宋诗之长短的话，那么，"唐宋诗之争"这一话题仍然会为我们提供很多信息。自20世纪以来，有赖于齐治平、王英志等学者的辛勤研究，我们对绵延千年的"唐宋诗之争"已经有了较为客观的认识。

"宗唐派"特别重视唐代诗歌抒发"情性"，强调"求真"。如严羽《沧浪诗话》强调："诗者，吟咏情性也"，推崇唐诗以"兴趣"来实现"言有尽而意无穷"，批评宋诗追求"文字"、"议论"、"才学"而疏离

"情性"①。金代王若虚又提出："扬雄之经，宋祁之史，江西诸子之诗，皆斯文之蠹也。散文至宋人始是真文字，诗则反是矣。"② 则颇有对宋诗行全面否定之嫌。到了后世，这一看法逐渐走向极端。清人沈雄引陈子龙语，认为："言理而不言情，终宋无诗"③，清人顾炎武更是强调"诗主性情，不贵奇巧"，"更注重诗歌的抒情本质、诗歌的人生价值以及诗歌的未来这些根本性问题"。④ 王夫之则掂出"意"、"情"来批判宋诗之短处："宋人抟合成句之出处，役心向彼掇索，而不恤己情之所自发。"⑤ 至此，宋诗优长已经被完全搁置。与之相应，从推崇诗歌的艺术性出发，"宗唐派"对唐代诗歌重视"意兴"、强调诗歌"气象"、重视使用形象思维等艺术特质，给予正面评价。如严羽指出"本朝人尚理而病于意兴，唐人尚意兴而理在其中"，指出唐宋诗差异在于"气象"，实开了后人以此评价之法门。刘绩发挥为："唐人诗如贵介公子，举止风流；宋人诗如三家村乍富人，盛服揖宾，辞容鄙俗。"⑥ 李梦阳则举"诗有七难：格古、调逸、气舒、句浑、音圆、思冲、情以发之，……宋人遗兹矣，故曰无诗"⑦。于抑扬之间，"宗唐派"之"宗唐"标准与审美取向表露无遗。可以说，"宗唐派"对宋诗的批评，大都是立足于诗歌艺术特质，而主要从诗歌审美特性、诗意表达方式、诗歌风格、意境构成等方面来展开对宋诗的考察，从而得出宋诗不如唐诗之结论。不过，基于诗歌艺术本位的判断，固然是唐诗的胜处，但是仔细思考就会发现，把这些判断标准观照于《诗三百》、楚辞、汉诗、魏晋诗歌乃至于现代诗歌，也是可以的。从这些角度来认定唐诗的特质，很难说是唐诗的"这一个"品格。不得不提及的是，宋诗作为特定时代的文学实践产物，由于时代文化风潮下诗词的分工，诗歌社会功用的拓展，为消费而写作诗歌风气的兴盛等，导致了宋诗与彼时文化环境、文化思潮和文化风尚愈加紧密结合。而此一点，是

---

① 何文焕编：《历代诗话》，中华书局1981年版，第688页。
② 王若虚：《滹南集》卷三十七，台湾商务印书馆影印文渊阁四库全书本1986年版，第465页。
③ 唐圭璋编：《词话丛编》，中华书局1986年版，第826页。
④ 蒋寅：《顾炎武的诗学史意义》，《南开大学学报》2003年第1期。
⑤ 王夫之：《姜斋诗话》，上海古籍出版社1978年版，第8页。
⑥ 刘绩：《霏雪录》，台湾商务印书馆影印文渊阁四库全书本1986年版，第689页。
⑦ 李梦阳：《空同集》卷四十八，台湾商务印书馆影印文渊阁四库全书本1986年版，第46页。

"宗唐派"所忽略的：罔顾宋诗的实际而以普泛化标准来评判宋诗与唐诗的优劣，显然是不全面的。

与之相反，"唐宋诗之争"之"宗宋派"则肯定宋诗的"理"、"才"、"博"及"会综"、"融合"等特征，强调宋诗因重"变"而求新，因思理精深而光华外显等特质。明代袁宏道就强调："有宋欧苏辈出，大变晚习，于物无所不收，于法无所不有，于情无所不畅，于境无所不取，滔滔莽莽，有若江河"①，点出宋诗特有的文化品格。许乾学在《宋金元诗序》中也强调指出："宋元人诗，风调气韵，诚不及唐，而功深力厚，多所自得。"② 这里，"功深力厚"是从宋诗包容经史子部，宋人自铸伟词的角度来立论的。而清代同光体诗人陈衍则通过对开"唐宋诗之争"滥觞的严羽之批评，对诗歌应当是"诗人之诗"还是"诗人之诗与学人之诗合"这一原则问题展开过讨论。他指出："严仪卿有言：'诗有别才，非关学也。'吾甚疑之。以为六义既没，风雅颂之体代作，赋比兴之义兼陈。朝章国故，治乱贤不肖，以至山川风土，草木鸟兽虫鱼，无弗知也，无弗能言也，素未尝学问，猥曰吾有别才也，能之乎？"③ 此中所论，显示出"宗宋派"诗人对于宋诗文化品格的自觉认同。宋诗中蕴涵着极为丰富的文化品格，被清代翁方纲称之为宋诗所涵蕴的"宋贤之精神"④。

现代以来，受西方哲学、美学等现代学科相关理论的影响，人们多注意从辩证、学理等角度对"唐宋诗之争"作出判断。20世纪以来，缪钺、程千帆、钱锺书等先生的精当评论，提升了人们对宋诗品格、艺术类型及其历史地位的认识。如缪钺《诗词散论》中有《论宋诗》，大略云：

唐宋诗之异点，先粗略论之：唐诗以韵胜，故浑雅，而贵蕴藉空灵；宋诗以意胜，故精能，而贵深析透辟。唐诗之美在情辞，故丰腴；宋诗之美在气骨，故瘦劲。唐诗如芍药海棠，秾华繁采；宋诗如寒梅秋菊，幽韵冷香。……譬诸游山水，唐诗则如高峰远望，意气浩

---

① 袁宏道：《袁宏道集笺校》，钱伯城笺校，上海古籍出版社1981年版，第709页。
② 转引自郭预衡主编《中国古代文学史长编》（宋辽金卷），首都师范大学出版社2000年版，第46页。
③ 陈衍：《陈衍诗论合集》，福建人民出版社1999年版，第1057页。
④ 翁方纲：《石洲诗话》，丛书集成初编本，中华书局1985年版，第62页。

然；宋诗则如曲涧寻幽，情境冷峭。唐诗之弊为肤廓平滑，宋诗之弊为生涩枯淡。虽唐诗之中，亦有下开宋派者；宋诗之中，亦有酷肖唐人者。然论其大较，固如此矣。……就内容论，宋诗较唐诗更为广阔；就技巧论，宋诗较唐诗更为精细。然此中实各有利弊，故宋诗非能胜于唐诗，仅异于唐诗而已。①

这里，缪钺以"异"来论唐宋诗，而不以高低来判定唐宋诗之优劣，恰好说明了在经过将近千年的争论之后，人们对于唐宋诗品格的认识已渐趋客观。自 20 世纪四五十年代之后，陈寅恪、邓广铭、漆侠等历史学家对宋代文化地位的判断，恰好又与缪钺等文学史家对于宋诗品格等相关问题的认识相呼应。不过，百年来学者对宋诗地位的推扬，似仍难以动摇"唐诗胜于宋诗"的观念。这里固然有王国维等人从进化论提出的"一代有一代文学"之文学进化论的消极影响，但亦应当承认，前人对唐、宋诗歌优劣的判定，深受"宗唐派"的影响，大多数是从诗歌的艺术性而言，众所周知，我们在比较和鉴别事物时，采用什么样的认知标准，必定影响到结论。如果我们承认，艺术性并非是判断唐宋诗优劣的唯一标准的话，那么，对于唐宋诗的认识，当然就不能以艺术性的标准来评判其高低。大约正是有鉴于此，一些文学研究者力图跳出"唐宋诗之争"的窠臼，而对两者有更高层面的认识。韩经太先生已经提及，唐宋诗"显示出古典诗美'一分为二'的'历史'存在方式与'逻辑'推演方式，从而最终在'历史'与'逻辑'相统一意义上体现出'一分为二'的诗学思辨精神。"② 又如台湾学者张高评提出宋诗受宋代文化的影响，具有"会通化成"与"破体出位"特性。张氏强调"当以新变自得为准据，不当以异同源流论优劣"，具有识见。③

有赖于历史上"唐宋诗之争"的深度展开，因此，涵蕴"盛唐气象"的唐诗与包容"宋贤精神"的宋诗，就成为绵延千年而纷争不已的独特文化景观。自南宋后学诗者，类不能逃脱宗唐抑或宗宋之藩篱。宗唐或是宗宋，实关系到后世诗歌的走向和变局，元、明、清代的代表性诗人莫不

---

① 缪钺：《诗词散论》，开明书店 1948 年版，第 35 页。
② 韩经太主编：《中国诗歌通史》（宋代卷），人民文学出版社 2012 年版，第 23 页。
③ 张高评：《会通化成与宋代诗学·自序》，"国立"成功大学出版组 2000 年版，第 1—8 页。

受此影响。"唐宋诗之争"不仅是中国文学史的重要问题，它实际上也已经成为中国文化史上的核心现象之一，其价值值得珍视。

承继前哲时贤的学术积淀，站在新时代的理论高度和世界性文化比较的广阔视域，从宋诗的文化特质来重新观照宋诗，显然是一个崭新的话题。前哲时贤已有的研究结论，需要验证与推进，而新视野下的宋诗文化特质探讨，自然会打开宋诗研究的新篇章。以文化视野而对宋诗发展历程、诗性品格和诗歌艺术特质等进行深入研究，古老的宋诗研究问题，就会呈现出新的研究焦点：

宋诗所包含的"宋贤精神"，其基本要素有哪些？作为实践主体与创作主体的宋代士人，其生活状态、人生遭际、地域人文环境等对其诗歌创作产生了什么样的影响？这些影响又是如何反映在诗歌上的？其内在的思理与机制是什么？多重文化因素规定下的宋代士人，其人生精神、气质风度、气象胸襟等，是如何表现为宋诗品格的？

影响宋诗品格生成的文化因素有哪些？宋诗基本风貌与文化思潮、文道观念有什么关联？又是如何发生关联的？宋代文化对宋诗发展历程、诗歌品格的影响，就宋诗而言，自然会在其题材、主题、艺术风貌等方面表现出来。宋诗因其适应着文化需求，亦必然承担着某些政治的、文化制度的、其他文体样式的复杂功能。诗歌功能的拓展和变化，亦是宋诗表现出与唐诗迥异面貌的重要原因。那么，宋诗的新的功能因何而来？这些功能又对宋诗的诗性品格产生了怎样的影响？其内在发生机制和途径如何？

从其艺术特质和艺术风貌的动因、产生过程与发展流变而言，宋诗已经远非"兴观群怨"、"言志"、"缘情"等所能完全解释得通的了。因此，从文化视角切入宋诗研究，就可能触及宋诗的诗歌品格、诗学范畴与文化思潮及文人心态等与诗歌相关的重要问题。顺此而作深入推进，则宋诗研究有望得到在研究视角、研究领域、研究结论等方面的新开拓。亦因如此，对宋诗品格生成问题的深入考察，必然要求引入新的研究理论为指导，对宋诗的艺术特质、诗性品格及其发展动因、机制和历程等进行研究。

第二节　宋代诗歌文化特质与文化研究的学理基础

从文学的发生发展而言，它从一开始就是隶属于文化的。文学活动本身就与政治、宗教祭祀、道德教化等社会生活融为一体。对此，不管是中国传统经典文献，还是西方近现代理论，都有着相似的表述。

就中国古代文学传统而言，《诗经》相传就是周代朝廷"采风"制度的产物。《诗经》诗句如"维是褊心，是以为刺"[①]，"夫也不良，歌以讯之"[②]等，其功用都与当时的政治教化、社会道德等有关。而《左传》中记载的"赋诗见志"等以诗歌为政治、外交和军事服务的历史记载，同样显示出中国古代诗歌的文化属性和文化特质。

在西方文学理论中，其发展初期同样也不存在独立的文学观念。康德将科学对象划分为知识、意志、情感三大领域，由此西方学者才第一次将文化分为认识、道德和艺术三个门类。而德国社会学家马克斯·韦伯在研究基础上认定，古代艺术、科学与道德是不分的，文学艺术常常依附于各种政治、宗教和伦理道德的目标。他认为，由于文化活动的日益分化，才产生出认知—工具理性（科学技术）、道德—实践理性（法律道德）和审美—表现理性（审美艺术）三大领域。与之相应，近代西方越来越多的理论家怀疑文学纯粹自律的可能性，认为文学本身就是一件"文化产品"。如德国文艺社会学家阿诺德·豪泽尔视文学为批评并塑造社会的方式，英国马克思主义批评家伊格尔顿等视文学为意识形态话语的生产和消费，乔纳森·卡勒认定文学是一定文化的产物，等等。[③]可以说，文学的文化属性和文化特质，在近现代西方理论家那里越来越受到重视。[④]

既然中西方理论界都承认文学的文化特质和文化属性，那么，从文化角度来探讨诗歌特质和属性，就具有合理性的学理基础。按照现代科学研究的原则，虽然文学与政治制度、社会思潮、哲学、道德观念等都是文化

[①] 李学勤主编：《毛诗正义》，北京大学出版社1999年版，第363页。
[②] 同上书，第449页。
[③] [美]乔纳森·卡勒：《文学理论》，李平译，辽宁教育出版社1998年版，第23页。
[④] 参见陶东风主编《文学理论的基本问题》，北京大学出版社2004年版，第340—345页。

的组成部分，但为了研究一定时期的文学品格，我们仍然可以采取分类的方法，考察文学与其他文化部类的相互关系及其发生影响的途径、关节，文学与其他文化部类之间互相适应与相互矛盾的主要方面，以及这些文化部类以及其组成部分对于文学品格、文学范式转变的作用等，进而探讨文学的某一部类如诗歌品格的特质、生成规律及其历史贡献。从文化角度对宋诗品格及生成诸动因的研究，当能够打破学科界限，从历史的、逻辑的、美学的等角度，深入探讨宋诗品格及其生成，以及宋诗发展历程中的各种文化因素的历史作用等。

从文化角度对宋诗品格及生成等问题进行研究，与自19世纪中期以来盛行的法国著名历史学派年鉴学派治学理论颇有符合之处。19世纪中期的法国史学家米什列在《法兰西史》序言中指出，传统的由杰出人物组成的历史有两大主题：第一，在物质方面，它只看到人的出身和地位，看不到地理、气候、食物、人的影响；第二，在精神方面，它只谈君主和政治行为，而忽视了观念、习俗以及民族灵魂的内在作用。法国学者西米昂在《历史方法与社会科学》一文中亦指出，历史学要发展，就必须打破传统史学的三个偶像。一是政治偶像，就是把研究重点放在政治事件上，夸大战争等政治因素的重要性。二是个人偶像，即孤立地描写某个历史人物，而不把历史人物同当时的制度和社会现象联系起来。三是年表偶像，即喜欢把历史事件按年表排列，不去对典型事实进行分析。又如法国历史学家亨利·贝尔（1871—1954）亦主张拓宽历史研究的领域，提倡历史学家打破过分专门化所造成的历史研究的狭隘性，主动同其他学科的专家进行合作，运用历史学、历史哲学、社会学、心理学等多学科的方法解释历史。他认为理论指导是历史学获得科学性的前提。当然，随着年鉴学派的发展，其第三代学者转而开始重视描述历史现象和孤立地对待历史事件，较之第一、二代学者而言，似乎已经失去了理论活力。从其实用性而言，法国年鉴学派的第一、二代学者的历史研究理念，可能对我们进行古代文学研究更有借鉴意义。[①]

从宋诗品格及其发展历程而言，宋代诗歌内容、风格及宋代诗歌的发

---

① 参见雅克·勒高夫《〈年鉴〉运动及西方史学的回归》，文立译，《史学理论研究》1999年第1期；雅克·勒高夫、皮埃尔·诺拉：《史学研究的新问题新方法新对象》，郝名玮译，社会科学文献出版社1988年版；保罗·利科：《历史学家的技艺：年鉴学派》，王建华译，《历史学家的技艺和贡献》，香港牛津大学出版社1994年版，第8—13页。

展演变历程等,受到了宋代文化诸部类的重大影响。其中,宋代政治文化制度如台谏制度、官员考课制度、乐府歌妓制度,宋代文化思潮如三教合一思潮、理学文化思潮等,都对诗歌流变历程与诗歌风尚等作用巨大。这显然是宋代士人具有复合型的多重社会身份所导致的。正如王水照先生指出:"宋代士人的身份有一个与唐代不同的特点,即大都是集官僚、文士、学者三位于一身的复合型人才,其知识结构远比唐人淹博融贯,格局宏大。"① 这一判断是十分精当的。因为宋代政治文化制度对士人的人生遭际起到了重大影响,由此影响到士人的文化心态。比如说,士大夫党争带来的政治沉浮,官员升迁与贬谪带来的创作者心态的激荡,诗歌作为装点朝政、实现"上下通情"的工具等,都深刻地表现出宋代政治文化制度对于宋代诗歌内容、风格及宋代诗歌发育演变历程的巨大作用。对此,自宋人开始,前人已有深刻认识。② 近现代学者对此亦有相当深刻的研究。③ 而宋代文化思潮,更是深入地影响到宋代诗歌的审美风尚诉求。如理学"气象"、"观天地生物气象"、"自在"、"乐意"等,都对两宋诗歌审美指向产生了巨大影响。④

宋代诗歌的题材、主题、内容乃至诗歌样式等,也受到了宋代文化诸部类的影响。比如说,宋代士人的文化观念、文化心态等,深刻地影响到宋代诗歌特质及其发育流变历程。拿"宋初三体"来讲,宋初士人的文化心态,非常典型地反映在包括诗歌题材、主题、内容乃至诗歌样式上。如果说,白体是北宋朝士为了避祸需要而求得与最高当局达成政治妥协而不得不"吟咏性情"的话,那么,"西昆体"诗人多用典故,隐藏真实性情、志向,则分明是对现实政治风险的自觉回避。而赵宋建国后,在很长一段时间里,宋初的隐逸之士似乎对新政权并不急于表达他们的态度,如戚同文、陈抟、魏野、林逋、杨朴、潘阆、曹汝弼、樊知古、万适、田诰等人,多拒征召,乐于终老山田。另一方面,作为疏离于皇权之外的隐逸之士,在保持隐逸格调的同时,客观上也自然具有排斥世俗生活的意愿。

---

① 王水照主编:《宋代文学通论·绪论》,人民文学出版社 2009 年版。
② 参见郭预衡主编《中国古代文学史长编》(宋辽金卷),首都师范大学出版社 2000 年版,第 1—64 页。
③ 参见陈友冰主编《新时期中国古典文学研究述论》(第三卷),商务印书馆 2007 年版,第 1—39 页。
④ 参见王培友《两宋理学"气象"涵蕴及其诗性品格》,《兰州大学学报》(哲学社会科学版) 2012 年第 2 期。

宋初隐逸之风经过宋初朝廷的提倡，而最终演变为时代的文化风尚。但隐逸之士经过皇权的表彰与推扬后，也就逐渐浸染了若干世俗习气，他们的生活旨趣、行为方式都因之而发生变化，五代士人那种孤芳自赏、不与俗接的隐居状态，变为宋初隐逸之士的不忘世事、热衷名利。五代以来褊狭傲岸的隐逸风尚，逐渐让位于追求平和安闲的生活旨趣。宋初的隐逸之士，纷纷效力于皇权。而值得注意的是，与隐逸之士在文章中热衷于关注世间之事不同，隐逸之士在诗歌中表现出的情趣和诗旨，仍然是徜徉山水、超逸物外，似不以世间人情物态为意。这种情况是耐人寻味的。这说明，宋代诗歌特质及其发育流变历程，是受到彼时整体文化诸部类的综合影响的。

宋代士人浸染于特殊的文化环境中，他们对于诗歌功能和作用的认知，亦对宋代诗歌特质及其发育、流变历程，产生了重要影响。如宋代士人关于文道关系的探讨，对其诗歌创作产生了很大的影响。宋代士人对于包括诗歌在内的"文"的体用性探讨，与理学家复杂文道观念的诗学实践，特别是黄庭坚统摄心性存养与诗歌艺术的"因诗求道"、邵雍"观物"、"求道"，南宋理学家的"观生意"诗歌主题的表达等，都对宋代诗歌品格、诗歌发育流变历程等产生了极为重大的影响。

不惟如此，宋代诗歌文学体式的诸多方面，如诗歌表达手法以及由之而形成的审美取向等，亦受到宋代文化的制约和影响。如议论、铺陈、用典等，都与宋代诗人的政治诉求、知识视阈等密切相关。又如宋诗因其迥异于唐诗的品格特质，特别是重思辨、重理趣、重议论等特征，以及作为创作主体的文人士大夫往往在其诗作中表现这一群体的意趣风味，故宋诗"气象"带有那个时代的风尚与特性。而这一点，因为不同的时空所带来的文化隔膜，往往为后人所难以理解。而对宋诗"气象"的深层把握，只能是从理学文化思潮以及三教合一影响下的文化视角，特别是宋代理学家朱熹等人的评点出发来深入研究，才可以切中肯綮。可见，离开了对宋代文化诸因素的考察，就不可能深入研究宋代诗歌特质及其生成问题。

这里，有必要对文化生态研究的研究理念、研究方法与20世纪80年代以来所流行的"大文化"研究视角作出区别。从文化角度来探讨宋代诗歌特质的形成及文化诸部类对宋代诗歌发育、流变的重要影响，从20世纪八九十年代以来，一直是宋代诗歌研究的重要学术特点。但是，大多数的研究成果，是立足于单一的文化部类来观照其对诗歌发展流变的影响，现象描述和历史还原式的研究，是其重要的成果表现形式。[①] 当然，还原诗歌历史事件和诗歌现象，考察、叙述其发展流变历程，亦是学术研究重要方面。但问题是，宋诗品格及其生成问题，有的可以直接从文化某一部类对诗歌品格及其生成因素的影响等角度进行考察，但诗歌品格及其生成因素，大多数情况则是文化几大部类甚至是文化诸部类共同作用的结果。而且，作为文化盛世的宋代，诗歌的发展反过来又对当时文化诸部类的发育与建构，产生了重要作用。尤其是，近几十年来从"大文化"研究视角对宋代文化与诗歌关系进行研究，很多研究成果仍然体现出静止、划块研究的弊病。虽然学术界有一些从文化制度、党争等角度来研究宋代诗歌发展流变的专著，但大多数研究者只是做了证明宋代诗歌受到某一文化部类的"影响"，至于说具体到宋代诗歌特质、发育演变历程等如何受到文化诸因素的影响，是通过历史事件还是历史人物，发生影响的途径和关节点是什么，这种影响的持续时间与过程如何等问题，极少有学者给予关注。到目前为止，还没有从整体上从宋代文化诸部类视角、从发生学角度来探讨宋代诗歌特质及生成、宋代诗歌发育流变等问题的专著出现。

出于此种考虑，我们引入"文化生态"概念，以从宋代诗歌的"文化生态"观照研究入手，对宋代诗歌的"文化生态"构成成分，如政治制度、党争、士人心态、诗歌功能、文道观念、文化思潮等进行研究，力图从文学发生学的角度，对宋诗风貌及其成因、宋代诗歌的独特品格的内涵及其文学史地位等进行研究，以期为宋代诗歌研究探索一条新路。

第三节　诗歌品格、文化生态及宋诗文化生态部类

我们引入"诗歌品格"、"文化生态"等概念，其目的是较为全面地考察宋代诗歌特质及其生成历程中，其发展取向、诗歌特质等与彼时的文化诸要素之间产生关系的生成因素、生产机制、关联渠道与关节点等。引入相关概念，构建相应话语体系，是基于研究课题需要而作出的学术选择。

[①] 参见赵敏俐、杨树增《二十世纪中国古典文学研究史》，陕西教育出版社1997年版。

本书之所以引入"诗歌品格"概念，是因为已有的文学研究理论与文学概念，不能很好地涵盖宋代诗歌特质、风貌、内容、主题、风格，以及宋诗创作主体的文化精神、主客体"气象"、创作主体的审美取向等各种规定性的本质与面貌。传统的诗歌研究，要么是从诗歌本体出发，把诗歌作品作为研究客体，而研究其"文学"的特征、生成因素及文学价值等；要么从创作主体出发来研究其门第出身、诗法承传、文化心态与文化精神等因素对其诗歌创作的影响。受制于传统文学理论，很多专著只能取其某一层面，对诗歌特质及其生成与发展历程进行研究。可见，要想从更高层面来审视宋代诗歌整体特质及其生成的诸因素，研究宋代诗歌与宋代文化诸部类的关系，就必须突破传统文学理论带来的制约。由此，引入新的话语体系是非常有必要的。

同样，本书所用的"文化生态"概念及其理论，除了鉴于很多学者对"文化生态"概念使用非常混乱，而不得不作出说明之外，更重要的是，本书所用的"文化生态"更为突出这一概念中的"关系"指向。由此，从本书所讲的"文化生态"理论出发，对宋代诗歌进行研究，就很容易与中西艺术哲学中的艺术生产、精神生产、意识形态理论等产生学理上的紧密关联。

下面，对本书所用的"诗歌品格"、"文化生态"等概念进行简略界定。

一 "诗歌品格"

要对"诗歌品格"进行界定，首先应该明确"品格"的内涵。从语源学角度来看，"品格"一词在南北朝之前尚未成为一个词。东晋常璩的《华阳国志》卷十一有"每准正三州人物，品格褒贬"[1]之语，但此处的"品格"为两词连用，不是一个词语。稍后，梁代沈约的《宋书·颜竣传》："及世祖即位，又铸孝建四铢……而盗铸弥甚，百物踊贵，民人患苦之。乃立品格，薄小无轮廓者，悉加禁断。"[2] 这说明，"品格"成为一词的时间大概是南朝时期。从语言的使用情况来看，"品格"一词的主要含义有以下几种：

1. 物品的质量规格。如《宋书·颜竣传》中"品格"一词就是这个

---

[1] （东晋）常璩:《华阳国志》卷十一，台湾商务印书馆影印文渊阁四库全书本，第282页。

[2] （梁）沈约:《宋书》，中华书局1999年版，第1961页。

用法。

2. 文学艺术作品的质量、格调等。如《明史·文苑传四·李维桢》亦云："（维桢）负重名垂四十年，然文多率意应酬，品格不能高也。"①

3. 品性，性格。如唐李中《庭苇》诗："品格清于竹，诗家景最幽。"②

4. 官品，爵秩。如《元典章·圣政一·饬官吏》："第三考封赠，祖父母、父母品格不及封赠者，量迁官品。"③

由上可见，"品格"含义既涉及实在物的质量、品质、层级等，也涉及虚指物的性质、质量、规格等。文学作为精神层面的事物，显然具有作为虚指物的事物特质与属性。由此，事物之"品格"话语当然可供我们研究文学之用。

从文学而言，其"品格"主要指的是文学作品的质量高低、格调的雅俗及其形式、规律等问题。以韦勒克《文学理论》来分析，文学的"品格"既包括文学体式，如文体形式、文体特征等；亦包括文学内容，如文学的题材、主题、风格、价值与意义等。从文学发展史的角度来看，文学的"品格"亦应包含文学样式、文学内容的发展流变历程特征等。容易与"诗歌品格"产生混淆的词语，还有中国古代诗论中的一个常用范畴"诗格"。"诗格"本是中国古代诗论中的一个使用非常广泛的范畴。从文献看来，唐代遍照金刚的《文镜秘府论》、传为白居易的《金针诗格》、崔氏《唐朝新定诗格》等，都有对诗格的相关说明。在此基础上，清代刘熙载《诗概》把"诗格"内容概括为两点，颇为精辟："品格之格"与"格式之格"④，前者大致等同于今谓之诗歌风格，以及诗歌创作者在诗歌中反映出来的境界、气度、精神等；后者大致等同于今谓之诗歌形式等。诗歌创作者在诗歌中反映出来的境界、气度、精神，大致可以从诗歌主题与诗境构建特征来加以认识。可见，"诗歌品格"较之"诗格"包容性大一些，既包括涉及诗歌内容的境界、气度、精神等，也包括诗歌内容的其他方面，如诗歌题材、诗歌主题、诗歌审美取向等。并且，传统诗论中的"诗格"没有涉及的诗歌在内容、形式等方面的发展流变历程

---

① （清）张廷玉等撰：《明史》，中华书局1999年版，第7386页。
② 《全唐诗》，中华书局1960年版，第8501页。
③ 《元典章·圣政一·饬官吏》，上海古籍出版社2013年，续修四库全书本，第38页。
④ （清）刘熙载：《诗概》，上海古籍出版社1978年版，第2445页。

中的规律、特性、价值等，亦被包括在"诗歌品格"之中。以此而言，所谓"诗歌品格"，其含义应为诗歌文体形式和诗歌内容的规定性特征，包括诗歌形式与内容方面所体现出的特质、规律等，也涉及诗歌文体样式、诗歌内容等发展流变历程中的特性和表现形式。可以说，"诗歌品格"兼具体用、内容与形式等含义，是一个既指向诗歌本体又观照文学形式、内容、特征、规律等规定性要素的话语。

二　关于"文化生态"

很大程度上，当今学者使用的"文化生态"概念，来自西方"文化生态学"。文化生态学（cultural ecology）是一门将生态学的方法运用于文化学研究的新兴交叉学科，是研究文化的存在和发展的资源、环境、状态及其规律的科学。文化生态学主张从人、自然、社会、文化的各种变量的交互作用中研究文化的产生、发展的规律，来寻求不同民族文化发展的特殊形貌和模式。文化生态学除研究文化对于自然环境的适应外，更主要的是研究影响文化发展的各种复杂变量间的关系，特别是科学技术、经济体制、社会组织及社会价值观念对人的影响。

大概由于西方"文化生态学"含义具有不同层面的意义指向，因此，中国学术界对于"文化生态"概念的理解与使用，表现为一定程度的歧异性和混乱性。这说明，"文化生态"因其在学术研究理念和学术研究方法的创新性已为学界瞩目，也说明了作为新生理论的"文化生态"，具有其不可避免的成长期，表现出发展过程的不完备性和混乱性。从学术研究现状来看，学者往往从自己的研究领域出发，规定"文化生态"的内涵与外延。有代表性的说法主要有五类：

1. 所谓文化生态，是指由构成文化系统的诸内、外在要素及其相互作用所形成的生态关系。"文化生态模式"则是指维护文化生态生存、绵延的根本律则与运行机理。[1]
2. 文化生态是一种历史过程的动态积淀，是为社会成员所共享的生存方式和区域现实人文状况的反映，它与特定区域的地理生态环境和历史文化传承有着密不可分的因缘关系。[2]

---

[1] 李翔海：《中国哲学"文化生态模式"的特质与意义》，《光明日报》2005年8月9日。
[2] 张燕清：《福建文化生态与历史文化继承》，《东南学术》2003年第5期。

3. 文化生态是指人类在创造文化过程中与天然环境及人造环境的相互调适的关系及其内在联系，是指"相互交往的文化群体从事文化创造、文化传播及其他文化活动的背景和条件，文化生态本身又构成一种文化成分。"①

4. 文化生态，是指与自然生态相对的范畴。自然生态是指生物有机体与其周围环境之间的相互关系，相应地，文化生态则是指一定历史时期、一定社会文化大系统内部诸文化形态之间的相互联系、相互影响、相互制约的方式和状态。②

5. 文化生态是指一定社会条件下，人们的物质生活和精神、气质、习俗、礼仪等与一定地理环境的和谐统一。③

上述定义，在内涵与外延上都不相同。显然，作者囿于所关注的领域与知识水平，对"文化生态"的理解是不同的。仔细分析上述学者对于"文化生态"的认识，或多或少是有一些问题的：

第一个定义，既把"文化生态"定义在文化系统内部诸要素及其相互作用，又把"文化生态模式"说成是"维护文化生态生存、绵延的根本律则与运行机理"，则此概念内涵并不一致，并且这个概念显得非常宽泛，对理解"文化生态"并没有很大帮助；

第二个定义，把"文化生态"定义为人的生存方式与人文状况的反映，这个定义也显得比较宽泛，没有彰显出关于"文化"的"生态"特质；

第三个定义，把"文化生态"定义为人的活动及相互关系，是人们调节自然环境与人造环境的产物。这个认识，强调了文化创造、传播和其他文化活动的背景和条件，以及文化生态本身，但是，对"文化生态"概念的内涵与外延并没有给予界定；

第四个定义，把"文化生态"与"自然生态"相对立，是诸文化形态之间的相互作用。显然，这个定义是不包括"自然形态"在内的。从概念的辨析来看，这个定义内容不全，有关辨析见下文；

---

① 丁武军、付美蓉：《古民居生态旅游资源的保护》，《江西社会科学》2004 年第 2 期。
② 孙卫卫：《文化生态与先进文化的发展》，《理论探索》2004 年第 3 期。
③ 陈定秀：《本土民族文化的价值与保存》，《黔西南民族师范高等专科学校学报》2002 年第 3 期。

第五个定义，则试图调和观点四的不一致性，但是，它只注重了物质生活与人的某些社会属性、自然属性的"和谐统一"，却没有看到事物之间的关系，不仅仅是和谐统一，也有相互矛盾，甚至是剧烈斗争的现象。

上述"文化生态"概念的认识歧异现象，一方面说明"文化生态"理论本身较为年轻，具有旺盛的生命力，其内涵与外延尚在不断变化之中；另一方面，也说明了这个概念具有广延性与丰富性等特征。因此，为了相关研究的客观性，需要对"文化生态"这个概念进行一番考察。而要对"文化生态"进行考察，必须从对"文化"与"生态"这两个概念的考察开始。

同学术界对"文化生态"的认识一样，对"文化"这个概念的认识，历来是学术界争论不休的话题。近代把文化作为科学术语来使用，比较早的是英国的"人类学之父"泰勒（1832—1917年），他在1871年发表的《原始文化》一书中，把文化定义为"是一个复杂的总体，包括知识、信仰、艺术、道德、法律、风俗，以及人类在社会里所获得的一切能力与习惯"①。自此之后，学术界对"文化"的定义日趋繁琐，至今已有数百种之多。其中，以系统论阐述的"文化"概念可以算是比较严谨的。如胡世庆等对"文化"的分析：

> 文化大系统的基本构成成分可以分为三大子系统。……物质文化子系统包括：一、人们为满足生存和发展需要而改造自然的能力，即生产力；二、人们运用生产力改造自然，进行创造发明的物质生产过程；三、人们物质生产活动的具体产物。制度文化子系统包括：一、人们在物质生产过程中所形成的相互关系，即生产关系；二、建立在生产关系之上的各种社会制度和组织形式；三、建立在生产关系之上的人们的社会关系以及种种行为规范和准则。精神文化子系统包括：一、人们的各种文化设施和文化活动，如教育、科学、哲学、历史、语言、文字、医疗、卫生、体育和文学、艺术等；二、人们在一定社会条件下满足生活的方式。如劳动生活方式、消费生活方式、闲暇生活方式和家庭生活方式等；三、人们的价值观念、思维方式和心理状态等。……在这个整体系统中，各子系统具有不同的功能：物质子系

---

① 泰勒：《原始文化》，蔡江浓译，浙江人民出版社1988年版，第1页。

统是文化系统的基础,它是制度文化子系统和精神文化子系统的前提条件;制度文化子系统是文化系统的关键,只有通过合理的制度文化,才能保证物质文化和精神文化的协调发展;精神文化子系统是文化系统的主导,它保证和决定物质文化、制度文化建设、发展的方向。①

上述运用系统论对"文化"概念的阐释,是基于人的活动为出发点,而通过观照其随之产生的各种关系来展开的。显然,以此为立论根据,就抓住了问题的关键。但是,这个定义,仍有不完美之处。它是以静止分类的形式来说明"文化"的内涵的。而实际上,作为人的活动的产物,文化必然随着不断丰富的人类活动而变得更加丰富。文化一定是一个发展过程,而不是固定不变的具有稳定内涵和外延的产物。如马克思主义理论所言,人类在劳动过程中,在改造世界的同时,就先验地在观念中存在着改造世界的表象。显然,在劳动过程——即生产过程中,劳动者即生产者同时在进行着对物质世界的改造和对精神世界的改造两种活动。从这个意义上讲,文化只不过是从属于人的生产产物,人类在改造世界的过程中改造着自我。在这个过程中,外在的客观世界不断内化为对象化的主观世界。人的文化活动,与这两个世界不可分离。因此,对"文化"概念的理解,应该充分考虑到"文化"的生存状态,与其产生、发展及其自身内在的规定性。

显然,从"文化"概念的产生与发展过程来看,把"文化"定义为与自然界(或称作自然环境、物质世界、物质环境)相对立而存在的概念,是不符合道理的。"文化"是一个过程,这个过程是随着人类自觉地改造和征服自然界,把自然界内化为观念上的世界而开始的。从文化的发展过程来看,随着人类征服和改造自然及自身能力的提高,随着生产分工的实现,产生了国家、阶级后,文化的演进过程也就变得复杂。它不仅仅是同人们的自然环境有联系,也更多地存在于人们之间的各种关系中,伴随着政治、经济等而存在,贯穿于人们的生产、生活等各种关系之中。因此,"文化"应该被看作是人的精神创造活动与物质创造活动的统一体,它存在于人类生产活动的整个过程,生产的诸要素及其由之产生的各种关

---

① 胡世庆、张品兴:《中国文化史》"导言",中国广播电视出版社1991年版,第2页。

系构成了文化的诸部类及其各种关系,并外显为作为统一体的文化的本体。这些因素相互影响、相互制约、相互依存,共同促进着人类的进步与发展。

现代学术意义上的"生态"概念,受到了英国生态学家坦斯利(Tansley)在20世纪30年代提出的"生态系统"概念的影响。他当时提出了"生态系统"这个概念。"生态系统"到了50年代得到了广泛的传播和承认,到了60年代已发展成为一个综合性很强的研究领域。坦斯利"生态系统"本来是一个纯生物学的概念,指的是在一定时间和空间内,生物与其生存环境以及生物与生物之间相互作用,彼此通过物质循环、能量流动和信息交换,形成的一个不可分割的自然整体。随着"生态系统"学说的不断发展,"生态"这个概念也被运用到文化研究的领域上来,其一般含义,指的是在一定的时空内,文化的生存环境以及文化子系统之间相互作用,共同维系发展的一种存在状态。

据上述分析,我们可以对"文化生态"作出比较明确的界定:所谓文化生态,指的是人类在生产过程中,对外在世界及人类自身进行改造且由此产生的各种关系。这个关系,从广义来讲,包括人类对主客观世界的改造而形成的各种关系;从狭义来讲,包括人类在生产劳动中为了满足精神需求而生产出的各种关系。上述各种关系,在人类从事生产劳动以求生存与发展的过程中,发生着复杂而深刻的变化,相应地产生了各种机制,共同规定着人类生产活动的发展特征。从其狭义来看,这里的"文化生态",是一个与艺术生产和精神生产有紧密关联的概念。运用这个概念,是为了研究诗歌生产的条件、环境、生产方式,以及生产者受到的影响和制约。由此出发,进而探讨诗歌文本是如何受到了上述因素的制约和影响,亦即研究诗歌的艺术特质、文学样式、审美取向和艺术分工等问题的形成过程与特征。"文化生态"与"文化背景"是不同的。长期以来,我们习惯于在文学研究过程中把"文化背景"作为文学发生发展的原因,文学样式成为了"文化背景"的投射物,一旦提及某类文学现象的发生原因和发展轨迹,往往要特别提到当时的历史环境,包括政治、经济及文学的发展轨迹,似乎这些就是导致文学发生发展的直接原因。换句话说,"文化背景"这个概念,往往与以意识形态论为指导的传统文学研究相联系。从意识形态论来研究文学,自然有其合理性和先进性,就研究以理性为主的文学样式来讲,运用意识形态论作指导,往往能够洞见各种文学现象的规律及产生原因。但是，当运用意识形态论来研究以感性为主的文学样式时，意识形态论往往会显得过于简单，甚至是无效的。另外，用意识形态论来研究历史文化背景同文学的关系时，对文化背景的要素要求如何转化迁移为文学要素要求的途径、实现方式等，很难做出合理的解释。

这里所讲的"文化生态"，同当今文化学研究界所用的"文化生态"概念有联系，也有区别。美国文化人类学家斯图尔德在其1955年出版的《文化变迁理论》一书中，阐述了"文化生态学"的基本概念。指出：生态学主要的意义是"对环境的适应"。对大多数生物而言，"适应是以它们的身体特征来达成，而人类的适应是靠文化的方式来达成。人类进到生态的场景中……不仅只是以他的身体特征与其他有机体发生关系的另一个有机体而已。"[1] 他所使用的"文化生态"，大略可以分为"自然环境"、"社会环境"和"社会制度环境"等。冯天瑜等人的著作，即使用了斯图尔德的理论。而本书所讲的"文化生态"则重在强调人类艺术生产与精神生产所依赖的条件、环境、生产方式等，是社会环境、制度环境以及文化心态、文学思想等密切相关的条件，是相对微观的"环境"、"条件"，既包括物质的、制度的，又包括观念的、心态的。我们所讲的"文化生态"，重点在于探讨整个文化生态部类的关系，而非某一文化生态部类的"环境"。

依宋代刘彝评价其师胡瑗的学问而作一定延伸[2]，任何学说都必然具备体、用、文等规定性的特质。"文化生态"当然也可以作为方法而为我们研究问题所用。就研究方法而言，从文化生态的角度来观照诗歌生产或诗歌创作，与"文化诗学"的研究模式，也有比较大的差异。童庆炳、李春青等先生倡导的"文化诗学"概念，是在对19世纪末以来苏俄以及西方批评方法的吸收基础上，从文化语境或称为文化空间的角度，"通过对历史的、哲学的、宗教的、民俗的等各类文化文本的深入分析，确定特定时期占主导地位文化观念的基本价值取向，把握这个时期话语意义生成的基本模式"[3]。据倡导者所言，"文化诗学"力图尊重不同文类之间的互文本关系，在文本、体验、文化语境间进行阐释活动。[4] 可见，"文化诗

---

[1] 转引自冯天瑜等主编《中华文化史》，上海人民出版社1990年版，第9页。
[2] 参见黄宗羲等《宋元学案》，中华书局1986年版，第25页。
[3] 李春青：《诗与意识形态》，北京大学出版社2005年版，第6页。
[4] 参见李春青《诗与意识形态》，北京大学出版社2005年版，第6—29页。

学"虽然在入手处也重视从历史、哲学、宗教、民俗等方面来观照诗歌文本的生成环境,但是,在研究路径上,"文化诗学"却与我们所讲的"文化生态"有根本性的不同。"文化诗学"所关注的是"文化观念的基本价值取向"及"话语生成模式",力图对"文本、体验、文化语境"等进行阐释。而本书所关心的,是宋代诗歌在历史、宗教、哲学、民俗、官制制度、社会心理以及文体互动等具体文化环境中,诗歌的基本走向和艺术特质等方面是如何生成与发展的,形成诗歌体裁、艺术特质的原因是什么等。不同的研究对象,决定了采用研究方法的不同。显然,就其体、用、文等规定性而言,或许可以说,"文化诗学"与"文化生态"是根本不同的。

依前文关于"文化生态"的界定,考虑到宋代诗歌发展历程、诗性品格的生成因素等情况,就宋诗文化生态而言,首先要对如下几个方面进行考察:

一是宋代文化制度与诗歌品格的关系问题。从马克思劳动概念出发,研究诗歌生产的条件、环境、生产方式,以及生产者受到的影响和制约,进而探讨诗歌的艺术特质、文学样式、审美取向和艺术分工等问题的形成过程与特征,既关系到艺术生产所必须重视的文化生态问题,又关系到意识形态诸部类的生成、发展与互动的复杂关系等问题。要对宋代诗歌艺术的文化生态的制度部类进行确认,是非常不易的。不过,从对宋代诗歌品格生成、发展及其制约因素所起到的作用而言,对诗歌品格起决定因素的文化制度,还是以科举制度、乐府制度、台谏制度与曲宴赋诗制度这四个文化制度为最重要。

科举制度关系到宋代士人的人生状态及其决定下的文化心态。科举制度对士人的知识构成、个体人格塑造和文化心理等都起到了重大甚至是决定性的影响。士人如果将这一文化心理和个体心态在其诗歌中予以表现,其诗歌题材、主题与审美取向等也就与科举制度发生了关联。并且,科举制度具体内容的实施与变化,经常左右着诗歌创作题材、主题与创作水平的变化。台谏制度事关彼时政治走向、士人气节以及国家整体的政治形态。尤其是,台谏制度对于诗歌创作者的气节、文化心态等产生了巨大的作用力,台谏官的讽谏主张往往形成政治事件,这些政治事件往往成为某一历史时期的重大政治措施、政体变革和社会风气变化的促进因素,影响到彼时诗歌的内容主题与诗歌形式。乐府与歌妓制度,作为两宋普遍存在的文化形态,事关宋代统治者、士大夫以及下层的普通人群的文化生活,寄托着他们的日常喜怒哀乐,是宋代特殊文化生产与消费的重要方式。由于乐府与歌妓制度的推动,宋词之题材、主题与风格都与诗歌作品有了明显差异。曲宴赋诗制度,作为宋代皇室对文人施以恩宠的重要制度,对提升文人的文化地位,巩固统治基础作用明显。而其中赏花钓鱼宴赋诗制度又是曲宴制度的一项重要内容。因此,需要对曲宴赋诗制度进行研究,以探讨其对宋代诗歌品格生成所带来的影响。

二是宋代政治事件与诗歌品格问题。政治事件作为影响诗歌发展历程及艺术品格的重要因素,除了直接影响到国家统治大局及其政略、制度之外,也对士人的生存状态与人生追求产生巨大影响。比如说,为了改变五代以来武人频繁干政造成的篡弑局面,北宋太祖、太宗朝力行"文治",后世逐渐沿袭成为"祖宗家法",就对两宋三百多年政局产生了极为重要的影响。而自太宗太平兴国年间逐渐形成的"朋党之争",除了与两宋统治稳定与否紧密攸关之外,也成为各种政治势力角力的矛盾聚焦点和爆发点。继之而起的是,伴随着金人铁骑的践踏蹂躏,两宋之交的星空下,繁华不再,战火四起,举族南迁、亡命南国的人们生计艰难,期盼中兴的强烈愿望发之于诗,一举改变了北宋末年因朋党之争等造成的荒芜衰退的诗坛局面。这些政治事件,是社会各种矛盾的集中体现物,都会影响到彼时社会的文化心态,而社会群体的文化心态形成后,又必然对当时的士人个体产生重要而深远的影响。宋代诗歌发展历程中的波折与成就,诗歌风貌的生成与变化,诗篇题材、主题与审美风尚的变迁,从传统"诗言志"观点看似乎是诗人个体的能动创造,但创作者的这一文化劳动其实与其彼时政治事件影响下的士人文化心态紧密相连。可见,要对宋代诗歌发展历程及其品格生成的因素、作用机制等进行考察,对彼时政治事件及其影响下的士人文化心态进行探讨是非常必要的。

三是宋代地域文化与诗歌品格的关系问题。地域文化对所属地域文化品格及其发展历程等方面的影响,《尚书》、《史记》等已有记录。《礼记·王制》亦云"五方之民皆有性也,不可推移。"因此,以地域文化为特色的行为模式,理应受到研究者的重视。近百年来,国内外文化学者已经有了大量的研究。研究诗歌生产的条件、环境、生产方式,以及生产者受到的影响和制约,自然就必须关注地域文化对产生或生活在这一地区的士人的影响。诗歌的生成与传播、诗歌风格的定型等,往往都与地域文化以及其影响下的士人文化心理紧密相关。对宋代而言，建国之后存在的南北文化的差异如何逐渐整合为统一的文化格局，尤其是宋代诗歌从晚唐格局狭小、气象衰瑟特征逐渐成长为具有"宋贤精神"的诗歌类型，通过对不同地区地域文化的梳理以及对彼地区诗歌所发生的影响等方面，能够窥见若干因素。鉴于宋代地域文化的复杂性，可以选取典型性的地域文化类型进行研究。

　　四是宋代诗歌文化功能与诗歌品格关系问题。从文化生态因素来研究诗歌的艺术特质、文学样式、审美取向和艺术分工等问题的形成过程与特征生成，就必须关注意识形态因素与艺术生产因素对诗歌品格生成的影响和制约作用。诗歌作为文化部类的重要组成部分，其文化功能经过历代传递而具有了约定俗成的意义。文学的文化功能一旦成为公认的规则，自然就会对创作者的诗歌产生制约或者引导作用。这是心态文化层的表现形式之一。值得注意的是，宋代诗歌因为宋代士人的文化身份与文化品格，以及文化追求的特殊性，而在文化功能上有所变化。这些变化了的文化功能，自它产生之日起，就随着影响力的扩展而成为诗歌创作者必须关注的文化因素。作为诗歌创作抑或写作的前提性条件，诗歌的文化功能经常为士人在创作诗歌时或遵循或有意识地疏离。从这个意义上说，要考察宋代文化生态对诗歌品格生成与发展的影响，亦应关注宋代诗歌的文化功能的变化与发展。

　　五是宋代士人文道观念与诗歌品格关系问题。文化的心态文化层包含着社会群体的审美情趣与审美诉求。宋代士人具有高度的理论创造意识与理论自觉精神。其中，他们对文道关系的探讨，标志着宋代士人对于文学本质以及文学与哲学是否具有同一性等问题形而上思考的高度。宋代士人自觉形成的这种循"名"核"实"的传统，在宋人别集、笔记以及宋人文论中比比皆是。但值得注意的是，宋代士人因其文化传承与文化品位和文化追求的不同，实质上是归属于不同的文化阶层或文化群落的。不同的士人阶层有其不同的文道观念。而在其诗歌创作中，这一阶层的士人又往往在贯彻其文道观念的过程中，表现为不同的贯彻形式，也表现出他们贯彻文道主张与文学创作的特性上。显然，宋代士人文道观念影响到宋代诗歌发展历程、诗歌品格的生成，对彼时诗歌的题材、主题与诗歌风尚产生了重要的影响。因此，在对宋代诗歌品格与文化生态关系进行考察时，就必须注意到不同宋代士人阶层的文道观念对其诗歌创作及其诗歌品格生成的影响。

六是宋代理学文化思潮与诗歌品格关系问题。理学无疑是宋代士人的杰出文化贡献。据对《四库全书》收录的宋代士人200部别集175位作者进行分析,有理学学缘、理学素养,或者受到理学人物影响的士人就达到106人之多。可以说,自北宋中期理学作为儒学发展的重要形态而逐渐形成不同的理论体系之后,相沿至南宋末年,对宋代士人的人生终极追求、人生价值判断等产生了极为深刻的影响。因此,不管是从艺术生产还是从意识形态理论出发,要对宋代诗歌发展历程、诗歌品格及其发生影响的诸要素进行探讨,显然不能不对宋代理学加以注意。从理学文化思潮角度来切入诗歌研究,则能较为妥帖地把握理学作为一种文化形态对诗歌发展历程及其品格生成等诸因素的影响。因为,作为文化的理学,其产生、发展以及与其他文化形态所发生的各种复杂关系,归根结底是宋代文化诸形态的相互作用,而这种复杂的相互作用便表现为各种文化思潮的消长上。

上文从"唐宋诗之争"、"宋贤精神"等宋代文学研究所必须关注的重大文化问题出发,考察了宋诗研究可以采取的文化生态研究的理论元点、可能性及研究路径等问题。可以设想,从文化生态概念出发,衡量宋代文化生态部类对宋代诗歌发展历程所产生的影响,进而确定文化生态对于宋代诗歌品格生成与发展诸方面所产生影响的条件、过程,顺次而进行相关研究,当能为宋诗研究开拓一条新路。基于宋代文化生态与诗歌关系的诸因素考虑而确定的研究内容,在很大程度上带有学术探索性质,注定其研究进路会遇到很多学术挑战。惟其如此,自然愈发显出从文学生态角度对宋诗发展历程及其品格生成进行研究的学术价值。

第四节 研究理念及研究视角:散点透视与关注焦点问题

2008—2014年间,因为撰写《中国诗歌研究史》(宋代卷)的机缘,我曾经集中了六年多的时间,对百多年来宋代诗歌研究代表性学者的治学理念与研究方法进行了比较深入的考察。研究所见,百年来优秀学者的治学理念和研究路径取法不一,各有所长:或注重文献梳理与考证,以此为哲学方法论指导下的论证过程提供翔实的证据支撑；或重视中西比较，采取宏观与微观相结合的研究视野，理论思辨严密；或重视把文学研究放在宏阔的文化人类学视野之下，建构其研究体系；或重视综合使用文献考据、文本分析、理性思辨相结合的研究方式，以解决问题为目的。这些学者在各自研究领域里所进行的积极有益探索，极大地拓展了我们的研究视野，为我们从事学术研究提供了有益借鉴。[①]

新时期以来，国内外学术史的研究方法，可以归纳为三类六种：第一类是"史述式"的编撰体例。这可以看作是中国传统学术史志类撰写体例的继续和发展。这种编撰体例主要包括两种编撰方式：一是以历史的时间发展顺序为线索的史述式编撰体例；二是以研究问题为提纲而以历史的发展顺序为线索的编撰体例。第二类是"史论式"的编撰体例。包括两种：一是以发现研究历史中的内在发展规律为目的的史论式编撰方式；二是以历史的时间发展顺序为线索的史论式编撰体例。第三类是"关注问题式"的编撰体例。包括两种：一是以历史的时间发展顺序为线索，着眼于学术历史发展、演变进程中的某些问题而展开研究的编撰体例；二是以关注研究中的焦点问题为特征的编撰体例。[②]

其中，"关注焦点问题"式的研究方法，其长处在于，以关注焦点问题为研究的出发点，能够把研究的着力点集萃于具体的问题上，避免游谈无根、治学空疏的弊端，使研究的注意力转移到学术史进程中的关键问题、核心问题和代表性问题上来，惟其如此，才可能深入研究这些问题。显然，以这种研究方法或者说是编撰体例来进行研究，更为符合当下学术研究的理念。当然，以这种编撰体例来撰写研究课题亦有其弊病：受著作学术视野、学术理念和研究方法所限，不同的著者会关注不同的"焦点问题"，既容易关注细小问题，也容易以偏赅全，其著作亦因为以"问题"展开而缺乏明显的史的发展线索。这就需要研究者具备多方面的素养，才能抓准"焦点"进行研究。

以百多年来优秀学者的治学理念和研究路径为重要参照，按照目前学术界所强调的"解决问题"式的研究理念，本书准备采用"关注焦点问

---

① 参见左东岭主编《中国诗歌研究史》之"宋代卷"，共十一章，本卷为王培友所撰，共15万字。

② 王培友：《论宋代诗歌研究史的撰写理念与研究方法》，《湖北师范学院学报》2010年第2期。

题"式的研究方法来切入课题研究。为了弥补"焦点问题"式研究方法的局限性，本书借鉴中国传统绘画艺术中的"散点透视"原理，力图从整体上对宋代诗歌品格、宋诗发育流变历程等问题进行"文化生态"的考察。所谓"散点透视"，指的是作为主体的观察者，其观察点不是固定在一个地方，也不受固定视阈的限制，而是根据需要，移动着立足点进行观察，凡各个不同立足点上所看到的东西，都可组织进自己的观察视野中来。这种观察的方法，叫做"散点透视"，也叫"移动视点"。中国山水画能够表现"咫尺千里"的辽阔境界，正是运用这种独特的透视法的结果。故而，只有采用中国绘画的"散点透视"原理，艺术家才可以创作出数十米、百米以上的长卷。如《清明上河图》等，都是用这种方法实现的。而如采用西画中"焦点透视法"就无法达到。南北朝时期宗炳在《画山水序》中已经指出："去之稍阔，则其见弥小。今张绡素以远映，则昆阆（昆仑山）之形，可围于方寸之内；竖画三寸，当千仞之高；横墨数尺，体百里之迥。"[①] 已经精辟地指出了以"散点透视"法把握复杂景物的优越性。仔细想来，"散点透视"作为方法论而言，对于我们从整体上把握研究对象的特征，是很有借鉴价值的。同样道理，这一方法对于我们从事古代文学研究也是适用的。本书借用"散点透视"的方法，可以从宋代诗歌的"文化生态"的主体部分着眼，对宋代诗歌的整体风貌及其形成原因、宋代诗歌的发生发展史、文化的一些因素对诗歌的影响等进行考察，以期揭示宋代诗歌特质的形成原因、制约因素和发生发展助力等，从而实现推动宋代诗歌研究的目的。显然，以"散点透视"方法提取与诗歌品格发生联系的"文化生态"的主要部类，进而采用"关注焦点问题"来深入展开课题研究，这对于构建研究体系无疑是非常必要的。

学术研究的任何尝试，都是要付出艰辛努力甚至代价的。且不说以"文化生态"研究文学本身是新的课题，"文化生态"本身亦有很大认识歧义，就中国古代文学研究传统而言，朴学考据、重现象描述而轻学理探讨、重文学本位研究而轻问题研究等，目前还有很大影响力。以理论探讨尚有歧义的"文化生态"来切入本来已有一定学术传统的古代文学研究，实际上是冒一定风险的。不过，惟学术求真故，想来也容易为学界慢慢接受，并注意到这一研究视角所带来的益处。可喜的是，尽管学界对"文

[①] 转引自徐英槐《中国山水画史略》，浙江大学出版社2003年版，第34页。

化生态"概念有很多认识上的歧义,但并不妨碍学者们以此为研究理念和研究方法,从事各自学科的研究。与"文化生态"理论的完善化进程形成鲜明对照的是,近年来已有越来越多的学者开始将研究视阈投射在"文化生态"理论构建及其相关应用研究方面,并产生了一批值得重视的研究成果。如《新世纪文学现象与文化生态环境研究》、《中国古代散文思想史——文化生态与中国古代散文思想的嬗变》、《文化生态与中国古代文学论丛》、《近代文化生态及其变迁》、《民间艺术的文化生态论》及《莆仙戏剧文化生态研究》等。上述专著对"文化生态"的理解有明显差异。从中可见,大部分学者所理解的"文化生态",侧重于文学的物质文化和精神文化中的文化制度、社会风气和地域文化等方面,而对诸如士人文化心态、文化观念、文化思潮以及文学的功能等"文化生态"层面缺少必要关注。从研究角度而言,大多数研究专著也没有关注到文学部类的文学品格的生成及其发展历程与"文化生态"部类发生关联的途径、条件、关节点和生成机制,一些研究成果仍然习惯于采用静止的、机械的简单比附方式研究文学的文化生态,而不是从联系的角度关注文学品格生成、发展的动因、机制、条件及作用渠道等。有鉴于此,本课题虽亦用"文化生态"对两宋诗歌品格及其生成因素等进行研究,但因为采用"散点透视"整体把握下的"焦点问题"研究理念与研究方法开展课题研究,这就能够比较好地处理全局与局部、现象与过程等各种关系。由此之故,本书的研究重点不是简单梳理现象,而是重在探讨文学品格与文化生态诸要素的关系,亦即重点关注两者发生联系的途径、机制、关节点,以及文学品格生成与发展的文化条件、历史空间与特定的社会文化环境等。可见,本书与时贤的"文化生态"研究视角、研究理念乃至研究方法都是有很大差异的。本书是笔者运用"文化生态"理论研究文学品格及其生成的一次尝试,希望研究者都来关注"文化生态"及其相关理论与研究方法,并应用于研究实践,以推进相关研究的深入展开。

第一章　两宋政治文化制度与诗歌品格

北宋政治文化制度对诗歌品格产生的巨大影响是不容忽视的。一方面，北宋政治文化制度从政治制度层面上为北宋诗歌品格的形成与固定化，提供了有力的保障，引导、制约着诗歌品格的生成与发展历程，居于主导包括文学在内的文化特质及其走向的优势地位；另一方面，作为政治文化制度的重要实现形态之一，诗歌品格也反映出政治文化制度建设的成就和效应，反过来也会成为最高当局对政治文化制度进行调适和变革的重要参考依据。由此而言，对政治文化制度与诗歌品格之关系进行考察，是非常必要的。

但要对这两者之间的关系进行考察，则是一项极具挑战性的课题。这是因为，就文化本身而言，可以分为狭义文化与广义文化。即使从狭义文化制度来讲，其内容也是包罗丰富的。举凡科举制度、乐府制度、官僚政治制度、考课升黜制度、荐举制度、台谏制度等，都是两宋政治文化制度的有机组成部分。显而易见，要对政治文化制度与诗歌品格之间的关系进行全方位的分析研究，是一项极为庞杂繁重的、几乎不可能完成的任务。不过，如果从政治文化制度对诗歌品格的影响力而言，则科举制度、乐府制度、台谏制度、曲宴用诗制度等对两宋诗歌品格的形成，具有直接的、重要的作用。这四个方面的政治文化制度，因其成为组织当时社会的政治、文化纲领而具备支撑社会文化层面的统治基础，也就必然影响到社会阶层的相互关系以及由其决定着的社会风貌，并进而成为左右文化走向的重要因素。基于上述思考，本章选取一定时期的上述四个政治文化制度形态，对其与同一时期的诗歌品格之间的复杂关系进行研究。

第一节　两宋台谏制度建设与诗格之变迁

两宋台谏制度，是绵延于两宋文化史上的重要政治文化制度。两宋文化之所以能够在中国文化史上占据比较高的地位并形成了自己独有的文化特质，台谏制度在其中起到了比较重要的作用。因为台谏制度事关政治走向、士人气节与心态乃至国家整体政治状态，而这些都与生活在其中的人们密切相关。作为表情达意、抒发心志的诗歌，在内容、审美指向等方面，都会反映出诗人受之影响而呈现出的气质、心态与精神。

但两宋台谏制度本身是一个不断发展的过程。大致说来，宋初百年总的来说比较稳定，可算宋初台谏制度的建立和完善时期。熙宁四年王安石变法到南宋高宗末年，可算是宋代台谏制度的变化时期，这一时期因王安石变法而导致的新旧党争，影响到台谏官的地位升迁沉浮，但总的趋势是台谏制度被削弱，台谏官地位不断下降。高宗后至南宋理宗朝，南宋台谏制度相对稳定，但台谏官已经不复有北宋真宗、仁宗、英宗三朝与宰辅相抗衡的地位。理宗至南宋末，虽然一度有推崇台谏制度的一些措施，但由于宰辅的阻挠，台谏制度之功能更加弱化，终至于不振。为了论说方便，本书以宋初百年台谏制度与诗歌之关系展开论说。

一　宋初百年台谏制度建设对士人气节的推扬

宋初百年是"唐型文化"向"宋型文化"转变的关键时期，此期代表"宋型文化"的若干特质得以确立，并最终凝结为中华民族历史上具有新质特征的文化类型。得益于各种文化因素的共同作用，此期创作主体的"情"、"志"表现出鲜明的时代性。就诗歌创作而言，经过百年的沉淀、发育，此期诗歌逐渐疏离了晚唐五代的注重"锻炼"、气格萧瑟等文化传统，而表现出推崇清淡、尚理、崇尚骨力等文化新取向。

百年的历史只不过是一瞬，但这一历史进程所蕴含的重要文化意义却值得沉潜玩味。显而易见，由于宋初百年在唐宋文化转型中的重要地位，对造成宋初百年诗歌发生如此转型的原因进行探讨，依旧是一个常说常新的话题。值得注意的是，宋人已经认识到，北宋士人逐渐重视士人气节的历史实际,与彼时台谏制度的建设,存在着极为密切的关联。① 今人的相关研究,也对宋人的观点具备支持性。② 而士人的气节问题,实是士人文化心态中的一个至关重要的方面。诗歌作为人类精神文明的重要产物,自然在多方面展示着彼时士人的文化心态。

在真宗天禧元年(1017)二月之前,北宋台谏制度的政治地位和政治功用尚被最高统治者轻视。③ 但到仁宗朝,情况发生了根本改变:"台谏之职在国初则轻,在仁宗时则重;在国初则为具员,在仁宗时则为振职。"④ 真宗天禧元年,设言事御史,台谏职责开始合一。后来,仁宗又明令宰辅不得荐台官,中丞、御史须由天子亲擢,宪台遂成为钳制宰相与纠察百官的强有力机构。据《宋会要》等记载,御史台为皇帝耳目之官,掌纠察文物百官歪风邪气、贪污官吏,肃正朝廷纲纪。可以在朝廷、皇帝面前论争,以及上奏弹劾。允许以风闻言事,不必有足够根据,京师命官犯罪审讯,须报御史台备案,并参与诏狱审理等。谏院,职在拾遗、补阙。凡朝政阙失,大者可以在朝廷进谏规正,小者上实封论奏。自宰相以下至百官,自中书门下至百司,任非其人,事有失当,都有责任谏正。大体而言,在北宋台谏组织中最值得重视的是三院御史与知谏院之官。三院御史即侍御史、殿中侍御史、监察御史,职掌弹劾百官奸邪,共许言事,因此通称言事官,集台官、谏官之责于一身。知谏院,在北宋前期往往由非言事官兼领,职掌谏诤朝政阙失,大则庭议,小则上封。在北宋除了台谏官员之外,侍从官也具有言事、上封纠弹的权力。正是因为上述职责所在,台谏官员及侍从官员就能够凭借这些职能而实现其人生抱负。台谏制度的实施,一方面在为士大夫提供参与朝政的际遇,以实现自身的政治价值;另一方面,客观上也导致了朝廷注重树立士大夫的士节标准,强调保养士气。这种情况,便顺理成章地激发其对士大夫士气与士节的呼唤,导引出彼时社会风气的转型。

职责所系,言官可以风闻上奏而不担责,这些都促使言官自励而勇于担当。如仁宗明道二年,《续资治通鉴长编》记载,本年台谏官非常重要的谏奏就有:权御史中丞蔡齐谏处置"传荆王元俨为天下兵马都元帅者"

---

① 《宋史》卷四四六、《宋史·范仲淹传》等都有记载。
② 参见虞云国《宋代台谏制度研究》,上海书店出版社2009年版。
③ 虞云国《宋代台谏制度研究》,上海书店出版社2009年版,第3页。
④ 李焘:《续资治通鉴长编》,上海古籍出版社1985年版,第1009页。

事；右司谏范仲淹谏"遗诰以太妃为皇太后，参决军国事"事；殿中侍御史段少连谏"尚书省官议事不赴以违制论"事；右司谏范仲淹谏"江、淮、京东灾伤，请遣使巡行"并陈八事；御史中丞范讽劾奏"惟演不当擅议宗庙，又言惟演在庄献时，权宠太盛，与后家连姻，请行降黜"事；殿中侍御史庞籍谏朝廷宜节俭事；御史中丞范讽劾罢张士逊过杨崇勋园饮酒不视政事。① 这些谏议涉及政治运作、政治秩序、重大政治事件、对重臣的处理以及对皇帝本人的约束等。可见，台谏官的政治效力和作用是非常显著的。由此可以理解，在北宋时期，朝廷上下以及社会各个方面，对台谏官的要求也是非常高的。因此，如果为言事官、讽谏官和侍从官而不积极议论以为朝政服务，或者藏有私心，则往往受到舆论责备，乃至受到严肃处理。如真宗、仁宗时期重要的台谏官范讽，就在仁宗朝因为与宰臣吕夷简交接，受到了外派为官的处分。而仁宗朝欧阳修责备台谏高若讷在范仲淹因故被贬外出而不进言，以及蔡襄因此而写有《四贤一不肖》诗，都可以看作是朝廷内外乃至社会舆论对台谏官的制约。

职责所系，以及社会舆论的外在约束，就造成了对言事官进言的强烈要求，而言事官的讽谏举措，则直接对当时的士人气节产生了重大影响：当台谏制度对士人气节产生正效应时，自然会推动士人的气节建设，有助于在社会上形成激扬士气士节的风尚；而当台谏制度对士气士节建设产生负效应时，士气士节便因此而具有多样性的取向。由此而言，台谏制度对彼时士人文化心态及其诗歌发展的影响就呈现出复杂性和多样性，因此，有必要对宋初百年间台谏人物、台谏事件及其对诗歌发展的影响，作较为细致的考察。

二 台谏人物、台谏事件及其对诗歌发展的推动力

台谏制度对士人气节和士人文化风尚产生作用，是通过台谏人物的进谏活动以及重大历史事件而得以实施的。宋初百年，具有重要历史影响的台谏人物对彼时士人气节的精神具有重要的导引作用。苏辙对此有定评："昔真宗奖用正人，孙沔、戚纶、田锡、王禹偁之徒，既以谏诤显名，忠良之士，相继而起。"② 实际上，不惟上述所举，另如太祖太宗时的胡旦、何士宗，真宗时的范讽、孔道辅、庞籍，仁宗时的范仲淹、欧阳修、唐

---

① 以上均出自《续资治通鉴长编·卷一一二·仁宗明道二年》。
② 毕沅：《续资治通鉴》，中华书局1957年版，第1928页。

介、韩琦、赵抃、孙沔，英宗哲宗时的程颢、程颐、王安石等人，都以极大的政治勇气和气骨凛然的道德品性，导引和影响着当时的士林。而宋初百年台谏制度建设，对当时的诗歌发展具有重要影响。下文以田锡、范讽、范仲淹等人为例，简要分析台谏人物、台谏事件对诗歌发展的推动力问题。

（一）作为台谏官的田锡及其对诗歌发展的影响

作为台谏官的田锡，其主要政治活动在宋太宗、宋真宗间。田锡于太平兴国三年（978）释褐，仅仅用了不到三年，即擢升为左拾遗、直史馆。太宗评价田锡："群臣奏对，多及琐细之务，曾无远大之略，甚非所望也。惟田锡、康戬陈词不繁，指事尤切。"[①] 后来范仲淹、司马光、苏轼等，也对田锡的政治才能和敢于担当的精神给予高度评价。[②] 田锡进谏的重点，集中于有关国家军国大事和朝廷体要的问题上。如太平兴国六年九月，田锡进谏"言军国要机一、朝廷大体四"：其一言："议平汉之功，驾驭戎臣"；其二言："今谏官不闻廷争，给事中不闻封驳，左右史不闻升陛纪言动，御史不敢弹奏，中书舍人未尝访以政事，集贤院虽有书籍而无职官，秘书省虽有职官而无图籍。愿择才任人，使各司其局"；其三言："尚书省诸曹苟简，非太平之制度，宜修省寺以列职官"；其四言："按狱官令，狱具皆有定式，未闻以铁为枷也。"[③] 显然，田锡的上述进谏内容，既涉及帝王统治之术，又涉及国家政治体制与政治管理职责的分工问题，也涉及具体的司法问题，这些谏议的可操作性是比较强的。不惟如此，田锡的进谏，还涉及对政治大局的判断与政治谋略的运筹等问题，如田锡上疏言："密院公事，宰相不得与闻，中书政事，枢密使不得与议，致兵谋不精，国计未善。去年灵州之役，关西民无辜而死者十五万余，咎将谁执？此政化堙郁之大者也。"[④] 田锡特别强调台谏官的重要作用："今陛下有所因方渴闻至言，……臣谓责在近臣而不在圣躬，罪在谏官而不在陛下。……臣又见陛下有舍近谋远之事，由言动未合至理，而无人敢谏诤者，是左右拾遗、补阙之过也。"[⑤] 如此直白地批评最高统治者的政策缺

[①] 李焘：《续资治通鉴长编》，上海古籍出版社1985年版，第337页。
[②] 参见马端临《文献通考》，中华书局1986年版，第1863页。
[③] 陈邦瞻：《宋史纪事本末》，中华书局1977年版，第115页。
[④] 毕沅：《续资治通鉴》，中华书局1957年版，第465页。
[⑤] 同上书，第297—298页。

陷，是需要相当勇气的。

　　田锡在北宋文学发展历程中具有一定的地位和影响。真宗咸平四年，田锡称："臣愿钞略四部，别为御览三百六十卷，……又采经史要切之言为御屏风十卷，置之坐之侧，则治乱兴衰之事常在目矣。"① 这种以政治治平为出发点的主张，也贯彻于田锡的文道观念之中："夫人之有文，经纬大道，得其道则持政于教化，失其道则忘返于靡漫。"② 他力图沟通性、情与"道"的关系："若使援毫之际，属思之时，以情合于性，以性合于道，如天地生于道也，万物生于天地也，随其运用而得性，任其方圆而寓理，亦犹微风动水，了无定文，太虚浮云，莫有常态，则文章之有声气也，不亦宜哉。"③ 田锡强调性情二分，期待性和于道，这一文道观在宋初极有特色。现存田锡诗歌中，与田锡相与酬唱交谊的人物就有25人，宋白、梁周翰、宋准、晏殊、温仲舒、苏易简、韩援等都与田锡有诗文酬答。田锡赠宋白的诗歌就有10首，赠温仲舒的有3首。而据《宋史》等记载，田锡与王禹偁、梁周翰等，俱为宋白赏识。上述情形说明，田锡的文道观当对文坛具有一定的影响。

　　现本《咸平集》存诗137首，其中有66首是咏怀诗篇。这些咏怀诗篇的诗旨有三类值得特别注意：第一类是表达直面人生困难，追求人生抱负的情怀，如《自勉》、《早秋言怀》、《塞上曲》等；第二类是颂美国家、表达对朝廷忠诚的情怀，如《相州郡楼赠高秘丞》、《秋夜有怀寄副翰宋白舍人》、《咏桐琴》等；第三类是抒发倦宦思乡的情怀，如《郡中遗意寄友人》、《和温中舒寄赠》、《归去来》等。田锡表达上述诗歌主题的诗篇，与当时的诗歌创作风气，是有很大区别的。这一时期流行的白体、晚唐体均缺少表达直面人生、抒发建功立业抱负的情怀。即使与当时的一些诗人如王禹偁、张咏、潘阆等相比，田锡诗歌也因为重视抒发关注民瘼、直面人生、抒发建功立业的抱负和情怀，而表现出特有的风骨。

　　（二）范讽、东州逸党及其对诗歌发展的影响

　　与那些气骨凛然、为国不顾身的台谏官不同，范讽是个具有多重性的政治人物。他在努力实践谏诤职责之外，还力图左右朝政大局。在仁宗亲

---

① 李焘：《续资治通鉴长编》，上海古籍出版社1985年版，第411页。
② 田锡：《咸平集》，上海古籍出版社影印文渊阁四库全书本，第381页。
③ 同上书，第382页。

政之后，范讽立即弹劾钱惟演。① 不管范讽动机如何，他勇于拿贵戚开刀来维护朝纲的无畏勇气，实在是台谏官的楷模，在当时极大地提升了台谏官的政治地位。他还以台谏官的身份试图与相权抗衡："讽……为中丞，力挤士逊。授吕夷简入相，又合谋废郭后，欲夷简引己置二府，然夷简惮讽，终不敢荐也。……既久不得意，愤激求出。"② 范讽的政治冒险，直接导致了与之有政治交谊的诸官僚前程："范讽责授武昌行军司马，不签书公事。……庞籍降授太常博士、知临江军。……吴守则追一官。又降……李逊知潍州，……滕宗谅监饶州税，……董储通判吉州，……石延年落职通判海州，……范拯为和州司马，仍下诏以讽罪申饬内外。"③ 此事对士人冲击是很大的，台谏官孙沔就说："自孔道辅、范仲淹被黜之后，庞籍、范讽置对以来，凡在缙绅，尽思缄默。"④

较之田锡，范讽在诗歌方面的影响，主要是他作为山东地域蔑视礼法的士人群体的核心人物，而得到了当时所谓正统士人的批评才彰显出来的。史载："山东人范讽、石延年、刘潜之徒喜豪放剧饮，不循礼法，后生多慕之，太初作《东州逸党诗》，孔道辅深器之。"⑤ 而石延年、刘潜等人，与当时文坛上的著名人物，如欧阳修等多有交往。他们的诗歌创作，自然会多少影响到当时的文坛风气。其中的颜太初更是有着重要影响的诗人，苏轼评价说："先生之诗文，皆有为而作，精悍确苦，言必中当世之过。凿凿乎如五谷必可以疗饥，断断乎如药石必可以伐病。其游谈以为高，校词以为观美者，先生无一言焉。"⑥ 司马光亦云："太初常以为读先王之书，不治章句，必求其理而已矣。既得其理，不徒诵之以夸讱于人，必也蹈而行之在其身。……乃求天下国家政理风俗之得失，为诗歌泊文以宣畅之。"⑦ 颜太初坚持礼法，孜孜以儒家思想来践履其身，实质上也是对范讽等人"不循礼法"的反动。从这个意义上说，范讽的负面影响恰是激荡出当时诗坛寻求诗"道"的因素之一。

---

① 李焘：《续资治通鉴长编》，上海古籍出版社1985年版，第1010页。
② 毕沅：《续资治通鉴》，中华书局1957年版，第913—914页。
③ 李焘：《续资治通鉴长编》，上海古籍出版社1985年版，第1043页。
④ 毕沅：《续资治通鉴》，中华书局1957年版，第922页。
⑤ 脱脱等：《宋史》，中华书局1977年版，第13087页。
⑥ 苏轼：《苏轼文集》，中华书局1996年版，第313页。
⑦ 马端临：《文献通考》，中华书局1986年版，第1865页。

(三) 范仲淹与《四贤一不肖诗》

范仲淹对于转变真宗、仁宗朝的士人气节具有重要作用。在任台谏官之前，范仲淹已经表现出"奋不顾身"的政治勇气，《宋史》记其服丧期间，有"请择郡守，举县令，斥游惰，去冗僭，慎选举，抚将帅"等事关国家政治大局的策略，而他"每感激论天下事，奋不顾身"的担当精神，也成为当时士大夫"矫厉尚气节"的引领者。① 范仲淹重要的讽谏有以下几件：

天圣三年范仲淹上书救文弊与申斥浮华事。他主张："臣闻国之文章，应于风化；风化厚薄，见乎文章。……可敦谕词臣，……以救斯文之薄而厚其风化也。"② 范仲淹的这一主张，最终被北宋朝廷采纳，成为后来整肃文风的重要导火索。

景祐三年相继发生了范仲淹冒死谏文应事件和言事忤宰相被贬事件。史载："……文应专恣，事多矫旨付外，执政不敢违。天章阁待制范仲淹将劾奏其罪，即不食，悉以家事属其长子，……上卒听仲淹言，窜文应岭南，寻死于道。"③ 以必死的勇气来进行讽谏，范仲淹的政治气节是令人肃然起敬的。不惟如此，范仲淹为了实践其政治主张，也具有与执政者抗争的勇气。同书又记载："仲淹自还朝，言事愈急，宰相阴使人讽之曰……宰相知不可诱，乃命知开封，欲挠以剧烦，使不暇他议，亦幸其有失，亟罢去。"④

景祐三年，范仲淹因为反对宰相吕夷简而身陷"朋党"事。此年，范仲淹权知开封府，时吕夷简执政，进用者多出其门。范仲淹上《百官图》指其次第，对仁宗称："进退近臣，凡超格者不宜全委之宰相。"后以论建都之事，范仲淹上"四论"以献，"大抵讥切时政，且曰："汉成帝信张禹，不疑舅家，故有新莽之祸。臣恐今日亦有张禹坏陛下家法。"⑤ 上述进谏，锋芒直指宰相吕夷简。因此，范仲淹被罢知饶州。影响所及，官员实际上分为两大阵营。一大阵营是殿中侍御史韩渎等，以夷简意而奏请书仲淹朋党姓名于朝堂；另外一方则以余靖、尹洙、欧阳修等，为范仲

---

① 脱脱等：《宋史》，中华书局1977年版，第10267—10268页。
② 范仲淹：《范仲淹全集》，四川大学出版社2002年版，第200页。
③ 李焘：《续资治通鉴长编》，上海古籍出版社1985年版，第1060页。
④ 同上书，第1061页。
⑤ 脱脱等：《宋史》中华书局1977年版，第10269页。

淹辩护及愿意追随范仲淹降官外迁,连带发生了影响极大的《四贤一不肖诗》事件。其缘由是西京留守推官蔡襄对范仲淹被贬,以及余靖、尹洙、欧阳修受牵累事深感不平,愤而作诗批判"廷臣"及朝政:"吾君睿明广视听,四招邦俊隆邦基。廷臣陈列复钳口,安得长喙号丹墀。昼歌夕寝心如疚,咄哉汝忧非汝为。""朝家若有观风使,此语请与风人诗。"①诗中所表达的台谏精神,是非常鲜明的。这首诗对当时士人气节的推扬,起到了巨大作用:"时蔡君谟为《四贤一不肖诗》,布在都下,人争传写,鬻书者市之,颇获厚利。虏使至,密市以还。张中庸奉使过幽州,馆中有书君谟诗在壁上。"②在朝政方面,因为此诗蔡襄也被政敌弹劾,复又掀起了政治斗争的风波:"西京留守推官蔡襄,作《四贤一不肖诗》,……泗州通判陈恢,寻上章乞根究作诗者罪,左司谏韩琦,劾恢越职希恩,宜重贬,不报,而襄事亦寝。"③苏舜钦亦为此上谏,对台谏官被治罪以及由此产生的后果,进行了深入剖析:"孔道辅、范仲淹刚直不挠,……而皆罹中伤,窜谪而去,使正臣夺气,鲠士咋舌。……今国家班设爵位,当责其公忠,安可教之循默!赏之使谏,尚恐不言;罪其敢言,孰肯献纳!"④范仲淹及《四贤一不肖诗》事件,标志着台谏官对士人气节以及诗歌的发展,起到了重要的影响。

由上可见,就范仲淹而言,以其台谏官和能臣的身份,对当时诗歌发展的影响是十分巨大的。他兴教育,培养人才,识拔孙复,劝张载读书等,都是影响宋代文化发展的重要事件。而这些从流变而言,都对宋代诗歌的发展有重要的推动作用。比如说张载作为"理学诗派"的重要代表性人物,其诗歌对宋诗的发展具有重要影响。⑤而就其个体而言,范仲淹的文道观就对当时的诗歌发展,也起到了重要的引领作用。当然,范仲淹以其独具特色的诗文创作,对当时的士人也产生了巨大影响。此是文学史基本常识,此不赘述。

综上所言,可以得出如下认识:

---

① 蔡襄:《端明集》,上海古籍出版社影印文渊阁四库全书本,第343页。
② 王闢之:《渑水燕谈录》,中华书局1981年版,第15页。
③ 毕沅:《续资治通鉴》,中华书局1957年版,第944—945页。
④ 同上书,第945页。
⑤ 参见王培友《两宋"理学诗派"的文学特征及其历史地位》,《中国文化研究》2011年春之卷。

第一，台谏制度尤其是台谏官的具体谏诤活动，直接培育和鼓舞了士大夫的气节。通过以上考察，似乎有一条"台谏官—士人气节"发生关联的历史主线存在：台谏官—政治主张—历史事件—士人呼应—士人气节，而士人气节的追求，直接催生了士人的功业心态、帝师心态、闲适隐逸心态等，并历史性地内化为士大夫的典型文化人格。

第二，台谏官的讽谏主张往往形成政治事件。这些政治事件就会成为某一历史时期的重大政治措施、政体变革和社会风气变化的导火索。由此，这些历史语境下的历史事件、政治措施以及制度上的革新，便往往在制度、物质基础和士人心态方面相互联系，成为一定历史阶段内的文化生态，引导、制约着文化包括诗歌的发展。

第三，台谏官的遭遇，往往对当时的诗歌发展产生重要影响。从对田锡、范讽和范仲淹等人的台谏活动的考察而言，除了他们对当时的文风有所进言外，他们还以其重要的政治影响和较为广泛的交际，对当时士人的诗歌创作发生了影响。

三 士人对谏议事件的呼应及其因台谏制度而发育的文化心态

台谏制度、台谏官与台谏事件对诗歌发展的影响，还表现为士人对台谏事件的呼应上。如果说，台谏官以其大义凛然的骨气为实践自己的职责和人生政治抱负，而身负风险与整个官僚体系及皇权、相权抗争的话，那么，士人对台谏事件的呼应就是沟通台谏官、台谏事件与士人气节及诗歌发展的重要环节。叶适对此有一番评论：

> 国初宰相权重，台谏侍从，莫敢议己。至韩琦、范仲淹，始空贤者而争之，天下议论相因而起，朝廷不能主令而势始轻。……然韩、范既以此取胜，及其自得用，台谏侍从方袭其迹，朝廷每立一事，则是非蜂起，哗然不安。……至如欧阳修，先为谏官，后为侍从，尤好立论。士之有言者，皆依以为重，遂以成俗。①

可见，台谏官、台谏事件，因其巨大的政治冲击力，往往成为台谏官本人和士人关注的对象。士人对这些台谏事件，经常产生或赞同或反对的反应。这种情形，在诗歌创作上也屡见不鲜。如仁宗明道元年，时太后亲

---

① 罗大经：《鹤林玉露》，中华书局1983年版，第259页。

政，殿中侍御史张存上书言事被重责，苏舜钦为此作诗，显示出鲜明的谏诤意气。其诗记录了整个事件的过程，表达出诗人的愤怒。诗曰：

> 瞽说圣所择，愚谋帝不罪。况乎言有文，白黑明利害。前日林书生，自谓胸臆大。潜心摭世病，策成谓可卖。投颡触谏函，献言何耿介。云昨见凶星，上帝下警戒。意若曰昏愦，出处恣蜂虿。安坐弄神器，开门纳珍贿。宗支若系囚，亲亲礼日杀。大臣尸其柄，咋舌希宠拜。速速代虎业，无使自沉瘵。陛下幸察之，聪明斯不坏。如睹贼臣言，不瞬防祸败。一封朝飞入，群目已睚眦。力夫暮塞门，执缚不容喟。十手捽其胡，如负杀人债。幽诸死牢中，系灼若龟蔡。亦既下风指，黥面播诸海。长途万余里，一钱不得带。必令朝夕间，渴饥死于械。从前有口者，蹋胆气如鞴。独夫已去除，易若吹糠秕。奈何上帝明，非德不可盖。倏忽未十旬，炎官下其怪。乙夜紫禁中，一燎不存芥。天王下床走，仓猝畏挂碍。连延旧寝廷，顿失若空寨。明朝黄纸出，大赦遍中外。嗟乎林书生，生命不可再。翻令凶恶囚，累累受恩贷。①

诗中所言，正可以看作是言官以其敢于担当而体现出的无畏勇气。当这种勇气成为士大夫关注的对象，并被以为是士气士节的楷模时，便成为整个社会所推崇的风气。因此，此时诗歌主题便会受到台谏制度的影响，诗歌创作主体的这种人格建构追求，就在诗歌作品中以诗歌题材、主题与境界中表现出来。

士人对台谏事件的呼应，影响到士人的政治气节和政治态度，并内化为士人的文化心态。当谏官心态通过体制架构约束下的官僚制度，同科举考试规定下的儒学政治伦理与道德伦理相结合时，便逐渐影响到士大夫，并内化为士大夫的文化精神。这种劝谏心态的极致化，必然导致士大夫追求与帝王共同治理天下的政治理想。追求"帝师"地位和政治权力，往往是言官的一种必然身份选择。宋人的这种"帝师"心态，在经学著作中体现得最为明显。北宋前中期经学研究的热点，集中在《易》与《春秋》上。胡瑗讲经，时时紧扣人事吉凶等来理解"易"，这就拉近了

---

① 苏舜钦：《苏学士集》，上海古籍出版社影印文渊阁四库全书本，第5—6页。

《易》与政治统治的关系，也为当政者施政提供了指导。孙复《春秋尊王发微》释"元年春王正月"作如此表述："夫欲治其末者，必先端其本；严其终者，必先正其始。元年书王，所以端本也；正月，所以正始也。其本既端，其始既正，然后以大中之法，从而诛赏之。"① 其他传《春秋》著作，如王质《春秋皇纲论》及刘敞《春秋权衡》、《刘氏春秋传》、《刘氏春秋意林》、《春秋传说例》等，"帝师"心态亦是贯穿其中。后代公认的宋代儒者兼官员的代表人物，如胡瑗、石介、孙明复、周敦颐、张载、邵雍、欧阳修、司马光、刘敞、程颐、程颢、王安石等，考察他们的解经著作，思为帝师，关心民瘼的思想，也不时在解经中体现出来。

当士人的帝师追求或者事功追求由于政治机缘而无从实现时，士大夫的谏官心态便经常为现实所压抑和阻断，其变化的方向之一便是吏隐心态。言事官在谏诤纳言、规讽取正与绝望低沉、吏隐世故之间，往往难以抉择。其原因在于，言事官作为封建官僚集团的特殊阶层，最终还是要服务于皇权利益，这在深层政治伦理上，台谏制度本身的运作规律就与皇权以维护、稳定统治以确保家天下的目的具有歧异性，另外，言事官生活在红尘凡世，除非毫无欲念，否则很难不与其他官僚交接以图谋利益追求。如真宗、仁宗朝的著名讽谏官范讽，最后还是与宰辅王夷简相互勾结以谋取利益。范讽之人生遭际，恰好表现出台谏官职责与官僚个体利益的深层矛盾性。除了台谏制度的原因之外，北宋前期的吏隐心态，当然也缘于当政者有意提倡，以至于当时高级官员不得不去有意识地表现。② 当然，北宋中期官员吏隐心态的形成，更是官员面对政治形势的无奈与流连于富贵生活相矛盾心态的体现。另外，佛道思想的盛行，也对此起到了重要的推动作用。

台谏制度往往能够为士大夫成就功名提供一条便捷之径。因此，功业思想也与台谏制度有一定联系。北宋建国以后，广开选士门路，尊崇文人，重用文官，士人得以顺利进入官僚阶层，其建功立业精神得以激发。

---

① 孙复：《春秋尊王发微》卷一，上海古籍出版社影印文渊阁四库全书本，第3页。
② 太宗朝，诸割据势力在相继或归顺，或被歼灭后，原来的国主便在短时间内被毒死，除极少数大臣外，其余多数便被安置于馆阁中从事文化整理工作。太宗在诗篇中也反复提倡恬淡于物，随性自适思想。据《玉海》记载，太宗有集凡百一十九部总二百一十八卷。从书目来看，除了琴谱之外，太宗著作基本上集中于政治教化与阐述释道教理，后者当然也有为政治教化服务的因素。

如张咏因为第一次科举失败,即愤然撕裂儒服,入终南山求陈抟授道。①他后来以治理地方政务闻名,晚年自诩最善于治理地方。在去世前一年(1014),还挥笔写下了"独恨太平无一事,淮阳闷杀老尚书"的字句。又如王禹偁诗句:"自念亦何人,偷安得如是。深为苍生蠹,仍尸谏官位。謇谔无一言,岂得为直士。褒贬无一词,岂得为良史。"② 显而易见,因谏官而言事,以及由此培养起来的谏官心态,成为支撑当时士大夫急于用世的重要心态之一。

由上可见,谏官心态、帝师心态、功业心态、吏隐心态等,都与北宋台谏制度有比较紧密的联系。当然,台谏制度对士人心态的影响是多方面的,除了上述所举之外,谏官受挫于皇权与相权而产生的怵惕保身心态等,也在北宋士人的作品中有所体现。尽管如此,上述考察已经能够说明,台谏制度给社会风气、士人心态等带来的影响是巨大的。这种影响,既然作用于士人心态,就必然会在同期的诗歌创作中表现出来。从此期诗歌的发展来看,台谏制度通过诗歌创作主体而表现为对诗歌主题、诗格等都产生了影响。

四 宋初百年士人文化心态与诗格变迁

士人的上述文化心态,自然会内化为诗歌创作主体的精神追求。由此而言,台谏制度及台谏官对诗歌的影响还是很明显的。其中尤可注意者,是台谏制度对此期的"诗格"产生了重要影响。

第一,先看诗格的"品格之格"含义所在。宋初,由于君臣唱和、馆阁唱和等风气的流行,以及北宋政权最高统治者的提倡,因此,歌颂皇权、渲染太平景象,成为朝廷内外士大夫的重要职责。这些因素共同作用的结果,便是宋初诗歌的功能得到拓展,诗歌的社会地位和诗歌品位因此得以提升。宋初白体、晚唐体和西昆体的盛行,都与之紧密相关。大致来讲,在北宋仁宗朝以前,甚至在仁宗天圣年间,诗坛风气仍然多沿着五代诗风而发展的。之间,宋初白体诗继承了白居易、皮日休、冯道、杨凝式等以来的"闲适诗"传统,发扬其浅近、平易、不用典的长处,以吟咏性情、颂美王政为诗歌主题,着力于抒写和乐自适的优游世俗生活,使中国古典诗歌的"和乐"之境与"平易"之美成为宋代诗国里令人瞩目的

---

① 文莹:《湘山野录》,中华书局1984年版,第4页。
② 王禹偁:《小畜集》卷四,上海古籍出版社影印文渊阁四库全书本,第29页。

诗歌类型。从宋初"晚唐体"诗派诗人所崇尚的诗歌范式类型和所取得的艺术成就来看，"晚唐体"诗人虽然取法于贾岛、姚合等人的诗歌，不过仍然具有多方面的独特性，反映出宋初某些诗人在艺术追求、诗歌审美情趣和创作方面的一些特点。西昆体所属意的强调经营词面、注重辞藻、强调用典、注重形式而缺乏对诗歌内容、诗歌主题的深层锤炼，从其诗歌传统的流变而言，仍旧可以看作是五代诗风的延续。西昆体诗派主要向李商隐诗歌的用典、锻炼等艺术手段和写作手法学习。"西昆体"摆脱了五代以来的浅切、悲苦之美，而代之以华丽、雍容的自觉艺术追求。单就诗歌诗境构建而论，宋初三体继承了晚唐五代的特征，表现为诗境狭窄气象浅薄，诗歌气格较为卑弱。

　　"宋初三体"这种在诗歌中表现出的忽视气格的特征，后来被范仲淹、石介、欧阳修等人所反对，从而形成了被文学史家称为"古文运动"的文学思潮。范仲淹对宋初诗歌的评价，一直得到文史学家的推许："吟咏性情而不顾其分，风赋此兴而不观其时。故有非穷途而悲，非乱世而怨。华车有寒苦之述，白社为骄奢之语。学步不至，效颦则多。以至靡靡增华，愔愔相滥，仰不主乎规谏，俯不主乎劝诫。"① 其中似乎对"宋初三体"都有批评。北宋诗歌，只有发展到苏舜钦、欧阳修、梅尧臣等，方才重视追求以承载儒家精神与干预政治为主调的"气格"。其中，苏舜钦以其高迈的气魄、高绝的物象摄入为特征，为当时的诗歌气格追求，作出了贡献。另外，如石曼卿、杜默等京东人，也有此种倾向。② 而这一思潮的发展与演进历程，是与北宋王朝的台谏制度建设紧密相关的。范仲淹、欧阳修等人，作为重要的言事官员，在其中起到了重要作用。

　　台谏制度对诗歌"诗格"的"品格之格"产生的巨大影响，还体现在北宋士人对文道关系的追求上。宋初作家在文道关系的处理上，是偏重于文而忽视道的。穆修总结道："今世士子习尚浅近，非章句声偶之辞不置耳目。浮轨滥辙，相迹而奔，靡有异途焉。……亦由时风众势驱赶溺染之，使不得从乎道也。"③ 到了真宗、仁宗时期，士人诗歌风格追求开始向着"求道"倾斜。平淡、自然、骨力等，成为士人自觉的创作追求。欧阳修就讲："学者当师经，师经必先求其意，意定而心定，心定则道

---

① 范仲淹：《范仲淹全集》，四川大学出版社2002年版，第186页。
② 参见程杰《京东士人的诗歌实践》，《文学遗产》1997年第2期。
③ 穆修：《河南穆公集》，上海古籍出版社影印文渊阁四库全书本，第24页。

纯，道纯则充于中者实，中充实则发为文者辉光。"① 至于理学家诗人则总体上偏重于道，对文有所忽略，这已是学术界众所周知的事实。这种倾向，到了苏轼、黄庭坚则试图平衡这种关系，苏轼强调："务令文字华实相副，期于适用乃佳。"② 黄庭坚说："孝友忠信是此物之根本，极当加意，养以敦厚醇粹，使根深蒂固，然后枝叶茂耳。"③ 他又特别重视技巧技法，形成了独特的艺术观。④ 而上述北宋诗人对于文道关系认识的转变关键，是与以范仲淹、欧阳修、王安石等从事过谏官的诗人的贡献分不开的。由此言之，北宋诗歌文道关系的研究，与台谏制度的设立和递续性发展是紧密相关的。

第二，再看诗格之"格式之格"。宋初，白体多用五七言律绝，晚唐体多用五言体，西昆体则多用七言律诗的形式。其中，要数西昆体更加强调诗歌的体式要求。《瀛奎律髓》卷十八、《四库全书总目》等都提到了"昆体工夫"，表现为西昆体诗人注重对诗句进行雕琢，诗句里往往含有多个历史典故，强调诗句的对偶、押韵以及诗句语言的色彩等写作方法的运用，追求诗歌雍容典赡、炼词工整的诗歌风格。宋初三体中古体、长篇律诗还不多见。到了范仲淹之后，伴随着包括台谏制度精神影响在内的士大夫气节的高涨，诗人在诗歌中使用长篇来说理，成为一种趋势和流行的风尚。其中，又以欧阳修、苏轼诗歌最为典型。他们继承了唐代一些诗人如韩愈、杜甫等人以诗纪事的传统，而加以变化。特别是欧阳修的长篇诗歌，多以文法来写诗，中有起承转合，讲究气脉贯通，讲究"小结裹"手法，极大地拓展了诗歌的表现力。苏轼更将这种写作诗歌的方法加以发展，并发展形成了诗体、长篇诗序、诗歌主体等形成为一体的诗歌模式。可以说，诗歌采用这种方式以加强议论，很大程度上是士人崇尚议论的结果。这说明，正是因为台谏制度以及谏官本人的职责所系，北宋士大夫为了实现自己的抱负，而竭力进言借以成就自己的气节与名节。这种风尚，从文学而言，创作主体必然会形成反复陈说以尽力抒写其主张，力求畅快淋漓地说理抒情。而这种努力，一旦表达在诗歌创作中，便向着两个方面

---

① 欧阳修：《欧阳修集编年笺注》，巴蜀书社 2007 年版，第 307 页。
② 苏轼：《苏轼文集》，中华书局 2008 年版，第 1841 页。
③ 黄庭坚：《黄庭坚全集》，四川大学出版社 2001 年版，第 484 页。
④ 参见王培友《黄庭坚统摄心性存养与诗歌艺术的方法及其诗学价值》，《中国文化研究》2009 年冬之卷。

发展；在诗歌主题与诗境构造上，自然就会突出功业主题、帝师主题、讽谏主题，以及吏隐主题。这些主题，对应着士大夫因为重视讽谏所形成的文化心态：功业心态、帝师心态、讽谏心态、吏隐心态等；在诗歌形式方面的追求上，就会倾向于加强诗歌的议论化，发挥诗歌参与社会政治批判的功能，由此，诗歌形式就会向着包容性大、内容丰富的散文形式靠拢，这样就必然会讲究长篇诗歌的写作技巧。这说明，欧阳修等人"以文为诗"写作的长篇诗歌的出现，与北宋的台谏制度是有着直接关联的。

五 余论

由上可见，宋初百年台谏制度的建立与不断完善，对此期士人的文化心态产生了重大的影响，并最终反映在这一时期的诗歌创作中。北宋诗歌诗格在五代倍极萧衰之后呈现出勃起高涨的局面，以及士人在诗歌创作中特别重视文、道关系的文学现象，都说明了台谏制度对诗歌发展的影响。这种影响，通过诗歌主题和诗境构建的变化，以及为适应这种变化的诗歌样式而体现出来。

总之，因宋代台谏制度对整个社会生活以及生活在其中的人们产生了重要的影响，并在士人的文化心态、气质精神、生活观念等方面表现出来，因此，作为记述和反映士人情志的文学作品，诗歌必然在内容、主题、诗境等方面表现出这一受台谏制度影响而导致的社会人生变化。由此而言，宋代台谏制度的创立和发展演变历程，对宋代诗歌的发展与演变具有重要作用。当然，前已述及，两宋台谏制度有一个发展变化过程，伴随着台谏制度的升降沉浮，其对诗歌流变的影响必然有所不同。但无论如何，台谏制度对两宋诗歌品格产生了一定影响，则是毋庸置疑的历史事实。

第二节 两宋科举制度对诗歌发展之助力

清代赵翼在《廿二史札记》中，总结晚唐五代武人无视朝廷政治而造成了混乱腐败的政治局面："计诸镇由朝命除拜者十之五六，由军中推戴者十之三四。藩镇既由兵士拥立，其势遂及于帝王，亦风会所必至也。……王政不纲，权反在下，下凌上替，祸乱相寻。藩镇既蔑视朝廷，军士亦胁制主帅,古来僭乱之极,未有如五代者,开辟以来一大劫运也。"① 这种情况,宋初仍然存在。实际上,北宋太祖赵匡胤因军事政变而即位,就是武人干政的结果。就其事件本身而言,赵氏同其前辈一样,都是武人兵变的受益者。赵翼总结道:"五代诸帝多由军士拥立,相沿为故事,至宋祖已第四帝矣。宋祖之前有周太祖郭威,郭威之前有唐废帝潞王从珂,从珂之前有唐明宗李嗣源,如一辙也。"②(《廿二史札记》卷二十二)自然,赵宋王朝建立初期,武人也是顺延着五代的强横习气,五代以来的武人"拥立"、"劫财"恶习,宋初仍然横行,这就极大影响到新生政权的稳定。

为了改变如此严峻的政治形势,太祖即位之后,即着手削夺武臣权利,并逐渐取消以门荫为选拔官僚手段的做法,而代之以文臣管理国家。太祖朝即开始把地方州县长官职责一分为三,各设职官,使之互相制约。这样做的结果,就造成了国家急需人才的局面。因此,规范科举考试制度、拓展科举得士人数、提高科举得士质量,就成为关系到国家是否长治久安的重大问题。而事实上,北宋推行隋唐以来的科举制度以支撑国家统治,取得了极为有效的成绩。对此,《宋史》有所总结:"三百余年元臣硕辅,鸿博之儒,清疆之吏,咸从此出,得人为最盛焉。"③ 从文化建设上来看,推行科举制度的直接结果,便是形成了有别于以往的科举士人文化。浸润在这一文化之中的士人,也因此具有了不同于以往的文化心态。

两宋科举制度,如同其他政治制度一样,也经历了一个发展过程。大致说来,宋初百年是科举制度的确立、完善时期;熙宁四年的王安石变法至徽宗朝前,虽然科举制度内容有所改革,但基本格局不变;徽宗哲宗朝科举制度受到很大冲击;南宋科举制度则基本稳定。为了述说方便,本节以宋初百年科举制度与诗歌关系为例来进行研究。

一 宋初百年科举制度与士人教育

科举士人文化以及由此而决定的士人心态,其直接的成因在于科举制度的实施。科举制度,为科举士人文化提供了最为基础的保证,它直接造就了推崇科举、重视文人的文化氛围,并对整个社会的文化生产、文化消费等产生了巨大影响,进而影响到人们的精神心理层面。可以说,赵宋一

---

① 赵翼:《廿二史札记》,世界书局1962年版,第289页。
② 同上书,第288页。
③ 脱脱等:《宋史》卷一五五,中华书局1977年版,第3604页。

代，举凡人们的生活习俗、行为方式、人生目标、思维习惯、审美追求等，都表现出若干与科举考试制度相关的特点。上述种种方面，整体上就呈现为科举士人文化的各种形态及特征。

科举制度为科举士人文化的形成提供了制度上的保证。宋代科举制度时有变化。太祖朝后期，科举制度已有基本稳定的倾向。太宗朝开始扩大科举规模、完善科举制度，并在王安石熙宁四年变法前得以延续。王安石变法对此有所改革，北宋末年在很大程度上又以太学取代科举。南宋高宗朝又进行了若干调整，在一定程度上恢复了王安石变法前的科举制度。从此而后，南宋基本上延续了高宗朝的科举制度。

关于北宋前期科举科目、内容及参加科举的程序，《宋史》有关记载比较详细。较之唐代，值得注意的变化有四点：

一是宋代的科举门科较之唐代发生了较大变化，不管是应进士科还是其他各科，都要熟练掌握儒学至少一门经典，其中《论语》《三传》《三礼》与《毛诗》受到特别重视。这说明，宋代科举入仕者，其儒学素养尤其是对儒学精义的认识都具有相当水准。

第二，科举考试程序完备，对应试者有一定要求。宋初虽对不合礼法、工商异类、僧道还俗者，不准其参加考试，这相当于圈定了科举入仕者的基本从业基础。但事实上，整个宋代对考生门第的限制呈现出越来越宽松的情况，宋太宗淳化三年就有诏令："如工商、杂类人内有奇才异行，卓尔不群者，亦许送解。"① 这一措施的实施，很大程度上提升了工商、杂类人士的社会地位，同时也拓展了取士的渠道。

第三，提升了明经科的地位，不再贱视此科。这说明，宋初统治者有意识地提倡经学，直接提升了儒学之士的政治地位。这里，表面看来赵宋政权延续了五代重视明经科取士传统，但实际上，宋代重视明经科取士与五代相比，貌同而实异。五代因为取士的不易而不得不以明经科为取士重点，但宋代却是为了推行儒学而重视明经科取士，显然其出发点是不同的。

第四，在北宋建国之后一段时间，最高统治者特别重视裁抑门荫对于科举制度的负面影响，保证科举的相对公正性。这说明，唐代以门阀等第制度为晋身根本的职官与科举制度，逐渐被较为公平的科举遴选制度所取

---

① 徐松：《宋会要·选举一四》，续修四库全书本，上海古籍出版社2013年版，第259页。

代，这就扩大了士人改变命运的机会。由此带来的结果，必然激发出士人参加科举的积极性。

由上述可见，北宋政权建立伊始，就采取措施针对武人乱政、文臣无行的政治习气，大力推行政治伦理与道德教化相结合的政治文化，并采取相对宽松的政治措施，大力推行科举取士制度。这样，赵宋政权借科举考试的名义，几乎对全社会各个阶层都推行了普及政治道德和政治伦理的儒学知识教育。这种以儒学道德伦理和政治伦理为背景的科举知识普及，就在全社会构筑起基本的行为规范和价值伦理体系。显而易见，宋代以科举考试为目的而以儒学知识为考试内容的科举制度，对宋代文化的构建，起到了决定性的作用。赵翼提到宋末出现的一大批舍生报国的士人群体，慨叹是因为赵宋政权善待士人的缘故，正可以看作以儒学为科举制度内容的一个注释。

为了推行科举制度，北宋朝廷采取了一系列措施。其中，兴办书院、学校，对于扩大士人数量，起到了重要作用："中央学校有国子监及太学、辟雍及广文馆，皆属于大学性质。有律学、书学、画学、医学及武学，皆属于专门学校性质。有小学属于小学性质，此外还有几所特殊学校，如宗学诸王宫学，及内小学三所，统为贵族学校，内兼高初两等教育性质。此外，另有四门学一所，特为庶民子弟设立的，属于高等教育。地方学校：州有州学，府有府学，军有军学，监有监学，县有县学，界于中小学性质之间，而界限不甚分明。……以上各校，设立的先后，教材的内容，试验的情形，及教职员和学生的名额，不仅南北两宋不能一致，即每易一君或换一阁员亦屡有变更。"[①] 仅就宋初对教育人才具有重要作用的著名书院而言，就有多个。史上或有四大书院之称，为白鹿洞、岳麓、睢阳、嵩阳书院；或有八大书院之称。即再加石鼓、茅山、华林、雷塘书院。其中，范仲淹主教的应天府书院，胡瑗主持的苏湖州学，孙复、石介的泰山、徂徕之学，以及陈襄的福建古灵之学，都有很高的教学水平。这些书院，学生数量很多，通常具有几百人的规模，个别书院培养人数甚至达到数千人。朝廷通过赐书、赐田、任命教授等措施，使这些书院具有了官方性质。书院的作用主要在于："书院有三大事业：一藏书，二供祀，三讲学。藏书以备学者看读，如应天府书院，聚书至数千卷。……书院除

---

① 陈青之：《中国教育史》，民国丛书影印商务印书馆1936年版，第213页。

藏书外，兼有宗教性质。取先儒之有功德于圣门者从祀之。……其最重要事业则为讲学。"① 书院讲学与刻印图书，对大规模培养人才，扩大士人阶层的基数，起到了重要作用。就两宋培养学生人数和培养人才质量来看，书院较之官办学校发挥的作用更为重要。朝廷对书院及学校实行赐书政策。除了宗学、太学、国子学之外，仅就郡县学而言，《宋会要辑稿》载宋初赐书记录就有赐康州九经、赐嵩山学院九经、赐诸路郡县有学校聚徒讲诵之所九经各一部，赐英州文宣王庙九经等。

除了上述官办学校与官办书院外，北宋城乡私学、宗学、义学等民间教育组织亦是培养士人的重要机构。宋初不少藏书者及富庶人家以召集与团聚士人读书为荣，所蓄图书往往许人借观，这也对当时普及知识，推动士人参加应举考试起到了重要作用。如宋初宋琪（917—996）、许坚（卒于宋真宗景德中）等人皆作有同题诗《题义门胡氏华林书院》诗，对胡氏"礼乐爰修周孔书"② 甚为推崇。王禹偁于淳化五年作有《诸朝贤寄题洪州义门胡氏华林书斋序》，记当时朝臣对胡氏创办义学作诗颂美，计有作者"自旧相、司空而下，作者三十有几人"。③ 其实，很多书院在创办初期，往往也是由私人创办，后因为育人有方，声名鹊起，而被朝廷所注意并被赐有各种待遇，成为国家所属的书院。前面所举岳麓书院、白鹿洞书院等均是这种情况。当时民间办有不少私学、私人所办书院或者义学，它们在推动知识传播、培养士人方面作出了一定贡献。如范仲淹就因多延真才实学的学者充当其家庭教师，其子纯佑等皆有所成。④

北宋初期，刊印书籍尤其是儒学典籍直接促进了知识的传播，更为参加科举的士人提供了支持。宋代刊刻书籍最多的是国子监，所刻最初多为儒学著作和前代正史，后来为了适应科举考试需要，又刊布韵略、刑统、律文之类的图书，这些图书被称之为"监本"。监本书不以营利为目的，满足了广大士人的需求，对文化的普及起到了很大促进作用。

上述情况说明，北宋科举制度的实施，推动了教育事业的发展，由此大量的以应考为目的的士人得以培养出来，这些以接受儒家典籍和诗赋创作教育为主要内容的士人，成为科举士人文化的人的因素，连同文化制

---

① 盛朗西编：《中国书院制度》，民国丛书据中华书局1934年影印本，第47—50页。
② 傅璇琮等：《全宋诗》，北京大学出版社1999年版，第154页。
③ 王禹偁：《小畜集》卷一九，台湾商务印书馆影印文渊阁四库全书本，第191页。
④ 参见脱脱等《宋史》列传第七三，中华书局1977年版，第10267—10296页。

度、物质载体形态等一起,成为独具时代特色的文化类型——科举士人文化。

二 宋初百年科举制度与士人群体的规模

科举选拔对士人数量的急剧扩大起到了关键作用。北宋自太宗朝即开始扩大科举规模。科举考试在太祖朝初期一年一考,仁宗时为两年一考,到了神宗朝时才改为三年一考并形成制度。随着科举制度的实施,出题、监考与统缮等制度也日益完善。通过科举入仕成为上至皇室下至贫苦阶层的正途。仁宗朝13榜进士状元,有12人就出生于平民之家。《登科录》所载,南宋理宗宝祐四年(1256年)曾祖、祖、父三代仕履都完整的570名进士中,三代皆不仕者307人,占总数的53.9%,父代有官者129人,只占22.6%,且其父代也多为从九品的小官,势家子弟显然已无法像唐代那样,占据科举的主导地位。在科举考试名额不断扩大的情况下,读书求进的人数也相应增多。南宋孝宗淳熙十三年(1186年)有人奏称:"福州每岁就试之士,不下万四五千人","建宁府亦不下万余人"。一个普通的州、府就有这么多士人参加应试,那么全国参加科举考试的人数可想而知。据推测,当时全国应举或准备应举的士人,可能接近百万。① 北宋因应科举考试而备学的士人,可能情况与之相似,而人数当少很多。但与前代相比,北宋士子数量也有了惊人的增长。据研究,仁宗、英宗二朝,科举臻于鼎盛,全国参加解试的士儒已达42万人左右。② 真宗咸平元年(998年),一次贡举人数就达2万人之多。③ 科举录取名额,太祖朝每次参加省试的人数不过2000人左右,太宗时已达5300人。据《文献通考》等统计,北宋自太祖至英宗五朝共开科50次,取进士、诸科22194人。这说明,由于科举取士制度的不断完善,取士数量是非常多的。北宋宋徽宗朝,更加扩大了太学的规模,太学人数、取士人数等都达到了北宋的最高点。由此可见,科举考试的内容必定对整个社会的风气起到导向和制约作用。宋代科举及第后的待遇,也较唐代为高,其中最主要的是:唐代科举及第后须经吏部考核合格后方可授官,宋代科举及第后则直接授官,并且在唱名日即释褐,在很大程度上提升了士人科举及第后的荣耀。

---

① 参见何忠礼《科举制度与宋代文化》,《历史研究》1990年第5期。
② 同上。
③ 梅一科辑:《二梅公年谱六卷》,四库全书存目丛书,齐鲁书社1996年版,第79页。

北宋开创的科举选人方式,也对士人阶层的快速扩展具有重要作用。尤其值得一提的是,北宋除了以"中举"的方式遴选高级人才之外,还有"特奏名"进士。开宝三年(930年),宋太祖诏吏部"阅贡士及十五举尝终场者,得一百六人,赐本科出身"①,从此始开特奏名恩例。此后,北宋朝廷又多次扩大特奏名的恩例和数量,并形成定制。这种出于"邀恩"目的笼络士人政策,其流弊是造成了很多无才无能的士子以科举为业,因为即使是考试不能高中,只要连续多参加几次考试,"特奏名"的机会还是有的,而一旦以"特奏名"的名义中选,也能够做个低级官员。《燕翼诒谋录·卷一》记载:"士之潦倒不第者,皆觊觎一官,老死不止。"②该书又记真宗因为"特奏名"太多,而不得不于大中祥符八年"裁抑之"。北宋甚至有士人多年待在京师专以贪图"特奏名"恩例,不思进取者。仁宗就因为"特奏名"进士不思进取而下诏戒敕:"学犹殖也,不学将落,逊志务时敏,厥修乃来。朕虑天下之士或有遗也,既已临轩较得失,而忧其屡不中科,则衰迈而无所成,退不能返其里闾,而进不得预于禄仕。故常数之外,特为之甄采。而狃于宽恩,遂隳素业,苟简成风,甚可耻也。"③苏轼时这种情况更是发展到极端,弊病百出:"今特奏者约已及四百五十人,又许例外递减一举,则当复增数百人。此曹垂老无他望,布在州县,惟务黩货以为归计。前后恩科命官,几千人矣,何有一人能自奋厉,有闻于时?而残民败官者,不可胜数。"④尽管以"特奏名"方式选拔人才弊端丛生,但是却在客观上为士人阶层基数的扩大打开了方便之门。

北宋对通过进士而入仕的官员,待遇是比较丰厚的:"俸钱禄米以外,又有职钱……视国初之数已优,至崇宁间蔡京当国,复增供给食料等钱。……此外又有茶酒厨料之给,薪蒿炭盐诸物之给,饲马刍粟之给,米麨羊口之给。其官于外者,别有公用钱。"甚至过生日皇帝也给以特殊的赏赐。以至于赵翼感慨地说"恩逮于百官者唯恐其不足,财取于万民者不留其有余"。⑤除了俸禄及例赏之外,高级官员有机会利用荫补为子侄

---

① 参见脱脱等《宋史》卷一五五,中华书局1977年版,第3606页。
② 王栐:《燕翼诒谋录》卷一,唐宋史料笔记丛刊本,中华书局1985年版,第1页。
③ 参见脱脱等《宋史》卷一五五,中华书局1977年版,第3611页。
④ 同上书,第3619页。
⑤ 赵翼:《廿二史札记》,世界书局1962年版,第331页。

辈谋得一份差事。宋初对经过进士而入仕的官员，提拔擢升的速度是惊人的："自太平兴国以来，以科举罗天下士，士之策名前列者，或不十年而至公辅。……及嘉祐以前，亦指日在清显。……观天圣初榜，宋郑公郊、叶清臣、郑文肃公戬、高文庄公若讷、曾鲁公公亮五人连名，二宰相、二执政、一三司使；第二榜，王文忠公尧臣、韩魏公琦、赵康靖公连名；第二榜，王宣徽拱辰、刘相沆、孙文懿公连名。……其盛如此。"① 宋初在仁宗嘉祐以前，经过科举而入仕的优等人选，往往不到十年而成为高官，这在中国整个封建社会也是少见的。

科举入仕不仅对得中者本人具有重要意义，连带而及，还能对子嗣、亲戚，乃至有联系的人带来好运，除了有名目不一的"郊祀推恩"、"恩荫"等例行封赏之外，甚至大臣还可以荫及医生、门馆等。② 显然，科举对宋代社会的影响是非常巨大的。除了维系国家统治的人才赖之以出之外，广大士人也把得中科举为人生的必由之路。这种人生定位，无疑就会直接促进知识的积累和传播。

三　宋初百年科举制度与士人知识结构及文化心态

由于北宋朝廷不断完善科举制度，因此，通过科举入仕成为上至皇室下至贫苦阶层的正途。否则，显宦子弟也只能做一些末官："真宗国恤，凡荫补子弟有当斋挽之职者，若斋郎止侍斋祭，若挽郎至有执绋导灵仗者，子弟或耻之。"③ 因此可以理解，即使是祖辈为显官，其子侄后辈亦往往能自励向学。由于科举制度的实施，连带而及所造成的现象是，即使祖上曾经贵为宰辅大臣，其子孙如果不能通过科举入仕，家族影响也很快就会衰落。这一方面会激起广大士人努力进取的勇气；另一方面，既然贵为宰执其后人都不能永保富贵，那么，这种相对而言出入平等的机会，也就彰显为士人心态上的平等意识。从这个意义上讲，北宋官员尤其是谏官，往往能够不惮权贵而履行职责，除了职责所系外，科举制度的因素不容忽视。可以说，科举制度对士人敢于面对权贵所持的平等心态，具有十分重要的价值和意义。

既然因科举入仕成为"富贵可求"的途径，那么，渴望用世，展现才华和抱负，就成为士人重要的人生目标。同时，科举考试以儒学知识为

---

① 洪迈：《容斋随笔》卷九，上海古籍出版社1996年版，第119页。
② 参见赵翼《廿二史札记》，世界书局1962年版，第332页。
③ 僧文莹：《湘山野录》卷下，丛书集成本，中华书局1991年版，第37页。

考试的基本内容,儒学的道德伦理、政治伦理体系,无疑也会对士人产生重大影响。由此而及,北宋士大夫往往具有强烈的政治使命感,以关心政治、投身教化为己任。诗人高歌颂扬新的王朝,柳开《应责》高揭其卫道精神,表达了自己以布道为己任,不求富贵人生的态度:"纵我穷饿而死,死即死矣,吾之道岂能穷饿而死之哉!吾之道,孔子孟轲扬雄韩愈之道,吾之文孔子孟轲扬雄韩愈之文也。"① 王禹偁希望通过讽谏谏诤来实现自己的政治抱负,他批评朝廷不重视儒学,希图用世:"自从五代来,素风已凌迟,干戈为政事,茅土输健儿。儒冠筮仕者,仅免寒与饥。"② 胡旦人生目标是:"应举不作状元,仕宦不作宰相,乃虚生也。"③ 刘沆年轻时有强烈入世抱负:"……潘风素有诗名,乃以《小孤山四十字》示公,公即席和呈,文不加点,诗曰:'擎天有八柱,一柱此焉存。石笋千寻势,波留四面痕。江湖中作镇,风浪里蟠根。平地安然者,饶他五岳尊。'"④ 欧阳修"开口揽时事,议论争煌煌"。⑤ 他对当时不关心时政的风气甚为不满,借读李翱文抒发感慨:"呜呼!使当时君子皆易其叹老嗟卑之心为翱所忧之心,则唐之天下岂有乱与亡哉!……在位而不肯自忧,又禁他人,使皆不得忧,可叹也!"⑥

北宋前中期,知识分子为建功立业思想所激励,往往渴望立功边陲,或者投身政治,期待实现自己的抱负,如范仲淹时士人以靖边为高节。张元等人就因为得不到朝廷重用,就投靠到西夏,为祸北宋政权多年。欧阳修热衷于从事政治活动:"文章止于润身,政事可以及物。"⑦ 这时候,甚至出现了士人为了实现自己的用世理想,而耍一点小手段:"寇忠愍为执政,尚少,上尝语人曰:'寇准好宰相,但太少耳。'忠愍乃服何首乌,而食三白,须发遂变,于是拜相。"⑧ 士人及士大夫为了实现自己的人生价值,往往不顾世俗非议,有一种卫道"当仁不让"的志气:"范仲淹、

---

① 柳开:《河东集》,上海古籍出版社影印文渊阁四库全书本,第244页。
② 王禹偁:《小畜集》卷五《北楼感事》诗,上海古籍出版社影印文渊阁四库全书本,第36页。
③ 王辟之:《渑水燕谈录》卷四,上海古籍出版社影印文渊阁四库全书本,第490页。
④ 吴处厚:《青箱杂记》卷七,丛书集成初编本,中华书局1985年版,第38页。
⑤ 欧阳修:《文忠集》卷二,台湾商务印书馆影印文渊阁四库全书本,第270页。
⑥ 欧阳修:《文忠集》卷七三《读李翱文》,影印四库全书本,第573页。
⑦ 欧阳修等:《宋史》卷三一九,中华书局1998年版,第10381页。
⑧ 王巩:《闻见近录》,上海古籍出版社影印文渊阁四库全书本,第204页。

富弼初被进用,锐于建谋,作事不顾时之可否。时山东人石介方为国子监直讲,撰《庆历圣德诗》以美之,中有'惟仲淹弼,一夔一契'之句,气类不同者,恶之若仇。"同书又记:"范仲淹入参宰政,富弼继秉枢轴,二人以天下之务为己任,谓朝政因循日久,庶事隳敝,志欲除旧谋新,振兴时治,其气锐不可折。"① 王安石"议论高奇,能以辨博济其说,果于自用,慨然有矫世变俗之志",② 以为"天变不足畏,祖宗不足法,人言不足恤"。③ 在此风气影响之下,甚至是隐居野逸之人亦关心朝政,真宗朝隐士钟放向朝廷提交建议:"其书曰《十议》,所谓《议道》、《议德》、《议仁》、《议义》、《议兵》、《议刑》、《议政》、《议赋》、《议安》、《议危》。"④ 与之相似,当时号称隐逸的林逋也推崇孔孟之道:"其谈道,孔孟也;其语近世之文,韩李也;其顺物玩情,为之诗则平淡邃美,……其辞主乎静正,不主乎刺讥,然后知趣尚博远,寄适于诗尔。"⑤ 此期,即使是隐士、学问家等也非常注意研究政治管理的措施。如宋初陈抟,作为一个道士,也对入世极为关注:"(宋)琪等从容问曰……(陈抟)对曰:'……今圣上龙颜秀异,有天人之表,博达古今,深究治乱,真有道仁圣之主也。正君臣协心同德、兴化致治之秋,勤行修炼,无出于此。'"⑥

在追求事功、急于实现救世淑民抱负的同时,北宋前中期知识分子舍弃了五代多数从政者只是为了个人名利的狭隘功利观念,而以建功立业、树立道德、追求高尚气节为毕生奋斗目标。显然,科举考试内容以儒学为主,在其中起到了重要作用。对冯道评价的改变,正好反映出北宋重视士节的变迁。薛居正《五代史》曲为解说冯道变节屈膝、毫无气节,同情其遭遇:"道之履行,郁有古人之风;道之宇量,深得大臣之礼。""然而事四朝,相六帝,可得为忠乎!夫一女二夫,人之不幸,况于再三者哉!"⑦ 到了欧阳修修《五代史》时,则痛斥冯道之无德丧礼:"《传》曰:'礼义廉耻,国之四维;四维不张,国乃灭亡。'……予读冯道《长

---

① 田况:《儒林公议》卷上,上海古籍出版社影印文渊阁四库全书本,第277、291页。
② 脱脱等:《宋史》卷二二七,中华书局1998年版,第10541页。
③ 同上书,第10550页。
④ 文莹:《湘山野录》卷上,上海古籍出版社影印文渊阁四库全书本,第228页。
⑤ 梅尧臣:《宛陵集》卷六〇《林和靖先生诗集序》,上海古籍出版社影印文渊阁四库全书本,第421页。
⑥ 脱脱等:《宋史》卷四五七,中华书局1998年版,第13421页。
⑦ 薛居正:《旧五代史》卷一二六,中华书局1976年版,第1666页。

乐老叙》，见其自述以为荣，其可谓无廉耻者矣，则天下国家可从而知也。"① 到了哲宗时，大臣对冯道更加鄙夷："时宰相有举冯道者，盖言历事四朝不渝其守。参政唐公介曰：'兢慎自全，道则有之。然历君虽多，不闻以大忠致君，亦未可谓之完。'宰相曰……唐公曰：'有伊尹之心则可。况拟人必于其伦，以冯道窃比伊尹，则臣所未喻也。'"② 从北宋前期到中期，北宋人对冯道的评判是逐渐加强的，宋初对冯道尚有同情的态度，反映出知识分子在混乱时代的无助和渺小，而到了北宋中期，冯道已经被当作无节无德、寡廉鲜耻的代名词了。对冯道评价的这一转变过程，是与宋人道德意识逐渐加强的过程相一致的。

　　在这种气候下，对知识分子气节的推崇，对个体崇高人格的追求，就成为入宋后成长起来的广大士人的自发追求。清代顾炎武说："《宋史》言士大夫忠义之气，至于五季变化殆尽。宋之初兴，范质、王溥犹有余憾。艺祖首褒韩通，次表卫融，以示意向。真仁之世，田锡、王禹偁、范仲淹、欧阳修、唐介诸贤，以直言谠论倡于朝，于是中外荐绅，咸以名节为高，廉耻相尚，尽去五代之陋。"③ 顾氏已经论及了宋代提倡士节的发展阶段以及由来。由太祖提倡而由范仲淹推动的士大夫高扬气节之风，与整个宋代相始终，直到北宋末年尚有太学生激扬国是，为国难而奋不顾身④，以至于顾炎武对之感慨不已："及宋之亡，忠节相望。呜呼！观哀平之世，可以变而为东京，五代之可以变而为宋，则天下无不可变之风也。"⑤ 知识分子出于立功立德与追求仕宦顺遂的目的，也重视探讨居官之道，陈襄著有《州县提纲》，分洁己、平心、专勤、奉职循理、节用养廉、勿求虚誉、防吏弄权等，涉及居官、修身、养民、为政等⑥。端平间胡太初撰有《昼帘绪论》，内容亦包括尽己、临民、事上、行刑、远嫌等内容。⑦ 赵鼎有《家训笔录》，内容包括闺门先务、士宦务本、岁时祭祀、

---

① 欧阳修等：《新五代史》卷四二，中华书局1974年版，第611页。
② 文莹：《湘山野录》卷上，上海古籍出版社影印文渊阁四库全书本，第237页。
③ 转引自张亮采《中国风俗史》，民国丛书本，商务印书馆1926年影印，第155页。
④ 参见黄现璠《宋代太学生救国运动》，民国丛书影印商务印书馆1936年版，第21、29页。
⑤ 转引自张亮采《中国风俗史》，民国丛书本，商务印书馆1926年影印，第156页。
⑥ 参见陈襄《州县提纲》，丛书集成初编本，中华书局1985年版，第0932册。
⑦ 参见胡太初《昼帘绪论》，丛书集成初编本，中华书局1985年版，第0932册。

家财支配等，俨然一治家簿。① 北宋前中期类似书籍的出现，表明当时士大夫普遍具有汲汲于上进、乐于淑世、兼备立德与立功的世俗士大夫情怀。

就社会政治的发展来讲，前进与后退、开明与荒诞，总是并存的。所谓政治进步，不过是相比较而言的，矛盾是社会发展过程中的客观存在。北宋前中期亦是如此。随着社会政治经济的发展，北宋王朝也积累了很多社会矛盾，各种矛盾的尖锐化，使深陷其中的官僚士大夫左支右绌，动辄得祸。宋朝崇尚"家法"而带来的党争，逐渐渗透到科举取士制度上来，科举制度往往成为"党争"所操纵的工具，为狭隘的小集团服务。由此，这种情况逐渐演化并造成了社会政治风气的肃杀，进而影响到整个社会。在这种情况下，知识分子逐渐形成了多重性的人格和复杂的人生心理体验。

北宋太宗时期已经开始出现了激烈的党争。赵普与卢多逊之争，就牵扯到很多大臣。这种情况，在真宗、仁宗朝愈演愈烈。宋真宗时有童谣："欲得天下宁，拔除眼中丁；欲得天下好，无如召寇老。"② 丁，是指奸佞之臣丁谓；寇，是指寇准，童谣中可见在真宗时丁谓阵营与寇准阵营已成对垒之势。到了仁宗朝，伴随着范仲淹被贬，朋党开始成为朝政最重大的弊病，朝政风气日益堕落，加之军事上对外的连续失败，知识分子的心理开始转轨，他们不再完全关注于立功立德的古训，也不再与前代知识分子那样视入仕为实现抱负的唯一途径，而是把精神信仰与事功追求和实在的社会谋生需要分开来：一方面，道义仍然是人生的首要目标；另一方面，随着科举制度的贯彻实行，选拔士人名额的增多，科举入仕不再是少数人的专利，为生计而做官成为时代的要求，做官不再是为了实现人生抱负而从事的事业，而蜕变为生活的一个工具。

士大夫普遍以"吏隐"为生活追求。如王禹偁表露其"吏隐"思想："神仙未可学，吏隐聊自宽。孤吟刻幽石，此义非考盘。""我今方吏隐，心在云水间。野性群麋鹿，忘机狎鸥鹇。"③ 赵抃知成都时寄诗周敦颐，赞赏其"吏隐"："诗笔不闲真吏隐，松庭无事洽民情。"④ 就北宋前中期

---

① 参见赵鼎《家训笔录》，丛书集成初编本，中华书局1985年版，第0974册。
② 杨慎纂：《古今风谣》，丛书集成本，中华书局1985年版，第55页。
③ 王禹偁：《小畜集》卷六，上海古籍出版社影印文渊阁四库全书本，第42、45页。
④ 赵抃：《寄永州通判周茂叔虞部》，见《周濂溪集》卷九，丛书集成初编本，第165页。

而言，像王禹偁这样，由于政治抱负不能施展，而只能怀抱利器郁郁沉沦下僚的士大夫，便一改前朝那种不平之气，变为在"吏隐"中享受人生，或在体验旖旎情色带来的感官愉悦之时，享受着与大众士庶郊外游玩的种种乐趣；或者反观自省，在对俗世感官欲望的超越中寻找性理天道的终极。沈作喆猛烈抨击北宋后末期仕宦风气，可见当时官僚士大夫的士气沦落："今之学者谓得科名为'了当'，而仕宦者谓至从官为'结果'。嗟乎！学所以明道修身而仕，将以行志及民也。……一得科名则已了当一生，而进德修业，更无余事矣。以贪鄙无能之质，巧佞卑污，积累官簿，一得从官，则已结果终身，而爱君忧国无余事矣。夫如是，望其修身及民，何时可哉？"①

由于社会政治经济的发展，特别是社会阶级矛盾与政治矛盾的深化，造成了知识分子人格的多重性和复杂的人生态度。受此影响，官僚士大夫一方面在诗词中继续表白着自己的"言志""讽谏"传统，另一方面却在旖旎情色中放纵着自己的感官快感。如范仲淹诗作《四民诗》之《士》，全篇充满着对弘毅求道的信心，对小人愚昧、世风浇薄的愤懑。而在其另外的诗作中，却又有着安恬乐命、荣辱如云的淡然。可见，北宋科举制度对士人心态的影响是显而易见的。出处穷达本是人生的重大抉择，事关人生价值的体现，世界上很少有人能够超然其外。科举考试的核心内容为儒学，而儒学精义就是"壹是以修身为本"，然后推己及人，以实现大同世界为目标。显然，以科举考试为人生目标和价值的实现手段的士人群体，其对社会人生的认知和由此而带来的心态，都与科举制度发生着关联。

四 科举制度对诗歌创作的推动

由于科举制度的推行，士人以儒学经典为基本学习内容的教育制度，以及科举考试以诗赋、策论与帖经为基本考试形式，深刻地影响到了同时期的诗歌创作。

首先，从诗歌创作的技巧来讲，在王安石熙宁四年改革考试制度之前，诗歌因为成为科举考试的重要内容，从而得到社会士人的高度重视，对诗韵、诗律以及诗歌写作技巧的要求，迫使诗人认真研习，这就推动了诗歌的发展。欧阳修、苏颂等人都曾因为考试时写作诗赋而落韵，从而造成了科举失利。这种情况，自然就会引起士人的高度重视，也对诗词的押

---

① 沈作喆：《寓简》卷第六，丛书集成初编本，中华书局1985年版，第42页。

韵、平仄、用事等特别讲究，由此，甚至演变成了诗人重视诗词押险韵，以之为他们表现才智、争奇斗胜的生活方式和生活乐趣："太宗当天下无事，……时从臣应制赋诗，皆用险韵，往往不能成篇；而赐两制棋势，亦多莫究所以，故不得已，则相率上表乞免和，诉不晓而已。"① 史载，寇准也非常重视押韵，四押"青"字不到，遂止不作。② 西昆体的用典，已经成为一种自觉的追求。清人对此总结道："宋人先学乐天，学无可，继乃学义山，故初失之轻浅，继失之绮靡。都官倡为平淡，六一附之，然仅在肤膜色泽，未尝究心于神理。其病遂流于粗直，间杂长句，硬下险字凑韵，不甚求安，状如山呪野麖，令人不复可耐。"③ 其中所论，观点尽管陈旧迂腐，但提及对"险字"、"凑韵"的情形，正是对这一流行风气的生动说明。为了规范用韵，大中祥符元年（1008年），陈彭年、丘雍奉诏修订《切韵》（后改名《大宋重修广韵》，以下简称《广韵》）。这说明，北宋诗歌创作的韵律、用典要求等，呈现出越来越严格的局面，与士人科举文化的要求具有直接的关系。这一趋势，在神宗时期到了登峰造极的地步，苏、黄经常写诗押险韵、怪韵，显然都与科举重视诗律、诗韵的要求有联系。另外，王安石的作品之所以呈现一种峭拔的风格，也当与彼时严格的用韵要求密切相关。

诗歌创作水平的盛衰，也与科举士人文化的发展历程紧密相关。北宋政府设立的各级各类学校，除了常设儒学课程外，诗歌也是重要内容。如太学，初以五经，后以王安石《三经新义》为教材。④ 即使是书院私学，也很重视诗歌的学习与写作。在北宋初期，进士科考试设有赋诗考试内容，即使是明经考试，在最后殿试时仍然要进行赋诗考试。因此，士人为了应举的需要，需要经常习练作诗，以作应试准备。同时，士人为了科举考试取得较好成绩，也需要提高技艺。很多人注重向名人学习，以提升诗歌水平。如宋祁宋庠干谒杨亿，"宋景文与兄元宪，少时尝谒杨大年。坐中赋《落花诗》……文公以兄为胜，谓景文小巧，他日富贵亦不逮其兄。"⑤ 庆历四年，朝廷下令就科举考试"所试诗赋策论先后"进行讨论。

---

① 叶梦得：《石林燕语》卷八，丛书集成初编本，中华书局1985年版，第75页。
② 参见僧文莹《湘山野录》卷中，丛书集成初编本，中华书局1991年版，第29页。
③ 郭绍虞：《清诗话续编》，上海古籍出版社1983年版，第418页。
④ 参见脱脱等《宋史》卷一五七，中华书局1977年版，第3657—3662页。
⑤ 庄季裕：《鸡肋编》中，丛书集成本，中华书局，第59页。

虽有欧阳修、富弼、范仲淹力主先策论后诗赋、去殿试、行学校等，但由于"时言初令不便者甚众"，考试制度及考试内容旋即恢复如旧。整个北宋一朝，科举重视诗赋，已经为广大士人所乐于接受，王安石变法并没有从根本上改变这种局面。哲宗元祐二年，司马光对在京太学生学习诗赋的情况做过统计："太学生习诗赋者，十人而七"①，又言"及出守东南，历十郡，及多见江湖福建士人争作诗赋。……专习经义，士以为耻"②。元祐八年，士人多习诗赋的情况甚至已经达到了迫使朝廷不得不更改考试内容的情况："中书言御试请复用祖宗法，试诗赋论策三题，且言士子多已改习诗赋，太学生员二千一百余人，而不兼诗赋者才八十二人。"③ 这种情况说明，北宋从建国到神宗之前，由于科举考试一直重视诗赋，因此诗赋创作群体人数众多，影响广泛。由此而带来的结果，是科举与诗赋的关系更加密切，诗赋水平因科举考试的需要，而得到了制度上的有力保证。由此可见，科举对士人诗赋水平的提高以及诗赋知识在社会上的普及，起到了重要作用。

科举考试的需要，迫使广大士人不得不尽力学习诗歌写作技巧。这种努力必然带动了诗歌的发展。宋代诗歌之所以涌现出远超前代的诗人，当与科举士人文化紧密相关。余靖就曾指出，士子往往重视学习诗赋以谋求中举以仕进："近世以诗赋取士，士亦习尚声律以中其选。"④ 可见，应付科举考试是目的所在，学习诗赋只是一个求取功名的条件。出于这一目的，科举要求的内容，自然成为学习诗赋的重要方向。至于王安石变法而改革考试制度，以策论代诗赋考试，因为广大士人的惯性而招致反对，正可以看作是科举文化对诗歌带来的重要影响之一。王安石变法仅仅维持了十五年左右，最后不久还是恢复了诗赋考试，短暂的科举内容变革，似乎对两宋诗歌的发展没有造成很大的不利影响。但从两宋科举考试的内容变化上看，南宋诗歌水平整体上比不上北宋，科举考试时有接近一半的时间不以诗赋为考试内容，可能是原因之一。对此，《文献通考》有记载：

　　熙宁四年，始罢词赋，专用经义取士，凡十五年；至元祐元年，

---

① 马端临：《文献通考》卷三〇，中华书局1986年版，第295页。
② 同上。
③ 同上。
④ 余靖：《武溪集》卷三，台湾商务印书馆影印文渊阁四库全书本，第28页。

复词赋与经义并行；至绍圣元年，复罢词赋，专用经义，凡三十五年；至建炎二年，又兼用经、赋。盖熙宁、绍圣则专用经而废赋，元祐、建炎则虽复赋而未尝不兼经，然则自熙宁以来，士无不习经义之日矣。然元祐初，始复赋，欲经、赋中分取人，而东坡公上疏言："自更法以来，士工习诗赋者，十人而七。欲朝廷随经、赋人数多少，各自立额取人。"则知当时士虽不习诗赋者十五年，而变法之余，一习即工且多矣。至建炎、绍兴之间，则朝廷以经义取士者且五六十年，其间兼用诗赋才十余年耳。然共场而试，则经拙而赋工；分科而试，则经少而赋多。流传既久，后来所至场屋，率是赋居其三之二，盖有自来矣。①

这说明，诗赋虽然立废时有变化，但总的看来是为士人所熟悉和接受的。

科举文化也对两宋诗歌的内容、诗旨、审美取向等产生了巨大影响。科举以儒学经典为主要考试内容，而儒学特别强调内则修身外则治国平天下的人生理想，必然会影响到士人的精神心理层面，这些内容就会影响到诗歌的内容、主旨和诗人的审美取向。如南宋孝宗乾道、淳熙年间，因为儒学的兴盛，导致了包括诗歌在内的文风的巨大变化："时儒生迭兴，辞章雅正，号'乾淳体'。"② 而朱熹设想科举罢诗赋而分诸经、子史、时务之论，受到了当时士人广泛的重视。③ 这些情况，当会对引导南宋士人重视治经而忽视钻研诗赋产生了重大影响。而南宋庆宗以后，长期在科举考试中忽视诗赋，也肯定对诗歌创作产生负面的导向作用。嘉泰年间章良能就在《陈主司三弊》中言："沮抑词赋太甚，既暗削分数，又多置下陈。"④ 上述情况，都对当时的诗歌发展带来了不利影响。这一时期盛行的"理学诗"、"语录体"，与之是有一定关联的。

值得注意的是，科举制度虽然对诗歌内容、诗旨、诗歌的审美取向等发生影响，但其发生影响的途径和产生的效果是非常复杂的。从深层次而言，科举制度不过是时代政治的意志体现而已，时代政治影响下的士人文

---

① 马端临：《文献通考》卷三〇，中华书局1986年版，第299页。
② 同上书，第301页。
③ 同上。
④ 同上书，第302页。

化心理，才是更为重要的原因。比如，同受科举考试的影响，宋初三体在诗歌内容、诗旨与审美情趣上，就与北宋中后期以及南宋时期不同。这说明，诗歌内容、形式的发展，除了受科举文化的影响以外，还受到其他文化因子的影响，诗歌的发展也还有自身运动变化的规律。对比而言，科举文化对诗歌的影响只是其中的一个因子而已。比如说，宋诗重视议论，其直接的动因可能是科举考试重视策论，尤其是王安石改革考试制度后，策论在科举考试中越来越受到重视，这显然对宋诗重视议论的表现方式有极大促进作用，但实际上，宋代由于推扬文人地位，重视以儒学精神培育士节士气，从而激发出士大夫忠君爱国、救世淑民的情结，才是问题的根本所在。

如上所述，科举制度对宋代诗歌的发展产生了重大影响。但另一方面，也不能夸大这种影响。就拿为人艳羡的翰林学士来讲，其本人自然是科举优胜者，并且文采卓越、享有崇高地位，隐然有文坛领袖的作用，但是，很难说是因为担当这个官职而形成了诗史人物谱系，也不能把翰林学士的人格类型说成是宋代诗格创立的"不可缺少的关键"。因此，有必要对陈元锋《翰林学士与诗史演进》一文中的若干观点加以修正和补充。陈文以为，翰林学士"以其政治品格和道德文章成为引领一时风尚的士林表率和文坛宗师。翰林学士主持风雅，他们的交替代谢构成北宋诗史演进中的人物谱系。翰林学士人格范型的转换，最终实现了士风与诗风、品节与气格的熔接，促进了宋代诗格的创立嬗变。"[①] 这个评价，过高地估计了翰林学士的作用。须知，宋代诗史人物谱系中的若干重要代表性作家，如梅尧臣、苏舜钦、苏颂等并没有担任过翰林学士；而且，即使那些担任过翰林学士的诗坛领袖人物，如晏殊、欧阳修、苏轼等人，正是因为其作品为世人所钦仰，才为朝廷主要是帝王所瞩目，才担当翰林学士一职，而不是因为担当了翰林学士才成为文坛领袖的。翰林学士为世人瞩目，其主要原因并非全是其诗文造诣，部分原因是翰林学士往往是宰辅的备选：只要担任翰林学士，就极有可能问鼎宰辅首臣的宝座。明白了这一点，就会明白王禹偁三次担任翰林学士又三次被贬的原因，也就可以深入理解王禹偁的《三黜赋》中体现出的绝望心态。

---

① 陈元锋：《翰林学士与诗史演进》，《文学遗产》2009 年第 4 期。

第三节　两宋乐府制度、歌妓制度与诗歌审美取向

宋代乐府制度和歌妓制度，为都市市民文化的兴盛提供了制度上的保证。北宋乐府制度，主要集中在教坊、内廷云韶部和钧容直的设立与运作上。北宋教坊的建立及运作，当与北宋建国时间相一致。① 太祖朝，教坊制度顺承后周而又有较大变化。除了增加人员、增设机构之外，教坊官员的升迁制度等也有所变革。由文献可见，北宋初期，朝廷重要活动如大朝会、大宴、曲宴、游幸等，都有教坊艺人参加表演②。李焘记载了太祖对伶人升迁、任用事项的处置，标志着宋代乐府制度的重大变革："教坊使卫德仁以老求外官，且援同光故事，求领郡。上曰：'用伶人为刺史，此庄宗失政，岂可效之耶！'……乃命之为太常寺大乐署令。"③ 这说明，自太祖朝开始，乐府官员已经失去了五代那样显赫的政治地位了。

宋代乐府制度的一大变革是，唐代在大朝会、祭祀场合是使用雅乐的，而宋代在大朝会上也是雅乐、俗乐并用，这提升了俗乐的地位。从太宗太平兴国二年起，宫廷最重要的大典——冬至朝会中的上寿仪，重新启用教坊乐，从此定为永制，标志着俗乐的重大突破④。太宗朝，教坊乐地位继续提高，举凡朝廷待翰林学士之礼、游幸之礼等，都使用教坊乐并有演奏艺人参加。这说明，以教坊乐为代表的俗乐，受到了朝廷的重视。而教坊乐的繁荣昌盛，要算真宗朝最为令人瞩目。真宗不但沿用了太祖、太宗朝的教坊制度，而且经常"百官兼赐教坊乐"⑤，以示恩宠。这说明，教坊乐开始占据了俗乐的重要位置。另外，在真宗朝，教坊乐开始走向民间，对都市市民文化的生成和发展起到了很大的促进作用："咸平中，有司将设春宴，金明池习水戏，开琼林苑，纵游人游赏。"⑥

---

① 参见马端临《文献通考》卷一四六，中华书局1986年版，第1283页。
② 参见脱脱等《宋史》卷一一六，中华书局1977年版，第2743—2763页。
③ 李焘：《续资治通鉴长编》卷一六，上海古籍出版社1985年版，第129页。
④ 参见《宋史》卷一二六，中华书局1977年版，第2747—2756页。
⑤ 脱脱等：《宋史》卷一一二，中华书局1977年版，第2672页。
⑥ 同上书，第2889页。

内廷云韶部和钩容直的设立，更是北宋俗乐得到重视的明证。作为北宋乐府制度的重要组成部分，云韶部为宫廷所专用。据《文献通考》载，云韶部定员为八十人，所属官员为宦官，云韶部乐主要用于宫中的节日庆祝活动。另外，内宴演出、宗亲仪仗等均有使用的记载。钩容直为俗乐演奏机关。钩容直主要为军队管理机构所用。据文献记载，钩容直后来定员有乐工一百三十六人，景德二年添加后为二百三十二人[1]，后屡有变化。钩容直使用的范围十分广泛，既服务于各式大典，也在各种仪式中使用。钩容直乐兼具军乐与俗乐的性质，但不用于凶礼和圣节宴飨活动中。上述教坊制度中对俗乐的提倡和使用，对城市市民文化的影响，主要是引领了都市市民阶层的文化消费风气，并为社会培养了一大批俗乐创作、表演人才。

如果说，教坊、钩容直与云韶部制度为北宋都市市民文化的兴盛带来了影响的话，那么，北宋歌妓制度的建立和运作，则更为直接地影响到北宋的都市市民文化。北宋歌妓分为"营妓"、"官妓"、"瓦舍之妓"和"私妓"。邓之诚《骨董琐记》记载了"官妓"与"营妓"的发展缘由："宋太宗灭北汉夺其妇女随营，是为'营妓'之始。后复设'官妓'，以给事州郡官幕不携眷者。'官妓'有身价五千，五年期满，妇原寮。本官携去者，再给二千，盖亦取之勾栏也。'营妓'以勾栏妓输值一月，许以资替，随及罪人之孥，及良家系狱候理者。甚或掠夺，诬为盗属以充之，最为纰政。南宋建国，始革其制。"[2] 至于私妓，是属于官宦及有钱人所豢养的供歌舞娱乐的艺人，有的也为主人等提供性服务。北宋娼妓的来源，据《宋刑统一书》，完全保留唐律许多部曲奴婢等字样，说明宋代娼妓承继唐代而来，无甚改变。基本上是以罪犯家属、买卖等为主要途径。[3] 五代游乐风气以及歌妓演唱情况，宋初仍然在延续："宋景德时，冯敢唱《喝驮子》，十四姨言此曲单州营伎教头葛大姊所撰。"[4] 北宋初年的陶谷也说："今京师鬻色户将及万计。"[5] 私人占有歌妓，在北宋是普遍

---

[1] 参见马端临《文献通考》卷三〇，中华书局1986年版，第1284页。
[2] 邓之诚辑：《骨董琐记》卷四，民国丛书本，上海书店出版社1933年影印，第18—19页。
[3] 参见王书奴《中国娼妓史》，民国丛书本，生活书店1934年影印，第109—111页。
[4] 同上书，第100—106页。
[5] 陶谷：《清异录》卷上，丛书集成本，中华书局1991年版，第36页。

的现象。如欧阳修有歌妓八九人,梅尧臣诗中有记录:"公家八九妹,鬓发如盘鸦。朱唇白玉肤,参年始破瓜。"① 士大夫追逐女乐的情形竟然成为风气:"士大夫欲永保富贵,动有禁忌,尤讳言死,独溺于声色,一切无所顾避。闻人家姬侍有惠丽者,伺其主翁属纩之际,已设计赂牙侩,俟其放出以售之。虽俗有热孝之嫌,不恤也。"② 当时士大夫风气是"板与歌娘拍新调,笺供狎客写芳辞。"③ 正是士大夫的嗜好,刺激了享乐性文化——宋词的蓬勃发展。

从上述可以看出,北宋乐府制度主要是以俗乐为主导,乐府人数较之唐代几万人的规模算是比较小了。不过,与唐代所不同的是,伴随着坊市制度的崩溃,宋代城市格局灵活,居民区、城市商业功能区呈现出交叉共处的局面,各种规模较小的乐舞团体以及其他文艺组织遍布于城市"瓦栏勾舍"和酒店之中。这种灵活多样的艺术形式,为都市市民文化的繁荣提供了可能。

北宋乐府制度,为宋词的繁荣提供了制度支持。北宋建国后,太祖为了扭转晚唐五代武人专横的习气,鼓励大将"多买歌儿舞女以娱年",影响深远。每逢节日,官府都要举行表演活动。自皇室以至于官府,都提倡士庶游玩。④ 有些地方要员也以节日娱乐化育民风,如张咏等人就以倡导游玩风气来引导成都士庶耽于享乐,以消解政治矛盾。⑤ 游玩风气的兴盛,城市居民起到了很大的推动作用:"重阳日,都人多出郊外登高。如仓王庙,梁王城、四里桥、毛驰冈、独乐冈、愁台、砚台等处聚宴。"⑥ 与之相关,富民阶层广置田产与园林,在节日里不禁士庶游观:"洛中风俗尚名教,虽公卿家不敢事形势,人随贫富自乐,于货利不急也。岁正月梅已花,二月桃李杂花盛,三月牡丹开。于花盛处作园圃,四方伎艺举集,都人士女载酒争出,择园亭胜地,上下池台间引满歌呼,不复问其主人。抵暮游花市,以筠笼卖花,虽贫者亦戴花饮酒相乐。"⑦ 而这些园圃,

---

① 葛立方:《韵语阳秋》卷一五,丛书集成本,中华书局1985年版,第132—133页。
② 周煇:《清波杂志》卷三,丛书集成本,中华书局1991年版,第21页。
③ 石介:《徂徕集》卷四,台湾商务印书馆影印文渊阁四库全书本,第212页。
④ 参见陈元靓《岁时广记》记载。
⑤ 同上。
⑥ 孟元老:《东京梦华录》,上海古籍出版社影印文渊阁本四库全书本,第389页。
⑦ 邵伯温撰:《邵氏闻见录》卷一七,李剑雄、刘德权点校,中华书局1983年版,第186页。

当属富民与官僚士大夫等富裕阶层所有。华丽的建筑，幽美的园林布置，别致的亭榭遂成为诗人、词人创作的灵感来源，诗词多赖于从中采撷物象。由于乐府制度的支持，歌舞艺人阶层也日益扩大。《闻见近录》记载："南京去汴河五里，河次谓之河市。五代国初，官府罕至，舟车所聚，四方商贾孔道也，其盛非宋州比。凡郡有宴设，必召河市乐人，故至今俳优曰河市乐人者，由此也。"① 在北宋汴京、扬州、益州等大城市，正是因为商业的发达，商人的往来频繁，才引起了娱乐性文艺消费的兴盛。娱乐需要大量的投入，没有雄厚的物质条件，奢靡的用乐消费方式是不可能实现的。歌妓阶层，在北宋是适应着富民阶层的需求而兴盛起来的。无论是歌妓歌舞表演还是提供性生活服务，其都是供娱乐消遣的对象和工具，从属于游乐与色情的目的。歌妓或与富民及官员来往，供其消遣，或与士人彼此相悦甚至相爱，其基本交往目的多数是为了性、色、欲，以及满足感官欲求，个别时候是为了附庸风雅。虽然北宋禁止士大夫公开宿妓，但是士大夫仍然是乐此不疲的。② 歌妓谋生的需要，富民娱乐的需求，结合起来就导致了音乐表演文学的兴盛。

　　为了满足这种精神娱乐的需求和猎艳的心态，北宋某些诗词向着艳丽绮靡、刻画纤巧的风格发展。在奢侈腐化、感官刺激的欲求推动下，北宋前中期某些诗词就向着艳丽绮靡、刻画纤巧的方向发展。寇准、晏殊、宋祁等人，在仕宦达到一定层级后，无不是以享乐为重要人生追求。寇准在被贬时仍然讲究排场，以至于引起了皇帝的怀疑；晏殊则喜欢通宵达旦欢饮不止。

　　为了迎合官宦以及富民阶层的精神需求，宋初百年诗词表现出某些值得注意的艺术取向。如诗词的"富贵气"、艳丽绮靡等审美取向，以及以满足富民阶层为目的的诗词消费风气等。富民阶层追逐享乐的阶层特性，对当时整个文化消费风尚的影响是巨大的。富民阶层追求艳丽富贵生活，这种娱乐消费的动机，成为某些诗词的写作前提和目的。为了迎合这种需求，某些诗词追求"富贵气"。在北宋前中期，追求"富贵气"已经成为社会的风尚。晏殊则把如何表达富贵气看作是诗歌表达水平高低的标志："晏元献公……尝览李庆孙《富贵曲》云：'轴装曲谱金书字，树记花名

---

① 王巩：《闻见近录》，台湾商务印书馆影印文渊阁四库全书本，第196页。
② 《宋词纪事》、《宋词纪事续补》、《宋诗纪事》等记载，欧阳修、秦观、周邦彦等皆有宿妓记录。

玉篆牌。'公曰：'此乃乞儿相，未尝谙富贵者。'故公每吟咏富贵，不言金玉锦绣，而唯说其气象。"① 晏殊写富贵"惟说其气象"，而"不言金玉锦绣"，显然是受到了其少年得志、喜欢燕娱宾客的影响，这种爱好的形成，自然又是由于他处于显宦地位，拥有充裕的财富。富民阶层在庆寿、庆诞、生子、荣贵等所用诗词也体现出追求富贵气的特色，引导着整个社会阶层的娱乐追求。如孙仅状元及第，王禹偁赠孙仅诗："粉壁已悬龙虎榜，锦标争属鹡鸰原。"② 诗中的物象色彩鲜明，诗中用语贴切。

乐府制度及其影响下的文化消费心态，在很大程度上决定了诗词的写作目的。因此，诗词题材、风格等皆反映出这个阶层的某些生活趣味。这种情况，必然导致雅俗文化的交流与碰撞。在北宋前中期，随着经济和文化事业的发展，尤其是北宋王朝的重文轻武政策的影响，社会上十分尊崇知识分子，富民亦是如此。《湘山野录·卷下》记载了诗人石曼卿与诗僧秘演同商人交往的故事："（秘）演因是携之以谒曼卿，便令置宫醪十担为贽。列酤于庭，演为传刺。……曼卿因语演曰：'繁台寺阁虚爽可爱，久不一登。'其生离席曰：'学士与大师果欲登阁，乞预宠谕，下处正与阁对，容具家疏，在阁迎候。'石因诺之。一日休沐，约演同登。演预戒生，生至期果陈具于阁，器皿肴核，冠于都下。石、演高歌褫带，饮至落景。"③ 引文说明：其一，商人地位在社会上尚低，虽然商人子弟可以参加科举④，但是商人还是不如士人有前途，所以意图与士人交往以提高自己的地位；其二，商人也能够粗通文墨，具有一定的欣赏水平。这说明，富民阶层在获得了对社会的经济支配权以后，试图接近知识阶层，获得他们的好感，以便获取更大利益。士子通过科举考试，变为官僚阶层，要用乐欢庆；升迁也要欢庆，这更是促进了诗词的消费与生产。宋词正是满足了人群尤其是富民阶层的享乐需求，才找到了存在与发展的空间，并彰显着不同的艺术风貌。受此影响，官僚士大夫一方面在诗词中继续表白着自己的"言志"与"讽谏"传统，另一方面却在旖旎情色中放纵着自己的感官快感。如范仲淹诗作《四民诗》之《士》：

---

① 胡仔：《苕溪渔隐丛话前集》卷二六，丛书集成初编本，第173页。
② 阮阅：《诗话总龟》（前集）卷三，人民文学出版社1987年版，第29页。
③ 僧文莹：《湘山野录》卷下，丛书集成初编本，中华书局1991年版，第35页。
④ 《宋史·卷二七八》记许骧之父为了"教子以兴宗绪"，不复行贾，"罄家产为许骧结交当时俊彦"。说明北宋时允许商人子弟参加科举考试。

前王诏多士，咸以德为先。道从仁义广，名由忠孝全。……君子不斥怨，归诸命与天。术者乘其隙，异端千万惑。天道入指掌，神心出胸臆。听幽不听明，言命不言德。学者忽其本，仕者浮于职。节义为空言，功名思苟得。天下无所劝，赏罚几乎息。……禅灶方激扬，孔子甘寂默。六经无光辉，反如日月蚀。大道岂复兴，此弊何时抑。末路竞驰骋，浇风扬羽翼。昔多松柏心，今皆桃李色。愿言造物者，回此天地力。①

全篇充满着对弘毅求道的信心，对世民愚昧、世风浇薄的愤懑。而在其另外的诗作中，却又有着安恬乐命、荣辱如云的恬然。如其诗作《和葛闳寺丞接花歌》：

……我无一事逮古人，谪官却得神仙境。自可优优乐名教，曾不栖栖吊形影。……西都尚有名园处，我欲抽身希白傅。一日天恩放尔归，相逐栽花洛阳去。②

又如欧阳修在《千叶红梨花》诗作中，以梨花为喻，表达了自己希望亲近帝王，实现抱负的愿望："……从来奇物产天涯，安得移根植帝家。犹胜张骞为汉使，辛勤西域徒榴花。"③ 而在其《踏莎行》词中，却透露出热衷世俗情色享受的欲望："碧藓回廊，绿杨深院。偷期夜入帘犹卷。照人无奈月华明，潜身却恨花深浅。密约如沉，前欢未便。看看掷尽金壶箭。阑干敲遍不应人，分明帘下闻裁剪。"④ 词意缠绵，情怀真挚，动人心魂。这首词，反映出了当时普遍存在的世俗欲望与精神需求。可见，日益细致的社会分工为诗词技巧的提高提供了物质和人才保证，刺激并引发了娱乐性文娱消费的市场需求，为生产者带来了一定经济利益甚至是谋生的依靠，造成了社会阶层的进一步分化，促进了诗词的发展。由于服务性人员广泛分布于娱乐场所，北宋社会娱乐性消费才得以形成完善的消费圈，娱乐性消费才能够纳入整个社会的经济循环。

---

① 范仲淹：《范文正集》卷一，上海古籍出版社影印文渊阁四库全书本，第557—558页。
② 同上书，第565—566页。
③ 李逸安点校：《欧阳修全集》，中华书局2001年版，第10页。
④ 唐圭璋：《全宋词》，中华书局1965年版，第154页。

从现存宋词作品来看，词作从内容、表演场所、风格等方面皆反映出市民文化的特有情趣。如词中景物多写园林建筑、厅堂内物象及院落植物，这显然与都市市民生活有关。词中所反映的情感，多是市民阶层的情趣，如爱恨情愁、冶游享乐、色情欢爱等，都是词体所乐于抒写的题材。与此相应，据文献检索可知，与厅堂有关的物象出现次数，排在前列的是：窗、阑、灯、烛、画堂、殿、阁、屏、栏。据统计，仅这九类物象在全部宋词中即达到了43％左右。与园林有关的物象则主要依次为：柳、花、梅、荷、莲、牡丹、萍。描写女色及两性感情的词依次为：鬓、钗、钿、彩衣、娇、妆、黛、粉、香、恨、愁、丝、缘、眠等。词中人物则多是淑女思妇，情感则多写男女相思。为了迎合市民阶层的审美情趣，宋词特别讲究词面颜色，经常使用诸如红、绿、胭脂、海棠（取其色）、琼瑶（色）、柳色等。这种情况说明，词体在功能上向着以娱乐为主发展，在内容上向着突出情色、颜色转移，都是出于迎合市民阶层的审美情趣所致。

词体这种艺术形式，即使后来经过苏轼、周邦彦、姜夔、辛弃疾、刘过等人的改造，而具有了官僚士大夫的高雅文化气息，词风从柳永的尘俗变为苏派的豪迈超逸，但终宋一代，艳词所携带的色情欢爱，都是宋词的主要内容。这种情况，一方面说明宋词的发展是受到市民阶层的消费需求所决定的，文化消费是左右文化形式、文化内容和文化情趣的重要因素；另一方面也说明，世俗文化视野下的宋词这种艺术形式，其发展兴起和流变延续，都是都市市民文化的产物。宋词的发展，绝不能离开它所生存的土壤。而乐府与歌妓制度，对于宋词的发展，起到了重要的推动作用。

第四节　两宋曲宴赋诗制度与花卉题材诗歌审美诉求

《宋史·文苑传》提及："自古创业垂统之君，即其一时之好尚，而一代之规橅，可以豫知矣。艺祖革命，首用文吏而夺武臣之权，宋之尚文，端本乎此。太宗、真宗其在藩邸，已有好学之名，及其即位，弥文日增。自时厥后，子孙相承，上之为人君者，无不典学；下之为人臣者，自宰相以至令录，无不擢科，海内文士，彬彬辈出焉。"① 对此，柯敦伯在《宋文学史》中认为："其推论为君者典学于上，则海内文士辈出于下，要亦信而有征。"② 太祖重用文吏而夺武臣之权，其目的无非是以文人来取代那些不容易驾驭的武臣，从而改变晚唐五代以来君为臣制、朝纲紊乱的政治弊端。作为宋初统治者的本意，显然首先是培育容易驾驭的各级政治代理人来取代飞扬跋扈的武人，而在不经意间却孕育出有宋三百多年光辉灿烂的文化，也为宋代诗歌的兴旺提供了必备的社会基础。

曲宴赋诗制度，就是宋初皇室对文人施以恩宠的重要制度。赏花钓鱼宴赋诗制度又是曲宴制度的一项重要内容。就其本意而言，北宋太祖朝实施这一制度并不限于文臣，但太宗在组织赏花钓鱼宴时，要求参与者亲自赋诗且严禁代作，并严惩那些赋诗质量不高的官员，这就间接对于提升官员诗歌创作水平起到了促进作用。之后，赏花钓鱼宴赋诗制度逐渐成为朝政的一项重要文化制度，而成为朝廷对文人施以特殊恩宠的重要手段。

一　曲宴及赏花钓鱼宴赋诗制度

利用君臣唱和等手段，来提领、倡导和推行其政治策略，提升文人政治地位，是宋初崇文政策的重要内容。这些政策的落实，在很多情况下是由曲宴活动担当的。两宋时期的曲宴，实际上承担了类似周代礼乐文化中的"燕礼"功用。《宋史》卷一三〇记："曲宴：凡幸苑囿、池御，观稼、畋猎，所至设宴，惟从官预，谓之曲宴。或宴大辽使、副于紫宸殿，则近臣及刺史、正郎、都虞候以上预。暮春后苑赏花、钓鱼，则三馆、秘阁皆预。"③ 可以说，诗歌作为重要的文化形式，在曲宴赋诗制度中，体现出它与政治文化制度的密切关联性。而曲宴赋诗，因其参与者俱为从官或者三馆、秘阁等，更显出了朝廷对文士的推崇，因此更受瞩目。

两宋曲宴活动，在很多情况下都有赋诗内容，这些赋诗活动往往以君臣唱和、馆阁唱和等方式进行。曲宴赋诗制度，影响较大的是赏花钓鱼宴作诗唱和、赐宴唱和等。这些诗歌唱和形式，作为制度化的礼仪活动，含有重要的政治意图，成为宋初统治者昭示天下的风向标，是右文政策的具体表现形式之一。

在曲宴中，赏花钓鱼宴赋诗，又是赏花钓鱼宴制度的重要内容。赏花

---

① 脱脱等：《宋史》，中华书局1977年版，第12997页。
② 柯敦伯：《宋文学史》，民国丛书本，据商务印书馆1934年版影印，第2页。
③ 永瑢等：《宋史》卷一一三，中华书局1977年版，第2693页。

钓鱼宴，其前身是开宝六年太祖与大臣在后苑赏花、习射。《宋史·卷三》记："开宝六年，夏四月丁亥，召开封尹光义、天平军节度使石守信等赏花、习射。"① 太宗即位后，又在此基础上，发展为赏花赋诗，并成为制度。太宗于淳化初，即开始扩大赏花钓鱼宴的规模："淳化初，诏自今游宴宣召直馆（按：《南宋馆阁录》载此事在淳化元年二月），其集贤秘阁校理并令预会。"② 真宗即位后，延续了太宗赏花钓鱼宴唱和活动："丙子，曲宴近臣于后苑，上作中春赏花钓鱼七言诗，儒臣皆赋，遂射于水亭，尽欢而罢。自是著为定制。"③ 真宗对赏花钓鱼宴相当重视："（景德四年）甲寅，大宴于后苑，赏花钓鱼。上赋诗，从臣皆赋。吏部尚书张齐贤、刑部尚书温仲舒、工部尚书王化基，以久在外任，求免应制，不许。"④ 仁宗时，似乎扩大了赏花钓鱼宴的规模，参与者明显增多："（天圣三年）己卯，幸后苑，赏花钓鱼，遂燕太清楼，辅臣、宗室、两制、杂学士、待制、三司使副、知杂御史、三司判官、开封府推官、馆阁官、节度使至刺史皆预焉。"⑤ 从文献看来，赏花钓鱼宴赋诗制度，在整个北宋除个别原因暂时拖延举行之外，一直都存在。直到南宋孝宗，仍有赏花钓鱼宴赋诗活动。《宋史全文》记载："上（孝宗）宣谕曰：祖宗时，数召近臣为赏花钓鱼宴。联亦欲暇日命卿等射弓，饮一两杯。……君臣不相亲，则情不通。早朝奏事止顷刻间，岂暇详论治道，故思欲卿等从容耳。"⑥ 但总的看来，现存南宋文献记载的赏花钓鱼宴赋诗活动，是比较少的。这说明，南宋赏花钓鱼宴赋诗活动，确是式微了。不过，就两宋而言，曲宴制度以及一些曲宴中例行的赋诗制度，却较为完备地在南宋得到传承，成为两宋文化制度的重要组成部分。其中，曲宴赋诗制度以赏花钓鱼宴赋诗制度最为固定。

赏花钓鱼宴作诗唱和，主要有两种唱和活动：第一种是皇帝作诗，臣子赋和。如宋祁记："臣伏见今月二十五日，召宰臣以下赴后苑赏花钓鱼。侧闻降赐天什，许群臣属和，荣幸之极，二纪罕逢。"⑦ 这是赏花钓

---

① 永瑢等：《宋史》卷三，中华书局1977年版，第39页。
② 程俱：《麟台故事》卷五，台湾商务印书馆影印文渊阁四库全书本，第332页。
③ 李焘：《续资治通鉴长编》卷四六，上海古籍出版社1985年版，第383页。
④ 李焘：《续资治通鉴长编》卷六五，上海古籍出版社1985年版，第562页。
⑤ 李焘：《续资治通鉴长编》卷一三〇，上海古籍出版社1985年版，第912页。
⑥ 佚名：《宋史全文》卷二五下，台湾商务印书馆影印文渊阁四库全书本，第360页。
⑦ 宋祁：《景文集》卷一九，丛书集成本，中华书局1985年版，第237页。

鱼宴和诗最常见的情况。其组织方式，经常为官僚按照官阶依次和诗。如王安石曾经因为官阶较低，和诗时太阳接近落山，慌乱之下用柳永词句而被人取笑①。第二种是皇帝定题目，群臣写作。因为赏花钓鱼宴写诗被以为是颂美政治、表达忠心的重要礼仪活动，而且皇帝本人亦非常重视，因此在宴前事先预作是常见的现象，为此仁宗还经常临时改换题目，一些高级官僚因此而措手不及。②

曲宴制度中与诗歌创作有关的，还有赐宴作诗唱和等活动。自太祖确立以文臣管理各级地方政务开始，宽待读书人成为两宋"家法"，与之相应，北宋朝廷经常以赐宴的形式，表达对知识阶层的尊崇。在赐宴过程中，逐渐形成了赐诗唱和风气。按照《宋史》记载，赐宴，主要包括赏花钓鱼宴、上寿赐宴、纳降表赐宴、使臣赐宴、进士赐宴、观书赐宴、后苑宴射赐宴、褒奖示宠赐宴、宴游赐宴、饯行赐宴、节序赐宴、宴近臣赐宴、致仕赐宴等。赐宴作诗唱和，是指在上述场合中君臣作诗唱和。赐宴作诗往往用在朝廷官员退休或者被召隐士离朝归隐时，为了表示对其尊崇，而赐宴并令群臣作诗送行。

曲宴制度，其目的是以君臣唱和而达到疏通上下、融合君臣关系的目的。君臣唱和、馆阁唱和风气，自太宗朝开始兴盛，在真宗朝达到顶点。吴处厚记载："真宗听政之暇，唯务观书，每观毕一书，即有篇咏，使近臣赓和。"③因为赋诗水平的高低，往往涉及官员的荣耀和迁升，因此，很多达官贵戚往往精心准备，甚或有聘人预作诗篇以应急者。客观上，这种文化活动形式在提升官员的文化层次的同时，也提升了诗歌的政治地位，促使官员认真学习作诗技巧。影响所及，《宋史·艺文志》、《通志》等著录这一时期的唱和诗集，即有十多种。可见，包括赏花钓鱼宴赋诗制度在内的曲宴制度，对宋诗的诗性品格形成，是有重要作用的。

二　赏花钓鱼宴赋诗制度、文人雅集与喜爱花卉苗木风尚

北宋朝廷特别重视曲宴制度，尤其重视宴会赋诗，且成为绵延两宋的重要历史文化现象，绝不只是简单的逸趣好文举动，而是北宋统治者的政治策略与治国之策所决定的。饶有趣味的是，最高统治者着眼于政治需要而有意实施的这种文化制度，却对当时的诗歌审美取向产生了重要影响。

---

① 参见胡仔《苕溪渔隐丛话前集》卷三三，丛书集成初编本，1985年，第221页。
② 参见李焘《续资治通鉴长编》卷一九〇，上海古籍出版社1985年版，第972—979页。
③ 吴处厚：《青箱杂记》卷〇，记宋真宗读史写诗事。

其中，以赏花钓鱼宴赋诗制度为重要内容的曲宴赋诗制度，促进了士人雅集赋诗风尚的形成。这对于诗歌作者之间切磋交流，乃至两宋诗歌范型的形成，具有重要意义。北宋王朝建立后，虽时与契丹、西夏等对立，但在相当长的时期内，边患不多，域内安宁，统治稳固。受益于相对安宁的政治环境，加之最高统治者确立了以文官治理国家等政策的推行，因此，包括诗歌唱酬在内的文化建设日渐昌盛。而雅集唱和向来是文人之间交流感情、切磋技艺的重要方式，加之宋代朝廷有意以赏花钓鱼宴赋诗等曲宴制度作倡导，因此宋人宴游唱和之风也随之逐渐兴盛。标榜高致，群与交游，成为士大夫喜欢的生活方式，结会由此逐渐流行开来。较为有名的结会有至道九老会、至和五老会等。其中，至道九老会，参加人有张好问、李运、宋祁、武允成、吴僧赞宁、魏丕、杨徽之、朱昂、李昉；《齐东野语》记"至和五老会"，参加人有杜衍、王涣、毕世长、朱贯、冯平，时钱明逸为睢阳守，为之图象而序之。《墨客挥犀》记"洛阳同甲会"，参加人有和煦、司马旦、席汝言等，皆七十八，尝为同甲会。《中吴纪闻》记"吴中九老会"，参加人有徐枯、叶公参等，晏殊、杜衍都有诗赞美。除了结会唱和之外，还常见诗人因为各种机缘形成圈子，进行唱酬应和。如李昉、李至相与唱酬应和；杨亿、钱惟演、刘筠等于秘阁相与应和；寇准与"九僧"及魏野、林逋等人唱酬应和；司马光、邵雍等人的洛阳唱和；钱惟演、欧阳修、梅尧臣、尹洙等人的洛阳唱和等。结会成为绵延于两宋时期重要的文化风尚。直到宋末，还有月泉吟诗社等诗歌创作与唱酬团体活跃于民间。

文人雅集赋诗风尚，对于推动两宋诗歌发展，起到了重要作用。如"宋初三体"就产生于这种唱和雅集风尚日盛的文化环境。其中"白体"之"二李"唱和诗歌，对于宋初三体之一的"白体"风靡天下，起到了很大的促进作用。"西昆体"的形成和产生影响，也与杨亿、钱惟演等人相与唱和密切相关。而邵雍的"康节体"，正是因为相与雅集唱和诸人如司马光、王旦等互相学习、交流与推扬，才逐渐为人所知，并成为影响极大的诗歌流派。宋代诗歌发展史上，钱惟演、欧阳修、尹洙、梅尧臣等人的洛阳文人团体，苏轼为首的"苏门六君子"文人团体，以刘克庄为核心的江湖诗人团体等，都对当时的诗歌走向产生了重大影响。

作为赏花钓鱼宴诗的写作惯例，无非是对特定的季节、景物、花草等进行描绘，进而抒发其对皇室、朝廷的忠诚，所谓"美盛德之形容，达微诚之庆抃"①，大致是这一类诗歌体裁的主要写作模式，也是这一类诗歌的主要内容。典型的例子如司马光所作《赏花钓鱼二首》其一："飞廉通上苑，鹢鹊带天渊。树色含春雾，波光静晓烟。香飘仙仗外，花舞御卮前。籊籊文竿袅，縰縰素鲔鲜。误陪金马籍，愧奉柏梁篇。愿献南山寿，宸游侍亿年。"② 诗篇赞美皇室林苑之美境，记述赏花钓鱼宴之过程，也表达了作者对帝王的感恩和祈福之意。这一类诗歌，其写作模式可以概括为：叙述赏花钓鱼宴之进程，抒写帝苑花卉草木之景象，表达作者以参会为荣，并为帝王祈福。虽然在很多赏花钓鱼宴诗歌中提到的花卉草木很少提及具体的花卉品种，但在这些诗作中要描述帝苑花卉的外在面貌，而这一点，恰恰对于推动宋代文人对于花卉草木的诗歌审美取向，起到了一定作用。为了写作赏花钓鱼诗，以及由之推动下的对于花卉草木的关注，推动了整个社会对于花卉草木的审美风尚。

而审美对象的特定指向性，也就直接推动了对花之种类、品种的选育。风气所尚，洛阳、闽中、蜀地等都有人着力培养稀有贵重的花卉品种。现存两宋花卉类目录，有欧阳修《洛阳牡丹记》、王观《扬州芍药谱》、刘蒙《刘氏菊谱》、史正志《史氏菊谱》、范成大《范村梅谱》、史铸《百菊集谱》、赵时庚《金漳兰谱》、陈思《海棠谱》等数十种。风气所及，一些新的花卉品种被发掘和培育出来。王禹偁诗歌《海仙花诗》题下注："近之好事者作《花谱》，以海棠为花中神仙"句③。而《全唐诗》中，"海棠花"甚至还难觅踪迹。很难想象，如果不是由赏花钓鱼赋诗而形成的对花卉草木产生的审美指向，整个社会会形成对于花卉草木的这种热爱；也很难想象，如果不是受到这一文化风尚的孕育，宋人会写出如此之多的花卉草木之属的作品。这里，合乎情理的推测，便是由于赏花钓鱼宴的"赏花"传统，刺激了文人对于特定地区花卉品种的热爱，进而这种热爱伴随着文人官宦迁徙，推广、普及到各地的地方花卉，因此而形成了两宋各地因其物候节气不同而各有特色的地方花卉审美指向。可以说，在两宋时期，因为士人审美情趣的指向诉求，各地不同种类的花卉，以一种前所未有的数量进入了文人的文化视野。这点亦可以从宋初绘画种类中工笔画的盛行来证明赏花钓鱼宴等文化活动，对

---

① 田锡：《咸平集》卷二七，台湾商务印书馆影印文渊阁四库全书本，第528页。
② 傅璇琮等主编：《全宋诗》，北京大学出版社1993年版，第6155页。
③ 同上书，第765页。

社会审美风尚的影响。

三 赏花钓鱼宴赋诗制度与宋人的花草诗歌审美意趣

在对花的审美过程中，宋代诗人在其诗歌作品中逐渐添加了他们的生活追求、生活意趣，这就直接开拓了诗歌题材，丰富了诗歌的审美类型。花卉草木作为新的审美对象而成为宋代诗歌的重要审美诉求内容。

就花草品种的选择、培育情况而言，宋代之前尚不被重视的花卉，如海棠、木芙蓉、芍药、杜鹃、樱桃花、杏花、蔷薇花、白牡丹、琼花、石榴花、白莲花、李花等，纷纷进入诗人的审美视野。如王禹偁诗歌中，以花卉为诗题内容的就涉及琼花、海仙花、樱桃花、芍药、白莲、石榴花、牡丹、木瓜、杏花、木芙蓉、梅花、菊花、竹等。欧阳修的诗歌就涉及牡丹、紫薇花、菊花、拒霜花、李花、竹、樱桃花、楠木、冬青、石榴、金凤花、木芙蓉、莲花、柳、桃花、梅花、杏花、荷叶、芙蓉等19种花卉。仅牡丹，欧诗中就涉及有白、红等多个品种。两宋时期，在诗歌中写入了大量的花卉草木等观赏类品种，一方面说明了士人对于具有审美价值的花卉草木的喜爱程度，另一方面也说明了彼时世俗文化的享乐化取向。如蔡襄有27首诗提及10种花卉种类，韩琦有41首提及16种，苏轼有24首提及8种，黄庭坚有11首提及6种等。上述诗人可能因其个人兴趣性情或者遭际不同，而对花卉关注度并不一致。但总的看来，两宋诗人对于花卉审美的重视程度，是高于唐五代人的。当然，唐五代人也有对花卉格外关注的，如白居易有诗26首涉及17种花卉种类。不过，唐五代人在诗题中提及花卉的，较之宋人是有相当差距的。如杜甫有10首诗提及10种花卉，李白等人则根本就没有对花卉的审美诉求，自南唐入宋的徐铉，入宋后除了写过数首应制诗外，几乎不再写诗。翻检《骑省集》，徐铉在南唐所写的诗歌，并没有多少以花卉草木为内容的诗作，他在诗题中提及花卉的只有7首。上述种种说明一个问题：宋代对于花卉审美的文化诉求，呈现出普及性和广泛性等特征。而对这一现象的成因作深入追寻，当与赏花钓鱼宴赋诗的推动具有一定的联系。

在诗歌花草意象的逐渐发育中，各地因气候、风俗、代表性诗人影响等因素的作用，孕育出不同地域特色的地域花卉审美文化。这固然与宋代文人优裕多彩的生活状态有关，但赏花钓鱼宴赋诗推动，也是其中的重要原因之一。这一判断，可以从隐士诗歌中得到一定的验证。两宋隐士如潘阆、魏野、林逋等人，他们多数时间是生活在民间的。按照常理，创作主体总是要把自己熟悉的事件、场景、物品等写入其作品。作为隐居民间的士人，当对随处可见的花卉、树木等非常熟悉。但仔细翻检这些隐士的诗歌作品，却发现这些隐士很少在其诗歌中述及花卉草木。如魏野只有2首诗提及菊花、蔷薇两种花卉，林逋有6首提及桃、梅、杏、竹等花卉草木，邵雍2000多首诗中也仅有19首提及梅、菊、牡丹等数种花卉。而众所周知，邵雍是一位城市"隐者"。他诗歌中较多地提及花卉品种，当与其城市隐居者的背景有关。再如宋初三体之一的"晚唐体"之"九僧"，即希昼、保暹、文兆、行肇、简长、惟凤、惠崇、宇昭、怀古等九位僧人，他们继承了贾岛、姚合的诗风，诗作内容多为描绘清邃幽静的山林景色与枯寂淡泊的隐逸生活。明代胡应麟评价说："九僧诸作，多在晚唐贯休、齐己上，惠崇尤杰出。如'露寒金掌重，天近玉绳低'、'人游曲江少，草入未央深'之类，佳句不可胜数，几欲与贾岛、周贺争衡。"① 但翻检现存的"九僧"诗篇，与潘阆等隐逸诗人相似，"九僧"诗歌中几乎没有表现出对花卉草木的审美指向。这说明，从其身份而言，具有官宦身份的诗人，其诗歌审美指向常常关注花卉草木，而隐士则往往不太重视。这又从另外一个方面证明，赏花钓鱼赋诗，可能对诗人关注花卉草木起到了重要的作用。

王禹偁、欧阳修花卉草木的诗歌审美意趣和审美指向，基本上可以看作是宋初百年士人对于花卉草木的主流审美特征。而值得注意的是，这一时期，恰恰是北宋赏花钓鱼宴盛行的时期。可以说，由于赏花钓鱼宴赋诗的刺激，而导引出士人对于花卉草木的兴趣，可能是王禹偁、欧阳修等人热衷于花卉草木审美的重要原因。而王禹偁、欧阳修对花卉草木的审美意趣和审美指向，主要集中于以下几点：

一是诗人继承了传统诗歌的比兴手法，常常以花作比，或者以花起兴，用来或含蓄或直接地表达出作者本人的身世遭遇、抱负难酬之悲凄与伤感，或表达作者本人寄意高洁、幽独自放、雅意脱俗之情怀，或自叹出身低微寒素，希望有机会展现抱负等。王禹偁诗作《甘菊冷淘》、《商山海棠》、《雪霁霜晴独寻山径菊花犹盛感而赋诗》、《樱桃》等，欧阳修诗作《镇阳残杏》、《拒霜花》、《聚呈堂前紫薇花》等，所表达的都不出上述诗歌主题。宋代诗人以花卉草木为诗题的诗歌作品中，要以这一类为

---

① 胡应麟：《诗薮·外编五》，上海古籍出版社1958年版，第201页。

最多。

二是刻画花卉之形、色、味等特征，而并不及作者的感时伤身、感慨不遇等情怀。王禹偁有诗《牡丹十六韵》、《朱红牡丹》、《海仙花》、《后土琼花》、《栽木芙蓉》等，欧阳修诗作《金凤花》、《木芙蓉》等，都是单纯刻画、描摹花卉的诗篇。在宋初百年的诗篇中，以花卉为诗题的诗作，有一部分纯以描摹、刻画花卉草木外形、生长季节、色、香等为诗歌的主要内容。显然，这一类诗歌与赏花钓鱼宴赋诗对花卉草木形状、色彩、气味等方面特征进行描绘的写作风格更为接近。这说明，宋代官僚为京官时经常参与的赏花钓鱼宴赋诗，对他们产生了重要影响，以至于在做外任官时仍然以赏花钓鱼宴赋诗的基本要求而写这一类诗歌。

比较而言，宋初百年宋代士人对于花卉之审美情怀，要以第一种为最有特色。但值得注意的是，第一种花卉草木诗歌所呈现出的诗歌审美意趣和审美指向，却并非宋代所独有的，自《诗》三百、《楚辞》以及汉至唐代的诗歌，都比较好地使用了比兴手法，其中，以比兴手法通过对花卉草木的抒写来表达作者情怀的诗作，是非常多见的。但即使如此，宋代诗人纷纷关注了以前不太为诗人所重视的不知名的花，在如此众多的诗作中提及大量的花卉种类，仍然是宋代诗歌史中令人注意的现象。考究这种现象形成的原因，应该是赏花钓鱼宴赋诗的推动，进而激扬起世俗文化中对花卉草木的热爱风气，才造成了士人对于花卉草木审美指向的若干特征。

第二种，则明显表现出时代风尚来。赏花钓鱼宴赋诗推动下的士人对于花卉草木的审美追求，对于形成诗人热衷于述及新奇花卉草木品种，特别是乐于对出产花卉草木地域的风土气候、花之形状、色彩、气味等的描述，彰显出宋代诗人蓬勃的创造力。不仅如此，宋代士人在对花的审美中，逐渐对梅花、海棠等产生了兴趣，创造出有关这几类花卉的各种意趣与审美意蕴。并且，由于一些高级官僚因赏花钓鱼宴赋诗而注意到花卉草木的审美，因此，宋人对一些具有一定审美稳定意义的花卉品种，就逐渐添加、寻绎出新的审美含义。如唐代诗人关注海棠花的并不多，除了王维、田中、郑谷、温庭筠等人有寥寥数首提及海棠外，海棠花在《全唐诗》中并不具有太多文化意味。直到五代，诗人对海棠花的审美，仍然多注重其风流艳丽、占尽春色之风味。如齐己《白莲集》中的《海棠花》诗，仍然重在其外在形、色，而缺少相关象征意蕴。但到了宋代，海棠花却被人认为"花之神仙"，引起了诗人的关注。来自民间的具有艳丽、风流、富贵之审美意蕴的海棠花,在王禹偁等人的诗篇中逐渐拥有了脱俗、高洁、孤傲、清秀等审美意味。而在苏轼诗歌中,海棠花又被赋予了如同富于才情的士人般不得其志而流落天涯的象征意味。如苏轼《寓居定惠院之东杂花满山有海棠一株土人不知贵也》:

> 江城地瘴蕃草木,只有名花苦幽独。嫣然一笑竹篱间,桃李漫山总粗俗。也知造物有深意,故遣佳人在空谷。自然富贵出天姿,不待金盘荐华屋。朱唇得酒晕生脸,翠袖卷纱红映肉。林深雾暗晓光迟,日暖风轻春睡足。雨中有泪亦凄怆,月下无人更清淑。先生食饱无一事,散步逍遥自扪腹。不问人家与僧舍,拄杖敲门看修竹。忽逢绝艳照衰朽,叹息无言揩病目。陋邦何处得此花,无乃好事移西蜀。寸根千里不易致,衔子飞来定鸿鹄。天涯流落俱可念,为饮一樽歌此曲。明朝酒醒还独来,雪落纷纷那忍触。①

诗中海棠分明具有了高贵脱俗、绝艳睥睨世间的品格,这在其精神境界上是与作者相通的。这说明,特定时代审美风气的转移,推动了诗歌审美指向、审美意蕴的发展。

由上述分析可见,赏花钓鱼宴赋诗制度,因为推动了士人对于花卉草木的关注而引起了审美风尚的转移,从而对两宋诗歌审美类型的发育,产生了积极而深远的影响。花卉草木因此而成为宋人重要的审美对象进入宋代诗歌中,并因宋人文化思潮和宋人气质风格的演变,被逐渐赋予了具有宋代士人人格审美特质的多样意趣。这同时亦说明,宋代文化制度对于宋代诗歌的发展流变,是起到了重要的作用的。

本章小结

本章以台谏制度、科举制度、乐府与歌妓制度赏花钓鱼宴赋诗制度等对两宋诗歌品格的生成与制约的途径、方式等进行了探讨,具体分析了文化制度与诗歌品格的生成、发展与流变的复杂关系。研究表明,两宋社会

---

① 傅璇琮等主编:《全宋诗》,北京大学出版社1993年版,第9301页。

文化制度对彼时诗歌品格及其生成、宋诗发展历程等，均产生了重要影响。

其中，北宋台谏制度的建立与不断完善，对士人的文化心态产生了重大的影响。五代士人那种苟且于政治语境与生活现实的毫无气节的文化传统，因为入宋后台谏制度的不断完善与实施，变为宋人重视政治操守与道德品位的文化传统。由于台谏制度的建立和台谏官政治地位的升高，促进了士人不断向着重视责任担当、注重实现个人政治抱负与树立高尚个人道德方向前行，而在遇到皇权与相权、官僚政治与个人政治理想产生冲突时，士人的文化心态便迂回发展为吏隐意识等追求闲适、闲散的思想取向。由此而言，帝师意识、吏隐意识等，都与台谏制度的实施有莫大关联。北宋诗歌诗格在五代倍极萧衰之后呈现出勃起高涨的局面，以及士人在诗歌创作中特别重视文道关系的文学现象，都说明了台谏制度对诗歌发展的影响。

科举制度对整个社会的文化生产、文化消费等也产生了巨大影响，进而作用于人们的精神文化心理层面。科举制度使儒家学说得到更为广泛的普及，儒学的道德伦理、政治伦理与实践理性品格，塑造了士人的知识结构和文化心理，并由此而对士大夫的文化心态产生了重要影响。事功追求、重视气节与求做圣人，成为士人的自觉文化追求和人生抱负。同时，日益高涨的践道指向与党争日趋激烈的政治现实相冲突，内在地决定了士人矛盾性的文化心态。践道与存身、坚持政见与附会朋党、出与处等相互对立的矛盾心态，时时横亘于士人的心理深处，并以吏隐、闲适、帝师等各种心态表露出来。此际诗歌中的"平淡"美审美追求、"求道"指向与政治讽谏等，都与这种心态密切相关。可以说，这种由于文化制度的影响而导致的士人文化心态，对当时的诗歌发展提供了重要助力，诗歌的主题、内容、审美追求等，都表现出若干与科举考试制度相关的特点。

北宋乐府制度作为当时重要的社会文化组织形式，也影响到士人的生存状态。出身于平民阶层的广大经过科举入仕的士人，其天生就熏染了来自于社会的享乐意识与生活态度。这种主要来自于城市居民的新兴消费方式，诱导着士人重视感官享受、充满世俗气息的新文风的产生。以广大士人为代表的知识阶层与以艺人为代表的集音乐、舞蹈、表演为一体的艺术家阶层的高度融合，最终使词体成为广为时人喜爱的新的艺术形式。在这种情况下，诗词的分工就成为一种可能和彼此发展的需要。而不管是词体也好还是诗体也好，二者都统一于士人的文化心态中，成为他们外显的艺术追求形式。

　　以赏花钓鱼宴赋诗为代表的曲宴制度，因为推动了士人对于特定事物的审美指向，而影响到诗歌的诸多方面。其中，赏花钓鱼宴赋诗制度，引起了宋人对于花卉草木的关注，从而推动了宋代审美风尚的发展变化，对两宋诗歌审美类型的发育，产生了积极而深远的影响。花卉草木因此而成为宋人重要的审美对象进入到宋代诗歌之中，并因宋人文化思潮和宋人气质风格的演变，被逐渐赋予了具有宋代士人人格审美特质的多样意趣。宋人在对花的审美过程中，在其诗作中逐渐添加了他们的生活追求、生活意趣，这就直接开拓了诗歌题材，丰富了诗歌的审美类型。从而，花卉草木作为新的审美对象而成为宋代诗歌的重要审美诉求内容。可见，曲宴制度对于宋代诗歌的发展，起到了极为重要的影响。

　　由上言之，北宋文化制度对士人文化心态产生了复杂而深刻的影响与制约，外显为诗歌的主旨、内容、题材与审美取向的变化及发展。

第二章　两宋政治事件与诗歌品格

宋初重整统治秩序的"文治"选择，因北宋统治驾驭之术而引起的"朋党之争"，两宋之交国破家亡的残酷战争等因素，都对两宋诗歌发展历程及其品格产生了重要而深远的影响。宋代诗歌发展历程中的波折与成就，诗歌风貌的生成与变化，诗篇题材的选择与变迁等，莫不与之相关。对此进行考察，有助于正确认识宋代诗歌品格及其走向。就北宋政治发展历程而言，与两宋三百多年统治之"家法"紧密相关的"文治"、"朋党之争"以及两宋之交的"靖康之变"，对宋代社会历史的影响尤其巨大。

两宋毕竟有三百多年的历史，就政治事件而言，可谓林林总总、错综复杂。不过，窥一斑而知全豹，我们完全可以挑选出若干有代表性的政治事件来研究其对诗歌品格及发展历程所产生的影响，考察两宋政治事件与诗歌品格之关系。由此，奠定宋代三百年政治面貌的重要历史事件如宋初"文治"，以及由此而形成的"朋党之争"中的重要里程碑式的事件"进奏院案"与"车盖亭诗案"，与影响到两宋历史进程的"靖康之变"，就成为本章必须关注的内容。

第一节　宋初"文治"与"宋初三体"诗歌诉求

与宋初统治者倡导的右文政策相对应的，是宋初君臣学术素养总体较低的现实。史载，太祖在建国后，官员因为文学粗浅而不敢应对南唐来使的文学名士徐铉，太祖无奈之下，不得不亲自吟出了"月到中空万国明"的佳句。而"乾德"年号的制定，却无论如何不能避开西蜀曾有的年号，这是令北宋初期朝廷颇为尴尬的事件。宋初重要谋士和宰执大臣赵普、王质等人，文学素养都非常浅薄，江北乏士的局面竟延续到仁宗、神宗时期。[1] 宋初馆阁大臣缺少文化底蕴、善于揣摩人主意图而缺少气节德行，固然是晚唐五代以来儒学衰微而带来的人心不古、朝纲紊乱的事实，但也是宋初朝廷用人多以"荫补"所致。由此而言，宋初右文政策的困难局面，一是要确保原北周统治地区人心的稳定和统治的稳定，并提防南唐、闽越、西蜀等降臣的复辟图谋；二是要不断提升文臣的政治地位和社会影响，以图不断削弱武将割据坐大的威胁。作为应对第一种困难的措施，太祖太宗朝即贯彻"不用南人为相"的政治谋略，同时加大提升北人的文化层次，在科举时有所偏重北人，对南士则采取文化上的一系列笼络措施。包括君臣唱和、大兴馆阁编书等，其目的都可能含有上述意图。[2] 作为应对第二种困难的措施，则是建立和推行文化政策，加强以礼乐为代表的文化制度建设，大力扩展科举取士名额，重用经过科举考试而取得入仕资格的士人。

其中，君臣唱和、馆阁唱和，扩大了宋初诗歌的功能，提升了诗歌的社会地位和诗歌品位。宋初白体、晚唐体和西昆体的盛行，都与之紧密相关。值得注意的是，唱和风气直接催生了宋初"白体"诗派。"白体"是宋仁宗时出现的说法，指的是宋太宗、真宗时诗坛流行的学习白居易"闲适"、"浅易"、"通俗"一类风格的诗。宋初最早提出学习白诗的诗人是李昉，而对助长白体流行贡献最大的是宋太宗。宋太宗即位之后，为了强化皇权意识，激发文臣的"颂美"热情，便把君臣唱和看作是"君臣之际，先要情通，情通则道合"[3] 之要务，他试图以诗歌的形式宣扬"知足常乐"的哲学以教化人民。"白体"诗派正是在上述文化和政治的氛围里得以发展和壮大起来。宋初"白体"诗人多学白居易、元稹等人作唱和诗，作为朝廷而言，是以唱和的方式传达出希冀文臣"颂美时政"之意，并试图以唱和形式来达到"君臣通情"以和合与同化不同割据地区士人的目的；作为文臣而言，写作白体唱和诗篇，除了迎合朝政需要，美化新政权之外，也起到了"吟咏性情"，表达"闲适"生活情趣和心归

---

[1] 司马光曾经与人争论取士是否应该照顾江北名额问题。见司马光《贡院乞逐路取人状》，《温国文正公文集》卷三〇，四部丛刊初编本。

[2] 真宗朝，为相"不用南人"已经被突破，如晏殊就为南方人。这昭示出南北文化已经统合，北宋的统治基础已经得到巩固。

[3] 李焘：《续资治通鉴长编》卷二四，上海古籍出版社1985年版，第213页。

新朝之意，更有全身避祸的考虑在其中。

就白体诗派诗人创作而言，多效白诗浅切随意、不求典实的做法，这种诗歌随意而吟，作来便捷，恰恰与宋初朝廷重臣"少文"相吻合，同时，白体诗歌多效白居易旷达、乐天知足的生活态度，又与宋初崇文偃武、急于巩固统治的基本政治方略相统一。由此而言，不难理解宋初白体诗派与唐代"白体"的区别：宋初白体诗派只是学习白居易的"闲适诗"而并不学习白居易的"讽喻诗"，并且，宋初白体诗对学习白居易的"闲适诗"也有所侧重，表现为宋初"白体"诗重在休闲解颐，颂美王政，而白居易"闲适诗"其诗学宗旨在于"独善其身"、"吟咏性情"。另外，白居易"闲适诗"有记游写景之作，而宋初白体诗基本上以流连光景为主，很少有记游写景。宋初白体诗只是继承和发展了"白体"的某些方面，如浅切平易、淡泊悠闲的意绪情调，退避政治、知足保和的"闲适"思想，归趋佛老、效法陶渊明的生活态度，诗作主题偏重于身边琐事，注重衣食俸禄等。相对而言，白居易"闲适诗"中常见的超然物外，充满理趣的诗风，在宋初白体诗中却不多见。

宋初白体诗作为唐型文化和唐代诗歌向着宋型文化和宋代诗歌转型期间的重要一环，有着重要的诗歌史地位。沿着"宋初三体"所开出的发展方向，两宋诗歌终于伴随着欧梅等大家的出现而完成了标志性诗歌范型的建设。作为宋初重要的诗歌范型，白体诗虽然具有浅切平易、追求和乐的诗歌审美取向，但是当这种诗歌审美取向发展到极致时，必然导致诗歌在表达方式、诗歌主旨、诗歌审美风格上的直白、俗气、缺少意蕴等弊病。欧阳修曾提及白体诗句"有禄肥妻子，无恩及吏民"，指出某些诗人"常慕白乐天体，故其语多得于容易"①，正是对后期白体诗人的中肯批评。

如果说，白体是北宋朝士为了苟且和避祸需要而求得与最高当局达成政治妥协需要，而把这种生存状态发于诗歌的话，那么，晚唐体诸诗人则相对更为复杂。晚唐体作为一种诗风，是隐士群体在特殊历史阶段在诗歌中的隐晦心态表露。隐士作为中国古代重要的社会文化现象，由来已久。如《周易·蛊》就提到了隐士的特点："不事王侯，高尚其事。"《正义》

---

① 何文焕编：《历代诗话》，中华书局1981年版，第264页。

释为:"不复以世事为心,不系累于职位,……但自尊高慕尚其清虚之事。"① 实际上,《正义》对经旨的解释显然有发挥之处。这里,经文主要指出了隐士以隐居不仕为高尚的特征。战国时代,《庄子·缮性》又加以发挥:"古之所谓隐士者,非伏身而弗见也,非闭其言而不出也,非藏其智而不发也,时命大谬也。当时命而大行乎天下,则反一无迹;不当时命而大穷乎天下,则深根宁极而待;此存身之道也。"② 这里,《庄子》注意到了隐士由于"时命大谬"、"不当时命",为了"存身"而采取"深藏缄默"以等待时机的谋生策略。无疑,这一极有针对性的生存主张,除了说明隐士随世浮沉的无奈之外,也指出了隐士极富智慧的存世之道。晚唐五代时期,重要的隐士如司空图、史虚白、贯休、杨凝式等人,或退隐黄庭坚,屡征不起;或避乱于化外,冷眼对世俗;或放浪形骸,"官隐"以游戏。晚唐五代隐士集群的产生,有非常复杂的社会背景。大体说来,社会政治的黑暗,与社会佛老文化思潮的冲击,是造成晚唐五代隐士集群的主要原因,这两方面往往紧密结合在一起,共同发挥作用,进而影响到隐士群体的人生态度和价值取向。可以说,生死无常、人生多患、践志无门的社会现实,给佛老学说的推广和普及,提供了丰沃的土壤;而佛老学说的盛行,无疑又对隐逸之风起到了重要的推动作用。如果说,五代时期,佛老思潮事实上占据了社会主流意识形态的地位,隐士信奉佛老表现为自觉的思想认同的话,那么,这一时期某些隐逸之士信奉儒学,则往往是士人在无奈中苟全性命的无奈选择。

文化类型的转换,需要较为漫长的过程方能实现。赵宋建国后,隐逸之风的盛行,可视为五代隐逸之风的继续。一方面,在很长一段时间里,宋初的隐逸之士似乎对新政权并不急于表达他们的态度,而仍然采取了"深根宁极而待"的做法,观望色彩甚浓。如戚同文、陈抟、魏野、林逋、杨朴、潘阆、曹汝弼、樊知古、万适、田诰等人,多拒征召,乐于终老山田。另一方面,对疏离于皇权之外的隐逸之士来讲,在保持隐逸格调的同时,客观上也自然具有排斥世俗生活的意愿。真宗咸平五年隐士种放应召入朝,"既标志着五代纯粹隐逸人格的历史终结,也意味着宋初皇权政府极力感召乡野贤能之士的努力已获成功。"③ 除此之外,还应该看到,

---

① 李学勤主编:《周易正义》,北京大学出版社1999年版,第94页。
② 陈鼓应:《庄子今注今译》,中华书局2009年版,第423页。
③ 张兴武:《宋初百年文学复兴的历程》,中华书局2009年版,第194页。

宋初统治者极力推扬隐士，可能含有"抑急进"、"敦风俗"的原因在内。究其原因在于，宋初建国时，武人依然保持有强横干政的五代政治传统，甚或不时有聚众哗变的情况。宋初政府因此以科举取士所得的文官来充实各级官僚阶层，但同时也客观上造成了士人急于仕进的局面，加之宋初官僚习气承五代而来，官僚多不讲道德气节与政治节操，因此如果士人急于仕进的气与之结合，则极易造成朝臣结党营私、皇权下移的政治困境。但是，宋初统治者极力推扬隐士，在提升了隐士的政治和社会地位的同时，反过来又无疑造成了隐士群体的更加庞大。

宋初隐逸群体逐渐与仕宦群体形成了隐与官两种生活状态的互补局面。本来，仕宦群体即有乘时即建功立业，不得其时则退隐以保身的传统，因此，宋初统治者高扬隐士以劝世的政策，理所当然地激活了仕宦群体这一极富人生经营的生存谋略，仕宦群体对隐逸群体的关注度由此得以提升，而这两个阶层的密切互动与交往，自然需要多种途径来展开。诗歌作为宋代最为通行和雅致的艺术方式，自然成为仕宦与隐逸群体的交流渠道。

宋初隐逸之风在延续五代疏离于皇权的基础上，经过朝廷提倡而最终演变成为时代的文化风尚，而隐逸之士经过皇权的彰表与推扬后，逐渐浸染了世俗的若干习气，他们的生活旨趣与行为方式都因之而产生了引人注目的变化，孤芳自赏、不与俗接的隐居状态一变为不忘世事，关注社会，五代以来褊狭傲岸的隐逸风尚，逐渐被追求平和安闲的生活旨趣所代替，隐逸之士纷纷效力于皇权。如果说，隐逸之士以其特殊的身份及号召力与皇权相结合而成为互利双方的话，那么，隐逸之士的诗歌则是他们遗留下的璀璨篇章。五代宋初隐逸思潮造就了一个较为庞大的诗歌创作群体，因为这些诗人推崇晚唐贾岛、姚合诗风，诗歌创作也模仿贾、姚，故被称为"晚唐体"。这里应该注意的是，所谓"晚唐体"诗派是后起的一个概念。宋初"晚唐体"诗人的构成情况是比较复杂的，一则是当时所谓的"晚唐体"诗人的诗派意识并不明显，缺乏比较统一的诗派主张和组织形式等；二则"晚唐体"诗人群体的构成成分比较复杂，除了"九僧"群体外，还有隐逸诗人、仕宦诗人等。另外，"晚唐体"诗人的诗风也呈现出多样性的特征，一些诗人的诗风同时也表现出宗尚白居易的倾向，与当时流行的"白体"诗风具有相近之处。可以说，"晚唐体"诗歌流派及其代表性诗人的情况是比较复杂的。

从宋初"晚唐体"诗派诗人所宗尚的诗歌范式类型和所取得的艺术成就来看,"晚唐体"诗人虽然取法于贾岛、姚合等人的诗歌,不过仍然具有多方面的独特性,反映出宋初某些诗人在艺术追求、诗歌审美情趣和创作方面的一些特点。传统看法认为"晚唐体"是五代诗风的余绪,其诗作只不过是缺少天资的诗人"强作诗",因此晚唐体诗人注重向贾岛、姚合等晚唐诗人学习,注重采用锻炼、造语等艺术手段而力图臻于诗歌胜境,这实际上是对宋初"晚唐体"诗人的误读和贬低。

应该看到,宋初"晚唐体"诗人努力营造的"清冷"、"荒凉"、"悲凄"、"闲逸"、"脱俗"等诗歌审美类型,在某种程度上也是他们对广为流行于知识阶层的"白体"的疏离与变革。其中,"闲逸"、"脱俗"、"乐意"等审美取向,与后来理学诗派的某些诗学追求具有一致性,其山水题材也成为两宋士大夫所留意的重要诗歌题材,可以说,两宋士大夫寄情山水以自适的诗歌旨趣,多少与"晚唐体"隐逸诗人具有一定的关联,尤其是林逋、潘阆等人的诗歌,对推动两宋诗人热衷于以山水诗来寄托抱负和高致情怀,起到了重要作用。而"清冷"、"荒凉"等诗歌审美追求,也成为两宋僧人诗人及隐逸诗人的重要诗歌类型被继承,直到宋末汪元量等人的诗歌中,还依稀看到其影响。其中,梅尧臣的"平淡美"诗歌追求,就与"晚唐体"诗派所着意表现的"清冷"审美类型具有一致性。[①]

还应该看到,"晚唐体"诗派执著于探求"诗艺"的努力,对宋诗面貌的形成,也具有相当重要的作用。在"晚唐体"诗派之后,王安石等人也重视向晚唐诸诗人学习,在某些诗篇的诗句锻造及意境建构方式上,王安石后期的一些作品,与"晚唐体"诗派就具有相似之处。另外,黄庭坚的"夺胎换骨""点铁成金"等诗学主张,也与"晚唐体"诗派的某些诗艺追求具有相当大的一致性。影响所及,直到南宋末期,还有"永嘉四灵"、"晚唐派"等影响于诗坛之上。可以说,两宋诗论家和众多的诗歌创作者所追求的"技道两进"的境界,早在"晚唐体"诗派这里就已经萌芽,只不过限于时代的局限性,"晚唐体"代表作家尚没有展开而已。

除此之外,"晚唐体"派诗歌在诗歌题材上也突破了贾、姚诗歌的狭窄性,咏史、山水生活等也成为诗人关注的对象,这表明"晚唐体"派

---

① 参见韩经太《论宋人平淡诗观的特殊指向与意蕴》,《学术月刊》1990年第7期。

诗人在学习、模仿贾、姚等人诗歌的同时，又在诗歌题材的取向上有所调适。此外，"晚唐体"派诗人的很多诗歌，在强调炼字琢句的同时，也注意到了诗歌诗境的完整性，如林逋、寇准等人的诗歌，诗境浑融，意趣盎然，或于生机乐意处见出作者安于静守山水田园的恬淡心意，或于羁旅官宦生涯中表达其功业抱负难以实现的惆怅，这些诗作较之贾、姚等人破碎不成诗境的诗风，无疑有较大突破。

艺术审美取向的差异，离不开时代的文化风尚、文化范式等文化环境，继承与创新乃至反叛，是艺术发展的不变主题，宋初诗歌的发展自然也不会例外。何况，宋初"晚唐体"诗人在取宗贾岛、姚合诗风的同时，部分地舍弃了贾、姚作诗的某些倾向。比如说，"白体"所擅长的流易之风、闲适之情就在林逋等人的诗歌中经常见到。这种情况说明，"晚唐体"派诗人在继承贾岛、姚合诗风的同时，也对当时流行的诗体有所认识并在创作中有所体现，从而开创出在"晚唐体"诗派共同面貌下的个体风格。过去，往往以"九僧"诗歌的评判代替了对"晚唐体"诗派的评价，以为这一诗派内容贫乏，艺术上精于锻炼诗句而短于构造诗境，这显然是对"晚唐体"诗派内部的复杂情况有所忽视，也没有从两宋诗歌史的角度来整体考察"晚唐体"诗派的影响。何况，对"九僧"诗歌的评价，往往举许洞的游戏之事而没有顾及"九僧"诗作题材的多样性。须知，任何文献都是历史的碎片，仅凭历代诗论的有限记载、依靠宋人的评价来对"晚唐体"诗派定性，很容易犯实证主义和孤立研究的错误，这是应该注意的。

可见，"晚唐体"作为构成宋初诗坛亮丽风景的独特成分，其诗歌史的价值和地位应该得到充分肯定。至于范仲淹对包括"晚唐体"在内的文风的批评，那是范仲淹综合考虑重建士气与士节，努力建构文化道统以服务于改良政治的需要，何况，北宋中后期关于文风诗风的改良与变革，往往成为政治革新与政治派别争斗的晴雨表、切入点而备受重视。因此，以范仲淹的评价为标准来审视晚唐体，至少从艺术方面来看，是不够全面的。其主要原因是脱离宋代政治斗争的特点和官僚惯用的斗争方式。对此，要充分认识北宋中后期政治斗争往往以学术问题为突破口的历史实际。就范仲淹对晚唐体文风问题的评价而言，本身就含有其深刻的政治意图。由此而言，我们对"晚唐体"诗歌在宋代文化史、诗歌史上的地位、价值和意义等，都应该重新认识。

宋初百年，面对"南文北移"和"北道南进"的文化环境，宋人历经了对白居易、姚合、贾岛、李商隐、李白、韩愈、杜甫等经典作家诗歌范式的选择，产生了王禹偁、杨亿、欧阳修为领袖的三代文化巨子。在这一历史进程中，文学的复古与革新、文与道由分到合；经学的质疑经典与诠释建构新的理论；哲学的"三教合一"，所有这些，都成为时代文化建设过程中最可瞩目的文化思潮。其中，西昆体及其代表人物杨亿，在宋初文化建设上的地位尤可注意。正是由于西昆体及杨亿创作实践的筚路蓝缕之功，以及后人从正反两方面展开对西昆体的借鉴与批评，赵宋诗歌才开始迈开建立自己独特风貌的脚步。

西昆体是真宗朝出现的一种新诗体。其时，宋太祖、太宗倡导文人治国，真宗继之完善了这一政策。在真宗时期，宋太祖、太宗两朝实施的科举文化政策得以继续实施，南北文化得到进一步交流，代表南方文化成就的文章之士与代表北方文化成就的儒学之士，都已经被纳入国家的文化建设，成为国家文化的组成部分，朝廷已经不复有按照出身的地域而对士人区别对待。不过，如何进一步整合各地尤其是来自五代割据地区的文化，拉拢、同化不同层次的士人，仍然是朝廷较为重要的问题。

西昆体诗派形成后，在当时的影响是很大的。欧阳修云："盖自杨刘唱和，《西昆集》行，后进学者争效之，风雅一变。"① 而清人翁方纲对西昆体历史地位的评价，则突出了西昆体的作用："宋初之西昆，犹唐初之齐、梁；宋初之馆阁，犹唐初之沈、宋也。开启大路，正要如此，然后笃生欧、苏诸公耳。但较唐初，则少陈射洪一辈人，此后来所以渐薄也。"② 叶梦得看到了西昆体对后来的宋代诗风的重大影响。实际情况正是如此。西昆体直到仁宗时期仍然盛行不衰，晏殊、宋庠、宋祁等人，都是西昆体的追随者。而晏殊看到了西昆体应用金玉锦绣等藻饰语和用典所带来的弊病，尝试以清丽典雅的景致来表达"富贵气"，可以看作是西昆体后期代表作家对昆体"末流"的矫正。而"昆体工夫"在黄庭坚诗歌里，得到了弘扬，并最终成为宋代诗风的重要特征之一，如黄庭坚《寄黄几复》诗："我居北海君南海，寄雁传书谢不能。桃李春风一杯酒，江湖夜雨十年灯。持家但有四立壁，治病不蕲三折肱。想得读书头已白，隔溪猿哭瘴

---

① 何文焕编：《历代诗话》，中华书局1981年版，第266页。
② 翁方纲：《石洲诗话》，丛书集成初编本，中华书局1985年版，第35页。

溪藤。"诗中用典之处多且密。首联用了《左传·僖公四年》事；二联用了《晋书·张翰传》事，"使我有身后名，不如即时一杯酒"；三联用了《左传·定公三年》语："三折肱，知为良医"；四联用了东坡诗："读书头欲白，相对眼终青。"① 显然，"昆体工夫"对黄庭坚的影响是很大的。

　　总体而言，西昆体诗人在学习李商隐诗歌的艺术技巧和写作方法的同时，也在整体上与李商隐的诗歌产生了疏离，如李商隐诗歌因其迷离意象、象征手法的运用，而使诗境呈现出幽美、迷离、朦胧的特征，着重表达其复杂的情感世界和敏感炽热的心境，进而形成了凄艳浑融的诗歌风格，在西昆体诗人诗作中就看不到这种特点。西昆体诗派主要向李商隐诗歌的用典、锻炼等艺术手段和写作手法学习。与李诗不同的是，西昆体派诗人普遍对颜色词的使用非常重视，他们着力追求雍容华丽、恬愉优柔的诗风，具有与李诗不同的诗歌风貌。不但如此，"西昆体"还摆脱了五代以来的浅切、悲苦之美，而代之以华丽、雍容的自觉艺术追求。在这一点上，西昆体与同时代的晚唐体一样，在继承中对所学习、模仿的诗歌范型有所改进，这多少反映出时代风尚的新变化，从而为后继诗人提供了可资借鉴的诗歌新范式。就西昆体而言，尤为重要的是，西昆体之后，宋代诗歌创作者踵武其式，使诗歌注重抒写士大夫的"文人气"与文人意象，成为宋代诗歌的重要特征。从这个意义上可以说，西昆体派使宋代文学第一次具有了自身较为鲜明的独特风貌，尽管较之后来作为宋代文学范型的苏、黄作品，"西昆体"还显幼稚，无论在诗歌体式还是诗歌的内容、审美意趣等方面，西昆体较之以苏、黄等为代表的诗人，还远未形成鲜明的诗歌时代风貌，同理学诗注重对诗歌哲思义趣的开掘相比，更显得诗作旨趣浅而无味。不过，这种脱离了具体的历史环境而对西昆体进行纵向对比的做法，显然是不公允的，并不能因此而否定西昆体诗派在它那个时代所取得的杰出艺术成就。

　　从中国诗歌史的发展历程来看，西昆体通过学习李商隐而倡导的诗句用典、注重字面修饰、对仗精切和吟咏自适性情的诗歌品格，历经两宋诗人的扬弃，贯穿于两宋诗歌的发展历程，并最终成为宋代诗歌重要的特征。可见，宋初三朝因为推崇"文治"而采取的一系列奖掖、重用文人的政治举措，对当时的诗歌流派生成，以及风格等产生了重大影响。

---

① 任渊注：《山谷内集诗注》，上海古籍出版社影印文渊阁四库全书本，第42页。

第二节 "进奏院案"与北宋中期诗歌流变

"进奏院案"是与"庆历新政"诸人相对立的政敌,为了击溃对方而蓄意筹划的政治事件。"庆历新政"是北宋朝廷力图解决积弊日久的政治经济问题而进行的一次政治变革实践。庆历三年九月,仁宗起用范仲淹实施变革。范仲淹《答手诏条陈十事》提出对冗官之弊、荫子制度、科举考试制度等进行改革,以达到强兵富国的目的。这些改革措施,触及了既得利益者,改革举措设置本身也有不完善之处。因此,反对者势力强大,以至于仁宗最终也不得不贬逐范仲淹等人,以寻求政治势力之间的平衡。"新政"实施不久便告失败。以"进奏院案"为首发,反对范仲淹等人改革的守旧官僚,揭开了全面对抗"庆历新政"的序幕。

"进奏院案"是北宋时期因朋党之争而发酵成的政治事件。从文化发展进程而言,这一案件影响到北宋政治格局,进而对社会政治风尚和士人气节等问题产生了重要作用。尤其是,"进奏院案"因为牵扯到范仲淹、苏舜钦等人,并间接影响到欧阳修、梅尧臣等一大批与"进奏院案"人物相关的重要诗人,因此,"进奏院案"也因这一批有重大政治影响的诗人的诗歌创作,而成为宋代诗歌发展史上的重要事件。

一 "进奏院案"与诗人遭遇及诗歌主题

"进奏院案"在北宋政治史上具有标志性的地位。在此之前,无论是皇权与相权的党争,还是太平兴国三年的进士团体而发育出的同年党争,其根本点都在于政治权利的争夺,而缺少明确的自觉的党争理论做指导。但"进奏院案"之前后,在欧阳修等《朋党论》的较为明确的党争理论指导下,北宋朋党之争开始成为左右政局的重大政治事件。关于"进奏院案"的发起原因及经过,《宋史》卷三一〇记:"(杜)衍好荐引贤士,而沮止侥幸,小人多不悦。其婿苏舜钦,少年能文章,论议稍侵权贵,监进奏院,循前例,祠神以伎乐娱宾。集贤校理王益柔为衍所知,或言益柔尝戏作《傲歌》,御史皆劾奏之,欲因以危衍。谏官孙甫言:'丁度因对求大用,请属吏。'度知甫所奏误,力求置对。衍以甫方奉使契丹,寝甫奏,度深衔之。及衍罢,度草制指衍朋比。时范仲淹、富弼欲更理天下事,与用事者不合,仲淹、弼既出宣抚,言者附会,益攻二人之短。帝欲罢仲淹、弼政事，衍独左右之，然衍平日议论，实非朋比也。"[1] 作为政见相近的杜衍、范仲淹、苏舜钦、王益柔、富弼等人，被政敌丁度等人，左右、利用了台谏官的举奏特权，而以苏舜钦卖进奏院旧纸事，而弹劾之。苏舜钦为太宗朝宰相苏易简之孙，是仁宗朝枢密使杜衍的女婿。苏舜钦于宋仁宗天圣七年（1034年）进士及第，历任县令等职，庆历四年（1044）因范仲淹举荐任集贤殿校理、监进奏院。同年，他因鬻进奏院旧纸与王益柔等馆阁词臣饮酒，而被政敌诬陷，投狱几死。"进奏院案"牵及杜衍、富弼、范仲淹等人。同年六月，范仲淹等皆被外放，新政失败。

"进奏院案"实际上是朋党斗争发展到高峰期——"庆历党争"中的前奏和准备。苏舜钦、王益柔等人充当了党争打压政敌的重要凭借。表面看来，以"进奏院案"为标志，范仲淹、王益柔、苏舜钦、杜衍、富弼等人后续相继被贬出要枢，以改革图强为号召的新政官僚受到重大政治挫折，但"进奏院案"作为朋党之争的较早标志性事件，却成为庆历党争的重要分界线。之前的朋党之争，往往以同门师生同学或者同科进士坐师等相互声援、固结为政治利益攸关方而成为"朋党"。但以"进奏院案"爆发为标志，"朋党"似乎开始形成为以政治利益为唯一目的而罔顾其他学缘、血缘等自然社会关系的集团。由此，政见之争逐渐演变为实际政治利害之争，士人也逐渐从谋道转为谋利，"朋党"不再是以"谋道"而相聚的官僚集合体，而演变成为政治官僚相与勾结以谋政治利益的方式。如庆历五年三月，新政失败后，因为欧阳修为范仲淹、富弼等人的上书辩护，而为谏官钱明逸告发其吞没外甥张氏财产案。这显然是政敌的刻意打压。虽最终经过查勘而无他，但欧阳修仍然被外贬滁州。这足以证明朋党之争已经不是欧阳修等人天真地认为"道义"相固结了。因此，考察朋党之争对诗歌流变的影响，要对此有一个宏观的把握。

以"进奏院案"为重要标志的庆历党争，不仅对参与者的政治生涯乃至人生遭遇产生了直接的、重大的影响，也深深地影响到此时期文化思潮。本来，北宋王朝因其政治、军事、经济等弊病，到了仁宗庆历年间已经是积重难返。因此，范仲淹、富弼、杜衍等人谋划实施的"庆历新政"本意在于革弊图新、挽救危局，虽因对策过于激进、时有偏颇而触及权贵

---

[1] 脱脱等撰：《宋史》卷三一〇，中华书局1977年版，第10191页。

利益，但深得新晋官僚以及有志图强的士人的拥护。可以说，庆历新政对于鼓舞士人政治热情，培育士人气节起到了重要的推动作用。士人于此之际，或热衷政治以期实现抱负，或注重修养德行才行，以期有所成就。除了范仲淹早前对"宋初三体"等为文"无关时事"给予批评之外，仅以庆历二年为例，就有欧阳修上书请留富弼使契丹、五月上书极陈政事，曾巩于庆历二年作《怀友》寄王安石以中庸之道相策勉，司马光则深研史籍作《十哲论》、《四豪论》、《贾生论》以总结政治治道等，都可以看出士人气节的蓬勃发育。但"进奏院案"给士人推崇气节、热衷时政思潮产生了负面影响，使当时的士人文化思潮产生了变化。据《续资治通鉴长编》卷一五三，"进奏院案"使"当世名士"均遭贬斥：

> 监进奏院右班殿直刘巽、大理评事集贤校理苏舜钦，并除名勒停。工部员外郎、直龙图阁兼天章阁侍讲、史馆检讨王洙落侍讲、检讨，知濠州；太常博士、集贤校理刁约通判海州。殿中丞、集贤校理江休复监蔡州税，殿中丞、集贤校理王益柔监复州税，并落校理。太常博士周延隽为秘书丞，太常丞、集贤校理章岷通判江州，著作郎、直集贤院、同修起居注吕溱知楚州，殿中丞周延让监宿州税，校书郎、馆阁校勘宋敏求签书集庆军节度判官事，将作监丞徐绶监汝州叶县税。①

随后，杜衍、范仲淹、富弼、韩琦、欧阳修等新政官僚，皆被贬出朝。本来，"进奏院案"缘起虽因苏舜钦"议论稍侵权贵"，但丁度等人用意在于借打压王益柔、苏舜钦而攻击杜衍等人。不过，范仲淹等人虽然改革很快宣告失败，但"庆历新政"却对彼时高涨的士人推崇气节风尚，起到了较大的推动作用。士人并没有因此而退缩，反而具有自觉的奋争意识。如庆历四年，欧阳修作有《朋党论》，曾巩五月有《上蔡学士书》论谏官之制，又有《上欧阳舍人书》言当世之急。庆历五年，曾巩有《上欧蔡书》言"去就之义"等。司马光有《机权论》、《才德论》、《史评十八首》等。对此，沈松勤考察后认为，正是因为"庆历新政"的影响，

---

① 李焘：《续资治通鉴长编》卷一五三，上海古籍出版社1985年版，第1419页。

"更张法制、救弊图治,'兴致太平'的呼声日益高涨,成了时代的最强音"①。由此,在历史发展的线路上,以"进奏院案"为标志的"庆历党争",就以其历史机缘对彼时的诗歌产生了重大影响。

"进奏院案"对士人推扬气节产生了直接影响,而这一社会思潮反映在诗歌创作中,就使北宋这一时期的诗歌创作外显为重视时事、热衷评骘政局等特征,这是北宋中期之前的诗歌创作所未曾有过的。这一事件既对诗人的人生造成了重大转折,亦为一些著名诗人的诗风转变提供了条件。如欧阳修诗作风格就在庆历年间发生了明显变化。

欧阳修在嘉祐元年(1034)返回汴京之前的作品,多模仿晚唐诸人诗歌。这一段时间,他多方探索学习诗歌的途径,与梅尧臣等人交流诗艺,写有《拟玉台体七首》,诗歌创作上取得了一些成绩。但就此期欧诗题材来看,他的诗歌大多是写景之作,虽然诗篇非常讲究对偶、用字,风格精巧,但格调不高,诗中的景与情往往结合不够紧密,整体上与晚唐贾岛、姚合等人的诗风比较接近。如作于明道二年的《早春南征寄洛中诸友》中,诗歌第二联对偶精切,全诗没有豪迈的气概和新奇的物象,所表露出的情感也很琐屑普通,这正是晚唐诗歌的特征。欧阳修洛阳任职完成后,于景祐元年(1034)五月回京,其诗风开始出现明显变化,表现出向韩愈靠拢的倾向。本年写有《书怀感事寄梅圣俞》。诗中追述了在洛阳任职期间与钱惟演、梅尧臣、谢希深等人优游洛阳周围风景、耽于乐饮的"乐事"经历,表达出对分离故友的思念之情。诗中按照时间递进发展的线索,特别是对友人相聚以优游的"乐事"追述,使用了散体文写作中常用的铺陈以增华的写作手法。显然,这首诗已经透露出欧诗向韩愈学习,尝试着把散体文写作方法融入诗歌创作的动向。如果说,这首诗学习韩愈以散体文来写诗的特征尚不很成熟的话,那么,作于景祐三年的《猛虎》,则标志着欧阳修终于把以散体文写作方法运用到写作诗歌中的尝试,达到了娴熟的境地。诗篇首先渲染了猛虎的凶猛威武,继写猛虎丧生机矢之下,接着作者对此发出了议论,感慨奸狐、猛虎均不及人的智巧,最终葬送了性命。显然,诗篇有对猛虎凶猛特性和狐狸奸诈多疑性情的描述和刻画,也有按照因果顺序的原因叙述,最终以深沉的议论作结,诗篇熟练地使用了叙述、铺陈、议论等散体文的表现手法来表达主旨,反

---

① 沈松勤:《北宋文人与党争》,人民出版社1998年版,第21页。

映出作者以文为诗创作风格的成熟，特别是最后两句以议论作结，诗意无复余韵，表现出欧诗基本风貌已经形成。

　　景祐以后，学习韩愈把散体文的创作方法纳入诗歌中，成为欧阳修诗歌最为显著的特征。这种诗歌创作方式，在庆历年间欧阳修的诗歌创作中到达了高度成熟的境地，如其庆历元年（1041）所作《忆山示圣俞》、《送胡学士知湖州》、《哭曼卿》、《送昙颖归庐山》；庆历二年的《送孔生再游河北》；庆历三年的《送扬辟秀才》、《送慧勤归余杭》、《读张李二生文赠石先生》；庆历四年的《晋祠》、《登绛州富公嵩巫亭示同行者》；嘉祐元年（1056）的《赠沈遵》等，都是其学习韩愈以散体文写作方法创作诗歌的代表作。如《赠沈遵》，清代方东树评论说："（《赠沈遵》）此触顺题布放，而奇恣转胜用章法，乃知诗贵精神旺为妙也。起点叙，次写，次追叙，后以议收。'我初'三句，低徊欲绝。"① 诗篇中，以"初"、"暂止"等抒写沈遵的演奏过程，继之引发出自己因听琴而得的感受，因听琴而忆及做官滁州自称"醉翁"之时优游山水的乐趣，最后以对人生易老的慨叹和对沈遵的善意叮嘱作结。可见，正是因为以文章的布局安排为诗歌写作的基本方法，把叙事、议论结合在一起，眼前景与忆中事两种感受或实或虚，相互生发，而这两者都统一到感慨遥深的人生体验上来，从而使诗作呈现出起承转合浑然一体、虚实结合兴寄遥深的独特艺术效果。

　　如果我们承认，从嘉祐年间到庆历年间欧阳修诗作艺术技巧开始成熟的话，那么，自庆历五年后，欧阳修就因"进奏院案"陷入党争斗争而导致了政治上的巨大挫折，促使他对人生、政治、友情等有了新的体验，或是因此原因，而对欧阳修形成新的诗歌风格产生了重大影响。这一时期，欧阳修有的诗歌因为中有寄托比兴，而表现出兴寄遥深、吞吐跌宕风格，有的诗歌因为中有苦痛而不得不寻求遣怀之思，而表现出寄意尘外、洒落不群之意。欧阳修庆历五年之后一段时间内的诗歌，在诗歌主题和内容上，都表现出受到"进奏院案"而牵连所致的影响。如庆历五年，欧阳修有诗《镇阳残杏》寄托被政敌打压之慨，《读蟠桃诗寄子美》同情苏舜钦遭遇而寄寓自身遭际之悲，《自河北贬滁州入汴河闻雁》寄托满怀政治失意之情。庆历六年有《啼鸟》、《读徂徕集》、《幽泉谷》、《书王元之

---

① 方东树：《昭昧詹言》卷二〇，人民文学出版社1961年版，第279页。

画像侧》等，时时吐露政治抱负与被贬不平之情。类似主题的诗歌，还有庆历七年的《重读徂徕集》、《汝瘿答种仪》等。正是这一段诗歌创作，标志着欧阳修诗风的正式形成，并开始成为广为重视和推崇的诗歌创作风格。显然，"进奏院案"对于促进欧阳修形成其诗歌风格，产生了重要作用。

不惟欧阳修，"进奏院案"作为当时政治之一大变局，亦深刻地影响到当时的士人文化心态，促使一些具有政治抱负和入世倾向的诗人关注现实，表达其政治主张。北宋庆历年间士人的诗歌重视凸显张扬气节、评骘时政等新变化，当与"进奏院案"有紧密联系。这一诗歌主旨取向表现在诗歌创作中，就为诗坛带来了新的诗歌风尚，促使诗人更加关注政治现实。如庆历五年欧阳修、蔡襄等人被贬后，曾巩写作了《忆昨诗》等，并寄书欧、蔡，言"去就之义"以相劝慰，极力向欧阳修推荐当时尚未成名的王安石等人。而梅尧臣庆历六年亦有《寄滁州欧阳永叔》、《和永叔琅琊山六咏》等表示对欧阳修等人的同情。苏舜钦庆历六年亦有《醉翁亭》、《病中得杜丞相见寄诗感而有作》等表达心中被贬苦痛。除了苏舜钦在被贬之后写作大量的风景隐逸诗篇外，欧阳修也在庆历七年写作了很多有归隐之思的诗歌，有《沧浪亭》、《丰乐亭小饮》、《丰乐亭游春三首》、《谢判官幽谷种花》等。评骘时政、表达官宦沉浮而寓归隐之思等，都可以看作是"进奏院案"对彼时诗歌风格及发展走向的影响。这说明，因"进奏院案"而被贬的范、欧等人，因其主张革弊图强的政治举措，而为很多士人所看重，并因此而得到赞同。可以说，以"进奏院案"为标志的庆历党争，直接影响到诗人的诗歌创作。

二 "进奏院案"与苏舜钦诗风变化

"进奏院案"对相关诗人产生了重要的影响。而这些影响，又因这些诗人的文学地位，而对当时的文人诗歌创作施加了作用。

苏舜钦诗歌创作受到"进奏院案"的影响最为巨大。苏舜钦诗歌创作以庆历四年的进奏院事件为界，可以分为两个阶段。前一时期，他的诗歌多为政治性主题，往往以直抒胸臆的表现方式来表达"便将决渤澥，出手洗乾坤"（《夏热昼寝感咏》）的雄心壮志。如作于景祐元年（1034）的《庆州败》，诗篇对不修战备、将帅苟且而致兵败的庆州战役进行了总结，整首诗以散文笔法写时事，气势豪迈而又酣畅淋漓，指弊深切且透辟，作者态度极其鲜明。但真正代表苏舜钦诗歌风格的诗篇，还是因其

"进奏院案"而被贬之后的诗作。"进奏院案"发生后,苏舜钦为避祸而远走南方,其诗歌在前期充满豪气的风格基础上,又因身世之悲与抱负无从实现的穷途绝望之感,而使诗歌有了沉郁悲愤之气。如其在南奔途中写有《吴越大旱》诗:

> 吴越龙蛇年,大旱千里赤。寻常秔稌地,烂漫长荆棘。蛟龙久遁藏,鱼鳖尽枯腊。炎暑发厉气,死者道路积。城市接田野,恸哭去如织。是时西羌贼,凶焰日炽剧。军须出东南,暴敛不暂息。复闻籍兵民,驱以教战力。……三丁二丁死,存者亦乏食。冤对结不宣,冲迫气候逆。二年春及夏,不雨但赫日。安得凉冷云,四散飞霹雳。滂沱消烦疠,甘润起稻稷。江波开旧涨,淮岭发新碧。使我扬孤帆,浩荡入秋色。胡为泥滓中,视此久戚戚。长风卷云阴,倚柂泪横臆。①

诗篇首先对吴越大旱之景进行了细致的铺陈叙述,然后指出,朝廷为了西羌用兵而虐使吴越人民,致使死亡相继,怨气上冲九天,才是导致天气大旱无雨的原因。诗末作者没有对朝廷应该采取的补救措施提出建议,但却表达出对能够解除旱情气候的渴望,实际上也就是间接含蓄地表达出只有朝廷改变政治措施,才能解救难民的政治主张。诗篇多用赋体的铺陈渲染手法,刻画景象事物深切逼真,气势豪迈而且文笔冷峻,于含蓄中渗透着作者强烈的忧国忧民情感。如他在削职后南奔途中,写有《中秋夜吴江亭上对月怀前宰张子野及寄君谟蔡大》:

> 独坐对月心悠悠,故人不见使我愁。……长空无瑕露表里,拂拂渐渐寒光流。江平万顷正碧色,上下清澈双璧浮。自视直欲见筋脉,无所逃遁鱼龙忧。不疑身世在地上,只恐槎去触斗牛。景情境胜返不足,叹息此际无交游。心魂冷烈晓不寝,勉为笔此传中州。②

诗篇摹写月下之景,意境开阔,风格奔放,想象奇特,而全篇又以月下怀故人为主线,情景交融,充分表现出其诗篇的雄豪奔放、超迈奇绝的

---

① 傅璇琮等主编:《全宋诗》,北京大学出版社1999年版,第3901页。
② 同上。

特征。诗篇之中，诗人受到"进奏院案"牵连而遭受的摧残和政治打压，一发为诗篇中浸染着浓厚感伤风味的诗歌意境。苏舜钦诗歌的豪迈风格，不仅表现在他的那些与政治主题有关的诗篇中，就是一些写景咏怀诗，也有所表现。如其《淮中晚泊犊头》："春阴垂野草青青，时有幽花一树明。晚泊孤舟古祠下，满川风雨看潮生。"① 诗篇写春天晚间野景，最后一句忽然将笔拓展开来，诗篇即由眼前之景转入苍茫灏浑、无可捉摸的宇宙大化之中，诗篇想象奇诡而过渡自然，气势极为开张。这一写作方法，在其律绝中并不少见，如其诗《和〈淮上遇便风〉》："浩荡清淮天共流，长风万里送归舟。应愁晚泊喧卑地，吹入沧溟始自由。"② 诗篇抒发作者行舟淮上遇便风的快感，表达出作者放情万里的情怀，第一句就写出了淮水苍茫浩瀚的气象，长风万里又极写归家似箭的迫切心情，最后两句，作者把眼前之景与人生感慨相联系，表达出诗人冲决羁绊、愿负天而为逍遥游的豪情壮志。

　　苏舜钦的上述诗歌风格，从诗歌境界上来看，就表现出写景层面阔大、议论透彻淋漓的特征。从诗歌内容上看，苏舜钦的诗歌，因为其中贯有儒家积极求道、修身而兼及天下的事功情怀，这种人格情趣主要是以议论的方式表现出来，所以表现为其诗歌的崇高之美，同时，苏舜钦的诗歌追求阔大辽远的审美指向，这种指向又与其诗歌内容相一致，所以其诗歌就外显为超逸豪迈之美。苏诗的意境构造指向与具体构造方法，也对其诗风的形成具有重要影响。如果按照学术界公认的王国维的"意境"理论来观照的话，苏舜钦的诗歌多有"有我之境"的"造境"特征，如其诗《和〈淮上遇便风〉》，诗中淮水奔流天际不复识辨际涯，风长送舟飘荡如飞，自然是作者撷景以表达自己的豪迈气概，这种为情而择景的诗歌意境，在其诗中非常多见。又如其诗《淮中晚泊犊头》，诗中选取了幽花、孤舟、古祠、满川风雨等景物、气象，表达了自己在被贬为民之后的怅惘、迷茫和孤独之情。除此之外，苏舜钦诗歌又有"无我之境"的"写境"艺术特征，如其诗《中秋夜吴江亭上对月怀前宰张子野及寄君谟蔡大》，其中写月下之景的部分："长空无瑕露表里，拂拂渐渐寒光流。江平万顷正碧色，上下清澈双璧浮。自视直欲见筋脉，无所逃遁鱼龙忧。"③

---

① 傅璇琮等主编：《全宋诗》，北京大学出版社1999年版，第3943页。
② 同上书，第3938页。
③ 同上书，第3901页。

写作手法如工笔细描，写景细致而境界尽出。这里，与"无我之境"的"写境"艺术有所不同的是，诗篇表达感情的方式是以议论来表达情感，而非纯以诗歌之"境"来含蓄间接地抒情。作者通过直陈表达出自己独处美景而无友朋的感慨苦闷，同样浸透着被削职为民的郁闷无助之情。值得注意的是，与传统的以"写境"而为"无我之境"表达情感所不同，苏舜钦多以议论来与所摹写的"境"糅合，来表达其思想感情，这种表达方式，虽然与作者为人慷慨不拘小节，非议论言说不足以畅其心志有关，但从中国诗歌意境构造的发展历程来看，却成为一种较为独特的方式。

无论是其具有"造境"而致的"有我之境"还是由"写境"而致的"无我之境"，苏舜钦的诗歌，都在情与景的结合上，于"境"中表现出场面宏大开阔、气魄豪迈雄浑的特征。这种特点，无疑是诗人胸怀开阔和豪迈性格的外在展示，而这一特征的形成，应该与作者有志而被朋党之争所连累，以至于无从实现政治抱负带来的悲情有紧密关系。不用说其如《庆州败》、《城南感怀呈永叔》、《吴越大旱》等诗指斥弊政无所顾忌，就是一些写景诗，他也喜欢写那些雄奇阔大的景象，赞美自然界的壮伟力量，如《大风》、《城南归值大风雪》、《扬子江观风浪》等，这种特点，就使其诗歌具有了阔大奔放之境与透彻淋漓之美。

苏舜钦的诗歌，多以超逸豪迈的审美旨趣为统摄，突出创作主体的崇高伟岸人格和气吞宇宙的阔大胸怀，彰显创作主体的真性情。从诗歌意境上看，他的诗，写泛舟江上，则说水与天共流，孤舟与苍茫天地融为一体（《和〈淮上遇便风〉》）；写月色则长空无瑕，江平万顷（《中秋夜吴江亭上对月怀前宰张子野及寄君谟蔡大》）；登楼则四望，但见秋色入林，日光穿竹，视野辽阔，不对具体之境、局限之景精细描绘（《沧浪亭怀贯之》）。即使诗题专写一小景小事，也一定要小中有大，在写小景的同时必定连带而及阔大的景象，如其《初晴游沧浪亭》，开篇先渲染阔大景物：春雨连夜，春水涌生，晓明出游，娇云弄暖。次写小景：帘虚日薄，乳鸠鸣叫于花竹之中，打破了原有的寂静。这些景象构成的诗歌意境，与其说是作者在写景，毋宁说是作者阔大胸怀的写照，而以这种崇尚广阔、悠远的审美取向，又与作者的人格、性情相联系，以其关心民瘼、重视用世，与天下共休戚的内容，与其诗歌的意境构造指向相呼应，使诗歌生发出浓烈的飘逸豪迈之美。

苏舜钦的诗歌，多以"造境"为手段，以是否彰显作者的超逸豪迈情怀为构建意境、剪裁物象的主要标准，这里，作者着意构造的诗歌意境虽然也与其要抒发的情感意趣有关，但作者却主要以议论而不是通过意境来表达情感。这种诗歌意境的构造方式，又与其诗歌关注现实、寄托抱负的诗篇内容相一致，造就了苏诗的崇高之美。如其《舟行有感》："忽忽赏节物，区区何所归。天阴鸟自语，水落岸生衣。客况知谁念，人生与愿违。东风百花发，独采北山薇。"① 诗篇为苏舜钦于庆历五年春被削职为民之后南下苏州所作。诗中第二联写景，天色阴霾，鸟儿孤独自语，河水寂然退落，河岸露出青苔痕迹。春天正是万物并茂的季节，苏舜钦因为被政敌陷害，不得不离开京都南游以避祸，远大抱负无从实现，孤独、寂寞与伤感无时无刻不在咬噬着失意的诗人。诗篇调子低沉，但作者在取景构造意境时取泛指的景物而不坐实，显然，诗中景物构成的意境是为凸显作者的情感服务的。又如作于同时期的《寿阳闲望有感》："维舟亭下偶登临，下蔡风流古至今。远岭抱淮随曲折，乱云行野乍晴阴。幽人憔悴搔白首，啼鸟哀鸣思故林。触处途穷何足恸，直回天地入悲吟。"② 诗篇抒发了因被政敌陷害而到处受人白眼的愤懑、伤感，表达了对不能实现远大政治抱负的绝望之情。在诗篇的意境构造上，与他的很多诗歌一样，多取阔大、辽远之景，不过本篇之景又与其要抒发的悲愤、伤感、绝望相一致：长淮流水在远山之中游走，变幻不定的行云罩住了日光，使天空变得乍阴乍晴，这些景象恰如作者的心境。显然，这里的景象是作者刻意选择的结果，目的是要来衬托、渲染和表现内心的情感。不过，诗篇所要表达的情感，最终还是靠作者直接提出来的：到处受人冷眼并不足以心恸，只能把惊天动地的事业抱负化为悲吟，这才是让人不堪忍受的。

　　苏舜钦的诗歌，从其诗境而言，忧国忧民、急于建功立业和着眼于个体道德的诗作主旨，与善于使用"造境"与"写境"而衬托、渲染情感的表达技巧，共同作用，形成了其超逸豪迈的诗歌风格。这种从诗篇内容到表达技巧等方面都不同于稍早的白体，同时期的晚唐体、西昆体诗歌的新的诗歌样式，为诗坛带来了迥异的诗歌类型。在苏舜钦手里，诗歌不再是颂美时政、吟咏性情而缺乏政治功用和作者真情实感的文化消费品，而

---

① 傅璇琮等主编：《全宋诗》，北京大学出版社1999年版，第3944页。
② 同上书，第3945页。

是成为了可以反映作者呼声、寄托爱恨悲愤、染有真实情感的"达道"工具。诗歌的美学品格与功用，在苏舜钦这里得到了扩大。无疑，这种新的诗风，为当时的诗坛带去了陌生之美，当然也就为时人所瞩目。可以说，党争造成了苏舜钦的人生悲剧，但却为其诗歌成就提供了历史际遇。

三 余论

特别需要提及的是，"进奏院案"对一些著名诗人的诗歌创作风格产生了重大影响，而这些影响又通过这些著名诗人的影响而不断扩散，以至于影响到时代的诗歌风尚。除了前已述及欧阳修、苏舜钦等人因"进奏院案"，而导致了他们诗歌创作在主题、内容、风格等方面的巨大变化之外，这一政治事件当然亦对被牵扯者产生了一定影响。范仲淹、富弼、蔡襄、欧阳修等人，其诗歌创作都因此而有所反映。更重要的是，"进奏院案"虽以试图革弊图强的新政官僚而失败，但却激扬起士人伉直有为、革弊开新的入世抱负与政治气节，这一社会风尚逐渐发酵，直至孕育形成了改革图新的社会文化思潮，从而导引出后来者如王安石等人的政治改革。可以说，"进奏院案"作为北宋中期朋党之争的重要标志，不仅影响到当时的政治走向和士人气节，更因此而外显为当时诗人重要的诗歌风貌。从这个意义上说，"进奏院案"对北宋诗歌产生了重要的影响。

可见，"进奏院案"反映出党争与诗歌关系的一般逻辑关联：党争造成了作为创作主体的诗人的人生遭际发生变化，因而导致了作者所创作的诗的主旨、题材随之发生变化。当党争影响到社会政治制度、士人出处、社会风气时，士人文化心态也随之变化，进而带动了整个时代诗歌主旨、内容和审美取向的转变，这种流变往往以具有浓厚朋党色彩的文学流派如"苏门"团体、江西诗派、王安石新党文人群体等表现出来。可以说，两宋重要诗人生活在党争带来的政见意气之争到党锢之祸的起伏宦涯生活中，其诗歌风貌有党争的巨大影响。

第三节 "车盖亭诗案"与北宋后期诗歌走向

北宋文化在中国文化史上的转折地位与开辟之功，很早就引起了人们的注意。唐型文化到宋型文化的转变，其完成期公认为"元祐"时期。①但奇怪的是，北宋元祐之后的文化尤其是其中重要的组成部分诗歌，却出乎意料地衰落了。研究者称，北宋后期诗歌发展的态势，"一是内容上不如北宋中期诗词所反映的社会生活面宽阔，因而思想意义相对薄弱。二是艺术上更刻意追求，因而造成诗词的艺术性更趋于成熟的一面；但有时又因过于追求表现手法，又造成在内容与形式的结合上反而不如北宋中期文学自然完美的另一面。"② 基于现存文献来看，上述判断大致准确。但是，北宋后期上述诗歌诗性品格及其发展历程，似与彼时文化总体发展走向是有深刻矛盾的。依理来说，北宋元祐及以前的文化建设，已经取得了极为突出的成就，欧、苏、王安石、曾巩等人的文学创作，欧阳修、宋祁、司马光、刘敞等人的史学，胡瑗、石介、孙复、周敦颐、王安石、二程等人的经学和儒学研究，其他如子学、画学、金石学等都有很大建树。如按历史发展逻辑，北宋后期文学应在中期基础上更加辉煌才是。但北宋后期文学却出人意料地衰弱了。其原因何在？

　　造成这一历史现象的原因是多方面的。就文学的文化生态而言，包括朋党之争的政治斗争，应在其中占据了重要地位。对此，邓广铭、漆侠、王水照、祝尚书、萧庆伟、罗家祥、沈松勤、尚永亮等人都有提及。但已有研究成果，往往习惯于宏观层面的学理推理和学术判断，而从具体问题入手，特别是联系朋党事件与具体的诗歌发展历程所表现出的历史走向，来对特定阶段的诗歌发展进行研究，则极为少见。由此，作为北宋新旧党争关系的全面爆发点和毒化点的"车盖亭诗案"对诗歌品格及其走向的影响，就自然而然地成为研究者必须要关注的问题。

　　从研究史而言，近三十年的研究成果，普遍注意到了"车盖亭诗案"在两宋朋党之争中的重要地位，能够从两宋"家法"、北宋中期政治困局、王安石变法等方面来探讨朋党之争的由来、新旧党争的发展历程，以及朋党之争对于宋代政治、经济和文化诸方面的重大影响，超越了《宋史》对于王安石、蔡确以及新旧党争的定论，较之《宋元学案》等无疑有了显著进步。但此"诗案"对于北宋后期诗歌品格及其发展走向的影

---

　　① 陈衍《石遗室诗话》首先提出"三元"说，认为"元祐"诗歌为宋诗高峰。之后，文史学界一般把"元祐"作为宋型文化形成的标志时期。
　　② 郭预衡主编：《中国古代文学史长编》（宋辽金卷），首都师范大学出版社2000年版，第222页。

响，还少有研究成果。

一 "车盖亭诗案"与北宋朋党之争

北宋朋党之争，"虽极于元祐绍圣之后，而实滥觞于仁宗英宗朝。其开者，则仁宗时范吕之争，其张之者，则英宗时濮议。及神宗时，王安石创行新法，旧党肆行攻击，附和安石者，复逢迎新党，反对旧党，两相排挤，而其祸成矣"①。这是"车盖亭诗案"发生的时代背景。"车盖亭诗案"正是在党争已经非常激烈的情况下发生的一起旧党利用皇权而对新党诸人进行迫害的重大政治事件。宋哲宗即位后，高太后临朝摄政，在元祐初年启用旧党而排斥新党。新党领袖蔡确由宰相而贬知安州（今湖北安陆）。其间，蔡确尝游车盖亭，并作《夏日登车盖亭》十绝句。时知汉阳军吴处厚笺释此诗，以为皆涉讥讪，蔡确遂被谪英州（今广东英德）别驾，新州（今广东新会）安置。后蔡确死于贬所，史称"车盖亭诗案"。对这一重要党争事件的由来、发展过程以及在新旧党争的重要影响，漆侠、萧庆伟、沈松勤等人已有详细论述。可以说，"车盖亭诗案"是"其祸成矣"的朋党相争高潮期的标志性事件，要对其全面认识，就应该重点关注与之相关的一系列问题：蔡确其人为何遭际如此？造成"车盖亭诗案"的原因有哪些？新旧党人如何围绕蔡确而酿成动摇北宋政局的大案？

《宋史》卷 471 至 474 "奸臣传"以蔡确为首。蔡确力行新法，在中丞任领司农时，"凡常平、免役法皆成其手"，其他如劝帝奉行新法不变等，新法得以在安石致仕后继续实行。本传中论蔡确，认为其仕途升迁"皆以起狱夺人位而居之"，导致"士大夫交口咄骂"，想必得罪人很多。其为人，甚至对赏识提拔自己的王安石，也因"知神宗已厌安石"，亦"疏其过以贾直"。不过，鉴于《宋史》人物传记很多取自宋人笔记，因此常有鲜明的党争意味。而宋人对王安石变法，绝大多数持否定态度。因此，对蔡确其人的认识，还需结合其他资料判断才行。

就现存材料来看，蔡确自嘉祐四年中进士后，屡经荐举，在熙宁、元丰时期开始担任台谏官。在熙宁、元丰时期的台谏官任上，蔡确弹劾的大臣就有韩缜、张宗道、王修复、王安石、王伯瑜、沈括、郭逵、赵卨、刘邠、李定、王韶、陈安民、陈绎、段缝、梁彦明、陈忱、王辅之、文彦

---

① 王桐龄：《中国历代党争史》，上海书店出版社 2012 年版，第 83 页。

博、熊本、吴充、潘开等人。这些人中既有旧党中人也有新党中人，上至宰辅，下至州府官员。而在熙宁七年蔡确、章惇、张璪等人相继为参知政事后，新法行之不辍。旧党中郑獬、王拱辰、钱公辅、吕诲、范纯仁、张方平、孙觉、吕公著、赵抃、吕公弼、司马光、韩维、杨绘、富弼、韩琦、文彦博、范镇、欧阳修等相继被贬外出，其中不乏久负盛望的朝廷重臣。尤其是蔡确专大政后，史评其"行事操切"，大伤旧党。本来，熙宁二年王安石参知政事后，旧党吕诲、范纯仁、富弼等已经与新党政见不合，逐渐发展为关系不睦。蔡确等行新法自然会与旧党有隙。但蔡确因私欲而与旧党结怨甚深，自然就为日后遭受政治倾轧埋下了伏笔。①

但导致蔡确在"车盖亭诗案"中遭到灭顶打击的，除了蔡确作为王安石之后新党的主要成员这一身份外，还在于蔡确涉入"策立功"这一事关皇位继承人的重大事件。本来，与其说蔡确因吴处厚揭发而开始被贬，毋宁说是旧党对新党的着力打击。但涉足皇权继立，如果承认蔡确确有"策立功"，则高太后"预政"的合理性就会受到质疑。因此，蔡确被严惩亦是情理之中。不惟如此，元祐元年，哲宗登基而高太后预政。高太后预政伊始，试图调停新旧党，故两党并用。但历经熙宁、元丰时期多年政治斗争，新旧党已经形同水火。太后预政不久，王觌、孙觉、刘挚、苏辙、王岩叟、朱光庭、上官均、吕陶等相继论蔡确、章惇、韩缜、张璪等人明邪害正，故有元祐元年旧党被贬事：罢蔡确知陈州，章惇知汝州，韩缜知颍昌府，王璪知郑州，邓绾、李定知滁州等，吕惠卿知建州，而以司马光、吕公著为左右仆射，韩维为门下侍郎，吕大防为中书侍郎，刘挚为尚书右丞，范纯仁知枢密院事，文彦博平章军国重事，是为第一次旧党内阁。继有元祐三年第二次旧党内阁：以吕大防、范纯仁为尚书左右仆射，孙固、刘挚为门下中书侍郎，王存、胡宗愈为尚书左右丞。是时新党阁臣已经尽数被贬斥在外，而旧党台谏官犹且论之不已。从这个意义上讲，无论是谁，只要是在彼时作为新党领袖人物，必定会遭到旧党打压。虽因"邢恕极论蔡确有策立功，真社稷臣"而使高太后"怒"，但究其原因，恐是高太后亲政伊始，亲见旧党势力极大，而不得不以蔡确为牺牲品安抚旧党的缘故。

旧党以"车盖亭诗案"为借口，试图将新党骨干扫涤一空。除了对

————————
① 参见孙泽娟《蔡确研究》，河北大学硕士论文，2006年。

蔡确痛下杀手以外,还鼓动其党人朝奏,借用皇权之力量,将蔡确与王安石亲党名单"榜之朝堂",以示打压之意。至于名单,《玉照新志》言蔡确亲党"四十七人",以《续资治通鉴》卷八一梁焘所列,则为:

> 确亲党:安焘、章惇、蒲宗孟、曾布、曾肇、蔡京、蔡卞、黄履、吴居厚、舒亶、王觌、邢恕等四十七人;
> 安石亲党:蔡确、章惇、吕惠卿、张璪、安焘、蒲宗孟、王安礼、曾布、曾肇、彭汝砺、陆佃、谢景温、黄履、吕嘉问、沈括、舒亶、叶祖洽、赵挺之、张商英等三十人。①

除了在朝廷上将新党成员"榜之"以警示之外,旧党还借用皇权,对元祐元年经司马光斥逐的新党成员再次降职重贬,如彭汝砺、曾肇等人皆因党派所属原因而被贬斥或者逐出朝廷。受"车盖亭诗案"影响,李常、盛陶、翟思、赵挺之、王彭年坐不举劾,彭汝砺坐营救并不草责词,皆罢去。

以"车盖亭诗案"为导火线,除了新党受到重创外,此案也造成了旧党的分化。围绕着对蔡确的定性、处分和对新党的处置,旧党内部亦有很大分歧。元祐四年贬蔡确后,台谏官犹论之不已,朝廷欲置之法。而范纯仁、王存、彭汝砺、盛陶等认为不宜诛大臣,刘安世、吴安时等因论其立场,因此上述诸人皆被贬外出。"车盖亭诗案"后,旧党全面把持朝政,但"诗案"余波未已。后吕大防相继以旧党诸臣与新党中人交往为借口,对范纯仁、刘挚、王岩叟、朱光庭等进行政治打压。旧党因此并因程颐、苏轼等人的意气相争,而终成洛、蜀之党争。新旧党争、旧党内部洛蜀朔党之争,相互倾轧,北宋后期政治局面遂不可收拾。

"车盖亭诗案"中旧党对新党的围攻,为日后的新党上台后对旧党诸人的全面清算埋下伏笔。元祐八年十月,杨畏荐举章惇、安焘、吕惠卿、邓润甫、李清臣等新党人物。刘安世、范祖禹因谏止此事被贬黜。绍圣元年二月,李清臣为中书侍郎,邓润甫为尚书左丞。李清臣历诋元祐事。三月吕大防、苏辙被贬。四月,以章惇为尚书左仆射,安焘为门下侍郎,引蔡京为户部尚书,林希为中书舍人,蔡卞为国史修撰,黄履为御史中丞。

---

① 毕沅:《续资治通鉴》卷八一,续修四库全书本,第267页。

四月范纯仁被贬。六月夺司马光赠谥、仆立碑,夺王岩叟赠官。贬吕大防、刘挚、苏辙官,籍文彦博以下 30 人。十二月,以《神宗实录》事贬黜范祖禹、赵彦若、黄庭坚等。绍圣二年,追复蔡确官,谥忠怀。绍圣四年,流吕大防、刘挚、苏辙、梁焘、范纯仁于岭南,贬韩维、王觌等 30 人官,降致仕文彦博为太子少保,大防、刘挚、梁焘等死于贬所。三月,中书舍人蹇序辰言司马光等人改废法度,得旨编司马光等一时施行文书,一人一帙,得 143 帙,史称"缙绅之士,无以脱祸"。隶属旧党的政治人物,均受到严重打击。

可见,"车盖亭诗案"无疑是北宋晚期朋党之争中,有重大意义的历史事件。其前后,新旧党人都力图以"车盖亭诗案"为契机,对对立政治阵营人员彻底清除,而蔡确等人只不过是两方角力的聚焦点。由此而言,"车盖亭诗案"是"自庆历以来朋党之争以'文字'排挤政敌面最广、力度也最大的一起文字狱,是新旧党争的转折点与毒化点",后来的"同文馆狱"是为"蔡确报怨"而仿效"车盖亭诗案"炮制的一起大冤狱。① 其后的"同文馆狱"则是其翻版,乃至"崇宁党争"、"元祐奸党籍"等都是新党针对"元祐党人"对蔡确等人的打击而进行报复而已。②"车盖亭诗案"是旧党用以排斥新党的借口,蔡确被贬是"君子小人不可并处"的观念产物。③ 作为重大政治事件,"车盖亭诗案"对当时士大夫心态以及文学发展,都产生了巨大的影响。

二 "车盖亭诗案"与士人文化心态

"车盖亭诗案"作为北宋朋党之争的毒化剂和转折点,标志着北宋党争由政见之争转向意气之争,士大夫"学之为己"而由"修身"至"平天下"的道德型政治人格,在激烈的党争政治生态下,也不得不随之产生某些变化。而"车盖亭诗案"几乎囊括了同时期主要的政治人物和文化人物。尤其是,备受南宋诗人推崇的"元祐"诗歌、苏黄体,以及理学诗代表性作家如二程等人,均生活于这一时期,很多人也受到了"车盖亭诗案"引发出的新旧党争的重大影响,因此,"车盖亭诗案"对于当时文化风尚及士人文化心态的影响,值得认真研究。

---

① 参见沈松勤《北宋文人与党争》,人民出版社 1998 年版。
② 参见漆侠《王安石变法》,河北人民出版社 2001 年版。罗家祥:《朋党之争与北宋政治》,华中师范大学出版社 2001 年版。
③ 参见萧庆伟《北宋新旧党争与文学》,人民文学出版社 2001 年版。

引人注目的是，"车盖亭诗案"中台谏官作用及旧党所属台谏官心态。由于台谏制度的独特性，加之北宋台谏官具有"风闻上奏"而不必承担责任的特权，因此台谏官在新旧党之争中的毒化作用不可忽视。由此，新旧党人都对台谏官非常重视，但台谏官的任用，在名义上是由皇帝一人说了算的。可见，最终使新旧党人陷入斗争旋涡的，正是最高统治者本人。但不管怎么说，台谏官在新旧党争中，确实起到了很大促进作用。在"车盖亭诗案"之始，属于旧党阵营的台谏官左谏议大夫梁焘、右谏议大夫范祖禹、右司谏吴安诗、右正言刘安世、御史中丞傅尧俞、侍御史朱光庭等人，交相弹劾蔡确。梁焘弹劾之疏曰：

"臣风闻吴处厚缴进蔡确诗十首，其间怨望之语，臣子所不忍闻者。伏乞圣慈指挥，付外施行。"贴黄："士民愤疾，清议沸腾，一日之间，传满都下，不敬不道，自有典刑。"又言："臣近以蔡确怨望，见于诗章，包藏祸心，合党诞妄，上欲离间两宫，下欲破灭忠义，清议沸腾，中外骇惧，以为确不道不敬，罪状明白，朝廷不当有疑而犹豫未断。缘确党与之人牵连中外，恐有专以私匿为心，出力救解，阴启邪说，眩惑聪明。其说若行，则君威不振，国法遂废矣。臣不胜激切纳忠之至，伏望睿慈早赐指挥，付有司施行。"

……

又言："臣近累章论奏蔡确罪恶，乞正典刑，至今未行，公议沸腾，臣所以不敢循默，辄复紊烦圣听，国体所系，愿留宸断。谨按：确奸贪便辟，险谲阻深，因缘朋党，盗据相位，挟宠用事，公肆矫诬，辜负先帝，人人痛心。若数其罪，诛殛有余，而罢相之日，犹得大学士，出守近郡，则是陛下即位之初，已有大恩于确也。……两宫无负于确至矣，而确曾不思此，犹复归怨，不平之气，发于篇咏。蓄异意于太皇，藏祸心于王室，忠臣义士所不忍闻。汉杨恽失位后，有《诗》曰：'田彼南山，芜秽不治。种一顷豆，落而为萁。人生行乐耳，须富贵何时。'宣帝见而恶之，抵恽显戮。陛下考恽之词，味确之语，抱恨孰深？寓意孰切？守以断之而无疑也。伏望圣慈早赐指挥，依法施行，以快忠义之心，出为奸凶之戒。"①

上文所见，梁焘多是以"诗案"作引申、评论，发掘、放大其影响程度和危害程度。按理来说，劝谏之文应以事实为据，才能对被弹劾之人所作所为有所判断。梁焘上文，显然是罗织罪名，为其他目的而对蔡确痛加打击。以《续资治通鉴长编》所载来看，另如刘安世、范祖禹等台谏官反复论及蔡确《车盖亭诗》及蔡确之罪，显然是罗织罪名以行迫害之实。不妨以蔡确本人上诉申辩之疏与之对照，即知台谏官之用意。文中，蔡确对作车盖亭诗的缘由、诗中景物以及用典等都有说明。如述用典、写景：

一、臣以涢溪旧有郝处俊钓台，因叹其忠直，见于诗句。……处俊，唐之直臣。……上元中，高宗令其子周王等分朋角胜为乐，及欲传位于武后，皆为处俊论议所回，故臣诗因叹其上元间有敢言之直气。今臣僚乃摘取处俊谏传位皇后事，言臣意在讥谤，其诬罔可见，一也。且又其事绝不相类。……将臣诗句中一"思"字，却引《邶风》绿衣诗"我思古人"，剌州吁之母上僭事以为说，且经、史、毛诗"思"字至多，其所言思古人、思君子、思贤之类，有不胜其多，乃独引此一篇，盖其意在中伤臣，而不自觉其言之乖悖也。……以此论之，孰为不恭，孰为非所宜言也？

一、臣临涢溪，观水之涨落，偶然成句，……臣此数诗，并是闲咏目前事迹景物，如……是言前日盛夏，山中并水集而溪大，今日水退而溪小，乃是一溪之上所见。其言水之涨落，如欧阳修黄河诗云"舞波渊旋没沙渚，聚沫倏忽为平地"之类甚多也。下句用"东海扬尘"，只是举以相比。……臣时以涢溪对沧海，是道其盈缩之迹，即于朝廷事有何干涉？何缘却为讥谤？又指臣使"东海扬尘"故事而妄有装点。按《神仙传》言蓬莱水浅及海中扬尘，此是神仙麻姑、王方平之语也。盖神仙寿命与天地无穷，乃能见海之盈缩，故李贺诗中，亦曾用此故事，有《天上谣》云"海尘新生石山下"，皆述天人寿命无穷，能见海生尘之意。臣僚却云："'人寿几何'尤非佳语，

---

① 李焘：《续资治通鉴长编》卷四二五，上海古籍出版社1985年版，第4006—4007页。

据《神仙传》中并无此说,显是妄有增加,辄作妖言欺罔圣听……"①

……

文中所述用典、写景,是吴处厚以及台谏官如梁焘、刘安世等人所认为含有"微意"的诗句。对比蔡确辩文可见,蔡确《车盖亭诗十首》所及景物、历史典故,均符合一般诗歌写作的常规,并没有"微意"在内。显然,因吴处厚私怨而为旧党人借机坐实蔡确诽谤朝政之意,借以彻底击垮蔡确并新党,才是旧党中人的用意。"车盖亭诗案"后吕大防曾言及,台谏官共上弹劾文疏"二十余",可见台谏官之决心和用意。

由于"车盖亭诗案"前后涉及政治精英很多,因此,这一历史事件对北宋后期士人文化心态产生了巨大影响。士人的心态因这一事件,而激发出比较明显的类型。这些士人心态类型,其实或多或少就存在于当时士人的文化心理中,并固化为士人的特征。就北宋而言,在熙宁、元丰之前的党争,毕竟历时较短,规模较小,受贬官员还没有呈现出党派性、团体性等特征。但"车盖亭诗案"以及由此引发的党争,则绵延而成半个世纪的党争,受贬人员极多,当时精英要么属新党要么属旧党,没人能够幸脱于时代的党争之中。因此,"车盖亭诗案"时期,北宋士人的文化心态受这一重大社会政治事件影响,尤其是面临严酷党争倾轧的社会政治精英,还是表现出明显的时代性。

因党争而致的畏祸怵惕,对新旧党人来说,已经是无可避免的严峻文化生态,也直接导致了他们形成了此种时代心态。叶梦得《石林诗话》记载了新党诸人题画诗:

《江干初雪图》真迹,藏李邦直家,唐蜡本。世传为摩诘所作,末有元丰间王禹玉、蔡持正、韩玉汝、章子厚、王和甫、张邃明、安厚卿七人题诗。建中靖国元年,韩师朴相,邦直、厚卿同在二府,时前七人者所存惟厚卿而已,持正贬死岭外,禹玉追贬,子厚方贬,玉汝、和甫、邃明则死久矣。故师朴继题其后曰:"诸公当日聚岩廊,

———
① 李焘:《续资治通鉴长编》卷四二六,上海古籍出版社1985年版,第4017—4021页。

半谪南荒半已亡。惟有紫枢黄阁老，再开图画看潇湘。"是时邦直在门下，厚卿在西府，紫枢黄阁，谓二人也。厚卿复题云："曾游沧海困惊澜，晚涉风波路更难。从此江湖无限兴，不如只向画图看。"而邦直亦自题云："此身何补一豪芒，三辱清时政事堂。病骨未为山下土，尚寻遗墨话存亡。"余家有此摹本，并录诸公诗续之，每出慨然。自元丰至建中靖国几三十年，诸公之名宦亦已至矣，然始皆有愿为图中之游而不暇得，故禹玉云："何日扁舟载风雪，却将蓑笠伴渔人？"玉汝云："君恩未报身何有，且寄扁舟梦想中。"其后废谪流窜，有虽死不得免者，而江湖间此景无处不有，皆不得一偿。厚卿至为危词，盖有激而云，岂此景真不可得，亦自不能践其言耳。①

安焘作为新党中人，被认为是蔡确亲党而受到株连。因蔡确案，有死有贬者众多。经绍圣元年李清臣举荐，新党渐次重新获得朝政之后，安焘《重提江干初雪图》提及畏祸怵惕心态："曾经沧海"一语道尽党争生态下官宦生活及身家性命的艰危，"困惊澜"可想其中的不平与愤慨，"涉风波"故而"路更难"则直接点出了党争带给自己的创伤与打击。而在趟过"车盖亭诗案"带来的政治奇祸后，两党斗争的残酷仍让安焘心有余悸，以至有了"不如只向画图看"的感喟。而同属新党中人的李清臣（字邦直），则感慨因党争而"三辱清时政事堂"，为自己还能够活着归来，深感庆幸。反过来，又可以想见李清臣等新党诸人在党争倾轧中的绝望无助与畏祸怵惕心态。

不仅如此，作为"车盖亭诗案"取得全面胜利的旧党一方，亦因王安石、蔡确等人的熙宁、元丰新政大力打压旧党，而生畏祸怵惕之心。因此，在以"车盖亭诗案"为由而全面封杀、斥逐新党之后，旧党中人力图动员全部力量，彻底击垮新党。元祐四年二月，旧党中人刘安世奏云："（蔡）确之朋党，大半在朝，夙夕引领，以俟复用，若使渐得亲近，广为歧路，异日盗权乱政，无不由此。"② 同年三月，旧党中人刘挚奏云："今布列内外，缙绅之间，在职官吏，不与王安石、吕惠卿，则与蔡确、章惇者，率十有五六。"③ 据刘挚所言，此等官员，皆"腹非新政（元祐

---

① 何文焕：《历代诗话》，中华书局1981年版，第411—412页。
② 李焘：《续资治通鉴长编》卷四二二，上海古籍出版社1985年版，第2984—2985页。
③ 同上。

更化)"，因此，"此臣所以寝食寒心，独为朝廷忧也"。如按刘挚所言，则新党势力在朝廷仍然极为庞大，如得机而复活，则旧党中人自然会被清洗。因此，虽是在"车盖亭诗案"中取得完全胜利，但旧党中人仍然心中充满了怵惕畏祸的心态。

而"车盖亭诗案"之后，不到十年即迎来了新党对旧党的全面清算。一大批旧党人物被课以罪责，贬逐出朝廷。如秦观，被贬为杭州通判，后陆续因"修史诋诬"、"败坏场务"等一贬再贬，后被除名编管。与此同时，旧党中人动辄得咎，颇有风声鹤唳之虞。如黄庭坚，据《桯史》载："党祸既起，黄庭坚居黔，有以屏图遗之者……（黄庭坚）题六言于上曰：'蝴蝶双飞得意，偶然毕命网罗。群蚁争收堕翼，策勋归去南柯。'崇宁间又迁于宜，图偶为人携于京，鬻于相国寺肆。蔡客得之，以示元长。元长大怒，将指为怨望，重其贬，会以卜奏仅免。"① 这一政治生态，无疑使旧党中人噤若寒蝉。党祸之下，旧党中人政治乃至生活，均备极艰辛。《容斋四笔》卷九记载："国史所书温益知潭州，当绍圣中，逐臣在其巡内，若范忠宣、刘仲冯、韩川原伯、吕希纯子进、吕陶元钧，皆为所困。"② 这种政治生态，对旧党中人的心理产生了巨大影响。秦观有《自警》诗："莫嫌天地少含弘，自是人心多褊窄。"③ 黄庭坚有《跋子瞻和陶诗》诗："子瞻谪岭南，时宰欲杀之。"④ 其中之怵惕怨愤，溢于纸上。而苏轼《与曹子方》之三曰："公劝仆不作诗，又却索近作，闲中习气不除，时有一二，然未尝传出也。今录三首奉呈，鉴之便毁之，切祝切祝……"⑤ 旧党之人因党祸而产生的畏祸怵惕，已经影响及生存状态。

因"车盖亭诗案"而被毒化的新旧党之争，导致了不同党际士人的倾轧，即使同属同一党派，也无可避免地由于政治斗争的惨烈，而产生各种复杂的关系，乃至产生剧烈矛盾。同时，新旧党争也直接培育出土北宋士人独善其身、自适随安的文化心态。本来，宋初就有隐士群体，他们连同之后的范仲淹、欧阳修等人的高揭风致而形成的士大夫独善其身、闲逸自适的文化心态，是社会实践主体实践抱负和理想，以及践行人生生活的

---

① 岳珂：《桯史》卷一一，中华书局1981年版，第123页。
② 洪迈：《容斋随笔》，上海古籍出版社1996年版，第719页。
③ 傅璇琮等主编：《全宋诗》，北京大学出版社1993年版，第12136页。
④ 同上书，第11424页。
⑤ 同上。

一种态度，属于实践主体自觉自为的、旨在内在人生体悟和追求人生理想境界的一种自觉形式。但自"进奏院诗案"开始，经"乌台诗案"以至于"车盖亭诗案"，士大夫的生活理想和人生状态，不得不为险恶的政治生态所左右。面对因党争失败而动辄得咎的严峻形势，或者选择起而与对立朋党派别作殊死斗争，或者就只能选择独善其身、自适随安的生活以及不得不形成的这种文化心态。这一心态，对那些政治职位较低的士大夫而言，更是如此。黄庭坚因为目睹和身受了党祸倾轧，所以得出了"忠信笃敬……胸次释然，而闻着亦有所劝勉"的诗学观，显然其中有其选择独善其身的考虑，而其"同床而不察"的士大夫心性修养心态，与其说是自励自觉，倒不如说是险恶的政治生态反复挤压下的士大夫明哲保身意图。被贬之后，苏辙有《老柏》诗："柏根可合抱，柏身长百尺。我年类汝老，我心同汝直。我贫初无居，爱汝买此宅。索居怀旧友，开轩得三益。风中有余劲，雪后不改色。我贫不栽花，绕屋多种竹。全家谬闻道，举目无他物。晨兴辄相对，知我有惭德。"① 诗中以"柏"相期，而独善其身、贫贱不移的心态，可见无疑。

当然，党争之下，巢覆无完卵。党争之于士大夫，其造成的文化心态亦是多元的。并不是说，朋党之所属诸人就一定会立场鲜明地、自觉地反对对立党人。对大多数士大夫而言，除了君子小人不可同朝而共事心态外，恐怕也添杂了师友、家族、姻亲等各种关系。如蔡确，死后之翻案得力于蔡京及其子蔡渭、蔡庄、蔡卞，还有蔡氏姻亲冯京、韩粹彦等人门人党羽的努力。另外，因党祸而受牵连的新旧党人，自然亦会在心中郁有悲愤不平之气。如李常、盛陶、翟思、赵挺之、王彭年、刘挚、吕大防等人，在随后的朋党之争中，都被贬外出，甚者贬死外地。如此，受党祸而造成的多舛人生，自然会给其中的士人造成深刻的文化心理影响。即使如此，通过上述考察可见，北宋晚期"车盖亭诗案"大大毒化了新旧两党关系，造成了士大夫心态的创伤，并远远超过了之前北宋的党争事件。可以说，北宋"车盖亭诗案"，除了蔡确诗歌被曲解其意的"诠释"而为旧党利用，造成了特大要案进而直接影响到士大夫之外，随之而不断上扬的两党轮番倾轧，更加毒化了政治生态，进而导致了士大夫文化心态向着畏祸怵惕、明哲保身等方向发展。而这一切，自然影响到当时的包括文学在

---

① 傅璇琮等主编：《全宋诗》，北京大学出版社1993年版，第10137页。

内的文化品格及其发展历程。

三 "车盖亭诗案"与北宋后期诗歌

"车盖亭诗案"作为毒化新旧党关系的重要历史事件，由于涉及的官员大多为政治精英，其中很多都是当时重要的代表性诗人，因此，"诗案"发生后，对北宋诗歌发展历程的影响是非常大的。

"车盖亭诗案"前，虽有"乌台诗案"等新旧党争，但"乌台诗案"并没有导致大规模的朋党清洗，而且苏轼本人也没有因此丢掉性命，且朝廷对于苏轼还是优礼处置的。但"车盖亭诗案"就完全不同。因此，随之而来的是，以"车盖亭诗案"为标志，北宋后期包括诗歌在内的文学创作，出现了大规模的消歇。大量的士人为了避祸，选择了不作诗文或者尽量少作诗文。尚永亮曾对元祐时期士人写作文章数量有统计，"以范纯仁为例，其文绝大多数皆明确纪年，其中作于治平、熙宁、元丰、元祐者甚多，仅元祐间所撰文即达67篇，年均作文8篇以上；而在已病退的绍圣元年、二年间，尚有文6篇左右。但自绍圣三年累贬武安军节度副使、永州安置后，其作品数量便急剧下降，四年之中仅有文2篇，年均作文量不到1篇。范祖禹亦是如此，《全宋文》收其编年文54卷，1000余篇，多作于熙丰、元祐间，作于贬谪期者仅有2篇谢表。"[①] 从诗歌创作而言，传统诗歌所重视的"刺讥"、"风骨"、"为事而作"，开始远离诗人诗歌创作追求，此期诗人的诗歌主张、诗歌创作，都体现出这一特征。黄庭坚被贬期间，"闲居绝不与人事相接，故不能作书。"[②] 即使旧党当权的元祐三年，黄庭坚面对激烈党争，就发出过"平生忠义今寂寞"（《老杜浣花溪图引》）的慨叹，可以看作是黄庭坚推崇杜甫忠义而对现实政治表示不满的深沉感慨。在黄庭坚遭贬之后的元符二年，他写有《次韵黄斌老晚游池亭二首》，其中之二云："杜门谢客恐生谤，且作人间鹏鷃游"[③]，表达出士大夫在党争时代的怵惕避祸心态。

不过，正是由于时局党争使得士大夫的诗歌创作不得不在诗旨方面远离现实，尤其是回避政治，但是，这恰恰促进了诗歌作为艺术的形式和技

---

① 陶文鹏主编：《两宋士大夫文学研究》，中国社会科学出版社2012年版，第71页。
② 《黄庭坚全集》卷一八，刘琳、李勇先、王蓉贵校点，四川大学出版社2001年版，第474页。
③ 《黄庭坚诗集注》，任渊、史容、史季温注，刘尚荣校点，中华书局2003年版，第1342页。

巧方面的追求。以黄庭坚为例，他于绍圣年间居于黔戎时作《答洪驹父三首》之二云："老夫绍圣之前，不知作文斧斤，取旧所作读之，皆可笑，绍圣以后始知作文章，但以老病惰懒，不能下笔也。"① 这里，黄庭坚所谓的"作文章"当主要指诗文创作的艺术技巧与方法而言，他反复强调，作文章"须有宗有趣，终始关键，有开有合"。黄庭坚又强调学习杜诗的句律以及由此带来的老境美。从绍圣二年到崇宁三年的10年，正是黄庭坚再三被贬，心气因党祸而不断衰歇的时期。可以说，黄庭坚自绍圣以来因政治倾轧而滋长的忧畏之心，以及对杜诗忠君爱国之精神的无从实现的深度失望，大概是黄庭坚转而关注诗文法度，追求"不烦绳削而自合"之境的根本原因。

不惟如此，北宋党祸造成了彼时士人的诗歌主旨往往远离政治，而选择要么趋向于个体的道德修养，要么优游闲适故作旷达，要么应酬交往以延续生活。应该说，北宋诗歌主旨倾向于抒写上述这一类主旨的，不是从党祸开始。自从北宋建国伊始，著名的"宋初三体"就是如此。但自欧阳修倡导诗文运动以来，由穆修、尹洙、范仲淹倡导的"明道"终于为苏舜钦、梅尧臣等人的文学创作成就所体现，加之欧阳修等台谏官的大力提倡，整个社会终于体现出重视士大夫气节，而以实践儒家理想风尚来。因此，自庆历年间开始，北宋诗歌主旨重士大夫主体气节，关注社会现实和人生，体现出了创作者主体鲜明的入世精神，儒家所重视的修身直至平天下的人生理想，得到比较好的体现。

但北宋党祸发起，则彻底改变了这一走向。考察北宋后期诗歌发展史可见，其中诗歌创作的代表人物黄庭坚、陈师道、张耒、秦观、晁补之等人，虽然他们诗歌风格有所不同，但在诗歌主旨取向上，都是努力规避社会政治现实，不触及政治话题、政治事件。

黄庭坚因党祸而在晚年屡次被贬。面对激烈党争，他在诗歌主旨取向上，逐渐不再抒写社会现实，而以表现作者自我为中心。他在这些作品中，"揭示了自己孤傲高洁、卓行独立，但又不免陆沉的精神世界和不幸遭遇，揭示了自己和社会的矛盾，以及如何超脱这种矛盾。"② 因此，他

---

① 《黄庭坚全集》卷一八，刘琳、李勇先、王蓉贵校点，四川大学出版社2001年版，第474页。
② 郭预衡主编：《中国古代文学史长编》（宋辽金卷），首都师范大学出版社2000年版，第227页。

的若干诗歌就有"以诗求道"特征。① 同样,陈师道面对党祸日趋严峻、动辄得咎的险恶政治现实,选择了"安贫守道,若将终身。苟非其人,义不往见"②的处世态度。又如,当时较有入世精神的张耒,其诗歌虽然有一些关心人民生活的内容,但其诗歌主旨亦是回避政治现实。如其诗《感春》等因春色想到人民苦难,但总体而言,张耒诗歌妙处在于自然、不加粉饰,而不以思想深刻见长。同样,晁补之的诗歌,大约亦是重视修身劝勉而不涉及政治,应有避祸全身的考虑。如《返迷辞》、《冰玉堂辞》、《漫浪阁辞》等,皆满含自励惕身、怵惕戒得之意。胡仔就论晁补之诗歌云:"古乐府是其所长,辞格俊逸可喜。"③ 但检阅晁诗如《拟古六首上鲜于大夫子骏》、《八音歌二首答黄鲁直》等,诗歌主旨都是摹写汉乐府歌词,其抒发的思想感情亦是不外乎自悼不遇、清节自守等。晁诗其他诗篇,触及现实政治主题的,亦是希见。可见,晁诗诗旨亦如同时代诸人一样,受到了党争的重大影响。

不惟上述诸人,北宋后期的众多诗歌作者,其诗歌主旨总的取向也是明显地回避政治,举凡政治事件、贬谪外出、朝政颁布的重大决策等,在北宋后期诗人的诗歌中基本是看不到的。即使志同道合的友人,在以诗歌唱酬为书信形式的互通信息中,也是有意回避政治主题。并且,他们在与知己或者友人诗歌唱酬时,亦往往非常小心,甚至要求对方毁掉所作。《挥麈后录》卷七载:"崇宁三年,黄太史鲁直窜宜州,携家南行,泊于零陵,独赴贬所。……帅游浯溪观中兴碑,太史赋诗,书姓名于左。外祖急止之云:'公诗文一出,即日传播。某方为流人,岂可出郊?公又远徙。蔡元长当轴,岂可不过为之防耶!'太史从之。但诗中云'亦有文士相追随',盖为外祖而设。"④ 又,苏轼有《答钱济明三首》其三:"有一颂,亲作小字录成,切勿示人,千万,千万!"⑤ 可见,处在为"车盖亭诗案"所毒化而延续很长时期的北宋后期党争,对当时诗人的诗歌创作尤其是诗歌主旨取向,确实产生了很大影响。蔡确亲党、王安石新党以及

---

① 参见王培友《论黄庭坚统摄心性存养与诗歌艺术的方法及其诗学价值》,《中国文化研究》2009年冬之卷。
② 孔凡礼点校:《苏轼文集》,中华书局1986年版,第795页。
③ 胡仔:《苕溪渔隐丛话》前集卷五一,丛书集成初编本,第346页。
④ 王明清:《挥麈后录》卷七,丛书集成初编本中华书局1985年版,第537—538页。
⑤ 孔凡礼点校:《苏轼文集》,中华书局1986年版,第1551页。

旧党中人如李常、盛陶、翟思、赵挺之等人，就其现存诗歌而言亦是如此。

"车盖亭诗案"以及之后残酷党争所造成的党祸，极大地影响到士大夫诗人对于诗歌题材的选取。熙宁初年之后，士人写作偈语诗的数量得到飞速增长。苏轼、黄庭坚等人多有偈语诗，成为此期值得注意的文化现象。① 苏轼有《和黄鲁直烧香二首》，其一云："四句烧香偈子，随香遍满东南。不是闻思所及，且令鼻观先参。"② 对自己随官而作的偈语诗传遍南方颇为自得。苏轼在《次韵表兄程正辅江行见桃花》、《次韵子由浴罢》、《借前韵贺子由生第四孙斗老》等诗篇中，亦反复提及以佛性观世事，表露出其究心佛学的文化追求。如果说，苏、黄等多写偈语诗是其秉持的信仰所致的话，那么，宋初百年之后的北宋诗坛，作偈语诗已经成为士大夫比较普遍的现象，就成为令人注意的文化景观。对此，除了诗歌作品之外，存世的北宋文献多有记录。如《青箱杂记》、《醴泉笔录》、《画墁录》等记载了张方平、王随、富弼、彭汝砺等写作偈语诗的缘由或本事。而张方平、王随、富弼、彭汝砺等，都是新旧党争之中的骨干人物。因此可以推断，由朋党之争造成的政治环境之险恶，以及随之而产生的士大夫怵惕心态与无奈生活态度，自觉远离政治主题的诗歌创作动态，都可能是创作主体创作偈语诗的重要原因。不惟偈语诗如此。从北宋后期的诗歌作品来看，送别、庆生、悼亡、山水风景等题材的诗歌数量，都较宋初百年有了很大增长。但细究其内容以及从中体现出的作者情感、态度，则关注世事、寄意民生、抒发抱负等意旨的并不多见。细究其原因，朋党之争所造成的严峻政治生态，当是重要原因之一。

必须指出的是，北宋后期党祸尤其是"乌台诗案"、"车盖亭诗案"都是以"言志"之诗来曲解作者思想并诬构的诗祸。因此，鉴于写作诗歌可能带来的灾难，北宋后期的士人往往极少作诗。不过，鉴于词的文化地位，在元祐之前往往被认为具"佑酒佐樽"之用途，因此，士人之词并不承担"言志"功能。由此，党争对手不可以据而观政敌之"志"。宋词的这一文化功能，却使其在党争历程中得到意外的发展机遇。苏轼、黄庭坚、秦观、张耒、周邦彦、贺铸等人，正好借此在其词作中表达其

---

① 可参见王水照、黄宝华、孙海燕等学者的相关论述。
② 傅璇琮等主编：《全宋诗》，北京大学出版社1993年版，第9387页。

"志",因而创作出一些杰出的作品。亦因词作的地位与功能,诗人在诗作中不得不规避的政治题材与主旨,反而可以在创作中表现而不必担心被政治清算,因此出现了词作"破体"等文学现象,这可算是党争对诗歌发展产生的意外收获。

综上所述,可以得出如下结论:作为北宋后期重大政治事件之"车盖亭诗案",实际上是新旧党争毒化的发力点,它不仅直接左右了当时政局的变化和政治的走向,更因此而迅速发酵成为北宋政权的痼疾。它强化了作为具有自我完善性和自我驱动性的高度政治集团的存在,并通过被其控制了的士人文化心态而投射到彼时的主流文化形态上。作为重要的文化形态之一的诗歌艺术,在其发展走向、代表性诗人的创作面貌和所反映的文化精神上,都受到了以"车盖亭诗案"为代表的朋党之争的重大影响。这一时期的诗歌艺术,无论是在其主题、题材和内容上,还是在其艺术审美追求、意境构造和表达形式上,都受到了"车盖亭诗案"及其所引发的后续政治事件的影响,并因之而决定了其诗歌面貌和诗歌品格。由此看来,传统文学理论中对诗歌功用及诗歌文化地位的认识,都因此而应注意修正。"言志"、"缘情"诗歌功用观,远不能说明诗歌面貌、品格和其中所蕴涵的复杂文化精神在内的产生原因、形成机制等。对诗歌面貌、品格及其发展历程走向的认知,必须对彼时的文化生态有准确的理解和把握。

第四节 "靖康之变"与南宋初期诗歌主题

北宋末年,朋党之争发展成为生死博弈的残酷斗争,政治路线的频繁变更造成了朝纲的紊乱,奢靡贪腐习尚导致了官僚气节的丧失,这些因素,加上北宋独有的军事管理与募兵制度,终于造成了北宋政权的轰然倒塌。公元1125年,金国在灭辽之后驱兵南下,进逼宋朝都城汴梁(今河南开封)。在获得北方大片土地和大量金银之后,金人北撤。第二年,金兵第二次南侵,东西两路军队合围于汴京。迷信道教天神庇佑的徽宗、钦宗等悉数就擒。四月,金军将皇室、贵戚、工匠艺人等一万多人,及大量财物、宝器等北迁。史称这一重大历史事件为"靖康之变"。"靖康之变"只不过是以外敌入侵的形式,溃散了北宋王朝的痼疾。

家国不幸诗人幸。生活在这一时代的文化精英，其人生追求、生活信仰、价值取向等，都受到了北宋政权溃败及战火蹂躏的巨大影响，而在诗歌中反映出来。不过应注意的是，南宋初期士人虽因板荡而有家国之悲，但其文化心态是多元而复杂的。这些多元化的文化心态，促成了这一时期诗歌题材、主题以及审美取向的多样性和复杂性。

一　战争记忆、时代苦痛与书生无助

如同历史上多数战乱带来的后果一样，"靖康之变"打碎了北宋腐败糜烂的统治，同时也给生活在此际的人们带来了深重的苦难。战争带来了无情杀戮，和平生活转眼变成生死别离，大批士人加入到避难的人流中漂泊南下，田园世居居然成为遥不可及的梦想。宋金连年的战乱，催生了各地风起云涌的武装组织，生机无常与游荡漂泊，民生糜烂与统治秩序的崩溃，是横亘在新生南宋脆弱政权面前的严峻政治课题。

宋金战争改变了人们习以为常的生活方式，杀戮与反抗、避乱与逃奔、穷愁与思乡，成为南宋初期的时代主旋律。战争主题成为众多诗人不约而同的关注焦点。诗人们以诗笔绘制出时代的悲惨人生。如吕本中："十室九经盗，巨家多见焚。至今驰道中，但行胡马群。"① （《城中纪事》）汪藻亦有："诸将争阴拱，苍生忍倒悬"，"地下皆怨肉，人间半劫灰。"② （《己酉乱后寄常州使君侄四首》）上述诗句，可以想见战争场面的惨烈程度。在叙述战争带来的深重灾难的同时，诗人对权臣、悍将拥兵自重，而罔顾人们死活的罪恶行径予以猛烈抨击。李光有诗："山巅水涯多白骨，迩来十室已九空。权臣悍将恣吞噬，剥肤椎髓方称雄。敌来拥兵保妻子，敌去奏捷希封侯。"③ （《可叹》）诗中提及的"权臣悍将"是对南宋建国之初骄兵悍将肆意抢掠，乃至动辄兵变以乱政的现象的抨击。战事所及，民生一片凋零。郑刚中有诗句："……十载分三光，河洛尘雾黑。夜泣孤鬼魂，毒贯生灵臆。胚胎此祸者，起自燕山役。今兹欲澄明，造物岂易测。关中几万人，性命悬兆亿。敌虽识天意，按旧反图域。闻其所车载，取及墓前石。民间一尺布，持去如卷席。啮尽脂与膏，遗我百州骨。"④ （《送方公美少卿宣谕京畿》）王庭珪亦有诗："荒村但有两三户，

---

① 傅璇琮等主编：《全宋诗》，北京大学出版社1993年版，第18135页。
② 同上书，第16525页。
③ 同上书，第16397页。
④ 同上书，第16525页。

广厦何由千万间。"①（《再用前韵酬丰之》）诗句刻画出战事之余的惨状，连带表现出作者对重开国运的忧虑。

南宋是在二帝被掳、北宋亡国的情况下匆忙建立的。南宋建国后，各地因起兵抗金、武装保卫家园，以及梦想通过拥有武装而改变命运等而形成的所谓"盗贼"，成为遍布江南江北的特有时代景象。这些武装力量，为了存活与发展，往往罔顾人民生死，甚或草菅人命。南宋初期的诗歌中，诗人提及"盗贼"时往往持有否定态度。如汪藻有诗："闻道官军入，吴侬尽倒戈。指挥移地轴，湔洗用天河。尚作苍头起，当如赤子何。汝曹宜面缚，环垒即恩波。"②（《次韵蔡少张遣兴四首》之一）记载的是吴越之地起义军响应朝廷之事。马永卿有诗："六月烈日日正中，时有叛将号群凶。平人血染大溪浪，比屋焰照鹅湖峰。白刃纷纷避行路，六合茫茫何处去？妻见夫亡不敢啼，母弃儿奔那忍顾。"③（《赠申孝子世宁》）记载了宋军叛军作乱伤害百姓之事。又如韩驹诗："饥来命饷寒索衣，官家养兵如养儿。时平军律久玩弛，辕门笑歌骄莫随。往时金陵囚刺史，今者杭城漕臣死。稽天狂焰穷朝昏，千丈红霞炫江水。邻州之兵如此兵，呜呼此难何时平。"④（《闻杭州乱二首》）提及南宋初年军队叛兵的巨大危害。兵乱与盗贼，犹如孪生兄弟一样，成为南宋初期诗歌的重要主题。

生活在战事频繁的苦难时代，士人饱尝了人生的苦楚。亡命天涯，父子不保，图谋生存，居然成为士人首要的生活目标。刘一止有诗："长亭连短亭，只堠复双堠。居然送行客，历历记奔走。十里同五里，先后无好丑。"⑤（《道中杂兴五首》其一）貌似自嘲，其中深含逃奔之悲。他又有诗记载了官宦之家逃奔亡命的故事，《闻杭州乱二首》之一："缒城将母走者谁，吾宗贵人丞相儿。高门潭潭深如海，一朝赤脚踏路歧。吁嗟身世何所有，金帛满家那得守。衣冠自古皆贼仇，玉石俱焚无好丑！"⑥可见在战事频仍时代，无人能够幸免于难。王洋有诗："干戈逐我出乡曲，散浪却不拘尘寰"⑦（《乙酉闰八月二十一日出南城游岘山壁间读东坡诗感而

---

① 傅璇琮等主编：《全宋诗》，北京大学出版社1993年版，第16799页。
② 同上书，第16525页。
③ 同上书，第16575页。
④ 同上书，第16685页。
⑤ 同上书，第16670页。
⑥ 同上书，第16685页。
⑦ 同上书，第18937页。

有作》），只能是士人于苦难生涯之际，不得已而舒其心志的自我安慰。这一心境，在王洋其他诗歌中表露无遗，他在《寄廉宣仲》诗中陈述逃难遭遇："盗前乞死火中走，几人脱迹逃江湖。……我家盗焚先子业，每仗余德宽天诛。悲伤扶病别邻里，崎岖仅得来东吴。"① 时代的苦难，对彼时人们造成了难以言说的深重灾难，也烙下了人生的悲怆心境。李清照有诗句："子孙南渡今几年，漂流遂与流人伍。欲将血泪寄山河，去洒东山一抔土。"②（《上韩公枢密并序》）诗篇内容，可看作北方士人因战争而不得不漂泊流落异乡的真实生活与心态写照。

背井离乡而亡命南国，因战事而不得不与亲人离散，思乡之情自然会时时萦绕脑际。因此，南宋初期诗歌写及南北因战争而隔绝。如吕本中《祁门道中四首》之一有："去程归雁两悠悠，行到荒山尽上头。试问中原何处是，只言东北是宣州。"③ 曹勋《过淮甸》有："长淮烟静是天津，兵里因循一半分。当有旧时鸥与鹭，夕阳归去记南云。"④ 这些诗句，都记述了南宋初期士人因战事而不得不流落他乡，经常涌现出的羁旅乡思之情。

士人面对国破家亡的现实，其态度是令人玩味的。有的思考产生的原因，如李光有诗《可叹》："金陵失守何匆匆，敌兵烧我天子宫。……外交内应俾与邺，所在州县皆望风。坐观岂但宣抚望，降夷亦有丞相充。"⑤ 诗句抒写了作者在亡国之际的屈辱与悲愤，对守臣、权臣、州县之官的猛烈抨击。沈与求有诗《次韵张仲宗感事》："……将臣拥强兵，首鼠事前却。……坐令两宫车，北辕狩沙漠。……向来督真奸，国典犹阔略。群公争护前，循习久弥确。黄屋泛沧溟，黔首寄赠缴。""世无管夷吾，老眼双泪阁。何当诛赏行，浩叹成喝噱。"⑥ 诗篇沉痛回顾了二帝被掳往事，对朝廷大臣朋比为奸、将帅无能怕死予以斥责，指出"循习""祖宗故事"、朋党之争正是导致"靖康之变"的原因。

很多士人主张张扬血性，重拾权谋，励精图治，以图雪耻，字句之间

---

① 傅璇琮等主编：《全宋诗》，北京大学出版社1993年版，第18953—18954 页。
② 同上书，第18005 页。
③ 同上书，第18139 页。
④ 同上书，第21171 页。
⑤ 同上书，第16397 页。
⑥ 同上书，第18761 页。

充满了忧思国家感慨世事的爱国之情。程俱有《送傅国华墨卿赴保塞簿》："男儿重性命，慷慨轻远适。非关饥所驱，岂为五鼎食！"① 对傅氏尽忠国事激赏不已。王庭珪《和刘端礼》有："何时去斩匈奴首，直取西凉尽处山。"② 岳飞《题骡马冈》有："誓将七尺酬明圣，怒指天涯泪不收。"③ 上述诗句，表露出士人的忠于国事、力克强敌的铮铮铁骨。刘一止有诗："所愿将与士，感此艰食时。忠义发饫腹，向敌争先之。驱逐狐鼠群，寓县还清夷。我辈死即休，粒米不敢私。"④（《南山有蹲鳝一首示里中诸豪》）诗句极有感染力，表达出渴盼上下团结一心，戮力抗敌的决心和豪情。李纲则有《闻山东盗……未知备御之策感而赋诗》："时危贵权谋，盗贼本王臣。招徕驾驭之，自足张吾军。蜂虿固有毒，犀象亦可驯。恩威傥得所，摩拊还其淳。"⑤ 提出劝降"盗贼"而用之抗敌。马扩有《使金和赵良嗣》："未见燕铭勒故山，耳闻殊议骨毛寒。愿君共事烹身语，易取皇家万世安。"⑥ 提及反对和议的政治立场，表达了自己誓为恢复故国而甘愿赴死的豪情。

　　大批主张抗金的志士，如李纲、宗泽、李邴、赵鼎、张守、胡铨、陈东、洪皓等人，因抗战而或受秦桧等主和派打压，或被贬死边鄙荒凉远地。这些诗人其政治抱负虽不能实现，其志向气节等便在很大程度上发之于诗。李纲有长诗《建炎行》（并序），其中写道："经营年岁间，庶可事大举。灭敌还两宫，雪耻示千古。却隆太平基，不愧宗与祖。……岂知肘腋间，乃有椒兰妒。含沙初射影，聚毒阴中蛊。……固知鲠峭姿，自不敌媚妩。恨无回天力，剔此木中蠹。"⑦ 诗篇回忆了作者遭遇徽宗赏识，以及"靖康之变"后竭力报国的所作所为，对主和派掣肘以至于功败垂成给予猛烈抨击。李纲又有诗《善权即事十首》之一："南人共讶何曾见，北顾深颦有所思。"⑧ 极写自己因主战被贬谪于外，不能为国杀敌的悲愤与遗憾，这种感受以至于到了如此程度："……胸中耿耿初自若，身世悠

---

① 傅璇琮等主编：《全宋诗》，北京大学出版社 1993 年版，第 16238 页。
② 同上书，第 21594 页。
③ 同上书，第 16685 页。
④ 同上书，第 17696 页。
⑤ 同上书，第 19934 页。
⑥ 同上书，第 17934 页。
⑦ 同上书，第 17688—17689 页。
⑧ 同上书，第 17662 页。

悠乃如许。且须酌酒浇肺肝,慎勿开口论今古。"①(《韩德全以小舟相迓于落星寺下》)与之相似,陈与义有诗《次韵尹潜感怀》:"胡儿又看绕淮春,叹息犹为国有人。可使翠华周寓县,谁持白羽静风尘。五年天地无穷事,万里江湖见在身。共说金陵龙虎气,放臣迷路感烟津。"②诗篇前四句充满了对有安定乾坤之人才的渴盼之情,后四句意思则陡然变化,抒发自己被贬外地而不能报国的迷茫无助之情,诗句内容与所表达出的深沉感喟,大有深意。

南宋初期诗人述及的战争记忆以及连带而及的人生颠沛流离,于痛定思痛之际对于造成"靖康之变"的政治原因的反思等,都对南宋诗歌风格流变产生了重要影响。至此,北宋中后期由于朋党之争而导致的诗人对于现实政治主题的有意疏离,终于消减乃至退却。以诗笔抒写时代重大事件,成为南宋初期诗歌发展的重要特征。诗歌发展的这一新的动向,为南宋中期"中兴四大诗人"所继承,并开创出崭新的诗歌局面。

二 期待中兴、呼唤人才与士人热望

安史之乱后,唐代诗人元结撰写了《大唐中兴颂》,记安史之乱的平定、肃宗中兴的史事,后由颜真卿书写、刻在浯溪边的石崖上。入宋后,基于期盼国家和平、国力昌盛以及安居太平的愿望,黄庭坚、秦观、张耒等都曾歌咏浯溪中兴碑。可以说,诗中的浯溪中兴碑,寄托了北宋士大夫对于建设强盛国家的强烈愿望,以及欲建立光辉事功而不得的低沉心绪。

"靖康之变"后,面对急于安定域内的危急形势,呼唤中兴,期盼出现贤帝名相而恢复失土,遂成为朝廷以及士大夫凝聚人心、维系政统的重要手段。在此时代背景下,南宋初期诗人诗歌多涉及中兴主题。从其诗歌创作来看,抒写中兴主题的诗歌主要有:

歌颂力挽狂澜、扶大厦于倾危的贤相将帅,以此寄托作者呼唤才俊之士投身重塑国家政体建设的愿望。陈与义《同范直愚单履游浯溪》诗曰:"河朔功就人与能,湖南碑成江动色","小儒五载忧国泪,杖藜今日溪水侧。欲搜奇句谢两公,风作浪涌空心恻。"③表达出作者对于实现如"河朔功就"般中兴之梦的无限向往。

较之呼唤实现中兴的强烈热望,诗人更为关注如何来实现中兴,他们

---

① 傅璇琮等主编:《全宋诗》,北京大学出版社1993年版,第17666页。
② 同上书,第19536页。
③ 同上书,第19558页。

大都注意到人才对于中兴事业的重要性。胡寅《题浯溪》提及："颂声谐激不为难,君王早访平戎策"①,强调朝廷应该广揽人才,虚心下士,探讨如何平定战事的策略。韩驹《次韵赵德夫龙图送李谏议》曰："尝闻中兴日,补衮用老儒",强调用人的重要性,勉励赵德夫"时哉更搏击,饥鹰思草枯"②,意即抓住际遇,实现襄助朝廷实现中兴的理想。他又在《次韵耿龙图棱陵书事》中勉励耿棱陵大展宏图。而李纲的《建炎行》,则标举人才为中兴的要务："初称宗社危,天地同愤怒。次陈国多难,实启中兴主。末言樗散材,初不堪梁柱。鼎颠将覆𫗦,栋桡必倾宇。况兹扶颠危,正赖肱与股。大舜举皋陶,小白相仲父。耕莘与钓渭,端不乏伊吕。惟当博询访,考慎作心膂。"③李纲之《建炎行》本是追述作者"靖康之变"之际斗争经历以倾吐胸臆之作。前四句言明多难之邦固是成就英明君王之时,表达出对时王赵构的殷切期望。而后作者居然连用皋陶、管仲、吕尚等得机乘势而成就事业的故事,劝谏高宗宜广泛寻访能人才士,以作开启中兴事业的助力。

基于对中兴事业的美好向往,南宋初期诗人也对如何开启中兴的路径、方法等进行探讨。吕本中《浯溪》提及："纷然大历上元间,文恬武嬉主则孱。但知追咎一禄山,袖手不作如旁观。"④提出中兴事业需要上下戮力兴作才能有为,提醒朝廷警惕懈怠束手。一些诗人则通过对唐代产生"安史之乱"的原因进行探讨,从反面提供了如何实现中兴的策略。李清照《和张文潜浯溪中兴颂二首》,提及："五十年功如电扫,华清花柳咸阳草。五坊供奉斗鸡儿,酒肉堆中不知老。""何为出战辄披靡,传置荔枝多马死。""君不见,惊人废兴传天宝,中兴碑上今生草。不知负国有奸雄,但说成功尊国老。"⑤指出由于玄宗耽于享乐而任用奸臣,宦官专权而政治腐败,才是导致"安史之乱"的原因。这实际上是指出了创造中兴之业所必须重视的方面:政治清明、任用贤才与远斥奸邪。

诗人因此歌颂奋勇抗争的英雄。郭印有诗《送雷公达观赴召》："我观靖康初,尘氛蒙帝阙。君臣失上着,社稷几危绝。君时沉布衣,抗疏何

---

① 傅璇琮等主编:《全宋诗》,北京大学出版社1993年版,第20925页。
② 同上书,第16598页。
③ 同上书,第17688—17689页。
④ 同上书,第18154—18155页。
⑤ 同上书,第18004页。

悲切。……后来祸何如，欲语气先噎。七年坐闭废，口舌宜钳结。"① 对雷达尽忠为国、不计个人进退荣辱给予高度赞许。张表臣亦有诗《伤胡少汲兵败》，其中写道："伤心闵东道，白首戴南冠。"② 诗中所记闵东道乃宿儒，明知戎事非其长，但是保卫国家乃其职责所在，因此仍然赶赴战场，以致被俘。而沈与求的《山西行》更是塑造了山西健儿勇武忠烈，因哲宗被金人掳为人质，不得不束手就死的悲烈形象。诗中写道："山西健儿好身手，气如车轮胆如斗。十五射猎少年场，戏格黄黑同拉朽。……只喜论攻不论守。……自夸豪杰天下无，誓为官家扫群丑。……种家猛将忠贯日，发上冲冠颐指挥。主辱偷生事不武，壮士裂眦争相随。……肉食谋国帝子质，勒兵不动护送之。壮士束手猛将死，敌来侮人犹小儿。"③ 诗中勇士忠勇威武与"主辱偷生事不武"形成鲜明对比，令人痛恨惋惜，毛发尽竖。

在南宋初期诗人的创作中，也表现出士人忧心国是，渴望为国尽忠杀敌的热望。李纲有诗《次韵季弟善权阻雪古风》，其中写道："自从国步多艰难，寇骑长驱窥汉关。……会当扫动豺狼穴。国耻乘时须一雪。酒酣拔剑斫地歌。心胆开张五情热。中兴之运我期皇。江汉更洒累臣血。"④ 诗句因赏雪而及时事，诗末归结到中兴理想上来。可见，中兴对于南宋初年的士人来讲，已经成为放置奋斗目标与生命尊严的归宿所在。洪炎亦有诗《闻师川谏议至漳州作建除字诗十二韵迓之》，中有句："建武下诏书，海峤识明主。……平生相期心，中兴尔乎取。……危言倘可陈。正学当尽吐。成亏在须臾。得失宜熟数。收功谢王魏。取道迹傅吕。开兹众正路。慰彼苍生苦。闭关拒他盗，拂席招巢许。"⑤ 诗勉励徐师川宜尽力王室，以作中兴盛业。

南宋初期诗歌中的"浯溪"意象及中兴理想，是包括南宋士人在内的人们的时代精神诉求，其内核是具有儒学传统的民族文化的时代反映。"浯溪"及其中兴碑正好符合了南宋初期人们的恢复故土及其中兴愿望，故而成为这一时期代表性的诗歌创作主题。

---

① 傅璇琮等主编：《全宋诗》，北京大学出版社 1993 年版，第 18624 页。
② 同上书，第 18604 页。
③ 同上书，第 18752—18753 页。
④ 同上书，第 17661 页。
⑤ 同上书，第 14748 页。

三 飘零之叹、守静观心与高致诉求

因"靖康之变"而造成了家国板荡，生灵涂炭，大量的士人逃亡奔命，正常的"学而优则仕"已经不再是士人惯常的人生轨道，保全性命成为人们的首要生存目标。而在生活甫定之后，从惊恐中回到残酷的社会现实，士人不禁品味起战事造成的身心创伤。

南宋初期，大量的士人因战争而飘荡他乡。生活无着，穷困无路，亲友消息断绝，以及家人亡于战事等，经常带给诗人巨大的心理创伤。从这一时期的诗歌主题来看，悲、泪、愁、老、衰颜、苍鬓，出现的频率相当高。汪藻有诗《己酉乱后寄常州使君侄四首》之一："身老今何向，兵拏未肯休。……台拆星犹犇，农饥麦未秋。日边无一使，儿女讵知愁。"其二："春到花仍笑，时危笛自哀。……地下皆冤肉，人间半劫灰。只今衰泪眼，那得向君开。"① 第一首述及举室亡命经历，作为家长的作者之羁旅穷愁，与作为儿童的孩子的懵懂无知形成了鲜明的对比，刻画出战事带来的流播之悲。第二首则写及时局困危之际，千里白骨，饿殍载道，诗人眼中和心里只有无尽的深悲，生活困顿、生计艰辛已经无意倾诉了。朱敦儒亦有《小尽行》："藤州三月作小尽，梧州三月作大尽。哀哉官历今不颁，忆昔升平泪成阵。我今何异桃源人，落叶为秋花作春。但恨未能与世隔，时闻丧乱空伤神。"《全宋诗》该条下引《竹坡诗话》云："顷岁，朝廷多事，郡县不颁历，所至晦朔不同。朱希真避地广中，作《小尽行》一诗。"② 颁历向来被看作是国家行使统治的象征，作者因事而联想到往昔太平，不由得洒下了悲伤的热泪。总的看来，南宋初期动荡危急的时局，经常带给诗人朝不保夕的居危心态，因之诗歌具有了悲怆、穷苦的基调。与之相关，浮萍、萍蓬、萍迹、鸟啼、岁云暮、杜鹃等成为这一时期重要的诗歌意象，所传达出的感情都与特定时期人们的悲怆、穷愁悲苦等心理体验有关。

出于对现实政治的无奈，很多士人选择了一边逃难，一边寻求所谓的"高致雅趣"，试图平和心中因战争而造成的骇恐惊怵。如汪藻有《次韵董禹川二首》之一："江山怪我数能来，政坐刀斤赦不才。生理喜于鱼得计，交情羞似鸠为媒。烟尘回首烽三月，花柳关情酒一杯。日夜故园归梦

---

① 傅璇琮等主编：《全宋诗》，北京大学出版社1993年版，第16524—16525页。
② 同上书，第16880页。

好，忆冲细雨剧蒿莱。"① 时当战事正酣之际，诗人却浑似毫不在意，这与他在时事诗、战争诗中经常提及的"衰泪"、"笛哀"、"漂泊梦"、"庾信愁"等意绪情感迥然有别。韩驹亦有《即席送吕居仁》："一樽相属两华颠，落日临分更泫然。蹀躞鸣珂君得路，伶俜散去我归田。近闻南国生涯尽，厌见西江杀气缠。欲买扁舟吴越去，看山看水乐余年。"② 吴越买舟与归老山水，显然是作者不得志的无奈之言，这种故作高致而归隐田园的打算，与其说是士人在特殊时代的心愿，倒不如说是他们借以发泄仕途不遇的辛酸之语。南宋初期，士人更多的是因际遇不至，而不得不选择避祸的"闲适"生活。如陈与义《道中书事》："临老伤行役，篮舆岁月奔。客愁无处避，世事不堪论。……易破还家梦，难招去国魂。一身从白首，随意答乾坤。"③ 诗中所见，已然是对世事无从把握，因此只能得过且过了。不过，由于士人遭遇战争的程度以及所处境地不同，诗人也常常于干戈之际抒发高致情怀。如陈与义有《出山道中》："雨歇淡春晓，云气山腰流。高崖落绛叶，恍如人世秋。避地时忽忽，出山意悠悠。溪急竹影动，谷虚禽响幽。同行得快士，胜处频淹留。乘除了身世，未恨落房州。"④ 本来是避乱，但山景胜地如此动人情怀，以至于不愿意离开。显然，诗人试图以美景胜境暂时替代战事所带来的亡命逃奔之忧虑。

但亦苦亦乐的心境调和，毕竟不是易事。因此，在战事频仍的时代，仍然有士人试图探求通过"息机心"、"忘情"、"守贫贱"等存养心性，以实现对悲惨愁苦现实的暂时疏离。张纲有诗《岁暮二首》后《用前韵》，诗句有："雪残春信近，山回客愁新。兴极樽无酒，诗成笔有神。玩心云物变，惊梦雨声频。坐对华严海，忘言意自亲。"其前诗为："中原消息断，聊与醉乡亲。"⑤ 显然，张纲以《华严经》来强摄心神，所要起到的效果就是忘却战事所带来的惊怖与内心冲击。而赵鼎亦有诗《舟行着浅夜泊中流》，诗句有："人生天地间，大海一浮沤。风水审如此，蛟龙应见求。未脱干戈地，敢为身世谋。醉酣还就枕，吾已信沉浮。"⑥

---

① 傅璇琮等主编：《全宋诗》，北京大学出版社 1993 年版，第 16532 页。
② 同上书，第 16629 页。
③ 同上书，第 19516 页。
④ 同上书，第 19526 页。
⑤ 同上书，第 17902—17903 页。
⑥ 同上书，第 18393 页。

诗作由人生之境界联想到战事之紧迫，不过最终还是以内心的定止来劝慰自己。与此同时，佛教、道教以及理学中的存养心性思想及践行方法，就顺乎自然地为此际的士人所使用。曾几有诗《题南岳铨德观秋声轩》，诗句有："心净鉴止水，眼明揖千竿。虚籁自然奏，有琴不须弹。世议大可厌，市声无少闲。"① 表达出以佛教的观止之法来平静内心的思想。而实际上，曾几南渡后，对早年汴京生活是念念不忘的："十载东都客，春盘种种春。翠看蔬甲小，黄爱韭苗新。流落成吾老，萧疏对此辰。睦邻如有使，传语大梁人。"②（《立春》）显然，在某些境况下，佛教只不过是他存养以寻求平静内心的方法。受到苏轼等元祐诗人很大影响的郭印，亦写有《次韵蒲大受书怀十首》，其中言及"时乱那能定，民生不自聊"③，但在此情形下，他试图从道教以及儒家思想中寻求平静心性的方法。他写道："物齐人即我，天运古犹今。但得丹田固，宁忧白发侵。情忘心坦坦，神定息深深。却笑灵均辈，悲哀泽畔吟。"④ 这里，"物齐"、"丹田"、"神定"等都来自道教或道家思想。诗篇接着又有："茅檐同广厦，野蔌当珍馐。拟作蓑衣放，宁为肉食谋。沉思如有得，寡欲自无求。叹息吾衰甚，年来不梦周。"⑤ 诗句最后来自儒家经典《论语》。

当然，士人除了以儒、道、释思想平息内心世界之外，亦有其他安定内心的方式。就南宋初年诗歌而言，比较有代表性的有南宋士人对于"乐意"诗歌主题的追求。从这一时期的诗歌来看，士人对于"乐意"的理解是有很大差异的。如郭印《亦乐堂》："君子素位行，穷通等寒暑。……鄙夫晚闻道，行藏心自许。……鸡鸣意在晨，宁复问风雨。乐天夫何忧？贵贱同归土。"⑥ 其间表露的是委化自然、自强而不息的精神。王洋有《寄何子楚》诗，诗句有："忍饥彻老守清癯，它年配食赤松子。"⑦ 诗句显然具有安排守穷，以诗书优游闲适以终的意味。而郑刚中有《书斋夏日》诗，诗句有"文书任讨探，风静香如丝。此殆有至乐，难令俗子

---

① 傅璇琮等主编：《全宋诗》，北京大学出版社1993年版，第18505页。
② 同上书，第16526页。
③ 同上书，第18673页。
④ 同上书，第18673页。
⑤ 同上。
⑥ 同上书，第18640页。
⑦ 同上书，第18954页。

知"①，传达出诗人以幽堂自适心志，务求读书为乐的愿望。不应忘记，王洋、郑刚中在表述上述"乐意"诗歌主题的同时，他们都在南宋初期吐露了大量的战争带来的悲怆感情。同样的情况也发生在苏籀诗歌中。苏籀一边低吟："愿以丝毫裨汉室，岂无弓矢毙胡星。愚翁事业空遗臭，经义分明战血腥"②（《舟中怀古一首》），一边却寄意山水，寻求安定心性的凭借："三芝羽人佇，五戒坏衣修。农圃日用事，刍荛无几求。林丘识真趣，城阙罢苑裘。挥斥尘劳客，平生为道谋。"③（《幽栖三首》之一）此中可见，诗人所追求的"真趣"正是以"道"为乐。对比而言，以"道"为乐，当然要以有理学素养的士人更为明显。曾几有诗《王岩起乐斋》，诗句有云："达人方寸地，固自有乐处。……人言颜子乐，瓢饮映蔬茹。……要知真乐事，未省离跬步。"④ 其中显然有以践行仁道为真乐的追求。上述诸人，郭印、苏籀、王洋均为文学之士，郑刚中附会秦桧，亦为文学之士，曾几为理学家门徒，又有深厚的佛学素养。从中可见，不同身份的南宋初期士人，其追求的"乐意"是不同的。不过，生当战乱频仍之际，士人一边写作满含悲愤、忧国忧君的诗歌，一边又向内追求心性存养为求得内心的情感平静，本身就是一个令人费解的文学现象。

四 "靖康之变"与南宋初期诗歌主题及诗歌面貌之关系

"靖康之变"作为两宋之交重大的政治事件，对两宋士人生活和人生态度都产生了巨大影响。这一事件动摇了北宋业已养成的士人通过科举谋取出路的人生惯常模式，但同时亦激荡出士人谋国尽忠、慷慨御敌的忠义气节。士人于颠沛流离、亡命南下之际，记录着战事造成的家国疮痍，透露出对对金战争失败的深沉思考，也力图通过存养心性来实现对穷苦悲愁心理的疏离。可见，"靖康之变"作为两宋历史进程中的重大政治事件，同样也改变了诗歌发展的历程，并在诗歌主题、内容、题材以及审美风格上表现出来。

"靖康之变"对此期诗歌体裁也产生了重大影响。此期很多诗歌体裁都与战争或者战事有关联，就是咏史诗、集句诗、述行诗等也概莫能外。如李纲写有《胡笳十八拍》，诗篇明言"靖康之事可为万世悲，暇日效其

---

① 傅璇琮等主编：《全宋诗》，北京大学出版社1993年版，第19046页。
② 同上书，第19614页。
③ 同上书，第19632页。
④ 同上书，第18503—18504页。

体集句聊以写无穷之哀。"诗作因书写"靖康之变"而令人很难觉察是集句诗。如第一拍:"四海十年不解兵,朝降夕叛幽蓟城。杀气南行动天轴,犬戎也复临咸京。铁马长鸣不知数,寇骑凭陵杂风雨。自是君王未备知,一生长恨奈何许。"① 其中对北宋末年纲常紊乱以致金人入侵表达出强烈的谴责。又如李纲的咏史诗《谒寇忠愍祠堂六首》之一:"平生爱看柘枝舞,宾燕多余密炬堆。富贵在公真末事,谁云缘此故南来。"② 诗篇慨叹忠良不被信任,谴责朝廷以细故罗织罪名迫害才俊。诗作借为寇准遭遇鸣不平,实则间接表达出对自己因主战而深受打压的愤懑之情。

战争及战事对士人心态产生了巨大的影响,甚至已经内化为士人的生命底色。此期很多写景诗亦表露出战事的冲击。陈与义有诗《独立》:"篱门一徙倚,今夜天星繁。独立人世外,惟闻涧水喧。丛薄凝露气,群峰带春昏。偷生亦聊尔,难与众人言。"③ 诗作内容为诗人晚间独倚柴门观景。但加以"偷生"顿时使诗意发生了变化。战事绵延而生计多艰,士人不得不亡命天涯,其满含沦落无依之情。又如南宋初期的诗人,经常以"洛阳牡丹"而作往昔与今朝对比,表达对世事无常的感叹。李纲有诗句:"自从丧乱减风情,两年不识花枝好。……岂知黟歙深山里,乃有此花端若此。……嫣然见我如感伤,似诉处此非其乡。吾衰多病不解饮,对尔叹息空持觞。"④ 诗中,牡丹与作者因为共同经受了战火,而具有了可以互通的感情意味。

当然,"靖康之变"只是两宋之交的重要政治事件,并不能对这一时期所有的诗人都一定会产生直接的影响。就拿上文述及的士人心性存养诗歌,尤其是"乐意"主题诗歌来讲,诗人以之平息战争带来的苦痛,也只发生在某些诗人身上。很多诗人尤其是具有深厚儒、道、释学养的士人,本身就具有自觉的求道、践道意识,他们所创作具有心性存养体验和主题表达的诗歌,大多数与战争并没有直接关系。这种情况说明,影响诗歌主题变化及诗歌审美取向的文化生态因素,是非常复杂的,其产生的机制、渠道和关键节点需要认真梳理,才可以厘清。

---

① 傅璇琮等主编:《全宋诗》,北京大学出版社 1993 年版,第 17701—17704 页。
② 同上书,第 17739 页。
③ 同上书,第 19523 页。
④ 同上书,第 17664 页。

本章小结

　　作为文化生态的政治事件，成为影响社会面貌、政治格局的重要因素而深刻地决定了士人的生存状态与人生态度，士人在政治事件内在规定了的社会环境中出处进退，功业与归隐、坚持操守与委曲求全，造就了士人复杂的文化心态：一些士人或选择隐于朝，以闲适高致、存养息机来暂时与激烈的政治斗争相疏离，但更多的则是不得不为朋党所束结，团结以谋全，乃至为党派利益而不惜以权诈立身谋事。不过，两宋易代之际的政治风向转换、惨烈的民族战争、国运攸关的生死拼搏，毕竟是士人无可回避的时代主题。由此，士人不可避免地在诗歌主题、诗风流变等方面表现出这一特征。可以说，政治事件—士人生存状态与生活方式—士人文化心态—诗歌品格，是文化生态与诗歌品格发生关联的重要渠道，而"文化心态"则是两者发生关系的关键节点。可见，政治事件对诗歌品格生成的作用，是非常直接且巨大的。

第三章　两宋地域文化与诗歌品格

两宋地域文化的差异性，以及宋文化在中国文化史上的转折地位与开辟之功，很早就引起了人们的注意。陈寅恪等人对于宋代文化地位的著名论断，即出于此。近几十年来，邓广铭、漆侠、程民生等学者的成果，深化了人们对这一领域若干问题的认识。沿着他们所开拓的道路做进一步的延伸，则北宋诗歌审美范型与不同地域之间的关系是什么，两者之间有无直接的联系等，就顺乎自然地进入到研究者的视野。

两宋地域文化是非常复杂的。除了在不同时期、不同地区的文化表现上具有差异性之外，两宋不同地域因为风俗等原因，又在文化上具有趋同性。而且，由于科举制度等方面的影响，作为士人集聚地的京城，其文化亦具有特殊性。因此，本章选取宋初百年南北文化、洛阳文化、京城文化，与以汴京和成都为代表的不同地域文化为研究切入点，对两宋地域文化与诗歌品格之关系进行研究。

第一节　宋初地域文化特质与诗歌审美诉求

历史上对宋初时期文学地位的判断并不高，这大概受到了欧阳修、苏轼等人的影响。如苏轼就认为"斯文终愧于古"[1]（《六一居士集叙》）。但换一个角度来说，这一时期亦是孕育辉煌灿烂、极尽精微的"宋学"的重要时期。"宋学"的各种因子，都于此时期聚合了根本与下步发展的枝芽。不过，此期文化特质及各种现象之间的关系，又是极其复杂的。其中，北宋地域文化的差异性与大一统国家文化带来的整合性需求，尤其是北"道"南"文"的对峙与融合，可算是此期文化重要特征之一。

---

[1] 孔凡礼点校：《苏轼文集》，中华书局1986年版，第315页。

一　宋初地域性文化存在的客观性与地域文学的差异性

一般认为，整个宋代，由于书院讲学盛行，学派交织，师徒授受、门第家学、游学构成了士人求学的主要方式，文化的地域性特质几乎完全消融。尤其是，科举考试造成了士人大规模迁徙变动，巨大数量的知识精英漂泊栖息异地，更加破坏了地域文化完整性和区域性特质。因此，长期以来，宋代文史学者对北宋文化存在的地域性及其特质问题并不太重视，程民生《宋代地域文化》、胡昭曦《宋代蜀学研究》、张兴武《宋初百年文学的发展历程》等专著，王水照、程杰等先生的一些研究论文，可算其中有分量的研究成果。这些研究专著大都注意到了宋初文化的地域性问题。但因限于研究目的，这些论著仅从某一层面或问题而展开，读来往往有余味未尽之憾。因此，学界对宋初地域性文化存在明显的差异性这一问题犹有不太准确的认识，亦在情理之中。亦因如此，对此问题还有进一步梳理、申明的必要。

宋初时期地域性文化具有很大差异性，应是不可否认的历史存在。从历史存在来讲，宋初时期南北文化具有明显差异。按照宋代地域规划，分为路级、府（州、军、监）级，以及县级。北宋设 18 路 1 京，传统上，把其中的东京开封府、京西路、京东路、河北路、河东路、陕西路，称之为北方地区；把淮南路、两浙路、江南东路、江南西路、荆湖北路、荆湖南路、福建路、成都府路、梓州路、利州路、夔州路、广南东路、广南西路，称之为南方地区。宋人对北方与南方的文化习俗有着非常明确的认识，如北宋中期的宋祁就说：

> 东南，天地之奥藏，宽柔而卑；西北，天地之劲方，雄尊而严。故帝王之兴常在西北，乾道也。东南，坤道也。东南奈何？曰其土薄而水浅，其生物滋；其财富，其为人剽而不重，靡食而偷生，士懦脆而少刚，笞之则服。西北奈何？曰其土高而水寒，其生物寡其财确，其为人毅而近愚，食淡而勤生，士沉厚而少慧，屈之不挠。①

宋祁是北宋中期人。据他所言，北宋东南、西北文化是有差异的。显然，自古以来南北方文化的差异，即使到了北宋中期，仍然存在。宋祁用

---

① 宋祁：《宋景文笔记》卷下《杂说》，丛书集成本，中华书局1985年版，第21页。

天道联系地域来说明不同地区水土与人们性情之间的关系，无疑是不科学的。不过，他所指出的物候与人们性情才智之间具有一定的联系，无疑是从先秦时期以来，先民经过漫长的观察而得出的结论。可以说，各地气候、地貌、水文地理环境，决定了人们的生活方式与生存条件，这种情况在生产力不发达的古代社会，无疑对生活在其中的人们产生了重大影响。

从宋初时期位于北方的洛阳、京东地区文化与成都地区文化的对比中，我们也可以看到南北方文化的差异性。洛阳，入宋后刚刚失去了九朝古都的地位，但"衣冠渊薮"的文化品位，仍然为士大夫所向往。洛阳居民既有历代相传的贵族，"洛阳多大家，世以谱牒相付授，宁氏、刘氏尤为著姓。"① 又有迁徙而来的贵族，如宋太宗平定北汉后，采取"空其地"的政策，其中"尽括僧、道隶西京寺观，官吏及高赀户授田河南"②。退休士大夫及其后代，如富弼、吕公著、文彦博等，都在晚年居住洛阳。由于洛阳有陪都的地位而且人文传统悠久，因此，洛阳成为北宋人文重镇，儒学传统、雅文化传统，成为洛阳文化中备受瞩目的文化特色。如洛阳人高志宁"未冠已能通六经，尤深于大《易》"③。宋明著名理学家邵雍、程颢、程颐等，正是在这种环境的熏陶下，才独辟新境，发明出理学的学问。京东地区，历来以"多儒"闻名于世。宋初的田告，"笃学好文，理致高古"④，后来的穆修、士建中、孙复、石介及求学于此的胡瑗等，都是京东人或因求学京东而闻名于世。同北方地区笃守经学有所不同，南方地区人们则多好文学。成都，《宋史·地理志五》评价说："庠塾聚学者众……文学之士，彬彬辈出焉。"民间则有游乐歌诵的传统："屯落闾巷之间，弦管歌诵，合筵社会，昼夜相接。"⑤ "蜀人好文，虽市井胥吏辈，往往能为文章。"⑥ 可见，成都文化与北方不同，喜欢享乐游玩，多文学之士，这是与洛阳文化倾向于厚重谨严、耽于名教的儒学文化有所不同的。

程民生通过缜密细致的考察，以为北宋时期南北方的风俗具有很大不

---

① 邵伯温：《邵氏闻见录》卷一七，李剑雄、刘德权点校，中华书局1983年版，第180页。
② 脱脱等：《宋史》卷四，中华书局1977年版，第62页。
③ 韩琦：《安阳集》卷四七，台湾商务印书馆影印文渊阁四库全书本，第512页。
④ 王闢之：《渑水燕谈录》卷四，唐宋史料笔记丛刊本，中华书局1985年版，第44页。
⑤ 张唐英：《蜀梼杌》卷下，台湾商务印书馆影印文渊阁四库全书本，第240页。
⑥ 杨彦龄：《杨公笔录》，丛书集成初编本，中华书局1991年版，第15页。

同，北方具有质直忠厚、劲勇强悍、勤劳节俭等风俗传统，而南方具有灵巧轻扬、柔弱、奢侈、好讼、趋利重商等风俗传统，并体现出非礼法性的特点。① 不仅如此，程氏通过统计，对南北方诗人数量、诗文风格类型、官宦数量、科考入仕人数等都作了统计，大量的统计数字都说明，北宋南北方地区的文化差异性是非常大的。

感谢程先生的研究，我们可以对北宋南北方地区的文化及文学特质有比较深入的理解。程先生指出，北方地区人们的文学气氛较为淡薄，士人偏重于经学，而对文学较为忽视。他以唐圭璋编《全宋词》、《宋诗纪事》卷2至卷43，把北宋词人、诗人的籍贯统计如表3-1、表3-2：

表3-1　　　　　　　　宋代词人分布数量表②　　　　　　单位：人

地名	开封府	京西路	京东路	河北路	河东路	陕西路	淮南路	两浙路	江西路	江东路	福建路	湖北路	湖南路	成都路	梓州路	利州路	夔州路	广东路	广西路
人数	15	14	17	8	1	7	16	87	37	23	29	3	2	12	4	1	1	2	0

另外，地址不详的有32人。从上表看出，北方地区以京东、开封、京西最多，南方集中于两浙、江西、福建、江东，其中两浙数量远超其他诸路。

表3-2　　　　　　　　北宋诗人分布数量表③　　　　　　单位：人

地名	开封府	京西路	京东路	河北路	河东路	陕西路	淮南路	两浙路	江西路	江东路	福建路	湖北路	湖南路	成都路	梓州路	利州路	夔州路	广东路	广西路
人数	40	78	73	58	16	39	65	231	91	45	128	15	18	71	8	6	2	4	4

从上表可以看出，南方地区两浙、福建、江西、成都路诗人数量最多，北方则京西、京东、河东、河北较多。其中南方人数为688人，占到了69%，北方为304人，占31%。

但北宋作为延续一百六十多年的一段历史存在，在其初始期、发展期

---

① 参见程民生《宋代地域文化》第一章《各地风俗特点及影响》，河南大学出版社1997年版。
② 程民生：《宋代地域文化》，河南大学出版社1997年版，第332页。
③ 同上书，第334页。

与晚期，其文化的南北方差异性问题，所呈现出的情况是不同的。因此，在总体上看到南北方文化、文学具有较大差异的同时，也必须注意到两者的差异性具有阶段性的特征。

众所周知，在宋初时期，北方重经学，南方重文学，南方在文学上的优势相对较大。诚如张兴武所言："南方文人的显著特点在于讲究学问根柢，以丰富博赡为能事，其为文作诗向来强调熔铸变化，以工丽精整为美。相比之下，中原文人的亮点还在于儒道经学，所谓雕章琢句的诗赋创作实非所长。因此，南文北道之间的冲突与对话，就不可避免地要成为宋初文坛整合与演进的一条主线。"① 经过柳开、张景、王禹偁、穆修、石介等北方人的批评与努力，北方以经学传道为主的文学观，影响逐渐扩大，但还不足以改变文学发展的格局。但随着科举考试制度的实施，学习儒学经典以求科举成功，成为读书人的选择。在此背景下，南北方学者才开始了文化上的交融与汇合。南北文化的"重文"与"崇道"特征，一定要等到范仲淹、欧阳修等一大批南国英才通过科举考试进入仕途后，方才实现。

当然，也应该注意到，南北地域所造成的文化、文学的差异，既是一个历史存在的事实，但是，文化的差异性和包容性、交流性是一个非常复杂的问题，据一些学者研究，在宋初尚存在着南北方文化的互相影响，乃至相互吸收和变通的问题，这也是不容忽视的事实。② 但不管怎么讲，北宋时南北方文化、文学存有较大差异性，则是事实。

二 宋初南北人物性格特征与诗文特征之关联

不同地域的人们，生活在各具特色的文化氛围中，因此就有各自的风俗习惯、地域爱好、历史文化的承传，以及物候人情、社会生活条件的差异。这些因素共同作用，就形成了各地不同的生存环境和生活环境。生活在其中的人们，便自觉不自觉地受其影响，表现为具有相对特征的文化风格。

南北方地区文化的差异性，当然就会影响到创作主体，举凡创作者的审美取向、性情爱好、关注重心、人生追求等，都会因其所属文化圈的差异而表现为不同的特征，并反映在北宋诗文创作上。对此展开研究，是一

---

① 张兴武：《宋初百年文学的复兴历程》，中华书局2009年版，第27页。
② 同上书，第54页。

个很有意味的话题,借此我们可以对影响宋代诗歌发展方向的动因,产生一些崭新的认识。近20年来,学术界对此已经展开了一些研究。从结论来看,不仅从人员数量上来看,南北方有重大差别,就是从诗歌风格而言,南北方亦是具有不同特色。如程民生先生根据《四库全书总目》所评北宋时期诗文风格①,用列表统计的方式,总结为:

> 南方作者评语中带"雅"者10人,占南方作者50人的20%;北方作者6人,占北方作者30人的20%。南方作者带"丽"者6人,占12%;北方3人,占北方总数的10%;南方带"典"者6人,占总数的12%;北方2人,占北方总数的6%。北方作者带"豪"、"放"、"雄"、"壮"者6人,占北方总数的20%,南方6人,占南方总数的12%。北方带"劲"者5人,占16%;南方仅2人,占4%。……北方带"质"者3人,占10%,南方仅1人,占2%;南方带"温"者3人,北方1人,南方带"赡"者6人,带"清"、"新"者6人,带"奇"、"敏"、"婉谐"者各2人,带"边幅狭"或"边幅未宏"者4人,北方均无。②

程民生先生以统计为据,对南北方文化、文学特征所作出的分析,具有相当的价值。《宋史·文苑传》也记载了被史臣以为文才杰出的人物。按照北方、南方地域的不同,把北宋时期《传》中主要人物的性格特征与诗文特征分别罗列如表3-3、表3-4。所得结论,可看出南北方文化的差异性。

表3-3　　　　　北方地区重要人物性格特征与诗文特征统计

姓名	地域	性格特征	诗文特征
宋白	大名	白豪俊,尚气节,重交友;白善谈谑,不拘小节,赡济亲族,抚恤孤嫠,世称其雍睦	学问宏博,属文敏赡。辞意放荡,少法度
梁周翰	郑州管城	周翰善音律,喜蒲博,惟以饮戏为务。周翰以辞学为流辈所许,……不乐吏事。周翰性疏隽卞急,临事过于严暴,故多旷败。晚年才思稍减	与高锡、柳开、范杲习尚淳古

---

① 参见程民生《宋代地域文化》,河南大学出版社1997年版,第343页。
② 程民生:《宋代地域文化》,河南大学出版社1997年版,第344页。

续表

姓名	地域	性格特征	诗文特征
朱昂	其先京兆	朱遵度好读书,人……目昂为"小万卷"。以讽诵为乐。昂好学,纯厚有清节,澹于荣利	
赵邻几	郓州	常欲追补唐武宗以来实录,孜孜访求遗事,殆废寝食	为文浩博,属对精切,致意缜密
何承裕		有清才,好为歌诗,而嗜酒狂逸。醉则露首跨牛趋府,……然为治清而不烦,民颇安焉	
郑起		少游京、洛间,佻薄无检操。……起负才倨傲,多所诋讦,数为群小窘辱,终亦不改	歌诗尤清丽
郭昱		献书于宰相赵普,自比巢、由,朝议恶其矫激,故久不调。后望尘自陈。……岁余,坐盗用官钱除名	好为古文,狭中诡僻
和岘	开封	从祀南郊,赞导乘舆,进退闲雅。知礼、乐。岘性苛刻鄙吝,好殖财,复轻侮人	
冯吉	河南洛阳	吉嗜学,善属文,工草隶,议者以掌诰许之。然性滑稽无操行。每朝士宴集,虽不召,亦常自至,酒酣即弹琵琶,弹罢赋诗,诗成起舞	
高頔	开封雍丘	頔性纯朴。頔有清节,力学强记,手写书千余卷。惟頔清苦守法,魏人爱之	
李度	洛阳	度之南使,每至州府,即借图经观其胜迹,皆形篇诗	
宋准	开封	准形神伟茂,程试敏速。准美风仪,……莅官所至,皆有治声	善谈论,辞采清丽
柳开	大名	开幼颖异,有胆勇。既就学,喜讨论经义。尚气自任,不顾小节,所交皆一时豪隽。性倜傥重义	
安德裕	河南	德裕性介洁,以风鉴自负,然酣饮太过	
崔遵度	徙淄川	遵度与物无竞,口不言是非,淳澹清素,于势利泊如也。遵度性寡合,喜读《易》	
陈越	开封	越耿概任气,喜箴切朋友,放旷杯酒间,家徒壁立,不以屑意	善属文,辞气俊拔
穆修	郓州	负才,与众龃龉。修性刚介,好论斥时病	独以古文称

续表

姓名	地域	性格特征	诗文特征
石延年	宋城	延年为人跌宕任气节,读书通大略,为文劲健,于诗最工而善书。延年虽酣放,若不可撄以世务,然与人论天下事,是非无不当	为文劲健
刘潜	定陶	少卓逸有大志,好为古文。母死,潜一恸遂绝	
萧贯	新喻	俊迈能文,尚气概。贯临事敢为,不苟合于时	词语清丽
苏舜钦		舜钦少慷慨有大志,状貌怪伟。当天圣中,……独舜钦与河南穆修好为古文、歌诗,一时豪俊多从之游	时发愤懑于歌诗,其体豪放,往往惊人
尹源		少博学强记,与弟洙皆以文学知名,洙议论明辨,果于有为	
黄亢	建州浦城	亢为人侏儒,不饰小节,对人野率,如不能言	然嗜学强记,为文词奇伟
颜太初	徐州彭城	少博学,有隽才,慷慨好义。喜为诗,多讥切时事。……太初作《东州逸党诗》,孔道辅深器之	
郭忠恕	河南洛阳	不复求仕进,多游岐、雍、京、洛间,纵酒跣弛,逢人无贵贱辄呼"苗"	
江休复	开封	不以声利为意。……每据鞍读书至迷失道,家人求得之。休复外简旷而内行甚饰,……所与游皆一时豪俊	少强学博览,为文淳雅,尤善于诗
孙唐卿	青州	唐卿初中第,通判陕州,于吏事若素习	
晁补之	济州钜野	深于经术。葺归来园,自号归来子,忘情仕进,慕陶潜为人	文章温润典缛,其凌丽奇卓出于天成
李格非	济南	格非独用意经学,著《礼记说》至数十万言,遂登进士第	格非苦心工于词章,陵轹直前,无难易可否,笔力不少滞

表3-4　　南方地区重要人物性格特征及诗文特征统计

姓名	地域	性格特征	诗文特征
夏侯嘉	江陵	好进,好财	玄虚之流
罗处约	益州	《黄老先六经论》。处约形神丰硕,见者加重,虽有词采而急于进用,时论亦以此薄之	

续表

姓名	地域	性格特征	诗文特征
钱熙	泉州	熙负气好学,善谈笑,精笔札,狷躁务进	
陈充	益州成都	性旷达,善谈谑,澹于荣利,自号"中庸子"	词学典赡
吴淑	润州	淑幼俊爽,属文敏速	纯静好古,词学典雅
舒雅		恬于荣宦。优游山水,吟咏自乐,时人美之	
黄夷简	福州	夷简喜谈论,善属文,尤工诗咏,老而不辍。护许国长公主丧,求钱,时论薄之	
许洞	苏州人	洞性疏隽,……及长,折节励学,尤精《左氏传》。日以酣饮为事。一日,大署壁作《酒歌》数百言	
徐铉	扬州广陵	铉至京师,见被毛褐者辄哂之,邠州苦寒,终不御毛褐,致冷疾	
曾致尧	抚州南丰	致尧性刚率,好言事,前后屡上章奏,辞多激讦。致尧颇好纂录	
刁衎	升州	以纯澹夷雅知名于时,恬于禄位,善谈笑,喜棋弈,交道敦笃,士大夫多推重之	
姚铉	庐州合肥	铉隽爽,颇尚气。铉文辞敏丽,善笔札,藏书至多,颇有异本,……虽被窜斥,犹佣夫荷担以自随	
李建中	由蜀入洛阳	建中性简静,风神雅秀,恬于荣利。好吟咏,每游山水,多留题,自称岩夫民伯	
洪湛	升州	湛幼好学,五岁能为诗。词意狂率。湛美风仪,俊辩有材干	
路振	永州	振幼颖悟。振纯厚无城府,恂恂如也。及居文翰之职,深慑物议,自是弥加精厉	振文词温丽,多警句
梅尧臣	宣州	善谈笑,与物无忤,诙嘲刺讥托于诗,晚益工	工为诗,以深远古淡为意,间出奇巧
苏洵	眉山	通《六经》、百家之说,下笔顷刻数千言	

续表

姓名	地域	性格特征	诗文特征
章望之	建州		为文辩博，长于议论
王逢	太平州	博学能属文，尤长于讲说。逢为人乐易，笃于朋友，与胡瑗最善	
唐庚	眉州	庚为文精密，通于世务	
文同	梓州	以学名世，操韵高洁，自号笑笑先生	
贺铸	卫州	喜谈当世事。人以为近侠。尤长于度曲。家贫，贷子钱自给，有负者，辄折券与之	博学强记，工语言，深婉丽密，如次组绣
刘泾	简州	好进取，多为人排斥，屡踬不伸	泾为文务奇怪语
鲍由	处州		其文汪洋闳肆
黄伯思	邵武	风韵洒落，飘飘有凌云意	
黄庭坚	洪州	庭坚泊然，不以迁谪介意。于文章尤长于诗	学问文章，天成性得
秦观	扬州高邮	强志盛气，好大而见奇，读兵家书与己意合。见苏轼于徐，为赋黄楼，轼以为有屈、宋才	观长于议论，文丽而思深
张耒	楚州淮阴	诲人作文以理为主	其文汪洋冲澹。有雄才，笔力绝健，于骚词尤长
陈师道	彭城	师道高介有节，安贫乐道	为文精深雅奥
李廌		廌喜论古今治乱，条畅曲折，辩而中理。当喧溷仓卒间如不经意，睥睨而起，落笔如飞驰	轼谓其笔墨澜翻，有飞沙走石之势
刘恕	筠州	游心尘垢之外。为人重意义，急然诺。（与王安石交恶），恕奋厉不顾。尤不信浮屠说。好攻人之恶	
王无咎	建昌南城	好书力学，寒暑行役不暂释，所在学者归之，去来常数百人	
米芾	吴人		芾为文奇险
吕南公	建昌南城	于文不肯缀缉陈言。退筑室灌园，不复以进取为意。益著书。以"衮斧"名所居斋	意有余而文不足
周邦彦	钱塘	疏隽少检。自太学诸生一命为正，居五岁不迁，益尽力于辞章	好音乐，能自度曲，词韵清蔚，传于世
刘弇	吉州	弇少嗜酒，不事拘检	为文卓诡不凡

从上面两表可以看出,北方人物与南方人物在性格上具有明显不同。从中可见,南北方地区都有士人急于仕进的记载。这种情况,在宋初更为突出。造成这一问题的根源,显然不能仅从地域文化来看。北宋科举制度在取士数量、考试密度、仕进待遇等方面,较之唐五代有非常大的变化,客观上为士人实现抱负、改变生活境遇和生存状态提供了可能,当是更为重要的原因。

将程民生对《四库全书》所收北宋文集的诗文风格所作的总结与上述统计分析进行对比,可以看出南北方人物的性格特征分别对应着的诗文特征如表3-5所示。

表3-5　　　　　　南北方重要人物性格特征与诗文特征对照

	性格特征	诗文特征
北方地区	不拘小节、雄放、善饮酒、好经术、狂逸、无检操、慷慨、急进、有大志、跌宕任气节	豪放、雄、劲、放、质
南方地区	不拘检、爱读书、超然物外、安贫乐道、不慕仕进、好奇、精密、有辞采、急进、风韵洒落	雅、典、丽、温、赡、清、新、奇、敏

对比南北方地区文化特质来看,地域文化所造成的地域人物的性格与其诗文特征具有非常密切的关联。单纯来看,这种关联是容易理解的。在《尚书》《史记》《汉书》直到《旧唐书》《新唐书》等史籍中,大量的记载都证明,地域地理与文化之间存在着一定联系。作为人类精神生产的记载物,诗文反映着作者的情感,在很大程度上也表露出作者的情志,显然,地域文化特质必定与诗文的风格相联系。不过,过于直接的联系,往往会掩盖一些历史真相。如果我们不去就这两者的简单联系进行考察,而是换一个角度,对北宋诗歌审美范型的确立与不同地域文化所造成的影响来看待这一问题,则地域文化特征对诗人心态的影响,进而对北宋诗歌范型的确立发生作用,作为一条影响诗歌史发展的重要因素,其意义就凸显了出来。

三　北宋诗歌与南北文化地域性之关联

既然方回对北宋诗歌流派的总结被以后的文史专家所共同承认,那么,我们就以此为根据,来研究地域文化对诗歌审美范型的确立所发挥的影响。正如研究者所指出的那样,在宋初三体之后,标志着北宋诗歌开始树立自我风貌的代表性作家如范仲淹、欧阳修、苏舜钦、梅尧臣等,逐步融合南北方文化。在他们身上,地域文化所独有的特质,已经逐渐让位于由大一统的国家所孕育的整体性文化。这时候，地域文化对于诗歌范型确立的影响和意义，已经不太明显了。因此，我们对北宋地域文化对于诗歌审美范型确立影响的考察，主要以宋初三体为代表进行说明。

众所周知，宋初风行诗坛的为三体：白体、晚唐体与西昆体。宋初诗歌审美范型的确立，当取决于两个因素，一是创作者的因素，二是士人的接受性因素，只有诗歌类型成为创作者所乐于追摹的范式，且成为风尚，而且，这种范式和风尚又为一般士人所接受、承认，代表一定时代的诗歌审美范型才能得到确立。因此，理论上我们可以从这两个方面来认识地域文化及其影响下的士人对于诗歌审美范型得以确立的意义。不过，鉴于要对这两方面进行剥离比较困难，因此，我们在这里采用较为模糊的方式进行处理，只举出那些具有明确文献记载和经过今人翔实研究所得出的诗派代表性人物，来进行说明。

先看地域人员构成对于诗歌审美范型确立的意义。为了论说方便，将方回的论述转引如下：

> 宋铲五代旧习，诗有白体、昆体、晚唐体。白体如李文正、徐常侍昆仲、王元之、王汉谋；昆体则有杨、刘《西昆集》传世，二宋、张乖崖、钱僖公、丁崖州皆是；晚唐体则九僧最逼真，寇莱公、鲁三交、林和靖、魏仲先父子、潘逍遥、赵清献之父，凡数十家，深涵茂育，气极势盛。欧阳公出焉，一变为李太白、韩昌黎之诗，苏子美二难相为颉颃，梅圣俞则唐体之出类者也，晚唐于是退舍。苏长公踵欧阳公而起，王半山备众体，精绝句、古、五言或三谢，独黄双井专尚少陵，秦晁莫窥其藩。张文潜自然有唐风，别成一宗，惟吕居仁克肖，陈后山弃所学学双井，黄致广大，陈极精微，天下诗人北面矣，立为江西派之说者铨取或不尽然。①

正如前人所指出的，方回的上述总结并不准确和完整。如徐锴卒于南唐，而总体风格倾向于"白体"的宋太宗，无论如何都应该被列入"白体"诗人群体之中。而据今人研究，白体诗人还应该包括李宗谔、李至等人。此外，诗风与白体相近的诗人，还有窦仪、陶谷、卢多逊、范质、

---

① 方回：《桐江续集》卷三二《送罗寿可诗序》，上海古籍出版社影印文渊阁四库全书本，第662页。

王溥、薛居正、扈蒙、李至、宋白、张齐贤、吕端、曹衍、向敏中等人。① 晚唐体诗人或诗风与晚唐体相近的诗人，有陈抟、种放、潘阆、杨朴、伍彬、王操、赵湘、寇准、林逋、魏野、王嵒，以及"九僧"即希昼、保暹、文兆、行肇、简长、惟凤、惠崇、宇昭、怀古等。西昆体诗人，除了《西昆酬唱集》中所含的17人即杨亿、刘筠、钱惟演、李宗谔、陈越、李维、刘骘、刁衎、任随、张咏、钱惟济、丁谓、舒雅、晁迥、崔遵度、薛映、刘秉之外，杨亿所谓"后来著声者，如路振、钱熙、钱易、梅询、李拱、苏为、朱严、陈越、王曾、李堪、陈诰、吕夷简、宋绶、邵焕、晏殊、江任、焦宗古"② 等，都可以看作是西昆体的后续作家。而王鼎、王绰、文彦博、赵抃、胡宿、夏竦、王珪、王祺、宋祁、余靖等，也可以视作西昆体诗派的后期代表性人物。③ 当然，上述统计还不能完全包含宋初一些重要作家，如杨亿提到的梁周翰、范宗、黄夷简、郑文宝、薛映、刘师道、李建中、姚铉、陈尧佐等人。④另外，还需注意的是，西昆体某些作家，如杨亿、舒雅、刁衎、张咏、晁迥、李维、李宗谔、刘秉等，早年都学过白体。

按照地域不同，将宋初三体人物统计如下。

白体：北方人物有宋太宗、李至、李昉、李宗谔、窦仪、陶谷、卢多逊、范质、王溥、薛居正、扈蒙、李至、宋白、张齐贤、吕端、曹衍、向敏中、王禹偁，南方人物为徐铉。

晚唐体：北方人物为陈抟、种放、潘阆、杨朴、伍彬、王操、寇准、林逋、魏野、王嵒等，南方人物为潘阆。"九僧"即希昼、保暹、文兆、行肇、简长、惟凤、惠崇、宇昭、怀古等，籍贯难明。

西昆体，北方人物有张咏、晁迥、文彦博、赵抃、夏竦、王珪、王祺、宋祁、余靖等。南方人物有杨亿、刘筠、钱惟演、李宗谔、陈越、李维、刘骘、刁衎、任随、钱惟济、丁谓、舒雅、崔遵度、薛映、刘秉之外，还有路振、钱熙、钱易、梅询、李拱、苏为、朱严、陈越、王曾、李堪、陈诰、吕夷简、宋绶、邵焕、晏殊、江任、焦宗古、王鼎、王绰、胡宿等。

由上述统计可见，白体诗人多为北方人。可以设想，由于北方地区士

---

① 张兴武：《宋初百年文学复兴的历程》，第93页。
② 阮阅编著：《诗话总龟前集·卷十二·警句门上》，人民文学出版社1987年版，第140页。
③ 张兴武：《宋初百年文学复兴的历程》，第104页。
④ 阮阅编著：《诗话总龟前集·卷十二·警句门上》，人民文学出版社1987年版，第140页。

人多习经术，而对文学有所疏离，加之宋初北方人的文化层次较低，所以，对于诗歌创作的风格追求，必然是倾向于浅近、明白易懂，而便会倾向于追求词藻华丽、文辞斐然。显然，白体诗风的特征，是与北方地区总的文化风尚相联系的。

而晚唐体派诗歌，其作者也主要为北方人。自然，北方人的文化风尚与文化环境，会给诗歌创作者产生影响。如果说，白体、晚唐体诗派诗风，主要受到了北方文化的影响，那么，西昆体诗风则多受南方文化的熏陶。西昆体在审美追求上，推崇深隐、渊博、典雅、华美；主张以雅言、英词、藻思写闲情逸兴。由此也不难看到西昆体的诗歌成就与得失：长处在于对仗工稳，用事深密，文字华美，风格整饬典丽；短处在于缺少真挚的情感，往往徒有华丽外表。从诗歌题材看，西昆体主要学习李商隐的咏史诗、咏物诗与无题诗；从诗歌创作技巧上看，主要学习李商隐诗歌的多用典、心思深隐、讲究词藻华美与色调渲染。显然，南方文化中的注重词藻、词语富赡、人多才气等，在西昆体诗派诗风中体现得非常明显。而西昆体表现出的缺点，仍然也与南方文化有关。其缺点正是南方文化更倾向于文学而缺少经学素养等有更多的关系。

上文以"宋初三体"为例，对此时期诗歌品格与地域文化之间的关系进行了考察。通过上述考察，可见北宋地域文化对"宋初三体"诗歌品格具有一定影响。由此亦可推知，北宋地域文化对于彼时诗歌品格当具有一定作用。不过，作为历史悠久的重要文学形式，地域文化因素对诗歌品格的影响，其发挥影响的力度和表现方式，乃至是否定当发挥影响，是有很大差异的。北宋诗歌亦受到了文化制度、党争等文化生态的影响，地域文化较之这些文化生态要素而言，对北宋诗歌所发生的影响作用，往往是断续的和不怎么强有力的。尤其是，北宋科举制度、宋初及南宋书院流行等，造成了不同地域士人为了科举或者求学而频繁地变动住所，这就打破了固有的地域文化影响所带来的文化地域品格，很大程度上改变着士人的文化心理。北宋中期开始，南文与北道传统逐渐融会于大一统政治格局下的文化整合，亦对士人的地域文化特质产生了很大影响。不过，即使在如此背景下，北宋地域文化对于特定历史时期包括诗歌在内的诸文学样式的发展流变乃至品格生成，亦起到了重要的影响，这是值得注意的。[①]

[①] 参见张兴武、沈松勤等人相关论述。

第二节 北宋洛阳地域文化与居洛
诗人诗歌主题

洛阳文化无疑是北宋最具特色的地域文化类型之一。自周代开始，作为文化中心的洛阳，在很长历史时期都是不同历史王朝的风向标。入宋后，作为陪都的城市政治地位、延续了唐五代以来向儒好学的文化传统、特殊的地理位置与丰厚的文化积淀，成就了洛阳鲜明的地域文化特色。洛阳文化所孕育出的诗歌创作团体、重要代表性作家，以及对包括诗歌在内的文化产生重要影响的理学家等，在两宋文化发展史上具有重要的地位。对此进行考察，显然是有意义的。

一 洛阳地域文化类型及特征

周成王时周公营雒邑，开后代王朝经营洛阳之始。洛阳作为中国古都之一，秦置县，汉后历为河南郡、司州、洛州、河南府、河南路治所。东汉、三国魏、西晋、北魏（孝文帝后）、隋（炀帝）、武周、五代时期的唐等，先后定都在此。新莽、唐及五代的梁、晋、汉、周皆以洛阳为陪都。北宋建国后，沿梁、晋之旧，以洛阳为西京，为京西北路府治所在。依《宋史·地理志》记，崇宁年间有户一十二万七千七百六十七，人口二十三万三千二百八十。下辖县十六：河南、洛阳、永安、偃师、颍阳、巩、密、新安、福昌、伊阳、渑池、永宁、长水、寿安、河清、登封。监一，阜财。北宋洛阳位当交通要道，东为汝、颍，西被陕服，南略鄢、郢，北抵河津。优越的城市政治地位、丰厚的文化积淀、特殊的地理位置，对形成独具特色的洛阳地域文化起到了决定性作用。对此，《宋史·地理志》总结道："洛邑为天地之中，民性安舒，而多衣冠旧族。然土地褊薄，迫于营养。盟津、荥阳、滑台、宛丘、汝阴、颍川、临汝在二京之交，其俗颇同。"[①] 因中唐之后多战乱，造成了唐、邓、汝、蔡之地天地无主，旷田很多，因此，宋太宗迁晋、云、朔之民于京、洛、郑、汝之地。而后洛阳等垦田颇广，人民比较富庶。连带而及，文化亦迅速繁荣起来。

洛阳文化中令人瞩目的是自唐而后沿袭不断的精英文化。《宋史》卷

---

① 脱脱等：《宋史》，中华书局1977年版，第2115—2116页。

二六二记洛阳刘温叟："唐末五代乱，衣冠旧族多离去乡里，或爵命中绝而世系无所考。惟刘氏自十二代祖北齐中书侍郎环俊以下，仕者相继，而世牒具存焉。"① 说明洛阳"衣冠旧族"仍然能够继其传统。而这一传统在入宋后得到了承传："温叟事继母以孝闻，虽盛暑非冠带不敢见。五代以来，言执礼者惟温叟焉。立朝有德望，精赏鉴，门生中尤器杨徽之、赵邻几，后皆为名士。"② 实际上，自晚唐以来，洛阳士族便有尊崇礼教、重视儒学的向学传统。《宋史》卷四三一记："聂崇义，河南洛阳人。少举《三礼》，善《礼》学，通经旨。汉乾德中，累官至国子《礼记》博士，校定《公羊春秋》，刊板于国学。"③ 卷二六四又记："沈伦，字顺仪，开封太康人。……少习《三礼》于嵩、洛间，以讲学自给。"④ 《宋史》卷二六五记张齐贤晚年致仕后居洛，"训子侄率令务学……宗诲子子皋、子安、子庚、子定，宗礼子子奭、子膺皆擢进士第"。⑤ 上述文献说明，入宋后，洛阳仍然延续晚唐以来的向儒好学传统。自晚唐五代以来，以传统儒学为基本知识构成的精英文化，历经政治腐败以及战乱冲击而处于衰微的境地，加之彼时佛教、道教文化的兴盛，导致精英文化中的礼乐文化，特别是礼乐文化的重要载体世系谱牒、经学，以及由此而发育出的忠孝、好学等传统几乎丧失殆尽，因此，洛阳一地保留有如此之密集的精英文化，就形成北宋建国之后独具特色的文化景观，而为时人所瞩目。要知道，洛阳的这一以儒学为核心内容的精英文化，要比北宋中期倡导和推行儒学的"宋初三先生"之教育活动早半个多世纪。洛阳作为宋初儒学重镇的地位，直到宋仁宗朝才相对衰减。宋仁宗即位后，由于"宋初三先生"尤其是胡瑗之学的推广，蜀中宇文止止、古灵学派陈襄等人的教育活动的普及，以及宋真宗"诫饬时文"诏书实施所带来的文学新貌，洛阳作为儒学中心的地位虽然没有消失，但伴随着各地尤其是南方儒学的昌盛，其影响力已经不如宋初八十年。

北宋"西京"的重要政治地位，延续自唐五代的儒学文化传统，都对洛阳成为宋初八十年文化精英聚集之地有促进作用。洛阳的文化精英群

---

① 脱脱等：《宋史》，中华书局 1977 年版，第 9071 页。
② 同上书，第 9073 页。
③ 同上书，第 12793 页。
④ 同上书，第 9112 页。
⑤ 杜人珪：《名巨碑琬琰之集》（下）卷二，第 450 册，第 681 页。

体，发展了洛阳的儒学文化和精英文化。"据清代陆继辂、魏襄纂修的《河南洛阳县志》，北宋官员为西京留守或知河南府事的，亦为数不少。吕蒙正、钱惟演、张方平等当过西京留守，而以各种身份知河南府事的官员更多，王化基、何承矩、向敏中、李至、冯拯、寇准、陈尧佐、张士逊、李迪、王随、章得象、夏竦、晏殊、宋庠、文彦博、蔡襄、王拱辰、韩绛、范纯仁、范百禄、李清臣等皆是。"① 重视儒学的文化传统，使洛阳文化格外得到士大夫的重视。这当然与北宋建国之后推行的科举考试制度密切相关。科举考试重视对于儒学经典和儒学精义的考察，洛阳一直传承了正统的儒学文化，显然占据了文化的制高点。这在北宋建国之初各地儒学传承久已荒芜的情形下，其文化意义是不言而喻的。北宋名臣文彦博总结道："洛城冠盖敦名教。"② 元人吴澄言："由汉及唐，名士大夫居洛者不一，而皆未若宋中世之盛。"③ 北宋西京曾聚集了大量官僚士绅，他们一般比较注重道德修养，以儒学传家。今人通过对北宋洛阳文化特征进行研究后，总结其文化特征有："敦名重教"、"尊师重学"、"贵齿尚贤"、"闲适逸乐"等④，而这些文化特征，显然是受到儒家传统文化影响而产生的结果。

　　洛阳文化中还传承了唐代的隐士文化与消遣休闲文化。在唐代，洛阳因其同时存在分司、留守府、河南府县、使职官四大官僚体系，而影响到洛阳文化的生成与发展。亦因此故，洛阳治政崇尚清净。这一传统对宋代洛阳文化特征的形成具有重要影响。大概与继承唐代以来的这种政治传统有关，北宋洛阳文化亦尚清净，民乐其土。因此，北宋时期洛阳本地士人往往"慨然有山林意"，这就不可避免地导引出洛阳文化的重隐居、重休闲传统。如《宋史》卷四五七》记种放："放沉默好学，……父尝令举进士，放辞以业未成，不可妄动。每往来嵩、华间，慨然有山林意。"⑤《宋史》卷二六五》又记张齐贤："归洛，得裴度午桥庄，有池榭松竹之盛，日与亲旧觞咏其间，意甚旷适。"⑥《宋史》卷二六五》记吕蒙正："蒙正

---

① 洪本健：《两京地区人文自然环境与北宋大臣的致仕卒葬》，《湖北大学学报》（哲学社会科学版）2011 年第 6 期。
② 文彦博：《潞公文集》卷六，台湾商务印书馆影印文渊阁四库全书本，第 622 页。
③ 吴澄：《吴文公集》卷四一《十贤祠堂记》，文渊阁四库全书本，第 436 页。
④ 参见张祥云《西京河南府研究》，博士学位论文，河南大学，2010 年，第八章第二节。
⑤ 脱脱等：《宋史》，中华书局 1977 年版，第 13422 页。
⑥ 同上书，第 9158 页。

至洛，有园亭花木，日与亲旧宴会，子孙环列，迭奉寿觞，怡然自得。"①可见，北宋很多重臣晚年都以寻求洛阳园亭养老作为人生最后的理想。退休官僚选择洛阳作为人生最后的优游消闲之所，促进了作为优游闲适、消遣休闲的洛阳文化类型的发育和生成。

洛阳隐士文化与消遣休闲文化，当与洛阳自然山水与自唐以来园林及其遗迹众多有密切联系。洛阳的化度寺、白傅坟、龙门、封禅坛、玉女峰等，都是洛阳人乐于游玩的景点。相应的，这些自然风光与山水景致，就成为士人乐于在诗篇中歌咏的重要内容。洛阳亦有不少的私家园林，是士大夫赏玩雅集的好去处。米芾《西园雅集图记》，记录了元祐时苏轼等在驸马都尉王诜宅园聚会的情景。李格非《洛阳名园记》记有当时洛阳的众多名园：如赵普的赵韩王园、吕蒙正的吕文穆园、富弼的富郑公园、司马光的独乐园等。这种特殊的地理与人文环境，为洛阳文化增添了特殊的文化景观，吸引了大批的士人徜徉其中并在其诗歌中反复歌咏。如欧阳修明道年间为洛阳钱惟演幕僚，便创作了大量的山水纪游诗，有《游龙门分题十五首》、《雨后独行洛北》、《陪府中诸官游城南》、《嵩山十一首》、《双桂楼》、《律诗五十八首》（注云：天圣明道间未第时及西京作）等。而翻检邵雍居于洛阳时所作，可见其在徜徉山水间而又时时"以心观物"而体贴天道、人道的独特理论建构与诗意把握。

洛阳文化也对宋代理学形成提供了丰厚的文化土壤。因洛阳北面山地的独有地况，自唐代开始，洛阳之北的山地，就是著名的墓葬选区。到了北宋，洛阳成为皇陵所在。自唐至宋，士大夫能够葬于洛阳，实际上已经成为身份的象征。天津古籍出版社1991、1992年出版的《隋唐五代墓志汇编》共27册，其中《洛阳卷》即占到了15册，可见洛阳名人墓葬之多。入宋之后，"据《河南洛阳县志》卷二〇军墓记，葬于洛阳一带的达官显贵有钱俶、石守信、曹彬、潘美、张咏、范雍、寇准、范仲淹、范纯仁、文彦博、富弼、张商英、杨偕、陈希亮、吕海、程颢、程颐、程琳等。需要补充的是，据太宗皇帝御制《赵中令公神道碑》，赵普葬于'洛阳北邙之原'，高怀德、蔡齐、包拯均葬于巩县宋陵，曹玮也葬于西京附近。"② 按照钱穆先生的说法，死生即沟通了天人之际。退休官僚云集洛

---

① 脱脱等：《宋史》，中华书局1977年版，第9148页。
② 洪本健：《两京地区人文自然环境与北宋大臣的致仕卒葬》，《湖北大学学报》2011年第6期。

阳以终老，自然就会导引出洛阳文化中对于人生价值、意义与终极归宿的探索。而这正是宋代理学从心性角度切入儒学道德形而上探讨的重要理路。可以说，洛阳文化中关注死生、重视丧葬的传统，对宋代理学生成与发育都起到了重要的影响。

在宋初很长一段时期，作为唐代重要文化遗存地的洛阳，从诗歌创作而言，也继承了晚唐诗风。欧阳修《六一诗话》载："唐之晚年，诗人无复李、杜豪放之格，然亦务以精意相高。"同书记有晚唐人如周朴诗句："风暖鸟声碎，日高花影重。"又云："晓来山鸟闹，雨过杏花稀。"[①] 而这一传统入宋后，为当时的"九僧"所沿袭，并形成宋初重要的诗歌流派"晚唐体"。作为承袭晚唐文化的洛阳，当然亦继承了晚唐这一诗风特征。寇准等为官洛阳，就与"九僧"中的惠崇等人在洛阳有一些诗歌唱酬。入宋后，作为承载传统言志功能的洛阳士人的诗歌，自然会传达出洛阳文化的地域特征，而在诗歌题材、主题及诗歌意象等方面体现出来。

洛阳以儒家传统为核心的精英文化及隐士文化、休闲消遣文化与丧葬文化，成为洛阳文化景观中引人瞩目的重要特征。这一文化特性培养、孕育出相应的具有鲜明地域文化特征的士人集团以及大量的士人创作群体。之中，士人因各种原因聚集交往，因其政治地位、文化水平等而对洛阳文化精英以及洛阳文化起到引领作用。而洛阳文化中的固有因子，也时时投射到这些士大夫创作中，凝聚为士人作品的文化精神和艺术风貌。不仅如此，洛阳作为首都或陪都的政治地位，自然沉淀了历代王朝的兴衰存亡经验，也凝聚了历史上著名人物在洛的功业伟绩、出处穷达及人生际遇的各种事件。另外，历代经营洛阳，其建筑、园林、文化遗迹以及自然风景等，都成为洛阳的文化景观。可以说，洛阳的政治地位、悠久历史传统、丰富多样的人文自然景观，经常成为洛阳士人因此而为写作诗歌的"兴"所依托的对象。如洛阳市南郊伊河两岸的龙门山，又如洛阳的厚载门、永济桥、天津、洛川、伊河等，往往成为洛阳诗歌的重要文学意象。

二 洛阳文化、洛阳士人团体及其诗歌创作

洛阳独特的政治地理特征、精英文化堆积以及致仕休闲文化等特性，深刻地影响到洛阳文学的面貌及其发展历程。北宋洛阳文化对彼时文学尤其是诗歌发展的重要影响，首先便是洛阳文化对士人团体的形成及其文学

[①] 何文焕编：《历代诗话》，中华书局1981年版，第267页。

创作起到了重要影响。

入宋后，早期洛阳文化精英在对经学、史学认真研习的同时，并没有表现出对诗歌创作的充分重视。即使因致仕退养洛阳的官僚，也并不重视以诗歌创作打发闲暇生活。相应地，士人也没有因唱酬应和诗文结成较为固定的文人团体。这一情形到了仁宗朝才开始出现变化。其中，钱惟演文学团体及其诗歌创作，成为北宋仁宗朝颇为引人注目的文学风景。其原因在于，作为"西昆体"代表人物的钱惟演，是吴越归顺宋庭的吴越王钱俶后人，其文化地位非常重要。钱惟演被认为是"白体"的代表性诗人。钱惟演以其地方主要官员而兼文学前辈的身份，本人尤喜筵宴优游，其身边聚集了尹洙、梅尧臣、欧阳修等人。此时的洛阳地域文化，对欧阳修、梅尧臣产生了重要影响。

洛阳沿袭了晚唐文化的因子。晚唐诗歌重视雕琢、格调不高等特征，对钱惟演文人团体产生了影响。作为钱惟演文人团体中的重要成员之一的欧阳修，在其为洛阳推官期间，创作了很多诗篇。欧阳修天圣九年（1031）进士及第，五月授将仕郎，试秘书省校书郎充西京（洛阳）留守推官。是时，钱惟演为西京留守，史称"幕府多名士"。欧阳修与尹洙、梅尧臣等"日为歌诗"，写有《古诗四十七首》，其中多为山水风景及游玩之作。明道元年（1032），欧阳修自春及秋，与谢绛等人两游嵩山。有诗《游龙门分题十五首》、《吊黄学士三首》、《雨后独行洛北》、《陪府中诸官游城南》、《被檄行县因书所见呈僚友》、《嵩山十一首》、《与谢三学士绛唱和八首》等。明道二年（1033），欧阳修又写有《律诗五十八首》等。欧诗在嘉祐元年（1034）返回汴京之前的作品，多是模仿晚唐体诸人而作。这一段时间，他多方探索学习诗歌的途径，与梅尧臣等人交流诗艺，并写有《拟玉台体七首》，诗歌创作上取得了一些成绩。但就此期欧诗题材来看，他的诗歌大多是写景之作，虽然诗篇非常讲究对偶、用字，风格精巧，但格调不高，诗中的景与情结合往往不够紧密，整体而言，与晚唐贾岛、姚合等人的诗风比较相近。如作于明道二年的《早春南征寄洛中诸友》："楚色穷千里，行人何苦赊。芳林逢旅雁，候馆噪山鸦。春入河边草，花开水上槎。东风一尊酒，新岁独思家。"[1] 诗歌第二联对偶精切，全诗没有豪迈的气概和新奇的物象，所表露出的情感也很琐屑普

---

[1] 傅璇琮等主编：《全宋诗》，北京大学出版社1993年版，第3780页。

通，这正是晚唐诗歌的特征。其时，作为唐陪都的地位，洛阳在很大程度上保留了晚唐诗风的一些特征。可以说，这对欧阳修的诗歌创作产生了重要的影响。值得注意的是，欧阳修向晚唐诗风学习，事实上贯穿了其创作的整个过程，如在嘉祐二年（1057）欧阳修已经51岁，写有《刑部看竹效孟郊体》，标志着欧阳修即使在其诗名满天下之时，仍然推崇孟郊诗歌。但值得注意的是，欧阳修诗歌主体风格形成的历程，正好是他从洛阳为官期满，回到汴京开始的。这说明，欧阳修在洛阳期间，不仅与谢绛、梅尧臣等人交游酬唱来写作闲适诗、游玩山水诗，洛阳精英文化中的儒学文化，也对其诗歌风格的形成产生了重要影响。

洛阳文化也对当时钱惟演幕府其他成员的诗歌创作产生了巨大影响。如梅尧臣，在天圣九年作有很多风景诗：《春日游龙门山寺》、《锦竹》、《废井》、《茶灶》、《水荭》、《黄河》、《梅花》、《依韵和希深立春后……过午桥庄》。关于写作这些诗歌的背景，可以明道元年梅尧臣调河阳主簿时，欧阳修写诗送行所作的"诗序"《送梅圣俞归河阳序》来说明："……吾尝与之徜徉于嵩洛之下，每得绝崖倒壑深林古宇，则必相与吟哦。"① 记叙了其作诗的情景与场合。而梅圣俞作《新秋普明院竹林小饮得高树早凉归并序》云："余将北归河阳，友人欧阳修与二三君具觞豆，选胜绝，欲极一时之欢以为别。……酒既酣，永叔曰：'今日之乐，无愧于古昔，乘美景，远尘俗，开口道心胸间，达则达矣，于文则末也。'命取纸写普（夏校：当为昔之误）贤佳句，置坐上，各探一句，字字为韵，以志兹会之美。"② 由此可见，洛阳丰富的自然地理风景、社会游玩风尚与流行的晚唐诗风，对欧阳修、梅尧臣等都产生了重要的影响。从彼时欧阳修、梅尧臣等人的诗歌创作来看，洛阳丰富的人文遗存与多彩的自然风光，是钱惟演幕府中人乐于表现的。

洛阳文化亦对以邵雍、二程等理学生成有一定影响。在邵雍、二程之前，洛阳地区就有种放、张无梦等在终南山一带聚徒讲学。而种放所授，儒学是重要内容。洛阳文化重视儒学的这一传统，终于在北宋中叶催生了以邵雍、二程为代表的新儒学。反过来，邵雍、二程的理学思想也提升了洛阳文化的品位，洛阳文化得以在更大范围乃至全国推广开来，成为两宋

---

① 欧阳修：《欧阳修全集》卷六六，李逸安点校，中华书局2001年版，第963页。
② 傅璇琮等主编：《全宋诗》，北京大学出版社1993年版，第2724—2725页。

重要的儒学文化起源地。

　　邵雍少时读书百源山，又得李之才传授，青年时代已经学有所成。之后，他有十多年的漫游求学经历，据《宋史》所记，"逾河、汾，涉淮、汉，周流齐、鲁、宋、郑之墟"。经过一段很长时期的游学，他终于认识到"吾道自足，何须外求"，于39岁定居洛阳，其原因是"道在兹矣"①。这里，邵雍明确提出"道在兹"，其"道"所指，显然是洛阳文化中的深厚儒学积淀和具有悠久儒学传统的文学品格。邵雍在《小车吟》中认为洛阳"仁义园圃"，《首尾吟》又讲洛阳为"道德园林"，可见其对洛阳文化尤其是以儒学为核心的精英文化的尊崇。洛阳流传日久的伏羲文化、河图洛书文化，都对邵雍的先天之学体系形成具有重要的启迪生发作用。邵雍诗歌里经常咏及洛阳的儒学文化底蕴、隐士情怀等，都是洛阳文化的重要组成部分。依《宋元学案》所记，与邵雍交游而互相促进的士人有富弼、程珦、张载、程颢、程颐等。列于邵雍门人的即有邵伯温、王豫、张瑎、吕希哲、吕希纯、周明纯、田述古、尹材、张云卿、张峋、周长孺、杨贤宝、姜愚、张仲宾、侯绍曾、郑夬、秦玠等②。这些以儒学名家的士人，对丰富和发展洛阳儒学文化，起到了很大的推动作用。

　　程颢四十岁退居洛阳后，专事讲学著述。他强调"存养"、"体贴"工夫。《宋史·道学传》记程颢教育经验："教人自致知至于知止，诚意至于平天下，洒扫应对至于穷理尽性，循循有序。"③ 而程颐强调"能文者谓之文士，谈经者谓之讲师，惟知道者乃儒学也"④，宗旨在于"君子之学，必至于圣人而后已"⑤。二程的这些主张，立足传统儒学而又启开了理学新思想的发展方向。程颢、程颐在洛阳期间以讲学方式传播、研究儒学，为后来理学的发育发展奠定了重要基础，后来南宋闽学、湖湘之学等，都得其沃灌而成长起来。依《宋元学案》所列，程颢门人有刘绚、谢良佐、杨时、游酢、吕大忠、吕大钧、吕大临、侯仲良、刘立之、朱光庭、田述古、邵伯温、苏昞、邢恕等。⑥ 程颐门人有刘绚、程端中、吕希

---

① 脱脱等：《宋史》，中华书局1977年版，第12726页。
② 黄宗羲：《宋元学案》，中华书局1986年版，第363——364页。
③ 脱脱等：《宋史》，中华书局1977年版，第12717页。
④ 程颢、程颐：《二程集》卷六，中华书局1981年版，第95页。
⑤ 程颢、程颐：《二程集》卷二五，中华书局1981年版，第318页。
⑥ 黄宗羲：《宋元学案》，中华书局1986年版，第535—536页。

哲、谢良佐、杨时、游酢、吕大忠、吕大钧、吕大临、尹焞、郭忠孝、王苹、周行己、许景衡、田述古、李朴、范冲、杨国宝、萧楚、陈渊、罗从彦、杨迪、吕义山、张绎、马伸、吴给、周孚先、周恭先、晏敦复、袁溉、焦瑗、周纯明等。① 上述诸人，如田述古等皆能够转益多师，可见当时求学风气。

洛阳文化也催生了退休官僚或者政治失意团体的消闲隐逸诗歌创作风尚。自唐代白居易晚年在洛阳参与、组织文人集会后，致仕或者政治失意官僚相与集会便成为洛阳的文化传统，也被士人视之为风雅之举。据《齐东野语》卷一载，北宋早期的诗人张维便写有《太守马大卿会六老于南园》诗，表达出对洛阳士人雅集风尚的推崇："他日定知传好事，丹青宁羡洛阳图。"② 张维卒于1046年，这算是北宋较早推崇洛阳文人雅集的记载。又据《事文类聚》前集卷四五载，庆历末杜衍与王涣等在睢阳组织过五老会。但要论及北宋官僚相与雅集，又以北宋熙宁、元丰年间，从朝廷权力中心引退的文彦博、范镇、富弼、吕公著、司马光、范纯仁，以及以道学自重的邵雍、程颐、程颢等人为成员的士人集团具有代表性和影响力。这一时期出现的"洛阳耆英会"先后由文彦博、富弼、司马光等人主持。包括：

五老会：元丰三年（1080）九月成立。成员有文彦博、范镇、张宗益、张问、史炤5人。

耆英会：元丰五年（1082）成立。成员有富弼、文彦博、席汝言、王尚恭、赵丙、刘几、冯行己、楚建中、王慎言、张问、张焘、王拱辰、司马光共13人。

同甲会：元丰六年（1083）成立。成员有文彦博、司马旦、程珦、席汝言共4人。

真率会：由司马光主持，继承前述诸会，活动时间在元丰后期。成员先后有司马光、范纯仁、司马旦、席汝言、王尚恭、楚建中、王慎言、宋道、鲜于侁、祖无择共10人。

上述文人团体人物，时间相近，活动多有交叉，总体可视为同一个社团。其成员去除前后重复者，共有文彦博、范镇、张宗益、张问、史炤、

---

① 黄宗羲：《宋元学案》，中华书局1986年版，第585—586页。
② 傅璇琮等主编：《全宋诗》，北京大学出版社1993年版，第827页。

富弼、席汝言、王尚恭、赵丙、刘几、冯行己、楚建中、王慎言、张焘、王拱辰、司马光、司马旦、程珦、范纯仁、宋道、鲜于侁、祖无择等22人。① 这些退休或者因政治原因暂时引退的官僚集于洛阳，他们相与酬唱交游，而创作了大量的闲适优游诗歌。其诗歌题材无非是优游岁月，抒发闲适之情。如杜衍《睢阳五老图》："五人四百有余岁，俱称分曹与挂冠。天地至仁难补报，林泉幽致许盘桓。花朝月夕随时乐，雪鬓霜髯满座寒。若也睢阳为故事，何妨列向画图看。"原注："杜衍八十岁，王焕九十岁，毕世长九十四，冯平八十七，朱贯八十八。"② 这些诗歌在当时影响是很大的。欧阳修就有《借观五老图次韵为谢》："脱遗轩冕就安闲，笑傲丘园纵倒冠。白发忧民虽种种，丹心许国尚桓桓。鸿冥得路高难慕，松老无风韵自寒。闻说优游多唱和，新篇何惜尽传看。"③ 诗篇中表达出自己对唱和诸公的艳羡之情。这些诗作，虽有唐代白居易居于洛阳与诸退休官僚优游唱和之先例，但在北宋形成规模并具有重要文化影响的，还是要算洛阳文人团体为最。洛阳以文彦博、司马光等人倡导而形成文人团体后，各地慕其风而响应，一时在全国很多地方都形成了致仕官僚相与唱酬集会并写作诗歌的热潮。《齐东野语》记载的睢阳至和五老会，《中吴纪闻》记载的吴中九老会等，都是时人对洛阳官僚群与雅集集会的响应。

由上述可见，因为洛阳自唐而延续下来的为精英文化阶层所看重的儒学文化，以及因政治失意或致仕官僚而热衷的休闲隐逸文化，对宋代士人阶层形成文学团体起到了重要的作用。而这些士人团体以其大量的诗歌创作，又为洛阳文化增添了亮丽的文学风景。洛阳文化是这些文学团体赖以形成的文化土壤。这些文人团体的文学创作，反过来又成为洛阳文化的时代表现与文化积累。这些文学现象和文学事件，代表了北宋文学的重要成就。洛阳文化影响下的士人文学创作，成为北宋文学发展历程的重要因素和组成部分。

三 北宋为官居洛士人、居籍洛阳士人及其诗歌主题

洛阳地域文化，不仅影响到洛阳文人团体的诗歌题材、风尚，也影响到洛阳诗人诗歌取材、诗歌主题和诗歌风格。客观地说，要考察洛阳文化与北宋一百六十多年的诗歌发展之间的关系，其难度是相当大的。但如果

---

① 参阅周扬波《洛阳耆英会与北宋中期政局》，《洛阳大学学报》2007年第3期。
② 傅璇琮等主编：《全宋诗》，北京大学出版社1993年版，第1597页。
③ 同上书，第3694页。

我们缩小范围，来考察在洛士人的诗歌创作，分析洛阳文化与这些士人诗歌创作中所体现出来的若干特征，或许也能说明若干问题。以《全宋诗》1—13册所录诗人进行统计，可见洛阳士人诗歌创作情况。

依《全宋诗》所录作者考察可见，洛阳诗人群体可以分为三个大的类型：

第一类：居籍洛阳士人。居籍洛阳的士人，又包括两部分。一部分是老死洛阳，并不迁徙的士人。这类士人在北宋数量应该是比较多的，但就现存诗歌来看，只有李渎等数人，不足以说明洛阳士人诗歌与洛阳文化的关联。李渎史称其"好古不乐仕进"，与魏野为中表兄弟。《宋史》本传记其"家世多聚书画，颇有奇妙。……往来中条山中，不亲产业，所居木石幽胜。谈唐室已来衣冠人物，历历可听。……王旦、李宗谔与之世旧，每劝其仕，渎皆不答。"《全宋诗》录其诗："行到水穷处，未知天尽时"①，据《渑水燕谈录》载乃其辞世前梦中所得。诗歌可能亦是抒发其乐于隐逸的主旨。另外，部分人是籍贯洛阳，但外出做官的士人。据《全宋诗》统计可见，这一类士人数量较多，有聂崇义、郭忠恕、黄子棱、李九龄、安德裕、何承矩、吕蒙正、种放、赵安仁、王承衍、王曙、安鸿渐、富言、王随、滕宗谅、尹洙、富弼、程珦、王尚恭、王复、刘几、冯行己、董传、楚建中、王谨言、李寔、王益柔、种古、种诊、赵君锡、王说、程颢、程颐等33人。这一类士人的诗歌创作，从诗歌主题而言，具有下列特征：

居籍洛阳的士人，其诗歌重视抒写建功立业、修德等传统儒家士人的抱负和志向。这一诗歌主题是洛阳士人乐于抒写的重要题材，在其诗歌中占据了重要分量。如据《玉壶诗话》记载，聂崇义建隆三年为学官。郭忠恕使酒咏其姓玩之曰："近贵全为聝，攀龙即是聋。虽然三个耳，其奈不成聪。"崇义应声反以"忠恕"二字解嘲曰："勿笑有三耳，全胜畜二心。"显然是以儒家重视的"忠"作刺。②又吕蒙正（946—1011），洛阳人，曾任参知政事、同中书门下平章事，与至道元年（995）出知河南府。后于景德二年（1005）春致仕归洛。他写有《尹洛日作》："昔作儒生谒贡闱，今提相印出黄扉。……邻叟尽垂新鹤发，故人犹著旧麻衣。洛

---

① 傅璇琮等主编：《全宋诗》，北京大学出版社1993年版，第841页。
② 释文莹：《玉壶清话》卷二，丛书集成初编本，中华书局1991年版，第18页。

阳漫道多才子，自叹遭逢似我稀。"①《青箱杂记》记："（吕蒙正）初有友二人，一人则温尚书仲舒，一人忘其姓名，而三人誓不得状元不仕。"②后吕蒙正、温仲舒均及第出仕。其他一人，吕蒙正累举而不起。《青箱杂记》认为"故人犹著旧麻衣"句乃吕氏"斥其友归隐者"。吕诗反映出作者主张逢时而建立功业的思想。又种放有诗《论蒙》："王者在谦小，夙惟尧舜心。拜言尊贤仁，慎德弃珠金。"③其中含有儒家重视慎独修身、推行王道的仁政理想。而在其《寄怀》诗中，又有因"目睹荣辱心潜惊"而生发出"清风满壑石田在，终谢吾君甘退耕"④的感慨，这也是儒家学说中的隐退思想。又滕宗谅有与范仲淹、欧阳修唱酬《剑联句》、《鹤联句》，如《鹤联句》有"愿下八佾庭，鼓舞薰风琴"⑤等，表露出重视自重其才、济世建功思想。总的来看，洛阳士人诗歌非常重视抒写"济天下"的儒者入世情怀，而重视自我修养德行、高尚其志的思想，也占有一定比重。

居籍洛阳的士人，其诗歌重视抒写历史事件、历史兴亡主题。洛阳士人往往重视经史。如李九龄于开宝六年（973）与卢多逊、扈蒙等人修《五代史》。李九龄有诗《读三国志》："有国由来在得贤，莫言兴废是循环。武侯星落周瑜死，平蜀降吴似等闲。"⑥诗篇具有卓越的历史见识。又洛阳人何承矩（946—1006），据《方舆胜览》卷二三记，太平兴国年间，何承矩知潭州游文昭园，因守园吏云该园"昔属马家，今归赵氏"，而以提壶鸟鸣声起兴，作诗云"马家公子好楼台，凿破青山碧沼开。啼鸟不知人事变，数声犹傍水边来。"⑦之间透出作者深沉的历史兴亡感慨。可见，洛阳地域文化对洛阳士人产生了影响，并成为洛阳士人思想深层的文化积淀。洛阳士人不仅在咏史诗中，也在游览、纪事等诗歌题材中，表露出其深沉的历史兴亡感慨。如王说（1028—1101），写有《广胜寺》，中有"自古兴亡安足问，世间人事转头非。"⑧透露出对历史的沉思。又

---

① 傅璇琮等主编：《全宋诗》，北京大学出版社1993年版，第516页。
② 吴处厚：《青箱杂记》卷一，唐宋史料笔记丛刊本，中华书局1985年版，第2页。
③ 傅璇琮等主编：《全宋诗》，北京大学出版社1993年版，第820页。
④ 同上书，第819页。
⑤ 同上书，第1974页。
⑥ 同上书，第265页。
⑦ 同上书，第516页。
⑧ 同上书，第7550页。

如程珦（1006—1090）写有《咏濯缨亭》，中有"西园胜迹名天下，唐相经营用意工。……濯缨泉洁存遗迹，促轸亭空想旧风"①，之间有深沉的历史兴亡感慨，含蓄蕴藉。

居籍洛阳的诗人，其诗歌亦重视抒写向往归隐故土、思乡恋家等情怀。由五代入宋的洛阳人黄子棱，五代时随父入闽，居福建建阳东观山。写有《题所居》，中有"世上几多名将相，门前谁有此溪山"②句，虽然描绘的是福建建阳所居情景，但洛阳人的向往归隐情怀由此可见。又如王曙（963—1034），写有《答子》："疏家子叹挥金后，御寇妻悲遗粟回。争似吾儿知止足，陶庐容膝早归来。"③诗句虽以赞子知足家园生活为主旨，但其中诗人乐归田园生活之意跃然纸上。再如洛阳士人富言（969—1031），在远离家乡的南国为官，写有《游灵岩》，中有"登临眺望关河远，惹起乡思恋国愁"④，亦可见洛阳士人的家国情怀。

总的看来，居洛士人的上述诗歌主题，反映出洛阳文化的影响。洛阳文化中的儒学传统、深厚的历史积淀与王朝兴亡更替，已经内化为洛阳士人的文化心理。而自视文化优越的文化心理，以及洛阳富有名园和山水风光的特征，又是洛阳士人思家念归的重要精神寄托。

在居洛士人的诗歌创作中，需要重视的是程颢、程颐的性理诗。二程之诗诗风很相近，其中程颢诗歌存世较多。程颢多用纪游诗、写景诗来表达自己的理学思想以及人生感悟。在诗中他所抒发的性理主题有：一是抒写天地万物为一体主题。如其《和诸公梅台》、《后一日再和》、《戏题》、《和咏草》、《秋日偶成》（之二）、《是游也得小松黄杨各四本植于公署之西窗戏作五绝呈邑令张寺丞》等；二是"乐意"主题。包括安贫乐道之"乐"、因定性而和乐、天地生趣之乐等。如程颢反复强调"槛前流水心同乐，林外青山眼重开"（《和尧夫西街之什二首》），"醉里乾坤都寓物，闲来风月更输谁"（《和尧夫首尾吟》），"道人不是悲秋客，一任晚山相对愁"（《题淮南寺》）等，都是抒写心因"定性"而和乐的主题。⑤

---

① 傅璇琮等主编：《全宋诗》，北京大学出版社1993年版，第3467页。
② 同上书，第155页。
③ 同上书，第1080页。
④ 同上书，第1258页。
⑤ 参见王培友《论两宋"理学诗派"的文学特质及其历史地位》，《中国文化研究》2011年春之卷。

第二类：因各种原因而居洛的士人。据《全宋诗》1—13册统计，这一时期居于洛阳而有诗作存世的诗人有47人。又可以分为三部分：

一是大部分因贬谪而居官洛阳的诗人。考察可见，这一部分士人一般具有重要的政治身份，大部分是具有"同平章事"身份，往往以参知政事或者枢密使、宰相而外遣任命为知河南府。真宗朝后，也有以某部侍郎身份居洛的，但这种情况并不多。这些暂居洛阳的政治人物，往往因政治事件或者被弹劾而外任，虽获任知洛本身就表明了最高统治者并没有深究其过失的意图，但毕竟居洛也说明了这些官僚居于暂时的政治失势的生存状态。如张齐贤于淳化二年（991）以枢密副使参知政事，数月后拜吏部侍郎同中书门下平章事，四年后因事罢相，为尚书左丞知河南府。又如宋庠为参知政事、枢密使，同中书门下平章事，因其子与匪人交结而出知河南府。类似的情况还有晏殊、夏竦、韩绛、钱惟演、吕公著、司马光、张士逊、李至等人。

二是非贬谪而居官洛阳。这一类士人，往往是荣升或者才华卓异而为官洛阳。如谢涛、杨亿、晁迥、欧阳修等人皆是。

三是籍贯外地而移居洛阳，后不再迁居的士人，如邵雍等。由外地而移居洛阳的士人，似乎不多。

上述三部分士人的诗歌创作，如果把邵雍诗作主题单列说明的话，则以贬谪而居官洛阳的士人诗歌创作主题，可以包括因荣升或者才华卓异而为官洛阳的士人诗歌主题。总的看来，居洛士人的诗歌主题主要有以下几种：

诗歌重视抒写洛中风景。除了属于升迁或者因为才行卓异而被安置居洛诗人之外，因被贬而居洛的士人诗歌，大多又与士人贬谪遭遇结合在一起。很多诗即以风景起兴，而抒发自己遭受贬谪之后居洛之落寞失意之情。宋庠（996—1066），开封雍丘人，后迁徙安州之安陆。初仕襄州通判，后为参知政事、枢密使，官至同中书门下平章事。庆历三年（1043）因其子与匪人交结而出知河南府。他在洛阳写有多首抒写洛阳风景的诗，如《洛城秋雨》有句："霜月兼寒雨，高斋伴寂寥。已能阴漠漠，更自韵萧萧。宫回天低阙，津长雾失桥。芦灰迷桂晕，梁屋掩霞朝。烟重兰摧叶，风凄柳劲条。远沉缑鹤唳，轻送洛鸿飘"[1]，以秋雨洛阳之风景，极写贬官居洛之失意心境。宋庠又有《西都官属咸备尹政得以仰成……仍

---

[1] 傅璇琮等主编：《全宋诗》，北京大学出版社1993年版，第2219页。

以东园吏隐命篇云》，诗篇抒写贬官居洛之后的日常生活，有山沼池田、河平荷盖之属，诗以洛中风景起兴，抒发出自己遭遇贬职时的落寞心境。① 当然，居洛士人有的诗歌内容也比较单纯，只写洛阳风景，如宋庠《五鼓度洛水谒九龙祠祷雨马上作》："跨陌津桥十里亭，前骖横绝犯严更。银河荡漾斜垂地，瑶斗阑干倒倚城。苑阔树头迷阙影，川长烟外认滩声。农畴闵雨心祈切，上尽丛祠日未明。"② 诗记深夜出城祷雨事，但大部写洛中风景。

当然，居洛诗人有的诗歌直接抒发因被贬而心有怵惕、愤懑之情。夏竦（985—1051），庆历七年为宰相，旋改枢密使，封英国公，随后罢知河南府。作有《再徙西都咏青雀寄张昇谏院》："弱羽伤弓尚未完，孤飞谁敢拟鸳鸾。明珠自有千金价，莫为游人作弹丸。"③ 诗篇前两句说出了自己政治斗争失意而被贬居洛的不平，后两句劝张昇警惕审慎使用讽谏之权，免受他人利用。除此之外，居洛士人也写有纯粹抒写洛阳风物的诗篇。除了前文提到的欧阳修、梅尧臣多有写作洛阳风物的诗作之外，如钱惟演（962—1034），晚年判河南府，就写有"日上故陵烟漠漠，春归空苑水潺潺"④ 之句。

诗歌因洛阳名物而起兴，抒发历史兴亡更替主题。以这种方式抒发对历史兴亡更替主题的诗歌，在居洛士人诗歌中并不太多。宋庠有《过汉洛阳故城》："汉家遗堵满山川，六里东西遂渺然。寒日似愁圭影地，秋风真作黍离天。五株杏发陵无邑，一项茅荒井失田。更叹道边多弃骨，可能犹为直如弦。"⑤ 诗篇写洛阳故城遗迹，以之起兴来抒发历史感慨主题。

诗歌抒发士人退隐情怀。宋庠有《岁晏思归五首》，其一有句"含毫虽踯躅，自欲赋归田"，其二有句"归与堪击壤，况复值唐勋"，其三有句"欲将知止意，归谢汉恩侯"，其五有句"白云无消我，归意本区区"，均是吐露倦于仕宦而思归之情。⑥ 张齐贤（943—1014）在大中祥符五年（1012）以司空致仕退居洛阳后，写有《致仕后戏赠故人》："午桥今得晋

---

① 傅璇琮等主编：《全宋诗》，北京大学出版社1993年版，第2232页。
② 同上书，第2240页。
③ 同上书，第1818页。
④ 同上书，第1070页。
⑤ 同上书，第2254页。
⑥ 同上书，第2202页。

公庐，花竹烟云兴有余。师亮白头心已足，四登两府九尚书。"① 因子孙辈颇有人担任朝廷要职，自己又能够退隐居洛而自得。

重视抒发文采风流等高致情怀。宋庠有《留台吴侍郎时泛小舟临玩清洛辄成拙诗奉寄》："闻有沧洲尚，时时清洛滨。烟波能弄楫，沙鸟不惊人。佛髻寒排岫，星桥晚跨津。湍鸣知乱石，漪碎觉跳鳞。玉匕停余剂，华缨濯故尘。今无李元礼，仙袂许谁亲。"② 前两句点明清洛之滨曾有的士人高洁交谊，之间写洛水之滨的风景，最后四句提及思慕与同道作遗世交游之愿望。文彦博有《近闻有真率会呈提举端明》："近知雅会名真率，率意从心各任真。颜子箪瓢犹自乐，庾郎鲑韭不为贫。加笾只恐劳烦主，缉御徒能困倦宾。务简去华方尽适，古来彭泽是其人。"③ 表达出自己的推崇之情。

诗歌推崇儒学。谢涛（961—1034），据《渑水燕谈录》载，其晚年"分务洛中"，作有《梦中作》："百年奇特几张纸，千古英雄一窑尘。惟有炳然周孔教，至今仁义浸生民。"④ 表达出对儒学的推崇之情。韩绛（1012—1088），元丰六年出知河南府。写有《答尧夫先生》，中有"君子志于道，出处非一端。伊尹负鼎俎，颜渊乐瓢箪"⑤，表达出对儒学的推扬。与韩绛诗歌主题相似，文彦博、司马光等人都有诗与邵雍唱酬，同样表现出时人对邵雍信奉儒家精神的推扬。范纯仁有诗《次韵景仁寄君实决乐议之作》记载了退养洛阳士人的安逸游乐生活："……朝恩俯从欲，幸忝留司官。……西都多巨公，贤哲罗衣冠。……用舍系所逢，明哲固能安。"⑥ 可见居于洛阳的士人，其进退系由最高当局安排，而不得不优游以卒岁的矛盾心情。而邵雍诗歌中，多有对儒家穷通出处、安贫乐道的体贴，亦有关心民生、关注国运的思考。他的诗歌因为实现"观物"目的的需要，自然就会专注于"见性"、"见道"而非依靠"造境"、"写境"来主要通过"景"与创作主体的心志结合来抒情，这种情况，必然导致诗歌创作主体要通过议论来直抒心性，而不是依靠艺术技巧表现、抒发其

---

① 傅璇琮等主编：《全宋诗》，北京大学出版社 1993 年版，第 503 页。
② 同上书，第 2222——2223 页。
③ 同上书，第 3539 页。
④ 同上书，第 1045 页。
⑤ 同上书，第 4841 页。
⑥ 同上书，第 7404 页。

情感，并且，诗中的主旨一定是摒弃了个体的偏见、私欲的情感，亦即邵雍特别强调的"性"。南宋大儒魏了翁在《邵氏击壤集序》中有评价："邵子平生之书，其心术之精微在《皇极经世》，其宣寄情意在《击壤集》。凡立乎皇王帝霸之兴替，春秋冬夏之代谢，阴阳五行之运化，风云月露之霁暗，山川草木之荣悴，惟意所驱，周流贯彻，融液摆落，盖左右逢原，略无毫发凝滞倚着之意。"①（《鹤山集》）其实，仔细推勘邵雍诗歌内容，还要丰富的多，主要诗歌内容有咏史、交游、纪事、写景、季节主题等，但以表达其性理主题的内容为最多，如此大量的性理主题诗篇，这在之前是很少见的。②

第三类：籍贯本非洛阳而退养洛阳的士人。这部分士人亦有不少，如张齐贤、文彦博、张师锡、吕公著、范雍等人。一般而言，因致仕而退养洛阳的士人，其诗歌创作几乎全是吟咏优游闲适之情。其中又以参与司马光等人组织的耆英会、真率会诸人写作的诗歌最有代表性。《河南通志》卷六九记："文彦博，字宽夫，介休人。天圣五年举进士，逮事四朝，任将相五十余年，封潞国公。元丰二年，以太师致仕，居洛阳。与富弼、席汝言、王尚恭、赵丙、刘几、冯行己、楚建中、王慎言、张问、张焘、司马光、王拱辰仿白居易故事，就弼第置酒相乐，尚齿不尚官。已而图形妙觉僧舍，谓之洛阳耆英会。光为文序其事。"③ 司马光有诗《和子骏洛中书事》："西都自古繁华地，冠盖优游萃五方。比户清风人种竹，满川浓绿土宜桑。凿龙山断开天阙，导洛波回载羽觞。况有耆英诗酒乐，问君何处不如唐。"④ 诗作对洛阳描摹风物之外，也对优游生活充满了自得之意。范纯仁有《子骏作真率会招安之不至二首》，其一曰："乡闾贵老宁牵强，德齿俱尊合便安。况是耆英会中客，须同八十主人看。"⑤ 诗中提及年老、贵德、尊齿等内容，恰是耆英会诗歌反复吟咏的主题。

总的看来，居洛士人诗作多重描摹洛中风物，有的是以这些风景物情为起兴方法，来抒发作者遭遇贬谪时的失意落寞；有的则纯为展现洛中风

---

① 魏了翁：《鹤山集》卷五二，台湾商务印书馆影印文渊阁四库全书本，第584页。
② 参见韩经太主编《中国诗歌史》（宋代卷）第四章"理学诗派"，人民文学出版社2012年版。
③ （清）孙灏、顾栋高等编：《河南通志》卷六九，台湾商务印书馆影印文渊阁四库全书本，第327页。
④ 傅璇琮等主编：《全宋诗》，北京大学出版社1993年版，第6208页。
⑤ 同上书，第7441页。

物,并无更多思想。值得注意的是,居洛士人也好,居籍洛阳而外出做官的士人也好,其诗歌多有对历史兴亡盛衰的反思,尤其是在居洛士人的诗歌中,这一主题反复出现。另外,居洛士人诗作中对儒学的推扬和重视,乃至对儒学命题的反复吟咏,成为这一时期一个值得注意的现象。特别是邵雍、二程的性理诗,成为两宋后来作者写作理学诗的重要范型。上述诗歌主题,连同重视抒发文采风流、归隐等情怀的诗篇,共同组成了居洛士人、洛阳籍士人诗歌的重要主题。

四 结论:洛阳地域文化与士人诗歌品格之关系

由上文可见,洛阳地域文化对籍贯为洛阳的士人,以及居洛士人的诗歌创作产生了重要的影响。

其一,是洛阳以儒学为代表的精英文化,孕育了重视儒学精神的士人,他们重视实现现世抱负,重视树立崇高德行,特别是重视体贴、推究儒学义理,这些思想反映在他们的诗歌创作中,就表现出洛阳文化对于诗歌主题及审美取向的影响。

其二,洛阳文化上承中晚唐文化而来,中唐白居易的白体,晚唐文化尤其是诗歌的琐屑、气象衰瑟、重视锤炼字句等风尚,也对北宋前期的诗歌创作产生了巨大影响。这些诗歌创作风尚,又通过居于洛阳的一些士人诗歌创作,持续地对北宋诗歌发展产生了重大影响。

其三,洛阳地域文化中的精英文化,也直接催生出洛阳籍士人和居洛士人重土思乡,以及抒发文采风流等情怀。而这一思想反映在其诗歌创作中,使其诗人诗作具有了不同于他地士人诗作的特有风尚。

其四,洛阳地域文化中的消遣休闲文化,也影响到居洛士人以及居籍洛阳士人的诗歌创作。如耆英会等诗歌创作主题,便是直接受到了这种文化风尚的影响。

需要注意的是,居籍洛阳的士人以及居洛士人的诗歌创作,同时也成为洛阳地域文化的重要组成部分,并在历史发展进程中,逐渐成为洛阳地域文化的重要特征,又对随后的诗歌创作发生着影响。但从其发展源头而言,洛阳地域文化对居籍洛阳士人和居洛士人诗歌创作的影响,显然是更为重要的。

第三节 两宋京城士人交游与其诗歌创作的趋同性

诗歌创作主体的生活环境以及由此决定的情趣、心志与生活内容,往往从创作者个人主观世界与所生活的客观世界两个方面,对诗歌的题材内容、诗歌主旨、审美取向、诗境构成等方面产生影响。无可否认,创作主体在诗歌创作方面具有能动性,举凡诗旨、诗歌内容、审美情趣等都与作者的能动性取舍紧密相关。但从根本上讲,诗人生活环境、场所,以及由此而具备的政治、经济与文化条件,仍然制约着创作者并通过创作者的能动性而反映在诗歌中。由此而言,创作者的能动性往往受制于作者生活的客观条件。

这对宋代诗歌创作者来讲,可能表现得更为明显一些。其原因在于,由于特殊的政治环境、科举制度、朝廷家法等各种因素集合下的时代背景,造就了北宋诗人尤其是仁宗朝以后的诗人,特别注重发挥诗歌的载道功能,重视诗歌在现实政治生活中的比兴、讽谏和导向功用。由此而言,北宋中后期的诗歌多注重以议论来发表意见,以议论来表达对于"道"体与"道"用的体悟与实践。显然,从诗歌创作主体的生活环境来入手,考察对其诗歌创作的影响和作用,能够加深我们对于北宋诗人诗歌特质的成因的认识。较之地方仕宦而言,居京诗人之间的交往具有文化层次高、交游密切频繁等特点。由此,北宋居京诗人在交游过程中所写作的诗歌,往往具有在诗歌主题、内容、审美取向等方面的趋同性。

一 个案:王禹偁等人在京的诗歌创作情况与其京城交游

北宋诗人官职升黜是非常频繁的。这种情况,固然是由于北宋政治体制下言事官、中枢官与任事官的互相制约所致,但王权家法与党争的激烈也是重要原因。抛开政治因素不论,这种升黜固然是对仕宦者个人造成了情志的不畅和人生的多难,因此引发出他们种种的人生感慨与思想冲突,但也正因此而带来了宋诗的某些变化。比如说,诗人的在京诗歌创作与京外诗歌创作在很多方面就表现出显著的差异性。下面以王禹偁、欧阳修等人的在京诗歌创作情况与京外诗歌创作情况进行对比。

淳化元年(990),王禹偁三十七岁,此时王禹偁诗歌创作风格已经基本成熟。本年王禹偁在京为官。本年正月，太宗御乾元殿受册尊号，改元淳化，王禹偁摄中书侍郎，捧玉册玉宝。己卯（初二）诏改乾明节为寿宁节，王禹偁又押诸方表案。赵普四上表求致政，表皆王禹偁作。正月二十一日，赵普罢相，王禹偁代之作《让西京留守表》。可见，王禹偁因其杰出的文学才能，为朝廷要员所重视。三月赵普赴西京，王禹偁作诗《送赵令公西京留守》。春，田锡赴陈州任。王禹偁作诗七首送之。本年王禹偁有诗作：《送姚著作之任宣城》、《送田舍人出牧淮阳》、《送夏侯正彦奉使江南》、《送馆中王正言使交趾》、《七夕应制》、《送柴郎中使高丽》、《和陈州田舍人留别五首》、《贺将作孔监致仕》、《送密直温学士西京迁葬》、《寄田舍人》、《送赵令公西京留守》、《送同年刘司谏通判西都》、《贺范舍人再入西掖》、《酬赠田舍人》、《太一宫祭回，马上偶作，答韩德纯道士》、《送筇杖与刘湛然道士》、《送戚维戚纶之阆州亳州》、《送陈侯之任同州》、《送朱九龄》。从王禹偁本年诗作来看，其诗歌用途主要集中于送别诗、和人诗、致贺诗、寄诗、应酬赠诗、应酬纪事诗、应制诗。这说明，王禹偁在京为官，其生活中的一个重要内容是与人交往。就诗题来看，王禹偁与之应酬的人物具有一定官职的士人为多。显然，王禹偁在京的生活交际圈子，相对来讲是较为狭窄的，这大概与宋初朝廷严禁官员交往、游宴等制度有关。

　　与王禹偁交际圈子受到政治制约不同，到了仁宗中后期，朝廷已经放宽了朝臣私下交往的限定，不光是一般的朝廷官员，就是在真宗朝不允许随便见客的言事官都可以在暇日同官员交往。这种情况，必然影响到此期的诗人的日常交往。如嘉祐二年，欧阳修五十一岁，本年欧阳修基本在京为官。本年欧阳修有诗：《答梅圣俞莫登楼》（在礼部贡院锁试进士，上元夜作）、《答圣俞莫饮酒》、《思白兔杂言戏答公仪忆鹤之作》、《戏答圣俞》、《和梅龙图公仪谢鹇》、《和梅圣俞感李花》、《折刑部海棠戏赠圣俞二首》、《刑部看竹效孟郊体》、《乐哉襄阳人送刘太尉从广赴襄阳》、《奉酬扬州刘舍人见寄之作》、《西斋手植菊花过节始开偶书奉呈圣俞》、《于刘功曹家见杨直讲褒女奴弹琵琶戏作呈圣俞》、《长句送陆子履学士通判宿州》、《送公期得假归绛》、《答梅圣俞大雨见寄》、《子华学士……病夫遂当轮宿辄成拙句奉呈》、《礼部贡院阅进士就试》、《和梅圣俞元夕登东楼》、《再和》、《又和》、《忆鹤呈公仪》、《答王禹玉见赠》、《答王内翰范舍人》、《戏答圣俞持烛之句》、《小桃》、《戏书》、《春雪》、《和梅公仪尝茶》、《和公仪赠白鹇》、《再和》（用其韵）、《和梅圣俞春雨》、《出省有日春事》、《和较艺将毕》、《喜定号和禹玉内翰》（用其韵）、《和出省》（国朝之制：礼部考定卷子，奏上字号，差台官一人拆封出榜）、《送郑獬先辈赐第南归》、《和原父扬州六题》、《送梅龙图公仪知杭州》、《送沈学士康知常州》、《圣俞在南省监印进士试卷有兀然独坐之叹……子华景仁》、《琴高鱼》、《和景仁试明经大义多不通有感》、《和刘原甫平山堂见寄》。又，嘉祐四年，欧阳修五十二岁，本年在京为官。本年有诗：《送宋次道学士敏求赴太平州》、《谢观文王尚书举正惠西京牡丹》、《送朱职方表臣提举运盐》、《尝新茶呈圣俞》、《次韵再作》、《乐郊诗》（为刘原甫作）、《洗儿歌》、《奉答圣俞达头鱼之作》、《归天四时乐春秋二首》（秋冬二首命圣俞分作）、《来燕堂与赵叔平王禹玉王原叔韩子华联句》。从嘉祐二年、嘉祐四年欧阳修诗歌来看，其诗歌用途主要集中于送别诗、交际应酬诗、寄诗（包括寄送诗、寄答诗）、纪事诗、答谢诗、和诗（包括相和次韵诗、分作诗、联句诗）、游戏诗。上述诗歌用途，在很大程度上，也表现出诗歌的主旨来。显然，欧阳修在京写作诗歌的主旨、诗歌内容等，较之王禹偁都有了一些显著变化，但整体而言，欧阳修在京诗也体现出与王禹偁在京诗的一个基本特征，那就是多与人唱和而写诗。

那么，北宋诗人在地方为官时，其写作的诗歌用途以及诗歌主题、诗歌内容是不是与其在京诗有差异呢？我们还是以王禹偁、欧阳修的诗歌为例，进行分析。

雍熙二年（985），王禹偁三十二岁，在长洲任内。有诗：《陆羽泉茶》、《投柴殿院三十韵》、《东邻竹》、《南园偶题》、《戏赠嘉兴朱宰同年》、《春日官舍偶题》、《寄献翰林宋舍人》、《吴江县寺留题》、《献转运使雷谏议二首》、《罗思纯鹤毙，为四韵吊之》、《即席送许制之曹南省兄》、《中元夜宿余杭仙泉寺留题》、《赠草庵禅师》、《言怀》、《题响屧廊壁》、《中秋月》、《赠采访使阁门穆舍人》、《泛吴松江》、《献转运副使太常李博士》。从上述诗篇看，王禹偁在为地方官时，仍旧有不少寄送诗，这与王禹偁时时想通过致诗与在京为官的大人物通融以实现回京为官的打算有关。实际上，北宋因事外贬为官的诗人，往往多有这种内容的诗歌。王禹偁只不过是一个较为明显的例子罢了。除此之外，王禹偁为地方官时的诗歌按照其用途来言，还有咏物诗、咏怀诗、游戏诗、纪事诗、送别诗、纪游诗、赠诗等。从诗歌题材和内容的种类而言，王禹偁为地方官时的诗歌，较其在京诗的一个明显的不同，是题材的种类增多了，咏怀、咏物、纪游诗等，成为其诗歌的重要内容。

景祐四年（1037），欧阳修三十一岁。本年三月，欧阳修至许昌娶薛简肃公奎女，九月还夷陵，十二月壬辰移光化军乾德县令。有诗：《三游洞》、《下牢溪》、《虾蟆碚》、《劳停驿》、《龙溪》、《黄溪夜泊》、《黄牛峡祠》、《松门》、《下牢津》、《千树红梨花》、《金鸡五言十四韵》、《和丁宝臣游甘泉寺》、《松门》、《县舍不种花惟栽楠木冬青茶竹之类因戏书七言四韵》、《至喜堂新开北轩手植楠木两株走笔呈元珍表臣》、《戏答元珍》、《初晴独游东山寺五言六韵》、《夷陵书事寄谢三舍人》、《戏赠丁判官》、《寄梅圣俞》、《代赠田文初》。

庆历六年（1046），欧阳修四十岁。在滁自号醉翁。有诗：《送章生东归》、《啼鸟》、《游琅琊山》、《读徂徕集》、《大热二首》、《幽谷泉》、《百子坑赛龙》、《憎蚊》、《秋晚凝翠亭》（探韵作）、《菱溪大石》、《送孙秀才》、《新霜二首》、《书王元之画像侧》（在琅琊山）、《送京西提刑赵学士》、《寄题宜城县射亭》、《题滁州醉翁亭》。

从欧阳修景祐四年、庆历六年在地方官任上所作诗篇来看，其诗歌用途主要集中于纪事诗、纪游诗、和人诗、游戏诗、寄送诗、酬答诗、送别诗、寄题诗、题画诗、读书诗。较之欧阳修为京官时所作诗篇，欧阳修为地方官时所写的诗篇其题材与内容更为广泛，但整体而言，也表现出一个显著特征，就是与人交往的诗篇显著减少，而咏怀、独思、纪游等内容多了起来。

上述王禹偁、欧阳修在担任地方官时所写作的诗篇情况说明，诗人在京为官与在地方为官，由于仕宦遭遇不同，所接触的人群文化素养不同，甚至在地方为官时，很难找到志同道合者相与酬唱，因此，纪游诗、抒怀诗等偏重于抒写个人生活和心理活动，这些诗歌内容占据了地方仕宦诗人诗篇的大多数。而京城仕宦诗人则正好相反，由于特殊的地理环境、政治环境，他们所交往的人群文化层次普遍较高，特别是在仁宗朝中后期除"干谒法"之后，他们相与酬唱机会较之地方仕宦诗人更多。显然，内外任的不同文化环境影响到诗人的生活，并影响到诗人的情感志向，诗人在诗篇中无论是抒情也好，还是言志也好，以及诗篇所承担的其他功能也好，都受到了这种特殊环境的影响和制约。可见，北宋诗人在京为官与在地方上为官，会影响到其诗歌内容、题材的选择，这种选择，自然也影响到其诗歌主旨、诗歌诗境的构建等方面。那么，对此进行深入分析，就显出在诗歌研究史上的重要意义来了。

二 诗人京城交游的方式与诗歌创作

由上文可见，北宋诗人京城交游对其写作诗歌产生了影响。根据文献记载以及诗篇题目的内容，可以考察出北宋诗人京城交游的方式有下列几种。

诗人的走访与雅集活动。梁建国先生以苏轼在东京的交游为中心，对与苏轼有交游的人员进行了详尽的考察。他得出结论，"宋代士人不仅以'通经学古为高'，而且以'救时行道为贤'，东京能够为他们提供经世致用的广阔舞台。……宋代士人的政治与学术追求往往并行不悖，相辅相成，因而政治中心的东京也凝聚着浓厚的学术氛围。""文学、绘画以及书法等艺术门类在北宋的革新也多是以东京为背景舞台。古文运动中的杨亿、刘筠、柳开、穆修、欧阳修、王安石、苏轼、曾巩等，诗坛的欧阳修、王安石、苏轼、黄庭坚，词坛的柳永、苏轼，书法界的'苏、黄、米、蔡'四大书法家，文人画派的创始人文同以及其他代表人物米芾、李公麟等，这些当时不同艺术领域中各领风骚的时代精英，大都有过东京的生活与经历。他们在东京从事艺术创作的同时，也彼此往来过从，一起鉴赏、切磋、讨论、磨砺，这些活动必然成为文化繁荣的助推剂。"① 上文除了把杨亿、刘筠、柳开、穆修等人看作是"古文运动"的参与者而犯了基本的文学史常识错误以外，其基本观点是正确的。梁先生同时也指出，"士人在朝堂之外的交游渗透于各种类型的都市空间，既有衙署、寺观、酒肆、茶坊等公共空间，又有住宅、庭院等私人空间，特定性质、类型的空间所提供的交游环境、所烘托出的交游气氛，都为士人的交游定下了基调。"可以说，京城士人的走访与雅集活动，对于创作主体的诗歌创作影响是很大的。对此，下文将予以具体分析。

诗人之间的寄送诗篇与和诗活动。由于北宋邮铺与邸铺的便利，北宋诗人之间经常用邮递的方式互相联系，写诗传递信息，交流感情，提高技艺。这种传递，不仅存在于同时在京的官僚之间，也存在于京官与外任官

---

① 梁建国：《朝堂之外：北宋东京士人走访与雅集——以苏轼为中心》，《历史研究》2009年第2期。

第三章　两宋地域文化与诗歌品格　·163·

之间。上节所举王禹偁在担任外任官时，多有诗篇寄送在京官员，希望他们援手使之回京就是显例。值得注意的是，在京诗人互相之间寄送诗篇的应酬活动，对诗歌创作产生了重要影响。如皇祐五年（1053）六月，江休复、刁约、吴奎、韩绛、杨畋等人在范镇宅中饮酒，后赋诗记述此事，刘敞、梅尧臣都有诗唱和，韩维虽未与会，但有和诗。刘敞作《和江十饮范景仁家晚宿……作五古》，梅尧臣作《依韵和江邻几癸巳六月十日……慨然有感》，韩维作《和邻几馆宿观伯镇题壁有作》。从上述三首诗作可见，作为在京诗人寄送诗篇的交游方式之一，和诗这种形式对诗人创作诗篇产生了重要影响。作为寄送相和诗篇，上述和诗的诗歌主题、内容以及审美取向等，都意在对江邻几的境况表示同情和惋惜，同时又表达出对江之高蹈脱俗的敬佩与推崇。诗句都用同一韵部，都采用五言形式。在历史上，评价诗人诗风时，往往就诗人诗作的整体情况而作出评判。诗人之间的和诗这种情况说明，对诗人诗风的评判，也应该考虑到诗人的创作目的与诗歌的功能。

当然，在京诗人互相寄送诗篇，或者在京诗人与外任官寄送诗篇，他们的诗篇仍然可以见出互相影响的迹象。如嘉祐二年（1057）梅尧臣写有《莫登楼》，欧阳修因之而作《答梅圣俞莫登楼》。列梅尧臣、欧阳修诗作如下：

莫登楼！脚力虽健劳双眸，下见纷纷马与牛。马矜鞍辔牛服辀，露台歌吹声不休。腰鼓百面红臂䩨，先打六幺后梁州。棚帘夹道多天柔，鲜衣壮仆狞髭虬。宝挝呵叱倚王侯，夸妍斗艳目已偷。天寒酒醹谁尔侑，倚槛心往形独留，有此光景无能游。粉署深沉空翠帱，青绫被冷风飕飕。怀抱既如此，何须望楼头。①（梅诗）

莫登楼！乐哉都人方竞游。楼阙夜气春烟浮，玉轮东来从海陬。纤霭洗尽当空留，灯光月色烂不收。火龙衔山祝千秋，缘竿踏索杂幻优。鼓喧管咽耳欲咻，清风袅袅夜悠悠。莹蹄文角车如流，娅姹扶栏车两头。髟髟垂鬟娇未羞。念昔年少追朋俦，轻衫骏马今则不。中年病多昏两眸，夜视曾不如鸺鹠。足虽欲往意已休，惟思睡眠拥衾裯。

---

① 傅璇琮等主编：《全宋诗》，北京大学出版社1993年版，第3216—3217页。

人心利害两不谋，春阳稍愆天子忧。安得四野阴云油，甘泽以时丰麦麰，游骑踏泥非我愁。①（欧诗）

嘉祐二年，欧阳修负责贡举取士，梅尧臣为其属官，两人因考试锁院而唱和。从两人的往来诗篇可见，诗篇都是写上元夜游玩的情景，所不同者，是欧诗中透露出年老力疲的无奈，而梅诗则极力铺写上元夜游玩的人群之多，景物之美，以及不能投身于其中肆意游玩的惋惜之情。可见，两诗仍然是有联系的。

此外，京城士人交游雅集而写作诗歌，还有因同僚或者有交谊的官员荣升或被贬外任，而作的送别诗、饯行诗，因庆生、祝寿、吊唁等而写作的诗篇等。这些诗篇因为过于注重礼仪交际的诗歌功能的实现，因此所写内容往往千篇一律。

由上文可见，诗人京城交游而写作的诗歌，往往在诗篇的内容、形式、诗篇主题与诗风倾向上，都具有一定的相近或者相似性。

三　诗人京城交游的诗歌创作及其文学史意义

既然诗人因京城交游而写作的诗篇在很多方面具有一定的相近性，那么京城交游诗作为诗歌史的一个重要现象，就应该引起我们的注意。对此进行考察，显然具有重要价值。

首先，诗人京城交游往往重视以类相聚，讲究和合关系，交游而写作诗歌被当作切磋诗艺、密切感情、提高交游兴致的一项重要内容。由此，也就培养出诗人写作交游诗歌的文化心态。梁建国对范镇与苏辙的交游所作的考察，正好说明诗人进行交游的文化心态：

> 熙宁九年，苏辙先于其兄来到东京，起来投奔范镇。在东园（注：范镇之园）得到盛情接待，并寓居其中。多年后，他著诗《寄范丈景仁》追忆当年的情景："敝裘瘦马不知路，独向城东寻隐君。"熙宁九年范镇已经致仕闲居，故苏辙称其"隐君"。是年寒冬之际，苏辙身居东斋，对主人范镇的感恩之情油然而生，赋诗云"羁游亦何乐，幸此贤主人。东斋暖且深，高眠不知晨。"除夕，范镇与苏辙

---

① 傅璇琮等主编：《全宋诗》，北京大学出版社1993年版，第3637页。

饮酒谈心，赋诗唱酬，以解苏辙羁旅异乡的孤单。①

苏辙在与范镇除夕唱酬时写有《次韵景仁丙辰除夜》："数举除夜酒，稍消少年豪。浮光寄流水，妙理付浊醪。微阳未出土，大雪飞鹅毛。试问冰霜劲，春来能久牢。"范镇诗已佚，但苏辙与范镇唱酬诗韵部相同，想必内容亦相近。显然，宾主在相与酬唱中极尽欢娱，身边物景，心中感情，都成为诗中抒写的对象。这种情况，在欧阳修、梅尧臣等人的和诗中也是常见的。嘉祐二年（1056）六月甲子，欧阳修祈晴于醴泉观，作有《感兴五首》，题记为"斋于醴泉宫作，嘉祐元年"。诗句为：

奉祠严秘馆，摄事罄精诚。岁晏悲木落，天寒闻鹤鸣。念昔丘壑趣，岂知朝市情。弱龄婴仕宦，壮节慕功名。多病惭厚禄，早衰叹余生。未知犬马报，安得遂归耕。

怀禄不知惭，人虽不吾责。贫交重意气，握手犹感激。煌煌腰间金，两鬓飒已白。有生天地间，寿考非金石。古人报一饭，君子不苟得。忧来自悲歌，涕泪下沾臆。

清夜虽云长，白日亦易晚。循环百刻中，势若丸走坂。盈亏自相补，得失何足算。餐霞可延年，饮酒诚自损。未知辛苦长，孰若适意短。二者一何偏，百年皆不免。颜回不著述，后世存愈远。圣贤非虚名，惟善为可勉。

仕宦希寸禄，庶无饥寒迫。读书事文章，本以代耕织。学成颇自喜，禄厚愈多责。挟山以超海，事有非其力。君子贵量能，无轻食人食。

唧唧复唧唧，夜叹晓未息。虫声急愈尖，病耳闻若刺。壮士易为老，良时难再得。日月相随东，天行自西北。三者不相谋，万古无穷极。安知人间世，岁月忽已易。②

其时，梅尧臣得欧阳修、赵概等十余人推荐，于本年春入京任国子监直讲学士，作有《依韵奉和永叔感兴五首》，诗句如下：

---

① 梁建国：《朝堂之外：北宋东京士人走访与雅集——以苏轼为中心》，《历史研究》2009年第2期。
② 傅璇琮等主编：《全宋诗》，北京大学出版社1993年版，第3635页。

泉上有君子，斋祠达主诚。向来霖雨暴，触处蛟鼍鸣。既祈致日出，杲杲纾民情。天子遣以报，固菲媚取名。因成感兴章，庶用语平生。蹈道久已熟，情田不须耕。

既负天下望，必忧天下责。每闻谏诤辞，苦意多矫激。心存义勇赤，气与虹霓白。所论言必从，岂若水投石。阴邪日已销，事理颇已得。莫将经济术，抑郁向胸臆。

勿惊年齿迟，勿叹时节晚。寒松翳林麓，射干生陇坂。野蓬随飘飘，秋实缀纂纂。万物更盛衰，有益必有损。损益皆自然，曷增兔胫短。人为智虑役，白发安得免。利泽欲及时，唯恐不行远。后世岂皆愚，计校徒勉勉。

日出各驰趋，皆为利所迫。秋虫至微物，役役网自织。古来高世人，林下遗忧责。扛鼎绝膑者，乃自恃以力。积金苟如山，何异鱼贪食。①

唧唧复唧唧，长沙何太息。秋风入破衣，瘦妇思补刺。手中把长线，无帛缝不得。夜夜忧向寒，斗柄渐垂北。嫁夫欲夫富，欢乐要终极。欢乐既未能，鬓发霜花易。②

上面所举欧阳修与梅尧臣的两组诗，其内容之间的关系是非常紧密的。欧阳修在诗篇中表达出自己叹老嗟卑、惭禄虑名，以及仕宦之意图与岁月易逝的焦虑等，而梅诗针对欧诗的主题，按照欧诗诗旨的表达顺序，对欧阳修进行安慰。尤其是组诗中的第二、三、四首诗，开篇即点出诗作主题。可以说，欧梅的这一组唱和诗，在内容、诗旨、审美取向等方面，是紧密联系在一起的。

这种情况，不能不引起我们的注意。长期以来，文学史研究者对诗人诗风、诗作内容、诗人诗格等，往往孤立地进行研究，而对诗人诗风、诗旨、诗歌审美取向等产生的文化生态及其产生机制等，缺乏必要关注。通过上面的考察，我们可以得出结论：作为影响诗人诗歌创作的重要因素，诗人之间的交游，对其诗风的形成以及推动彼时诗歌的兴盛等方面，起到

---

① 傅璇琮等主编：《全宋诗》，北京大学出版社1993年版，第3194页。
② 同上。

了重大作用。这至少说明了三点：

第一，诗歌创作并非都源于内心感情的表达而产生。作者不一定在激情和灵感的作用下，才写出具有较高艺术价值的作品。较高艺术价值的诗歌，也可以在理性思维的指导和现实需要的要求下，使用类似工艺制造的手段来通过创作实现。某些文学作品可以看作是通过生产而完成的产品，这些作品在很大程度上就是一种类似按照需求而生产的物品。显然对这些作品的艺术价值的评价，也应该要以其功能的实现为前提。由此，我们评价文学艺术的尺度应该注意到这一点。可见，按照我们目前主流观点来从艺术性上评价诗歌作品，可能恰与诗歌作品产生的实际有很大距离。显然，纯粹地以艺术之美来对诗歌作品进行评价，实际上是以放弃诗歌的社会功用为代价的。由此而言，诗歌在当今社会越来越走向没落，以艺术价值的判断为首位的因素而轻视甚至是放弃诗歌的社会功用等方面的考量，应该是造成诗歌在当下走向逐渐淡出大众视野的重要原因。

第二，那些诗艺较高、又有社会地位的诗人，往往是交游写诗的主导者，他们起到引领诗歌创作风尚的作用。可以说，北宋前期的王禹偁也好，后来的杨亿、欧阳修、苏轼、黄庭坚也好，他们的诗坛地位的确立，无不是在交游中通过雅集、寄送等形式而获得的。一些诗歌创作经验和诗歌范型的确立，正是因此得以实现。如欧阳修对苏舜钦、梅尧臣的赏识及推崇，正是建立在与此二人的交游基础上，也正是因为与此二人有着频繁的交游，欧阳修才能够对他们的诗歌艺术成就给予十分精当的评价。同时，欧阳修利用了自己的政治和文坛地位，通过交游，又把此二人的诗歌广为宣扬，由此，梅尧臣、苏舜钦以及欧阳修自己的诗歌，才能够成为影响北宋诗歌发展的重要范式。又如北宋中后期盛行一时的考古器物诗的兴起，也是与以欧阳修为中心的交游分不开的。因为欧阳修对彝器钟铭等古代器物的喜好，连带而及写了一些以此为内容的诗篇，梅尧臣、刘敞等人在与欧阳修交游的过程中也陆续写作和诗以较量诗艺。因此，这一风尚得以迅速蔓延开来，复经王安石、苏轼等人的推扬，以考古器物为内容的诗篇遂成为北宋中后期值得注意的文化现象。

可见，如果从诗歌史出发来对诗人交游而写作诗篇进行评价的话，那么，长期以来我们对那些具有重要诗坛地位的诗人如何发挥作用的认识，就立刻显出不足来。过去，我们往往不太注意研究具有诗歌史地位的诗人如何发挥作用的环节、过程，因此在诗歌史研究的过程中，对于艺术产品在传播过程中的作用以及艺术价值的增值或者衰减情形没有给予重视。这种情况,实际上是忽视了作为产品的艺术品的社会功用和附着于艺术追求之上的文化价值。上述研究表明,交游对于诗人声名、技艺等方面的影响,是具有重要作用的。

第三,作为诗人文化生活和政治生活的一部分,在北宋特殊的政治文化环境中,交游写诗往往具有探讨诗歌道艺及参与政治的功用,这些功用互相叠加而混合一起,伴随着士大夫关心国是、高扬气节而出现,因形成党争而到达高潮。关于士人交游而导致政治风尚的变革,在相关文献上屡见不鲜。北宋时期,虽然朝廷明令严禁"干谒",但对一般士大夫的日常交往则是不加限制的。因此,京城仕宦的诗人往往利用闲暇时间雅集或者往来交游。由于政见相近、师友渊源等因素而形成具有集团性质的圈子,是频繁交游所带来的必然结果。自然,交游的初衷是多方面的,其最终影响历史的结果也以党争为后人瞩目。不过,从诗歌发展的角度来看待士人京城仕宦的交往,则交游诗歌本身显然对于北宋诗歌等文化艺术的发展,起到了巨大的推动作用。期间,大量的联句诗、唱和次韵诗、寄送诗、即席唱和诗等,成为后世追慕的文坛胜景,是中国历史上少见的文化盛事。

第四节　两宋不同地域娱乐游玩风气与诗歌风貌

宋人已经注意到,某一类相同或者相近的诗歌题材,其诗歌风貌具有一致性。[①] 换句话说,同一类诗歌题材的诗作,虽然作者不同,但是却表现为风格的雷同。顺次而作进一步的考察,就会发现,宋初百年以娱乐游玩内容为主的闲适诗词,在文体功能、题材与审美趋向上也具有一致性。[②] 上述问题引起了我们的思考:是什么原因导致了诗词之间、不同作者的作品之间的艺术特质具有相似性?从考察以不同地域文化中的节日娱乐游玩活动入手,对娱乐游玩与诗词之间的关系作一些梳理,可望对上述现象作一些解释。

---

① 参见陈元靓《岁时广记》,丛书集成初编本,中华书局1983年版,第115页。
② 王培友:《欧阳修诗词题材的差异性及其成因》,《学术论坛》2007年第8期。

一　不同地域以节日游玩为主线的娱乐游玩活动

宋代计有元旦、立春等二十五个节日，每隔不到十五天就有一个节日。[①] 如果我们以节日娱乐活动为主线来考察两宋娱乐游玩活动内容，就可以得到大致的印象。以成都与开封为例，杂采《北梦琐言》、《太平寰宇记》等，以是否用乐、是否使用诗词为标准，可以把北宋前中期重点节日游玩活动列表如下：

表3-6　　　　　　　　北宋前中期重点节日游玩活动

月份	成都节日及活动	开封节日及活动	其他各地
正月	1. 西蜀元月二日宴会唱词；2.《上元放灯》；3. 三夜灯；4. 四夜灯	1. 年节，开封府放关扑三日；2. 建隆年元夜灯会；3. 元宵缚山棚；4. 探春游；5. 五夜灯；6. 御赐宴；7. 寺院灯；8. 圣寿寺前蚕市	
二月	二月二日踏青节；蚕市；蜀郡守集市用乐	贴春字；撰春帖；请春词	仲春会
三月	三月三日北门宴；八日、二十一日鸿庆寺宴；二十八日游城东海云寺	游玩用乐；上巳游玩	
五月		盂兰节；龙生日	竹迷日
六月	六月初伏日游玩	都人游玩	
七月	七月七日晚宴大慈寺；七月七日晚宴大慈寺	中秋夜饰台榭；中秋欢饮；中秋府会；赐筵会。	
九月		郊外游玩；重九进词；再宴集	重九时燕
十月		天宁节	
十一月	冬至节宴于大慈寺；后一日，早宴金绳寺，晚宴大慈寺	冬至用雅乐；奉贺表如元旦；东京最重冬至节；冬至郊祀用乐；冬至休假务	作斋会；冬至作九九词。
十二月		腊日；皇帝与大臣和诗成为风尚；和诗往往替作	腊日

---

① 参见高丙中撰《民间风俗志》，上海人民出版社1998年版，第248页。

总结两宋节日游玩与娱乐活动,其主要特点是:

第一,以节日游玩为主线的娱乐活动盛行。太祖时,以节日游玩为主线的游玩娱乐活动已经成为京都风尚:"建隆年元夜,艺祖御宣德门,初夜灯烛荧煌,箫鼓间作,士女和会,填溢禁陌。"① 皇室参加民间的游乐活动,一方面是实现其娱情的需要,另一方面,也更加促进了游乐活动的开展。随着北宋国家疆土的统一,娱乐游玩风气更加兴盛。西蜀尤为著名:"成都游赏之盛,甲于西蜀。盖地大物繁,而俗好娱乐。凡太守岁时宴集,骑从杂沓,车服鲜华,倡优鼓吹,出入拥导,四方奇技,幻怪百变,序进于前,以从民乐,岁率有期,谓之故事。"② 这说明:其一,在各地,节日娱乐游玩活动以满足士庶娱乐需求为目标;其二,节日娱乐游玩活动非常盛行。又如《湘山野录》载,范仲淹因吴中节日民间歌词甚俚而作歌词;《中吴纪闻》卷三载,仁宗庆历年间吴地有"九老会";《事实类苑》卷四四载,石曼卿访见富豪,见其家歌舞妓女甚多。

第二,游玩风气的兴盛,城市居民起到了很大的推动作用。北宋时期,城市居民节日娱乐游玩成为风尚:"上元收灯毕,都人争先出城探春,大抵都城左近,皆是园圃,百里之内,并无闲地,并纵游人赏玩。"③ "重阳日,都人多出郊外登高,如……愁台、砚台等处聚宴。"④ 值得注意的是,在两宋时期,城市规模急剧膨胀,市民阶层已经成为社会上的重要力量。《宋史》卷八五载,北宋都城汴京的城周宋初为20.4里,真宗大中祥符九年扩建,新城为101里,这说明,城市人口增长速度是十分惊人的。随着城内人口规模的扩张和工商业的发展,出现了"侵街"现象和所谓"草市"的新居民区,出现了为数众多的经济型城市——镇市,北宋元丰年间有镇市1800多座,95%以上集中在精耕细作区。⑤ 一些镇市甚至超过了州县。《文献通考·征榷考一·征商》载,熙宁十年商税年入万贯的有204城,汴梁最盛时有13.7万户,约150万人口。漆侠先生推定宋代城市人口占到全国总人口的12%—15%。⑥ 宋朝十万户以上的城市

---

① 陈元靓:《岁时广记》,丛书集成初编本,中华书局1983年版,第109页。
② 费著:《岁华纪丽谱》,丛书集成初编本,中华书局1983年版,第4页。
③ 孟元老:《东京梦华录》,上海古籍出版社影印文渊四库全书阁本,第7页。
④ 同上书,第389页。
⑤ 参见邓广铭、漆侠《两宋政治经济问题》,知识出版社1988年版,第82页。
⑥ 同上。

由唐代的十余个增加到 40 个，"在精耕细作、生产发达的地区，草市（墟市）—镇市—城市，这种多层次蛛网式的各级地方市场得到了充分的发展。"① 城市规模如此之大，居民如此之多，园圃遍及百里。可见，当时城市的娱乐游玩活动规模是很大的。

第三，官方往往是节日游乐风气的推动者。在官方看来，娱乐游玩是天下太平的标志，所以，自皇室至官府都提倡士庶游玩："御史台欲出榜申明祖宗故事，许士庶游金明池一月。其在京官司，不妨公事，任便宴游。"② 有见识的地方大臣也以节日娱乐化民风："蜀中风俗，旧以二月二日为踏青节。都人士女，络绎游赏，缇幕歌酒，散在四郊。……后乖崖公帅蜀，……与郡僚属官分乘之妓乐数船，……于是郡人士女骈于八九里间，纵观如堵，……嬉游欢乐，倍于往岁，薄暮方回。"③ 由于官府的提倡，社会上娱乐游玩活动趋于兴盛："中秋夜，市肆贵家，结饰台榭，民间争占酒楼玩月，丝竹鼎沸，近内庭居民，夜深遥闻笙竽之声，宛在云外，闾里儿童，连宵嬉聚。"④ 上述文献说明，官方的推动力，是造成北宋节日娱乐游玩风气普及的重要原因。

第四，节日游玩往往同写作诗词有关。同前代有所不同，北宋士人在节日游玩时，诗词的写作与消费往往同节日结合起来，蔚为大观："学士院立春前一月撰皇帝、皇后、夫人合门帖子。送后苑作院。……端午亦然。或用古人诗，或后生拟撰，作为门帖，亦有用厌胜祷祠之言者。"⑤ "祖宗朝，以时和岁丰，与民同乐，多出御诗，或命近臣属和，……名士词人佳句，传于时者不一。"⑥ 除了写作诗词供节日娱乐以外，节日用乐已经非常广泛："都城之歌儿舞女，遍满园亭，抵暮而归。……诸军禁卫，各成队伍，跨马作乐四出，谓之'摔脚'。"⑦ 不仅仅是朝廷有专门的官员写作诗词，民间亦有这种风气："鄙俗自冬至之次日，数九，凡九九八十一日，里巷多作九九词。"⑧ 可见，北宋前中期节日娱乐游玩与写作、

---

① 邓广铭、漆侠：《两宋政治经济问题》，知识出版社 1988 年版，第 82 页。
② 陈元靓：《岁时广记》，丛书集成初编本，中华书局 1983 年版，第 21 页。
③ 同上书，第 11 页。
④ 同上书，第 351 页。
⑤ 同上书，第 82 页。
⑥ 同上书，第 11 页。
⑦ 孟元老：《东京梦华录》，上海古籍出版社影印文渊阁四库全书本，第 185 页。
⑧ 费著：《岁华纪丽谱》，丛书集成初编本，中华书局 1983 年版，第 415 页。

消费诗词是有一些联系的。

第五，官方制度化的节日游玩及宴乐活动，对诗词的生产与消费具有重要影响。如前表所列，开封有年节、建隆年元夜灯会、元宵缚山棚、探春游、五夜灯、御赐宴、寺院灯、二十三日圣寿寺前蚕市等，考察这些节日游玩活动内容，莫不有用乐或者使用诗词现象。前引文献也说明，西蜀在北宋前中期娱乐活动兴盛，与张咏、赵抃、宋祁等人的提倡是分不开的。

宋初百年，朝廷已把节日游玩宴会活动固定化。至仁宗朝，朝廷常规性的节日宴会及游玩活动已经大备，并形成制度。据《宋史》卷一一三所载："宋制，尝以春秋之季仲及圣节、郊祀、籍田礼毕，巡幸还京，凡国有大庆皆大宴，遇大灾、大札则罢。"① 自宋太宗太平兴国九年始，曲宴"令侍从词臣各赋诗"已经形成制度，鲜有变化。另外，游观与赐酺，也经常有应制写诗或者献诗的情形。

二 节日娱乐游玩活动与诗词写作目的

宋初百年，与以节日游玩为主线的游玩宴饮活动相联系的诗词生产与消费的关系，表现为：

一为了节日游玩歌舞娱乐的消费需要，而写作诗词。这方面又细分为四类，一类是为了节日歌舞表演的需要，写作致语口号。所谓致语口号，是指宋代艺人献技以前，先作祝颂之词。孟元老《东京梦华录》记载："诸军百戏，呈于楼下。先列鼓子十数辈，……多唱'青春三月蓦山溪'也。"口号，亦谓致辞，《宋史·乐志十七》："每春秋圣节大宴……乐工致辞，继以诗一章，谓之口号，皆述德美，及中外蹈泳之情。初致辞，群臣皆起听；辞毕，再拜。"又："小儿队舞，亦致辞以述德美。"又："女弟子队舞，亦致辞如小儿队。"② 北宋大臣往往担负起写作致语口号的任务，目的就是借写作致语口号来实施赞颂、教化与明辨秩序功能，写作致语口号变成了学士院等职能之一。③

二类是为了以节日游乐为主线的游乐活动消费需要而写作的应制诗

---

① 脱脱等：《宋史》，中华书局1977年版，第2683页。
② 同上书，第3349页。
③ 《宋会要辑稿·宴》载：咸平三年钱惟演上言请令舍人院撰乐语，后晏殊等上章求免，遂仍旧令教坊撰讫，诣舍人院呈本。从北宋乐语撰写的实际情况来看，可分为乐工撰辞和代乐工撰辞两种情况。

词。诗作如王禹偁《七夕应制》；曹勋《御舟应制》；寇准《奉和御制中秋玩月歌》、《奉圣旨赋牡丹花》、《应制赏花钓鱼》、《应制赏花》等。词作如：寇准《甘草子》；柳永《醉蓬莱慢》；杨湜《古今词话》载，庆历四年（1044）元日晏殊会两禁于私第，作《木兰花》，参入者皆和，均以"东风昨夜"为首句。

三类是因节日娱乐游玩而献作诗词。诗作如田锡有十九首《乾明节祝圣寿》（存十二首）；寇准《大安殿酌献天书》；梅圣俞《张淳叟献诗永叔同永叔和之》；蔡襄《上元进诗》等。词作如：陈尧佐《踏莎行》；张才翁《雨中花》等。

四类是因节日娱乐游玩应酬需要而即席写作诗词。诗作如杨亿《上元夜会慎大詹西斋分题得歌字》、《次韵和慎詹事述上元宵会之欢寄诸同舍之什》等；欧阳修《人日聚星堂燕集探韵得丰字》等；余靖《和王子元中秋会饮》、《和王自元重阳日千善寺会饮》等。词作如：夏竦《喜迁莺令》；李遵勖《滴滴金》；刘敞与宋祁在宴席上作词，刘有《踏莎行》，宋作《浪淘沙近》；聂冠卿《多丽》；欧阳修《渔家傲》十二首、《临江仙》等。

二是因娱乐游玩触发写作的诗词。诗作如梅尧臣《除夕与家人饮》、《和立春》、《王乐道太丞立春早朝》等；蔡襄《庚子上元即事》、《泰灵园书事》、《正月十八日甘棠院》、《上元前四日宣召赏梅》等。词作如：钱惟演《玉楼春》，范仲淹《剔银灯》、《定风波》等。

三是民间人士为了游玩所需而写作或者使用诗词。从宋人文献记载来看，民间娱乐游玩中使用诗词十分普遍。王禹偁《小畜集》卷六记《唱山歌》记滁地百姓，在岁稔闲暇之际，经常唱山歌："滁民带楚俗，下里同巴音。……男女互相调，其词事奢淫。"[①] 苏轼《陌上花》三首，有引，介绍了自五代时即传唱的民间歌曲。[②] 陆游《老学庵笔记》亦记载"辰、沅、靖州蛮"传唱踏歌。[③] 前引《岁华纪丽谱》卷七"冬至第二天"条"里巷多作九九词"下原注亦有"言语鄙俚"之论，可见，民间为了游玩所需而写作的歌词，"奢淫"与"粗鄙"是其主要特征。

分析上述三类诗词，其主要特点是：

---

① 王禹偁：《小畜集》卷五，上海古籍出版社影印文渊阁四库全书本，第39页。
② 王文诰等辑注：《苏轼诗集》卷一〇，孔凡礼点校，中华书局1982年版，第493页。
③ 陆游：《老学庵笔记》卷四，李剑雄、刘德权点校，中华书局1979年版，第44页。

第一，皇室、官府游乐所用诗词，审美趋向上追求"典实富艳"，内容上注重颂美褒扬，大多抒写节日祥和，突出"乐"主题。宋人已经对皇室、官府节日游乐所用应制、献作诗词认识相当深刻，《韵语阳秋》载："丁晋公赏花钓鱼诗云：'莺惊凤辇穿花去，鱼畏龙颜上钓迟。'胡文公云：'春暖仙蕖初霢霂，日斜芝盖尚徘徊。'郑毅夫：'水光翠绕九重殿，花气浓薰万寿杯。'皆典实富艳有余，若作清癯平淡之语，终不近尔。"① 就北宋前中期应酬诗作来看，也具有颂美、褒扬等趋向。此期应制词作，与应制诗作在主题、题材等方面并没有区别。

第二，文人游玩应酬诗词与文人感怀诗词，其主题、题材、审美趋向都有着显著不同。

一是文人间大部分应酬诗词，往往是以表达闲适情趣、颂美他人为主，诗词起到了和合关系、交流感情与互通信息的作用。北宋前中期，科举入仕不再是少数人的专利，做官已经变为士人谋生的手段，士大夫普遍以"吏隐"为生活追求。在这种心理的支配下，某些文人间的因节日娱乐游玩而作的诗词，就自然出现了表达闲适情趣、颂美赞扬的主题。

二是文人因娱乐游玩触发而写作的感怀诗词，其诗词内容以抒写乡愁哀思与感慨仕途淹滞为主。如王禹偁《上元夜作》、《芍药诗》、《立春日细雨》等；寇准《重阳登高偶作》、《巴东寒食》、《冬日北斋》等。

第三，民间游玩所用诗词，则过多倾向于满足感官需求，具有粗鄙、色情、奢侈等特征。

前引王禹偁、苏轼、杨万里等人著作及此期小说内容，可见北宋前中期民间以节日游玩为主线的游玩活动所唱诗词，具有粗鄙、色情和追求奢侈等特征。可以再补充一些，如《少师佯狂》："歌者嘲蜘蛛云：'吃得肚罂撑，寻丝绕寺行。空中设罗网，只待杀众生。'"②《碾玉观音》："竹引牵牛花满街，疏篱茅舍月光筛；玻璃盏内茅柴酒，白玉盘中簇豆梅。休懊恼，且开怀，平生赢得笑颜开；三千里地无知己，十万军中挂印来。"③上引小说材料，是北宋晚期或者是两宋之际的作品，但就北宋前中期话本小说传播的实际来看，此期话本小说比较普及，推测此一阶段话本小说中

---

① 葛立方：《韵语阳秋》，上海古籍出版社影印文渊阁四库全书本，第96页。
② 王筱云等：《中国古典文学名著分类集成》（三），百花文艺出版社1998年版，第18页。
③ 同上书，第237页。

诗词的某些艺术特征应该如此。①

三 节日娱乐游玩活动与诗词艺术风貌

以节日游玩娱乐活动为主线的游乐活动的需要，引导和制约着娱乐性诗词的写作。受到节日游玩的环境、人们精神需求、生产与消费诗词制度等影响，宋初百年诗歌形成了不同的艺术风貌。

其一，节日娱乐活动，娱乐性是其目的，对皇室节日所使用的诗词来讲，颂美、表忠是其主要内容，追求欢乐、祥和、和合关系是其主要目的，诗词写作就朝着这个目标努力，诗词风格向着追求"富贵气"转变。娱乐游玩诗词，对朝廷来说，是发挥礼乐维护统治的需要。"夫礼者，所以定亲疏，决嫌疑，别同异，明是非也。"② "故乐也者，动于内者也。礼也者，动于外者也。"③ 礼是辨别秩序的，而乐是和合秩序，使森严的秩序变得温情脉脉。举行宴会，是两者比较好的结合方式。因此，在朝廷场合使用的节日诗作，不管是应制、献作还是其他，必须满足上述需要。在这种前提之下所写作的诗词，其主旨与内容就会向着颂美、赞扬方向发展。反之，如果违背既定规律，就会引起不满，乃至被惩罚。《谈苑》卷四载，欧阳修正是因为在晏殊宴席上写作具有讽谏意味的诗作，引起了晏殊的不满，竟成为二人关系疏淡的导火索。《谈苑》卷四亦记，至道二年重阳，皇太子诸王宴琼林苑，教坊以夫子为戏，宾客李至言引唐太和故事，谏以禁之。《渑水燕谈录》卷八也记载，元祐中，教坊伶人以先圣为戏，引起了刑部侍郎孔宗翰的不满，理由是"贱伎亵慢"。相反，如果按照赞颂统治、美化君王、描摹富贵气息的主旨写作诗词，则极有可能得到赏识，乃至升迁。《诗话总龟前集》卷四记姚铉于淳化中因为写作应制诗得到了皇帝赞赏，为时辈羡慕。杨亿、晏殊、夏竦、王禹偁、王禹玉等人皆曾因为写作赞美颂扬风格的节日应制、献作诗词而得到重视甚至升迁。

其二，对士庶大众来讲，满足感官享受，追求节日生活乐趣为娱乐游玩的主要内容，诗词内容和审美趣味具有世俗化特征。娱乐游玩诗词，对

---

① 王君玉续纂唐李义山《杂纂》，在"冷淡条"有"斋筵听说话"，说明1057年"说话"仍在流传。《创建后土圣母庙》碑、《威胜军新建蜀荡寇将□□□关侯庙》碑和《重修圣母之庙》碑证明，北宋初期北方出现了"舞亭"和"舞楼"。见山西师范大学戏曲文物研究所编《宋金元戏曲文物图论》，1987年版，第5页。

② 郑玄注，孔颖达疏：《礼记正义》，北京大学出版社1999年版，第1139页。

③ 同上。

于士庶大众来说,是为了满足世俗的生活与精神需求生产。下引宋祁对于个人生活及精神享受欲求,就代表了当时人们的普遍心态:

> 宋相郊居政府。上元夜,在书院内读《周易》,闻其弟学士祁点华灯,拥歌妓,醉饮达旦。翊日,谕所亲,令诮让,云:"相公寄语学士,闻昨夜烧灯夜燕,穷极奢侈,不知记得某年上元同在某州州学内吃斋煮饭时否?"学士笑曰:"却须寄语相公,不知某年同某处吃斋煮饭是为甚底?"①

诗词为社会生活的反映,节日作为诗词载体而呈现世俗化的特色,因此,大众的喜好就成为诗词的主要内容。以节日游玩娱乐为主线的游玩娱乐诗词,多写节日习俗、欢庆气氛。欧阳修对于节日诗词写作的态度,代表了宋人的普遍看法:

> 范文正公守边日,作《渔家傲》乐歌数阕,皆以"塞下秋来"为首句,颇述边镇之劳苦,欧阳公尝呼为"穷塞主"之词。及王尚书素出守平凉,文忠亦作《渔家傲》一词以送之,其断章曰:"战胜归来飞捷奏,倾贺酒,玉阶遥献南山寿。"顾谓王曰:"此真元帅之事也。"②

可见,以节日游玩娱乐为主线的北宋前中期娱乐游玩活动,对士庶大众来讲,娱乐性是首要前提。娱乐游玩诗词迎合着娱乐的需要,以满足人们的享乐需求为目的,这是这类诗词之所以具有世俗化特征的原因。

其三,文人在节日游玩娱乐活动中所写作的诗词,其目的在很大程度上是适应娱乐性需要,这一目的,也决定了这一类诗词的艺术风貌。从娱乐游玩诗词满足文人世俗享乐心理需求出发,这一类诗词必然以表达文人的闲适情趣和颂美赞扬、和合关系为主;而一旦文人以诗词这种形式来表达自己的身世感怀,倾吐官宦落拓的苦闷,诗词随之变成了其"言志"、"感怀"的手段。写作目的的不同,诗词承担社会功能的不同,最终导致

---

① 钱世昭:《钱氏私志》,上海古籍出版社影印文渊阁四库全书本,第665页。
② 魏泰:《东轩笔录》,中华书局1983年版,第128页。

了同是文人写作的两类诗词的主旨不同。为了表现不同主旨，这两类诗词遂选取不同的题材：迎合娱乐游玩需要，以满足文人社会生活及世俗享受为目的而作的诗词，写作者所承担的是一个文化生产者的角色，其诗词文本不再是满足创作者的个人需求，而把关注点放在了消费者的消费需求与消费喜好上，因此，以这种方式写作的诗词，其艺术特质就反映出了艺术生产的特征。而因为节日及季节的触动，引起了诗词写作者的内心波动，写作的目的在于满足自己抒发志意、表达困顿下僚、思念家乡亲人等情怀。此类作品，不必或较少考虑他人感受，其选择诗词题材、表达主旨等就会与娱乐游玩诗词不同，因此也就造成了区别于娱乐游玩诗词的不同艺术特质。

通过上述考察可见，以节日娱乐游玩活动为主线的北宋前中期娱乐游玩活动，对此期诗词艺术风貌的形成具有非常大的影响。诗词之所以形成了追求富贵气、表达祥和、和合关系等旨趣，消费目的的决定和指向作用，是很重要的前提。以此为基础，诗词拥有了应酬、和合关系、展示礼仪、实施教化等功能，北宋前中期的诗词艺术风貌进而表现出来与前代不同的特征。正因为承担相似的娱乐功能，某些诗词作品才具有某些"程式化"的艺术特征，即使是不同作者的诗词，其艺术特质也具有相似性。当然，由于诗和词这两种文体的不同发展道路与文体功能分工等因素的制约，诗词艺术特质也具有某些差异性。

本章小结

地域文化与诗歌品格之间存在复杂关系。研究结论是：

其一，受南北不同地域文化特质的影响，宋初百年南北士人承继不同文化，生成了不同的文化追求和文化心理，其诗歌反映出这种南北文化的差异性和南北诗歌创作者的不同文化气质。

其二，一些具有鲜明地域特色的文化，具有重要的育成和导向作用。居洛士人的诗歌走向与洛阳文化具有直接的关联，说明具有稳定性的文化类型往往对士人的知识结构、文化心理和文化认知产生重大作用，由此，创作主体的诗歌品格便会受到地域文化的重大影响。

其三，一些地域中心城市如汴京等，因为政治原因而聚集大量的士人，他们为了谋取出身或者应试而聚集交往，其雅集或应酬所写作的诗歌，往往具有趋同性。

其四，不同地域虽然文化上可能具有差异，但是因为风俗等原因，普遍具有娱乐游玩等社会风气，而在这一社会风气的影响下，不同地域的诗人写作了大量具有一致性的诗歌。

由此可见，地域文化与诗歌品格的关系是非常复杂的。具有独特地域特色的文化，虽然对创作者的诗歌品格产生作用，但也同时受到创作者的交游情况，以及各地的社会风俗所影响。不同地域文化影响下的士人心态，因政治、风俗等影响而生成的诗歌功用等，是地域文化对诗歌品格生成的重要因素。

第四章 两宋诗歌文化功能与诗歌品格

诗歌作为文化部类的重要组成部分，其文化功能经过历代传递而具有了约定俗成的意义。但值得注意的是，宋代诗歌因为宋代士人的文化身份以及文化追求的特殊性，而在文化功能方面有所变化。这些变化了的文化功能，自它产生之日起，就随着影响力的扩展而成为诗歌创作者必须关注的重要方面。作为诗歌创作抑或写作的前提性条件，诗歌的文化功能经常为士人在创作诗歌时或遵循或有意识地疏离。从这个意义上说，要考察宋代文化生态对诗歌品格生成与发展的影响，亦应关注宋代诗歌的文化功能的变化与发展。

宋代诗歌承担的文化功能较之前代发生了变化。两宋时期，诗歌更加广泛地介入到文化传播与文化建设中来，承担起传播、教化、礼仪等功能，而在佛教偈语诗、朝廷礼仪扮演等方面起到了重要作用。一些诗人如黄庭坚等重视诗歌"载道"、"明道"方面的价值和功用，又为诗歌增加了"存养心性"等文化功能。而自北宋开始的诗词功能分工，"诗言志"而"词主情"的文化功能分工，也很大程度上影响了诗歌的题材、主题与审美取向。"尊体"与"破体"的互动，成为宋代诗歌发展的重要文化生态因素。本章选取这几个切入点进行研究。

第一节 宋初百年偈语诗的文化功能与诗歌品格

所谓偈语诗，来自对佛教典籍的学习与摹写。它是以诗歌的形式，表达对佛教教义的感受或者领悟，具有传播教理、宣示感受、凝聚信众等目的。偈语诗，据认为来自于天竺国的文化传统，为佛教徒传播教义所吸收，是佛教传播史上重要的文化现象之一。鸠摩罗什曾对僧叡说过："天竺国俗，甚重文制，其宫商体韵，以入弦为善。凡觐国王，必有赞德。见佛之仪，以歌叹为贵。经中偈颂，皆其式也。"① 可见，佛教经论利用偈语、颂等形式为传教服务，是偈语诗得以产生发展的前提。以传教为出发点的偈语诗功用，以及重视口头传播的传统，成为影响偈语诗艺术风貌的重要因素之一。对比来看，此期偈语诗较之唐代出现了若干显著的变化，并呈现出新的特点。考察这种变化并说明此中原因，解读其中蕴含的文化价值与意义，当会加深我们对宋代文化及文学特性的若干认识。

一　偈语诗的诗歌形式及其生成原因

唐代的偈语诗，与其他诗体在内容、主题、形式上，几乎没有什么差异。不管是僧人、士大夫还是平民诗人，很多人都写有偈语诗。陈尚君已经指出："在唐人看来，诗、偈已无明显区别。"② 而考察现存的宋初百年偈语诗可见，除了不再像唐代偈语诗那样重视诗律外，此期偈语诗还在内容、审美取向等方面表现出与唐代偈语诗不同的特征。特别是，宋初百年间偈语诗的作者几乎全部都是僧人，据《全宋诗》等文献统计，宋初百年间偈语诗作者共有僧人诗人65人，官僚士大夫诗人只有2人。当然，众所周知，《全宋诗》由于文献抉择等原因，对佛典等资料的选取可能比较严，因此，它所搜集的偈语诗可能并不全面。但无论如何，在宋初百年中，偈语诗作者很少是士大夫，应该是一个基本的事实。

依《全宋诗》所录统计，宋初百年僧人诗人约写作偈语诗179首，其中五言四句84首，其他五言诗14首；七言四句53首，七言八句5首，七言诗其他2首；杂言21首。五言四句诗占了总数的约47%，七言四句占了总数的约30%，杂言诗占了总数的约12%，这三者即占了偈语诗总数的近90%。从诗作结构体式来看，宋初百年偈语诗虽然五言四句、七言四句诗占了差不多80%的分量，但是，大多数偈语诗并不讲究对偶、用事，也不讲究上句与下句之间的平仄相对，很多偈语诗甚至也不太重视诗歌的押韵。宋初百年偈语诗的这种特征，是与此期诗歌的总体发展走向相矛盾的，此中原因，十分耐人寻味。

考察唐五代以及宋初百年存世诗歌，总的看来，此期文人对押韵、平仄、用字、用典等诗歌形式方面的写作要求越来越重视。就拿押韵来说，宋初百年有不少偈语诗不太重视押韵，但是与此同时，除了偈语诗以外，

---

① 梅鼎祚编：《释文纪》，上海古籍出版社2005年版，第565页。
② 陈尚君：《全唐诗补编》，中华书局1992年版，第2页。

其他类型的诗歌体裁,对诗歌的押韵却呈现出越来越重视的趋势。尤其是,自中唐开始,作诗用险韵受到了一些作者的重视,并逐渐成为流行的风气。宋人范晞文已经指出:"元和盖诗之极盛,其实体制自此始散,僻字险韵以为富,率意放词以为通,皆有其渐,一变则成五代之陋矣。"①重视作诗使用险韵的风气,自中唐至五代延续不衰,尤其是五代诗人特别注重诗歌的锻炼、押韵等问题。五代诗论如许宣《雅道机要》、徐衍《风骚要式》、王玄《诗中旨格》、王梦简《诗格要律》、释神彧《诗格》等,都是建立在对诗歌体式的研究之上的。《诗格》更是分"破题"、"诗势"、"题格"、"诗病"等专题,对写作诗篇提出了细致而繁琐的要求。其中,对诗歌写作的技巧问题多有讨论,如论"诗腹":"诗之中腹亦云颈联,与颔联相应,不得错用。"②又如《雅道机要》讲作诗方法应该避免十一种弊病③,提出了诗歌写作时要特别注意字句的处理等。④上述诗论,显示出五代诗歌的审美转型,标志着五代诗人"精细"、"锻炼"等新的审美范式的确立。

宋初百年,因为科举等因素,此期诗歌越来越重视押韵、用典等。令人注意的是,与一般士人对诗作用韵越来越严格的趋势形成鲜明对比的是,此期偈语诗却不重视押韵、对偶、炼字、用典等。依《全宋诗》,此期僧人诗人所写作的诗歌,除了偈语诗外,尚有一些其他题材的诗作,如交游诗、感怀诗、写景诗、纪游诗等。据《全宋诗》,宋初百年僧人诗人写作的非偈语诗共有967首,其中含有押韵、平仄、用事等近体诗规定性体式要求的诗歌,占了绝大多数。可见,僧人诗人写作的其他题材诗篇,是很注重诗歌的表现手法等要求的。同样一批作者,他们所写作的偈语诗却表现为与其他诗作不同的风貌。那么,到底是什么原因导致偈语诗呈现出上述特征呢?

文献表明,自释迦牟尼传教开始,佛教义理的传播,便特别讲究不落文字,直指佛性。这种传统也对中土佛教的传播产生了影响。特别是到了六祖惠能开创禅宗以后,更是视文字等一切外在的形式为修行的束缚,惠

---

① 范晞文:《对床夜语》,上海古籍出版社2005年版,第861页。
② 释神彧:《诗格》,见张伯伟《全唐五代诗格汇考》,凤凰出版社2002年版,第491页。
③ 徐寅:《雅道机要》,见张伯伟《全唐五代诗格汇考》,凤凰出版社2002年版,第440页。
④ 同上书,第446页。

能把"不假文字"的传教方式当作是否是最上乘教理的重要标志："若最上乘人,闻说《金刚经》,心开悟解故,知本性自有般若之智,自用智慧,常观照故,不假文字。"① 到了禅宗后学,更发展成为"呵佛骂祖"的所谓"棒喝"妙悟传统,把佛教"不著文字"的传统发展到极致。② 由此看来,在这种思想的影响下,以追求押韵、用典用事等文学修辞手段的写作手段,很自然就会被看成是表达佛性主题的障碍。显然,佛教徒以为讲究押韵、平仄等是人为的因素,会制约佛性的表达。佛教徒或者信徒等听众,要求偈语诗方便理解,朗朗上口。偈语以口头传播、即兴而颂为主,如北宋几部佛教典籍,赞宁《大宋高僧传》、慧洪《禅林僧宝传》、普济《五灯会元》、道原《景德传灯录》、慧洪《林间录》等,仍然继承了自前代以来的佛教东传传统,多有颂、赞。正是为了传播的需要,佛教特别重视诗歌与音乐的结合,在这种情况下,偈语诗在体式上自然就会向着不加雕饰、不讲究押韵、不注重用典等方向发展。佛教中因为"颂"、"赞"的使用,造成了音乐与诗歌的结合,这种传经形式的使用,加强了佛教传经的效果。上述说明,正是因为偈语诗具有独特的传教功能,因此导致了宋初偈语诗具有不重视押韵、对偶、炼字、用典等特征。显然,为了实现偈语诗的传教、阐述义理、宣示妙悟感受目的,左右了诗歌的写作。也就是说,偈语归纳教义、点拨信徒的基本功用,影响到诗歌的体式。

至于此期偈语诗多选择五七言绝句的形式,推想起来,可能是此期偈语诗较之唐代更倾向于吟诵、歌唱,这一原因造成了此期偈语诗在体式上更倾向于选择易于记颂的绝句形式。从记忆规律来讲,过长、太艰涩、生僻的字句显然不适合听众的需要。比较而言,短小的五七言绝句,因为体式短小,更为符合演唱与吟诵的需要。因此,选择了以五言四句或者七言四句为主的诗歌样式来表达僧人诗人对佛教义理的感悟,能够在思想闪光的一瞬间,敏锐地表达出个体对佛教义理的参悟。

在偈语杂言诗歌中,三七句式也占了不少比例。三七句式,显然是为了口头传播的需要。学术界已经公认,《荀子·成相》所用的"三七"句式,来源于民间。考察宋初百年三七句式的偈语诗可见,七言与三言交错

---

① 释慧能著,郭朋校释:《坛经校释》,中华书局1997年版,第8页。
② 参见慧洪《禅林僧宝传》,上海古籍出版社影印文渊阁四库全书本,第736页。

使用，造成了诗歌节律上的变化。通过这种变化，诗人在吟诵或者演唱诗歌时，就可以利用其变换的语调，通过三言短句来加重语气，提起听众的注意力，而使用七言句式来使诗歌的容量扩大，点出诗歌主题。三七式偈语诗，应该也是受到了唐五代俗讲的影响。《五更转》、《十二时》、《好住娘》、《散花乐》、《归去来》等唐五代民间的俚曲歌谣，都有三字句，这些三字句，很多是和声语辞，如"好住娘"、"散花乐"、"归去来"等。这说明，偈语诗采用三七句式这种形式，很大程度上是为了演唱与吟诵的要求。①

唐代的偈语诗，尤其是士大夫诗人所作的偈语诗，与其他诗体之间的界限尚不明显，这些士大夫诗人所作的偈语诗，很多仍然讲究诗歌的押韵、对偶以及平仄相对等诗歌的表现方法。而宋初百年偈语诗继承了唐代偈语诗的功能，以及不用事等诗体特点，又在诗体形式方面加以演进，最终形成了宋初百年偈语诗不讲究对偶、用事、平仄相对等特征。令人深思的是，唐、宋偈语诗，都担当着同样的传道功能，但为什么唐代的偈语诗多重视诗歌的押韵、对偶以及平仄相对等诗歌的表现方法，常用整齐的五七言诗歌形式，而宋代的偈语诗大多数却不讲究对偶、用事、平仄相对等诗歌表现手法，也对整齐的五七言诗歌形式不太重视呢？这要从宋初百年偈语诗的创作者身份谈起。

二　偈语诗的内容特征与其文化功用

在谈及宋初百年偈语诗作者之前，先来考察偈语诗的内容特征，以期加深我们对偈语诗内容特征与其作者情况之间关系的理解。从现存宋初百年偈语诗来看，此期偈语诗的内容，主要集中于下述几方面：

有些偈语诗表现出作者对世界本体的认识。作者写作这种诗歌的目的在于展示佛教教义中所认同的世界本质，从而达到洗涤思想、坚定信仰的目的。如："吾年八十五，修因至于此。问我归何处，顶相终难睹。"② 这首诗抒写了佛教徒所信奉的佛教教义，亦即万法无常，人生如幻如影，一切终当归于虚无。

有些偈语诗抒写了作者对佛教教义的认识。如："刹刹现形仪，尘尘具觉知。性源常鼓浪，不悟未曾移。"③ 又如："欲识永明旨，门前一湖

---

① 加地哲定：《中国佛教文学》，刘卫星译，秦惠彬校，今日中国出版社1990年版，第158—192页。
② 傅璇琮等主编：《全宋诗》，北京大学出版社1998年版，第505页。
③ 同上书，第13页。

水。日照光明生，风来波浪起。"① 这两首诗，都是抒写作者对佛教教义的认识的。其中，涉及了佛教教理中的万物有性、性自有定、佛性自足、佛法修持等问题。在宋初百年的偈语诗作中，大多数诗篇都涉及对佛教教义的体悟与认知这一主题。

有些偈语诗注重在引导修道，启发修道者领悟修行真谛。如："万锻炉中铁蒺藜，直须高价莫饶伊。横来竖去呵呵笑，一任旁人鼓是非。""青山重叠叠，绿水响潺潺。未到悬崖处，抬头子细看。"② 这两首诗，都是强调佛法修行需要勇往直前，不顾别人非议和干扰，注重利用自力修持，强调践行渐修功夫，以期实现佛法修为的圆满境界。

还有一些偈语诗主要是记述或赞美僧居、游历、修行生活。如："须弥顶上，不扣金钟。毕钵岩中，无人聚会。山僧倒骑佛殿，诸人反著草鞋。朝游檀特，暮到罗浮。拄杖针筒，自家收取。"③ "北斗挂须弥，杖头挑日月。林泉好商量，夏末秋风切。"④ 显然，这两首诗都是抒写佛教徒的洒落情怀，抒写或者赞美其忍耐孤独、自求性理之乐的高致。

比较而言，宋初百年的偈语诗，更为注重抒写世界本体和佛教教义的体悟与认识。在这一点上，唐宋时期的偈语诗是有明显差异的。总体来讲，唐代偈语诗较之宋初百年偈语诗更为注重以佛教教义来干预生活，体悟人生，知识分子更多是以偈语诗的形式，来抒发自己对社会人生、世界本质的思考。如白居易写有《欢喜二偈》："得老加年诚可喜，当春对酒亦宜饮。心中别有欢喜事，开得龙门八节滩。"诗作是以偈语诗这种语体形式，抒发其优游岁月以度余年的尘俗情怀，这种尘俗生活态度，实际上已经不涉及佛教信仰和佛教教理。与唐代很多偈语诗不同，宋初百年的偈语诗，则更为重视阐释和宣扬佛教教义。从宋初百年偈语诗写作的实际情况来看，其时偈语诗主要是充当了僧人的宗教传播和体悟教义的手段。由此可以理解，宋初百年偈语诗内容相对集中的原因，当是受到了僧人诗人具体生活环境和人生追求的影响。

在宋初百年，表达佛教的教义、抒写个人对教义的领悟成为偈语诗写作的主要出发点。宋德洪觉范《石门文字禅》释达观《序》就主张："盖

---

① 傅璇琮等主编：《全宋诗》，北京大学出版社1998年版，第28页。
② 同上书，第4836页。
③ 同上书，第1993页。
④ 同上书，第1734页。

禅如春天,文字则花也。春在于花,全花是春;花在于春,全春是花。而曰禅与文字有二乎哉!故德山临济,棒喝交驰,未尝非文字也。清凉天合,疏经造论,未尝非禅也。而曰禅与文字有二乎哉!宋寂音尊者忧之,因名义所著曰《文字禅》。"①显而易见,达观强调,文字与禅的关系,应该是和合的,亦即文字要能够更好地反映出禅的意味、精髓,但禅意、禅机往往是刹那间的,是不恒定的,因此要以文字来表述禅,需要凭借直悟、体贴等手段来反映、表述禅意和禅机。显而易见,不拘形式的杂言体诗歌,可能比需要精雕细琢的齐言诗体,更能够敏捷地抓住稍纵即逝的禅意、禅机。

宋初百年偈语诗的内容,也是由其传道的功用而决定的。释遵式在《改祭修斋决疑颂》(并序)中说:

近见多改祭祀,竞修斋福,断肉止杀,正信念佛,甚为希有。……今为断疑,引经明证,并作偈、颂,令易忆持,依此诚言,莫信邪说。然世人疑虑是故无量,今但从要略书十颂。②

遵式在此序中,提及写作"偈、颂"的缘由,他看到了世俗在祭祀之时仅仅注意祭祀的形式,其主要目的是求福,因此,他为了使世俗之人相信佛法义理、佛法信仰的真实性和绝对正确性,也为了使之便于记忆与修持,而写作了这些偈语诗。

由上文可见,开化大众、宣扬佛法以及记录、抒写自我对佛教义理的感悟,是偈语诗的主要功用。这个功用,决定了偈语诗的内容和形式。仔细想来,身份不同的诗人,自然会在他们创作的诗歌中反映其不同的志趣、感情和审美倾向,宋初百年偈语诗的作者主要是僧人,这种情况反映在诗歌创作中,就形成了这一时期偈语诗在诗歌功能、诗歌内容等方面的显著特征。概而言之,为了满足听众或信徒精神需要,或者为了表达信教者对教理的体悟,便成为宋初百年偈语诗的主要功能,偈语诗赖以生存的价值,很大程度上便是为了实现这一功能而存在。在这种实用目的的制约和影响下,宋初百年偈语诗便会集中抒写佛教教义等内容。

---

① 加地哲定:《中国佛教文学》,刘卫星译,秦惠彬校,今日中国出版社1990年版,第192页。
② 傅璇琮等主编:《全宋诗》,北京大学出版社1998年版,第1102—1103页。

北宋偈语诗相对集中的诗歌内容,反映在诗歌艺术风格和表现手法上,便体现为偈语诗重视"理趣"、善于"议论"等艺术特征。如释延寿有诗:"欲识永明旨,门前一湖水。日照光明生,风来波浪起。"[1] 诗歌以湖水来与"永明旨"亦即佛性作比,强调佛性不染事相,它独立于事物之外。要认识和体悟佛性,就要对此中道理参悟透彻。佛性本是佛教教理体系中比较复杂的义理,要想以理性的叙述语言予以客观描述,是相当困难的事情,在某种程度上也是无法实现的。借助于诗歌语言的象征性、形象性和直观性,释延寿就很恰当地把蕴含在其中的佛性教理表达得较为清楚明白。这种以诗歌来抒写佛学义理的方式,就表现出诗歌的"理趣"之美。在偈语诗中,还有些诗歌是直接以议论为主要写作方法的,如释海印有诗:"道本无为,法非延促。一念万上,千古在目。月白风恬,山青水绿。法法现前,头头具足。祖意教意,非直非曲。要识文庐陵米价,会取山前麦熟。"[2] 这首诗几乎就是一篇说教之词,诗中内容就是论述"道"的含义,为了论述的需要,诗中还以"月白风恬,山青水绿"与"识文庐陵米价,会取山前麦熟"作比,这种以议论为主体的写作方式,在偈语诗中非常多见。

北宋诗歌重"理趣"、"议论"等艺术特征,虽不能说是一定受到了佛教传教的影响,但是,佛教徒在传经时,尤其是写作与演唱偈语诗时,所努力追求的阐述义理、表达对佛教教理感悟的诗歌写作目标,无形中导引了此期诗歌向着这种表现方法转移。且不说宋初百年佛教的社会影响力非常大,就以交际而言,其时有很多诗人与佛教徒交往甚密。在这种文化风尚的沃灌下,一些士大夫诗人也会把佛教徒抒发佛教义理,尤其是写作偈语诗的这种方法移植到写作其他诗歌中去。且看杨亿与慈明禅师的一番有趣对话:

(慈明)依唐明嵩禅师。嵩谓公曰:"杨大年内翰,知见高,入道稳实,子不可不见。"公乃往见大年。大年问曰:"对面不相识,千里却同风。"公曰:"近奉山门请。"大年曰:"真个脱空。"公曰:"前月离唐明。"大年曰:"适来悔相问。"公曰:"作家。"大年喝

---

[1] 傅璇琮等主编:《全宋诗》,北京大学出版社1998年版,第28页。
[2] 同上书,第163页。

之。公曰："恰是。"大年复喝。公以手画一画。大年吐舌曰："真是龙象。"公曰："是何言与？"大年顾，令别点茶曰："元来是家里人。"①

作为宋初重要文学家的杨亿，因为对佛教有着深刻的理解，被释教人士所推重。慈明法师在知会杨亿时，两人对话中机锋犀利，均以禅理性境相交流。杨亿称慈明具有"龙象"一般的智慧和佛学修养，但是，一旦杨亿以言语来说明慈明对心体性体的参悟，就未免有"着相"的嫌疑，因为性体心体事关佛教之"道"，此"道"是无法言说的。故慈明马上对杨亿的赞颂持反对态度，最后逼得杨亿只能以世俗语言称赞慈明是同道中人了。这一条文献的意义说明，在北宋很多士大夫诗人在拥佛、排佛与自觉融合三教的过程中，都对佛教义理进行过一番研究。在这种情况下，宋初百年诗词作者自然会在诗词作品中移植对某些儒、道、佛哲理的思考，佛教教义中的修为理念，便内化为诗歌作者的信仰追求与人生目标，不管是作者以诗歌来抒写其志意，还是把诗歌作为实践其佛学信仰的途径与方法，诗歌都因此而具有了抒写"理趣"的审美取向、重视"议论"化的表现方式等特征。对此，孙昌武先生已有翔实的考证。② 当然，需要补充的是，宋代诗歌的"理趣"、"议论"等特征，其形成原因是多方面的，佛教、道教以及理学等都对之产生了一定的影响，此外，宋代科举取士强调"论"体文的考核，亦是重要原因之一。

一般说来，偈语诗具有特殊的功能，写作者与消费者是特定的人群，因此，偈语诗风格的类型化特点非常明显，其主要审美的类型化风格是虚无空灵、直指心性、讲究体悟，而不是依靠逻辑把握与理性分析为主的认识方式来认识世界。对此，孙昌武、周裕锴等先生已有比较深入的研究。这里需要补充说明的是，宋初百年的佛教发展，特别是其中的"不动心"、"灭寂"、"止观"等理论的传播，为此期诗词提供了陌生化意境的产生基础。只要是抒写这些内容，诗词必然会形成一种体悟式的审美取向和直指心性的审美旨趣。由此可以理解，宋初百年偈语诗之所以形成了虚无空灵的审美风格，是抒写佛教教义等理论而呈现出的必然结果。

---

① 释慧洪：《禅林僧宝传》卷二一，影印文渊阁四库全书本，上海古籍出版社2005年版，第688页。
② 参见孙昌武《佛教与中国文学》，上海人民出版社1988年版。

偈语诗对虚无空灵的审美意蕴的追求,促进了诗歌审美范型的建设。严羽《沧浪诗话》就把虚无空灵的美学风格追求,看作是唐诗的最高境界:"诗者,吟咏情性也,盛唐诸人,惟在兴趣;羚羊挂角,无迹可求。故其妙处,透彻玲珑,不可凑泊。如空中之音,相中之色,水中之月,镜中之象,言有尽而意无穷。"① 清王渔洋《带经堂诗话》进一步以为,佛教追求虚无空灵的修炼目标,与诗歌所讲究的境界是一回事:"严沧浪(宋严羽)以禅喻诗,余深契其说。……妙谛微言,与世尊拈花、迦叶微笑,等无差别。通其解者,可语上乘。……舍筏登岸,禅家以为悟境,诗家以为化境,诗禅一致,等无差别,大复与空同。"② 显而易见,宋初百年偈语诗对虚无空灵审美风格的推崇,丰富和完善了此期诗歌的审美类型,应该在诗歌发展史上占有一席之地。

上述研究表明,正是出于功能实现的需要,宋初百年偈语诗在语言形式、题材内容和审美取向上表现出与唐代同类型诗歌的不同特征。这说明,在考察中国古代文体特征、形成原因和发展规律时,必须充分注意到文体功能的巨大作用。

作为久为文学史家忽略的独特艺术样式,偈语诗是佛教文化与中土文明紧密结合而形成的一种特殊诗歌类型。宋初百年偈语诗,其内含的诗性品格和文化精神,在世界文明的文化视野中,具有重要的文化价值和共通性的典范意义,在中华民族文明发展历程中也具有独特的文化地位。

宋初百年偈语诗的情形说明,中国诗歌的诗性品格具有多样性和复杂性。举例来讲,自宋代开始绵延至近世的唐宋诗之争,就涉及对唐诗、宋诗的判断标准问题,这一标准进而影响到现当代文学史的书写。一般而言,宗唐诗者往往更为推崇唐诗的浑融意境,重视唐诗兼具雄浑、空灵、诡奇等多样性的艺术风格;宗宋诗者则往往重视宋诗的锻炼、理趣、学识、才力。从其根本而言,唐宋诗之争的历史进程,其实就是立足于对唐宋诗上述诗性品格的研究而展开的。如果我们抛开对唐宋诗高低取向不论,而探寻历代唐宋诗之争的问题实质的话,那么,唐宋诗之争的焦点问题,便是坚持艺术本位还是文化本位的问题。③ 按照这一思理继续前进,

---

① 严羽:《沧浪诗话》,上海古籍出版社影印文渊阁四库全书本,第811页。
② 郭绍虞主编:《中国古典文学理论批评专著选辑》,人民文学出版社1982年版,第83页。
③ 参见齐治平《唐宋诗之争概述》,岳麓书社1984年版。

则唐宋诗之争的分歧,便是坚持文化本位还是坚持文学艺术本位。实际上,历史上唐宋诗之争的结果便是:坚持唐诗优者,基本上取以文学艺术本位为抉择标准;坚持宋诗优者,基本上取以文化本位为抉择标准。但众所周知,中国文化传统的实际情况,是历史上并无纯粹的文学艺术概念,所谓的"文学"是后起的文化范畴。更重要的是,对文学艺术本位还是文学本位的抉择,在思维取向上便是一个值得探讨的重要问题。如果按照马克思的观点,人类认知世界的方式是多种多样的,既可以是"理论的"或"实践精神的",也可以是"艺术的"或"宗教的",而这些认知方式并不存在某一种凌驾于其他之上。如果我们承认马克思所言是正确的话,那么显而易见,我们目前文学史所坚持的艺术本位的书写视角,便理所当然需要修改。包括偈语诗在内的若干为文学史家所忽略的文学现象,因其具有重要的文化价值,就不应该被文学史家所取研究视角的局限所屏蔽和遮掩,文学史的书写便应该舍弃某些西方文学艺术本位的视角,而应该立足于中国的历史实际和文化传统,来寻绎写出具有中国气派和能够反映民族文化精神内涵的文学史。

第二节 欧阳修诗词题材差异与诗词功能分工

自李唐而后,诗词这两种文学体裁就相伴而存在。在宋初百年即北宋开国至宋神宗即位(960—1068)这段时间里,诗词在继承晚唐五代传统的背景下,不断加入新时代的文化因子,在相互影响中前进。随着以欧阳修、梅尧臣、苏轼、黄庭坚等为代表的一大批才华横溢的作家登上文坛,诗词终于形成了独具风采的"宋调"特色。在这一过程中,欧阳修以其诗文词兼善的文坛领袖身份,高扬继承与革新的文化旗帜,成为当时文化领域的璀璨明珠。可以说,"宋型"文化的形成,欧阳修是重要的关节点之一。就诗词作品比较而言,欧阳修诗词的差异性也呈现出北宋前中期诗词分途的若干典型性特点。因此,对欧阳修诗词题材差异性进行研究,对于正确认识欧阳修诗词乃至北宋前中期诗词分途及其形成原因等问题,具有重要意义。

一 欧阳修诗歌与词作题材分析

北宋前期,诗词的题材差异性并不明显。据《全宋词》,北宋自公元

960年建国至公元1044年左右，有具体记载的、生卒年可考的词人16人，此间共有词作存世163首，其中晏殊即有136首，其他15位词人共存词34首。此期词作题材分布如下：男女情感43首，咏女人11首，颂美36首，送别9首，咏史1首咏物、记事21首，艳情1首，咏光阴闲适39首，咏怀20首。可见，这一时期词作题材很广泛。把北宋前期代表性作家诗作予以统计（表4-1）[①]，两相比较来看，诗词题材类型在北宋前期有很多相同。因为此期词作留存较少，所以对此期诗词题材差异性的认识，还需考察存世的作品。就北宋前期词作来看，王禹偁词作《点绛唇》抒写的是身世的感怀，这与诗作的传统"言志"题材是一致的。苏易简的词作《越江吟》颂美宫廷宴会，也与同期的颂美诗作题材相同。再从此期诗作来看，某些作家的诗作，在诗作体制、风格、题材方面，与此期词作并没有明显的区别。如寇准，《四库全书总目提要》以为"（寇）准以风节著于世，《湘山野录》所称《江南春》二首，虽体近小词而不失高韵。"上述分析说明，北宋前期诗词题材之间的差异性并不明显。

　　北宋前中期诗词题材的差异性，从真宗朝后才变得比较明显。宋初至宋神宗即位之间有代表性的诗人徐铉、田锡、潘阆、张咏、寇准、王禹偁、杨亿、赵湘、穆修、魏野、欧阳修、苏舜钦、余靖、范仲淹之诗作及《西昆集》诸诗人全部作品4259首；柳永、晏殊、张先、欧阳修、杜安世五人全部词作有829首。对此进行统计分析可见，此期诗词均有的题材类型有七种：咏史，诗作占1.7%，词作占0.6%；闲适，诗作占1.45%，词作占10.5%；咏怀，诗作占36.3%，词作占11%；写景咏物、记事的，诗作占21%，词作占7.35%；送别，诗作占13.6%，词作占4.5%；赞扬颂美的，诗作占18.5%，词作占7%。北宋前中期诗词题材除了所共同拥有的部类以外，诗作有哲理诗、政治刺讥诗、挽诗、戏谑玩笑诗，词作有咏女性词，通过对上述诗词题材进行多方面比较，可以确信北宋前中期诗词题材自真宗朝开始分途。按照同样的方法，把欧阳修诗词题材列表统计如下（表4-2及表4-3）。

---

　　① 因为"西昆体"在北宋前中期就被看作是一个具有鲜明风格的诗歌流派，所以，这里把《西昆酬唱集》作为一个整体来统计。

表 4-1　　　　　　　　　北宋前期诗作题材统计　　　　　　　　　单位：首

作者及诗作数量	宴饮闲适	咏怀	咏物写景	送别	赞扬颂美	咏史	挽诗	记事	政治刺讥	哲理	戏谑玩笑	咏女性	两性感情
徐铉（308）	21	117	41	44	46	3	8	21				2	5
田锡（145）	3	66	20	5	25	11		3		5		2	5
潘阆（61）	1	31	8	8	6	1	2	3					1
张咏（144）	1	65	23	18	16	4	2	2	11	2		1	1
寇准（273）	3	172	33	14	29	1	1	17					3
王禹偁（538）	1	239	55	76	86	11	27	32	2	3	6		
杨亿（425）	9	41	29	125	184	2	12	18		1	1		3
赵湘（133）		38	34	19	27			14		1			
穆修（57）	1	30	11	10	1			4					
西昆酬唱集（248）	12	58	61	6	40	14		6				13	38

表 4-2　　　　　　　　　欧阳修诗作题材统计

题材	宴饮闲适	咏怀	咏物写景	送别	赞扬颂美	咏史	挽诗	记事	哲理	戏谑玩笑	合计
数量（首）	4	303	220	78	111	7	44	46	32	7	852
比重（%）	0.47	35.6	25.8	9.15	13	0.82	5.4	5.4	3.8	0.82	100

表 4-3　　　　　　　　　欧阳修词作题材统计

分类	男女情感	咏女性	颂美	送别	咏史	景物	艳情	闲适	咏怀	合计
数量（首）	104	21	3	10	1	27	8	36	26	236
比重（%）	44	8.9	1.3	4.2	0.04	11.4	3.4	15.25	11	100

从表 4-2 可以看出：

第一，咏怀诗占了同期诗作总数的 35.6%，说明欧阳修比较重视诗作的"言志"功能；第二，咏怀诗、写景咏物诗、送别诗和颂美赞扬诗四者占了诗作总数的 83.55%，这说明欧阳修诗歌题材主要集中于这几类诗作；第三，在欧阳修诗作中，宴饮闲适诗只占了总数的 0.47%，以两性感情、咏女性为题材的诗作则全然缺乏。这个现象引人注意。虽然在北宋前中期诗人别集中反映两性感情、咏女性、宴饮闲适诗作所占比例比较少，但是在此期小说中却屡屡出现这三类题材诗作，如仁宗时刘斧《青琐高议》等书，记载很多反映两性感情、咏女性及宴饮闲适的诗作。[①] 欧阳修诗作中缺少这三类题材，可能的解释，是欧阳修对诗词有着不同的认识。他对诗词抱有不同的功用观，就会在诗词创作中体现出来，这应该是造成这种现象的主要原因。考察与欧阳修生活时代相近的北宋诗人作品，苏舜钦、余靖、梅尧臣等人也几乎没有这三类题材的诗作，也说明了此期诗人不同诗词功能观对其创作的影响。具体分析见后。

从表4-3可以看出：

第一，欧阳修涉及男女情感、咏女性和艳情题材的词，占了总数的近60%，如果加上其他涉及的女性人物或者是女性特征的物品、女性生活环境的词作，那么欧阳修词作中涉及女性的就超过70%；

第二，引人注目的是，闲适词与咏怀词占到了总数的26.25%。

上述说明，欧阳修词作题材基本集中在男女情感、女性、艳情、闲适与咏怀题材上。

对比表4-2与表4-3，可以得出如下结论：

第一，欧阳修诗词各有其重点关注的题材区域。诗作主要集中在咏怀诗、写景咏物诗、送别诗和颂美赞扬诗这四类中；词作主要集中于两大类型：一是男女情感词、咏女性词和艳情词，这类词作共同点是与女人有关；二是闲适词和咏怀词也有较大比重。

第二，欧阳修诗词在题材类型上，各自有着对方所没有涉足的领域。欧阳修诗作出现而词作没有出现的诗作题材类型有挽诗，占诗作总数的5.4%；哲理诗，占诗作总数的3.8%；纪事诗，占其诗作总数的5.4%；戏谑玩笑诗占其诗作总数的0.82%。这四者占到了欧诗的15%左右。欧阳修词作出现而诗作没有出现的词作题材类型有：男女情感词，占其词作总数的44%；艳情词，占其词作总数的3.4%；咏女性词，占其词作总数的8.9%。这三者占到了欧词总数的56.3%。欧阳修诗词在题材上的巨大差异，说明他对诗词功能的认识有着明显的不同。

---

① 刘斧《青琐高议》成书于仁宗年间。参见刘世德主编《中国古代小说百科全书》，中国大百科全书出版社1998年版，第311页。

通过比较可以看出，欧阳修诗词的题材类型，是彼此所不能完全涵盖的，这些彼此不能容纳的诗词题材类型，是欧阳修诗词保持各自特点的重要因素之一。这些因素，与下文我们谈到的相同题材诗词的差异性结合在一起，共同作用，才造成了欧阳修诗词有其明显的差异性，这是我们认识欧阳修诗词特质的重要立足点。

二 欧阳修诗词题材比较

欧阳修诗词题材的分途，除了上述在诗词题材部类及比重上的差异之外，还表现在其相同部类的表现方式不同、表达的思想感情不同以及取材范围的不同。

（一）咏史、闲适题材诗词的差异

因为咏史诗词较少，故与闲适诗词合并讨论。咏史诗词是对历史事件、人物等表达历史兴衰的感慨，其中存有醒世警人的意图；闲适诗词是表达流连光景、宴饮侑欢、享受人生的情感。这里应该注意的是，欧阳修闲适诗词在其诗词作品总数中所占到的比例差距很大，欧阳修抒写其闲适题材的词作占到了总数的15.25%，是欧阳修同题材诗作的30倍。而咏史诗词则在其作品中所占比重不大，诗作中仅占0.82%，词作则更少，仅占总数的0.04%，分析可知，咏史诗词在内容上差别不大，主要差别还是在表现方式上，这将在随后讨论。就欧阳修闲适诗词而言，其诗作主要是抒发士大夫高雅、严肃、正统的情怀，而同题材的词作，则表现其世俗化情感。以其闲适诗作《丰乐亭小饮》与其闲适词作《采桑子》（画船载酒西湖好）为例说明。

丰乐亭小饮

造化无情不择物，春色亦到深山中。山桃溪杏少意思，自趁时节开春风。看花游女不知丑，古妆野态争花红。人生行乐在勉强，有酒莫负瑠璃钟。主人勿笑花与人，嗟尔自是花前翁。[1]

采桑子

画船载酒西湖好，急管繁弦。玉盏催传。稳泛平波任醉眠。

---

[1] 傅璇琮等主编：《全宋诗》，北京大学出版社1998年版，第3610页。

行云却在行舟下，空水澄鲜。俯仰留连。疑是湖中别有天。①

在《丰乐亭小饮》中，欧阳修借饮酒而抒发哲理，感慨人生容易衰老，抒写自己对人生的体会，以为人生行乐不易，勉强也要争取人生的乐趣。一首短诗，却用来抒发这么深沉的思想感情。欧阳修在诗作中所流露的，是千百年来流淌于人们心田的时空忧患意识。

在《采桑子》中，词作通过对如花景物、饮酒乐事、萧散空闲生活的描写，刻画出一个让人赏心悦目的生活场景，激发出人们对这种声色充耳、优游闲适的世俗生活的渴望。词中所抒发的，是一种热爱、留恋、醉心于世俗生活的心态。

欧阳修有意识地把士大夫高雅、正统、严肃的情感以诗作形式来表现，而把对世俗生活的留恋与热爱，对声色宴乐生活的体验，对情色感官的坦荡感受，都以词作形式来表现，这说明，欧阳修对诗词功能观的认识是有差别的。

（二）咏怀题材诗词的差异

诗作表现形式有写景咏怀、因事咏怀和直接咏怀，其主旨主要是表达因贬官而来的惆怅、思乡田园归隐、叹息衰老、抱负无从实现的愤懑、思念友人、官宦外地的孤寂落寞。写景咏怀的如欧阳修《伊川独游》，通过对游东郊所见景物的描写，透露出对自然界景物的热爱，表露了"身闲爱物外"的高雅情趣。因事咏怀诗如欧阳修《出郊见田家蚕麦已成慨然有感》，抒写自己对田家"乐有时"的生活状态表示欣慰的同时，反思个人自己无由报国，感激受恩得宠，思归家园的情感。直接咏怀诗作，主要是以议论的方式表达自己的感情。欧阳修的诸多作品这种倾向性比较明显。如欧阳修《颜跖》以长篇形式，几乎纯用议论来抒发对颜回、盗跖生前身后声名得失的追问，抒发自己重视德行，立志修身的情怀。

咏怀词作的表现形式则比较简单，主要有写景咏怀、直接咏怀。咏怀词主旨主要表达的是及时行乐、春愁秋怨、羁旅行役和倦宦思隐等情感内容。如欧阳修《定风波》（十载相逢酒一卮），通篇以直接抒怀的方式，表达出词人对人生宦游的感喟。词作中更多的是写景咏怀，如欧阳修词作《渔家傲》（暖日迟迟花袅袅），把春日美景与被局限在长安城里的人相对

---

① 唐圭璋编：《全宋词》，中华书局1965年版，第121页。

比，表露出词人对自由与美景的喜爱，同时也渲染出一种伤怀的情绪。

欧阳修咏怀诗词在题材上的差异，主要体现在诗词所表达的思想感情的差异。而这种差异性的形成原因，仍然只能从其不同的诗词功能观来认识。

（三）写景咏物题材诗词的差异

写景咏物诗词中，诗作占到了欧阳修诗作总数的 25.8%，是其同题材词作在作品中的比重的 2 倍多。其中诗作内容包括两类：一类是在写景咏物时有寄托象征，往往所咏之物之景，同时也是寄托或者象征着某一类情感，如欧阳修《千叶红梨花》以咏树开篇，实际上象征着作者对出仕的追求，希望"植根帝王家"。另一类是纯粹的写景。纯粹写景的诗作，以自然景物为主，这种景物，有的具有审美娱乐感受的品性，有的似乎是作者仅仅为了锤炼笔锋而已。词作中，一类是拟人，这种词作在写景咏物词中占主要比例。即把景物或者物象当作女人来写，以女人的形体或者与女人有关的事物来作为所咏景物，如欧阳修《玉楼春》（黄金弄色轻于粉），把柳树写作了女性，从色、嫩、形体等方面，把女人与柳条合为一体来写，名为写柳，但是也是咏女人。另一类是纯粹写景物。纯粹写景的词作，虽然也是写自然景物，但是其抒写的对象，是为了游玩和欣赏的，具有明显的享受目的。

总体来看，写景咏物诗词区别比较明显。其差异性表现在诗词随着实用目的的不同而写法不同、象征的思想情感不同。

（四）颂美题材诗词的差异

在欧阳修诗作中，主要是颂美人物的才能德行、门第功业、文章美妙、居美官，以及蒙皇上恩典、脱尘高致等。在其词作中，主要是颂扬人物的气度风流、美景良辰、节日瑞祥，以及美化政治教化等。

就欧阳修颂美诗词来看，诗词题材和表现手法是很相近的，差别主要在于两点：一是诗作的题材比词作的更为宽泛。如欧阳修颂美诗作共有 111 首，其中称颂他人德行功业的有 44 首，德行高致的有 27 首，门第美官的有 24 首，文章美妙的有 4 首，受朝廷恩遇的有 5 首，其他 7 首。与同期稍早的晏殊颂美诗作比较来看，晏殊颂美词作有 20 首，其中称颂人气度风流的有 5 首，称颂节日瑞祥的有 6 首，美化政治的有 4 首，赞美美景良辰的有 5 首。两相对比，可见欧阳修的颂美诗作比晏殊的颂美词作在题材上丰富。二是诗词表现手法不同。在写作方法上，诗作一般是以直接颂美为主，词作则一般兼及环境描写，以渲染酒宴舞姿与欢庆气氛来达到颂美的目的。还是以欧阳修诗作与晏殊词作为例。如欧阳修的颂美诗作《送吕夏卿》，言及吕夏卿之文采耸动天下，叹息其及第之晚，其主要写作手法是直接颂美。颂美词作则主要以描述欢庆之景来达到赞颂的目的，作者所要表达的主旨往往是不直接说明，而是采用烘托气氛、描写景物、隐喻情景等手法来表达。如晏殊《喜迁莺》，词人通过对祝寿宴会上歌者舞女的舞姿与形体之美、宴席用品的高贵典雅的描写，表达了对他人的祝福，同时也写出了作者对这种歌舞娱乐生活的迷恋之情。当然，颂美诗词因为所要表达的赞扬颂美对象的差异，所采用的表现形式也是有所变化的，上述结论是就颂美诗词的大多数情况而言的。

颂美诗词就其题材所包含的内容来看，诗作较之词作较多。而且，诗作所反映的思想感情，往往是与有关事业功名有关。词作则是体现出较强的娱乐色彩，气氛比较轻松。

（五）送别题材诗词的差异

欧阳修送别诗词的区别主要有两点：第一，诗作题材比词作更为宽泛。在送别题材诗作中，其内容主要集中在三个方面：对被送者的遭遇表示同情、勉励、期待出人头地，这一类题材的送别诗所占比例较大；称赞被送者的德行功业、才华高致；写被送者去处的风土人情。送别题材词作也主要集中于三方面：离宴言别；期待重逢；颂美远行者。可以看出，相对于诗作而言，词作无论在内容上还是题材上都比较狭窄。第二，送别诗词主旨不同。送别诗作中更倾向于赞美被送者、期待其实现政治抱负或者转变个人命运；而词作更倾向于写离宴气氛和景物，所表露的思想感情比较单一。欧阳修送别诗作共有76首，按照诗作题材约略可以分为对被送行者期勉的诗作有22首，称赞被送行者的德行功业的诗作有38首，写被送行者所去之处的诗作有16首。欧阳修送别词作有10首，其中离宴言别的词作有4首，希望重逢的词作有3首，颂美被送行者的词作有3首。每首词作表达方式几乎都是通过对景物的描写来寄托作者感情，或感伤离别，或寄以重逢希望，或颂美他人。

上面，我们简要分析了欧阳修不同题材诗词的差异性。除此之外，欧阳修各类题材诗词在表现形式上有着很大的差异性。以欧阳修写景诗《宿广化寺》与其写景词《渔家傲》为例，作一简要对比：

第四章 两宋诗歌文化功能与诗歌品格 ·197·

宿广化寺

横槎渡深涧，披露采香薇。樵歌杂梵响，共向松林归。日落寒山惨，浮云随客衣。①

渔家傲

红粉墙头花几树。落花片片和惊絮。墙外有楼花有主。寻花去。隔墙遥见秋千侣。

绿索红旗双彩柱。行人只得偷回顾。肠断楼南金锁户。天欲暮。流莺飞到秋千处。②

在《宿广化寺》诗中，诗人摄入短诗中的物象及事类是比较丰富的：山、涧、船、薇、樵歌、梵响、松林、落日、浮云、客衣。其中，苍劲的山，郁郁的树，落日的山景，飘浮不定的云，都给人以苍劲大气、境界阔大的感受。本诗中，除了"向"字，都是实词性的词组，这些实词或词组组合在一起，这样必然在有限的篇章中增大了内容的含量。而在《渔家傲》词中，词作摄取了在赏春游玩时的一个小景，记下了自己刹那间的一丝感受。词中物象有墙头、树、落花、楼、秋千、绿索、红旗、彩柱、莺鸟。所取物象不过是一园一景，内容只是抒写对琐小物景中女子的倾慕之情，这些景物纤巧、琐小，这种景象就产生出一种小、浅、细、微的感受。在本首词中，虚字有头、几、片片、双、只得、欲等，这些虚字，在词中起到修饰作用，使物象更加鲜明，但同时也使词作在有限的字句中所包含的内容较少。上述例子说明，诗作较之词作更为简练，而词作更为注意应用虚字、铺排、烘托等表现形式；诗作内容较之词作更为丰富；诗作取景较之词作更为阔大，而词作取景向着细小、细致发展。

概括说来，欧阳修诗词题材的差异性，主要表现为三点：

一是欧阳修诗词题材的取向不同。欧诗侧重于咏怀、写景、送别、颂美赞扬题材，所反映的是士大夫及官僚阶层的正统思想与观念，举凡立言立志、政治抱负、国计民生等严肃、正统、重大、正面等题材，用诗作来表现；而欧词则集中于男女情感、女性生活、女性身体与艳情，以及闲适

---

① 傅璇琮等主编：《全宋诗》，北京大学出版社1998年版，第3584页。
② 唐圭璋编：《全宋词》，中华书局1965年版，第129页。

生活等，观赏、玩物、玩乐与情色享受倾向较浓，所反映的是社会诸阶层的世俗情色追求，表达出占社会主流地位的男性私密化情感。这种取材的倾向，最终导致了欧阳修诗词在风格上的显著性差异。

二是欧阳修同题材的诗词，其题材的取材宽窄程度也不同。大致说来，同题材诗词中欧诗取材较宽，倾向于在诗中抒写严肃、正统、高雅、公开的题材以及与客观、自然、物象等有关的题材。而其词作则倾向于抒写情色、女性、闲适、享受的题材，以及离宴、私情等题材。

三是欧阳修诗词题材的表现形式不同。诗作的表现形式主要是议论、描写，个别诗作有象征手法的运用。而词作则主要是采用烘托气氛、描写景物、隐喻情景、拟人与拟物等手法。

总之，欧阳修诗词题材的差异性，无论是从表现形式还是题材取向口径、题材取向等方面，都有明显不同。就两者的主要区别来看，诗作更为突出体现了文人士大夫阶层的高雅、严肃、正统情趣，而词作似乎主要反映出社会诸阶层的世俗享乐情怀。对欧阳修诗词题材分途的认识，只有从上述方面加以比较才能得到更加全面的结论。

三 从欧阳修诗词题材差异看宋人诗词的功能观

自古以来，人们就对诗歌功能非常重视。孔子认为诗具有"兴、观、群、怨"和"多识鸟兽草木之名"的功能，《礼记·乐记》主张"动天地，感鬼神，莫近于诗"，强调诗歌的祝祷与祈禳功能。在承继前人的基础上，宋人对诗词功能又有了新的认识。欧阳修诗词题材的差异性，比较典型地反映了北宋前中期人们对于诗词不同的功能观。

诗词这文学体裁具有不同的功能观，是宋初百年人们的基本认识。如田锡以为"夫人有文，经纬大道，得其道则持正于教化，失其道则忘返于靡漫。"① 王禹偁以为"夫文，传道而明心也，古圣人不得已而为之也。"② 张咏认为："文章之兴，惟深于诗者，古所难哉！……观夫所尚，率以治世为本，随事刺美，直在其中。"③ 上述所言之"文"，在他们的概念指称中同时包含着"诗"在内。北宋前中期，处于道统建设的需要，"文以载道""文道相合"成为社会对文人的一种要求，咏怀诗经历了晚唐五代琐碎的诗风，"晚唐诗气格不高"后，在北宋前中期重新回归了偏

---

① 田锡：《咸平集》，影印文渊阁四库全书本，第381页。
② 王禹偁：《小畜集》，影印文渊阁四库全书本，第175页。
③ 张咏：《乖崖集》，影印文渊阁四库全书本，第1页。

重"言志"的传统。①

欧阳修诗作题材仅咏怀、写景咏物、送别和颂美赞扬四者就占了其诗作总数的83.55%，其中咏怀诗占了其诗作总量的36%左右，表达闲适的诗作，仅仅占了其总量的0.47%。而欧阳修词作题材相对集中，基本上集中在男女情感、女性、艳情、闲适题材上，这几类加起来就占到了其词作总数的70%以上。这说明，由于欧阳修对诗词的不同功能观的认识，使他在表达不同感情时选取了不同的艺术形式。欧阳修对范仲淹的词作批评，恰好表明了欧阳修对词体功能的认识。《东轩笔录》卷一一记载：

> 范文正公守边日，作《渔家傲》乐歌数阕，皆以"塞下秋来"为首句，颇述边镇之劳苦，欧阳公尝呼为"穷塞主"之词。及王尚书素出守平凉，文忠亦作《渔家傲》一词以送之，其断章曰："战胜归来飞捷奏，倾贺酒，玉阶遥献南山等"。顾谓王曰："此真元帅之事也。"②

欧阳修对范仲淹词作的讥讽，显然是出于他对词体功能的认知。欧阳修对词体的认识与范仲淹不同，他对范在词中"颇述边镇之劳苦"感到不满意，因为在欧阳修看来，词作不是用来抒写悲凉情怀的，词作应该用于欢娱、颂美的目的。与此相近，欧阳修曾经在《西湖念语》中表述过他的词作创作目的：

> 虽美景良辰，固多于高会；而清风明月，幸属于闲人。并游或结于良朋，乘兴有时而独往。鸣蛙暂听，安问属官而属私；曲水临流，自可一觞而一咏。至欢然而会意，亦旁若于无人。乃知偶常来胜于特来，前言可信；所有虽非于已有，其得已多。③

这种创作目的，实际上是把写词作为乐事，把词体当作娱乐的工具，词作在这儿担负着娱乐的功能。正是在这种明确的娱乐目的支配下，欧阳修才"因翻旧阕之辞，写以新声之调，敢陈薄伎，聊佐清欢"④。至于说

---

① 参见张兴武《宋初百年文道传统的缺失与修复》，《文学遗产》，2006年第5期。
② 魏泰：《东轩笔录》卷一一，中华书局1983年版，第126页。
③ 唐圭璋编：《全宋词》，中华书局1965年版，第121页。
④ 同上。

到欧词的抒怀功能，应该看作是此期词作功能的发展，说明由于文人们的努力，词作的咏怀功能才得到加强。从某种程度上说，这是向着曲子词曾经拥有的抒怀功能的回归。有学者在考察北宋诗歌创作实际后指出："考察台阁重臣宴游唱和之作，许多缘情遣兴、流连光景的题材，若以所谓'诗庄词媚'来衡量更适合用'词'表现的题材，诗人们并未选取'词'的形式。"① 同这些台阁重臣一样，欧阳修也是因为对诗词功能观抱有不同的看法，所以他在表现某种题材时便有意识地选择文体，但是，与这些台阁重臣相反，欧阳修把闲适题材绝大多数以诗歌而不是词体的形式表达出来。

上文说明，正是由于欧阳修对诗词抱有不同的功能观，所以他才选择了诗或者词来抒写不同题材的事类或感情。就宋初百年诗词总体情况而言，由于当时人们对诗词抱有不同的功能观，诗词的生产与消费就必然产生不同的走向。基于这种情形下的诗词生产，才最终造成了诗词题材、风格与表现形式的分途。欧阳修诗词题材的分途，是其例证之一。

诗词题材的分途，是我国古代文学艺术发展史上的一件大事。词体历经千年发展，在题材选择、艺术表现等方面出现了很多变化，然而即使到了今天仍然具有其本色，既没有变成诗也同曲有着鲜明的区别。诗词题材的分途，应该是词体顽强地守护其特色的重要原因之一。而宋诗之所以形成其风格特质，与诗词题材的分途关系也是比较密切的。可以说，此期诗词在题材上的分途现象，对形成宋代诗词格调乃至宋型文化特征，都有着重大影响。欧阳修诗词的差异，正好为我们提供了一份典型的研究范本。

第三节 "因诗求道"与黄庭坚诗歌的类型化特征

黄庭坚具有北宋理学代表人物所推崇的道德气象，他从存养入手，践履其心性观。他的外甥洪炎赞颂其学问之本："其发源以治心养性为宗本，放而至于远声利。"② 洪炎得黄庭坚所传，其言可信。黄庭坚与周敦

---

① 杨晓霭：《宋声诗研究》，博士学位论文，扬州大学，2003 年。
② 转引自王运熙、顾易生主编《中国文学批评通史》（肆），上海古籍出版社 1997 年版，第 194 页。

颐的两个儿子周焘（周元翁）与周寿关系密切，这可能是黄庭坚深探理学的一个重要途径。① 黄庭坚有文与元翁，其中透露出他对性理之学的理解。② 这些情况说明，黄庭坚对于理学的心性存养是很在行的。黄庭坚又有把写诗当作其求道亦即践履其心性观的倾向，他评价陈师道"陈侯学诗如学道"，又说"诗句且排闷"，这说明，黄庭坚在思理上具有把心性存养与诗歌创作相统摄的倾向。这就为我们从黄庭坚的心性存养与其诗歌艺术相联系的角度，来深入探讨其诗歌特质的形成原因以及其诗学理论的矛盾性等问题，提供了必要的学理基础。黄庭坚的"因诗求道"正是建立在他试图统摄心性存养与诗歌艺术思想之上的。

从黄庭坚生活的时代开始，人们就试图对黄庭坚心性存养与其诗歌创作之间的关系进行研究。南宋魏了翁已经明确提出了黄庭坚诗歌与其心性存养具有紧密联系的见解③，不过，近百年的黄庭坚诗文研究成果表明，近人似乎于此研究力度尚嫌不够。由于这一问题事关对黄庭坚诗歌特征的产生原因及其生成背景的正确理解，也涉及如何认识理学心性存养与两宋诗歌之间的关系等重大问题，因此，很有必要对此进行继续探讨。

一 黄庭坚的心性存养

对黄庭坚心性存养与诗歌创作之间关系的探讨，必须从黄庭坚的心性存养说起。因为，黄庭坚对诗歌功能的新拓展亦即以诗求道，以及由此而影响到他的诗歌题材、诗歌主题和诗境取向等若干诗学内容，无一不与黄庭坚的心性存养紧密相关。

心性存养是宋明理学的核心课题。对于"心"、"性"的理解，蒙培元先生曾经指出："'心'有两层含义，一是指认识器官及其'知觉'、'思虑'等认识功能及作用；一是指主体自身内在的道德本能或情感意识。它们分别代表认知理性和道德理性、审美意识"；"'性'是人之所以为人的内在本性，主要被归结为人的道德本性或道德理性。"④ 由此可见，"心"与"性"是不可分割的，理学范畴的"心"与"性"在很多方面

---

① 黄庭坚撰，史容注：《黄庭坚外集诗注》卷九载："（黄庭坚）《集》中与元翁及次元唱和诗凡十篇。"
② 参见黄庭坚撰，史容注《黄庭坚外集诗注》，上海古籍出版社影印文渊阁四库全书本，第372页。
③ 魏了翁：《鹤山集》，上海古籍出版社影印文渊阁四库全书本，第595页。
④ 蒙培元：《理学范畴系统》，人民出版社1989年版，第175—176页。

是交叉的。在不同的理学家那里，"心"与"性"的范畴也不太一致。不过，北宋理学家倒是都主张性是心自我超越的本体存在，这种存在是客观法则的主观呈现。

黄庭坚对心性的深刻理解，莫过于他对周敦颐的评价。黄庭坚评价周敦颐具有"光风霁月"的气象，这一论断因为涵盖了中唐韩愈、李翱等人对道体的体悟，并充分吸收了佛学对性体的认知，而成为后人形容北宋理学家的经典表述之一。从周敦颐的著作来看，他是以诚为性，以神为心，把心性合而为一，以为神"发之微妙而不可见，充之周遍而不可穷"①，诚即仁义中正之性，通过神的妙用表现出来，心体以诚为本，而诚以神的妙用表现，心体就可以如同日月"充周不可穷"。黄庭坚据此评价周敦颐胸中洒落如"光风霁月"，可见黄庭坚对周敦颐等人的理学有着深刻的理解。

黄庭坚所讲的性体，是圣人的质地，慎独、自讼等存养功夫乃是实现道德目的的必需手段。他写道："道行不加，穷处不病，此之谓性。……性则圣质，学则圣功。……道立德尊，宗吾性有。"② 他以为道与德，都是建立在儒学的"性有"的基础上的。他所讲的性体，也是儒家所认为的性体："今孺子总发而服大人之冠，执经谈性命，犹河汉而无极也，吾不知其说焉。……吾子强学力行，而考合先王之言，彼如符玺之又可印也。"③ 可见，黄庭坚从"光明"来认识性体，走的是中唐李翱的理路，都是以"光明"、"寂然"等作为对"性体"的觉相表述："禅心默默三渊静，幽谷清风淡相应。丝声谁道不如竹，我已忘言得真性。罢琴窗外月沉江，万籁俱空七弦定。"④ 这说明，黄庭坚体认的性体，有着佛学渊源，他是以佛学的思理来论证心体性体的。黄庭坚所讲的心体，等同于性体："明月本无心，谁令作寒鉴。王度无畦畛，包荒用冯河。"⑤ 黄庭坚的心体同他所表述的性体一样，同样可以外显为日月，这个心体，是无欲无求的，是自然存在的。

黄庭坚并没有进一步对心体、性体进行分析。显然，黄庭坚对心体的

---

① 周敦颐：《周元公集》，上海古籍出版社影印文渊阁四库全书本，第423页。
② 黄庭坚：《黄庭坚集》，上海古籍出版社影印文渊阁四库全书本，第103页。
③ 同上书，第141页。
④ 任渊注：《黄庭坚内集诗注》，上海古籍出版社影印文渊阁四库全书本，第269页。
⑤ 同上书，第67页。

研究与体认较之北宋那些著名的理学家而言尚缺少深度，比较而言，黄庭坚似乎更加注重对存养功夫的探求与体悟。他在《孟子断篇》中写道："曾不知前圣后圣，所谓若合符节者，要于归洁其身者观之。"① 这就抓住了北宋儒学发展的核心之路。北宋理学家在孔孟等一千多年以后掀起了发展儒学的热潮，凭其体悟感受而得以深入孔门，而不是演化为其他学说，走的恰是通过体悟来把握儒学精髓之路。黄庭坚敏锐地看到了这一点。在《孟子断篇》中，他写道："方将讲明养心治性之理，与诸君共学之，惟勉思古人所以任己者。"② 可见，黄庭坚的存养目的是非常明确的，那就是修养心体性体。他之所以强调存养，其目的便是加强自身道德修养，为求做圣人积累功夫："阅世行将老斲轮，那能不朽见仍云。岁中日月又除尽，圣处工夫无半分。"③ 可见，黄庭坚的心性存养是以理学"求做圣人"为目的的。这一点，宋人已经有所认识："宋儒黄伯起称其著作合周孔者居多而流于庄周者无几。"④ 这说明，黄庭坚的心性存养，其宗旨与儒者所提倡的修身、建立事功等主张相一致，至于他学习道、佛修养心性的方法，应该是为了实践心性存养而采取的手段。

　　黄庭坚所认同的存养途径，是多方面的。他特别重视从传统的儒学经典中摄取存养的方法。他写道："由学者之门地，至圣人之奥室，其途虽甚长，然亦不过事事反求诸己，忠信笃实，不敢自欺，所行不敢后其所闻，所言不敢过其所行，每鞭其后，积自得之功也。"⑤ 在此他强调使用诸如自讼、慎独、践行、不自欺等手段，来实现做圣人的目标。他从道家学说中，体悟出以修心作为存养功夫的重要性："看着庄周枯槁，化为胡蝶翩轻。人见穿花入柳，谁知有体无情。"⑥ 黄庭坚由庄周梦蝶而体悟到，"有体无情"才能够存养真性，不惹外在的是非。他又以佛教的止观之法来修心，以之实现存养的目的："观水观山皆得妙，更将何物污灵台。"⑦ 显然，他以止观法所求的是保持心体性体的纯洁与无瑕。他仿照佛教存养功夫而给以儒学化的改造，以实现道德存养的目的，写有《食时五观》。

---

① 黄庭坚：《黄庭坚集》，上海古籍出版社影印文渊阁四库全书本，第103页。
② 同上。
③ 史容注：《黄庭坚外集诗注》，上海古籍出版社影印文渊阁四库全书本，第319页。
④ 黄庭坚：《黄庭坚集》序，上海古籍出版社影印文渊阁四库全书本，第4页。
⑤ 黄庭坚：《黄庭坚集》，上海古籍出版社影印文渊阁四库全书本，第197页。
⑥ 史容注：《黄庭坚外集诗注》，上海古籍出版社影印文渊阁四库全书本，第174页。
⑦ 同上书，第196页。

元人虞集评价为:

> 君子之道,坐如尸,立如斋,瞬有存,息有养,一动静,通梦觉,心无不在也。食时之观,省察之一事也。黄庭坚老人之示戒密矣,苟善用之,诚修身之良药,彼冥然罔觉者,固无难焉,而妄谈法空,谓世教为不足行者,亦不可不以善性比丘为戒也。①

可见,黄庭坚从佛教的心性修养方法入手,在《食时五观》里实现的是道德修养的功夫,而非追求佛教的"佛性清净"体验。

黄庭坚对文章与存养功夫的关系有所认识。他写道:"少章别来逾年,文字亹亹日新,不惟助秦氏父兄欢喜,予与姚张诸友亦喜,交游间当复得一国士。然力行所闻,是此物之根本,冀少章深根固蒂,令此枝叶畅茂也。"② 黄庭坚希望秦观"力行",以使"枝叶畅茂",联系上下文看,黄庭坚强调要提高写作文章的能力,必须在心性存养方面"力行",而"力行"如何促进写作文章,黄庭坚没有明说。因此,对黄庭坚的心性存养与诗歌风貌发生联系的连接点进行研究,就显得尤为重要了。

二 参悟求理与"因诗求道"

黄庭坚作为一个服膺理学的诗人,在主体修养方面注重参悟求理以践行其心性观,实践着求做圣人的崇高理想;而在诗歌创作论与鉴赏论等方面,他又有因诗求道的倾向,可以说,求理是其共同的逻辑起点。

黄庭坚的求道与求理,文献可见很多表述。他有观画诗:"酒浇胸次不能平,吐出苍竹岁峥嵘。卧龙偃蹇雷不惊,石与此君俱忘形。"③ 黄庭坚观画时舍弃了对其竹与石外在面貌的摹写刻画,而是把笔触深入到石与竹的内在精神即"心不惊"、有"真意"上,明显表露出黄庭坚是以观画为手段和途径,其目的是"格物求理",通过观画来存养其心性,体悟其中的道德之意。显然,黄庭坚是以观画为手段,抒写修性等理学境界。对此,任渊注中已经有所认识,他在黄庭坚诗句"吾闻绝一源,战胜自十倍"下有解释:"此句以下言胸中高胜则游戏笔墨,自当不凡。"在诗句

---

① 虞集:《道园学古录》,上海古籍出版社影印文渊阁四库全书本,第171页。
② 黄庭坚:《黄庭坚集》,上海古籍出版社影印文渊阁四库全书本,第281页。
③ 黄庭坚撰:《黄庭坚内集诗注》,任渊注,上海古籍出版社影印文渊阁四库全书本,第156页。

"荣枯转时机，生死付交态"下又有解释："黄庭坚此句言处死生之变，我初无心从彼，世情自作异见。"① 任渊看到了黄庭坚诗作中所吐露的"胸中高胜"之处，实际上也就是指出了黄庭坚在诗歌中所吐露的心性存养之妙理。这说明，黄庭坚对"物"的认知过程，其中贯穿着他以之求理的强烈主体意识，他总是试图从中发现有助于其心性存养的"理"，而不是从单纯的审美意蕴中去把握观照对象的美感。

在黄庭坚的诗文创作中，求理与求道往往是分不开的，求道亦是求理，都是与心性有关，或者是指心性的存养功夫，或者是借用佛教与道教的术语来表达存养所达到的境界，或者是对心体性体之"实"的体悟。黄庭坚有诗句："大道体甚宽，窘束非达观"②，"厌观世风波，谁家保长年。念昔声利区，与世阙周旋。大道甚闲暇，百物不废捐。"③ 这两首诗都抒写了自己对"大道"的体悟。可见，黄庭坚之求道是与心性存养紧密相关的。

上述分析旨在说明，黄庭坚的求理是与求道相一致的，而他的求理与求道，又是与其心性存养相联系的，可以说，黄庭坚的心体性体道体理体，是在一个逻辑层次上的概念，作为求理而言，黄庭坚也与他同时代的理学家一样，试图以自然理性来论证道德理性的合理存在，又以道德理性作为求理的最终归属。

值得注意的是，诗歌写作对于黄庭坚来说，很大程度上是他借以悟道求道的媒介，他写道：

> 诗者，人之情性也，非强谏争于廷，怨忿诟于道，怒邻骂坐之为也。其人忠信笃敬，抱道而居，与时乖逢，遇物悲喜，同床而不察，并世而不闻，情之所不能堪，因发于呻吟调笑之声，胸次释然，而闻者亦有所劝勉，比律吕而可歌，列干羽而可舞，是诗之美也。其发为讪谤侵陵，引颈以承戈，披襟而受矢，以快一朝之忿者，人皆以为诗之祸，是失诗之旨，非诗之过也。故世相后或千岁地相去，或万里诵

---

① 黄庭坚撰：《黄庭坚内集诗注》，任渊注，上海古籍出版社影印文渊阁四库全书本，第157页。
② 史容注：《黄庭坚外集诗注》，上海古籍出版社影印文渊阁四库全书本，第401页。
③ 同上书，第350页。

其诗,而想见其人,所居所养,如旦暮与之期,邻里与之游也。①

　　黄庭坚之所以有如此诗学观,就是他把诗歌作为求道之用。把这段话同二程门人杨时所以为的"作诗不知风雅之意不可以作","观苏东坡诗只是讥诮朝廷,殊无温柔敦厚之气,以此人故得而罪之"②加以比较,就会发现,黄庭坚以诗求道与理学家的诗学观主张是相同的。

　　黄庭坚的以诗求道与参悟求理在实践的步骤和方法上是一致的。理学勃兴的时代,士人受其影响,在对外在世界和主体内向性的认知上,都表现出鲜明的思维指向。正如朱熹所讲:"大抵天地间只一理,随其到处,分许多名字出来。"③万物都是内含道体。黄庭坚亦多处论及以诗为求道的器具,他以诗为心性修炼的法门,如:"作诗当鸣鼓,聊自攻短阙"④,"诗句且排闷,遥知乌衣游"⑤。这说明,黄庭坚把诗歌视同于修炼心性的克治功夫来使用。黄庭坚重视以诗求道,导致他在学习前辈作家时把注意力也放在对范型作家的求道功夫及心性存养所及的境界上来。如他以为杜甫写诗论诗都表现出求道的特征:"探道欲度羲黄前,论诗未觉国风远。"⑥准确地体悟到杜甫诗歌以儒学人生追求为标准的求道特征以及杜甫本人以探求"道统"和"诗统"为己任的情怀。值得注意的是,他特别提到了杜甫的"乐易",这就很容易让人联系到张载所强调的"物吾与也",与宇宙万物为一体的道体体验。当然,黄庭坚重视从心性存养角度对范型作家进行评判,其实也是风气使然。如稍长于黄庭坚的王安石即因为李白诗篇多"妇人与酒"、"不及道"而不满。看来,作为生活在既定的社会文化生活中的作者,其思想活动与生活实践毕竟是属于历史的,由此他们所创作的诗篇也只能是属于那个历史阶段的客观存在。

　　黄庭坚强调"因诗求道"要以儒学的经术道义为根本。他认为诗歌是克治存养的手段,诗歌在这里是为了表达"道机禅观转万物"所用,而不仅仅是"言志抒怀":"江津道人心源清,不系虚舟尽日横。道机禅

---

① 黄庭坚:《黄庭坚集》,上海古籍出版社影印文渊阁四库全书本,第277页。
② 杨时:《龟山集》,台湾商务印书馆影印文渊阁四库全书本,第204页。
③ 朱熹:《朱子语类》,上海古籍出版社影印文渊阁四库全书本,第103页。
④ 史容注:《黄庭坚外集诗注》,上海古籍出版社影印文渊阁四库全书本,第335页。
⑤ 同上书,第413页。
⑥ 同上书,第461页。

观转万物，文采风流被诸生。与世浮沉惟酒可，随人忧乐以诗鸣。"① 可见，黄庭坚认为，诗歌的功能在于作者抒写内心的心性及其存养体悟，从而潜移默化地影响阅读者。在这里，黄庭坚也隐约透露出自己对写作主体心性存养的期待。在另一段文献中，黄庭坚进一步把写作者的心性存养功夫高低与诗歌写作水平的高低结合起来进行讨论。他赞同苏轼的意见，并作进一步说明：

> 苏子曰：世之工人，或能曲尽其形，至于其理，非高人逸才不能办，意其在斯故。籍外论之，梓人不以庆赏成虞，痀偻不以万物易蜩，及其至也，禹之喻于水，仲尼之妙于韶，盖因物而不用吾私焉。若夫燕荆南之无俗气，庖丁之解牛，进技以道者也。文湖州之得成竹于胸中，王会稽之用笔如印印泥者也。《诗》云：鹤鸣九皋，声闻于天。妙万物以成象，必其胸中洞然，好学者，天不能掣其肘。②

他以为，诗歌的写作与文同之画竹、《庄子》中的"梓人"、"痀偻老人"相同，只有不假人力而到达"技进乎道"，才能到达高超境界。黄庭坚虽然引用了苏轼的话，但是他进而阐发的意思却与苏轼本意有所不同。他以为，要想达到"妙万物以成象"，亦即以文笔的描摹而把万物逼真地刻画出来，需要"胸中洞然"。也就是说，只有通过对心体性体道体的认知和存养，达到"无私"、"清静"、"无欲"等层次，才能实现"技进于道"。众所周知，不管是理学家还是道家人物，他们都强调不以己私强加于物，才能发现物之所以为物的"道"，亦即其本体特征与规律。由此可见，黄庭坚所谓的以诗求道其中必然含有追求经术道义的成分，而不仅仅是局限于以道家理论来表达其对道体的体悟和认知。这可以从他另一段论述中得到证明，他写道："诗正欲如此作，其未至者，探经术未深，读老杜、李白、韩退之之诗不熟耳。"③ 显然，黄庭坚以为，深探"经术"与读"老杜、李白、韩退之之诗"，是达到诗歌胜境的必经之路。而在这两者之中，深探"经术"自然是与熟读经典作家的诗篇相联系的，这两者应该是根本与枝叶的关系。联系起来看，黄庭坚强调以诗求道要以儒学所

---

① 任渊注：《黄庭坚内集诗注》，上海古籍出版社影印文渊阁四库全书本，第164页。
② 黄庭坚：《黄庭坚集》，上海古籍出版社影印文渊阁四库全书本，第321页。
③ 同上书，第188页。

推崇的经术道义为本,就不难理解了。

很多时候,黄庭坚确实是把诗歌作为探求心性存养的手段和凭借来对待的。他评价陈师道"陈侯学诗如学道"。史容注:"《王立之诗话》称潘邠老云陈三'学诗如学仙,时至骨自换',自谓此语得意。然黄庭坚有学诗如学道之句,陈三所得岂其苗裔耶?今按:《张良传》:'乃学道欲轻举',学道即学仙也,陈无己此语,乃印黄庭坚之言。"① 细考黄庭坚对陈师道"学诗如学道"的评价,史容所注可能是站不住脚的。黄庭坚称赞陈师道不以贫苦和路穷而改变学诗的志趣,肯定他身体力行体悟与钻研写作诗歌的技巧,以至于达到了"春风吹园动花鸟"、"霜月入户寒皎皎"的得道气象,联系到黄庭坚评价周敦颐和其子周元翁都以《易·文言·乾》所用的以日月天地同道德修养相联系的思路,而以日月的"广大精神"来形容得道境界,故黄庭坚赞美陈师道"霜月入户寒皎皎"当是黄庭坚赞颂他的以诗求道所达到的至高得道境界。可见,黄庭坚把写作诗歌作为一种手段来达到求道的目的。

三 诗境生成与心性存养

如前所述,黄庭坚诗歌具有以诗求道的功能,这一功能与参悟求理在思理、目的上具有一致性,而他的"因诗求道"又作为实现参悟求理的凭借而存在。由此可知,作为诗歌创作主体的诗人,由心性存养而致的人格气象、主体精神、爱好追求等因素,会在诗歌创作中有所反映。

学术界公认,黄庭坚诗风主要表现为奇崛瘦硬、平淡简远。而值得注意的是,黄庭坚诗歌风貌还有长期以来被忽视的方面,此即"格韵高绝"。"格韵高绝"出自苏轼对于黄庭坚诗歌的一段评论:"读鲁直诗,如见鲁仲连、李太白,不敢复论鄙事,虽若不入用,亦不无补于事也。鲁直诗文如蝤蛑江瑶柱,格韵高绝,盘飧皆废,然不可多食,多食则发风动气。"② 他又写道:"观其文以求其为人,必轻外物而自重者,今之君子,莫能用也。……意其超逸绝尘,独立万物之表,驭风骑气,以与造物者游。……虽如轼之放浪自弃与世阔疏者,亦莫得而友也。"③ 长期以来,学术界对苏轼的上述评价,或以为是苏黄争气而苏轼贬低黄庭坚,或以为是黄诗长于拗硬用奇所带来的创作上的弊病,有意无意地忽略了苏轼在文

---

① 史容注:《黄庭坚外集诗注》,上海古籍出版社影印文渊阁四库全书本,第452页。
② 转引自傅璇琮编《黄庭坚和江西诗派资料汇编》,中华书局2004年版,第5页。
③ 同上书,第4页。

中所推崇黄庭坚诗歌的"格韵高绝"这一特征。我们以为，产生黄庭坚"格韵高绝"风格的原因，恐怕应该从黄庭坚的心性存养与其诗歌品格发生关系的角度来进行分析。就苏轼对黄庭坚其人与其诗文的评价来看，苏轼所谓的"格韵高绝"，指的是因为黄庭坚具有"轻外物而自重"的个体心性存养，所以外显为诗歌的"超逸绝尘"气象。显然，这里的"格"当指诗歌的品格、格调，也就是诗歌的境界问题；"韵"当指"气象"，这也与诗歌的境界有关。文献表明，黄庭坚本人非常重视诗"格"与"韵"。他评价王观复诗歌："王观复作诗有古人态度，虽气格已超俗，但为能从容中玉佩之音。"[①] 黄庭坚又常以"韵"论诗、画、书："笔墨各系于人，工拙要须其韵胜耳。"[②] 又以为："诗颂得出尘拔俗，有远韵而语平易"。[③] 凌左义以为，黄庭坚诗歌之"韵"，其中要义之一是指超脱出俗的风神。[④] 可见，黄庭坚所讲的"格"乃是指诗歌的体制或者风格而言，"韵"是指诗歌的超凡脱俗的艺术审美取向。其实，宋人评价黄庭坚诗歌时，已经注意到黄庭坚诗歌的境界、气象等问题。如《王直方诗话》就记载黄庭坚论诗："黄庭坚论诗文不可凿空强作，待境而生，便自工耳。"[⑤] 此所谓的"境"，正可从心性存养而致的气象来理解。慧洪也以为："鲁直学道休歇，故其诗闲暇。"[⑥] 既然"闲暇"与"学道"有关，那么，"闲暇"也是就黄庭坚诗歌的得道气象而言。方回对于黄庭坚的推崇，很大程度上也是因为黄庭坚诗歌具有"格高"的特征。[⑦] 可见，黄诗具有"格韵高绝"的风貌，乃是前人对黄诗深入研究所得的结论，值得我们重视。

  我们以为，以克治存养为手段，追求道德充盈、体悟天下万物运化之理，以及把诗歌用作求道的工具，是黄庭坚诗歌形成"平淡简远"、"格韵高绝"风貌的动因和基础。

  原始儒学的圣人形象，历经千年的流变，到了宋代前期已经成为神化了的崇高庄严形象，这也注定了以儒士为主体的士人在追求"内圣外王"

[①] 黄庭坚：《黄庭坚集》，上海古籍出版社影印文渊阁四库全书本，第273页。
[②] 黄庭坚：《黄庭坚外集》，上海古籍出版社影印文渊阁四库全书本，第442页。
[③] 同上书，第722页。
[④] 凌左义：《黄庭坚"韵"说初探》，《中国韵文学刊》1993年总第7期。
[⑤] 转引自傅璇琮编《黄庭坚和江西诗派资料汇编》，第23页。
[⑥] 同上书，第33页。
[⑦] 参见邱美琼《承传与转折：方回对黄庭坚诗歌的接受》，《重庆社会科学》2006年第3期。

的崇高境界时，合乎逻辑地演变成具有了为求道而献身的悲壮精神与悲悯情怀。于是，道义礼法就成为一种外在的力量，规范和匡正着士人的内在精神。由此，以儒学为知识主体的知识分子，在诗歌中要表现出"平淡简远"的风貌，只能冲破儒学的束缚而引入佛老思想。到了北宋中后期，随着新儒学代表人物北宋四子相继登上历史舞台，他们"直接以孔子为标准，直就孔子之生命智慧而以自觉地作道德实践以清澈自己之生命，以发展其德性人格"[1]，由此之故，他们自觉走着三教统合的路子，摄取佛老理论以及心性存养精华而为儒者所用，出仕为官的同时却也可以做到官隐，很好地调适了为官与处隐之间的矛盾。黄庭坚为官却又时时存养心性，就是一个例子。无论诗书茶画，或者是游玩应酬，他都能从中发挥出事关心性存养的道理，反映在他的诗歌创作上，以诗求道自然就带来了"平淡简远"与"格韵高绝"的诗歌境界。

哲宗元祐二年（1087），黄庭坚由校书郎改任著作佐郎，他给孔毅父写诗：

> 管城子无食肉相，孔方兄有绝交书。文章功用不经世，何异丝窠缀露珠。校书著作频诏除，犹能上车问何如。忽忆僧床同野饭，梦随秋雁到东湖。[2]

诗句用了韩愈《毛颖传》、班固《汉书·班超传》、鲁褒《钱神论》、嵇康《与山巨源绝交书》等著作中的典故，暗含有对自己不被赏识的不平，以及对碌碌无为的伤感、不满情绪，最后一句，表达出自己对于归隐生活的向往。整首诗风格自然朴质，由此具有"平淡"的风格特征。

崇宁元年（1102），黄庭坚结束了第一次贬谪生涯，被任命为吏部员外郎，他"辞疾不拜，上章乞郡"，遂"得知太平州"。可是仅仅九天后即被免。太平州知州高卫为之治装且偕友人于后花园为黄庭坚举行酒宴，黄庭坚在席上即兴写作了两首诗：

> 欧靓腰肢柳一涡，小梅催拍大梅歌。舞余片片梨花雨，奈此当涂

---

[1] 牟宗三：《心体与性体》，上海古籍出版社1999年版，第12页。
[2] 黄庭坚：《黄庭坚集》，上海古籍出版社影印文渊阁四库全书本，第273页。

风月何。

千古人心指下传，杨姝烟月过年年。不知心向谁边切，弹尽松风欲断弦。①

政治斗争的残酷并没有动摇诗人的心性存养。他从欧、柳、梅等女子身上感受到了风月与历史，诗句用字自然随意，平淡而不减滋味。

由上面引用的几首诗来看，正是由于黄庭坚在心性存养上面下工夫，故外在的仕途坎坷不能动摇其心志，可以说是德性坚定而无所动摇，因此，视外在困苦不遇与女色美景，如泡如幻，浑不留意，诗歌在风格上也体现出自然简远的特征。可以说，没有心性的坚定与淡然，便不会有如此的诗歌境界。

黄庭坚诗歌中也不乏具有"格韵高绝"的境界。正是因为黄庭坚"轻外物而自重"，汲汲于心性存养以实现其追摹圣人的目标，所以黄庭坚诗歌必然趣味高洁。如黄庭坚诗句：

杨君清渭水，自流浊泾中。今年贫到骨，豪气似元龙。男儿生世间，笔端吐白虹。何事与秋萤，争光蒲苇丛。

事随世滔滔，心欲自得得。杨君为己学，度越辈流百。坐扪故衣虱，垢袜春汗黑。睥睨纨袴儿，可饮三斗墨。②

这两首诗是元符三年冬黄庭坚蒙恩东归，杨皓设宴饯之，黄庭坚因之作诗感谢。杨皓时"求泸州而不可得"，正是仕途不遇之时，黄庭坚作诗以不必与"秋萤"陋辈争光相劝，以保持自得无求的心性相期，以为如此自可达到"睥睨纨袴儿"的高境。黄庭坚在这两首诗中所表现的情怀，可以看作是他《书王知载朐山杂咏后》中所说的"仕不遇而不怨，人不知而独乐"语意的注脚。这种"其人忠信笃敬，抱道而居，与时乖逢"的君子人格，每每见于黄庭坚诗文中，从而使其诗歌具有了"格韵高绝"的诗歌审美取向。又如其诗：

---

① 黄庭坚：《黄庭坚别集》，上海古籍出版社影印文渊阁四库全书本，第425页。
② 黄庭坚：《黄庭坚集》，上海古籍出版社影印文渊阁四库全书本，第51页。

莲花生淤泥，可见嗔喜性。小立近幽香，心与晚色静。①

去城二十五里近，天与隔尽俗子尘。春蛙秋蝇不到耳，夏凉冬暖总宜人。②

这两首诗可以看作是黄庭坚内心存养的外在表证。黄庭坚以莲花出淤泥而不染喻自己对心性存养的重视。他在不染一尘的心境中，保留着内心的静谧。诗篇内容说明，本来是去城较远身处农村，想必生活不便，但作者却从中发掘出"天与隔尽俗子尘"的意蕴。他在诗中所塑造的脱尘离俗的人物形象，其聚焦点便是人物的不同流俗的心性存养，由之形成的对于企慕道义、建立德行的人生目的追问和践履体验。而这一切，就是造成其诗歌具有"格韵高绝"审美境界的主要原因。

黄庭坚的很多诗歌，都与表现自我人物形象的心性存养体悟与认知体验密切相关。他在选择物象时，比较重视物与物之间的关系，重视挖掘事物之间关系所蕴涵的"理"，来表达其诗歌主旨。他在《古诗上苏子瞻》诗中，以梅、桃李、皎洁冰雪、松、菟丝、茯苓小草等来喻苏轼及其门人高洁人格与杰出才华，并表达了自己想结交苏轼的急切心情。他推崇苏轼及其门人首先是推崇其道德高尚。可以看出，黄庭坚是以心性存养为第一要义来选择物象的。又如其诗《咏史呈徐仲车》，用诸葛、杜微等人的故事来烘托徐氏的自由、高节，尤其用杜微事，暗示徐仲车耳聋，却正好以杜为榜样，虽去职而更有机会学习经纶。可见，出于塑造高洁自我人格形象的需要，黄庭坚才重视因情裁景，或者干脆直接写心性存养的体悟与感受。因此，黄庭坚在选取表现方式时，才会或因情裁景，因情生境，而非借景生情或者情景交融；或取历史故事多方叠加，形成密集的意象群，来表达既定主旨。由此不难理解，黄庭坚诗歌"自然简远"、"格韵高远"诗歌风貌的形成，是与其心性存养分不开的，他所着意塑造的高洁人物形象的内核，就在于人物的心性存养。而他的心性存养目标最终是为了参悟求理，进而为其德性建设服务。

可见，正是因为黄庭坚具有以诗求道的意图，而把诗歌作为其心性存养的手段和途径，这就直接影响到其诗歌的题材选择、主题锤炼以及诗境

---

① 黄庭坚：《黄庭坚集》，上海古籍出版社影印文渊阁四库全书本，第49页。
② 同上书，第64页。

追求等。正是由于黄庭坚杂采儒、道、佛家修为方法为其存养的手段与途径，而这一切又与以诗求道相联系，特别是黄庭坚强调以诗求道要以经术道义为根本，把诗歌作为凭借和手段服务于心性存养，由此形成了其"平淡简远"、"格韵高绝"的诗境，并外显为其诗歌题材取舍、主旨表达以及审美取向等方面的鲜明特征。同时，黄庭坚对于心性存养的理性追求，也直接提升了其道德品味与气度境界，这种创作主体的自觉审美追求，也是导致其诗歌具有"自然简远"与"格韵高绝"诗境的重要原因。

四 黄庭坚统摄心性存养与诗歌艺术的方法及其诗学价值

心性存养与诗歌特质，按照现代科学分类来讲，是截然不同的事物：前者是道德主体向内追求道义理想和高尚品性的完善，从中国古代文论来讲，属于"道"的范畴；后者包括文学艺术所追求的诗艺境界和艺术技巧等内容，自然属于"文"的范畴。这两者虽然因为实践主体而发生联系，不过毕竟属于不同事物，它们的产生机制、内在矛盾运动变化的规律等方面是不一样的。黄庭坚有意无意地以心性存养的思理和手段来规范诗歌创作，必定会产生矛盾。与他统摄两者的程度不同相匹配，他所写作的诗歌也外显为不同的风貌。约略分为三种形态：

第一，黄庭坚注意力向着"心性存养"偏移，而对诗歌艺术有所忽略。

在这种情况下，黄庭坚诗歌就表现为过于重视"载道"功能，诗歌成为"载道"的凭借，诗歌的内容、旨趣纯以是否能够表述心性存养为目的。就黄庭坚诗歌创作来看，这一类诗歌往往表现为如下特点：

一是程序化特征。为了充分表现心性存养的"载道"功能，黄庭坚诗歌中常以观物而求心性存养，凸显主体对世网与自由、物性与自性的辨析与体认，从而实现对道体心体性体的体悟，并付诸因诗求道的践履实践。为此之故，黄庭坚诗歌中外物如荷、竹、松、鸟鱼虫、字画等等，都被拿过来充当见明心性的"话头"，在诗歌中，这些东西是作为借以求道的凭借而存在，至于诗歌写作这些景物是否是为了即景生情，或者是情景相生，那是无关紧要的。由此，黄庭坚诗歌中往往表现为程式化的特征。如其诗："道人手种两三竹，使君忽来唾珠玉。不须客赋千首诗，若是赏音一夔足。世人爱处但同流，一丝不挂似太俗。客来若问有何好，道人优昙远山绿。"诗有序："简州景德寺觉范道人种竹于所居之东轩，使君杨梦觊题其轩曰'也足',取古人所谓但有岁寒心,两三竿也足者也。"① 诗中所取景物,都是为了表现自我主体人格的高洁与脱俗。其共同特征是,不对外物进行细致的描摹形容,而是取物自身或物物之间能够与心性存养有关的特征刻意去表现,为的是凸显人物的心性存养,其程式化特征是比较明显的。

二是某些诗篇缺少内在逻辑思理。诗中的事物及历史典故,往往与所试图表现的心性存养体悟与践履有距离。黄庭坚创作的某些诗歌,存有试图表达他对心性存养的体悟和认识而比较勉强地使用物象及历史典故的现象。如其诗:"矞云苍璧小盘龙,贡包新样出元丰。王郎坦腹饭床东,大官分物来妇翁。棘围深锁武成宫,谈天进士雕虚空。鸣鸠欲雨唤雌雄,南岭北岭宫征同。午窗欲眠视蒙蒙,喜君开包碾春风。注汤官焙香出笼,非君灌顶甘露椀,几为谈天干舌本。"② 这首诗题为《博士王扬休碾密云龙同事十三人饮之戏作》,是黄庭坚与同事共饮博士王扬休所碾新茶而作。黄庭坚在此诗中所表达的是对进士空谈性命风气的鄙夷,换句话说,他以为空谈性命无益。诗篇虽以"戏作"为题,但是其中含有黄庭坚对心性存养的理解。他认为心性是个践履过程,空谈是没有用处的。在诗中,他为了突出"饮茶能解渴"这一功用,就联系到"棘围深锁武成宫,谈天进士雕虚空"。任注:"国朝试进士多在武成王庙,熙丰性命溺于虚无,元祐初其习犹在。"③ 就全篇来看,黄庭坚把喝茶与"武成宫试进士"相联系,是很勉强的。可见,当黄庭坚过于重视以诗求道功能,仅仅把诗歌看成是求道的凭借和手段而进行创作时,就会在很大程度上丧失诗歌艺术之美。

第二,突出诗歌艺术特质而与"道"产生疏离。

当黄庭坚的诗歌注重自身特征而与求道功能有所疏离时,他的诗歌便随着疏离的程度不同,而在艺术特征上有所表现。黄庭坚广为后人所知的诗法、句法理论与实践,他所推崇的"由技入道"的艺术追求境界,创作上的避旧求新而形成的奇崛拗硬等诗风,都体现出其诗歌在与单纯求道有所疏离后,作为艺术产品而表现出的独立运动与发展规律。

当黄庭坚舍弃在诗歌中表现心性存养内容,而论及诗歌写作技巧方法

---

① 任渊注:《黄庭坚集内注》,上海古籍出版社影印文渊阁四库全书本,第161页。
② 同上书,第109—110页。
③ 同上书,第110页。

与创作规律时,他往往专注于从文学艺术本身的运动发展规律来创作诗歌。这时候,诗歌仿佛只是一件物品而存在,附着于物品之上的心性存养等形而上的"道"都不在黄庭坚重点观照的范围之内。诗歌往往作为独立的艺术而被其观照和研究,这就为黄庭坚提高其诗歌艺术水准提供了可能。

最明显的表现就是,黄庭坚提倡"法度"、"正体",并从"句法"、"诗法"的角度对写作诗歌的规律进行深入研究。他以为:"诗文亦皆好,但少古人绳墨耳。可更熟读司马子长、韩退之文章。凡作一文,皆须有宗有趣,终始关键,有开有合。"这里的"绳墨"即指"法度"而言。此外,黄庭坚又有多处论及"句法":"一洗万古凡马空,句法如此今谁工?"① "句法提一律,坚城受我降。"② 这里的句法,"主要指诗句的构造方法,包括格律、语言的安排,也关系到诗句艺术风格、意境、气势。"③ 正是由于黄庭坚在处理"道"与诗歌艺术的特质时,专注于诗歌艺术本身而非以心性存养为唯一目的,所以他提出了影响深远的"点铁成金"与"夺胎换骨"创作理论。黄庭坚强调的是如何突破"自作语"的问题,亦即强调艺术的创造力;为了实现这一目的,则需多读书,这是实现"自作语"的必需条件和实现途径;而"点铁成金"讲的是如何在"多读书"以获取充足知识储备的基础上,冶炼、提纯古人语言,以最恰当的字词增强诗句表现力。也就是说,"点铁成金"不仅仅是强调"无一字"无来处,作为冶炼提纯文字使之为诗句精当服务的一种方法和手段,"点铁成金"是为了提升作品艺术水平,进而提升作品的独创性服务的。可见,黄庭坚的"点铁成金"与"夺胎换骨",绝不是简单地对前人作品的剽窃、抄袭,而是强调诗歌创作的独创性问题,应该引起我们的充分重视。

第三,既重视心性存养又不忽视诗歌作为艺术而存在,有意无意地试图统摄两者而同时顾及其特点。

黄庭坚在因诗求道的同时,又充分注意到发挥诗歌这一文体的表现长处,表现为抒写心性存养的践履与体验感受、思想与认知,与充分发挥诗歌的抒情性相交融,因而思理深刻,情感动人,情景相生,摇曳生姿。从

---

① 黄庭坚:《黄庭坚集》,上海古籍出版社影印文渊阁四库全书本,第 177 页。
② 同上书,第 21 页。
③ 王运熙、顾易生:《中国文学批评通史》(肆),第 203 页。

创作主体来讲,则表现为敦厚欢愉、中和自然的气象,从创作客体来讲,则外显为自然老成境界。

黄庭坚力图调适诗歌艺术特质与心性存养这二者运行发展规律方面的矛盾,尝试从更高的层面上统摄这两者。如他讲"好作奇语,自是文章病,但当以理为主。理得而辞顺,文章自然出类拔萃。观杜子美到夔州后诗,韩退之自潮州还朝后文章,皆不烦绳削而自合矣。"① 与这段文字相联系,黄庭坚论及"所送新诗,皆兴寄高远,但语生硬不谐律吕,或词气不逮初造意时,此病亦只是读书未精博耳。长袖善舞,多钱善贾,不虚语也。南阳刘勰尝论文章之难云:'意翻空而易奇,文征实而难工',此语亦是。沈谢辈为儒林宗主时好作奇语,故后生立论如此。"② 可见,黄庭坚所讲的"理",是与"意奇"相对立而使用的术语。联系后文看,黄庭坚所重视的"理",乃是实现"不烦绳削而自合"的必要条件。有学者对"杜子美到夔州后诗,韩退之自潮州还朝后文章"研究表明,杜诗与韩文此期诗文,都与政治及个人遭遇相关。③ 可见,黄庭坚所讲的"以理为主",当包括重视创作主体的修养与诗歌艺术创作规律而言,而不仅仅只是强调对诗歌艺术或者是客观规律的把握。由此可知,黄庭坚已经认识到,要实现诗歌创作"由技入道"的境界,就应该有意识地统摄心性存养与诗歌艺术创作,必须在更高的"理"层面上调和两者。

不过,诗歌艺术毕竟是审美的艺术,具有自身的认知、创作和审美等方面的客观运行规律,而心性存养是纯粹的道德理性认知与践履范畴。要想调适这两者,不仅仅要超越两事物之间存有的认知与实践、客观艺术标准与主观判断标准等方面的巨大差异,即使从单纯的哲理层面来讲,也是隔着一道鸿沟。从西方哲学的发展来看,康德哲学试图从审美的角度来沟通认知理性和道德理性,但最终仍然是用力甚巨而不得结果。④ 作为有着深厚理学素养的黄庭坚来讲,他同时也是具有高超诗歌写作技巧的诗人,他试图调适这两者的关系。由此造成的结果,便外显为他对于诗歌艺术技巧与创作方法的矛盾化的独特解决方式,最终造成了黄庭坚诗歌重视"法度"与"无法"、"奇崛拗硬"与"自然简远"等诗学体系上的矛盾

---

① 黄庭坚:《黄庭坚集》,上海古籍出版社影印文渊阁四库全书本,第 184 页。
② 同上。
③ 曾子鲁:《从奇峭中见拙朴,于瘦硬处出清新》,《赣南师范学院学报》1996 年第 4 期。
④ 参见牟宗三《心体与性体》,上海古籍出版社 1999 年版,第 63—98 页。

统一。

　　重视"法度"与推崇"无法"的矛盾统一。黄庭坚在《与洪驹父书三首》中，前后都提到"绳墨"，不过他在开头强调要重视研究司马迁、韩愈文章，以之为"绳墨"，规范写作；而在后面，他却又强调"不可守绳墨"，这种前后不一致的说法，反映出黄庭坚深刻的诗学矛盾。追溯这一矛盾的思想根源，黄庭坚试图遵循诗歌艺术的规律，以因诗求道的方式抒写其心性存养，不能不说是其中重要的原因。这可以从两个方面来认识：一方面，从诗歌创作来讲，艺术境界、艺术表现力等，都是需要以诗歌的内容与形式作为载体来实现的，脱离了内容和形式诗歌也就不复存在。从这个意义上讲，要提高诗歌的艺术性，只有从技巧、方法等途径入手，才能有助于诗歌艺术性及其艺术价值。因此，作为文学艺术的诗歌，必定要从法度入手，才能把握创作规律。黄庭坚之所以高度重视法度，提出"句法"、"点铁成金"、"夺胎换骨"等诗法，都与之相关。另一方面，黄庭坚在重视诗歌法度的同时，又特别强调"自然"亦即艺术的"无法"问题。这显然是与他所重视的心性存养有关的。从心性存养的角度来看，不以私心而干扰世界万物的存在、运化，强调万物各有其存在之理、生化运行之理，不掺杂一丝己意，此即理学家所推崇的"自然"之理。他们强调参悟万物"自然"之理，无论是周敦颐的"诚"以参万物，还是程颐、朱熹所讲的"今日参一物，明日参一物"，虽然体悟的方法不同，但都是为了实现对道德之心体性体道体的涵养与克治，从而达到成圣的目标。黄庭坚以这种思维方式去观照诗歌创作，尤其是他的以诗求道的功用，自然会导致他提出"不烦绳墨而自合"的超越法度之上而追求"无法"的诗歌创作意图。

　　"奇崛拗硬"与"自然简远"的矛盾统一。众所周知，"奇崛拗硬"和"自然简远"是黄庭坚诗歌表现出的比较明显的诗歌风貌，而这两者在学理上其实是有矛盾的。第一，"奇崛拗硬"指的是黄庭坚在创作诗歌时，有意识地打破惯常使用的对仗、押韵，并注意对已经形成的意象模式进行改造，以及化用多个历史典故来整合成新的意象群，充分利用历史典故的语意模糊性、暗示性来含蓄地阐明诗意和诗旨。显然，这一诗风主要是要依靠诗法的改革与创新才能实现。可见，黄庭坚"奇崛拗硬"诗风的形成，与黄庭坚诗法、句法密切相关，也就是说，"奇崛拗硬"显然是在创作诗歌时，作者的认知理性在有意识地规范和约束创作过程，这一审美境界的实现,是主要靠锻炼和雕琢而取得的。第二,"自然简远"的诗歌风格。"自然"指的是黄庭坚诗歌所具有的"简易而大巧出焉","彭泽意在无弦"等风貌,是在绚烂归于平淡之后的"由技入道"境界,也是在苦心经营"句法"之后的返璞归真,如他在《题竹石牧牛》中有"牛砺角尚可,牛斗残我竹"①,这句诗无论从句法的结构还是意蕴上来看,都没有什么独特之处,而如果把它放在诗中来体会,则这种直拙简朴的写作方法,就显出了不假雕饰纯任自然的意味;"简远"指的是黄庭坚诗歌中所表现出的独特审美心理、审美意蕴,大体上是一种近乎冷漠的清闲和表证为疏野的超逸境界。显然,黄庭坚诗歌所表现出的"自然简远"诗风,从根本上来说是其道德人格的外显化艺术表现,只有创作主体的心性存养达到很高层次,创作者因之具有了很高的道德品位、审美旨趣、人生境界之后,创作主体才会在其诗歌创作中表现出这种审美取向,诗歌才会外显为"自然简远"这一审美风格。

黄庭坚诗学体系上的矛盾性,深刻地反映出中国古代诗论的"文"与"道"的关系。就中国古代文学尤其是诗歌的发展史来看,如何处理"文"与"道"之间的关系,显然是一条横贯诗歌史发展的主线,中国古代诗学的很多问题大都与此紧密相关。历史上的"文"与"道"离合关系是非常复杂的。韩经太先生曾经对这两者进行了较为细致的研究,他以为:

> 由齐梁唐初之际,到晚唐宋初之际,在漫长的文化历史过程中,"文"、"道"离合之辨,反复纠缠在"文"体古今与"道"体醇杂的争论上,当最终以"文"体之亦古亦今和"道"体之亦儒亦佛为争论之趋合点,尤其是当"道"之体认最终被确认为如何自成圣贤,并以此为文章成功之本时,"文"、"道"离合的思辨课题,宜其就成为道德性情修养是否适合于文章诗歌之事了。②

在文学发展的历史上,前人在处理"文"、"道"关系时,有"文以载道"、"文以贯道"、"文以明道"等主张。而不管是哪种观点,前人在

---

① 任渊注:《黄庭坚集内注》,上海古籍出版社影印文渊阁四库全书本,第128页。
② 韩经太:《文、道离合辨》,《吉林大学社会科学学报》1996年第2期。

把握这两者并试图找到规律以之指导文学创作时,都是把"文"、"道"作为两个事物来分析、归纳、总结其相互关系的。采用这一思维方式来认识乃至试图统合两者,在思理上因为不能沟通"文"与"道"的根源一致性这一理论原点,因此,"文"何以必须与"道"相联系,就缺乏内在依据。但是对北宋中期以前的学者来讲,理性认知的历史尚未出现解决这一问题的曙光,因此他们不可避免地面对这一理论困惑而无措。这一难题只有到了理学成熟的北宋中期之后,才会得到学理上的圆满解决。

较之某些理学家在对"文"与"道"学理探索上的艰辛,黄庭坚从心性存养的践履实践出发来把握这两者,并在"求道"的高度进行统合,这就找到了两者的契合点。研究表明,黄庭坚在践履其心性存养时,诗歌在很大程度上参与其中,成为其"求道"的凭借和手段。"以诗求道"与他所重视的心性存养践行功夫,在实践途径和方法、内在思理上具有一致性,"以诗求道"以道义经术为根本、追求"自然"的目标,也与其心性存养践履相一致。但是,作为文学门类的诗歌艺术,毕竟与作为道德理性的心性存养不是一回事情,虽然黄庭坚有意无意地试图从"理"的角度,以身体力行的实践来统摄其心性存养与诗歌艺术,但他很多时候并没有过于重视心性存养而完全牺牲诗歌艺术的特性。总的看来,他的诗虽有过于突出心性存养而致使诗歌艺术性不强的瑕疵,但是更多的是注意到了诗歌的艺术性,并力争使心性存养与诗歌相互谐和。由此,他的努力不可避免地体现出"法度"与"无法"、"奇崛拗硬"与"自然简远"等诗学体系上的矛盾统一。可见,黄庭坚在心性存养与诗歌艺术方面的有意无意地整合,实际上也就是他对"文"与"道"两方面的认知与实践。黄庭坚在"文"、"道"两者之间的关系处理上所取得的成就,已经超越了这一具体问题本身,而具有了文学史上的"类型"意义。

对这一问题的认识,需观照与黄庭坚同时代理学家的"文道观"来加以理解。众所周知,自宋初"三先生"发轫而增添儒学新质,直到北宋中期,如何调适"文"与"道"的关系,以便艺术地把握这一问题,仍然是一个摆在理学家面前的难题。其中,程颐的观点影响很大:

> 学者须学文,知道进德而已。……学文之功,学得一事是一事,二事是二事,触类至于百千,至于穷尽,亦只是学,不是德。有德者

不如是。①

  问作文害道否？曰：害也。凡为文不专意则不工，若专意则志局于此，又安能与天地同其大也。《书》云："玩物丧志。"为文亦玩物也。……古之学者惟务养情性，其它则不学。今为文者专务章句，悦人耳目，非俳优而何？②

  程颐以为，为文需要精神专一，故影响到心性存养的体悟与实践。显然，他是从工于物理必定要全身心去做这一角度来认识作文与心性存养践履之间的不能相兼这一矛盾的。而从学理上看，程颐"为文害道"的论断，是与他在心性存养方面的主张"格物致知"、"穷理尽性"等相矛盾的。按照这一践履心性存养以求圣的模式，则"为文"亦是"事物"，对文章之学的深入研究自当最终能够使主体之性情达到对万物之必然的体认，最终由此至于对同天地之间善性的认知。朱熹接受了程颐的观点，并有进一步的论述，他说："予谓老苏，但为欲学古人说话声响，极为细事，乃能用功如此，故其所就，亦非常人所及。如韩退之、柳子厚辈，亦是如此。……然皆只是要做好文章，令人称赏而已，究竟何预己事，却用了许多岁月，费了许多精神，甚可惜也。"③ 可见，程颐、朱熹对于"文"、"道"关系，是存有学理上的矛盾之处的。倒是邵雍、程颢关于诗歌的观点值得重视。邵雍有诗："尧夫非是爱吟诗，诗是尧夫有激时。留在胸中防作恨，发于词上恐成疵。芝兰见出须收采，金玉逢时莫弃遗。到此尧夫常自赏，尧夫非是爱吟诗。"④ 他在诗中肯定了吟咏心中之事，甚至激愤之情。又说："何故谓之诗，诗者言其志。"⑤ 他力图将情、志、意与天理相合，如他有诗："诗者人之志，非诗志莫传。人和心尽见，天与意相连。"⑥ 不过，邵雍是从践履心性存养的角度来统合诗歌艺术的，所以他的诗更侧重于吟咏情性而忽视诗歌的艺术追求。与之相似，程颢也是从践履心性存养的角度来统合诗歌艺术，他评价邵雍诗作："梧桐月向怀

---

① 程颢、程颐：《二程集》卷二上，中华书局1981年版，第20—21页。
② 程颢、程颐：《二程集》卷一八，中华书局1981年版，第239页。
③ 朱熹：《晦庵集》卷七四，台湾商务印书馆影印文渊阁四库全书本，第532页。
④ 邵雍：《击壤集》卷二〇，台湾商务印书馆景印文渊阁本四库全书，第168页。
⑤ 邵雍：《击壤集》卷一一，上海古籍出版社影印文渊阁四库全书本，第88页。
⑥ 邵雍：《击壤集》卷一八，上海古籍出版社影印文渊阁四库全书本，第145页。

中照，杨柳风自面上吹。"为"真分流人豪"。① 程颢与邵雍一样，力图通过诗歌来实现涵咏性情的功用。不过，由于他们过于重视把诗歌作为凭借和工具，以之实现对道体性体的体悟与认知，普遍存有重"道"而轻"文"的倾向，并没有很好地调和与统摄"文"与"道"的关系。由于黄庭坚熟稔于理学，又具有高超的诗歌写作艺术，因此，黄庭坚从心性存养的践履实践出发来把握这两者，并在求道的高度进行统合，这就找到了两者的契合点。总的看来，黄庭坚诗虽有过于突出心性存养而致使诗歌艺术性不强的瑕疵，但是他也在统摄心性存养与诗歌特质方面，做出了自己的努力。黄庭坚有意无意地对心性存养与诗歌艺术进行统合的结果，就在中国古代文学史上创立了"类型化"的诗歌创作范本。这一范本向着两个维度来展开：

上述研究旨在说明，文学与理学所关注的心性存养主题毕竟是两回事，它们遵循各自不同的"道"亦即规律运动发展。从现代逻辑学的角度来看，不同性质的事物不能比较，更不能以此事物的运行规律来规范他事物的运动发展。因此，黄庭坚在试图统摄调适理学与诗歌关系的同时，他不得不面对这一尴尬，于是，他只好在道统与文统之间徘徊，并不得不对"诗统"加以厘清，寻其规律，而他的这一艰辛努力，也就因之外显为其诗歌的丰富多彩风貌。

明乎此，让我们来重新观照历史上"尊黄"与"贬黄"、"江西诗派"的建构与解构等问题。文献表明，"尊黄"是在两个方面同时兴起的。一是因黄庭坚道德高尚而其诗因之被推崇，苏轼《举黄庭坚自代状》、黄庭坚外甥洪炎等评论文字都足以证明；二是因为他独特而有效的诗歌理论，可以为学诗者阶梯而受推崇，陈师道、惠洪等人的著作能够说明这个问题。这说明，"尊黄"是特定历史条件下的产物。但是，在"江西诗派"及其后学那里，自陈师道开始，似乎就专意学习揣摩黄庭坚的诗法而对其心性修养有所忽视了。黄庭坚后学这种只注重诗歌技巧而相对忽略其心性存养的习气，很大程度上影响了南宋后期的诗歌创作实践，"尊黄"与"贬黄"、"江西诗派"的建构与解构等问题，均由此而展开。

---

① 程颢、程颐：《二程外书》卷一一，台湾商务印书馆影印文渊阁四库全书本，第329页。

第四节　两宋礼仪诗歌文化功能与诗歌品格

在中国文学发展史上，诗歌在很早就承担起行礼的功能，这一类的诗歌，可以称之为礼仪诗歌。在孔子之前，诗歌就作为礼仪的载体，发挥着重要的礼教作用。先秦的若干典籍对此都有所记载。《诗经》中的很多诗篇，就是为了搬演秩序、和合关系等礼仪目的而创作的。不过，自汉代之后，诗歌的这一功能越来越集中于祭祀、庙堂赞颂等诗歌题材上。从中国诗歌发展史来看，占据作品大部分的诗歌，主要是抒写志意、表达感情的，为了礼仪功能的实现而写作的诗歌，在诗作总量中所占的比例是非常小的，也就是说，汉—唐诗歌的礼仪载体功能呈现出逐渐弱化的倾向。

这一倾向，入宋后发生了转折。与两宋高度重视礼、乐建设相适应，两宋诗人创作了大量的礼仪诗歌，由此而言，两宋诗歌的礼仪载体功能较之前代得到了明显加强。就诗歌的社会价值与意义来讲，诗歌承担其礼仪功能，是士人们赖以谋取政治地位和政治话语权的重要途径和手段，因此，士人们对诗歌礼仪功能的重视，可能远较其他诗歌主题为甚。不难理解，当诗歌承担起礼仪的某些功能时，随之亦有了礼仪的规定性。文献表明，此期诗歌无论在内容还是在形式方面，都受到了礼仪的影响，并进而具有了相应的诗学品格。由此看来，诗歌礼仪功能的实现以及这两者之间存在什么样的关系，诗歌的礼仪载体功能对于提升诗歌诗学品格具有什么作用等问题，值得研究。鉴于目前学术界对此问题的研究尚显薄弱，本节试作研究，请指正。

一　宋初百年礼仪实践与诗歌创作

在我国古代，"礼"包含广、狭两个含义。广义的礼，指一个时代的典章制度，即包括政治、教化、刑法、官制等内容的各种典章制度；狭义的礼，则专指人们（主要是贵族）的行为规范和各种典礼的仪节。[①]《周礼》、《仪礼》、《礼记》就是专门记载古代政治制度、行为规范的三部儒家经典，合称"三礼"。本节所说的"礼"，是就其狭义而言的，主要是指《仪礼》所规定的"吉、嘉、宾、军、凶"等五礼。

[①]　参见赵丕杰《中国古代礼俗》，语文出版社1996年版，第1页。

第四章 两宋诗歌文化功能与诗歌品格

自北宋立国后，朝廷就非常重视礼仪的整理。史载北宋各朝对礼仪制度多有修订①，这种政治导向，必然影响到社会风气，由此，作为文化形态之一的诗歌，也不可避免地受到了影响。作为文学艺术形式的重要部分，宋初百年的诗歌也在落实"礼"的一系列功能，尤其是在落实"经国家，定社稷，序民人，利后嗣"② 这一核心功能中，发挥着重要作用。

入宋之后，诗歌成为朝廷礼仪的重要组成部分，承担着行礼的功能。如真宗大中祥符八年十二月皇子冠用诗："酒醴和旨，笾豆静嘉。授尔元服，兄弟具来。永言保之，降福孔皆。"③ 可见，在皇子行冠礼过程中，诗歌是整个礼仪的组成部分，诵读诗歌，是冠礼的一个重要环节。又如《宋史·志第八五·乐七》记"建隆郊祀"用诗：

降神，《高安》：在国南方，时维就阳。以祈帝祉，式致民康。豆笾鼎俎，金石丝簧。礼行乐奏，皇祚无疆。

皇帝升降，《隆安》：步武舒迟，升坛肃祇。其容允若，于礼攸宜。

奠玉币，《嘉安》：嘉玉制币，以通神明。神不享物，享于克诚。

奉俎，《丰安》：笙镛备乐，茧栗陈牲。乃迎芳俎，以荐高明。

酌献，《禧安》：丹云之爵，金龙之杓。挹于尊罍，是曰清酌。

饮福，《禧安》：洁兹五齐，酌彼六尊。致诚斯至，率礼弥敦。以介景福，永隆后昆。重熙累洽，帝道攸尊。

亚献、终献，《正安》：谓天盖高，其听孔卑。闻乐歆德，介以福禧。

送神，《高安》：倏兮而来，忽兮而回。云驭杳邈，天门洞开。④

这是记载太祖建隆年间举行郊祀所用诗歌的过程。从记载可以看出，诗歌在行礼过程中起到了点化主题的作用。诗歌的内容与整个行礼过程是

---

① 陈梦雷等编：《古今图书集成》，中华书局和巴蜀书社联合影印 1934 年中华书局版，第 85751 页。
② 李学勤主编：《春秋左传正义》整理本，北京大学出版社 1999 年版，第 126 页。
③ 陈梦雷等编：《古今图书集成》，中华书局和巴蜀书社联合影印 1934 年中华书局版，第 85863 页。
④ 脱脱等：《宋史》卷一三二，中华书局 1977 年版，第 3067—3068 页。

相结合的。就宋初百年来看，这一类诗歌参与"五礼"行礼过程，其中尤以吉礼、嘉礼与丧礼用诗表现比较明显。

吉礼所用诗歌，可以分为祭祀神祇与祭祀祖先。其中，祭祀神祇包括郊祀、祈谷、雩祀等内容。宋代因为尊崇道佛，增加了神祇，相应地对这些神祇的祭祀有朝谒玉清昭应宫、太清宫、朝享景灵宫等。《宋史》所载的宋初百年祭奠神祇诗篇，共有二百篇。祭祀祖先的内容，包括太庙常享、禘祫、加上徽号、郊前朝享、时享、荐新、加上祖宗谥号、庙讳、皇后别庙等。《宋史》所载祭祀祖先所用诗歌即有：太庙常享，有建隆以来祀享太庙十六首、摄事十三首、真宗御制二首、真宗告飨六首、景祐亲享太庙二首；禘祫，有至和祫享三首、嘉祐祫享二首；加上徽号，有上仁宗英宗徽号一首；皇后庙十五首、景祐以后乐章六首、真宗汾阴礼毕亲谢元德皇后室三首。由上所举，共得祭祀祖先诗篇有 69 首。

嘉礼，《宋史》即有朝会、御楼肆赦、恭上皇帝皇太后尊号、册立皇后、册皇太子、皇子冠、乡饮酒、鹿鸣宴、圣节、诸庆节、宴飨、游观、赐酺、视学、养老、赐进士宴、幸秘书省、进书仪、大射礼、乡饮酒礼、士庶人婚礼、品官婚礼等。嘉礼所用诗歌有：朝会，建隆乾德朝会乐章二十八首、淳化中朝会二十三首、景德中朝会一十四首、大中祥符朝会五首、明道元年章献明肃皇太后朝会十五首；御楼，建隆御楼三首、咸平四首、咸平籍田回仗御楼二首；皇帝上尊号一首；治平皇太后、皇后册宝三首、熙宁皇太后册宝三首；至道二年册皇太子二首、天禧三年册皇太子一首、乾道七年册皇太子四首；乡饮酒有淳化三十三首。由上所举，共得 141 首。

凶礼，包括山陵、国陵、忌日、诸臣丧葬仪、士庶人丧礼等。其中，宋初百年写有大量的挽诗、挽歌作品，据统计有 700 多首。这些诗篇，都是为了参与丧礼的需要而写作的，尤其是其中的挽歌，是丧礼举行时出殡所唱的。《宋史·礼·志》记："三品已上……挽歌六行三十六人；四品……挽歌者四行十六人；五品六品挽歌八人；七品八品挽歌六人，九品，挽歌四人。"[1] 这些人所唱挽歌，其中当有不少为亡者友好所作。

宾礼，《宋史》记载即有大朝会仪、常朝仪、入阁仪、明堂听政仪、肆赦仪、皇太后垂帘仪、朝议不班序、百官相见仪制、群臣朝使宴钱、诸

---

[1] 脱脱等：《宋史》卷一二五，中华书局 1977 年版，第 2910 页。

国朝贺、群臣上表仪等。军礼《宋史》记载有祃祭、阅武、受降、献俘、田猎、打毬、救日伐鼓等。

《宋史》没有收录举行凶礼与宾礼相关仪式时所用的诗歌。仔细推究其原因，要么是相关礼仪行礼时，有大量的诗歌与之相配，如士大夫凶礼时的挽诗；要么可能在行礼时，并不需要有诗歌与之相配。

宋初百年与用乐相合的行礼乐章，也有不少诗歌。如《宋史》记载，鼓吹所用诗歌即有三十八首。又教坊在大宴作乐时，在"第六"，则"乐工致辞，继以诗一章，谓之'口号'，皆述德美及中外蹈咏之情"。显然，教坊在搬演歌曲时，会经常使用有关礼仪的诗歌。如苏颂有《坤成节集英殿宴教坊口号》、《兴龙节集英殿宴教坊口号》；王珪有《集英殿皇子降生大燕教坊乐语口号》、《集英殿乾节大燕教坊乐语口号》、《集英殿秋燕教坊乐语口号》等。这些"口号"都是服务于宴飨的，"述德美及中外蹈咏之情"是写作这些诗篇的目的。

除了《宋史》所载礼仪所用诗歌以外，翻检《全宋诗》，宋初百年由士人创作的与"五礼"行礼有关的诗歌数量是比较多的。按照"五礼"进行分类，可以列表说明如下：

表4-4

五礼	吉礼						嘉礼			凶礼		宾礼	军礼
归类	郊祀	明堂大飨	籍田	禘祫	祭太乙宫等其他祷祀祈祷	祭祖	冠	飨宴	朝礼	祝寿	挽诗	哭吊哀伤	聘问	狩
数量（首）	36	10	3	4	84	19		94	3	14	704	81	5	3
作者（人）	13				24			47			35	20		

由上表可见，宋初百年与礼仪相关的诗作，主要集中在"凶礼"、"吉礼"和"嘉礼"三类。其中，又以"凶礼"中的丧礼、"嘉礼"中的飨宴礼、"吉礼"中的郊祀和杂祀礼这三类礼仪，与诗歌写作关系密切。

值得注意的是，虽然上表按照"五礼"的行礼要求来统计与之有关的诗歌，但是某些礼仪同时也是相互联系的。如"肆赦"是属于"嘉礼"内容，虽然遍检《全宋诗》，在宋初百年并没有专以"肆赦"为题的诗篇，但是，"肆赦"有关内容也出现在诗篇之中。如陈襄《郊祀庆成诗》有"御楼肆赦，躬册丹地"；梅尧臣《袷礼颂圣德诗》有"揭鸡肆赦，雷动乾坤"等句。

需要说明的是，除了上表所列之外，尚有少量的礼仪诗，因为在宋初百年数量极少而在上表中没有提及。仅就上表所列来看，与礼仪有关的诗篇，在宋初百年已经是比较多了。

二 礼仪载体功能与诗歌艺术特质

礼仪，有"定亲疏，决嫌疑，别同异，明是非"① 的功能，约束着整个社会的行为规范和价值取向，那么，作为反映人类社会精神情感和认知水平的文化载体，诗歌因为其社会功能、教育功能和审美功能的实现需要，就必然在其形式和内容、价值取向与审美取向等方面表现出来。

从诗歌内容来看，不同种类礼仪的内容，同时也就是与之有关的诗歌的内容，作者的选择权，仅仅体现在着重表达什么和怎样表达礼仪的要求，诗歌的内容就是抒写礼仪的规范、要求与礼仪的目的，为了实现礼仪功能而写作的诗歌，不允许作者写入不合"礼"所要求的内容。

上述可见，宋初百年有35人写作了704首挽诗。从这些诗歌来看，其内容主要集中在颂美死者的功业德行、褒扬其名望才华、惋惜其离世等方面。如：

> 望系朝廷重，文推天下工。清名畏杨绾，故事问胡公。物议垂为相，风流顿已穷。仁言博哉利，献替有遗忠。
>
> 识度推明哲，风猷蔼缙绅。何言止中寿，遂不秉洪钧。翰墨时争宝，词章晚愈新。哭哀文伯母，悲感路傍人。
>
> 结绶逢明主，驰声着两朝。莫楄先有梦，升屋岂能招。赠服三公衮，兼荣七叶貂。春笳鼓咽，松柏助萧萧。②

上面三首诗，是欧阳修在宋祁离世后，写作以表示悼念的。第一首诗颂美其名望，总结其望、文、名气、受朝廷推重的荣耀，以及宋祁对后世的重大影响；第二首诗，重点写宋祁的识度、修养、词章翰墨，以及对宋

---

① 李学勤主编：《礼记正义》，北京大学出版社1999年版，第13页。
② 傅璇琮等主编：《全宋诗》，北京大学出版社1999年版，第3668页。

祁因早逝而不能成为中枢大臣的惋惜,表达了对宋祁的深深悼念之情;第三首诗,写宋祁的荣耀,被明主赏识、名望显赫、为朝廷倚重,以及对其去世的悲痛。值得注意的是,挽诗很多是组诗,作者在写作时,有意识地利用组诗的形式,从几个方面来总结死者的生平功业、德行名望、才华经历,表达对死者去世的哀伤。那么,欧阳修为什么在写作挽诗时,重点在于突出上述内容呢?

这是因为,挽诗内容的选择,完全是为了实施"丧礼"而服务的。中国传统丧礼的精神,是"慎终追远",其祭祖神原则为"敬天法祖"。①丧礼具有现实的社会功能。列维·期特劳斯在《野性的思维》的《可逆的时间》一章中,对悼念仪式的功能作了精辟论述:

> 纪念性或历史性仪式创造了神话时代,……悼念性仪式对应着一种相反的程序:不是以活人体现远祖,这些仪式的目的在于使不再活着的人复回为祖先。于是可以看到,仪式系统的功能在于克服和综合三种对立:历时性与同时性的对立;在历时性与同时性两方面均可表现出来的各种用别性或非周地性的对立;最后,在历时性内部,可逆时间与不可逆时间的对立。②

可见,对死者的赞颂敬仰,其目的是把刚刚死去者复回为祖先。在这个传递过程中,悼念仪式即是强调古今的结合,也就是历时性与共时性的结合,从而实现承继"祖德"、"宗功"的"孝"道目的。挽诗,就是在这种丧礼功能指导下而写作的。因此,挽诗内容便被严格限制在丧礼的范围之内,实现着丧礼的功能。从前举欧阳修为宋祁所作的挽诗来看,对宋祁功业道德的推崇,无疑是沟通作者本人、宋祁的亲属和生前友好人士之间情感的最好纽带,丧礼的相关要求,已经内在地决定了挽诗的内容。

诗歌的礼仪载体功能,也内在地决定了诗歌的风格。如吉礼诗歌或者与吉礼有关的诗歌,其风格主要是典雅庄重、中和舒缓。吉礼诗歌形成这种风格,是受吉礼行礼的要求,以及吉礼的内容、功用所规定的。吉礼作为五礼之一,指祭祀之礼。《周礼·春官·大宗伯》:"以吉礼事邦国之鬼

---

① 杨知勇:《中国传统丧葬祭仪功能剖析》,《中国民间文化》(第七集),学林出版社1992年版,第114页。

② 列维·斯持劳斯:《野性的思维》,商务印书馆1987年版,第270页。

神祇。"郑玄注"事,谓祀之,祭之,享之,故书吉或告。"① 程颐注"《易·萃》'王假有庙'",对祭祀之礼的作用,有很精辟的总结:"王者萃聚天下之道至于有庙,极也;群生,至众也,而可一其归,仰人心,莫知其向也,而能致其诚。敬鬼神之不可度也,而能致其来格,天下萃和人心,总摄众志之道非一,其至大莫过于宗庙。故王者萃天下之道至于有庙……祭祀之报,本于人心,圣人制礼以成其德耳。"② 可见,祭祀之礼的目的,在于"萃和人心,总摄众志"。显然,作为行礼过程组成部分的诗歌,就只能按照这一目的来写作,其内容也只能以礼仪的功能为指向。祭祀神祇与祖宗,是很严肃庄重的大事,天子受命于天,而祭祖则被看作是实行"孝道"的一个部分,因此,无论是从巩固统治的逻辑起点,还是维系社会组织的运转来看,行"吉礼"都是被古人以为的人世间最重大的事情之一。因此,祭祀时态度必须虔敬恭正,保持心神与祭祀对象的继接:"斋之日,思其居处,思其笑语,思其志意,思其所乐,思其所嗜。"③ "祭如在,祭神如神在。"④ 其表现方式是以心存恭敬,"存念"神祇及先祖为途径,沟通此世与彼世,以获得他们的福佑。祭祀具有严格的程序,人们感情的表达程度有一定要求。作为行吉礼的组成部分,与之相关的诗歌,自然是服务于吉礼行礼的要求,具体说来,吉礼的行礼过程、内容、要求、功能等,便是这些诗歌的写作要求。在这里,诗歌的写作宗旨呈现出与吉礼相一致的特征。吉礼诗歌,便主要体现出典雅庄重、中和舒缓的风格。如前引建隆郊祀八曲,从建隆郊祀八曲看,"降神"写郊祀的地点、郊祀目的,以及郊祀的准备工作;"奠玉币"写其目的;"奉俎"、"酌献"主要写郊祀具体的仪式过程;"饮福"、"亚献"、"终献"主要写天帝在郊祀过程中,享用了祭祀之后,必然保佑、赐福给帝室后裔,国家将会兴隆和洽,长久安宁;送神则写天帝在享用了祭祀后回到天上。

由上文可见,礼仪的功能及礼仪的基本精神,决定着诗歌写作的基本走向。诗歌作者在写作诗歌时,诗歌的风格也是早就被规定了的,作者只

---

① 李学勤主编:《周礼正义》整理本,北京大学出版社1999年版,第450页。
② 陈梦雷等编:《古今图书集成》,中华书局和巴蜀书社联合影印1934年中华书局版,第87111页。
③ 李学勤主编:《礼记正义》整理本,北京大学出版社2000年版,第1529页。
④ 朱熹:《论语集注》,岳麓书社1987年版,第90页。

能按照礼仪的规范，来有意识地写作某种风格的诗歌，而不能表现出与之乖离的诗歌风格。可以举送别诗歌的例子作证明。如：

> 朱昂，咸平二年召入翰林为学士，逾年拜章乞骸骨。……遣中使赐宴于玉禁园，两制三馆皆预。仍诏赋诗饯行，缙绅荣之。吴淑赠诗："浴殿东凉初阁笔，渚宫秋晚得悬车。"比行锡宴玉津园，侍臣皆赴，坐中内侍传诏，各赋诗饯行，凡四十八篇，独李翰长维诗最奇绝，云："清朝纳禄犹强健，白首还家正太平。"①

显然，吴淑等人赠诗都是围绕着送别礼节的要求而作的。其中，李维之诗之所以受到时人推崇，被誉为"奇绝"，只不过是把朱昂正值高寿致仕与天下太平相联系起来，恭维朝廷和赞颂朱昂的意图有机地统一到一起而已。不过，从李维的诗句中，我们倒是可以看到，写作这类诗歌的内容、风格等，必须与相关的礼仪相符合，这样才算是取得了创作的成功。

可见，礼仪诗歌的风格，同样受到了礼仪精神、功能和内容的制约。总体看，吉礼诗歌风格为典雅庄重、中和舒缓；嘉礼诗歌则主要表现为祥和雍容；凶礼则为肃穆典重，哀而不伤；军礼诗歌则为威冽高迈；宾礼诗歌则为和雅多颂等。同时，各种礼仪在表达方式上，都具有"中和"之美的特征，所谓"礼之用，和为贵"。因此，与之相关的诗歌，就同时具有了"中和"的风格。

总之，宋初百年的诗歌创作实践表明，正是由于承担了礼仪功能等特定要求，诗歌所反映的思想感情和所追求的审美情趣，才被严格限定在意识形态的规范内，诗歌不再是表达作者本人思想感情的文学样式，而是变成了传递社会主流意识形态，实施教化功能的工具。可以说，诗歌在参与礼仪活动的同时，就承担起礼仪搬演秩序、和合关系等礼乐实践功能了。

三 礼仪诗歌形式及其诗学品格

礼仪诗歌在体裁上有四言诗、五七言律绝、杂言诗之别。这些诗歌体裁的差异，也是适应着礼仪的功能实现及礼仪的传统要求而表现出来的。就此期礼仪诗歌及与之相关诗歌来看，四言诗主要存在于朝廷与皇室行"吉礼"、"嘉礼"、"丧礼"所用诗歌中。杂言诗，主要是用在鼓

---

① 阮阅：《诗话总龟》卷四一，上海古籍出版社影印文渊阁四库全书本，第609—610页。

吹曲相配的场合。五七言律绝，则主要是用于吊悼、宴飨、祭祀等场合。

仔细想来，四言诗之所以更多地出现在朝廷与皇室行"吉礼"、"嘉礼"、"丧礼"之中，是由于北宋礼乐建设中，更倾向于复古的风气造成的。北宋郊祀等行礼所用四言诗为拟古诗，是文化复古和追摩传统的产物。宋初百年，在礼乐建设尤其是乐志建设中，不断对乐制、乐器等进行改革。对乐调的定位、对古乐器的试制与复古，是重要内容之一。

《宋史》载宋初百年乐制建设情况："始，太祖以雅乐声高，不合中和，乃诏和岘以王朴律准较洛阳铜望臬石尺为新度，以定律吕，故建隆以来有和岘乐。仁宗留意音律，判太常燕萧言器久不谐，复以朴准考正。时李照以知音闻，谓朴准高五律，与古制殊，请依神瞽法铸编钟。既成，遂请改定雅乐，乃下三律，炼白石为磬，范中金为钟，图三辰、五灵为器之饰，故景祐中有李照乐。未几，谏官、御史交论其非，竞复旧制。其后诏侍从、礼官参定声律，阮逸、胡瑗实预其事，更造钟磬，止下一律，乐名《大安》。乃试考击，……不和滋甚，遂独用之常祀、朝会焉，故皇祐中有阮逸乐。"[1] 为了体现"功成而制礼作乐"的传统，同时也为了同使用复古乐器相匹配，便有陶谷撰词、用唐《采茨之乐》及《隆安》等。随着北宋统治的稳定，对与音乐匹配的新乐章的要求也日益增多。不仅仅是朝廷，就是在一般读书人那里，对古诗乐的复古，也有着很浓厚的热情。如胡瑗等就曾经以《诗经》诗歌与乐相配拿来演奏，以之实行教化。明乎此，就可以了解寇准等人所作郊祀等题材诗歌，采用四言形式的原因，在于凸现仪式的庄重，以便与朝廷礼仪相配合，从而起到提升自己作品政治品位和影响力的作用。

杂言体，主要是用在与乐有关的行礼中，其中尤以俗乐相配的词作尤为通行。礼仪行礼诗歌或者与礼仪有关的杂言体诗歌，考察其使用的环境，主要是用在与鼓吹曲匹配，以及世俗生活中宴飨活动中。值得注意的是，鼓吹曲同其他用杂言体歌词的音乐一样，都是俗乐的内容。可见，正是为了适应行礼的需要，诗歌才采取了杂言体的形式。礼仪、俗乐与杂言体之间的关系，应该是俗乐，用在祭祀神祇与祖宗的准备工作中，与之相

---

[1] 脱脱等：《宋史》卷一二六，中华书局1977年版，第2937页。

配的诗歌，则为杂言体，这时候的行礼礼仪，仅仅是一种惯常的规范，而不在吉礼、嘉礼、凶礼、军礼与宾礼的规定之中。因此，可以采用世俗流行的新乐，这种乐曲以曲调多变、节奏明快为特色，容易引起听者的兴趣，与之相应，需要杂言体这种诗歌形式来匹配。

五七言律绝，主要表现在诗人写作的与礼仪有关的诗作中。值得注意的是，诗人所写的这些诗歌，即使是如《明堂庆成》、《郊祀庆成》等，也多数是五七言律绝，这与朝廷在吉礼、嘉礼和凶礼行礼时所用颇为不同。仔细想来，这可能是因为诗人写作的这一类与礼仪相关的诗歌，所反映的是写作者本人参加这一类行礼活动的心情，虽然行礼的内容、礼仪功能、礼仪的所属类型制约着诗作的相关方面，但是，诗人的写作成果，还只是属于个人的成果，并没有搬演的要求，因此诗人在写作时往往按照平常所习惯写作的诗歌样式来进行，而五七言的形式是当时最为流行的诗歌形式。

由此看来，宋初百年因为礼仪的行礼需要，诗歌或成为行礼的一部分，或者与之紧密相关，受到礼仪行礼的制约，宋初百年部分诗歌才在形式与内容方面有所变化。这些变化，可以从诗歌的题材与体裁、艺术风格、审美取向等方面表现出来。进一步推断，宋初百年诗歌，逐渐向着突出说理特征迈进，礼仪的影响也是重要原因之一。

诗歌搬演礼仪以及诗歌抒写礼仪内容，拓展了诗歌的社会功能，提高了诗歌的文化品格。就礼仪诗歌来讲，无论是作为礼仪行礼的一部分，还是作为文学艺术本身来讲，从它所承担的社会功能上来看，诗歌已经演变为承担和合关系、搬演等级秩序、进行群体教育、认知社会地位等的工具。从当时的知识分子生活的社会环境来讲，自太祖力矫武人骄横、重用文人治国后，士人阶层得到空前重视，这也同时激发了士人许身报国的热情。美化王政、自觉投身于新时代的政治秩序建设，勾画治世的蓝图，便成为当时士人普遍的立身准则。帝师意识、能臣干吏意识、功业意识，便成为广大士人的基本人生主导思想。以诗歌来行礼，同样受着这种思想的支配。

就宋代士人的生活态度来讲，大约从北宋前期开始，士人的入世精神、功业意识都是比较强的，从宋初百年来看，士大夫尚没有做到北宋中期以后，随着儒者的发展而致的自觉沟通心性修养与当世事功的出世与入世相统一的境界，此时士大夫主流的思想还是入世精神与功业意识。[①] 与之相应，反映在诗歌中的礼的精神及其目的，在此期士大夫心目中，自然是服务于入世的积极性与对于功业事功的汲汲追求了。

礼仪与诗歌的结合，对宋初百年精英文化意识的形成，也产生了一定影响。重建礼乐的文化要求，以及由此而来的重订礼仪，特别是诗歌在礼仪重建中所发挥的重要作用，直接影响到此期文化精英品位的形成，并进而带动了诗歌风格的走向，这个因素，在宋初百年精英文化品位的形成过程中，起到了重要作用。当时的重要作家，受到了朝廷重视礼仪行礼的影响和教育。北宋重要诗歌作家多数曾经做过翰林学士，而翰林学士的职责，除了作为皇帝"私人"身份以外，还要负责撰写"阁子诗"、"帖子词"，以及礼仪行礼所用的诗歌等，如陶谷、和岘等就曾经负责写过朝廷礼仪所用的诗歌，欧阳修、司马光、王珪等都写过"帖子诗"、"阁子诗"等。特别是宴飨礼仪之中的"赏花钓鱼宴"诗，更是朝廷借以排演礼仪，密切君臣之间关系的重要文化活动，写作"赏花钓鱼宴"等应制诗时，必须按照既定的风格与样式进行。受到了礼仪影响的作家，自然会在写作其他诗歌中，有所表现。

每一种文学样式，都是人类文化的载体，都反映着人类的精神文明的阶段性成果。随着文学反映社会层面的扩大，文学的题材、体裁等也会发生变化。由本节的考察与研究可知，从诗歌写作的角度来看，礼仪与诗歌的结合，不仅仅是提高了诗歌的社会地位，诗歌的题材、内容、审美取向，乃至诗歌形式等，都受到了礼仪的深刻影响。

本章小结

诗歌文化功能的现实需要，往往直接决定了诗歌品格及其生成的历程，诗歌题材、主题、审美取向，乃至诗歌体裁、结构、表达方式等，受到了诗歌文化功能的直接而巨大的影响。

可见，诗歌品格不完全服从和服务于"言志"、"缘情"的需要。不同文化功能的实现需求，也是决定诗歌品格的重要因素。

[①] 可参见漆侠《宋学的发展与演变》等。

诗歌的文化功能是发展的。不同的时代、不同的诗人往往对诗歌功能有着不同的诉求。而同一文体如诗歌也会因各种需要而变化其文化功能。每一次的文化功能转换或者变化，都会直接决定着诗歌从内容到形式的变化，从而表现为诗歌的时代性和发展性。可以说，诗歌所实现着的文化功能，内在地决定了诗歌品格及其生成的整个历程。

第五章 两宋士人文道观念与诗歌品格

如果从19世纪90年代算起,作为学科的文学史研究已经走过了百多年的辉煌发展历程,所取得的成就是非常巨大的。但毋庸讳言,我们对于文学史上若干重要文学现象的认识,往往受到来自政治的、哲学的及权威学者的影响。这一情形甚至往往发展到如此程度:若干重要文学现象、事件与其背后的学理因素,经常为研究者所筛选、忽视乃至舍弃。两宋理学以及与理学有关的事件、历史人物乃至相关学术研究,百多年来就遭此窘境。举例来讲,主流各种文学史及其研究著作,乃至其影响下的大量学者,经常以周敦颐的"文以载道"、程颐的"作文害道"等来概论理学家之文道观,很少提及理学家也有"重文轻道"和"调适文道"等取向[①],没有注意到很多理学家在谈及文道观念时,所用的"文"往往具有不同含义,更没有注意到理学家之"文"与文学家之"文"的内在意蕴是不同的。上述问题的存在,屏蔽了历史的真实,已经对相关问题的深入研究产生了制约。当前学术研究的深度发展,要求我们对此进行深入探讨。上述问题的深入研究,对于我们正确认识理学家文学创作的重要贡献及其历史地位,以及宋代诗文特征及其蕴含的民族文化品格等,均具重要意义。

而与之形成鲜明对比的是,文道观念,"是宋人诗学思想和审美理想的核心内容。文以载道,又是其核心内容的首要命题。"[②] 因此,对两宋士人文道观念进行研究,尤显其重要性。之中,理学家文道观念因其与当时不同士人群体之文道观念有交叉与互相影响的情形,情况更为复杂。可以说,只有对两宋士人文道观念进行深入探讨,方能由此对宋人诗歌多重品格生成的观念层面上的生态有准确把握。

从宋代士人类别划分入手,对不同士人群体所用"文"之含义进行

[①] 王培友:《论两宋理学家文道观的类型、特质及其内在矛盾性》,《中国诗歌研究》2013年(辑刊)。

[②] 韩经太主编:《中国诗歌通史》(宋代卷),人民文学出版社2012年版,第9页。

分析，对于我们正确认识宋代理学家的文道观念有重要价值。不过，自宋代以来，对宋代士人的分类就是个比较复杂的问题。专注于"文章"或"道学"之士，自北宋中期即攻讦不已，两宋多次党争均与之相关，这两类士人当然是宋代士人的重要组成部分。除此之外，按照宋人观念来看，宋代士人群体还有多个类属或类别。如程颐曾经把当时的学术分为"训诂之学"、"文章之学"与"儒者之学"三类①。其中，"训诂之学"显然与儒家学者传经所用的字义训诂、考据辨析等章句之学有关。《宋史》则于"列传"之外，将士人群体分"道学"、"儒林"、"文苑"、"忠义"、"隐逸"、"方伎"等部类。显然，包括程颐在内的宋人，大都把以治儒学经典以及尊奉儒家学说的士人，单独划分为一类。由此看来，为了区别于以心性存养为旨归的"内圣"之学的"道学之士"，可以把程颐所讲的"训诂之士"与《宋史》所分的"儒林"之士统称为"传统儒学之士"。总的来看，"文章之士"、"传统儒学之士"、"道学之士"可算是两宋士人探讨文道关系的主要群体。基于上述认识，本章对这三类士人群体文道观念进行考察，并论及两宋理学家文道观之"文"的丰富性，希望借此为深入探讨两宋理学家之文道观及其内在思理的矛盾性等复杂问题，提供坚实学理基础。

第一节　两宋"文章之士"文道观念与其诗艺追求

"文章之士"，其确切含义当指以作"文"来获取社会地位或以"文"谋生的士人。这类士人往往富有文采，熟稔文章写作技巧。较之"道学之士"，这一类士人群体往往更为注重文章的外在形式或者写作技巧等，而对文章的"传道"、"载道"等功用和价值并不过分注重。值得注意的是，与晚唐五代不同，两宋时期的这一类士人受时代文化思潮的影响，往往兼学其他学问，有的甚至达到了比较高深的地步。自宋代开始，人们就对两宋"文章之士"归属问题有大致统一的认识，两宋文论大都以欧阳修、"三苏"、苏舜钦、黄庭坚、秦观、张耒等为"文章之士"。这

---

① 程颢、程颐：《二程集》卷一八，中华书局1981年版，第187页。

些"文章之士"注意之中心与重心仍在文学,并因此而得到后世关注。

一 "文章之士"的文道观念发展向度及其特征

两宋"文章之士"对于文道关系的认知,是非常复杂的。按说"文章之士"既然以"文"来获取社会地位和生活必需的物质材料及政治身份,当以重视探究"文"的本质特性、表现技巧等为首要目标,但两宋大多数时间里,以儒学为主要考试内容的科举制度,规范和约束了这一类士人的知识结构和人生志趣,乃至影响到士人的文化心态,因此,两宋"文章之士"的文道观念也呈现出极为复杂的情形。两宋"文章之士"文道观念发育阶段可以分为三期:

第一阶段:北宋前期"文章之士"的文道观念。这一时期,尚处于回归刘勰的《文心雕龙》相关观点阶段。这说明,在北宋尚未完成大一统文化精神建设之际,士人的文道观念还处于自发探索阶段。这一阶段由于"文章之士"才力尚弱,其文道观念的核心部分,基本来自对传统文学理论及观点的重新拾取。

如田锡在《贻陈季和书》中强调:"夫人之有文,经纬大道。得其道则持政于教化,失其道则忘返于靡漫。"① 强调"道"为第一性,"文"只不过是"经纬大道"的载体,只有"得其道","文"才会发挥其"教化"功用,但田锡也对"艳歌"之类"文"的历史地位给予了一定的肯定,这说明,田锡在承认"道"的第一性前提下,也有对"文"的独立性存在的自觉承认。

王禹偁同样对文道关系非常重视,他在《答张扶书》中提出"夫文,传道明心"② 这一命题。应作两点认识:其一,"文以传道"思想自《文心雕龙》即基本成型,复经韩愈提炼,宋初王禹偁重新提出并在诗文创作中贯彻实行,对当时文学的发展起到了促进作用。其二,值得重视的是,王禹偁同时提出了"文"以"明心"这一命题。显然,王禹偁认同诗文对于作者情感、志向、心态等与主题思想感情相关的承载作用。这就比较全面地对"文"的功用进行了界定。王禹偁又有把"文"之内涵扩大化的倾向,他在《送孙何序》中提出"人之文,六籍五常"③ 的判断,这里的"文",其含义已经扩大为"文化"义。在《送谭尧叟序》中提

---

① 田锡:《咸平集》卷二,台湾商务印书馆影印文渊阁四库全书本,第381页。
② 王禹偁:《小畜集》卷一八,台湾商务印书馆影印文渊阁四库全书本,第175页。
③ 同上。

出"文学本乎六经者,其为政也必仁且义,议理之有体也。文学杂乎百氏者,其为政也非贪则察,涉道之未深也。"① 则因"文"而对创作主体的从政本质进行了探讨。在此,王禹偁提出了为文应该以儒学经典为大本,文学的内容要突出儒学经典的地位。综合王禹偁上述文道观念可见,王禹偁的文道观念包括:承认"道"对"文"的核心支配作用,而对"文"的独立性地位、"文"作为文学的艺术性等本质规律有所忽视。

稍后的赵湘提及文、道关系时,已经注意到文与道的本末问题。他在《南阳集·本文》中讲:"灵乎物者,文也;固乎文者,本也。本在道而通乎神明,随发以变,万物之情尽矣。"② 他以"道"为"文"之根本,而特别指出不以儒学之"道"为根本的弊病:"后世之谓文者,求本于饰,故为阅玩之具,竞本而不疑,去道而不耻,滛巫荡假,磨灭声教,将欲尽万物之情性,发仁义礼乐之根蒂,是鄐克为长万之行,吾不见其易矣。"③

第二阶段:北宋中后期阶段。这一时期,北宋"文章之士"对文道观念的诸范畴展开了多方面探索。在文道关系、"文"的功用与本质属性、"文"是否具有独立性等方面,已经取得了相当有深度的成果。

作为两宋"文章之士"的重要代表,欧阳修不仅仅关注"文"与"道"的"体用"问题,还对两者之间的关系在多个方面进行了研究。他在《与张秀才第二书》中提及:"君子之于学也务为道,为道必求知古,知古明道,而后履之以身,施之于事,而又见于文章而发之,以信后世。"④ 欧阳修认为"文"是"道"体与修道过程的外显形式,在这一点上,欧阳修与一些"道学之士"的观点是一致的。这说明,"文章之士"与"道学之士"的文道观,存在着相互影响的可能性。欧阳修又在《与乐秀才第一书》中讲:"闻古人之于学也,讲之深而言之笃,其充于中者足,而后发乎外者大以光。"⑤ 这里的"充于中"之物,欧阳修认为是"道",如"充于中"不足,则"必屈曲变态以随时俗之所好,鲜克自立"。显然,欧阳修是从本末角度来对文道关系进行探讨的。他在《答祖

---

① 王禹偁:《小畜集》卷一九,台湾商务印书馆影印文渊阁四库全书本,第 188 页。
② 赵湘:《南阳集》卷四,台湾商务印书馆影印文渊阁四库全书本,第 335 页。
③ 同上。
④ 孔凡礼点校:《苏轼文集》,中华书局 1986 年版,第 977 页。
⑤ 同上书,第 1023 页。

择之书》中，也论及"学者当师经。师经必先求其意，意得则心定，心定则道纯，道纯则充于中者实，中充实则发为文者辉光"。① 此中所见，欧阳修在既重视道统又重视文统的表象下，还是推崇以道统为本。欧阳修进而认为，如果道统不立，则文统必然出现混乱，乃至"不知其守"，势必出现问题："今之学者或不然，不务深讲而笃信之，徒巧其词以为华，张其言以为大。……又其为辞不规模于前人，则必屈曲变态以随时俗之所好，鲜克自立。此其充于中者不足，而莫自知其所守也。"② 由此看出，欧阳修以为时文出现的"巧其词"、"张其言"、"规模于前人"、"曲变其态"，都是由于作者不明道统而导致的问题。

苏舜钦也对文道之间的关系进行了考察。因苏舜钦集中《石曼卿诗集序》的真伪问题尚有争论，所以我们主要从其文集中的诗文来看苏舜钦的文学主张。③ 在文与道的生成顺序上，他把道、德、文、词、辩糅合为一个逻辑演进的次序，以为"道"弊生"文"。由此出发，他《上孙冲谏议书》强调："昔者道之消，德生焉；德之薄，文生焉；文之弊，词生焉；词之削，诡辩生焉。辩之生也，害词；词之生也，害文；文之生也，害道德。夫道也者，性也，三皇之治也；德也者，复性者也，二帝之迹也。文者，表而已矣，三代之采物也；辞者，所以董役，秦汉之训诰也。辩者，华言丽口，贼蠹正真，而眩人视德，若卫之音，鲁之缟，所谓晋唐俗儒之赋颂也。"④ 苏舜钦是从"道"的产生根源来推及与文的关系，得出了文为道弊而后生的结论，他以为德的作用在于"复性"，即恢复人的性情之正，又以为文为"表"，亦即文为内在道德修养而致的性情之正的外在表现形式。至于"二帝之迹"、"三代之采物"等，自然是苏舜钦以之为比附的说理方式，显然是牵强比附，可不予深究。可见，上述关于文道关系的推断，以及把道、德、文、词、辩排定次序的方式，具有先验的性质，只可以看做是苏舜钦有意识地把道德伦理与诗文技艺相统一的努力，这种把不同事物强作统一的思维模式，正是北宋中期士人热衷于求道、努力构建其哲学体系的共同特征。如果苏舜钦按照逻辑的推演来算，那么，最好的结局是取消文，显然，苏舜钦认为文的功用便只能为服务道

---

① 孔凡礼点校：《苏轼文集》，中华书局1986年版，第1009页。
② 同上。
③ 参见杨许波、郑友征《苏舜钦研究述评》，《社科纵横》2006年第10期。
④ 沈文倬校点：《苏舜钦集》，上海古籍出版社1981年版，第102页。

而存在，这种忽视"文"的独立性地位，以及把"文"看做是"道"的附庸的认识，反映出苏舜钦文道观的局限性。

随后曾巩、苏轼、苏辙、黄庭坚、秦观等人，都有对"文"的本质属性进行探讨的文字记载。总的看来，"文章之士"所言之"道"，是非常复杂的，其中既有主张推扬儒学的"道"，又有遵循自然规律之"道"，更有佛教、道家或道教之"道"。如苏轼，苏轼哲学的核心概念是"道"，指的是宇宙自然之规律。他在《东坡易传》中言："圣人知道之难言也，故借阴阳以言之，曰一阴一阳之谓道。一阴一阳者，阴阳未交而物未生之谓也，喻道之似莫密于此者矣。"① 他经常提到"道"具有"生生"的特性。苏轼之"道"，是一切事物的整体性存在，他认为道可以从寓意于物中来体现。他又强调了"吾所为文必与道俱"②（《再祭欧阳文忠公文》）的文道观，在创作过程中极力追求以言尽意，并将"有道有艺"、"意为文之要"、"文以述志"作为其文道观的基本内容。苏轼的"道"有两重含义，一是指自然的客观规律，二是指个别事物之理。他在《东坡易传》中，强调运动的自足性，一切都是"自"行其是，一切都是"物各得之"，"物固有是理，患不知之，知之患不能达之于口与手"③（《答俞括书》）。表达出苏轼对儒道释合一的认识。苏轼对道的理解，也不同于韩愈、欧阳修等人。在《日喻》中，他提出"道可遇不可求"，以为道要从践履中来，指出"日与水居"，"必将有得于水道"④。由此进一步，苏轼把"道"的存养与践履以至成圣人的过程分为三阶段：第一阶段是学以穷理；第二阶段是内化知识和技能，达到"入神"；第三阶段是学以致用。显然，学以致用是其修"道"的最终归宿，他在《送钱塘僧思聪归孤山叙》强调"才艺"为"道"的途径，明确提出以"以一含万"来取得诗意境界的跃升。由此，他进一步提出"道艺两进"的思想。⑤ 在《书李伯时〈山庄图〉后》中有言："画日者常疑饼，非忘日也。醉中不以鼻饮，梦中不以趾捉，天机之所合，不强而自记也。居士之在山也，不留于一物，故其神与万物交，其智与百工通。虽然，有道有艺，有道而不艺，

---

① 黄宗羲等：《宋元学案》卷九九，中华书局1986年版，第3291页。
② 孔凡礼点校：《苏轼文集》，中华书局1986年版，第1956页。
③ 同上书，第1793页。
④ 同上书，第1980页。
⑤ 同上书，第325页。

则物虽形于心，不形于手。"①（《东坡全集》卷九三）他提出的"神与万物交"强调认识事物要把握其本质规律；"智与百工通"则强调认识事物的技巧方法。"技进于道"强调的是超越技艺而直以求道为最终归宿。在《净因院画记》中苏轼以文与可的竹画为例，说明了"常理"比"常形"更重要。他在《自评文》中认为，道为大全之存在，包含了物态的多样性。由此，苏轼提出诗歌语言要随物赋形，妙尽形理："吾文如万斛泉源，不择地皆可出。在平地滔滔汩汩，虽一日千里不难。及其与山石曲折，随物赋形，而不可知也。所可知者，尝行于所当行，常止于不可不止，如是而已矣。其他虽吾亦不能知也。"②（《南行前集叙》）他以水喻文，水无常形，犹如诗人之无心，思想中没有定势，能够根据事物当下的情状作出最贴切的描写。显然，这一思想主要来自《庄子》，并兼有佛教禅宗的一些思想。苏轼在《南行前集叙》中提及："夫昔之为文者，非能为之为工，乃不能不为之为工也。山川之有云，草木之有华实，充满勃郁，而见于外，夫虽欲无有，其可得耶！"③苏轼强调，描摹万物之物状情态，"不能自已而作"正是"为文之工"的特性。于此而言，"文"的独立性显然是存在的。他在《自评文》中又强调："吾文如万斛泉源，不择地皆可出"，恰是前文的注脚。

与此不同，黄庭坚则在《大雅堂记》中提出"意"为"文"之枢纽："子美诗妙处乃在无意于文。夫无意而意已至，非广之以《国风》《雅》《颂》，深之以《离骚》《九歌》，安能咀嚼其意味，闯然入其门耶。"④ 这里，"无意于文"是从技巧而言的，既然"无意"，则想必黄庭坚所言之"文"与"道"有相当距离，由此，"文"的独立性也就得到了承认。黄庭坚又在《答洪驹父书三》中进一步总结了"文法"："凡作一文皆须有宗、有趣、终始、关键。有开有阖。"⑤ 当然，黄庭坚论及文、道关系时，也注意"以诗求道"⑥，则说明了他的文道观是复杂的，有内

---

① 孔凡礼点校：《苏轼文集》，中华书局1986年版，第2211页。
② 苏轼：《东坡全集》卷一〇，上海古籍出版社影印文渊阁四库全书本。
③ 曾枣庄、舒大刚主编：《三苏全书》第十三册，语文出版社2001年版，第479页。
④ 《黄庭坚全集》卷一八，刘琳、李勇先、王蓉贵校点，四川大学出版社2001年版，第437页。
⑤ 同上书，第474页。
⑥ 参见王培友《黄庭坚统摄心性存养与诗歌艺术的方法及其诗学价值》，《中国文化研究》2009年冬之卷。

在思理矛盾的。黄庭坚对于"文"的这一看法，往往是"文章之士"所重视的。如当时的吕南公在《与汪秘校论文书》中，就提出："所谓文者，所以序乎言者也，……言而非其序，则不足以致道治人，是故不敢废文。……盖文之为道，由东京以下始与经家分两歧。"① 在此，他提出了文具有独立性，但文与道具有同源性。他提出的"因文见道"观点很有代表性，这一观点可以看作是对当时苏轼、黄庭坚文道观点的调适。顺次进一步发展，直到南宋中期，陆游亦提及："必有其实，乃有其文"，论者指出他推崇"诗家三昧、诗外功夫"等②，显示出陆游对"文"主体地位的重视。可以说，两宋"文章之士"对于"文"之"独立性"主体地位的探讨，正是其文道观的核心部分。由此出发，"文章之士"才会从此思维"原点"而把握"文"作为文学内容、技巧的诸多特质。

基于承认"文"与"道"的独立性，一些"文章之士"进而提出"理"为文之根本。当然，此"理"不是"道学之士"如朱熹等人强调的"天理"、"纲常"，而是指事物发展变化的规律。如秦观《通事说》中提出："文以说理为上，序事为次。古人皆备而有之，后世知说理者，或失于略事而善序事者，或失于悖理，皆过也。"③ 这里，秦观提及的"理"即是事物运行发展的规律。这说明，秦观有意识地把"文"与"道"相疏离，其题旨自然是认识到了"文"具有独立性，而非"道"的附庸。他又在《逆旅集序》中，提及自己的文道观主张："仆野人也，拥肿是师，懈怠是习，仰不知雅言之可爱，俯不知俗论之可卑，偶有所闻则随而记之耳，又安知其纯与驳耶？然观今世人谓其言是则，矍然改容，谓其言信则，适然以喜，而终身未尝信也。"④ 显而易见，此中所论，更是离"道"远了。

第三阶段：两宋之交至南宋后期。这一阶段"文章之士"对于文道关系的探讨值得重视。大部分文论都关注这一问题，这说明，这一时期包括"文章之士"在内的士人，受到时代文化思潮的影响，尤其是受到以苏黄为代表的"文章之士"，与"道学之士"及"传统儒学之士"的文

---

① 吕南公：《与汪秘校论文书》，台湾商务印书馆影印文渊阁四库全书本，第113页。
② 参见王运熙、顾易生主编《中国文学批评通史》（四），上海古籍出版社1996年版，第262—285页。
③ 秦观：《淮海集》，台湾商务印书馆影印文渊阁四库全书本，第676页。
④ 同上书，第642—643页。

道观念影响，因而对文道关系的探讨较之第二阶段更为深入和专门化。

现存两宋文论中对文道关系的探讨，是比较丰富的。其中，对"文"与社会政治、礼乐教化之关系，是一些诗论论"文"的重点之一。如《文章精义》云："《易》、《诗》、《书》、《仪》、《礼》、《春秋》、《论语》、《大学》、《中庸》、《孟子》，皆圣贤明道经世之书。虽非为作文设，而千万世文章从是出焉。"[①] 显然，李涂此论注意到了"文"与儒学经典的关系，以为"明道经世"于"文"而言是为根本。值得注意的是，南宋文论中，对"文"的社会政治功能等问题的论述，好多时候是同对苏黄之文的评价相联系的，正如刘克庄《后村诗话》前集卷二所云："元祐后，诗人迭起，一种则波澜富而句律疏，一种则锻炼精而情性远，要之不出苏、黄二体而已。"[②] 而对苏黄之文的评价，又往往与他们所为之"文"对社会政治教化、是否有补于治道相关。如陈岩肖《庚溪诗话》载："元祐间，有旨修上清储祥宫成，命翰林学士苏轼作碑纪其事。坡叙事既得体，且取道家所言与吾儒合者记之，大有补于治道。"[③] 显然，作者对苏轼之文的推崇，实际上是以是否"裨于治道"为标准的。

从文体的角度来探讨"文"的属性、特征、写作技法，更是"文章之士"所热衷的。如李涂《文章精义》、陈骙《文则》、唐子西《文录》、谢伋《四六谈丛》、王灼《碧鸡漫志》、吴曾《能改斋漫录》、魏泰《临汉隐居诗话》、张镃《诗学规范》等，现存南宋文论即有数十部，其中对文、诗等文体有专门性的研究，涉及了各种文体的属性、技法等。而南宋后期的魏庆之《诗人玉屑》则对苏、黄等宋代最有代表性的诗人的诗歌风格、表达技巧等有多方面的深入论述，标志着宋代诗学理论整理的集大成。

值得注意的是，这一阶段由于理学文化思潮的影响，很多"文章之士"与理学家有交往，其文道观念有的体现出理学的影响。但总的看来，"文章之士"的文道观念仍然更为偏重于从艺术角度来把握诗歌。如南宋陆游、范成大等人都是如此。如陆游学诗从江西诗派入手，而又能够脱略江西诗派的束缚，既有继承江西诗派的一面，又有反对江西诗派过于重视

---

① 李涂著，刘明晖校点：《文章精义》，载郭绍虞、罗根泽主编《中国古典文学理论批评专著选辑》，人民文学出版社1960年版，第59页。
② 刘克庄撰，王秀梅点校：《后村诗话》，中华书局1983年版，第26页。
③ 何文焕编：《历代诗话》，中华书局1981年版，第182页。

艺术形式而忽略现实生活内容的一面，强调生活、强调平淡自然等，表现出鲜明的个性。陆游虽然晚年对江西诗派持否定态度，但并没有完全否定江西诗派主张艺术锤炼、讲究诗法的艺术取向。他有诗句："诗家忌草草，得句来须成"①（《子聿入城》），又有"我得茶山一转语，文章切忌参死句"②（《赠应秀才》），强调作诗应以"活法"入手而重视作诗的"句法"。又强调："律令合时方帖妥，工夫深处却平夷"③（《追怀曾文清公呈赵教授近尝示诗》）主张作诗重视求韵律的妥帖而以自然面目呈现，这种由锤炼而归于自然的诗歌创作主张，正是黄庭坚所强调的"平淡而山高水深"的老成诗歌创作境界。但与江西诗派后学有所不同的是，陆游在继承、学习江西诗派的同时，受到时代政治、文化思潮等影响，重视诗歌从社会现实生活中取材，这就与以片面强调诗法"圆活"的吕本中、曾几等人，以及重视"师法自然"的杨万里等诗人，拉开了距离。他重视"工夫在诗外"："纸上得来终觉浅，绝知此事要躬行"④（《冬夜读书示子聿八首》之一），又讲"君诗妙处吾能识，正在山程水驿中"（《题庐陵萧彦毓秀才诗卷后二首》之一）⑤，表明了其重视诗歌创作向现实生活取材的创作主张。陆游重视在诗歌中摄入国难家恨、克复中原的爱国感情，更使其诗具有了重气节、重视反映现实生活的内容。他主张："古声不作久矣。所谓诗者，遂成小技。诗者果可谓之小技乎？学不通于人，行不能无愧于俯仰，果可言诗乎？"⑥（《答陆伯政上舍书》）本此，陆游对江西诗派追求藻饰雕琢、片面强调诗法的诗歌创作风尚，给予了批评，提倡平淡自然、清新古朴的诗歌创作风气。他讲："大抵诗欲工而工亦非诗之极也。锻炼之久，乃失本指，斫削之甚，反伤正气"⑦（《何君墓表》），又讲"文章最忌百家衣"⑧（《次韵和杨伯子主簿见赠》），推崇"诗情随处有，信笔自成章"⑨（《即事六首》之一），这些都显示出陆游诗歌对江

---

① 傅璇琮等主编：《全宋诗》，北京大学出版社 1999 年，第 35175 页。
② 同上书，第 24893 页。
③ 同上书，第 24298 页。
④ 同上书，第 25063 页。
⑤ 同上书，第 25200 页。
⑥ 陆游：《陆游集》，中华书局 1976 年版，第 2091 页。
⑦ 同上书，第 2376 页。
⑧ 傅璇琮等主编：《全宋诗》，北京大学出版社 1999 年版，第 24720 页。
⑨ 同上书，第 25411 页。

西诗派诗歌主张的有意纠正。

由上述可见，两宋"文章之士"论"文"重在探讨"文"本质以及其独立性是否存在，以此为前提，"文章之士"进而论及"文"的"文章"、"技巧义"、文体形式、实现方式等内容。此外，"文章之士"也对文道关系的若干方面，如"文"对"道"的承载和实现方式、"文"与社会政治、礼乐教化之关系、"文"与"道"的联系渠道等，亦有深入考察。比较而言，两宋"文章之士"较之其他两类士人群体，更为重视"文"之独立性及本体地位的探讨，并对"文"之"文章"、"文体"以及当今意义上的"文学"内容与形式诸方面有较为深入的论述。

二 "文章之士"诗作所反映出的文道观念

以上述对"文章之士"的界定为标准，衡量两宋诗歌创作者，可以发现符合标准的诗人是非常多的。杨亿、王禹偁、钱惟演、欧阳修、梅尧臣、苏轼、张耒、黄庭坚、陈与义、陆游等人之外，如江西诗派大多数诗人、江湖诗派诗人，以及吕南公、史尧弼、王阮、叶梦得、楼钥、范成大、汪晫、姜夔、史浩、喻良能、何耕、尤袤、薛师石、吴泳、岳珂、陶梦桂、赵汝鐩、高翥、王遂、华岳等人，都是"文章之士"。从这些"文章之士"的诗歌而言，体现出下列文道观念特性：

一是大多数"文章之士"更为重视"文"的固有艺术性特质，而对儒学之"道"有疏离。如李昉，饶阳人，字明远，仕汉、周，后归宋。太宗时拜平章事。奉敕参撰《太平御览》、《文苑英华》、《太平广记》等书。李昉仕当五代，时诗坛上推崇冯道、杨凝式等人的诗歌风尚，诗风追求"浅近"。李昉与同时的著名文人如窦仪、陶谷、卢多逊、范质等，或为冯道、杨凝式的同僚，或与之相与应酬，所以自觉不自觉地学习和模仿冯道、杨凝式的诗风，往往以"浅近"诗风抒写世俗生活的"义理"。入宋后，面对最高统治者希冀"颂美时政"的政治诉求，这些重臣诗风取向只能是或取"颂美"或相与唱酬以"吟咏性情"。如李昉诗《偶书口号寄秘阁侍郎》："朝退归来只在家，诗书满架是生涯。吟成拙句何人和，按得新声没处夸。夜景最怜蟾影洁，秋空时见雁行斜。望君偷暇来相访，犹有东篱残菊花。"[1] 诗人以浅近的语言，表达世俗生活的"义理"，有安于闲适生活的乐趣，也有"颂美时政"，表达对帝王知遇之恩的感激之

---

[1] 傅璇琮等主编：《全宋诗》，北京大学出版社1999年版，第173页。

情，诗句抒写了诗人鄙俗的生活情趣和汲汲于富贵功名的人生追求，类似的诗作主题在李昉、李至等人的作品中比比皆是。

又如宋初的"西昆体"诗人。西昆体在审美追求上，推崇深隐、渊博、典雅、华美；主张以雅言、英词、藻思写闲情逸兴。其长处在于对仗工稳，用事深密，文字华美，风格整饬典丽；短处在于缺少真挚的情感，往往徒有华丽外表。从诗歌题材看，西昆体主要学习李商隐的咏史诗、咏物诗与无题诗；从诗歌创作技巧上看，主要学习李商隐诗歌的多用典、心思深隐、讲究辞藻华美与色调渲染。大体而言，"西昆体"诗作普遍缺少李商隐诗歌中的情调幽美与凄艳浑融审美韵味，也缺少李商隐诗歌中的兴象难以指实等特征；缺少李商隐诗歌中的意象组合方式，如跳跃意象组合、朦胧情思与境界创造等。如杨亿《无题》诗："巫阳归梦隔千峰，辟恶香销翠被空。桂魄渐亏愁晓月，蕉心不展怨春风。遥山黯黯眉长敛，一水盈盈语未通。漫托鹍弦传恨意，云鬟日夕似飞蓬。"① 钱惟演《无题》诗："绛缕初分麝气浓，弦声不动意潜通。圆蟾可见还归海，媚蝶多惊欲御风。纨扇寄情虽自洁，玉壶承泪只凝红。春窗亦有心知梦，未到鸣钟已旋空。"② 上述杨亿、钱惟演诗中极力铺写主人公的积怨深悲，虽然用了很多表示怨、悲的典故，却缺乏李商隐诗中隐藏在恰切典故和精美字句中的真情实感。

"文章之士"更为重视诗歌的艺术性，重视诗歌作为"文"的属性，因此，他们往往着力探讨作为艺术的诗歌，在境界、结构、表达方式等方面的特性，而对"道学之士"、"传统儒学之士"重视的心性存养、求做圣人以及建功立业、独善其身等"道"保持一定的距离，甚至"文章之士"的主体审美取向也不以儒家强调的"温柔敦厚"、"中和"为美为宗旨。

如欧阳修，把向韩愈诗歌学来的以散文布局的方式来安排诗意、糅合诗篇内容，使诗篇表现出曲折幽深、起承转合的艺术风貌，其中，欧诗中多用感叹词、转折词和递进词的表现技巧，则是形成欧诗"逆转顺布"③艺术风格的重要手段，而这却是韩诗很少有的。欧阳修古诗长调中，存在着明显的结构主线和情感主线有机交织的现象，可以称之为欧诗诗歌的

---

① 傅璇琮等主编：《全宋诗》，北京大学出版社1999年版，第1418页。
② 同上书，第1064页。
③ 方东树：《昭昧詹言》卷一二，人民文学出版社1961年版，第276页。

"复调式结构"。一种是以"岂（+）……（+）"或"（+）……岂（+）"句式和"……（+）而……"句式为基本构型的复调式结构。从句式构成方面来看，欧诗常把感叹词同转折词、递进词和并列词连用，以求取得某种表现效果，如"岂（+）……（+）"、"（+）……岂（+）"式、"……（+）而……"式等。包括岂不……亦、岂知……、岂比……、岂惟、岂敢……、岂无……所得、岂不……而、岂不……亦、虽……岂、岂……犹、方……岂等。这种句式在诗篇结构的总束、分说、递进、转折等多种关系中，寓含着作者或深沉，或感慨，或意气飞扬，或思致萧索，或意志消沉的情绪。如在《送任处士归太原》诗中有句"天威岂不严，贼首犹未献"①，上句以"岂"为反问语气，目的是引出"贼首"还没有被打败俘获的战争现实，这就为下文展开对"贼首犹未献"的原因分析预留了伏笔，最终过渡到诗篇主题：为任生的不遇遭遇鸣冤，同时也表达出作者对庙堂大臣压抑人才的愤怒之情。这种写作方式，标志着诗篇中出现了两种线索：结构线索和情感线索。这两种线索，又常以各种句式有机地结合在一起，而使诗篇具有了复合之美。另一种是以情感的发展来统摄事物景象的复调式结构形式。欧诗中亦有以情感的发展过程来统摄事物景象，以达到表达诗旨的目的。如欧诗《晋祠》（庆历四年），诗篇有叙事，有议论，现实之景与历史时空得到有机结合，将晋地多战争、晋儿多豪侠与当今晋人多游乐、晋地尽享太平相对比，与历史空间的转换中，感慨遥深，诗篇最后以鸟啼、山月作结，更增添了余音袅袅的滋味。显然，诗篇时空跨度很大，情感跌宕起落与景物密切结合，文气自由流转等特征，这种以情感的发展线索来统摄景物、事项的写作技巧，正是形成欧诗"感慨遥深"风格的重要原因之一。②

又如张耒，钱锺书在《宋诗选注》中认为张耒"在'苏门'里，他的作品最富于关怀人民的内容"③。但他更为人注意的，却是其诗歌的自然、爽朗的艺术特色。晁补之评其诗："君诗容易不著意，忽似春风开百花。"④（《题文潜诗册后》）杨万里评曰："晚爱肥仙诗自然，何曾绣绘更

---

① 傅璇琮等主编：《全宋诗》，北京大学出版社1999年版，第3590页。
② 参见王培友《论欧阳修诗歌艺术的复合式结构及其历史地位》，《中国文化研究》2012年春之卷。
③ 钱锺书：《宋诗选注》，人民文学出版社1958年版，第80页。
④ 同上。

雕镌。"①（《读张文潜诗二首》其一）朱熹曾经称赞说："张文潜诗只一笔写去，重意重字皆不问，然好处亦是绝好。"②（《朱子语类》卷一四〇）

又如陈师道诗歌多写个人身世际遇，"贫"、"困"、"寒"、"饥"等成为他诗歌的主要内容。如《拟古》一诗中"盘中有声囊不瘿，咽息不如带加紧。人生七十今已半，一饱无时何可忍？"③ 即写其不能饱腹的饥饿之状。当然，陈师道在哭诉其人生困窘的同时，其诗作亦重视抒写传统士人的"固穷"精神，而这显然提升了他的诗歌品格。如《雪》诗写晚风、树木、鸟等物态来烘托雪夜的寒冷，五、六句表现出诗人挨冻之窘态，最后引用了王仲孺之妻败絮自拥等典故，来表达"君子固穷"的文化心态。陈师道的诗，特别重视炼字、造句，而这点也正是陈师道为江西诗派后学推崇的重要原因。如陈师道诗《春怀示邻里》句有"雷动蜂巢趁两衙"④ 之"趁"，《登快哉亭》诗句"暮霭已依山"⑤ 之"依"等，用字简练传神。此外，陈师道造句追求语简而益工、语少而意广，故其好压缩别人的诗句入诗。如杜甫有"无边落木萧萧下，不尽长江滚滚来"句，陈诗缩成"落木无边江不尽"⑥ 等。

再如江西诗派诸作家的诗歌作品。"江西诗派"诗人尊崇杜甫、黄庭坚。江西诗派诗人过于推崇黄庭坚的诗法技巧，而对其诗歌内容有所忽视，因此，这一诗派诗人的诗歌创作往往因为思想内容的贫瘠而为后人诟病。尤其是，过于强调诗歌的求新、奇巧，特别是在句法、诗律、用典等方面的刻意经营，往往导致他们所创作的诗歌呈现出诗境破碎、句意失当等弊病。如吕本中诗歌既继承了黄庭坚的很多字法、句法以及思想内蕴，也对苏轼的章法结构有所学习。如陈与义早年深受江西诗派影响，写诗重视雕章琢句。如《眼疾》诗用满篇的典故、戏谑的语言，在整齐的格律中参以虚词，对仗工整而句意流畅，这正是江西诗风的典型特征。靖康之乱带来的家国板荡，迫使陈与义迁徙流转，尝遍苦辛。其诗句一变为悲怆

---

① 钱锺书：《宋诗选注》，人民文学出版社1958年版，第80页。
② 转引自钱锺书《宋诗选注》，人民文学出版社1958年版，第80页。
③ 傅璇琮等主编：《全宋诗》，北京大学出版社1999年版，第12644页。
④ 同上书，第12718页。
⑤ 同上书，第12688页。
⑥ 同上书，第12640页。

苍劲。如《巴丘书事》："三分书里识巴丘，临老避胡初一游。晚木声酣洞庭野，晴天影抱岳阳楼。四年风露侵游子，十月江湖吐乱洲。未必上流须鲁肃，腐儒空白九分头。"① 中间两联写"游子"所见洞庭秋景，"抱"、"酣"、"吐"颇见炼字之功。陈与义又注意向杜诗学习其风格的苍劲雄浑，如《伤春》："庙堂无策可平戎，坐使甘泉照夕烽。初怪上都闻战马，岂知穷海看飞龙。孤臣霜发三千丈，每岁烟花一万重。稍喜长沙向延阁，疲兵敢犯犬羊锋。"② 诗歌融化典实和前人名句，境界雄浑深阔，风格悲慨沉郁，深得杜诗神髓。陈与义试图综合苏轼与黄庭坚诗作长处，晦斋就在《简斋诗集引》中指出陈与义诗歌的艺术追求："……近世诗家知尊杜矣，至学苏者乃指黄为强，而附黄者亦谓苏为肆；要必识苏、黄之所不为，然后可以涉老杜之涯涘。"③（简斋诗集引》）

二是一些"文章之士"也重视"文"以"传道"，但其注意力却更为重视诗歌作为艺术门类的特征，其用力更倾向于把诗歌作为艺术来对待，因而推敲其内容、形式和审美诸因素。

如梅尧臣，他虽然对与诗歌和儒学道统之间的关系比较重视，但更多精力在于推究诗歌创作的技巧、方法等。他主张"因事有所激，因物兴以通"④，强调诗歌的产生是由于外在的"事"与"物"的激发与诱导，他希望以诗歌为手段，来"下而磨上"，也就是试图以诗歌的讽诵劝谏功能，来影响政治，引导世道人心向着儒学"仁义礼知信"之道回归。也正是这种"君子穷而后工"的无奈，与当时"朋党"之争的政治激烈性，对梅尧臣的诗歌审美指向发生了影响。与同时代的其他诗人一样，梅尧臣也强调"诗本道性情"⑤（《答中道小疾见寄》）、"我于诗言岂徒尔，因事激风成小篇"⑥（《答裴送序意》），不过，使他成为同时代诗人翘楚的，却是他"意新语工"的诗学主张。之中，梅尧臣提及诗歌创作的"造语"、"意新"问题，他所强调的"前人所未道"、"状难写之景，如在目前，含不尽之意，见于言外"⑦ 等诗歌创作要领，事实上起到了引领诗歌

---

① 傅璇琮等主编：《全宋诗》，北京大学出版社1999年版，第19529页。
② 同上书，第19554页。
③ 吴书荫、金德厚点校：《陈与义集》，中华书局1982年版，第4页。
④ 傅璇琮等主编：《全宋诗》，北京大学出版社1993年版，第2884页。
⑤ 同上书，第2861页。
⑥ 傅璇琮等主编：《全宋诗》，北京大学出版社1993年版，第2865页。
⑦ 何文焕编：《历代诗话》，中华书局1981年版，第267页。

创作风气的作用。根据梅尧臣本人的诗歌创作及欧阳修等人的评价来看，梅尧臣"意新语工"的诗歌创作主张，大概可以从三个方面来理解：一是"平淡美"具有统率梅诗其他诗学旨趣和艺术表现手段的核心地位。梅尧臣为了实现其"平淡"之美诗学主张，而在诗歌造意、用语、命题等方面表现出与他人迥异的诗歌特征。可以说，梅尧臣"意新语工"是为了实现其"平淡"美韵的手段，而"平淡"之美，只有在满足了"意新语工"这一基本前提时才能够实现。如他的两首诗《鲁山山行》："适与野情惬，千山高复低。好峰随处改，幽径独行迷。霜落熊升树，林空鹿饮溪。人家在何许？云外一声鸡。"①《东溪》："行到东溪看水时，坐临孤屿发船迟。野凫眠岸有闲意，老树著花无丑枝。短短蒲茸齐似剪，平平沙石净于筛。情虽不厌住不得，薄暮归来车马疲。"② 第一首诗，方回认为"尾句自然"③（《瀛奎律髓》卷四），正是由于尾句的流丽蕴藉，使诗篇充满了情韵，并使诗篇呈现出在雕刻之后达到的绮丽之美。第二首诗，则以思理之致表现"平淡"之旨，言尽意止，无复含蕴。显然，惟其具有"平淡"审美的追求，梅诗才会选择使用言尽意尽的表达方式。就第二首诗所摹写的景物而言，其中也不追求浓烈的诗情画意，而是摹写、铺叙了一个常见的山野情景，这一情景所引起诗人的心境，是静谧安详的，甚至在其中还有诗人出游归来的淡淡倦意，而这一切，都与表达其"平淡"的诗学审美追求相关。二是梅尧臣强调"以故为新，以俗为雅"④。不过，梅尧臣此语已佚，现在已经无从知晓其真实含义。推测想来，此语或许与黄庭坚的"点铁成金"等诗论有一定联系，既然黄庭坚"点铁成金"之论，强调的是要融化前人陈言而自铸伟词，那么，梅尧臣此论亦应有此含义。换句话说，梅尧臣为了实现"意新语工"的诗学主张，特别重视在诗歌题材、主旨、表现方式、造语等方面实现突破，应该是不争的事实。三是梅尧臣诗歌中注意使用某些较为偏僻少见的创作方法，这也导致了其诗歌具有"意新语工"的特征，如其惯用的"十字格"写作方法，就为其诗歌增色不少。宋人《韵语阳秋》卷一指出："梅圣俞五字律诗，于对联中十字作一意处甚多。如《碧澜亭》诗云：'危楼喧晚鼓，惊

---

① 傅璇琮等主编：《全宋诗》，北京大学出版社1993年版，第2794页。
② 同上书，第3130页。
③ 方回：《瀛奎律髓》卷四，台湾商务印书馆影印文渊阁四库全书本，第50页．
④ 何文焕辑：《历代诗话》，中华书局1981年版，第314页。

鹭起寒汀。'《初见淮山》云：'朝来汴口望，喜见淮上山。'……如此者不可胜举。诗家谓之'十字格'今人用此格者殊少也。"① 从上述诗句可以看出，梅诗非常注重在上下联中贯穿完整的语意，或以接续的两个动词来连起不同的景物，从而使诗句充满动感，这种诗歌写作方式，或意在描述出完整的场面或者作者的行动过程；或以上下句贯穿间隔的时空，使时空成为有接续性的思想承载体；或以上下句构成一个因果关系。总之，使用"十字格"这种诗歌艺术表现手法，能够把深邃的思想和深沉的情感贯穿于时空变换的语境中，从而在诗句中创造出"意新语工"的诗歌艺术。

　　三是一些"文章之士"的诗歌创作，明显地贯彻了其文道观念。如苏轼，既然他的"道"是自然规律，因此，其诗歌的"求物之妙"，也就典型地表现出来。在其咏物诗和风景诗之中，他既注意切题，但又强调"论画以形似，见与儿童邻；赋诗必此诗，定非知诗人"②（《书鄢陵王主簿所画折枝二首》之一），在咏物的同时表现诗人对生活的独特感受和认识，传达情感内涵与精神境界。其《寓居定惠院之东杂花满山有海棠一株土人不知贵也》，诗篇写于元丰三年（1080），"乌台诗案"之后，苏轼在咏海棠中寄寓身世之感。作者写海棠之美可谓不遗余力，但这样美的海棠却被造物主安排在"空谷"。诗人思路转得更奇特，巧妙地把海棠与自己相联系，揭出同为天涯流落的主题。这首诗是苏轼平生得意之作，"平生喜为人人写，盖人间刊石者，自有五六本。云：'吾平生最得意诗也。'"③ 苏轼"寓意于物"的诗学思想在其咏物抒怀诗中表露无遗。被摄入咏物诗中的物体不仅仅是自然界的客观存在，其中已经融入了诗人的审美情感和精神追求，可以令读者产生丰富的联想和想象，进入到诗人所创造的无限丰富和广阔的艺术空间，去领悟寄寓其中的对社会、历史，乃至宇宙人生的思考和感悟。苏诗中的理趣也是其一大特色。苏轼于北宋党争的罅缝中求生存，既不见容于新党，亦不见谅于旧党，在近40年的官宦生涯中，有1/3的时间都于贬谪中度过，饱尝宦海沉浮之苦。然而苏轼处逆境泰然，将他对宇宙人生的哲学思考与社会人生的深刻体察，于诗文中表现出一种理趣之美。苏诗所蕴含的哲理涉及社会、人生、自然等方

---

① 何文焕编：《历代诗话》，中华书局1981年版，第485页。
② 傅璇琮等主编：《全宋诗》，北京大学出版社1993年版，第9395页。
③ 阮阅编著：《诗话总龟前集》，人民文学出版社1987年版，第297页。

面，他糅合《易经》中"变化"的观念，庄子"齐物逍遥"的精神和佛禅的无常之说，善于从宦海浮沉、贬谪迁徙的生涯或眼前景物、身边小事悟出人生的偶然、世事的虚幻，道出事理，以求在迁逝变化中保持一种无所求、无所住，顺应变化、珍惜当下的心态。

由上述可见，"文章之士"的文道观念是比较复杂的。不过，较之两宋"道学之士"和"传统儒学之士"而言，"文章之士"更为重视作为艺术的诗歌特质、属性等，而与儒家之"道"颇为疏离。

三 "文章之士"文道观念与其诗歌创作的矛盾性

对前述"文章之士"的文道观念与其诗歌作品中所体现出的特质进行梳理可见，"文章之士"的文道观与其创作所体现出的特质，并不完全相符合。主要是：

一些"文章之士"的文道观念对儒学之"道"比较推崇，但是其创作则更为重视诗歌作为艺术作品的一面。不但是前所举苏舜钦、梅尧臣、欧阳修、陈与义等人的诗歌如此，就是被认为是"文章之士"的南宋若干士人，如史尧弼、王阮、楼钥、范成大、汪晫等人，其诗歌创作也重在凸显其作为艺术的一面。至于宋末的四灵诗派、晚唐诗派等，其诗人诗作也是如此。这说明，作为"文章之士"而言，推崇儒学之"道"也许是与其所受的儒学教育或者是为了突出其正统思想有关，但具体到写作诗歌，就与儒学之"道"拉开了距离。这些诗人，不但其诗歌题材、主题与内容大多不太注重凸显儒家之"道"，就是在诗歌审美取向上，也并不注重表现"温柔敦厚"、"中和"之美。

另外一个值得注意的现象是，一些"文章之士"即使推崇"道"，但他们的"道"却脱离了儒家之"道"，而强调以事物运行的规律、法则为"道"。这里的"道"，实质上已经被替换为"理"。如苏轼的诗歌即是如此。更多的"文章之士"，似乎在诗歌创作中对儒家之"道"并不看重。艺术技巧、表现形式与求新求异的诗歌创作风格，才是他们更为关注的方面。

"文章之士"对于"文"的属性、本质与规律等方面的探讨，促进了其诗歌创作。"文学之士"大都关注诗歌作为文学艺术的规定性。很多诗人总结前代或者作者本人的诗歌创作经验，而写作了大量的诗论。从现存的大量诗论来看，这些"文章之士"对于诗歌艺术特性的把握非常深入、细致。而从这些"文章之士"的诗歌创作而言，也体现出这一特征。前所举梅尧臣、苏轼等人的相关诗论与诗歌作品,就表现出这一点。

总的看来,大多数"文章之士"对于文道关系的探讨,与其诗歌创作有较大差距。这说明,诗歌作为抒发情志的文艺形式,在大多数情况下,需要充沛的感情,突发性的兴发因素,适当的外在事物作为表达感情的载体,而由创作主体即兴创作来实现。要求诗歌经常理性地表达、承载儒学之"道"也好,还是作为事物规律之"道"也好,抑或是道佛等相对"异端"的"道"也好,都是一种理想状态。从文学的创作规律而言,是违背常规的。

第二节 "道学之士"文道观念及其诗歌品格

两宋理学家的文道观主张,事关我们对"理学诗"、"理学诗派"及其统属的"邵康节体"、"语录体"、"乾淳体"、"俗体"等文学现象进行正确评价,也影响到我们对理学诗诗境生成、诗格建构等问题进行学术研究。近古以来,很多人贬低理学诗、理学诗派乃至宋诗的历史地位,中间自有其复杂的社会和学术原因,但很多学者对理学家的文道观主张认识不足或者产生误解,亦是其中重要的影响因素。从文献来看,两宋理学家对文道关系的探讨呈现多样性和复杂性的特征,而理学家文道观念与其诗歌创作之间,也呈现出非常复杂的关系。

一 两宋理学家的文道观念

两宋理学家关于文道观的相关论述,大致可以概括为下列三种情况。

第一种:理学家"重道轻文"的文道观。就理学家而言,他们关注的焦点问题,自然是以成就"内圣"为目的的心性存养之学。理学家力图通过内在的道德存养而提升道德伦理品格,进而实现天地万物与人的贯通。依此推断,理学家对于"文"、"道"关系处理方式的探讨,其着眼点和关注重心自然会放在"道"上。但实际上,理学家对于文道关系的认识和把握要复杂得多。大部分的理学家,他们的文道关系主张虽然各有特点,但都在重视"道"的前提下,承认文以载道、文以贯道、文以明道。可以说,对"道"的关注,是理学家文道关系中最为突出的一点。在"重道轻文"的前提下,可以再以理学家"重道"的程度为考察角度,把理学家"重道轻文"的文道观细分为下面两类情况:

第一类：重"道"而"轻"文。大多数的理学家，虽然重道轻文，但也并不否定"文"的价值和地位，只是把文看作求"道"的工具和手段。他们认为，"文"只有服务和服从于"道"，才有其存在的合理性和前提。坚持这一观点的主要代表人物，有周敦颐、程颢、邵雍、朱熹、王柏等。

周敦颐提出了"文以载道"的著名观点："文所以载道也。轮辕饰而人弗庸，徒饰也，况虚车乎！"① 周敦颐把"文"比作载物的"车"，以为"文"之功用在于载"道"，只有完成其"载道"之功用，"文"才算具有存在的合理性。他又云："文辞，艺也；道德，实也。笃其实而艺者书之，美则爱，爱则传焉。贤者得以学而至之，是为教。故曰言之无文，行之不远。"② 这里，他以为"文"对于"道"而言，是载体，是工具；而掌握"文"这一工具的人，是艺者。艺者的作用是使作为工具的"文"更好地承载"道"，如此，方能使"道"得到更好的传播。他认为，"文"之作用是"载道"，以便于"道"能够更好地为人所接受，因此"文"是有益于"道"的。反之，如果"文"无助于传道，则"文"就降低到"艺"亦即"技巧"的功用层面，"文"也就失去了存在的价值了："不知务道德而第以文辞为能者，艺焉而已。"③ 他又讲道："圣人之道，入乎耳，存乎心，蕴之为德行，行之为事业。彼以文辞而已者，陋矣。"④ 这也是说明，他是把"文"看作手段而把"求道"看作目的的。传统的儒学文道观，自孔子提出"辞达而已矣"后，"文"一直是为了"传道"而存在的。不过，此中之"道"，在周敦颐之前的儒者那里，一般是经世致用为主，而周敦颐则把"文"之用转换为以文辞"明道德"，这显然是他的独特之处。这种转换，为宋代理学家开辟了以内向性的心性存养来界定"道"的先端。虽然"传统儒学之士"如陈襄、徐积等人已有类似做法，但周敦颐的"文以载道"说影响最为巨大。

与之相似，程颢亦提出："学者须学文，知道进德而已。"⑤ 这里的"文"，其含义应该是"知识"义。但程颢强调以"求道"为本而以"为

---

① 周敦颐：《周子通书》，上海古籍出版社 2008 年版，第 39 页。
② 同上。
③ 同上。
④ 同上书，第 41 页。
⑤ 程颢、程颐：《二程遗书》，第 70 页。

文"为末，此"文"关乎"学"而非"德"。又，程颢语："兴于诗者，吟咏性情，涵畅道德之中而歆动之，有'吾与点'之气象。"① 这里，诗歌成为体贴先贤之"道"的方法和手段。可见，程颢欲静中体贴天地万物与人生机打成一片，常常强调以"吟风弄月"、"体贴生意"为手段，以诗歌的"感兴"来求"道"。程颢虽然重视"文以载道"，但他重文的目的在于"求道"则是无疑的。

朱熹同样强调文与道的关系为本末关系。他认为"道"为主而"文"为末："文皆是从道中流出，岂有文反能贯道之理？文是文，道是道，文只如吃饭时下饭耳。若以文贯道，却是把本为末。以末为本，可乎？其后作文者皆是如此。"② 朱熹批评"文者，贯道之器"③ 说，显然他以为若承认文能贯道，则出发点是强调"文"的独立性和主体性，那么，"道"则很容易成为"文"的附庸，这就免不了倒置了文与道的关系，只有把"道"视为根本，才能把考虑文道关系的出发点和终极目的放在对"道"的体用等方面的考量上。如此，方能摆正文与道关系。由此出发，他批评苏轼之文：

> 东坡之言曰："吾所谓文，必与道俱。"则是文自文而道自道，待作文时，旋去讨个道来入放里面，此是它大病处。只是它每常文字华妙，包笼将去，到此不觉漏逗。说出他本根病痛所以然处，缘他都是因作文，却渐渐说上道理来；不是先理会得道理了，方作文，所以大本都差。欧公之文则稍近于道，不为空言。如唐《礼乐志》云："三代而上，治出于一；三代而下，治出于二。"此等议论极好，盖犹知得只是一本。如东坡之说，则是二本，非一本矣。④

朱熹强调"道"为根本，而"文"为枝叶，否定苏轼的文、道二元观点。这里的核心问题是，朱熹考究文、道之先后关系，关系到创作主体是先对"道"领悟再为文，还是先为文再去塞进"道"，这就涉及"文"内容是否不为"空言"，亦即载"道"是否胜任得体的问题。就此而言，

---

① 朱熹编：《朱子全书外编》卷四三，严佐之校点，华东师范大学出版社2010年版，第460页。
② 黎靖德编：《朱子语类》，王星贤点校，中华书局1986年版，第3305页。
③ 同上。
④ 同上书，第3319页。

对"文"与"道"关系的探讨,自然是非常重要的。他在谈及作"文"时,亦云:"一日说作文,曰:'不必著意学如此文章,但须明理。理精后,文字自典实。伊川晚年文字,如《易传》,直是盛得水住!苏子瞻虽气豪善作文,终不免疏漏处。'"① 依朱熹哲学思想而言,此中之"理"当然是与"道"有关。由此他批评自孟子、韩愈至欧阳修的重文轻道倾向。他对孟子之下战国诸人,以及韩愈、欧阳修等重文而轻道给予了批评,其基本的出发点仍是区分文、道关系。朱熹对为了写好文章而"弊精神,縻岁月"的弊病进行了批判,由此越发看出"道"居于"文"的核心位置和重要性了。

总结而言,上述理学家,都具有重道轻文的倾向。他们都是从"文"与"道"关系立论,而以"道"为"文"之根本,在重"道"的同时,也给予了"文"一定的地位,并没有否定"文"的价值和存在的意义,只不过是把"文"的独立性降低。在他们眼里,"文"的教育功能、审美功能、社会功能等,都被降低甚至被忽视,能否载道、是否有助于"道"的传播与承传,才是这些理学家关注的焦点。

第二类:重"道"而忽视"文"。"文"成为求"道"的障碍物,"文"的价值和地位被完全忽视。一些理学家以是否有助于"传道"、"求道"为标准,而全面忽视"文"。他们或者强调作文"甚害事",主张"文不当轻作";或者纯以"道"为标准去取。在他们看来,"求道"的途径与手段很多,对"文"的研究和学习,势必会引起实践主体精力投放的转移,这对于"求道"是有害的,因此,一些理学家得出了"作文"无助于"求道"的结论。这一文道关系的认识,虽然在理学家而言是较为特殊的情况,坚持此一文道观的理学家并不多,但因为它把理学家文道观中对"道"的主张发挥到了一个极致,凸显出理学家对文道关系关注的焦点问题,因此,千百年来一直被认作是理学家文道观的主体观点,影响到后世文史专家对理学家文道观的文学史地位的评价。因此,对此进行深入剖析,是很有意义的。这一类理学家中的代表人物,要算程颐、杨简、吕大临、真德秀等。

其中,程颐论及"为文"与"学道"的关系,长久以来都被文学史家看作是理学家文道观的重要代表,但实际上,理学家的文道观十分复

---

① 黎靖德编:《朱子语类》,王星贤点校,第3320页。

杂，程颐只不过是把其中一种倾向发展到极致罢了，他的文道观主张，远不能代表两宋理学家的文道观。而且，程颐的文道观主张，并非单一的"作文害道"。他讲道："凡为文，不专意则不工，若专意则志局于此，又安能与天地同其大也？……古之学者，惟务养情性，其他则不学。"① 程颐所云"作文甚害事"，其基本的出发点是强调"求道"应该全力以赴，"惟务养情性"，"作诗"与"养情性"是无关的，这就显示出程颐理学体系的深刻矛盾性。如他讲"古之学者惟务养情性，其他则不学。今为文者专务章句，悦人耳目，既务悦人，非俳优而何？"② 又说："向之云无多为文与诗者，非止为伤心气也，直以不当轻作尔。圣贤之言，不得已也。盖有是言，则是理明；无是言，则天下之理有阙焉。……后之人，始执卷，则以文章为先，平生所为，动多于圣人。……反害于道必矣。……在知道者，所以为文之心，乃非区区惧其无闻于后，欲使后人见其不忘乎善而已。"③ 程颐把"为文"等同于"害道"的手段，而非求"道"的助力，这与他反复强调的"格物致知"是有矛盾的。显然，程颐关注的焦点，是为"文"必然"用功"，因此定会导致实践主体的精神聚焦于"文"上，反而生疏了"道"。因此之故，程颐反对学"文"。整体而言，程颐主张"作文害事"对"文"的贬低和轻视，较之承认"文以载道"、"明道"、"贯道"等，更加退步了。这种认识，把"文"定义在章句即文学表现方面，片面强调文学的形式与技巧，而无视文学的内容、题旨等对于"道"的承载与传播，以及"文"对于抒发创作者情志的作用。这种认识显然是有害的。

杨简也对杜甫、韩愈有所批评，认为他们的文章"巧言"、"谬用其心"："相如至于见贤，韩愈至于宣淫，岂不异哉！差之毫厘，谬以千里，胡可忽也。况所差犹不止于毫厘乎。"④ 他又对文士"惟陈言之务去"进行了抨击，由此出发，他连带对"材艺之士"因此而碍于求"道"进行了思考："世间多材多艺者不少，学者回顾己之愚拙，未可以为愧。材艺

---

① 程颢、程颐：《二程遗书》，上海古籍出版社 2008 年版，第 90 页。
② 同上书，第 291 页。
③ 程颢、程颐：《二程文集》卷十，台湾商务印书馆 1983 年影印文渊阁四库全书本，第 697 页。
④ 杨简：《慈湖遗书》卷一五《家记》，台湾商务印书馆 1983 年影印文渊阁四库全书本，第 854 页。

之士多为材艺所惑，不能进学，未若愚拙有心于道。"① 关于文、道关系，他得出结论说："文词为学道之蠹。"② 可见，杨简对"道"的推崇是有过之而无不及的，"文"较之"道"而言，已经成为求"道"的阻碍和束缚了。他有"咄哉韩子休污我"③，"勿学唐人李杜痴"④ 等，真实地反映出他的文道观。坚持这一文道观的，还有同作为程颐学生的吕大临等⑤。可见，程颐及其部分门人，其文道观是重"道"而忽视"文"的。

而南宋后期的真德秀，其文道观很独特。他所言之"文"完全以义理为本。他讲道："汉西都文章最盛，至有唐为尤盛，然其发挥理义，有补世教者，董仲舒氏、韩愈氏而止尔。……至濂洛诸先生出，虽非有意为文，而片言只辞，贯综至理，若太极西铭等作，直与六经相出入，又非董韩之可匹矣。……忠肃彭公以濂洛为师者也，故见诸著述，大抵鸣道之文，而非复文人之文。"⑥ 显然真德秀推崇的是以义理为本的"文"。把"发挥理义，有补诗教"看作是"文"之根本，而把其他之"文"，包括欧阳修、曾巩、苏轼写作的那些除了与"道"有关的"文"，都视作"文人之文"，都在被贬斥之列。真德秀在文道关系上，是以"道"为本而以"文"为末的。但真德秀心中之"道"，却有其独特性，他在关注内省的道德存养的同时，也对经世致用的儒学之道，表示出一定的重视："夫士之于学，所以穷理而致用也。文虽学之一事，要亦不外乎此，故今所辑，以明义理切世用为主，其体本乎古，其指近乎经者，然后取焉。否则，辞虽工亦不录。"⑦ 大致而言，除了极少人如程颐、真德秀等，两宋理学家对于文道关系的认识，虽然重道轻文，但也很少有人像程颐一样，把作"文"看作有碍于"道"来看待。

当然，程颐、杨简等人的文道观，是比较极端的。而按照他们的理学观点来看，其内在的学理性矛盾就显示出来了。这是因为，既然强调

---

① 杨简：《慈湖遗书》卷一七《纪先训》，第886页。
② 同上书，第890页。
③ 杨简：《慈湖遗书》卷六《偶作》之二，第672页。
④ 同上书，第673页。
⑤ 吕祖谦：《皇朝文鉴》卷二十八吕大临《送刘户曹》："文似相如反类徘"，台湾商务印书馆1983年影印文渊阁四库全书本，第286页。
⑥ 真德秀：《西山文集》卷二六《跋彭忠肃文集》，台湾商务印书馆1983年影印文渊阁四库全书本，第577页。
⑦ 真德秀：《文章正宗纲目》，台湾商务印书馆1983年影印文渊阁四库全书本，第5页。

"格物致知",那么,作为世界万物之一种,对"文"的规律和本质的认识,自当推断出与人的性命道德有关的"理"来,这一"理"应与"道"在本体上相一致的。如果把作"文"视作与求"道"相抵触,那么必然导致其理学体系的矛盾性。

理学家的上述文道观,其共同点在于这些理学家都以为"文"为"道"的附庸,为形式,为工具;而道为本体,为根本,为目的。"道"对于"文"而言,居于支配地位,为此,可以舍弃"文"的特质而纯粹以落实"道"为准则。显然,持此论之理学家,其理论的出发点和思想之归宿,都是站在"道"之立场上来立论。他们为了践履其"道",往往轻视乃至忽视"文"的独立地位与价值。在这些理学家的文道关系认识上,"文"的体用、规律、内容与形式等因素,都被定位在能否为"道"服务和如何提供好的服务上来,"文"的独立地位往往被贬低。

第二种:理学家"文道两分"的文道观。一些理学家承认"文"与"道"都具有各自的独立性,由此,他们也就对"文"、"道"的各自规律进行探索,提倡不以此规范彼,也不以彼约束此,强调文、道两者具有各自的运行发展规律,具有各自独特的内容与形式,其中任何一方都不是另外一方的核心、根本或者目的而存在,"文"不再是"道"的载体,"文"的功用也不仅仅是载道、贯道或者是传道,"道"与"文"的关系,是一种平等的关系,这两者可以有联系,能够相互沟通,但不再是谁决定谁的关系。坚持这一文道观的理学家,要以汪应辰、吕祖谦、吕本中、魏了翁、杨时等为代表。就理学思理而言,坚持文、道两分的理学家,必定是少数的。因为,如果承认两者两分,则理学家体贴出的"天地万物一理"必定内在地具有了矛盾性。而通过现存文献来看,坚持文、道两分的理学家,确实也是比较少的。

坚持文、道两分的理学家,比较有代表性的是南宋的汪应辰。他主张:"古之学者非有意于为文也,其于天下之义理,讲习之明,思索之精,蕴积之富熟,既已昭晰而无疑,从容而自得,其发于文字言语也,如指白黑,如取诸左右,……后之人读其书诵其言,见其明白纯粹,美善并具,而不可几及也,……于是有以文为,诸儒倡者则曰文以仁义诗书为本,……然其意则主于为文,盖亦未得其本也。"[①] 汪应辰此论反对儒者

---

① 汪应辰:《文定集》,台湾商务印书馆1983年影印文渊阁四库全书本,第666页。

强调以"仁义诗书"为"文"之本,而申明"为文"乃"非有意于文",提出"义理、讲习、思索、蕴积"为"文"之前提,这显然是把"道"与"文"看作两种不同的事物。他认为,文、道两者各具独立性:"示谕苏氏之学疵病非一。然今世人诵习,但取其文章之妙而已,初不于此求道也。……蜀士甚盛,大率以三苏为师,亦止是学,其文章步骤,至于穷今,考古之学,则往往阔略,未知究竟如何?"[①] 汪应辰认为苏氏之学是"文章之道",而与"求道"无关。他亦指出了苏氏之学讲究"文章步骤"而对"考古之学"有所欠缺。这说明,汪应辰对文、道两者的独立性是有一定认识的,他在肯定"道"的同时,亦不否定"文"。

又如朱熹虽然强调"道"居于"文"的核心位置,但在很多情况下,也注意到了"文"具有独立性,并对"文"的写作技巧、审美特质、形式与内容诸要素等进行了较为精到的分析。实际上,朱熹对文、道两者的独立性的思考,是费了心思的。他论及苏洵之文时,又谈及"文"与"道"的关系:

> 去春赐教,语及苏学,以为世人读之止取文章之妙,初不于此求道,则其失自可置之。夫学者之求道,固不于苏氏之文矣,然既取其文,则文之所述有邪有正、有是有非,是亦皆有道焉,固求道者之所不可不讲也。讲去其非以存其是,则道固于此乎在矣,而何不可之有?若曰惟其文之取,而不复议其理之是非,则是道自道、文自文也。道外有物,固不足以为道,且文而无理,又安足以为文乎?盖道无适而不存者也,故即文以讲道,则文与道两得而一以贯之,否则亦将两失之矣。中无主,外无择,其不为浮夸险诐所入而乱其知思也者几希。况彼之所以自任者,不但曰文章而已,既亡以考其得失,则其肆然而谈道德于天下,夫亦孰能御之?[②]

朱熹就苏轼之学连带论及苏文与"道"之关系。此中所论,实际上涉及文、道二分的问题。朱熹注意到苏文中有邪有正,强调"求道者"不得不对其中是非邪正详加辨析,否则就会出现"文自文,道自道"的

---

① 汪应辰:《文定集》,台湾商务印书馆1983年影印文渊阁四库全书本,第274页。
② 朱熹:《晦庵集》卷三〇,台湾商务印书馆1983年影印文渊阁四库全书本,第660页。

情形。其中，朱熹虽然强调修道者应该就"文"而求"道"，但也指出了"文"自有其"理"在："道外有物，固不足以为道，且文而无理，又安足以为文。"这说明，朱熹是承认"文"与"道"两分的。他又申述观点云：

> 夫文与道，果同耶？异耶？若道外有物，则为文者可以肆意妄言而无害于道。惟夫道外无物，则言而一有不合于道者，则于道为有害，但其害有缓急深浅耳。屈宋唐景之文，……其言虽侈，然其实不过悲愁放旷二端而已，日诵此言，与之俱化，岂不大为心害？……况今苏氏之学，上谈性命，下述政理，……学者始则以其文而悦之，以苟一朝之利，及其既久，则渐涵入骨髓，不复能自解免，其坏人材、败风俗，盖不少矣，……而舍人丈所著《童蒙训》，则极论诗文必以苏黄为法。尝窃叹息，以为若正献、荥阳，可谓能恶人者，而独恨于舍人丈之微旨有所未喻也。[1]

可见，朱熹对文、道两者的本质规律是有一定认识的。他在注重求"道"的同时，也注意到"文"自有规律。只不过，限于理学家"理一分殊"、"格物致知"等思维模式，朱熹一定会对两者之间的关系进行探讨。而出于"天下之万物一理"的论证需要，他又必以先验的思想来论证"道"对"文"的决定作用，以及为了求"道"需要而对"文"的限定与要求。于此，则可以对《朱子语类》中大量的"论文"内容有正确的理解。朱熹在《楚辞章句》、《诗经集注》等著作中，从文学角度论及了"兴观群怨"、"温柔敦厚"、"香草美人"等与"文"相关的内容，也从另外方面说明了朱熹是承认"文"的独立价值与文学功用的。

吕祖谦也是承认文、道两分的理学家。吕祖谦为学庞杂，他在注重求"道"的同时，并不废"文"。他注意到了"文"的特殊性和独立性，并对"文"之"体式"、"文法"等进行研究。如他在《古文关键》"文字法"下提及："学文须熟看韩、柳、欧、苏，先见文字体式，然后遍考古人用意下句处。苏文当用其意。若用其文，恐易厌，盖近世多读。"[2] 显

---

[1] 朱熹：《晦庵集》卷三〇，台湾商务印书馆1983年影印文渊阁四库全书本，第735页。
[2] 吕祖谦：《古文关键》，台湾商务印书馆1983年影印文渊阁四库全书本，第718页。

而易见，吕祖谦重视"文"的独立性，而舍弃了"道"为"文"本等观点，也不怎么重视"文"的"载道"功能。比较而言，他的文道观无疑是比较进步的。当然，吕祖谦对"文"、"道"的认识是很深入的："今日所与诸君共订者，将各发身之所实然者，以求实理之所在。夫岂角词章博诵说事无用之文哉！"① 显然，他是把文与道相区分的。对此，朱熹表示了不解和批评。《四库全书总目提要》记："祖谦虽与朱子为友，而朱子尝病其学太杂，其文词闳肆辨博，凌厉无前，朱子亦病其不能守约。又尝谓：'伯恭是宽厚底人，不知如何做得文字却是轻儇底人。'……祖谦于《诗》《书》《春秋》皆多究古义，于十七史皆有详节，故辞有根柢不涉游谈，所撰《文章关键》于体、格、源流，且有心解，故所作虽豪迈骏发，而不失作者典型，亦无语录为文之习。在南宋诸儒之中，可谓衔华佩实。"② 可见，自朱熹以至四库馆臣，都是承认吕祖谦在"文"上的造诣的。

南宋吕本中的文道观念，亦是文、道两分的。今人著作中，常以吕本中为文学家。其实，吕本中有《春秋集解》、《童蒙训》、《东莱吕紫薇师友杂志》等理学著作，又有《东莱集》、《紫薇诗话》等文学著作。他是兼有理学家、文学家于一身的学者。吕本中有《江西诗派小序》提及了黄庭坚等二十五人，对李杜以后北宋诗人做了评点。在《紫薇诗话》中，又特别推崇黄庭坚诗歌："从黄庭坚学诗，要字字有来处。"③ 具体到他的文道观，他是把诗与"道"分为"两途"的："汪信民革，尝作诗寄谢无逸云：'问讯江南谢康乐，溪堂春木相扶疏。高谈何日看挥麈，安步从来可当车。但得丹霞访庞老，何须狗监荐相如？新年更励于陵节，妻子同锄五亩蔬。'饶德操节见此诗，谓信民曰：'公诗日进，而道日远矣。'盖用功在彼而不在此也。"④ 吕氏赞同饶德操之"诗日进，道日远"之说，并提出"用功在彼不在此"，正是看到了吕本中把文、道分属不同的事物来对待。已有学者认为吕氏诗论的核心是"诗与道本为二途"，指出吕氏在论及诗文创作时，既强调"涵养文气，壮阔规模"，又强调"活法"和

---

① 吕祖谦：《古文关键》，台湾商务印书馆1983年影印文渊阁四库全书本，第44页。
② 《四库全书总目》，中华书局1965年版，第1370页。
③ 吕本中：《紫薇诗话》，台湾商务印书馆1983年影印文渊阁四库全书本，第929页。
④ 吕本中：《紫薇诗话》，第929页。

"悟入"等,标志着吕本中在文道关系处理上具有比较明确的二元性。[①]

与吕本中相似,南宋陆九渊作为与朱熹主张有很大不同的重要理学家,虽然极少论及文、道关系,但在他的相关论述中,分明是把文与道看作两种事物的。他说:"他人文字议论,但谩作公案事实,我却自出精神与他披判,不要与他牵绊。我却会斡旋运用得他,方始是自己胸襟。途间除看文字外,不妨以天下事逐一自题评研核,庶几观他人之文,自有所发。所看之文,所讨论之事,不在必用。若能晓得血脉,则为可佳。若胸襟如此,纵不得已用人之说,亦自与只要用人之说者不同。"[②] 这里,陆九渊强调对别人文字的阅读分析,应该以"《六经》注我"之法,以阅读者的主观精神来对其进行把握。这说明,他是把"文"看作独立事物的。与程颐等人的"作文甚害事"等极端主张不同,陆九渊则强调"读书作文之事,自可随时随力做去",以体现实践主体的独立把握:"读书作文之事,自可随时随力作去。才力所不及者,甚不足忧,甚不足耻。必以才力所不可强者为忧为耻。乃是喜夸好胜,失其本心真,所谓不依本分也。"[③] 这里,陆九渊对"文"的主体性给予了肯定。他以为,作"文"可依照主体的才力去作即可,不必强力而为,否则就会因"喜夸好胜"而"失却本真",这一观点,较之其他理学家如程颐等人担心因耽于作文而冲淡、延误求"道"的观点相比,因其关注点聚焦于实践主体的"心",故具有显著的特征。

魏了翁对苏轼、黄庭坚等人的文学作品给予了高度肯定:"二苏公以词章擅天下,其时如黄、陈、晁、张诸贤,亦皆有闻于时人,孰不曰此词人之杰也。是恶知苏氏以正学直道周旋于熙丰、元祐间,虽见愠于小人,而亦不苟同于君子。盖视世之富贵利达,曾不足以易其守者,其为可传,将不在兹乎?"[④] 此中所论,立足二苏、黄、陈、晁、张等人之"词章擅天下",正是看到了这些文士的杰出文学创作成就。值得注意的是,魏氏是从"文"的角度进行评价的,这就与他从"道"的角度给"文"以定位有所不同。他又提出:

[①] 参见王运熙、顾易生主编《中国文学批评通史》(肆),上海古籍出版社1996年版,第225—244页。
[②] 陆九渊:《象山集》,台湾商务印书馆1983年影印文渊阁四库全书本,第313页。
[③] 同上书,第352页。
[④] 魏了翁:《鹤山集》,台湾商务印书馆1983年影印文渊阁四库全书本,第595页。

辞虽末伎，然根于性，命于气，发于情，止于道，非无本者能之。且孔明之忠忱，元亮之静退，不以文辞自命也。若表若辞，肆笔脱口，无复雕缋之工，人谓可配训诰雅颂，此可强而能哉！唐之辞章称韩、柳、元、白，而柳不如韩，元不如白，则皆于大节焉观之。苏文忠论近世辞章之浮靡，无如杨大年，而大年以文名，则以其忠清鲠亮大节可考，不以末伎为文也。眉山自长苏公以辞章自成一家，欧尹诸公赖之以变文体，后来作者相望，人知苏氏为辞章之宗也，孰知其忠清鲠亮，临死生利害而不易其守。此苏氏之所以为文也。①

这里，魏了翁实质上提出了两个命题：一是他强调"文"是根植于"性、命、情、气"而与"道"有关的。脱离这些"根本"，则"文"自无成就的余地；二是他强调以"文"来鉴人，实质上是有疏漏的，亦即提出"文"与人品道德是有距离的。由此，一些理学家一直强调的以内向性的道德存养为"文"之根本，"文"为枝叶等说法，就不能成立。显然，魏了翁此中所论，是肯定了文、道的两分性，认为"文"具有自身的规律和法则。

杨时的文道观在南宋亦具代表性。他亦提及文、道两分的论点："为文要有温柔敦厚之气，对人主语言及章疏文字，温柔敦厚尤不可无。……君子之所养，要令暴慢衰僻之气不设于身体。陶渊明诗所不可及者，冲淡深粹，出于自然。若曾用力学，然后知渊明诗非着力之所能成。"② 此中所论，看起来是强调"为文"应该贯彻儒家之中和审美取向，亦即"温柔敦厚"，但其中见出杨时对于"文"的重视程度。杨时虽然重视"为文"应该体现出"道"之要求，但他分明对"文"也是很重视的。他对陶渊明诗歌审美的"冲淡"、"自然"之推崇，正是看到了"文"之有独立性的一面。

从理学家的理论体系而言，既然承认天地万物具有一体性，那么，文与道就应该有共通的属性，这一属性必然包含有与实践主体的内向性道德存养之"理"相一致的特征。一些理学家把"文"与"道"看作两种独

---

① 魏了翁：《鹤山集》，台湾商务印书馆1983年影印文渊阁四库全书本，第620—621页。
② 杨时：《龟山集》，台湾商务印书馆1983年影印文渊阁四库全书本，第191页。

立的事物，那就标志着这两者在本质上是不一样的。从这一意义而言，理学家把"文"与"道"两分，恰恰与绝大多数理学家的理学体系及其理论的原点相矛盾。这说明，一些理学家以文、道具有不同本质与规律的观点，证明理学家的理论体系具有不可克服的自身矛盾性。可见，事物之"理"未必就一定能够与实践主体的内向性道德存养相统一。

第三类：理学家"调适文道"的文道观。自北宋理学发育、流布之始，周敦颐、邵雍等人即力图以沟通宇宙论与道德论为进路，而以重视内在的道德修养为重点，建构其理论体系。随着理学人物不断完善、建构这一体系，万物一理、体用不二、道从性出等思想逐渐成为理学的主流。道器之辨、性理之辨、体用之辨等，也就成为理学家关注的核心命题。理学的这一发展道路，也影响到他们对于文、道关系的探讨。其表现之一，就是一些理学家开始有意识地调和文、道关系。他们给予"文"一定的地位，部分地承认"文"的独立性，重点探讨"文"与"道"如何融通，对两者的结合方式、沟通渠道、表现特征等尝试进行研究。可以说，两宋理学家有意识地调和文、道关系的探索，标志着理学家思维程度的深细化和精密化，是以往探索文、道关系诸人所不能比的。理学家调和文道关系的文道观，有显性和隐性两种表现。所谓显性，指的是理学家有分析文、道关系的评价，从其语句而言就可以理解其文道观；所谓隐性，指的是一些理学家往往从气象、境界等文、道的结合来表达其文道观，需要对此进行分析，才能确定其调和文、道关系的文道观指向。

其一，理学家显性的调和文、道关系的文道观。比较而言，两宋理学家有意识地调和文、道关系的文道观，现存文献是比较多的，代表人物有朱熹、薛季宣、叶适、包恢等。

朱熹的文道观是非常复杂的，其观点在很多方面体现出深刻的矛盾性。他承认"文"与"道"是两种不同的事物，但同时又强调二者的关系应该是"道"为本"文"为末。不过，朱熹对"文"的独立性也有比较充分的认识，他对"申商孙吴之术，苏张范蔡之辩，列御寇、庄周、荀况之言，屈平之赋，以至秦汉之间韩非、李斯、陆生、贾傅、董相、史迁、刘向、班固下至严安、徐乐之流"[①]，虽然总体上是批评的，但也强调"犹皆先有其实而后托之于言"，说明朱熹在重视"道"为"文"本

---

① 朱熹：《晦庵集》卷七〇，第381页。

的同时,也注意到了"文"的特质。他以"自然与法度"来有意识地调和"道"与"文"的关系,强调为"文"应该追求"自然":"国初文章,皆严重老成。……其文虽拙,而其辞谨重,有欲工而不能之意,所以风俗浑厚。至欧公文字,好底便十分好,然犹有甚拙底,未散得他和气。到东坡文字便已驰骋,忒巧了。及宣政间,则穷极华丽,都散了和气。"①又以为"为文"应该重视法度:"前辈做文字,只依定格依本分做,所以做得甚好。后来人却厌其常格,则变一般新格做。本是要好,然未好时先差异了。"② 总体而言,朱熹对"文"与"道"的处理方式上,是以"道"为本源"文"为末流的,但他也并不完全轻视"文"的独立性,其若干观点有调适"文"与"道"之关系的取向。

与朱熹同时而卒年早于朱熹的薛季宣,其文道观也是试图调和"文"与"道"。在承认"道"的根本地位的同时,薛季宣也不废"丽辞"。但他所推崇的"道",是强调"性"对"情"的制约作用:"情本于性,性本于天,凡人之情,乐得其欲。六情之发,是皆原于天性者也。"③ 他在《坊情赋》中刻画了对美色的倾慕与以礼自持的态度,表现出他以"性情说"而调适"文"、"道"的主张。他在《李长吉诗集序》中对李贺诗歌的评价,也表现出对"丽辞"的重视:"轻飘纤丽,盖能自成一家。如金玉锦绣,辉焕白日,虽难以疗愈寒饥,终不以是故不为世宝。"④ 这说明,薛季宣对"文"、"道"关系的处理方式上,是以"性情说"而自觉加以调适的。可以说,无论朱熹也好,还是薛季宣也好,他们自觉调适文道关系的方式,其出发点都是以"求道"为目的和根源,就这一类理学家而言,在本体论意义上,"为文"与"求道"是二而一,一而二的客体存在。

自觉调适文道关系的,南宋理学家还有不少,南宋叶适也在强调"诗教"的同时,特别重视"文"的独立性。他选编了总集类文选《播芳集》。在《序》中,他宣称其选文标准:"于是取近世各公之文,择其意趣之高远,词藻之佳丽者,而集之名之曰播芳。"⑤ 在《赠薛子长》中,

---

① 黎靖德编:《朱子语类》,王星贤点校,中华书局1986年版,第3307页。
② 同上书,第3320页。
③ 薛季宣:《浪语集》,台湾商务印书馆1983年影印文渊阁四库全书本,第419页。
④ 同上书,第489页。
⑤ 叶适:《水心集》,刘公纯、王孝鱼、李哲夫点校,中华书局2010年版,第228页。

又提及"为文不能关政事,虽工无益也"①。如此,则叶适似有以"文关教化"来统摄"文"、"道"关系的倾向。当然,叶适的文道观是比较复杂的,特别是他对"文"的推崇与评价,更为重视"文"的艺术性和历史沿革性,而不纯粹以求"道"为旨归,这是需要注意的。② 但从总体而言,叶适的文道观有调适文道关系的倾向,则是毋庸置疑的:

> 自文字以来,诗最先立教,而文武周公用之尤详。……盖已教之诗,性情益明,而既明之性,诗歌不异故也。及教衰,性蔽而雅颂已先息。又甚,则风谣亦尽矣。虽其遗余,犹仿佛未泯而霸强迭胜,……然性情愈昏惑而各意为之说,形似摘裂,以从所近。则诗乌得复兴,而宜其遂亡也哉。③

叶适此论与传统儒学的诗教说无甚差异。但他强调诗歌以性情治政为本,从一个侧面强调了文与道的贯通性。而这一点是与永嘉学派的薛季宣等人是相通的。叶氏对"文"的本体独立地位,是非常重视的:"昔人谓苏明允不工于诗,欧阳永叔不工于赋,曾子固短于韵语,……此数公者皆以文字显名于世,而人犹得以非之,信矣作文之难也。夫作文之难,固本于人才之不能纯美,然亦在夫纂集者之不能去取决择,兼收备载,所以致议者之纷纷也。"④ 叶适不但对诗赋韵语散文等有一定的文体区分意识,也认识到作文之难。不过,他在总体上还是主张调和文、道两者之间关系的。在此一点上,他与主张重道轻文的二程等人不同,也与主张文、道两分的汪应辰、吕祖谦等人有所不同:"读书不知接统绪,虽多无益也,为文不能关政事,虽工无益也。笃行而不合于大义,虽高无益也。"⑤ 这里,叶适强调,"为文"要关"政事",正显示出他有意识调和文、道关系的主张。当然,由于叶适重视"政事"、"政教",强调"王霸"、"事功",而与朱熹等人主张内向性存养道德以成就"圣人"有所不同,故叶适之

---

① 叶适:《水心集》,刘公纯、王孝鱼、李哲夫点校,中华书局2010年版,第607页
② 参见王运熙、顾易生主编《中国文学批评通史》(肆),上海古籍出版社1996年版,第810页。
③ 叶适:《水心集》,刘公纯、王孝鱼、李哲夫点校,第215页。
④ 同上。
⑤ 同上书,第607页。

"道"与南宋大多数理学家不同。

包恢在理学上有调和朱、陆之学的倾向,而在文道关系处理方式上,也有调和文、道的取向。他提出"自咏情性,自运意旨",而"情性"本身就是理学的话语,而"意旨"则除了可以从理学内涵来理解外,也涉及"文"的内容、主题与审美取向等问题:"然歌诗……后世略不能自咏情性、自运意旨以发越天机之妙,鼓舞天籁之鸣,动必规规焉。……其为诗也真,所谓惟古于词必已出,降而不能乃剽贼,后皆指前公相袭。从汉迄今用一律寥寥,久哉莫觉,属者况又未尝深究源委者乎。"① 包恢认为,歌诗应该"自咏情性,自运意旨",他不否认诗歌作为"文"之一种,具有的诗性特征,强调作者应该"发越天机",不可"拘泥前人之体格",正是承认了诗歌的主体独立存在的合理性。他在论诗时,多从其理学层面来理解诗歌的审美性与艺术性,尤其是从"真"、"性情"等角度着眼,很好地沟通了诗歌与理学的关系:"陶靖节言'此中有真意,欲辩已忘言',故读书不求甚解。黄太史称杜诗'无一字无来处',然杜无意用事,真意至而事自至耳。黄有意用事,未免少于杜异。不知四诗、《三百篇》用何古人事若语哉?"② 此中所见,包恢是从理学角度来调适文、道之间关系的。"无意"、"真"在理学中是个重要命题,它与周敦颐标称的"诚",一些理学家重视的"性","生生不已"、"天不言"等话题,是密切相关的。但从诗学而言,"真"又是诗歌创作与审美中的重要标准,它与"天然"、"不用事"、"天籁"等审美范畴又有紧密关联。可见,包恢通过对一些文与道共有的属性和范畴方面入手,内在地沟通了这两者。这种通过对文、道两者的沟通渠道、关联点等提出来沟通两者之间关系的方法,实际上是理学家处理文、道关系的极为重要的也是常见的方式。

其二,正如上述对包恢文道观的分析所见,一些理学家有意无意地通过对文、道共同的范畴、关键节点的把握,内在地沟通了两者。这种调和文、道关系的方式,可以称作是隐性的调和文、道关系的文道观。如理学家对"气象"、"自在"、"平淡"等问题的把握与使用,就可以看作是其调和文、道关系的一个范畴所在。③ 就相关记载来看,朱熹使用的"气

---

① 包恢:《敝帚稿略》,台湾商务印书馆1983年影印文渊阁四库全书本,第724页。
② 同上书,第805页。
③ 参见王培友《两宋"气象"涵蕴及其诗学品格》,《兰州大学学报》(社会科学版)2012年第2期。

象"含义,主要包括下列内容:一是自然万物的外在形态即具体事物的物象。朱熹接受了周敦颐、二程等人所强调的"气象"内蕴又有所发展。除了继续强调"气象"具有万物外在形态的意义之外,朱熹更多的是从伦理、道德修养方面来使用"气象"。在具体指称人时,朱熹使用"气象"术语,除了指人的外在仪表、形貌,以及由内里修养而致的精神状态之外,还多指人的由于道德修养充实以至于散发于外的气度、境界。二是因为诗歌抒写自然万物,"气象"随之成为具有审美意蕴的诗论范畴。朱熹很少用"气象"评点诗歌,不过在他有限的评点中,"气象"已经具有了诗歌审美意蕴的意味,这就为稍晚于朱熹的诗论家以"气象"评诗拓开了道路。他的这种做法,无意中就扩大了"气象"的内涵,"气象"由之就成为沟通自然万物与人的社会伦理性,以及诗歌审美之间的桥梁,更为重要的是,按照朱熹对于"气象"的使用语境而言,"气象"因为既可以用作形容诗歌创作者个性修养的本质论范畴与价值论范畴的术语,又可以用作评价诗歌审美意蕴的诗学范畴术语,因此,"气象"就极有可能成为沟通中国传统上"诗言志"、"诗言情"两种迥然有别诗歌创作思想的重要途径和手段。同理学家以"气象"范畴内在地沟通了诗歌与理学的路径与方法类似,两宋理学家还以"自然"、"淡"、"自在"、"流转"、"真"等范畴,作为"文"与"道"的沟通渠道和关联点。可见,理学家有意无意地把理学范畴等同于诗歌范畴,实际上起到了调和文、道关系的目的。

　　如上所举,不同理学家的文道观有很大差异。除此之外,从理学家个体而言,一些理学家的文道观表现为几种倾向都有,甚至相互矛盾的取向。其中,朱熹的文道观最有代表性。他一方面非常重视"道"对"文"的主导和支配作用,强调"文皆是从道中流出"①,但他又对文道是否具有同质性有所怀疑:"夫文与道果同耶异耶?若道外有物,则为文者可以肆意妄言而无害于道。惟夫道外无物,则言而一有不合于道者,则于道为有害,但其害有缓急深浅耳。"②但似乎朱熹在承认"道"为"文"的根本的前提下,还是承认文的独立性的,他多次论及韩愈、欧阳修、苏轼等人的诗文,往往不由自主地流露出心中的敬佩之情:"要做好文字,须是

---

① 黎靖德编,王星贤点校:《朱子语类》,第3305页。
② 朱熹:《晦庵集》卷三三,第735页。

理会道理。更可以去韩文上一截,如西汉文字用工","人要会作文章,须取一本西汉文,与韩文、欧阳文、南丰文。"① 可见,朱熹的文道观是有内在的矛盾性的,他并非总是完全坚持"文从道出"或者"文以观道"等,在好多时候他也承认"文"的独立性。他在《楚辞辨证》中也以"涵咏"入手,注意品味、探讨《楚辞》的文学性。② 另外一些理学家既承认道与文是本源与末流的关系,文应该载道,但又以为文与道为两回事情,各有其规律存在。比较具有代表性的是魏了翁。他虽然在整体上强调"道"为"文"之根本,但也对苏轼、黄庭坚等人的文章给予极高评价,他的文道观表现出明显的二元性。③

产生这种情况的原因,应该是比较复杂的。一些理学家的理学思想和理学体系的形成,是一个比较漫长的过程,比如说朱熹四十三岁之前与之后,其思想产生了显著变化。因此,按照常理而言,他前期的文道观与后期的文道观,亦应发生变化。当然,要对其中文献进行时间上的考辨,又几乎是不可能的。不过,历史的发展逻辑应该成立。

此外,一些理学家论文、道的文献,留存下来的很少,凭借这有限的文献来分析其文道观,也是有局限的。而且,理学家所关注的焦点,是关于心性存养的范畴,涉及对道体用、心物、道器,以及文道关系等问题,不是所有的理学家都有评述。一些理学家对此并不关心,甚至一些理学家认为,为了求"道"而是否对"文"进行研究,是无关紧要的。另外一个原因,是一些理学家的文道观主张,往往是对具体问题进行即兴式的评点而发,而不同的语境自会产生有差异的观点。如朱熹就在《朱子语类》、《四书集注》、《楚辞集注》等著作中表达出的文道观有很大不同。

除了一些作为个体的理学家自身的文道观具有矛盾之外,不同派别的理学家,似乎其理学主张与其文道观的差异性,也有密切联系。比如说,认同陆九渊理学思想的理学家,往往主张调和文、道关系,而认同朱熹理学思想的理学家,则呈现出或者主张重道轻文,或者主张文道两分。而认同吕祖谦理学思想的人,又往往坚持文、道两分的观点。这说明,理学家的文道观,与其理学主张具有一定的联系。值得注意的是,理学家的文道观,虽然与各自的理学思想有联系,但也不是绝对的。一些理学家的文道

---

① 黎靖德编,王星贤点校:《朱子语类》,第3320页。
② 参见王运熙、顾易生主编《中国文学批评通史》(肆),第787页。
③ 同上书,第797—799页。

观却恰如其理学思想不一致,甚至相互矛盾。这说明,在理学家整体上重视"道"以构建其理学体系的同时,南宋尊元祐、学苏黄的文学思潮,也对理学家产生了很大影响。理学家的理学主张,并不一定就是理学家的文学主张。南宋文学的传统与风尚,也对理学家产生了重大影响。

一些理学家的文道观,也与其文学创作相矛盾。这种矛盾,从其根源而言,不仅是理学体系关于知行之间的统一性问题,也涉及理学家的思维方式问题。理学家把文、道统摄为一体而以求道为目的的文道观,实际上是对文与道两个方面同时打压,这就削弱了文与道各自的特性与规律。换句话说,试图强调文、道具有一致性的文道观,其实恰恰因为过于强调两者的共同点而对两者的不同特征有所削减。

总结而言,理学家的文道观是非常复杂的,不仅从理学家总体来看他们的文道观具有倾向性,而且就理学家个体而言也有内在的矛盾性。尤其是,理学家的文道观与其诗歌创作,其关系又是相当复杂的。

二 理学家诗歌品格与文道观念的联系

两宋理学家的文道观主张,有些是理学家的精心思考所得,有些则是他们在评判他人文章或与学生讨论问题时的即兴言论。由于文献所限,今天我们在研究两宋理学家的文道观主张时,这些在不同地点、不同语境下所表达的关于文、道关系问题的观点,都可以视为理学家的文道观主张。但是,于此更进一步,要考察两宋理学家文道观与其创作实际的匹配性,则面临不少的困难。这是因为,除了历史原因很多理学家的作品亡佚之外,还有理学家个人创作的擅长与否问题,以及他们对某种文学文体的功能认知等问题存在。另外,俗语常说"言行不一",也说明了观念的东西与实际创作之间,亦会有差异存在。

两宋理学家创作了大量的诗歌。从其诗歌创作而言,两宋理学家的文道观与之诗歌作品,有的有密切联系,有的既有理学家的文道观与其诗歌作品却体现为相脱离的状态,但更多的是既有联系又有矛盾。

第一类:一些理学家诗人在诗歌中体现出"重道轻文"文道观主张对其诗歌创作的指导性。理学家"重道轻文"或者是"重道忽文"的倾向,也在其诗歌创作中体现得比较明显。在这方面,比较有代表性的理学家有邵雍、周敦颐、程颢、程颐、陈淳等人的诗歌创作。

陈淳《闲居杂咏三十二首》,组诗诗篇主旨全部是阐发理学的"三纲五常"道德伦理。诗句不讲究押韵、对偶、格律等形式要求,也缺乏诗歌意趣情境，只不过是把理学范畴以诗句的形式表达而已。显然，这种诗歌创作形式，无论是在诗作主题上还是在诗歌内容、诗境构造方式上，都可以从"邵康节体"等理学诗派中找到源头。只是陈淳在学习邵雍诗歌的基础上，更加脱离了诗歌特征，艺术表现形式上越发散文化了。如其一《仁》："仁人之安宅，在心本全德。要常处于中，不可违终食。"① 其二《义》：义人之正路，中实存羞恶。要常由而行，不可离跬步。"② 可以看出，陈淳的这两首诗歌，其内容就是理学旨趣的表达。从组诗来看，陈淳似乎对于是否表现传统意义上的诗美境界并不在意，而只是以说理的形式表达其理学旨趣或理学思想。显然，陈淳之创作实践与他强调的道器关系主张，是高度一致的。

与陈淳这种创作与文道观一致的情况相似，两宋很多理学家的诗歌创作与其文道观是相统一的。当然，诗歌作为具有"言志"、"缘情"等功能的文学艺术形式，一些理学家在实践其"载道"、"明道"功能的同时，也用来抒发个人际遇、传递信息、表达时事等，并非他们创作的所有诗歌，一定都要用来实践其文道观。不过，从中可见出理学家关注心性存养，留心道德体察，遵循其文道观思理指向来规正、指导创作实践的取向性。

第二类：一些理学家虽然也重道轻文，但其诗歌创作却也遵循诗歌创作规律，表现出较好的创作素养，他们的诗歌，有的与其文道观主张相一致，有的诗歌创作，却是与他们的文道观有距离的。这一类理学诗人的代表人物是比较多的，如朱熹、陆九渊、赵蕃、薛季宣、王柏等，都以其诗歌创作实践，为我们深入理解其文道观与其创作实践之间的关系，提供了难得的样本。

从陆九渊的诗歌创作实践来看，陆氏在重道轻文的同时，亦重视诗歌创作规律。如《鹅湖和教授兄韵》："墟墓兴哀宗庙钦，斯人千古不磨心。涓流积至沧溟水，拳石崇成泰华岑。易简工夫终久大，支离事业竟浮沉。欲知自下升高处，真伪先须辨只今。"③ 诗当是陆九渊在鹅湖与朱熹等人相互辩难而作。其中，透露出陆九渊一再强调的"观心"工夫，强调"吾心为宇宙"理学主张，反对朱熹等人的"格物穷理"以至于求道之途

---

① 傅璇琮等主编：《全宋诗》，北京大学出版社1993年版，第32329页。
② 同上。
③ 同上书，第29841页。

"支离",这是他所不赞成的。诗作基本以议论来说理,但其中用了形象化的比喻"涓流积至沧溟水,拳石崇成泰华岑"来阐释其理学主张。总体而言,陆九渊诗作,并不完全以理学主张为其诗篇主题,写景诗、咏物诗、送别诗、挽诗等诗歌题材也不少。如其《蝉》:"风露枯肠里,宫商两翼头。壮号森木晚,清啸茂林秋。"① 写及秋蝉的命运,而不及丝毫理学主张。又《题慧照寺》:"春日重来慧照山,经年诗债不曾还。请君细数题名客,更有何人似我顽。"② 诗篇语意轻松,写到因游历慧照山而忆及没有及时应允题诗一事。诗篇的内容,与一般文人诗所记录的雅集唱酬生活并无差别。这说明陆九渊在重道轻文的同时,也注重按照诗歌创作规律和诗歌创作习惯来创作。

胡宏,《四库全书总目提要》称其"词婉而意严"。胡宏诗歌对"道"十分关注。他曾经批评朱熹一首诗"有体无用":

> 先生送胡籍溪有诗云:"瓮牖前头列翠屏,晚来相对静仪刑。浮云一任闲舒卷,万古青山只么青。"胡五峰见之,因谓其学者张敬夫曰:"吾未识此人,然观其诗,知其庶几能有进矣。特其言有体而无用,故吾为是诗以箴警之,庶其闻而有发也。"五峰诗云:"幽人偏爱青山好,为是青山青不老。山中出云雨太虚,一洗尘埃由更好。"③

可见,胡宏诗歌,在重视求道的同时,也重视诗歌自身的规律和特征。但另外一方面,他又对诗歌的本体规律等也给予充分重视。如其诗《题上封寺》,气势奔放,诗意雄浑,落笔夸张大胆,颇有李白风致。《石洲诗话·卷五》说"五峰五古,喜言仙家事"④,恰好说明胡宏重视诗歌的艺术性,而不纯以理学之"道"规范、约束其"文"。

赵蕃,《四库全书总目》提及朱熹赞赵氏文词学识:"昌父志操文词,皆非流辈所及。且欲其刊落枝叶,就日用间深察义理之本然,庶几有所据依以造实地,不但为骚人墨客而已。"⑤ 可见赵蕃对于文、道,都是比较

---

① 傅璇琮等主编:《全宋诗》,北京大学出版社1993年版,第29840页。
② 同上书,第29842页。
③ 魏庆之撰:《诗人玉屑》卷一〇,商务印书馆1938年版,第199页。
④ 翁方纲:《石洲诗话》,丛书集成初编本,中华书局1985年版,第97页。
⑤ 同上。

重视的，并不偏废。《总目》又云："然蕃本词人，晚乃讲学，其究也仍以诗传。"《总目》提及杨万里有诗赠赵蕃云："西昌主簿如禅僧，日餐秋菊嚼春冰。"又云："劝渠未要思旧隐，且与西昌作好春。"提及刘克庄跋亦云："近岁诗人，惟赵章泉五言有陶、阮意。"《总目》又谓："《诗人玉屑》载蕃《论诗》一则，以陈后山《寄外舅诗》为全篇之似杜者。后戴式之《思家》用陈韵，又全篇之似陈者。观其持论，其诗学渊源亦可概见矣。"① 可见，赵蕃的文道观与其创作实践还是有一定距离的。赵蕃有诗："卧闻落叶疑飘雨，起对空庭盖卷风。政自摧颓同病鹤，况堪吟讽类寒虫。忽思有客浑如我，却念题诗不似公。已分荠盐终白首，可因霜雪愧青铜。"②（《十一月初五日晨起书呈叶得章司法》）方回评曰："读此诗句句是骨，非晚唐装贴纤巧之比。上四和末云：'既欲纷纷视儿子，何须衮衮羡诸公？'尤高亢下视一世也。"③ 可见，赵蕃对诗歌规律等特征，是非常重视的，也力图在诗歌中表现出来。《载酒园诗话》亦评价赵蕃诗歌时说："赵蕃昌父论诗，事祖曾、吕。尝云：'若欲波澜阔，规模须放弘。端由吾养气，匪自历阶升。'如此弘阔，有何足取？佳句有'红叶连村雨，黄花独径秋。诗穷真得瘦，酒薄不禁愁'。'正自摧颓同病鹤，况堪吟咏类寒蛩'。'潭水解令胡广寿，夕英何补屈原饥'。"④ 可见，赵蕃在重视"道"的同时，亦关注诗歌本体性的规律和特征。

薛季宣，《四库全书总目提要》云："季宣少师事袁溉，传河南程氏之学，晚复与朱子吕祖谦等相往来，多所商榷。然朱子喜谈心性，而季宣则兼重事功，所见微异。其后陈傅良、叶适等递相祖述，永嘉之学遂别为一派。盖周行己开其源而季倡导其流也。……在讲学之家，可称有体有用者矣。"⑤ 薛季宣诗歌创作，在重视"求道"同时，对诗歌的诗境建构与审美性特质的表达等，都不忽视。如其《春江夕泛二首》："短棹春江里，桃花流水生。天高妆镜净，岸远笔山横。落日无穷意，丹霞逐旋明。何时遂归志，一叶任纵横。"⑥ 诗篇中所阐发的志趣，除了"落日无穷意"或

---

① 永瑢等撰：《四库全书总目》，中华书局1965年版，第1375页。
② 傅璇琮等主编：《全宋诗》，北京大学出版社1993年版，第30725—30726页。
③ 方回：《瀛奎律髓》卷一三，台湾商务印书馆影印文渊阁四库全书本，第145页。
④ 郭绍虞：《清诗话续编》，上海古籍出版社1983年版，第455页。
⑤ 永瑢等撰：《四库全书总目》，中华书局1965年版，第1379页。
⑥ 傅璇琮等主编：《全宋诗》，北京大学出版社1993年版，第28616页。

许可以与理学家的"观天地间生生不已"之意相沟通外，其他内容都与一般士人的诗歌创作没什么区别。又如其诗《韩文》："退之强解事，刚不信神仙。所作古意诗，甘心玉井莲。沉疴痊不见，险绝怆虚传。赖得华阴令，聱书言岂然。"①诗篇批评韩愈"强解事"等弊病，显然，这是理学家不满韩愈"因文见道"的心性存养体贴途径所发。

真德秀，《历代词话·卷七·南宋一》记其小词："真德秀咏红梅词云：'两岸月桥花半吐。红透肌香，暗把游人误。尽道武陵溪上路。不知迷入江南去，先是冰霜真态度。何事枝头，点点胭脂污。莫是东君嫌淡素。问花花又娇无语。'盖《蝶恋花》也。作《大学衍义》人，又有此等词笔。"②真德秀为理学家，但他创作的词，却于描摹红梅中，显示出善于抓住物象来刻画事物的高超艺术技巧，之间抑或夹杂有其他情感。他又写有古诗《登南岳山》："烟霞本成癖，况复游名山。举手招白云，欲纳怀袖间。咄哉亦痴绝，有著即名贪。振衣遇长风，浩浩天地宽。"③诗篇抒写创作主体的高致情怀，分明又有理学意味在其中。从真德秀的诗作风格来看，颇有李白等人的豪迈气象，其中也暗含了理学家的道德追求在内。

王柏，《四库全书总目提要》记："其诗文虽亦豪迈雄肆，然大致乃一轨于理。……盖其天资卓荦，本一桀骜不驯之才，后虽折节学问以镕炼其气质，而好高务异之意仍时时不能自遏。故当其挺而横决，至于敢攻孔子手定之经，其诗文虽刻意收敛，务使比附于理，而强就绳尺，时露有心牵缀之迹，终不似濂溪诸儒深醇和粹，自然合道也。特其勇于淬砺，检束客气，使纵横者一出于正。"④可见，王柏只是到了中年后才留心理学，其诗文具有"豪迈雄肆"的风格。这说明，王柏在折节于理学的同时，仍然遵循诗歌艺术的要求来进行诗文创作。

金履祥，《四库全书总目提要》云："履祥受学于王柏，柏受学于何基，基受学于黄榦，号为得朱子之传。其诗乃仿佛《击壤集》，不及朱子远甚。王士禎《居易录》极称其《箕子操》一篇，然亦不工。夫邵子以诗为寄，非以诗立制，履祥乃执为定法，选《濂洛风雅》一编，欲挽千

---

① 傅璇琮等主编：《全宋诗》，北京大学出版社 1993 年版，第 28617 页。
② 唐圭璋编：《历代词话丛编》，中华书局 1986 年版，第 1230—1231 页。
③ 傅璇琮等主编：《全宋诗》，北京大学出版社 1993 年版，第 34833 页。
④ 永瑢等撰：《四库全书总目》，中华书局 1965 年版，第 1409 页。

古诗人归此一辙，……所作均不入格，固其所矣。至其杂文，……则具有根柢，其余亦醇洁有法，不失为儒者之言。盖履祥于经史之学，研究颇深，故其言有物，终与空谈性命者异也。"① 细检金氏诗作，四库馆臣所言非是。如其诗《题青冈时兄友山楼》："万顷平畴一色春，双溪城阙北山青。登楼不为闲瞻眺，此地前贤尚典刑。"② 此绝句颇有思致，气势浑雄，含而不发，深得杜甫、黄庭坚等人诗作韵味。固然，金履祥诗歌也有学习《击壤集》的诗篇，如《题钓台》等，但就现存诗歌而言，所占分量较少，因此，还不能说金履祥诗歌纯为求"道"而作。至于说他编纂《濂洛风雅》，目的确是想以理学思想来指导、匡正诗人的创作，但他的这一主张，与其本人的诗歌创作完全是两回事情，金履祥本人也不以此来匡正自己的创作。因此，考虑到这些情况，倒是可以把金履祥诗歌创作与其文道关系实践两者之间的关系，看作两者兼顾较妥。

总的来说，两宋重视"道"与"文"的理学家是很多的。不过，这一类理学家，其诗歌创作还没有达到自觉调适"文"与"道"两者的程度，如王柏一样，虽然他们诗文刻意比附于道，但最终仍然是"重道轻文"，只不过对"文"的本体价值有一定认识而已。两宋还有一些理学家，在从事诗歌创作时同时注意到文、道统摄，创作既充分注意诗歌的创作规律、特征，又注意在诗歌中表达其理学主张、理学观念，实现了理学与诗歌的会通。这种诗歌创作实践，是中国诗歌史上的一个引人瞩目的现象。如果说，诗歌具有审美性、情感性、主体体验性等可以作为中外诗歌的共同特性的话，那么，两宋理学家在诗歌中努力做到文道统摄，注重在诗歌中表达出理学意味而又做得天然自在，应该是中国诗歌的特有诗性品格。代表性的理学诗人，有吕南公、尹焞、吕祖谦、史尧弼、度正、曹彦约、包恢等。

吕祖谦，《四库全书总目》记："祖谦虽与朱子为友，而朱子尝病其学太杂。其文词闳肆辨博，凌厉无前，朱子亦病其不能守约。……然朱子所云，特以防华藻溺心之弊，持论不得不严耳。……词多根柢，不涉游谈。所撰《文章关键》，于体格源流，具有心解。故诸体虽豪迈骏发，而不失作者典型，亦无语录为文之习。在南宋诸儒之中，可谓衔华佩实。"③

---

① 永瑢等撰：《四库全书总目》，中华书局1965年版，第1419页。
② 傅璇琮等主编：《全宋诗》，北京大学出版社1993年版，第42589页。
③ 永瑢等撰：《四库全书总目》，中华书局1965年版，第1370页。

吕氏存世诗文很多，题材广泛，其中除了挽诗较多之外，出游、赏景、送别诗等都有佳作。如其《登八角楼有感》："仲舒旧事无人记，家令风流一世倾。天下何曾识真吏，古来几许尚虚名。"① 满含历史沧桑，于时空中生发出无限感慨。《晚春二首》之二："风絮流花一任渠，北窗高卧绿荫初。闭门春色闲中老，为谢平生董仲舒。"② 诗句涵蕴丰富，在吟咏春华物景的同时，表达了坚守自我信念，甘愿像董仲舒一样闭门深究儒学精义的决心，其中蕴含着作者对于"求道"的践履精神，文与道在其中得到了有机的统一。当然，两宋理学家，能够实现文道统摄的并不多。

除了上述所举之外，尚有史尧弼、度正、曹彦约、包恢等人的诗歌创作。这些人诗歌创作能够较好地传达其理学主张，诗歌的哲理性、审美性和艺术性得到了较好的统一。

上述考察可见，两宋理学诗人的文道观与创作实际之间的关系是复杂多样的，之中既有二者相一致的情况，也有相矛盾的情形，还有完全没有联系的情况存在，甚至也有一些诗人的诗歌创作，有些贯彻了其文道观，有些又与其文道观不一致。对两宋理学诗人的文道观与其创作实际进行考察，就要注意到这些极为复杂的情形。显然，对理学诗派及其创作成就的评价，既要顾及理学诗派诗人文道观的历史存在，又要全面考察其创作实践的具体情况，惟其如此，才能对理学诗派诗人的志与情、哲思与审美、认知与实践有一个全面的认识，才有一个为其定位的文化语境。

第三种情况：两宋一些理学家，他们的诗歌创作并没有受到其文道观的制约与左右，而是特别强调"文"的本体独立性，试图按照"文"的规律和特征来进行诗歌创作。这一类理学家，就理学而言他们也关注道器、道物等理学范畴，但其诗歌创作则并不太顾及理学的因素，也不寻求"文"对"道"的承载、传播等功用。这是一个非常奇怪的文化现象。这标志着这些理学家的理学主张，并不自成系统，而是具有开放性和不圆满性。

据《全宋诗》，林之奇存诗41首。作为理学家，林之奇学于吕本中，吕祖谦为林之奇的门人。在理学的传承方面，林之奇具有相当重要的地位。《四库全书总目提要》记："吕氏之学颇杂佛理，故之奇持论亦在儒、

---

① 傅璇琮等主编：《全宋诗》，北京大学出版社1993年版，第19138页。
② 同上。

第五章　两宋士人文道观念与诗歌品格　·277·

释之间。吕氏虽谈经义，而不薄文章。故之奇注释《尚书》，究心训诂。而此集所载诸篇，皆明白畅达，不事钩稽，亦无语录粗鄙之气。其诗尤具有高韵，如《江月图》、《早春偶题》诸篇，置之苏、黄集中，不甚可辨也。"① 已经言明林之奇为文"不薄文章"，其诗歌则成就很高，有些诗直逼苏、黄。通观林之奇诗歌作品，其诗歌题材广泛，举凡怀人赏月、留恋光景、饯别应酬等，往往能于抒情中见出作者的心志，所抒发的感情志向并不以理学主旨为准的。林之奇的若干诗歌作品，讲究艺术构思，具有独特的感染力。如《江月图》本是一首观图诗，但诗人在此中却抒发出飘逸高致的出尘情怀。而《早春偶题》则于早春气象的摹画中，突出了诗人"闭阁赋幽香"②的高洁形象。林之奇常举其师吕本中论诗言语，如："吉甫诗学黄庭坚，大抵只是于浮标上理会，无甚旨趣"，"诗人之作，其美刺箴规咏歌，举合乎道，学者学诗，须本诸此乃为佳作。"③ 说明他对于诗歌创作比较关注。由上可见，林之奇的文道观与其创作实际，还是有一定的矛盾性的。但从中亦可看出，林之奇在诗歌创作中，是重视"文"的独立性的。

叶适，《四库全书总目》谓："文章雄赡，才气奔逸，在南渡卓然为一大宗。……能脱化町畦，独运杼轴。韩愈所谓'文必己出'者，殆于无忝。"④ 从叶适诗歌来看，四库馆臣所评允当。如其《超然堂》诗，前六句尽写为吏之无奈窘迫，接着对超然堂之名表示嘲讽，然后由超然二字联想到"古今问学满天下，分寸毫厘难细诘"⑤，诗篇最后又照应开头，写到为吏的艰辛与日常生活。诗篇"道学"气息并不明显。叶适诗歌存世较多，而就其总体风貌来看，他极少在诗中表现出道学气息。

魏了翁，《四库全书总目》谓："史称了翁年十五时，为《韩愈论》，抑扬顿挫，已有作者之风。其天姿本自绝异，故自中年以后，覃思经术，造诣益深。所作醇正有法，而纡徐宕折，出乎自然。绝不染江湖游士叫嚣狂诞之风，亦不染讲学诸儒空疏拘腐之病。"⑥ 则魏氏文道均修为甚深。

---

① 永瑢等撰：《四库全书总目》，中华书局1965年版，第1366页。
② 傅璇琮等主编：《全宋诗》，北京大学出版社1993年版，第22970页。
③ 吕本中：《拙斋文集》卷二，上海古籍出版社影印文渊阁四库全书本。
④ 永瑢等撰：《四库全书总目》，中华书局1965年版，第1382页。
⑤ 傅璇琮等主编：《全宋诗》，北京大学出版社1993年版，第31202页。
⑥ 永瑢等撰：《四库全书总目》，中华书局1965年版，第1391页。

从其诗来看，魏氏诗歌颇有法度，如其《登万象楼和计次阳韵》："尘缨羁我身，对景慵着语。青山唤倚栏，壮气临颍汝。曾云卷油幕，万岭眇烟缕。酒阑一横笛，楼前叶自雨。"① 诗篇情景交融，意境深远，深得唐诗风味。魏了翁作为著名的理学家，在诗歌中却极少有道学气，所表达的情感、志向等，都与一般士人无异。这种情况说明，在南宋道学家那里，除了重视求道之外，"诗歌"传统亦对理学家产生了重要影响。

汪应辰，现存诗51首。如其诗《暮春》："闭门听风雨，不知门外春。兹辰聊散步，霁色如相亲。日月不吾与，花柳随时新。悠悠竟何事，悚然怀故人。"② 诗篇内容比较丰富，既有暮春季节里听风听雨的无奈心境，又有雨后散步所见景物所引起的快感，最后作者又述及对故人的相思。诗中有作者的生活情趣和心境转换，有景物的描摹，于情景交叉之中表露出作者的志趣情感。诗篇流畅自然，并没有一丝道学气。从总的情况来看，汪应辰诗作中少有直接抒发其理学思想与志向的主题，其诗歌题材、旨趣与审美取向等，都与一般士人诗无甚差异。

戴栩，存诗110余首。从诗题来看，他的诗歌中写景诗、游玩诗、雅集诗、挽词等所占比重不少。而从诗篇透露出的诗人情感、诗歌语言来看，戴氏非常重视诗歌的技法，其诗作主题极少涉及理学范畴、术语与理学思理。如其《书怀》："随牒沧海隅，两见初月吐。缅怀故山友，飘散等风雨。……门前流水车，六辔去如组。……行藏正有时，倚楼追杜甫。……古来磊落人，过眼蚊蚋聚。且复对青山，天外修眉妩。……新诗从何来，令我隘寰宇。"③ 诗篇透露出一般士人的凄苦、清高、淑世与退隐等情怀。这些生活感受与人生感悟，常常构成了戴栩诗歌的主调。而他的另外一些山水诗，如《清源寺》、《白鹤寺作》、《题石龙》等，纯是抒写其山水自适的情怀。在其送别诗中，也看不出戴栩诗歌重视抒写理学范畴和表达理学思理的取向。可见，戴栩是把诗歌作为具有独立性的"文"来对待的。

陈渊，早年师事杨时，杨时以女嫁之。《四库全书总目提要》云："为诗不甚雕琢，然时露真趣，异乎宋儒之以诗谈理者。惟《与翁子静论

---

① 傅璇琮等主编：《全宋诗》，北京大学出版社1993年版，第34865页。
② 同上书，第23573页。
③ 同上书，第35096—35097页。

陶渊明》，以不知义责之，未免讲学诸人好为高论之锢习。"①《与翁子静论陶渊明》为陈渊答人之文，表达了自己对陶渊明为人的"真"之看法，他转引苏轼论陶渊明"欲仕则仕，不以求人为嫌；欲己则己，不以去人为高"②等人生境界的看法。不过，陈渊又进一步，以为陶渊明于"义"有缺，显然，陈渊之论是从理学家关于"道"之观念出发的。陈渊的诗，以送别诗、和诗、游玩风景诗、纪游诗、赠诗为主，之中所表达的思想与内容，往往与一般士人的诗作并无差异。如其诗《越州道中杂诗十三首》，其中与《论语》有关的诗篇有："世儒读《论语》，未脱小儿气。岂悟无弦琴，中藏千古意。颜渊默然处，曾子亦心醉。处处倪逢渠，字字皆有味。"③ 是从心性上说及《论语》。这一点，与他在《讲论语序》中所表达的思想是相同的："然自秦汉以来以迄于今，其间以儒自名者，窥其藩篱则有之矣，入其门升其堂而践其阃奥者，实无一二焉。……且书者，道之所寓也，扬子云曰七十子之徒，日闻所不闻，见所不见，文章亦不足为矣。夫学于孔子者，文章犹不足为，则其所闻所见，岂世俗之所谓闻见乎。盖必有不可以言传者，而非书之所能该也。虽非书之所能该，捐书而求之，又不可也。……离此而上达从容自得于幽间之中，而超然默识于意言之表，古之知道者亦必由之。"④ 由此可知，陈渊对于"道"与"文"的关系，是有一定的认识的，他在写诗时突出诗歌的特征，重视诗歌写作传统的继承和学习，而非像一些理学家那样过于片面主张以文"载道"。

三 理学家文道观与创作实践之间的矛盾性根源

上文详细考察了一些理学诗人的诗歌创作情况。可以看出，两宋有一些理学家，他们的诗歌创作或没有贯彻其"文以载道"等文道观主张，或者这些理学家虽然没有明确的文道观，但其创作分明体现出把诗歌看作具有本体独立性的客观实在。这种情况，标志着理学家的文道观并不与其创作实际相吻合。

前已说明，理学家创作实际与文道观是有差距的。这种情况，反映出理学家兼认识和实践于一体的独特理论体系中，具有深刻的学理性矛盾存在。可以说，理学本身融认识与践行于一体的亦思辨亦实践的特征，尤其

---

① 永瑢等撰：《四库全书总目》，中华书局1965年版，第1363页。
② 陈渊：《默堂集》，台湾商务印书馆影印文渊阁四库全书本，第426页。
③ 傅璇琮等主编：《全宋诗》，北京大学出版社1993年版，第18352页。
④ 陈渊：《默堂集》，台湾商务印书馆影印文渊阁四库全书本，第506页。

是其"体用不二"的独有思维与认识论逻辑体系，是造成他们文道关系处理方式中文道观与其创作实践的不一致的内在性原因所在。理学家所关注的心体道体性体仁体，都具备实践性和认知性的两重品格，但这两重品格并不是都经常体现为完全统一的。亦因如此，这一体系本身就具有内在的思理性矛盾。就理学诗人而言，哲理思考、审美认知与诗歌功能的认识，属于诗人认知理性和审美理性的范畴，而诗人的诗歌创作却属于实践理性的范畴，从本质上讲，这两者是不同性质的事物。

既然理学诗派诗人的文道观与其创作属性严格说来就是两种不同的事物，那么，对理学家文道观与其创作实践的矛盾性哲理根源进行分析，就转换为对两宋理学家认识与实践的异质性问题的探讨了。这一话题，用理学家的话语来表述，就是理学家常讲的"体贴"话题。牟宗三把理学的这种兼具认识与实践的现象称之为"直上直下的贯通"，它讲究实践主体身体力行地实践认识所得来的结论，而这一认识又是从身体力行中"体贴"而出的一些感受的总结、提炼。理学的这一特征，是与现代人基于概念、逻辑、判断等得来的知识体系的认知，完全不同的。现代知识体系中的认知与实践，则分属两个问题，是两种不同性质的事物。只要是稍微受过现代知识熏陶的人都明白，不同属类、不同性质的事物是不可比较的，甲事物的规律、性质、特性，不能被用来描述乙事物的规律、性质和特性，亦即甲乙的运行规律、状态性质等具有其"类"的属性，不同"类"的事物，各有其本质的属性。从现代人的学科知识体系而言，属于文学的"文"，是具有形象性、虚构性和想象性的艺术形式，反映着人类的认知、情感和志趣，是人类感性认识和理性认识的结晶，具有区别于其他艺术形式的内容、主题和形式的特征与规律。而作为理学家追求事物共同本质，尤其是天人沟通途径和方法及其目的的"道"，则显然是一个融道德理性、情感理性和认知理性于一体的和合体。可以说，文自是文，道自是道，本来就是两个虽有联系但本质不同的事物。中国有句俗话说"言行不一"，其实从字面而言，"言"自是"言"，"行"自是"行"，两者是不同的事物，要做到言行如一，那是很不容易的，必须对言与行相约束才行。而一旦对之施加约束，则自然就破坏了言与行的独立状态了。于此意义上，我们就可以理解，理学家文道关系的处理方式，从其学理而言，必定具有其内在矛盾，认识与实践本身就属于两种事物，是注定不能以"文道观"来框定创作实践的。

第三节 "传统儒学之士"文道观念及其诗歌品格

《宋史》列"儒林"传，当是继承了宋人普遍注意到了"传统儒学之士"的重要文化地位，及其与"道学之士"在学术宗旨、治学路径等方面的差异。结合《宋史》、清代万斯同《儒林宗派》等对于"儒林"传中人物的归类，按照今人的一般做法，将《宋史》"儒林"传中吕祖谦等人放入理学家序列，则可以把钱穆所言侧重于名物考证、文字训诂的儒家之"史学之士"①，以及专注于探讨治道的儒家之政治学之士等，都算作"传统儒学之士"。由此，可以进而考察这一类宋代士人群体的文道观念。当然，《宋史》"儒林传"并不能囊括宋代所有儒学之士。一些儒学之士如王安石、司马光等人，因其人生事功显赫，往往被当作重要政治家对待，列有专"传"记载其人生功业事迹。因此，对宋代"传统儒学之士"诗歌进行研究，需要参酌相关资料进行梳理。

"传统儒学之士"中，王安石可算是比较有代表性的诗人。他的经学著作在北宋三四十年里被当作科举考试的标准用书，而且他对理学家关注的心性、情性问题有极为精辟的见解，钱穆认为王安石的《答曾子固书》是"宋人开创新儒学的一大原则。"② 并且，王安石又与北宋的一些著名儒者相似，在继承汉唐儒学基础上能够广泛吸取佛学等知识来体悟、研究儒学。本节以王安石的文道观念与其创作之间的关系探讨为例，来具体分析"传统儒学之士"的文道观与其诗歌品格之间的关系。

一 两宋"传统儒学之士"的文道观念

从文献来看，两宋"传统儒学之士"对文、道关系的探讨，其中重要出发点亦是对文、道的本质展开思考。不过，他们对于"文"、"道"本质的思考却与"道学之士"是不一样的。从已有研究成果来看，大部分"道学之士"所体察和确定的"道"应该是心性存养为主的成就"内圣"的学问，是亦认知亦实践的，少部分"道学之士"所认知的"道"兼包括建立事功在内的儒家之"道"。③ 但"传统儒学之士"往往以内里

---

① 参见钱穆《宋明理学概述》，九州出版社 2010 年版，第 151—153 页。
② 同上书，第 19 页。
③ 参见蒙培元著《理学范畴系统》，人民出版社 1987 年版。

追求仁义而外在追求礼法为"道"。亦即"传统儒学之士"所坚持的"道"为传统儒学所主张的"仁"与"礼"。① 因此之故，两宋"传统儒学之士"的文道观念往往与"道学之士"有一定距离，也与"文章之士"有明显差异。

宋初"传统儒学之士"较早论及文道关系的是柳开（947—1000）。《宋史》载："开有胆勇……既就学，喜讨论经义。五代文格浅弱，慕韩愈、柳宗元为文，因名肩愈，字绍先。既而改名字，以为能开圣道之涂也。著书自号东郊野夫，又号补亡先生，作二传以见意。尚气自任，不顾小节，所交皆一时豪杰。"② 柳开的文学主张在当时影响很大，其主要观点有：重道轻文、主张文章平易、尊韩柳而倡道统等。其中前两者对宋代文学的发展产生了极为广泛的影响。柳开的抱负，在其《补亡先生传》中有所说明："既著野史，后大探六经之旨，已而有包括杨、孟之心。乐为文中子、王仲淹，齐其述作，遂易名曰开，字曰仲涂。其意谓将开古圣贤之道于时也，将开个人之耳目使聪且明也，必欲开之为其涂矣。"③ 表达出自己以道义自任的思想追求和人生志向。他在《上王学士第三书》一文中，阐述了自己关于"文"与"道"关系的理解："天之文章，日月星辰也；圣人之文章，诗书礼乐也。天之性者，生即合其道，不在乎学焉。……文学为道之筌也。筌可妄作乎？筌之不良，获斯失矣。女恶容之厚于德，不恶德之厚于容也；文恶辞之华于理，不恶理之华于辞也。"④ 其中可见，柳开以儒家"道统"为"文统"，强调"道"与"文"相斥。这一看法，混淆了"道"与"文"的本质属性，对宋代文学的发展起到了消极的影响。但柳开在当时文坛片面追求文学艺术的形式而对内容多所忽略之际，以号召学习韩愈、柳宗元诗文而旨在推扬诗文回归儒家之"道"，客观上对宋初文学的发展起到了积极推动作用。

稍后，穆修（979—1032）在《答乔适书》中，批判了"古文家"与"今世士子"所习之"章句声偶之辞"的两种为"文"取向⑤。而这两种倾向，却是两宋"儒者之士"与"文章之士"文道观所共同面对的两个

---

① 参见张立文等《中国哲学范畴精粹丛书·道》，中国人民大学出版社1987年版。
② 脱脱等：《宋史》卷三四〇，中华书局1977年版，第13024页。
③ 柳开：《河东集》卷二，台湾商务印书馆影印文渊阁四库全书本，第247页。
④ 同上书，第267页。
⑤ 穆修：《穆参军集》卷中，台湾商务印书馆影印文渊阁四库全书本，第12页。

核心问题。文中，穆修继承了韩愈的观点，他所讲的"古文"与"道"是一体的，载"古道"正是"文"应该做的。不仅如此，穆修还提到了"时文"的"为名"问题与"古文"的"为道"问题，这实际上也是"道学之士"与"文章之士"一直在思考的问题。此外，穆修文章中论及"行道"的作用，告诫友人勿因为求道与求名而使"纯明之性"受到蒙蔽，致使"浮躁之气"萌盛。穆修所讲的求道以存性，警惕"求名"而被蒙蔽，其实正对应着"古文"与"时文"的不同价值追求。总的看来，穆修论"文"，强调"文"的"道德"、"礼仪教化"、"经济治世"等义，实际上是以"文"的功用认识代替了对"文"的本体的探讨。这就混淆了"文"的体用之别。在穆修看来，"文"与"道"就变成了同质而异名的存在物，这显然是错误的。不过，穆修处理文道关系的这一思维取向，却成为两宋士人对文道关系探讨的一种基本思路和思维模式。可以说，穆修强调的这些问题，始终是两宋"道学之士"与"文章之士"关注的核心问题，也是贯穿两宋士人探讨文道关系处理方式问题的一条主线。

胡瑗，为宋初"三先生"之一，以经术教授吴中。范仲淹聘其为苏州教授，诸子皆受学于胡瑗。后滕宗谅亦聘胡瑗为湖州教授。据说胡氏教人之法，立"经义"、"治事"二斋，因材施教。熙宁二年，宋神宗询问其弟子刘彝，比较胡瑗、王安石经术孰优孰劣。刘彝回答说："圣人之道，有体、有用、有文。君臣父子、仁义礼乐、历世而不可变者，其体也；诗书史传子集，垂法后世者，其文也。……国家累朝取士，不以体用为本，而尚声律浮华之词，是以风俗偷薄。"① 刘彝的上述观点，当有胡瑗的主张在内。又胡瑗《论语说》有言："古之取人以德，不取其言，言与德两得之。今之人两失之。"自注："有德者必有言，有言者不必有德。"② 于此可见，胡瑗强调文道关系必以"道"为本。胡瑗高足徐积亦强调"道"对"文"的决定作用："人当先养其气，气完则精神全，其为文则刚而敏，治事则有果断，所谓先立其大者也。故凡人之文，必如其气。……近世孙明复及石徂徕之文，虽不如欧阳之丰富新美，然自严毅可畏。"③ 徐积所言，尽管是从"气"对"文"的决定作用而言的，但因有

---

① 黄宗羲等：《宋元学案》卷一，中华书局 1986 年版，第 25 页。
② 同上书，第 27 页。
③ 同上书，第 38 页。

孟子"养气"说在先，而"养气"说关乎因修德而外显于外的精神、气象，因此徐积所言及的文道关系，仍然重心在于"道"，所强调的是"道"对"文"的支配作用。与之相似，同为宋初"三先生"之一的孙复在《与张洞书》中亦言："文者，道之用也。道者，教之本也。故必得之于心而后成之于言。"① 这里的"道"，据孙复后文所称，即为"仁义"。这里的"文"，其内涵当为"礼乐教化"。当然，"传统儒学之士"对于"道"的体悟，从思理深刻细微处较之后来的理学家是有差距的。所以朱熹就讲："如唐之陆淳，本朝孙明复之徒，虽未能深入圣经，然观其推言治道，凛凛然可畏，终得圣人意思。"② 显然，朱熹认为孙复等人所把握的是传统儒学之道是"仁政"，而非内向性的道德修养。

"宋初三先生"之一的石介，则从儒学传承与道德修养的角度论及了文道关系。他依据《易》说以比附阐释"文"与"道"的关系，颇有代表性。他在《上蔡副枢书》中论及："今之时弊在文矣。夫有天地故有文。……在天成象，在地成形，变化见矣：文之所由生也。……观乎天文以察时变，观乎人文，以化成天下，文之所由成也。……帝之书言常道也，谓之五典，文之所由迹也。四始六义存乎诗，……惩恶劝善存乎《春秋》，文之所由著也。……故两仪，文之体也；三纲，文之象也；五常，文之质也；九畴，文之数也；道德，文之本也；礼乐，文之饰也；孝悌，文之美也；功业，文之容也；教化，文之明也；刑政，文之纲也；号令，文之声也。……遗两仪、三纲、五常、九畴而为之文也，弃礼乐、孝悌、功业、教化刑政、号令而为之文也，……君臣何由明，……此其为今之时弊也。"③ 石介论及"文"的生、见、成、迹、著，是以文为"文饰"，把道德伦理的"文"上升为社会普遍规律，以"今文"亦即文艺之"文"与道德伦理的"文"混淆对比，从而得出了否定"今文"的结论。他在《与张秀才书》中，亦强调"足下为文，始宗于圣人，终要于圣人。如日行有道，月行有次，星行有躔，水出有源，亦归于海，尽为文之道矣。"④ 这种观点，尽管与后来程颢的"文以载道"等文道观有所不同，但其思维路径呈现出高度的一致性，都是强调"道"而把"文"看作服

---

① 黄宗羲等：《宋元学案》卷二，中华书局1986年版，第99页。
② 同上书，第101页。
③ 石介：《徂徕集》卷一三，台湾商务印书馆影印文渊阁四库全书本，第267页。
④ 黄宗羲等：《宋元学案》卷二，中华书局1986年版，第109页。

从和服务于"道"的工具或手段。所不同的是,石介干脆以"文"为"道德、礼仪、教化"等,"道"与"文"是两位一体的东西。后来,两宋一些"道学之士",他们论及文道关系时,很多人也如石介一样,同样走的是混淆"文"之"文明"义与"文学"义的思维路径,尽管就其思维主体而言,这一思维方式也许是不自觉的。

范仲淹则从体用角度论及文道关系:"诗之为意也,范围乎一气,出入乎万物,卷舒变化,其体甚大。故夫喜焉如春,悲焉如秋,徘徊如云,峥嵘如山,高乎如日星,远乎如神仙,森如武库,锵如乐府,羽翰乎教化之声,献酬乎仁义之醇,上以德于君,下以风于民,不然,何以动天地而感鬼神哉!"① 这是论及"诗"之体亦即本质问题,但范氏论"诗"体时,却正是从诗之用来着眼的。而诗之用,又是从诗载道出发的。他认为诗歌具备"羽翰乎教化之声,献酬乎仁义之醇,上以德于君,下以风于民"时才能实现"动天地而感鬼神"的功能。显然,范氏是从体用层次来理解文道关系的。

上述诸人,其文道观念在现存文献中并不多,而且,其本人的文学创作成就,在北宋并不突出。因此,要对"传统儒学之士"文道观与其创作之间的关系进行考察,必须甄选文道观与其创作成就在当时都比较大的儒学之士才行。由此,王安石文道观主张及其创作实践的个案价值就凸现出来了。

王安石的文道观念,代表了当时"传统儒学之士"的重要方面。他的文道观念带有很浓的政治功用。在《与人书》中,他较为系统地提出了自己的主张:"尝谓文者,礼教治政云尔,其书诸策而传之人,大体归然而已。而曰'言之不文,行之不远'云者,徒谓辞之不可以已也,非圣人作文之本意也。……且所谓文者,务为有补于世而已矣。所谓辞者,犹器之有刻镂绘画也。诚使巧且华,不必适用;诚使适用,亦不必巧且华。要之以适用为本,以刻镂绘画为之容而已。不适用,非所以为器也。"② 这里,王安石提出了"文者,礼教治政云尔"的命题,从根本上否定了"文"的独立价值,他以为文"务求有补于世",而作为"文"之表达方式的"辞",是服从于"文"的社会功用而存在的,"文"应该

---

① 范仲淹:《范文正集》卷六,台湾商务印书馆影印文渊阁四库全书本,第618页。
② 秦克、巩军标点:《王安石全集》,上海古籍出版社1999年版,第35页。

以"以适用为本","有补于世"。在《上邵学士书》中,他对"近世之文"作出了批评,从另一个角度表达了自己的文学主张:"启封缓读,心目开涤。词简而精,义深而明,不候按图而尽越绝之形胜,不候入国而熟贤牧之爱民,非夫诚发乎文,文贯乎道,仁思义色,表里相济者,其孰能至于此哉?……某尝患近世之文,辞弗顾于理,理弗顾于事,以襞积故实为有学,以雕绘语句为精新,譬之撷奇花之英,积而玩之,虽光华馨采,鲜缛可爱,求其根柢济用,则蔑如也。"① 显然,王安石对"文"的主张,主要集中在"根柢"、"济用"两个方面,作为文章表达方式的"辞",应该正确反映事物内部之"理"以及事物与事物之间相互关系的"理",这个"理",如果从道德理性来认识,就是"道"亦即包括仁、义、理、知、信的"礼教",这就是他所讲的"根柢"。不过,这种为"文"的"根柢",最终要在"事"亦即社会实践的功用上面表达出来。显然,王安石的文学主张是同其文道观紧密相连的。从北宋诸人谈及"文"必同"道"联系的思路来看,他们同当时的社会文化思潮相一致,其着眼点都是为了探讨"文"的本质属性。作为深究学术的王安石来讲,他把对"文"的本质属性的探讨同对儒学之"道"的探讨相联系,自然,其思理路数也属于儒学以《易传》为代表的宇宙论的论证模式。实际上,他论证"道"为"文"本的这一思维取向,同梅尧臣、欧阳修、苏舜钦以及稍前的张咏、余靖、范仲淹等人,在思理上是一致的。如张咏重视"观夫所尚,率以治世为本,随事刺美,直在其中"②(《许昌集序》),余靖强调"词章之作,寄谋赏而明教化"③(《宋职方忧余集序》)等。上述文学观,实际上都是从"文"的本质属性的角度来探讨其本质。不过,较之其前辈及同时代的诗人,王安石强调"文"对"道"的功用性要在具体的社会实践中表现出来,这对于提升"文"的价值,是有重大意义的。在《与祖择之书》中,王安石对"文"的内容有明确的表述,他把政治教化等同于"文",强调"文"是圣人"之于道也,盖心得之,作而为治教政令也,则有本末先后,权势制义,而一之于极",作为"文"的书面形态"策",则是"圣人之所谓文者,私有意焉,书之策则末也。"④ 显

---

① 秦克、巩军标点:《王安石全集》,上海古籍出版社1999年版,第30页。
② 张咏《乖崖集》卷八,台湾商务印书馆影印文渊阁四库全书本,第623页。
③ 余靖:《宋职方忧余集序》,台湾商务印书馆影印文渊阁四库全书本,第28页。
④ 秦克、巩军标点:《王安石全集》,上海古籍出版社1999年版,第47页。

然，王安石这里是把"文"视作"道"的表现手段来看待的。他批评西昆体"迷其端原"，也是从此角度出发："杨、刘以其文词染当世，学者迷其端原，靡靡然穷日力以摹之，粉墨青朱，颠错丛庞，无文章黼黻之序，其属情借事，不可考据也。"①（《张刑部诗序》）又以为杨亿、刘筠作诗"可为戒"，并提出"唯诗以谲谏，言者得无悔"的看法。这说明，王安石正是清醒地认识到时文的弊端，而为了其政治主张的实现，他才提出了"文"要为"道"服务，而以社会功用为最终检验标准的思想。这一主张，同样体现在其诗文创作中。嘉祐年间，他写有《奉酬永叔见赠》诗，其中就表示了他以"求道"为志而无意于文的理想："欲传道义心犹在，强学文章力已穷。他日若能窥孟子，终身何敢望韩公。"② 他以孟子为楷模而婉转地表示不尊崇韩愈，反映出他的人生抱负。而王安石推却欧阳修以之文学接班人的殷切期望，正可以看作是他汲汲于求道而不屑于以文名世的思想。

　　上述列出了宋代一些重要的"传统儒学之士"对于"文"的认识。按照《宋史》等分类以及后人对宋代士人的认知情况而言，宋代"传统儒学之士"还有很多，如刘敞、司马光、李觏、徐积、吕大防、刘挚、曾巩、倪天隐、洪咨夔、赵君锡、晁说之、曾几、项安世、李光、程大昌等人，都应该算是"传统儒学之士"。上述诸人或于传统儒学之经学研究有突破，或于儒家义理研究有专门心得，他们都是"传统儒学之士"的重要代表性人物。不过，若就文道观念而言，他们对于"文"的认识，并不超出上述代表性儒学之士的认知范围。可以说，穆修、孙复、石介等人的文道观以及对于"文"的认识，代表了宋代"传统儒学之士"对于文道关系的理解。

　　总的看来，两宋"传统儒学之士"探讨文道关系的进路，主要集中于文与道的先后次序及其发生联系的路径、文与道如何发生关系这两个层面上，单独对"文"或者"道"展开论述的却不多。一些"传统儒学之士"更为注意从体用、本末等方面展开对文与道两者之间的关系进行研究。可以说，两宋"传统儒学之士"对于"道"的理解尚停留在传统儒学中的"仁"与"礼"的层次上，并没有触及心性体用、求做圣人等

---

① 秦克、巩军标点：《王安石全集》，上海古籍出版社1999年版，第324页。
② 同上书，第449页。

"道学之士"所关注的领域。这说明,两宋"传统儒学之士"关注的重点,仍然是"内圣外王"为内容的儒家之"道",事功追求、名节追求等仍然是"传统儒学之士"所关注的。他们关于"文"与"道"关系的理解,也受到了这些观念的影响,因此,其诗歌创作主题等亦必然产生相应的面貌。

二 王安石的诗歌主题与诗艺追求

前已论及王安石可作"传统儒学之士"的代表性诗人,并对其文道观念进行了探讨。下面接着探讨其诗歌创作情况,以便于考察其文道观念与其诗歌创作之间的关联。

王安石的诗歌创作,在其56岁退居江宁后发生了显著变化。前人对此有所认识。叶梦得在《石林诗话》中就说:"荆公少以意气自许,故诗语为其所向,不复更为涵蓄,……皆直道其胸中事。后为群牧判官,从宋次道尽假唐人诗集,博观而约取,晚年始尽深婉不迫之趣。"[①] 叶梦得的观点,大致上是正确的。按照王安石诗歌风格及其诗篇内容的不同,可以把王安石的诗歌创作分为前后两个时期。

第一时期,包括他读书应举时期(真宗天禧五年至仁宗庆历六年)、游宦鄞县舒州时期(庆历七年至至和二年)、为官常州饶州时期(仁宗嘉祐元年至嘉祐三年)、任度支判官迁知制诰时期(仁宗嘉祐四年至英宗治平四年)、入参大政主持变法时期(神宗熙宁元年至九年)等五个时间段。[②] 这一时期,王安石注重在诗歌内容上反映社会现实,其诗歌题材广泛,形式多样,形成了以议论凸显意气、诗意开张而不复涵蓄、好用险韵赋难题而语句峭拔严正、好作翻案且思想深刻为主要特征的诗风。不过,这一时期即使以《闲居遣兴》诗算起,时间长约四十年。在此期间,王安石的生活经历发生了很大变化,他的诗歌创作也经历了一个从不成熟到成熟的过程,因此需要分段来考察。

王安石读书应举时期。这一时期,因故里没有田产,王安石经常随父亲王益辗转各地谋生。这一时期,王安石所作诗歌不多。不过,一些诗歌作品往往能反映出他年少即有的非凡用世抱负。这一时期,王安石诗作精工严整,但语言尚欠锤炼,这说明王诗的独立风格尚未形成。代表作有

---

① 何文焕编:《历代诗话》,中华书局1981年版,第419页。
② 依刘乃昌、高洪奎著《王安石诗文编年选译》(山东教育出版社1992年版)对王诗的分期为参照。

《到家》、《忆昨诗示诸外弟》、《次韵答陈正叔二首》（其二）等。

游宦鄞县舒州时期。这一时期，王安石接触到官场黑暗、人民疾苦等政治弊端。故而他的诗歌关注政治现实，忧心国计民生，提出了一些亟待解决的社会课题，表达了自己的改革主张。从形式上看，此期诗歌多用古体，语言质直，多用议论化的表现手法，有不少作品因为过于表露自己的政见，而使得诗意缺少含蓄，在语言上也有雕琢不精之弊。如作于皇祐元年的《省兵》诗，诗歌内容是王安石针对当时宰相文彦博等人的省兵主张表示异议，提出应该把省兵同改革吏治、发展生产、选任将领等结合起来进行，否则，减员之兵必酿成大乱。诗篇反映出王安石杰出的政治才能。这一时期，王安石也向杜甫学习，使用律绝体来记时事，述情怀。如作于庆历七年的《读诏书》："去秋东出汴河梁，已见中州旱势强。日射地穿千里赤，风吹沙度满城黄。近闻急诏收群策，颇说新年又亢阳。贱术纵工难自献，心忧天下独君王。"① 本年旱情严重，三月，仁宗下诏称："自冬讫春，旱暵未已，……自今避正殿，减常膳，中外臣僚，指当世切务，实封条上。"② 诗中透出作者有志于济世的情怀，诗作在表达方式上直陈心中感想，议论锋芒毕露，很有力度。这一时期，王安石关注政治和社会现实的诗篇，多数都以议论为主要手段，注意充分发挥诗歌的社会功用，言之有物，抒发出自己满腔的报国情怀。当然，以议论为主的写作方式，也使得诗歌言尽意止，无复意蕴。这一时期另外一些代表作，如《感事》、《收盐》、《慎县修路者》等，都具有与上述诗歌相似的风格。

值得注意的是，这一时期王安石表达思念亲友的抒情诗，凡是涉及骨肉亲情的，诚如清代刘熙载所评，均具"酸恻呜咽，话语自腑肺中流出"③ 的特点（《艺概》卷一），极有艺术感染力。如其《宣州府君丧过金陵》："百年难尽此身悲，眼入春风只泱洟。花发鸟啼皆有思，忍寻《棠棣》脊令诗。"④ 本诗是作者皇祐四年安葬其异母长兄安仁所作。诗篇以平实的语言，表达出对过世兄长的深切悼念之情。诗篇富有真情实感，语言平实，代表了王安石诗歌的另一面。

为官常州饶州时期。这一时期，王安石结识了著名诗人欧阳修、梅尧

---

① 傅璇琮等主编：《全宋诗》，北京大学出版社1993年版，第6672页。
② 毕沅：《续资治通鉴》卷四八，续修四库全书本，第550页。
③ 刘熙载著，王气中笺注：《艺概笺注》卷一，贵州人民出版社1986年版，第102页。
④ 傅璇琮等主编：《全宋诗》，北京大学出版社1993年版，第6739页。

臣等，诗歌创作技巧得以提升。这一阶段的诗歌，重在反映社会现实，表达自己期望政治上有所建树、以拯时济世的抱负和胸襟。诗风较前更为遒劲宏肆，笔力纵横。如其诗《日出堂上饮》，诗句为嘉祐初年所作，借用寓言以主客对话的形式来喻赵宋王朝面临的内在困境与政治弊端，表达出自己希望为国家革除弊政的迫切愿望。李壁诗注："此诗主以喻君，客以喻臣；堂以喻君，柱以喻臣。堂上主人居安而忘危。为客者视其蠹坏已甚，将有镇压之忧，为主人图所以弭患。此而不忘君卷卷之义，更张之念，始疑于此。"① 李壁看到了这首诗所表达的抱负在王安石一生变法事业中的地位，但实际上王安石相似的政治主张，早在游宦鄞县舒州时期已然出现，只不过这一时期王安石的很多作品较之前期更为圆熟，思理也更加深刻，其中蕴含的对现实政治的深刻认识，以及时日不待的迫切建功热望，共同构成了王安石此期诗歌的气势开张、情感激越、慷慨淋漓、缺少含蓄的风格。这一时期的作品，以古体为多，但以律绝写世事，抒写抱负情怀的诗篇也不少。

任度支判官迁知制诰时期。这一时期，经过多年的政治历炼，王安石对赵宋王朝的政治弊端已有深刻的认识，母亲吴氏于嘉祐八年病故后，长达四年的守制，也为他提供了难得的静思机会。与欧阳修、司马光、曾巩、梅尧臣等人的唱和，多发生在这一时期。这一时期王安石的诗作有三个主题值得注意：一是他写了多首反映政治主张、揭露政治弊病的诗，涉及选举等，反映出作者对社会政治现实的认识程度在加强。如其诗《酬王詹叔奉使江南访茶利害》，诗中以散文笔法，对榷茶之法进行评论，提出了自己的政治主张，对官营茶叶交易的危害性作出了批评。诗作思力深刻而见解独到，刻画细致，表现出王安石诗歌凡是涉及政治议论便峭刻风生的独特风格。二是这一时期王安石写有多首咏史诗。王安石的咏史诗贵在以史为鉴，借古讽今。某些咏史诗见解独到，思想深刻，在当时就产生了很大影响。如其《明妃曲》，诗篇在同情明妃的同时，把批评的矛头指向皇帝。诗中说人生的不幸时时皆有，是对诗意的深化和提升，较之同时期其他人的同题诗作，王诗立意高远，境界开阔，峭拔开张。三是因陪伴契丹贺正旦使返国，而有机会对边塞地区进行细致考察，写有多首纪行诗，在诗中，王安石对赵宋政权的军事提出了一些主张，这些诗因其细致

---

① 李壁注：《王荆公诗注》卷四八，上海古籍出版社影印文渊阁四库全书本。

的景物人情摹写，兼有咏怀、咏史风调，而表现出别致的风格。如其诗《白沟行》，诗篇抒写了他在边境上的所见所感，指责当时边疆军事统帅毫无警戒、军纪涣散，指出了宋国面临的严峻军事威胁。诗篇内容富有针对性，特别是最后两句借史以讽今，极为警醒，表现了王安石诗警拔峭严的独特面目。

入参大政主持变法时期。这一时期王诗反映出王安石思想的变化轨迹，作者的行与藏、济世与独善思想，在诗歌中时有表现。这一时期的诗歌，从内容上看，其中既不乏现实性、进取性较强的政治社会主题诗篇，也日渐增多了思归慕隐、寄兴抒怀的篇什；从诗风上看，质直峻峭、闲雅萧散的诗篇共存，可以看出王诗从前期向后期过渡的迹象。如其诗《钓者》："钓国平生岂有心，解甘身与世浮沉。应知渭水车中老，自是君王着意深。"① 借史咏怀，抒发对神宗知遇之恩的感激心情。在咏史中寄托情怀，思致深刻而兴寄遥深，颇有用意。类似的诗篇有《赐也》、《众人》、《孟子》、《商鞅》、《次韵和甫咏雪》等。这一时期，随着变法中遇到的矛盾日益尖锐化，王安石众叛亲离，威望急剧下降，他的诗歌主题便表现出其内心的彷徨与苦闷，思慕归隐、怀念地方官宦生涯的诗篇多了起来。如其《雨过偶书》诗，诗篇前半部分写了甘霖普降、雨过云归的自然景象，本来是生意盎然、云开雾收、星斗乍现的美好景物，而王安石却以浮云联想到人生抱负，以为应该济世泽世、功成身退，在抒写自己人生抱负的同时，不免透露出巨大政治压力之下的疲惫心态。与之相应，这一时期，王安石诗在题材上也多了一些写景咏怀的诗篇。这些诗篇往往通过对外在景物的描摹，抒发自己渴望归隐的情怀。如《壬子偶题》："黄尘投老倦匆匆，故绕盆池种水红。落日欹眠何所忆，江湖秋梦橹声中。"题下自注："熙宁五年，东府庭下作盆池，故作。"② 此诗是王安石变法四五年后所作。此时变法正经历着朝野上下的激烈反对，王安石面临着巨大的政治压力。诗中所表现出的作者向往归隐情怀，正可以看作是作者深层思想情感的表露。这一时期，类似的诗歌题材在王安石的诗歌中是较多的，如《金陵》、《怀金陵三首》、《次韵平甫金山会宿寄亲友》等，都涉及作者因变法受阻而激发出的激烈思想冲击与不屈的政治抗争。

---

① 傅璇琮等主编：《全宋诗》，北京大学出版社1993年版，第6738页。
② 同上书，第6706页。

第二时期，主要是指王安石退居江宁时期所作的诗歌。这一时期，写景抒怀诗代替了前期的政治社会诗。诗歌内容或描写秀雅幽静的自然风光，寄托恬淡闲适的生活情趣；或借流连山水而悟道，倾吐对险恶政治生活的激愤；或触景生情，抒发与亲朋故旧的深挚情意。如其《答韩持国芙蓉堂二首》之一："投老归来一幅巾，尚私荣禄备藩臣。芙蓉堂下疏《秋水》，且与龟鱼作主人。"[1] 诗篇表达了自己彻底摆脱官场羁縻之后的轻松心情，充满了对隐居生活的向往。又如其《示元度》诗篇写与花鸟鱼虫相伴的寂寞生活，隐约表达出对投身政治的反思，反映出晚年的思想感受。这一时期，他受到佛教思想的影响，写作了一些深具禅意的诗歌。不过，政治斗争的失意，仍经常涌现于他的心头，促使他不断反思改革的得失。如《后元丰行》，诗篇以一系列的丰收景物与和平景象的描写，赞美了当年改革为赵宋政权争来的来之不易的成就，表达出作者坚信变法有功于国家的不屈情怀。又如其《邀望之过我庐》，诗篇抒发出淡泊闲适、怡然自乐的情怀，表达了作者对友人的深挚情感。这一时期，王安石诗歌取得了巨大的艺术成就。此期的长篇古诗，不乏抒发徜徉山丘、慷慨悲歌的情怀，但更引人注目的还是他的短篇律绝，这些诗篇表现为诗律精严，意与言会，浑然天成，达到了炉火纯青的艺术境地。黄庭坚就说："荆公暮年作小诗，雅丽精绝，脱去流俗。"[2] 这一成就的取得，是王安石长期学习前代众多诗人的结果，当然也是与其艰苦努力分不开的，他对于诗律诗艺的不懈追求，最终使他成为整个宋代最杰出的诗人之一。

值得注意的是，王安石特别重视诗律诗艺。王安石早年的诗歌，多追求直露峭刻之风，主要依靠说理来发表对时局政事的看法，表达他的革弊图新的政治主张，连带而及，凡是需要表达观点和感受的地方，他多以议论精辟来出奇入胜，往往是精细的刻画、精当的议论而以散文的笔法来表现出来，故其诗风显得开阖跌宕、意气纵横，于峭拔中见警奇。如其诗《杜甫画像》，气象宏放，语句顿挫有致，笔力驰骤跌宕，议论精当警拔。胡仔评价说："李杜画像，古今诗人题咏多矣。若杜子美其诗高妙，自不待言，要当知其平生用心处，则半山老人之诗得之矣。"[3] 他如"人怜直

---

[1] 傅璇琮等主编：《全宋诗》，北京大学出版社1993年版，第6690页。
[2] 胡仔：《苕溪渔隐丛话》前集，丛书集成初编本，中华书局1985年版，第231页。
[3] 同上书，第69—70页。

节生来瘦,自许高才老更刚"①(《华藏院此君亭》),"天下苍生待霖雨,不知龙向此中蟠"②(《龙泉寺石井二首》之一),"平治险秽非无德,润泽焦枯是有才"③(《次韵和甫咏雪》),等等,都表现出王安石前期诗作以意气自许,因此诗句不复含蓄的特点。这种诗风,显然受到了韩愈诗歌的影响。

如果说,王安石早期多学韩诗以散文笔法而出以议论所造成的峭刻警拔诗风,而使得他的诗歌成就不能独立于稍早于他的苏舜钦、欧阳修的话,那么,至迟在参与大政时期开始的对诗律诗艺的精心追求,使他的诗歌创作超过同时代的人,形成了独特的诗歌风貌,从而在宋代诗歌史上占据了重要的地位。从诗律上看,王安石的后期诗歌,特别重视诗律的使用。方回对此深有体会。王安石在熙宁七年首次罢相之后,写作《读眉山集次韵雪诗五首》,及《读眉山集爱其雪诗能用韵复次韵一首》,都用"叉"韵。方回对其中的一首诗有所评价。其中《读眉山集次韵雪诗五首》之一原诗为:"若木昏昏未有鸦,冻雷深闭阿香车。抟云忽散筛为屑,剪水如纷缀作花。拥帚尚怜南北巷,持杯能喜两三家。戏授乱掬输儿女,羔袖龙钟手独叉。"④方回评价说:"和险韵,赋难题,此一诗已未易看矣。第一句谓日晦,第二谓雷蛰;皆所以形容寒天也。三、四谓抟云而筛为屑,剪水而缀为花,所以形容雪之融结也。'拥帚'、'持杯',则谓以雪为苦者多,以雪为乐者少。末两句最佳。'戏授乱掬'者,儿女曹不畏雪也,老人则叉手于袖中耳。"⑤诗篇虽用险韵而诗意圆满无碍,描摹景物人情思致入微,显示出高超的艺术修养。王安石诗有用他人诗律写同题诗作,诗歌水平往往超越原诗,这一类诗作也越发显出王诗诗律高妙的艺术追求。如其晚期杰作《梅花》:"墙角数枝梅,凌寒独自开。遥知不是雪,为有暗香来。"⑥诗篇与苏子卿《梅花落》前四句用韵相同,诗意相似,但诗中的梅花形象更加鲜明,意境更加完美。

除了重视诗律外,王安石对诗艺的追求也令后人难以追及。他对诗歌

---

① 傅璇琮等主编:《全宋诗》,北京大学出版社1993年版,第6643页。
② 同上书,第6730页。
③ 同上书,第6628页。
④ 同上书,第6611页。
⑤ 方回:《瀛奎律髓》卷二一,台湾商务印书馆影印文渊阁四库全书本,第273页。
⑥ 傅璇琮等主编:《全宋诗》,北京大学出版社1993年版,第6682页。

创作技艺的追求，包括很多方面，主要有用对精切、用字多工等。宋代吴聿对王安石诗用对情况有所总结，以为："半山诗有用蔡泽事云：'安排寿考无三甲。'又用退之语对云：'收拾文章有六丁。'……皆天设对也。"又论"我无丹白看如梦，人有朱铅见即愁"为"用事精切"①。胡仔引《雪浪斋日记》云："荆公诗：'草深留翠碧，花远没黄鹂。'人只知翠碧黄鹂为精切，不知是四色也。又以'武丘'对'文鹢'，'杀青'对'生白'，'苦吟'对'甘饮'，'飞琼'对'弄玉'，世皆不及其工。"②

精于造意。叶梦得记："荆公晚年，诗律尤精严，造语用字，间不容发；然意与言会，言随意遣，浑然天成，殆不见有牵率排比处。如'含风鸭绿鳞鳞起，弄日鹅黄袅袅垂'，读之初不觉有对偶。至'细数落花因坐久，缓寻芳草得归迟'，但见舒闲容与之态耳。而字字细考之，皆经隐括权衡者，其用意亦深刻矣。"③ 清人顾嗣立评价说："最喜王半山咏史绝句，以为多用翻案法，深得玉溪生笔意。如《范增》诗云：'中原秦鹿待新羁，力战纷纷此一时。有道吊民天即助，不知何用牧羊儿？'千古别具只眼。"④ 清人查为仁以为："半山诗：'道人北山来，问松我束冈。举手指屋脊，云今如许长。'极平潜中意味无穷。"⑤ 王安石诗精于造意，是他多向前人诗篇学习的结果。对此，宋人已经指出："前辈读诗与作诗既多，则遣词措意，皆相缘以起，有不自知其然者。荆公晚年《闲居》诗云：'细数落花因坐久，缓寻芳草得归迟。'盖本于王摩诘'兴阑啼鸟换，坐久落花多'，而其辞意益工也。"⑥

王安石某些长篇古诗，多向韩愈学习，使用散文的布局手法来安排诗篇结构。对此清人方东树对王安石诗《送程公辟守洪州》有精当评价：

起四句点叙。以下两段，入议夹写。收另作章法，应起。

此应酬题，他手只夸地颂才德而已，此时俗应酬气，纵诗句佳而意思庸俗，此言用意也。至于格局，纵用奇势，亦终是气骨轻浮，盖

---

① 丁福保辑：《历代诗话续编》，中华书局1983年版，第120—121页。
② 胡仔：《苕溪渔隐丛话》前集，丛书集成初编本，中华书局1985年版，第233页。
③ 何文焕编：《历代诗话》，中华书局1981年版，第406页。
④ 同上书，第91页。
⑤ 王夫之：《清诗话》，上海古籍出版社1978年版，第498页。
⑥ 吴开：《优古堂诗话》，丛书集成初编本，中华书局1985年版，第29页。

不知深于律法者也。

必于此用意，将欲赞，换入他人口气，则立意不同人。以不如意先作一曲折垫起，用两人作局阵，此乃深曲迷变，气骨不轻浮矣。纯是古文命意立局章法，所以为作家，跳出寻常庸人应酬套。此非深思有学人不能作，不同俗手，分别在此。

本意作夸美词，嫌浅俗酬应气无味，又己本洪州人，不便自夸其乡，亦不可谦贬，故托为吏词，以为曲折。与退之《泷吏》，局同意异。

公不便自谦自诐，皆托之人言。一宾一主，《解嘲》、《客难》之局，而用之于赠人，皆避浅俗平直也，足以为式。①

显然，这种以散文笔法来写诗，需要对诗篇的结构、诗意等精雕细琢才能实现诗篇的"曲折"、"深于律法"。

说到王安石对诗艺的追求，还应该提及他的集句诗。集句诗虽然在王安石之前的石曼卿就开始写作了，但是真正大量从事于这种诗体写作，并带动诗坛成为一种风气的，还要算王安石。胡仔引《遁斋闲览》云：

荆公集句诗，虽累数十韵，皆顷刻而就，诃意相属，如出诸己，他人极力效之，终不及也。如《老人行》："翻手为云覆手雨，当面输心背面笑。"前句老杜《贫交行》，后句老杜《莫相疑行》，合两句为一联，而对偶亲切如此。又《送吴显道》云："欲往城南望城北，此心炯炯君应识。"《胡笳十八拍》云："欲往城南望城北，三步回头五步坐。"此皆集老杜句也。②

对此，宋人王直方评价说："荆公始为集句，多者至数十韵，往往对偶亲于本诗，盖以诵古今人诗多，或坐中率然而成，始可以为贵也。"③按照现代眼光看来，集句诗多用他人诗句以连缀成篇，显然缺少艺术的独创性。不过，考虑到宋人的实际情况，这种诗体对于他们搜集素材以进行诗歌创作，无疑是具有积极意义的。

---

① 方东树：《昭昧詹言》，人民文学出版社1961年版，第288页。
② 胡仔：《苕溪渔隐丛话》前集卷三五，丛书集成初编本，中华书局1986年版，第235页。
③ 王直方：《王直方诗话》，载郭绍虞主编《宋诗话辑佚》本，中华书局1980年版，第41页。

王安石以其杰出的诗歌创作成就，成为他那个时代及后来诗人不可或缺的诗歌范式。且不说王安石与同时代的著名诗人如欧阳修、梅尧臣，稍后的苏轼、黄庭坚等人多有唱和交往，仅就其高超的诗律诗艺表达而言，也对当时的诗人产生了巨大的影响。黄庭坚就自言从王安石处学得了句法①，江西诗派诗人所推崇的"点铁成金"、"夺胎换骨"等诗歌艺术技巧，若从艺术实质来讲，都与王安石的诗歌理论与创作实践具有高度相似之处。可以说，王安石的诗歌创作取得了极高的艺术成就。

三 "传统儒学之士"文道观与其诗歌实践的关系

我们以作为"传统儒学之士"的王安石文道观念及其诗歌创作为例，对"传统儒学之士"的文道观念及其诗歌创作情况之间的关系进行了考察。通过考察可见，"传统儒学之士"的文道观念与其诗歌创作，与前"文章之士"、"道学之士"相似，也存在既有相统一又有相矛盾的方面。王安石一方面推崇"道"为"文"之本，但另一方面却非常重视诗歌作为艺术的独立性。甚至在好多时候，他的诗歌创作为了加强诗歌艺术的表现力，而特别重视诗歌的艺术技巧，这显然与他所大力倡导的文道观念有一定距离。

不过，就"传统儒学之士"而言，也有一些诗人的诗歌创作较好地贯彻了其文道观念。如石介曾经担任过太学主讲，欧阳修大力斥逐的"太学体"就与石介很有关联。石介作《怪说》三篇，猛烈抨击杨亿"穷妍极态，缀风月，弄花草，淫巧侈词，浮华纂组"，提出了"文恶辞之华于理，不恶理之华于辞"的论调。他的这种论调在太学生中很有影响，遂形成了"太学体"。史称"太学体"特征为"文体怪诞诋讪，流荡猥琐"，显然是过于讲究体裁内容而罔顾文体形式要求的产物。可以说，"传统儒学之士"的文道观念与其诗歌创作之间的关系，大略可作如是观。

本章小结

由于社会身份差异等原因而形成的不同士人群体，生成了不同的文道观念。这些不同士人群体的文道观念，影响到他们的诗歌创作实践和诗艺

---

① 参见吴聿《观林诗话》，载丁福保《历代诗话续编》本，中华书局1983年版。

追求。总的来看，不同的士人群体的文道观念差别甚大，但同一士人群体的文道观则具有相当的一致性。

具有差异性的文学观念，往往成为不同士人群体创作的重要理论指南。很多士人因其对文道关系的深入探讨，提升了他们对文学本质规律的认识，促进了其诗歌创作。但是，不同的士人群体其诗歌品格及其生成历程亦有很大差异。不过，由于诗歌所具有的共同特性以及历史传承性，不同士人的诗歌在抒情性等方面亦具有共同的一面。

不同的士人群体，都存在着其文道观念与诗歌创作的矛盾性。由此可知，作为抒发情志的文学艺术样式，在大多数情况下诗歌创作需要充沛的感情，突发性的兴发因素，适当的外在事物作为表达感情的载体等，而由创作者即兴发挥来实现。这一特性，是与明确的以文道关系为衡量尺度的理性思维方式所无法完全控制的。就理学家诗人而言，理学家文道观与其创作实践的矛盾性，也就是两宋理学家认识与实践的异质性问题。属于文学的"文"，本身就具有形象性、虚构性和想象性的艺术要求，反映着人类的认知、情感和志趣，是人类感性认识和理性认识的结晶，具有有别于其他艺术形式的内容、主题和形式的特征与规律。而作为理学家追求事物共同本质，尤其是天人沟通途径和方法及其目的的"道"，则显然是一个融道德理性、情感理性和认知理性于一体的和合体。可以说，文自是文，道自是道，本来就是两个虽有联系但本质不同的事物。

可见，两宋不同士人群体的文道观念与其诗歌品格之关系，既有密切相关的一面，又有相互疏离乃至矛盾的一面。作为不同事物的观念与创作，因其属性和本质不同，是很难完全一致的。不过，两宋士人的文道观念在一定层面上，确实亦对其诗歌创作产生了重要影响，对此要有全面认识。

第六章 两宋理学文化思潮与诗歌品格

自北宋中期，理学作为儒学发展的重要形态而形成体系之后，就对宋代士人的知识结构、价值判断、终极追求等产生了极为深刻的影响。因此，不管是从艺术生产还是从意识形态理论出发，要对宋代诗歌发展历程的影响因素，以及宋代诗歌品格的生成因素和发展变迁历程等进行探讨，显然是不能不对宋代理学加以注意的。从理学文化思潮角度来切入课题研究，就能够较为妥帖地把握理学对诗歌发展历程及其品格生成等诸因素的影响。这是因为，作为文化的理学，其产生、发展历程以及由此而与其他文化形态所发生的各种复杂关系，归根结底是宋代文化诸部类相互作用的结果，而这种结果同时也表现出了各种文化思潮的消长与转移。因此，鉴于理学文化思潮在宋代文化生态部类中的重要地位，本章选取理学文化思潮与诗歌品格及其形成历程而发生联系的若干重要问题或者关键节点，来切入课题研究。

第一节 两宋理学文化思潮与理学诗发展历程

人们对于"理学"概念的认识，大致可以分为广义与狭义两种。广义的"理学"概念，可以包括自传说中的尧舜禹时代以来，历经几千年而绵延至今的凡是与探求天人之际的学问有关的知识。这种认识，南宋人陆九渊已有表述，而以清人陈梦雷等编纂的《古今图书集成》最为典型，其"理学汇编"目下内容有四："一曰经籍，二曰学行，三曰文学，四曰字学。"[①] 显然，这里的"理学"包含极其广博的内容，传统目录学的经、

[①] 陈梦雷等编：《古今图书集成》，中华书局和巴蜀书社联合影印1934年中华书局版，第1页。

史、子、集，都被囊括其中。民国年间贾丰臻的《中国理学史》即采用广义的"理学"含义撰写；狭义的"理学"概念，主要指由周敦颐、邵雍、张载、程颢、程颐等"自家体贴出来"的以"性"、"气"、"理"等范畴为核心，而以成就"内圣"之学为目的的心性存养之学，其集大成人物为朱熹。传统上，向来以濂学（周敦颐）、关学（张载）、洛学（二程）、闽学（朱熹）为"理学"的正统。但邵雍在理学中的地位，不可轻视。邵雍理学在理学史上的地位，在宋代之后被抬升。目前，学术界多采用狭义"理学"概念对之进行研究。不过，狭义的"理学"，也包含极为复杂的情况，其主要原因在于，"理学"的发展是一个过程，理学家在表述思想时又往往各有习惯。就同一个理学家而言，他所使用的诸多概念范畴又往往互相纠缠，极不易分清。更不用说，理学家受时代思潮的沃灌，经常借用一些佛老术语来构建体系和展开论述。

文献表明，上述对"理学"概念认识的分歧，也影响到对"理学诗"概念的认识，并进而影响着对"理学诗"的研究及价值判断。显然，对"理学诗"的概念进行辨析，其学术价值是不言而喻的。

一 "理学"与"理学诗"的研究误区

理学所涉及的问题太多，且诸多的概念范畴又互相纠缠，容易产生误解，所以，后世很多时候便以"理学"来统称宋人对心性存养进行研究和实践的学问。本章所使用的理学概念，便是指以濂、洛、关、闽等以心性存养为主要研究指向的"内圣"之学的学问，取的是"理学"的狭义概念。

学术界对"理学诗"这一概念的理解与使用，有不同的处理方式。从研究现状来看，大概有广义、狭义和不确定义三种。有人认为，凡是与探讨天人之际、道统文统、性理人情乃至与事物之理有关的诗歌，都可以称之为"理学诗"。如果按照这一定义来认识"理学诗"，就失去了独特的个性而等同于一般的诗歌，显然，如果取这一内涵我们便无法对此进行研究。狭义上的"理学诗"，当指以抒写濂、洛、关、闽为代表的有关心性存养的"内圣"之学为内容的诗歌。目前，学术界普遍对"理学诗"这一概念持审慎的态度，很多研究者主张不限定"理学诗"的概念，而使用实证的研究方法对与"理学"有关的诗歌进行研究，此即取"理学"的"不确定义"。仔细想来，"理学诗"作为宋代文学史上的一个重要现象，无论如何是宋代文学研究者绕不过去的，问题总要面对才行。显然，对"理学诗"进行研究和探讨，比较稳妥的方法是先取其相对确定的狭义概念进行研究。

但是，不应忽略的事实是，即使从最狭义的角度出发，北宋"理学诗"的写作数量和影响力也是不可忽视的。且不说宋代人才与宋代学术受"宋初三先生"、闽中、关中、齐鲁、永嘉等学派影响很大，"理学"诸家与之都有些学术传承关系，"理学诗"研究也应该有这些学派的一席之地；仅就《宋元学案·濂溪学案》记载，列名周敦颐门人的就有若干，其中不少人又与另外一些理学大家有学术上的渊源：

门人：周焘、周寿、程颢（别见《明道学案》）、程颐（别见《伊川学案》）、胡宗愈（别见《庐陵学案》）、刘虹、孔文仲、孔武仲、孔平仲。私淑：苏轼（别见《蜀学略》）、黄庭坚（别见《范吕诸儒学案》）。

濂溪讲友：程珦、胡宿、周文敏、傅耆、李初平、王拱辰、许渤、孔延之。所谓"讲友"亦即是与周敦颐有学术交游的同好。

濂溪同调：赵抃。"同调"亦即与周敦颐有学术上的相近之处。

从上述所列来看，苏、黄、胡宿、二程、孔氏三兄弟、王拱辰、赵抃等都有诗文传世，而程颢、程颐、苏轼、黄庭坚等人又转益多师。无论从其作品数量还是从其创作者的影响来讲，"理学"诸家都在宋代文学史上占据了重要地位。而与这种地位极不相称的是，学术界的相关研究显然是不够的。显然，对"理学诗"及其相关问题的探讨，是一个饶有兴趣的、也是亟待深入的研究课题。

"理学"发轫期，无论是程颐还是同时代的人，多以"有道"、"具道德"等称呼周敦颐、二程、邵雍、张载等人。程颐始以"道学"为名，称呼其兄弟二人的学问。当然，"道学"这一概念，也是一个逐渐发展演变的过程。唐代韩愈在隋代王通等人的基础上，创造性地把儒学道统设立为以尧、舜、禹、汤、文、武、周公、孔子、孟轲相承传的谱系。唐代韩愈则认为自孟子死后，道统泯灭不传，自己隐然有以道统传承人自任的抱负。入宋后，经柳开、孙复、石介、苏洵等人加以推扬并完善，皇祐年间的王开祖首先以"道学"概念来"发明经蕴"。在王氏之后三十多年，"道学"一词才被程颐多次使用，他在《明道先生墓表》中，把以周公为最高代表的"圣人之道"与以孟子为最高代表的"圣人之学"分开说。[①]

[①] 参见姜光辉《理学与中国文化》，上海人民出版社1994年版。

由于程颐及其门人的努力，至迟从南宋初年开始，"道学"遂成为专用于称指以周敦颐、邵雍、张载、程颢、程颐等人为代表的，以心性存养为指归的有关"内圣之学"的专门学问。到了朱熹，始以《尚书》中的"人心惟危，道心惟微，惟精惟一，允执厥中"为"道学"的"十六字真传"，这一主张得到了同时代及之后学者的广泛赞同。

但"道学"何以在南宋逐渐被称之为"理学"，学术界尚未取得共识。有的学者推断，以为受道教、佛教的影响，以及"道学"发展到朱熹一脉而致自居"道统"正宗的宗派主义，都是当时的学者羞于言"道学"而以"理学"为名的重要原因。① 其实，情况可能没有这么复杂，因为"道"与"理"可以互训，《庄子·缮性》就讲："道者，理也。"② 加之程颐一脉在南宋独大，而程颐强调"理"为"道"体，朱熹又将这一观点发挥广大，故而以"理学"代"道学"也是情理之事。因为，即使攻击南宋"道学"的学者，也非专用"理学"而黜"道学"。不过，"理学"一词在南宋逐渐代替了"道学"，则是事实。但无论如何，"道学"、"理学"在两宋都指的是以心性存养为旨归而以"成圣"为目标的"性理之学"，应该是没有异议的。因此，自南宋后期以"理学"统称"道学"、"理学"等，是符合情理的。由此我们也采用约定俗成的说法，以"理学"概称两宋"内圣之学"。

不过，要论及"理学诗"，情况则复杂得多。从学术史的梳理来看，最早使用"理学诗"概念的，是明代的曾维伦。他在《来复堂集》中作有"理学诗"六十一首，为其与诸人"共阐良知之旨"所作。但到目前为止，学术界尚未见有人对"理学诗"的概念予以归纳和总结。遍查目录文献及时贤著作，虽有一些零散论文对北宋理学家之诗有所研究，但并没有提及"理学诗"这一概念的具体含义。研学者多采取实证的研究方法，而避开对此概念的界定。有些学者总结"理学诗"的特征为"以诗言理，注重诗教"，强调"濂洛诸子凡为诗者，专言性命道理"，又说"诗人之诗以情韵意趣为主，道学诗以义理心性相尚"③，但显然此限定语过于宽泛。因为除了"理学诗"外，中国诗歌从《诗经》、《楚辞》开始，并不缺乏"言理"之诗，"诗教"更是中国诗歌的重要传统。"情韵

---

① 参见姜光辉《理学与中国文化》，上海人民出版社1994年版。
② 陈鼓应：《庄子今注今译》，中华书局2009年版，第432页。
③ 参见刘扬忠主编《中国文学通论》（宋代卷），辽宁人民出版社2005年版，第47页。

意趣"与"义理心性"也不能截然分开,"理学诗"经常表现为创作主体于诗境中渗透着情韵意趣,当然也含有某些关于心性存养的体悟与感受。谢桃坊先生论及"理学家诗",以为可以分为言理与吟咏性情两大类,或有疏漏。这是因为,理学本是一种讲究体用贯通的学问,是亦体悟亦实践的直贯于认知体验与身体力行的学问,谢氏强调其"表达对社会人生的看法或哲理",以及把"吟咏性情"诗分为"抒发内心情感的诗歌"与"观物诗"两类,都是着眼于诗歌创作主体的认知体验,而对创作主体在诗歌中抒写的"践行"内容有所忽略,试问:理学家在诗歌中抒写的体悟道体与践行心性体悟与认知的内容,是不是"理学诗"呢?[①] 显然,出现上述问题的原因,推想起来,固然是由于"理学"具有"体用贯通"的特征,因此很难单纯从理论的角度进行研究,同时,也是由于一些研究者经常把"理学诗"的概念同其他概念相混淆而造成。常见的研究误区主要有:

把理学家的诗等同于"理学诗"。实际上,这是两个完全不同的概念。理学家也经常写一些其他内容与题材的诗,比如反映世事人情、通过咏史来表达情感以及某些具有交际应酬功能的诗。如南宋的杨时,初从学于程颢,为学有得,程颢曾有"吾道南矣"之说,后又从学于程颐。黄百家在《宋元学案》中有评:"二程得孟子不传之秘于遗经,以倡天下。而升堂睹奥,号称高弟者,游、杨、尹、谢、吕其最也。"[②] 这里的"杨"即指杨时。杨时有《龟山集》,其中有诗五卷,存诗240多首,按照诗歌题材来分,有送别诗、写景诗、纪游诗、咏史诗、题壁诗、纪事诗、咏怀诗等。上述诗歌题材,在每一类中,都有些诗作宣扬心性存养之理,强调淑世进德的情怀,但更多的是那些属于人类共同情感的诗。在诗中,杨时反复抒写其怀才不遇、时日易逝的焦虑心理,甚至也有求田问舍的人生志趣。至于像普通士人那样抒写物态人情、表达怜春悲秋、期望仕途顺达等主题的诗歌,在杨时的作品中为数并不少。这种情况,在北宋邵雍、周敦颐、二程等人的诗集中也屡见不鲜。这说明,把"理学诗"等同于理学家的诗,是不恰当的。

把反映理学旨趣的诗看作是"理学诗"。如金履祥的《濂洛风雅》[③]、

---

① 参见谢桃坊《略论宋代理学诗派》,《文学遗产》1986年第3期。
② 黄宗羲原著,全祖望补修:《宋元学案》,中华书局1986年版,第947页。
③ 参见金履祥《濂洛风雅》,丛书集成初编本,中华书局1986年版。

钱穆的《理学六家诗钞》①等，大致以此是否反映理学家的"理学旨趣"或这一旨趣"在生活日用"的表现程度来选定诗作。实际上，这一认识也是有问题的。就其本质上讲，理学就是立足原始儒学理论内核，而或从人的内在道德本性立论或从宇宙论立论，其"讲学的中点与重点唯是落在道德的本心与道德创造之性能上"②。因此，理学在若干层面和基本旨趣上，都与从孔子时代到宋代"道学"产生之前的儒学，包括原始儒学、汉魏儒学、南北朝儒学、隋唐儒学乃至宋初儒学，并无根本的差异。显然，把反映理学旨趣的诗看作是"理学诗"，就无法把那些抒写儒学道德伦理与儒学基本主张为指向的诗与我们所研究的"理学诗"分开。比如说，理学家反复陈说的"孔颜乐处"，在"理学诗"中占有很大分量，而这一主题在历代诗歌作品中并不少见。如陶渊明、王维、韦应物、白居易等人的诗歌中，多有这种主题的作品。其中陶渊明、韦应物等人的诗，还被朱熹评价为"近道"。而南宋史浩集中有三十章，"所言皆治家修身之道，而谐以韵语"③。显然，把反映理学旨趣的诗看作是"理学诗"，同上面把理学家的诗看作是"理学诗"一样，都容易把"理学诗"的研究内容扩大化，使研究对象失去"这一个"的本质属性。

把理学家讲学之诗等同于"理学诗"。南宋一些理学家视诗为"道学"的附庸，片面强调其"载道"功能，这就导致了忽视诗作独立价值的做法。为了使所传之"道"朗朗上口，便于记忆，有些理学家把讲学的内容用诗歌的形式来表达。如南宋陈淳《北溪大全集》，《四库全书总目提要》记："其诗其文皆如语录。"④这些诗歌，是陈淳以之为讲学服务的，可以看作是"理学诗"的一种类型。但如果把"理学诗"等同于讲学体诗的话，显然是不合适的。因为，流行于南宋以至于明季的语录体诗，只是以诗歌的形式来表达其讲学内容。清人朱庭珍总结说："自宋以来，如邵尧夫、二程子、陈白沙、庄定山诸公，则以讲学为诗，直是押韵语录。"⑤显然，以"讲学体"诗歌等同于"理学诗"，只是注意到了"理学诗"的某一种类，而混淆了"理学诗"的概念种类与内容的差别。

---

① 参见钱穆《理学六家诗钞》，九州出版社2011年版。
② 牟宗三：《心体与性体》，上海古籍出版社1999年版，第3页。
③ 永瑢等撰：《四库全书总目》，中华书局1965年版，第1367页。
④ 同上书，第1386页。
⑤ 郭绍虞：《清诗话续编》，上海古籍出版社1983年版，第2407页。

认识到"理学诗"概念的歧异性，就为我们深入研究"理学诗"的内涵、特性等提供了必要前提。不过，与"理学"概念的形成过程相类似，"理学诗"在不同的时期也有不同的内涵，这些内涵规定了其在不同阶段的基本特征。要想准确把握"理学诗"这一概念，就有必要对此加以厘清。在此基础上，我们才能对"理学诗"进行较为科学的界定。

二 理学诗的发展历程

前文已经说明，狭义上的"理学诗"，是指以抒写濂、洛、关、闽等理学学派主张的有关心性存养的"内圣"之学为内容的诗歌。那么，对濂、洛、关、闽等流派的"理学"代表人物的诗歌内涵与特性作简要梳理，来认识"理学诗"在不同历史阶段和其代表人物那里的不同含义，应当是我们正确认识"理学诗"概念的有效途径。根据"理学"从发轫到朱熹集大成为止的发展时段，可以把"理学诗"分为三个阶段来考察。

第一阶段："理学"的建立时期。指的是从宋仁宗明道元年（1032年，程颢生）至大观元年（1107年，程颐卒）之间的历史时段。这一时期，以邵雍、周敦颐、二程、张载为代表，"理学"诸家关注的范围及学理指向、关注重点等已经初步展现，无论是从宇宙论为立足点来建构其体系的邵雍、张载，还是从人的内在道德出发来建构体系的周敦颐、二程，虽然其论证的方法路径有所不同，但其关注的最终目标则是一致的，即天道本体与人的心体道体相贯通问题。他们认为，人的道德的存在就是天命本体所在，仁体与仁用是与天体道体相通的，君子行健不息的目的，就是为了使个人在有限的生命中获得无限而圆满的终极归宿，这也就是天降于人而外显为"道"之"大化流行"、"于穆不已"的"命"之所在。这一时期，邵雍、周敦颐、二程等人以诗歌来反映其"理学"思想的作品，奠定了"理学诗"的基础。其中，邵雍的诗歌被称之为"邵康节体"，成为"理学诗"重要的范型。他的诗，从诗歌题材上看，多写自己对义理性命的反复权衡与思考，重在抒发"安乐"之道；从诗歌体裁而言，不讲究对仗、用典等诗歌写作技巧，纯是以押韵的诗歌形式，来"载道"。考察北宋理学诸子的诗歌，则可以发现，周、邵、张、二程的诗歌，题材广泛，有写景抒情、咏史感怀、托物言志、应酬交往、颂美时政、感慨人生、书事纪游等，诗歌内容是比较丰富的。他们的这些诗，往往被后人推崇和摹仿，其中那些抒写理学内容、传达理学旨趣、充满理学思辨色彩的诗，尤其受到理学后学者的重视。有些学者以为"平淡"为"理学家诗"的语言和风格特色，显然是没有注意到这一类诗歌的整体情况。泛泛从"言理"与"吟咏性情"来概括"理学诗"的特征，似乎并不恰当。

可见，这一时期"理学诗"的内容，可以从诗歌题材、诗歌旨趣、诗歌内容、诗歌表现手法等方面来总结。如果以上述理学家诗人所写的有关"理学"的诗为标准，来提取"理学诗"涵蕴的话，那么，下面的内容应该是此期"理学诗"的基本特质所在：

从诗歌内容看，"理学诗"应该包括理学本质论与宇宙论中的性、体、用等"心体性体道体理体"内容；人性论中的性情、性命、理欲等内容；理学认识论与方法论中的知行、涵养省察等内容；涉及天人关系的天人合一、心理合一、诚、几、乐等内容。从诗歌题材来看，凡是抒写上述理学本质论与宇宙论、人性论、认识论与方法论以及天人贯通论内容的题材，都是"理学诗"的题材。可见，"理学诗"的题材是广泛的，举凡咏史抒怀、托物言志、应酬交往、颂美时政、感慨人生、书事记游、写景抒情题材的诗，只要内容涉及理学的上述方面，都可以被看作是"理学诗"。从诗歌旨趣来看，"理学诗"不同于其他诗歌的方面，主要是因其抒写理学内容和理学题材。所以这种诗歌以理学的旨趣为旨归，大约以反映理学性情、追求"孔颜乐处"、"道德气象"、"乐易"、"自在"、"道心"、"安命"、"真意"等为旨趣，其中虽然也有表达及时进取以建功立业的淑世情怀，但"理学诗"的根本旨趣并不在此，而是更加关注道德个体的内在修养，以及由内在修养而发散于外的"气象"，这才是"理学诗"迥异于其他诗歌类型之处。① 从诗歌表现手法来看，"理学诗"主要采取两种手法来抒写理学内容，来表达其主题：一种是在诗歌中多用议论、借景抒情或者是以情生境等方法，来表达其理学旨趣；另外一种是以心观物或以物写心的方式，亦即有学者指出的"即物即理，即境即心"的"观物"方式。②

这一阶段的"理学诗"，成为后来众多作者效仿的对象，"理学诗"诗歌范式也由此得以确立。后来"理学诗"诗歌创作，无论在内容、题材上，还是在创作旨趣、表现手法上，虽然有所变化，但都受到了这一时

---

① 参见刘扬忠主编《中国古代文学通论》中编第六章，辽宁人民出版社2005年版，第336—365页。
② 张鸣：《即物即理，即境即心》，载《文学史》第三辑，北京大学出版社1996年版。

期"理学诗"范型的影响。显然,这一时期的"理学诗"理应受到特别的重视。这里需要提及的是,虽然"理学诗"的前期代表人物为邵雍、周敦颐、张载、二程等,但是正如《宋元学案》黄百家记宋儒黄震语:"宋兴八十年,安定胡先生、泰山孙先生、徂徕石先生始以师道明正学,继而濂、洛兴矣。故本朝理学虽至伊洛而精,实自三先生而始,故晦庵有'伊川不敢忘三先生'之语。"[①] 而事实上,如孙复门人石介、胡瑗门人徐积,以及范仲淹、欧阳修、古灵四先生、闽中四先生,以及齐鲁、浙东、永嘉、浙西、关中、闽中诸子,都具有"筚路蓝缕,用启山林"[②] 之功,上述诸人,虽著作多有亡佚,但就存世诗作而言,其中亦有不少与周、邵、二程、张载等人的诗篇非常相似,只不过这些与"理学诗"相近的诗歌,占的分量不如"理学"诸子较多而已。

在这一阶段后期,伴随着"理学"的传播,"理学诗"也被时人所推崇。很多诗人把理学思理与理学旨趣写入其诗歌作品,从而使他们的诗歌审美指向、诗歌表达方式、诗歌取材等都发生了显著变化。除了一些理学者之外,一些对理学产生兴趣的文人士大夫也加入到了"理学诗"的创作中去,从而使"理学诗"呈现出繁荣的景象。其中,黄庭坚的诗歌比较有代表性。他对"理学"怀有浓厚的兴趣,并与周敦颐两个儿子、胡瑗的大弟子徐积等都有交往,而徐积被认为"已透露了后来宋学所谈修养问题的要旨","可当后来宋学的大辂椎轮看"。[③] 周敦颐的儿子周焘、周寿,也被以为是得理学真谛的。因此,这就为他深入钻研"理学"提供了条件。受到理学的影响,黄庭坚把写诗当作了"求道"的途径和手段,在思理上具有统摄心性存养与诗歌艺术的倾向,他的诗因此呈现出以情裁景的特色,由此体现为"有法"和"无法"、"奇崛拗硬"与"自然简远"等诗学体系上的矛盾统一,其诗歌诗境的生成与其心性存养的体悟与践行产生了密切关联,他的诗歌也呈现出"程式化"与"类型化"的特征。[④]

第二阶段:理学的广泛流播与发展阶段,约从徽宗大观元年(1107

---

① 黄宗羲等:《宋元学案》,中华书局1986年版,第2899页。
② 同上书,第2页。
③ 钱穆:《宋明理学概述》,九州出版社2010年版,第6页。
④ 王培友:《黄庭坚统摄心性存养与诗歌艺术的方法及其诗学价值》,《中国文化研究》2009年冬之卷。

年)至孝宗隆兴元年（1163年，李侗卒）。这一时期，仅以《四库全书》集部所录作统计，即有理学诸人如罗从彦、尹焞、杨时、胡宏、胡寅、王蘋、张九成、汪应辰、陈渊、陈长方、林之奇、廖刚等人文集存世。此期"理学诗"在诗歌题材、内容、审美旨趣、表现手法上，承继前一时期而又有发展。比如说，从诗歌内容上来看，这一时期，谢良佐的求仁、穷理、尧舜气象，杨时的体验未发、反身格物、行止疾徐之间，胡宏的心为未发、性立天下之大本、察识涵养、居敬穷理等，都成为理学发展的新命题而影响到"理学诗"的创作。受此影响，此期"理学诗"旨趣随之发生了变化。不过，此期"理学诗"的题材同前一阶段一样，也呈现出各种形式并存的局面。这一时期，由于理学家讲学的影响，"语录体"、"讲学体"等开始影响到"理学诗"。

第三阶段：理学集大成的完成时期。约从隆兴元年（1163年）至宁宗庆元六年（1200年，朱熹卒）。这一阶段，经过前期的发展，理学成为整个社会最为瞩目的学术思潮而得到时人重视，出现了朱熹、张栻、陆九龄、陆九渊、吕祖谦、杨简、杨万里等理学大家，也出现了反对理学的叶适、陈亮、陈贾、刘光祖等代表性人物。"道学"内部，不同派系争鸣激烈，以至势如水火；"道学"外部，"道学"与反"道学"者相互倾轧，"庆元党案"遂起。这一时期，理学继续发展，其内部虽有朱熹与陆九渊、吕祖谦等人的论争，但其要旨仍为"性理之学"。由于朱熹的努力，理学在他那里臻于大成。受这一时期理学发展的影响，"理学诗"也出现了若干变化，主要体现在：从诗歌内容上看，此期"理学诗"更加专注于理学若干范畴，抒写宇宙论的诗学取向逐渐让位于道德良知、内在论的诗意表达。从诗歌的表现手法来看，"讲学体"、"语录体"更加流行。刘克庄就说："近世贵理学而贱诗赋，间有篇章，不过押韵之语录、讲章耳。"[①] 这一时期，值得注意的是，朱熹的"理学诗"在审美旨趣上较之以前的"理学诗"发生了显著变化。他从自然现象入手而以理学的"观物"、"穷理"为观照方式来构建诗歌境界，提炼诗意表达方式，他的诗因此而体现出创作主体的意态哲思与审美客体的物态事理相融合，这就提升了"理学诗"的审美品位和审美层次。[②]

[①] 周密：《癸辛杂识》，上海古籍出版社影印文渊阁四库全书本，第106页。
[②] 王培友《论两宋"理学诗派"的文学特征及其历史地位》，《中国文化研究》2011年第1期。

南宋庆元六年之后,理学基本上延续了由朱、陆、吕等人开创的局面,而逐渐失去了朱、陆等人旺盛的理论创新活力。虽然也出现了如真德秀、魏了翁等大儒,但理学门庑既成,学者也鲜有能够再突破的空间了。这一趋势直到明代诸儒才发生了重大转折。与此相应,此际的"理学诗",基本也顺延了理学集大成阶段的若干特征而鲜有变化了。

三 "理学诗"、"邵康节体"与"理学诗派"

现在,我们可以对"理学诗"的概念进行归纳了。所谓"理学诗",是与"理学"诸学派同时出现的一种诗体。从题材上,它旁溢多体,不拘一格,往往于理学家的纪事、咏史、纪游、寄诗等表现出诗歌创作主体的个人情操和人生旨趣,创作主体的理学素养浸润其中,这些诗句便具有了理学意味;同时,一些理学家也往往有意识地利用诗歌的形式,抒写其理学境界,表达其理学感悟,记录其有关理学心性存养的践行与认知,以及使用诗歌为其传道服务等,这些题材的诗歌,都应该是"理学诗"。从审美情趣上看,所谓"理学诗",是以理学为出发点和归宿,理学所强调和宣扬的境界、标准、尺度,以及理学所规定的人生抱负、目标、善恶标准等,左右着"理学诗"创作主体的审美指向;从"理学诗"的内容来看,"理学"的内容,往往是"理学诗"的内容,"理学诗"内容随着"理学"的发展而发展变化,不同的理学家以及理学发展的不同历史阶段,"理学诗"的内容都有所变化,但其主旨都最终集中于"成圣"为目的的"内圣之学"上,"理学"的宇宙论与本质论、人性论与人生论、认识论与方法论、天人关系论与体用论等众多范畴,都是"理学诗"的内容;从表达方式上看,除了与其他类型的诗歌具有一样的表达方式如议论、抒情、写景和叙事之外,"理学诗"还有以心观物、以物观物以及语录体、讲学体等方式,这些独特的表达方式,对成就"理学诗"的独特风貌具有重要意义。

这里,再对几个与"理学诗"相关的概念进行说明。关于"邵康节体"问题。从文献来看,自北宋晚期开始,宋人将邵雍的诗作称之为"邵康节体"。就概念之间的逻辑层次来看,"邵康节体"可以看作是"理学诗"的一种类型。邵雍的"观物"诗学观,由于一端联系着创作主体心性存养的认知与践行,另一端联系着诗歌表达方式、诗作主旨和诗境诸范畴,而在"理学诗"发展的历史进程中具有重要意义。"邵康节体"诗歌以表达其性理主题的内容为最多,如邵雍经常吟咏的名利、言默、闲适、仁者、先几等，直接把儒家传统的道德伦理内容作为诗歌表现的对象，他的诗成为阐释其理学体系和理学内容的工具。邵雍诗歌的某些内容，与邵雍的理学体系中的认识论与实践论命题紧密相关，亦即以静默行止中通过体验存养工夫来认识他的"心为太极"、"道为太极"、"神与性并出于心"，"能处性者，非道而何"、"因物则性，性则神，神则明"，以达到去"情蔽"等目的①。与"邵康节体"情况相近，"讲学体"、"语录体"、"俗体"等，都是"理学诗派"在南宋及以后发展过程中的几种特殊形式。对此，祝尚书先生已有较为详细的考证，可以参看。

关于"理学诗派"问题。"理学诗派"是"理学"成为时代文化的流行风尚后，时人对以北宋五子为代表的理学家诗歌作品学习和揣摩的产物。就"理学"的系统而言，其学派和代表人物各有特定的思理和话语意蕴。因此，还是把"理学诗派"看作是一个延续数百年的历史存在比较稳妥。祝尚书等先生仅凭《文章正宗》、《濂洛风雅》等成书时间来作为"理学诗派"的成立标志，可能是有局限性的。② 实际上，遵循文献考据的实证主义路数，单凭有限的存世文本，有时候可能反而离历史真实愈远。如《四库全书总目》在元代金履祥编《濂洛风雅》目下评价说："自是编出而道学之诗与诗人之诗千秋越矣。"③ 我们终不能以此为标准，判断在此书之后，"道学之诗"方成为独立的存在吧！可见，要想推知历史的真实存在，只凭现存的文献使用实证的方法来求知，局限性是很大的。

第二节　两宋理学"气象"涵蕴及其诗境建构

"气象"是中国古代文化中的常见词语。早期"气象"多与"占气"相联系，但尚未成为一个词。如《史记》载："海旁蜃气象楼台，广野气成宫阙然，云气各象其山川人民所聚积。"④ 这里，"气象"是指海蜃所吐出的气，其形状与楼台相仿。大约到了魏晋南北朝时期，"气象"才独立成词。如梁代江淹《丽色赋》有："夫绝世独立者，信东邻之佳人，……

---

① 参见黄宗羲等《宋元学案》卷九，中华书局1986年版，第376—381页。
② 祝尚书：《论"击壤派"》，《文学遗产》2001年第1期。
③ 永瑢等：《四库全书总目提要》卷一九一，中华书局1965年版，第1737页。
④ 司马迁撰：《史记》，中华书局1980年版，第337页。

光炎炎而若神，非气象之可譬，焉影响而能陈。"① 这里的"气象"，指的是"东邻佳人"的外在形态、高洁气质等外显于外的特有精神面貌。概括而言，唐前"气象"含义主要是形容山川草木、季节物候、日月星辰等自然万物的外在物态风貌。到了唐代，"气象"才开始与德行、文章相联系："于赫太师，德音孔遐。道之气象，物之精华"②，"气象氤氲，由深于体势"③。可见，自唐代开始，"气象"逐步摆脱了具体的实际含义，而开始具有了虚指的审美意味。入宋后，举凡在天文学、地理学、绘画学、理学、文学等众多领域，"气象"被用来描摹物态人情、探究性命道德、反映文体特性等，其用途是非常广泛的。可以说，到了宋代，"气象"已经成为一个涵蕴丰富、具有多重品格的重要文化范畴了。

　　从文学发展史来讲，约从北宋中期开始，很多文学家开始重视使用"气象"。如晏殊、欧阳修、梅尧臣、王安石、黄庭坚、苏轼以及之后的很多诗人，都经常使用"气象"来描摹事物情态，探讨诗文创作得失规律。从理学而言，周敦颐、程颢、程颐、朱熹、邵雍、胡宏、张栻等众多理学家，也经常使用"气象"来表述其理学范畴，他们或单独使用"气象"，或以"圣贤气象"、"孔颜乐处"、"仁者气象"等称谓，把"气象"作为涵养心性的亦本体亦手段的体用合一的范畴来使用，"气象"随之成为理学体系中的重要范畴。可见，在两宋文化史上，"气象"事实上已经成为联系两宋理学文化思潮与文学创作的重要渠道与关节点之一。进一步而言，鉴于宋代文化在中华民族文化品格中具有重要地位，因此"气象"范畴就具有了重要的文化原点价值。显而易见，对"气象"进行深入考察，当具有重要学术价值。

　　不过与之不相应的是，百多年来国内外学者对"气象"的研究，成果并不多。就理学而言，不但前辈理学诸贤没有把"气象"作为理学的重要范畴来看待，就是现代众多理学研究者也对"气象"范畴的内涵、体性、特征、功能等没有清晰的研究或界定。如陈淳的《北溪性理字义》，在所提及的二十六个理学重要"字"（即范畴）中没有提到"气象"。另如蒙培元《理学范畴系统》、陈来《宋明理学》等也都没有对"气象"给予充分关注。散见于几本理学辞典中的"气象"词条，对"气

---

① 欧阳修撰，汪绍楹校：《艺文类聚》，上海古籍出版社1982年版，第333页。
② 董诰等编：《全唐文》，中华书局1983年版，第4306页。
③ 皎然：《丛书集成》本，商务印书馆1940年版，第2页。

象"的阐释也极为简单、肤浅,似有挠不着痒处之嫌。就文学研究而言,百年来学术界虽然对与"气象"密切相关的文学范畴如"气韵"、"意象"、"境界"等已有深入研究,但把"气象"作为文学范畴进行系统考察,有分量的研究成果也不多见。从"气象"具备的会通性特性而言,学术界还少有人从会通理学与文学的文化视角来对"气象"展开研究。我在《诗歌"气象"何以"近道"》一文中,也只是对朱熹"气象近道"说的具体含义进行了初步考察,而没有对理学"气象"、诗歌"气象"以及两者之间的关系进行研究。可以说,"气象"问题蕴涵着深广的学术研究空间,值得我们珍视。

对"气象"问题的深入研究,必然触及下列学理性问题:

(一)从理学而言,理学"气象"的内涵、体性、特征、功能是什么?它在理学体系及其建构过程中具有什么样的地位?不同理学家所用的"气象",各有什么内容?

(二)从诗歌而言,诗歌"气象"的涵义、审美特性、文学功能及其价值是什么?它与境界、意境、气韵诸范畴之间的关系如何?

(三)从理学与文学关系而言,诗歌"气象"与理学"气象"是否具有同质性?理学"气象"与诗歌创作、诗歌批评中的"气象"之间有没有内在的关系?如果有内在联系,它们之间的沟通渠道、会通路径和关节点是什么?理学诗人的理学追求如何表现出诗歌"气象",其艺术追求和艺术表现形式有什么特征?

显而易见,对上述问题的研究,涉及两宋诗歌创作主体、诗歌作品、诗歌接受主体等一系列文学研究范畴与理学家、理学诗派等理学文化范畴之间错综复杂的关系问题,也是深化和推进当前理学与诗歌关系研究的难题。限于篇幅,本节重点考察理学"气象"的内涵与体性及其诗性特征,而对其他问题则另有专文予以研究。

一 理学"气象"的丰富内涵

入宋后,晏殊把诗歌创作与"气象"相联系,追求诗歌的"富贵气象":"公每言富贵,不及金玉锦绣,惟说其气象。"[①] 这里的"气象",指的是因"富贵"而表现于外的"物"的外在形态、情韵,以及所引起

[①] 阮阅编著:《诗话总龟前集》卷一二《警句门上》,人民文学出版社1987年版,第133页。

的审美主体"人"的精神气度、审美体验等。不过,与文学家不同,理学家使用"气象",对其内涵作了重要置换。从理学"气象"的发展历程来看,北宋理学"五子"中的周敦颐、程颢、程颐的贡献最为突出,而朱熹则把"气象"发展成为理学的重要范畴之一。

周敦颐与"气象"。周敦颐论及"气象"的内容并不多,主要有两方面:

一是"庭草不除",以为"气象"乃"与自家意思一般"[1]。叶采《近思录集解》释为:"天地生意流行发育,惟仁者生生之意,充满胸中,故观之有会于心者。"张伯行注云:"天地之大德曰生,所以生生者仁也。方当春时,生意发育,随处呈现,即可于窗前之草验之。周子胸中仁理完足,不觉有会于心,所以云'与自家意思一般'。"[2] 叶采、张伯行都认为,周敦颐心中之"仁",与天地生生不已流行发育之"德"若合符契,"窗前草"即是此流行发育之"德"的表现。由此可知,周敦颐强调"庭草不除"亦具有张载所推崇的"物吾与也"之意。周敦颐在无意之中,以体贴与审美的方式而对天人合一的深刻命题予以把握,为两宋理学指出了发展方向。他的这一发展理路,成为后来理学家体贴性体心体道体的重要入手处,也成为两宋理学家独有的沟通天人的代表性方法,值得重视。

二是令二程寻"孔颜乐处"[3]。"乐"作为儒学的一个重要命题,孔子提出"吾与点也"之"乐"、"仁者乐山,智者乐水"等话头,标志着原始儒学以审美的方式来把握物质世界和精神世界传统的正式形成。孟子以万物皆备于我、反身而成为"大乐",实际上提出了以"乐"作为存养的兼目的与手段来沟通天人的命题。周敦颐"每令寻颜子、仲尼乐处,所乐何事"[4],显然是从心体道体性体的高度,以情感体验与审美的方式探及宇宙论与道德论的沟通与融合问题,说明名教之自有乐地,并具有"超名教超功利的一面"[5],实现了人与自然的完美和谐统一。周敦颐以美的体验来表述的这一境界,已经超越了具体的功用与目的,具有超功利性的特征。

---

[1] 朱熹编:《近思录》,张伯行集解,丛书集成初编本,中华书局1985年版,第340页。
[2] 同上书,第341页。
[3] 黄宗羲等:《宋元学案》卷一二下,中华书局1986年版,第519页。
[4] 程颢、程颐:《二程集》卷二上,中华书局1981年版,第16页。
[5] 蒙培元:《理学范畴系统》,人民出版社1989年版,第511页。

二程与"气象"。二程发展了周敦颐的"气象"理论,对"气象"的内涵有所拓展,他们把"气象"看作是沟通天人之际、兼具体贴性体道体天体的目的与途径的范畴来对待。其贡献主要在于:

一是二程提出了"观天地生物气象"①的重要理学命题,"气象"遂正式成为理学借以沟通天人的渠道、途径和目的重要范畴。程颐讲"先观子路、颜渊之言,后观圣人之言,分明圣人是天地气象。"② 清人张伯行注曰:"周子谓窗前草不除,与自家意思一般,正见得天地气象在我,而我之生机流行,亦初无一息之或停矣。"③ 这里,值得重视的是,程颐是以"气象"作为沟通天地与圣人的途径而言的,而且"气象"又是天地与圣人共同具有的特征。可见,程颢以此"气象"贯通于天人,"气象"成为体贴天人之"性体"的途径和手段,并且也是天人所具备的共同特性。程颢提出的"仁者与天地万物一体",亦可以证实他把"气象"作为沟通天人的境界、途径、手段来看的,并且天地与"仁者"从其体性而言,是"一体"的。

二是二程提出玩味"尧舜气象"、"圣人气象"、"圣贤气象"。程颢讲:"仲尼,元气也;颜子,春生也;孟子,并秋杀尽见。仲尼无所不包;颜子示'不违如愚'之学于后世,有自然之和气,不言而化者也;孟子则露其才,盖亦时焉而已。仲尼,天地也;颜子,和风庆云也;孟子,泰山岩岩之气象也。观其言,皆可见之矣。仲尼无迹,颜子微有迹,孟子其迹著。孔子尽是明快人,颜子尽岂弟,孟子尽雄辩。"清人张伯行注曰:"此反覆形容圣贤气象,欲人沉潜体认,反求诸己而学之也。"又云:"元气贯通乎四时,则无所不包,此仲尼之道全德备,非一善可明之也。春意发生则有自然之和气。此颜子之不违如愚,与圣人合德,令后世可以想见,默而成之,不言而信者也。"④ 对此,朱熹是从观"圣贤气象"的体与用两个方面来理解程颢这一命题的。他讲:"要看圣贤气象则甚?且如看子路气象,见其轻财重义如此,则其胸中鄙吝消了几多。看颜子气象,见其'无伐善,无施劳'如此,则其胸中好施之心消了几多。此二事,谁人胸中无。虽颜子亦只愿无,则其胸中亦尚有之。圣人气象虽非常

---

① 朱熹编:《近思录》,张伯行集解,丛书集成初编本,中华书局1985年版,第15页。
② 程颢、程颐:《二程集》卷二二上,中华书局1981年版,第288页。
③ 朱熹编,张伯行集解:《近思录》,丛书集成初编本,中华书局1985年版,第15页。
④ 同上书,第328页。

人之所可能，然其如天底气象，亦须知常以是涵养于胸中。"又云："亦须看子路所以不及颜子处，颜子所以不及圣人处，吾所以不及贤者处，却好做工夫。"① 这是从工夫论亦即"用"的角度来谈"圣贤气象"。又，朱熹答弟子问："曾点言志，如何是有尧舜气象？"曰："明道云'万物各遂其性'，此一句正好看'尧舜气象'。"② 此中所见，朱熹是从"尧舜气象"之大本亦即"体"来言"圣贤气象"的。上述说明，程颢以"圣人气象"同"春"德相联系，突出强调圣人之德的外在显现与其内在体性都与"春"之"生生不已"体性相通，是从体用两个方面来界定"气象"的。

三是二程强调"持养气象"。二程强调说："要修持他这天理，则在德，须有不言而信者。言难为形状。养之则须直，不愧屋漏与慎独，这是个持养底气象也。"③ "持养"亦即心性存养的工夫，可见这里二程所讲的"气象"是从"养"的工夫过程中所显出的形态，这是从存养的方法论而言的。与之相关，二程提出了体贴"仁"之气象等话头。程颐谈到"气象于甚处见"话题时，讲道："但以孔子之言比之，便见。如冰与水精非不光，比之玉，自是有温润含蓄气象，无许多光耀也。"④ 这说明，二程主张心性存养既要讲实践，也要重视省察存养过程中的外在仪态气度。显而易见，二程所讲的"持养气象"浸润着实践主体的情感体验和超越性追求在内。

由上文可见，二程讲"气象"，其特征集中于三个方面：一是"气象"是沟通天人的途径和手段，体贴"气象"可以认知和把握道体；二是把"气象"看作是道体心体性体的外在表现，体贴"气象"可以实现对道体性体心体的省察涵育；三是对"气象"的体察，是心性存养的亦目的亦途径的贯通性体贴特性所在，是立人极、做圣人的重要存养目的和方法。

二程深化了周敦颐所提出的"气象"范畴并在体用及理学体系建构层面上，发展了"气象"这一范畴的内涵，从而奠定了"气象"范畴在理学中的重要地位。"气象"范畴随同理学的发育、演变同步，南宋理学主要代表人物胡宏、朱熹、陆九渊、张栻等人都对"气象"范畴给予较

---

① 黎靖德编：《朱子语类》，王星贤点校，中华书局1986年版，第758页。
② 同上书，第1034页。
③ 程颢、程颐：《二程集》卷二上，中华书局1981年版，第30页。
④ 同上书，第197页。

高重视,"气象"范畴因之得到了进一步的发展,其地位更加提升。比较而言,朱熹所言之"气象"在南宋理学诸人中较有代表性。

朱熹与"气象"。在朱熹理学体系中,"气象"得到多方面的展开。朱熹所言的"气象"除了也兼有周敦颐、二程所言"气象"的特性之外,还有其独特性,其贡献可以从三个方面来看:

一是把"圣贤气象"看作"得道"境界。这里,朱熹接过了周敦颐、二程关于"圣贤气象"的话题"接着说",但朱熹所言的"气象"较之前辈周、程诸贤,已有推进。在朱熹的众多话语中,"气象"于圣贤而言,已经成为一种"境界":"'子温而厉,威而不猛,恭而安'。须看厉,便自有威底意思;不猛,便自有温底意思。大抵曰'温',曰'威',曰'恭',三字是主;曰'厉',曰'不猛',曰'安',是带说。上下二句易理会。诸公且看圣人威底气象是如何。……圣人德盛,自然尊严。"① 朱熹在这一段话中,强调要体贴孔子接人、待物的态度和做法,以此为入门进而领悟到孔子的"道"。因为"道"无声无息、冲漠无朕,所以强调从有"道"之孔子的接人、待物之外在"气象"的体贴中,来省察、涵育"道"体与"道"用。这里,"气象"与圣人之"道"是完全合一的,体贴"气象"实际上就是要省察圣人的待物、接人的境界。他评价曾点之学,不仅"有以见夫人欲尽处,天理流行,随处充满,无少欠网。故其动静之际,从容如此。"而且达到"胸次悠然,直与天地万物上下同流,各得其所之妙,隐然自见于言外。"② 在这里,朱熹是把"襟怀"、"气象"、"胸次"等当作飘逸洒落、了然物外的境界来看待的。

二是朱熹所言之"气象"事关审美体验。朱熹把对"气象"的理性认识与审美体验结合起来,在体验中渗透着认识:"示喻黄公'洒落'之语,旧见李先生称之,以为不易窥测到此。今以为知言,语诚太重,但所改语,又似太轻。只云'识者亦有取焉,故备列之',如何?所谓洒落,只是形容一个不疑所行、清明高远之意。若有一豪私吝心,则何处更有此等气象邪?只如此看有道者胸怀,表里亦自可见。若更讨落着,则非言语所及,在人自见得如何。如曾点舍瑟之对,亦何尝说破落着在甚处邪?"③可见,朱熹在对黄庭坚评周敦颐"胸次洒落"的审美体验中,以理性认

---

① 黎靖德编,王星贤点校:《朱子语类》,中华书局1986年版,第905页。
② 朱熹:《论语集注》卷六,岳麓书社1987年版,第190页。
③ 朱熹:《朱熹文集》卷三一,上海古籍出版社影印文渊阁四库全书本,第453页。

识而从"求理"的角度,对"洒落"的含义进行了"省察"或"穷理",与之相应,朱熹的"气象"范畴同时具有了审美体验与理性认知特征。当然,"气象"具有与审美体验相联系的特征,周敦颐、二程等人已经提及,但他们不如朱熹所言这样明确。

三是朱熹所言之"气象"具有超越具体功用的体性。在回答学生问"曾点言志,如何是有尧舜气象"时,朱熹回答说:"明道云'万物各遂其性',此一句正好看'尧舜气象'。且看莫春时物态舒畅如此,曾点情思又如此,便是各遂其性处。尧舜之心,亦只是要万物皆如此尔。"① 这里,朱熹把"尧舜气象"同天地万物之"性"相提并论,把物我浑融为一体,从天地、人、物"遂其性"出发来看万物生态、尧舜气象、曾点情思在"性"的统一性,"气象"具有的这种境界实现了人、物、自然的和谐完美统一,超越了事物的具体功用性,由此,"气象"具有了超越性的体性特征。

由上文可见,朱熹的"气象"论较之二程在审美性、超越性和体验性上更加深化了,"气象"涵蕴由此发生了重要的转向。正是由于朱熹把"气象"向着这些方面发展,"气象"因之而具有了沟通文学与理学的功用。与朱熹"气象"论进路相一致,二程之后直到南宋末期,两宋理学家在多个方面拓展了"气象"的内涵和功用。但就总体而言,要以朱熹在超越性等方面的开掘更为深刻、系统。

由此,可以把两宋理学家所言之"气象"的主要理学内涵试作总结。从功用性而言,以周敦颐、二程、朱熹等为代表的两宋理学家,试图以"气象"作为沟通天地、生物、人的途径和渠道,"观天地生物气象"、"体贴气象"、"持养气象"与省察"圣贤气象"、观"孔颜乐处"等话题,作为求"道"的方法、途径兼目的而成为理学体系的重要范畴。"气象"亦因作为体性而与"道"不可分,因此"气象"兼体用。除了具有功用性之外,"气象"也具有超越性,它以情感体验与审美的方式探及宇宙论与道德论的沟通与融合问题,实现了人与自然的完美和谐统一,具有独特的情感体验,是超功利的美学境界。

二 "气象"的诗性品格:境界、审美与情感体验

前文提到关于"孔颜乐处"与"圣贤气象"问题,特别指出了周敦

---

① 黎靖德编:《朱子语类》,王星贤点校,中华书局1986年版,第1034页。

颐从性体心体道体的角度来实现宇宙论与道德论的沟通与融合,朱熹从体与用两个方面理解"圣贤气象"问题,但没有展开来谈。下面主要从认知与审美的角度,看"孔颜乐处"、"圣贤气象"是如何沟通天人的。这里,"天人合一"指的是,作为自然界的客体,是具有人的情感色彩的客体,而作为主体的实践者也已经不是纯粹主观的、与自然界相对立的存在,而是融化到整个自然界之中,这就是天人合一的境界。

关于"孔颜乐处"以认知与审美而实现天人合一的问题,很多学者已经有所研究,其中,最有代表性的要数蒙培元先生。蒙先生通过对孔子之后,直到两宋理学家的"乐"意主题深入考察,以为"孔颜乐处"内在地沟通了认知与审美。他说:

> 二程对周敦颐的"孔颜乐处"念念不忘,深有体会,并继承和发挥了这一思想。如果说,周敦颐还带有道家崇尚"自然"的色彩,那么,二程则更具有儒家重伦理的特征。程颢认为,为学并不是对外在知识的追求,而是寻最乐的境地,只有达到乐的境地,才是真正的完成。"学至于乐则成矣。笃信好学,未知自得之为乐。好之者,如游佗人园圃;乐之者,则己物尔。"(《遗书》卷十一)所谓"自得"、"己物",就是本体论的审美意识。从方法上说,则是自我体验的结果。"学"只是一种经验知识,不足为贵,"好"则必有所好,有所好则有物我、人己之分,故如游他人之园,并非己所有,只有"乐"才是自家所有,不须以我求彼,舍己而从物,因为这是自我体验所得之乐。但这自己所得者,究竟是什么?
>
> 这就是从审美意识所理解的"万物一体"境界。这种境界既是道德的,又是美学的;既是客观的,又是主观的;既是理性的,又是直观体验的。它融理性与情感为一体,以主观体验为主要特征,审美主体和美感对象合而为一,进入物我一体、内外无别的美感境界,超出了形体的限制,深入到美的本质,因此,才有最大的精神愉快。[①]

蒙先生指出了"孔颜乐处"其实质就是以主体亦目的亦途径与手段的"乐"的审美体验,实现了天人合一的境界。这种境界从实践主体而

[①] 蒙培元:《理学范畴系统》,人民出版社1989年版,第512页。

言，是体验的又是理性的，是道德的亦是美学的，是主观的亦是客观的，自然与主体都融入"乐"的境界中而不分彼此，浑融为一体了。

　　前文中，我们指出了"孔颜乐处"是宋代理学"气象"范畴之一种。那么，"气象"是否亦具有这种体验与理性相统一的、亦道德与美学的、亦主观亦客观的属性呢？其实，理解这一点并不困难。程颢反复提及的"孔颜乐处"，不管是孔子也好，还是颜回也好，其中的"乐"是实践主体对人生名利兴废都舍之如敝屣所致，只有"道"才是诗人的"乐"之所在。与之相似，"圣贤气象"亦是以审美与认知相沟通的形式，实现了主体与客体、理性与感性、道德与审美的统一与融合，从学理而言，亦是以审美而沟通了天人。两宋理学者强调要体认"圣贤气象"，这既是手段又是目的。说它是手段，指的是以之为体认圣人之"仁"的途径而直通天道，是以审美的理性和情感把握为凭借，去实现天人合一的境界。说它是目的，是说"圣贤气象"是修道者最终要达到的外显于外的境界与气度，是心体性体道体实现圆满性的超越与完整后的得道情形。显而易见，"圣贤气象"既是省察涵养的手段又是心性存养的目的。可以说，从实质而言，体贴"圣贤气象"的境界，就是省察与实践"仁"之境界，而这一境界的得来全靠认知的省察与审美的体验。

　　如前所述，除了上述所言"孔颜乐处"与"圣贤气象"之外，理学家所言的"气象"的另外一些种类，如二程强调的"持养气象"，朱熹推崇的得道气象、胸襟、境界等，都是"气象"范畴在理学中的具体展开。

　　概括而言，"气象"具备下列特性：

　　其一，"气象"是以本体之性而呈现出独有的境界，从而为实践主体所体察与感受。它所强调的是实践主体以审美的认知的形式，对事物本体的体贴。从理学体系而言，体贴"孔颜乐处"、"圣贤气象"都是强调与天人在"仁"的深层上贯通。就实践主体而言，体贴"气象"不仅是体贴事物之属性，更重要的是体贴由事物属性以及事物与事物相互发生关系而构成的独有境界，由此而言，体贴"气象"就具有了理性认知与感性体验的贯通性。而就道德主体而言，体贴"气象"就指向了体贴心性（性与情）与存养工夫之间的完美统一，自然也是体贴天地之"仁"与个体之"仁"的完美统一。

　　其二，就"气象"所具备的途径与手段的属性而言，体贴"持养气象"、体察"孔颜乐处"、体察"圣贤气象"等，就是把"气象"作为沟通宇宙论与心性论的桥梁而使用，"气象"取得了沟通天人合一的特性。同样，这一特性亦是以实践与道德主体的审美体验、理性认知的贯通而实现的。可以说，气象属于涵养工夫，具备了对用与体的统摄特征，这种以审美而体贴道德界与自然界以及天人合一的沟通特性，使"气象"成为理学范畴的重要一极。

正是因为两宋理学"气象"具备上述特性，因之，"气象"亦具有了相应的诗性品格。这里，"诗性品格"，其确切含义是强调理学诗之所以为"诗"的本质属性。具体而言，上文通过对两宋代表性理学家周敦颐、程颢、程颐、朱熹的"气象"论进行分析、归纳，可见"气象"具有审美性、认知性和超越性这三种基本品格。这三种品格从实质而言，就决定了理学"气象"具有诗性品格，亦即理学"气象"具有诗学中所强调的意境、情志、认知和审美特征。可以说，理学"气象"所推崇的境界，无论是专注于"持养气象"的途径与过程也好，还是兼备目的与途径、沟通理性认知与感性体验的"孔颜乐处"、"圣人气象"也好，理学"气象"都强调以审美的体验而把握、认知、感受天人合一、物我贯通的独有道德境界。这一特征，便内在地沟通了诗歌的诗性品格特征与理学的"气象"特性。

反过来看，那些反映理学境界与理学思理的诗歌，亦具有"气象"特性。如程颢诗《秋日偶成》："闲来无事不从容，睡觉东窗日已红。万物静观皆自得，四时佳兴与人同。道通天地有形外，思入风云变态中。富贵不淫贫贱乐，男儿到此是豪雄。"① 诗篇前二句叙事，交代诗人以平和安详的心境，从容度日。三四句强调"体贴"万物以把握事物的体用，指出日常生活、物态人情正是求道践行的入手处。五六句描摹了求道、悟道的体验。最后两句则强调了孟子所推崇的不以穷达而改易道心的求道决心。其中提及程颢反复强调的理学思想："从容"、"静观"、求"乐"，也述及了他的理学体贴"道"体与践行"道"用的方法。这种以审美的方式体验天地万物"道"体的境界，无疑表现出作为实践主体与道德主体的人的审美体验性，正是因为聚焦于"仁"而又以成就以"仁"为核心的"内圣"之境界，所以体贴"圣贤气象"就具有了更高的超越意义。具体说来，一些"理学诗"是以凸显性情之正为出发点，以悟道、求道

---

① 傅璇琮等主编：《全宋诗》，北京大学出版社1993年版，第8337页。

为旨归，意之所适，情、境随之。很多"理学诗"强调以明理为本，诗情与诗意都以理学范畴与命题为旨归。这里的"境"、"情"，都已被置换为浸染着实践主体的道德伦理、道德判断和以儒学政治伦理框架的"境"、"情"，而非传统诗歌中发于自然，渗透着审美情趣和人生欲望的"境"、"情"，与传统诗歌尤其是唐诗那种情景交融来表现诗歌主旨，反映作者情怀的诗境构造方式迥异。

就诗歌境界而言，王国维把诗歌境界分为"有我之境"与"无我之境"，而不管是哪一种境界，都离不开诗歌创作主体与接受主体的审美体验，所不同的是，"有我之境"除了审美体验之外，同时含有主体的理性认知成分。而就理学"气象"境界而言，则具有亦审美体验亦理性认知的兼目的与途径手段的特性。就实践主体对客体的认知与体验而言，理学"气象"境界与诗歌境界是没有什么差别的。而更引人注意的是，朱熹已经提到了理学"气象"与诗性品格之间，具有内在的沟通桥梁。他评价韦应物诗歌时说：

> 杜子美"暗飞萤自照"，语只是巧。韦苏州云："寒雨暗深更，流萤度高阁。"此景色可想，但则是自在说了。因言："《国史补》称韦'为人高洁，鲜食寡欲。所至之处，扫地焚香，闭阁而坐。'其诗无一字做作，直是自在。其气象近道，意常爱之。"问："比陶如何？"曰："陶却是有力，但语健而意闲。隐者多是带气负性之人为之。陶欲有为而不能者也，又好名。韦则自在，其诗直有做不着处便倒塌了底。"①

这里，所谓"道"是自然万物生生不息、运作发展的规律和原则，此一原则就人伦而言，是"人道"，以"仁"为本，是仁义礼智；"道"又兼体用、合理气，是自然万物与人本身共有的最高的准则，既是本体，又是作用；既有通过认知而来的认知理性，又具备实践理性。"气象"既指自然万物的外在形态即具体事物的物象，又因为诗歌抒写自然万物，"气象"随之成为具有审美意蕴的诗论范畴。其中的"自在"是朱熹发展了程颐的命题而用来评诗，其意义具有顺其自然感受、"平易"说出、平

---

① 黎靖德编：《朱子语类》，王星贤点校，中华书局1986年版，第3327页。

坦顺遂、不着力等意思。显而易见,"自在"在这些特定的语境中,已经成为朱熹表达其事关心性存养的认知和践履的重要术语,它与理学所着意强调的"求做圣人"、"求道"、"存养"、"体认"等理学目标、修养途径、践履方法等都有联系。朱熹继承了其前辈儒学大师周敦颐、程颢等人的观点,以为自然之"仁"表现为"生生不息"、"活泼泼地"之形态,具体对人来讲,便是"仁义礼知",所谓"仁"包此四端。可见,朱熹所谓的"自在",与理学精义"求做圣人"、体认"天地之心"紧密相关。整体而言,朱熹评韦诗"气象近道",大体可以从两个层面来理解。一是作为实践主体在诗歌里面,体现出了对自然万物的体察与认知态度。也就是说,朱熹以为韦应物在写诗过程中,在选择物象和表现意境、反映其由于物象、意境而表达出的感受时,韦应物是自然而然、不做作、顺着物象而表达其感情、构造其诗歌意境的。另外一个层面,朱熹以为,韦应物摄入其诗歌的物象,构造的意境和反映的感情,与儒学家所认同的"生生不息"、"活泼泼地"自然万物运行面貌,以及与人性中天生具有的"仁义礼知"关系密切。正是基于上述两点,朱熹才说韦诗"气象近道"。可见,"气象"范畴因为沟通了理学与诗学,而在内涵上有深入开掘。与此相似,中国诗歌传统审美类型,如"淡"、"清"、"言意自在"、"多兴讽"等,都在思理上具有与理学命题的相通点。[①]

可见,"气象"不管是作为理学家的诗歌创作观念与实践而言,还是作为诗人的理学存养工夫与道德实践而言,由于两者话语的共用性、思理的共通性,尤其是两者都以审美体验与理性认知而内在地体贴"境界"而对天人合一的贯通,从而,理学"气象"亦具有了相应的诗性品格。进而言之,惟对理学"气象"作如是观,那么,理学家"以物观物"的思维方式,必然就会与两宋诗人标称的"以诗求道"的文化语境发生内在的关联,而这两者所发生的审美机制与心理体验,又都会统合于以"乐意"自适或者以追求"圣贤气象"为标的的审美追求中去,由此而言,理学"气象"的理学品格与其涵蕴的审美诗意,就以审美的境界追求而成为沟通天人的亦工夫与目的的性理范畴而存在了。

[①] 王培友:《"气象"何以"近道"——兼谈朱熹"气象"说在中国诗学批评范畴构建中的作用》,《中国诗歌研究动态》(辑刊),学苑出版社2009年版。

第三节　两宋"理学诗派"诗歌的理学主题及其诗歌品格

自北宋中期以后，理学在发育、流布的历史进程中，它的众多命题与范畴在自身变化的同时，也历史性地渗透到中华民族的民族心理和文化品格中，并在众多的文化形式上表现出来。由此而言，对于这样一个具有重要文化范型意味和文化元典价值的问题，在赓继前贤的基础上"接着说"，无疑是具有相当价值的。

基于学术史的考察可知，自北宋中期开始，作为哲学范畴的理学逐渐渗透到作为文学艺术的诗歌，两者的结合形成了"理学诗"[1]，而伴随着"理学诗"的昌盛及成为范型的过程，众多的"理学诗"作者共同作用，便形成了"理学诗派"。就已有研究成果来看，很多学者对"理学诗派"存有不少认识误区。因此，对理学诗派的诗歌创作主题、诗境生成方式、诗格特征及其成因等问题展开探讨，是有必要的。

一　"理学诗派"诗歌的理学主题

既然北宋"五子"是"理学诗派"的重要代表，其诗歌奠定了"理学诗派"的主要范型，那么，对他们的诗歌进行分析，当对我们正确认识"理学诗派"具有重要意义。下面以邵雍、周敦颐、程颢等人的诗作为例，对北宋理学家的诗歌创作主题进行归纳。

邵雍诗歌，表达其理学性理主题的诗歌占多数。《四库全书总目提要》引明代朱国桢言并进而论及邵雍诗歌的"儒语"特征："朱国桢《涌幢小品》曰：'佛语衍为寒山诗，儒语衍为《击壤集》，此圣人平易近人，觉世唤醒之妙用。'是亦一说。"[2] 这里，朱氏注意到邵雍诗歌的"儒语"特征，其实也就是指出了邵雍诗歌的内容，都与邵雍的理学体系中的认识论与实践论命题紧密相关。如其诗《乐物吟》：

　　日月星辰天之明，耳目口鼻人之灵。皇王帝伯由之生，天意不远

---

[1] 王培友：《两宋"理学诗"辨析》，《文学评论》2011年第4期。
[2] 永瑢等：《四库全书总目》，中华书局1965年版，第1323页。

人之情。飞走草木类既别，士农工商品自成。安得岁丰时长平，乐与万物同其荣。①

侯外庐等《宋明理学史》认为此诗"是整个《皇极经世书》的一个缩影，也是邵雍对自然、社会和历史的总的看法。从文学上说，这类所谓诗并没有诗的情韵意味"②，应该说，这首诗反映了邵雍的"乐"主题，某种程度上是理学家强调的"观天地间乐意"亦即是"仁"之内涵的精神。从这一角度来讲，这首诗是邵雍《皇极经世书》的某些内容的"缩影"当然可以，但如果说是其全部的"缩影"，则显然有以偏赅全之嫌。至于说到这首诗缺乏"情韵意味"，恐怕就更有些问题，须知诗歌的"情韵意味"本来就是一个极有阐释空间的话题。不过，在邵雍诗歌中，多有以性理主题命名的诗篇，则是显而易见的。如《名利吟》、《言默吟》、《诚明吟》、《先几吟》、《思义吟》、《言语吟》、《安乐窝中自讼吟》、《天道吟》等，从题目就可以看出这些诗篇的内容都以抒写理学命题为旨归。但邵雍诗歌中，抒发其有关理学主旨的诗篇，多数是因景、因事而作，特别是那些于日常生活中的平常事中，以体验、察识有关性情之理而写作的诗篇，对后来诗人的影响是很大的。如因景而作的诗篇：《芳草吟》、《垂柳吟》、《春水吟》、《花月吟》《初夏吟》等；因事而作的诗篇，以及与人交往应酬的诗篇，如《放小鱼》、《听琴吟》、《谢开叔司封用无事无求得最多》、《寄谢三城太守韩子华舍人》等，都是因事而及抒发性理的诗篇。可见，邵雍在其《击壤集序》中所言的八"因"之"观物"方法，与他诗歌的取材方式极有关联。正因如此，邵雍诗歌的内容，其实就是其理学内容的诗化表达。

周敦颐诗歌现存数量较少，但在理学家看来，其中蕴含有极高的道德境界和理学情趣，《四库全书总目提要》评价说："诗文亦多精粹深密，有光风霁月之概。《朱子语类》谓：'濂溪在当时人见其政事精绝，则以为宦业过人；见其有山林之志，则以为襟袖洒落有仙风道气。'又谓：'濂溪清和。'《孔毅甫祭文》称：'公年壮盛，玉色金声，从容和毅，一府皆倾其气象。'可想、观此言，足以知其著作矣。"③ 四库馆臣引朱熹所

---

① 邵雍：《击壤集》卷一〇，上海古籍出版社影印文渊阁四库全书本，第47页。
② 祝尚书：《论"击壤派"》，《文学遗产》2001年第1期。
③ 周敦颐：《周元公集·提要》，影印文渊阁四库全书本，第1页。

评，来把周敦颐其人理学素养、政治才能等与其诗风联系一起讨论，确实抓住了周敦颐诗风的某些品格。周敦颐现存诗歌多以山水纪游为诗歌题材，其诗歌主旨包括以下几类：

抒写理学的"慎几"、"慎动"主题，强调"自掩"以为功。如其哲理诗《题门扉》："有风还自掩，无事昼常关。开阖从方便，乾坤在此间。"① 诗篇以"门扉"为题，抒发自己的一些人生感受，强调"自掩"、"常关"，为应付外物的手段，"关"、"掩"为"静"态，这与周敦颐理学内容强调"慎动"、"知几"、"无欲"等为"去恶之大功"是一致的，可见，周敦颐以诗歌为传达理学命题的的手段，从对外在事物的"物理"中通过体察来悟得"道"，这与当时邵雍、程颢等人的诗歌走的是同一路径。

强调守贫乐道，胸怀风月，独寻"乐"趣。如在其《濂溪书堂》诗中，周敦颐除了写庐山之田、书堂环境之外，重点突出了诗人书堂生活的惬意，以及安于贫困、不追求物欲的生活方式，表达了自己向往"风月"的"乐道"胸襟。诗中着意突出的物象是"清"、"无尘"，风俗为"不欺"，堂中的生活为或语或默，或酒或琴，或书或枕。在诗中，人与物，堂与境，相处和谐，诗人的"乐道"与"处困"都因"无欲"而取得统一。从周敦颐的理学观来看，他特别重视"诚"为宇宙和人的性体仁体本源，"慎动"、"无欲"为"去恶"之大功，"体悟孔颜乐处"等，都在诗中得到反映。显然，诗中表达的诗旨，正是周敦颐理学伦理的诗化表达。

体现"观天地生意"的"万物一体"情怀，强调"仁"为天地之本、人之本。如其诗《题春晚》："花落柴门掩夕晖，昏鸦数点傍林飞。吟余小立阑干外，遥见樵渔一路归。"② 诗篇渲染花落夕阳下，于家园看昏鸦与渔樵一同共存的情景，诗中人面对此景心并不为所动，只是心如明镜一般，"照见"此一天地之境。这一诗境与周敦颐理学中的"主静"、"寂然不动"命题是一致的，而"主静"、"寂然不动"等都是达到其主张的人类最高境界"人极"即"诚"的途径。诗中，夕阳物境、昏鸦傍林、人物闲吟、渔樵归家，组成一幅万物一体而生意盎然的图画，这就是

---

① 傅璇琮等主编：《全宋诗》，北京大学出版社1993年版，第5065页。
② 同上。

周敦颐所体认的天体之"生生不息"的"仁德",落实到人就是"仁义礼智信"之"五体"。

与周敦颐相同,程颢多用纪游诗、写景诗来表达自己的理学思想以及人生感悟。程颢存诗67首。在诗中,他所抒发的主题有:

天地万物一体。与周敦颐诗歌有所不同,以这一类理学主题为诗旨的诗歌,在程颢诗中多数又与其"乐意"主题结合在一起。如其《偶成》:"云淡风轻近午天,望花随柳过前川。旁人不识予心乐,将谓偷闲学少年。"① 诗篇前二句写景,交代诗人在接近中午的时刻外出游玩,他描述了天地之间的风景与物况:云淡,风轻,花、柳成荫,诗人就在这春末夏初的季节中信步而行,感受着天地生意生生不已,感到自己与外在的气候、生物气息一致,身心与之打成一片,因此而有一种愉悦,这种感受显然脱离了一切的私欲与物欲,而把精神境界提升到察识宇宙万物的"生意"亦即天地万物之"仁"上来。显然,按照程颢的理学思想,这种"乐"也就是天地降临到人身上的"性"。由此而言,程颢诗中所乐的是识察天地万物与人的"本性",对人来讲,所乐的是人的"仁"性,亦即"德",这个"仁"性因于天地万物相沟通而具有了本体的意味。这种与物同体,和顺性定的理学主旨,成为程颢此诗的诗旨所在。值得注意的是,本篇所写的时间是中午,而在中国诗歌史上,写景多以拂晓与傍晚为多,因为人的情志容易为此际的景物所感,而生发出面对时空物变之际的强烈心绪体验。在程颢之前的唐宋诗人在写景抒情类型的诗歌中,也多取早、晚时空间的景物来作为反映情感的对象,像程颢这样取中午景物来抒发情志的诗篇,并不多见。显然,程颢通过中午生机茂盛的景物以抒发天地万物生生不已主题,无意间却突破了中国抒情诗歌中的取景传统,这正说明了"理学诗"对于诗歌诗境的新贡献。

"乐意"主题。程颢诗歌中,对理学重要命题"乐意"十分关注。他的诗篇的"乐意"主题可以分为三种:一是安贫乐道之"乐"。如其诗《秋日偶成》:"寥寥天气已高秋,更倚凌虚百尺楼。世上利名群蠛蠓,古来兴废几浮沤。退居陋巷颜回乐,不见长安李白愁。两事到头须有得,我心处处自优游。"② 诗篇抒写秋日登楼所感,由登楼而仰观俯察,思索人

---

① 傅璇琮等主编:《全宋诗》,北京大学出版社1993年版,第8229页。
② 同上书,第8237页。

生兴废名利，抒发自己贫贱乐道、不以外物干扰内心因道而乐的情怀。显然，这里的"乐"是诗人对人生名利兴废都舍之如敝屣所致，只有"道"才是诗人的"乐"之所在。二是因定性而和乐。如其诗《晚春》："人生百年永，光景我逾半。中间几悲欢，况复多聚散。青阳变晚春，弱条成老干。不为时节惊，把酒欲谁劝。"① 诗篇抒写自己不以外物（光景、悲欢、聚散）、季节、盛衰变换而改变自己心境，表达了诗人的理学主张，即以为人的情感应该完全顺应事物的自然状态，情感应该顺延事物的来去，不以个人的利害而产生不宁的心境，达到这一境界，则人生自然呈现和乐之美。程颢强调的"槛前流水心同乐，林外青山眼重开"② 等，就是抒写的因"定性"而和乐的主题。三是天地生趣之乐。如其诗："新蒲嫩柳满汀洲，春入渔舟一棹浮。云幕倒遮天外日，风帘轻扬竹间楼。望穷远岫微茫见，兴逐归槎汗漫游。不畏蛟螭起波浪，却怜清沘向东流。"③ 诗篇写景很有特点，蒲嫩柳满，云幕倒遮，山野苍茫，人在天地间漫游，心境和乐，与天地万物共有生机乐趣。反映这一主题的诗，往往又与"天地万物一体"主题的诗相交融，反映出程颢以与天地万物共融一体为乐趣。

可见，奠定"理学诗派"诗歌范型的北宋诸人，其诗歌都是以抒写其理学思理和理学命题为指归，"理学"的诸多命题和范畴都成为其诗学的命题与范畴，举凡乐意主题、咏写天地万物一体的主题、强调仁为天地万物之本的主题等，这些诗歌主题都是理学命题和范畴的诗化表达。显然，这一诗歌创作主题的特性，为其诗歌带来了独特的诗境和审美意蕴，也为中国古代诗歌提供了道、艺并进的发展可能性，所产生的影响是非常深远的。

文献表明，北宋五子之后，"理学诗派"诗人的诗作主题，又有了一些变化。如周行己，早年从程颐游，开永嘉学派之先，依《四库全书总目》的说法，其文章"明白淳实，粹然为儒者之言"。周行己虽学出程氏，但因其与曾巩、黄庭坚、晁说之、李之仪、左誉诸人相唱和，因此其"诗文皆娴雅有法，尤讲学家所难能"④。考察周行己诗作可见，其诗歌主题并不以理学的心性存养为主，而更倾向于行健入世、用进舍藏、反身修

---

① 傅璇琮等主编：《全宋诗》，北京大学出版社1993年版，第8233页。
② 同上书，第8237页。
③ 同上书，第8239页。《二程文集》卷一。
④ 永瑢等：《四库全书总目》，中华书局1965年版，第1341页。

己等原始儒学的传统，他的诗虽也有如北宋五子诗歌注重内修性体悟与践行的诗歌主题，但更多的是那种弘道励志、虽穷而志不坠的入世进取理想。对世移事迁而功业不遂的焦虑，对世态炎凉冷峻而深沉的感慨，往往构成其诗的基调。如其诗《营居有感》，因鹊衔枯枝筑窝而起兴，生发出"人生结栋宇，斩木与诛茅。经营壮有室，耆艾尚勤劳"① 的深沉主题。与周行己诗歌创作主题的摄取取向相近，南宋杨时、许景衡、尹焞、张九成、吕祖谦、陆九渊、张栻、袁燮诸人，他们的诗歌创作主题也往往呈现出与其理学素养不尽一致的情况。

  仔细想来，这种情况说明：一方面，两宋除了道统之外尚有诗统存在，诗歌咏物与写志的传统是如此强大，即使是学养深厚的理学家也往往不自觉地受到这一传统的左右，由此他们所创作的诗歌，其主题经常溢出理学的心性存养范畴与命题；另一方面，由于理学派别及众多的理学家的学术追求与学术关注重心的不同，他们的诗歌主题也呈现出复杂性。北宋理学家因为对创作主体产生影响而在诗歌作品中表现出来的迹象并不是特别明显，大量的诗人并没有在诗歌中表现出他们的理学思想，理学诗派也没有产生多大的影响。这说明，整个北宋时期，士人们的道统、诗统观还主要按照各自的固有路径发展前进。这种情况一直到南宋以杨时、张栻、胡宏、吕祖谦、陆九渊、朱熹等成为理学翘楚之后，才得以改观。

二　"理学诗派"诗歌的诗境生成方式

  从宋代诗歌发展的历程来看，自北宋晚期开始到南宋中后期，理学逐渐成为整个社会文化的精神内核，时人多受其浸润。就诗歌创作主体而言，有的与理学家多有交往，如王炎、韩元吉与朱熹过从甚密；有的是理学家的门人，如黄榦、陈淳都曾向朱熹问学；有的本身就是理学家，如魏了翁、真德秀、杨万里等；有的与理学家或宗奉理学之士相与唱和，如袁说友与杨万里唱和、王阮与张孝祥唱和、赵蕃年过五十又从学于朱熹且与杨万里唱和等。受此影响，很多理学家或诗人的诗歌作品，都表现出理学家的哲思情感，抒写理学义理和理学范畴的诗歌主题，以及学习、追摹包括"邵康节体"在内的北宋五子的诗境建构方式，逐渐蔚成风气。如《四库全书总目》评陆九渊门人袁燮《絜斋集》："大抵淳朴质直，不事雕

---

① 傅璇琮等主编：《全宋诗》，北京大学出版社1993年版，第14353页。

绘，而真气流溢，颇近自然。"① 这种诗风与"邵康节体"非常契合，具有理学诗的特征。

由上节对北宋"理学诗派"代表人物邵雍、周敦颐、程颢诗歌主题的分析可见，作为主要以理学内容为反映对象的诗体，"邵康节体"在诗境建构上的一大特色是，创作主体与道德实践主体合二为一，诗篇内容凸显、抒写的主题，是诗歌创作主体与道德实践主体的道德理性与认知理性相结合的、与内向性道德践行体验与识察有关的理学命题。因此，作为现实生活中道德主体的投射物，"邵康节体"呈现出因为维系人伦道德等形而上的道德伦理品格而具有的崇高与优美境界。周敦颐、程颢、张载等人的诗歌诗境构造，也与"邵康节体"相似，都与他们诗歌的主题紧密相关。可以说，因其表达诗歌主题的需要，北宋"理学诗派"代表人物的诗歌在构建其诗境时，主要是以理学命题中的理、意、趣为旨归，摄入到诗中的景物、景象，乃至构成诗中的情境与意境，都服从和服务于诗歌主题的需要。

值得注意的是，南宋"理学诗派"诗歌的诗境构建方式，在继承北宋五子诗境构建方式的基础上，又有了新的变化。陈淳等人以"语录体"、"讲学体"名世而于诗境构建毫无可取姑且不论，朱熹等人的诗境构建方式就颇与北宋"理学诗"代表人物有异。如朱熹《次韵择之见路旁乱草有感》："世间无处不阳春，道路何曾困得人。若向此中生厌斁，不知何处可安身。"② 诗篇因路旁乱草而起兴，因此而探究此中物理，得出了世间"无处不阳春"、"道路何曾困得人"的道理，由此，诗歌境界陡然提升到了普泛化的哲理层面，亦即境非境，人只要行健奋发，就能够物随心愿，路畅志得。这种诗境构造方式与邵雍那种纯粹抒写理学命题与范畴的诗篇有了距离，其突出特色是将人情、物态、世事、具体事物发展变化过程的内容，以实践主体的主观认识来感受、把握，从中绅绎出具有一定客观性的道理。显然，这种诗境构造方式，在思辨性、抽象性的层面上，较之邵雍、周敦颐等人的诗歌更加突出了议论性和说理性。又如其《观书有感二首》之一："半亩方塘一鉴开，天光云影共徘徊。问渠那得清如许，为有源头活水来。"③ 明明是谈与读书有关的认识，却由塘水如

---

① 永瑢等：《四库全书总目》，中华书局1965年版，第1377页。
② 傅璇琮等主编：《全宋诗》，北京大学出版社1993年版，第27559页。
③ 同上书，第27500页。

镜起兴，以"天光云影"写尽塘水所涵蕴的无尽光景。转笔却重在追寻塘水的"清"之由，得出"源头活水"才是其原因。可见，因"理"而选景，因景而造境，是朱熹诗歌诗境构造的重要特色之一。

可见，"理学诗派"的诗歌诗境构造与表现手法方面的突出特点在于，为了体现道德伦理和道德追求目的，"理学诗派"诗人在创作诗篇时，往往特别注重以诗篇主旨来约束表现方法，具体说来就是以凸显性情之正为出发点，以悟道、求道为旨归，意之所适，情、境随之，强调以明理为本，诗情与诗意都以理学范畴与命题为旨归。如程颢的《偶成》诗，作者为了表现自己追求与万物一体的"乐意"，突出其乐为对天地万物"生生不已"的"仁"界意趣，特别选择传统诗歌很少取景的"近午"，而对这一时空间景物的取择，又以专写其生机茂盛的花柳，以此而沟通了天地万物的"生生不已"与自己所体验到的"天地仁德"相统一，表达出自己的"乐意"所在，显然，这种取景方式与诗境构造方式，无形中就具有了道、艺贯通的特性。

"理学诗派"的诗歌审美意蕴基于这种诗境建构方式，而表现为独有的哲思意趣。其突出的表现在于：一是"理学诗派"的诗歌，因为着意抒写理学命题而具有崇高道德之美的诗境，由此就带来了这一类诗歌审美意蕴的重要特征：崇高与优美。无论是周敦颐诗歌抒发理学的"慎几"、"慎动"主题，强调"自掩"以为功的《题门扉》，表达自己"观天地生意"的"万物一体"情怀，强调"仁"为天地之本、人之本的《题春晚》；还是邵雍抒发自己贫贱乐道、不以外物干扰内心因道而乐的情怀的《秋日偶成》，抒发"天地万物浑然一体"的《偶成》，诗篇都展示给我们一种道德主体静心向内追求道德自我完善而轻外在物欲人情的高致情怀，这种情怀往往给人一种脱俗、无尘的道德审美体验，从而外显为一种崇高美境。这种美境，显然是与"理学诗派"诗歌诗境的构建方式有联系。二是抒发实践主体与万物为一体的自然意趣。抒发万物一体的自然意趣，在宋代以前已经存在。如陶渊明"采菊东篱下，悠然见南山"，韦应物的"春潮带雨晚来急，野渡无人舟自横"等，主体与客体已然混为一体。不过，在"理学诗"之前，以天地万物为一体作为诗境的建构类型，尚不多见。即使陶、韦等人的诗歌，也与朱熹等理学家的推扬紧密相关。尤其应该注意的是，"理学诗"所抒发的"自然万物一体"的诗境，其中所透露出强烈的主体意识，是之前的诗歌所不太重视的。

这里，有必要提及王国维的诗境构造理论与邵雍诗境构造的不同。王国维的"无我之境"说与邵雍的"以物观物"的"观物"说在观察、认识事物的方法上有一定的相似之处，不过，具体到诗歌表现方式而言，邵雍的"以物观物"所得的义理、规律，主要是通过诗歌创作主体在诗篇中体现出的强烈的主体色彩而表现出来，王国维的"无我之境"则强调创作主体的情、意、趣等审美指向与诗中的景、境融合为一体。他在《人间词话》中说："词以境界为最上"，"有有我之境，有无我之境。……'采菊东篱下，悠然见南山'，'寒波淡淡起，白鸟悠悠下'，无我之境也。有我之境，以我观物，故物皆着我之色彩。无我之境，以物观物，故不知何者为我，何者为物。古人为词，写有我之境者为多，然未始不能写无我之境，此在豪杰之士能自树立耳。"① 王国维在这里谈到的是词体的境界建构问题，但我们以之观察诗歌诗境的建构，亦未尝不可。从上边所引可以看出，王国维讲的"以物观物"等与邵雍的"观物"说极其相似。不过，邵雍使用"观物"的形式写诗而主要通过创作主体的意趣、议论来反映其诗作主旨，而不是主要沿着王国维所揭示的艺术规律来表达诗歌主旨，是一个值得注意的现象。仔细想来，邵雍以"观物"的理学思理作为写诗的指南，诗歌成为其阐发性理的手段和工具，这固然拓展了诗歌的功能，但从另一方面而言，也降低了诗歌的艺术审美价值。以这种理论为导向写作诗歌，自然就使诗歌失去了艺术的独立性和艺术特征。因此，邵雍诗歌多以创作主体的"现身说法"来阐明诗作主旨，是其理学主张指导下诗学的必然发展。邵雍的诗歌，由此外显为创作主体与道德实践主体合二为一的独特诗境之美。当他所追求的现实功利物欲服从于其道义理想时，诗篇由此而显示出一种道德的尊严和正义所带来的崇高之美，这种美学品格，恰恰是赵宋政权建立以来，所缺乏的。当然，邵雍诗歌中也有些诗篇达到了王国维所讲的"无我之境"的审美境界，如其《高竹八首》其四："高竹碧相依，自能发余清。时时微风来，万叶同一声。道污得夷理，物虚含远情。阶前闲步人，意思何清平。"② 诗篇名为写竹，但其中蕴涵着强烈的主体情志，竹与人共同构成了诗篇的诗境。不过整体而言，邵雍诗篇中，以这种方式表达其哲理思考的诗篇是比较

---

① 王国维：《人间词话》，人民文学出版社1960年版，第38页。
② 傅璇琮等主编：《全宋诗》，北京大学出版社1993年版，第4458页。

少的。

三 "理学诗派"诗歌的历史地位

除了某些理学家高扬道统,把诗歌看作是"末事"之外,在南宋时期尚有不少"理学诗派"诗人也对"诗统"非常重视。这一传统即使在"理学诗派"风行之际,亦是势头不减。众所周知,以苏、黄为代表的"元祐体"诗歌范型,以及包括黄庭坚在内的"江西诗派",对南宋诗人及诗歌创作的影响是巨大的。这种影响,也作用于"理学诗派"中的众多诗人。如王阮,少从朱熹学,又学于张孝祥,刘克庄评其诗高处逼近韩驹、曾几,《四库全书总目》追溯了韩、曾、张祖法苏、黄的诗学渊源后,评价王阮诗歌时就指出:"今观阮诗,于两派(苏、黄)之间各得一体"[①],可见王阮诗作渊源有自,诗统授受明晰。又如赵蕃,"本词人,晚乃讲学,其究也仍以诗传",《诗人玉屑》录其评陈师道《寄外舅》诗"全篇之似杜者"[②]。则赵蕃颇类韩愈、欧阳修等"以文入道"。上述文献,说明了一个基本事实:自北宋二程以来理学家所断定的"文以害道"、"作文甚害事",并非是全部理学家的诗学主张。由此而言,对"理学诗派"持否定态度者,多举一些理学家的"害道"、"害事"等诗学观来展开论述,造成其局限性可能是因为,一些研究者对很多"理学诗派"诗人在推崇道统的同时也重视诗统这一历史事实有所忽略。

问题的复杂性还在于,"理学诗派"中的众多理学家及诗人,也在发展理学、建构理学体系的过程中,把包括继承诗统在内的有关认识与体悟也纳入到理学体系中来,从而修正了北宋"理学诗"代表人物对于诗歌与诗统的某些认识,尤其是对于诗歌独立性地位的认识。如《诗人玉屑》在"诗法第二"中,引用了不少朱熹论诗的文献,全书达到了 28 条之多。这说明,理学家的若干诗歌主张对于引领诗歌发展走向具有重要影响。又如,朱熹在其哲学性著作《朱子语类》中,专门论述诗歌发展历史、历代诗人诗风特征的文字也占到了很大比例。可见,朱熹本人尽管以探求理学的心性存养问题为其理论重心,但他对诗歌的诗统问题也相当关注,因此他才会在涉及文道关系时指责"作诗害道",而在评诗时又极为推崇欧阳修、苏轼等人的诗文。实际上,出现这种矛盾情形的深层原因,

---

① 永瑢等:《四库全书总目》,中华书局 1965 年版,第 1374 页。
② 同上书,第 1377 页。

在于作为性质不同的两种事物,道统与文统的本质属性是不一样的。因此,"理学诗派"诗人欲以"理学"的道统取规范作为文学的"诗统",就必然导致在其诗歌创作和诗歌批评中表现出深刻的矛盾性。由此而言,"理学诗派"的发展运化轨迹,其实是早就被包括理学家和受理学影响的诗人组成的诗歌创作主体的道统文统观所决定了的。显然,"理学诗派"的历史地位及其诗学史价值,便以先验的方式为以下三种模式所决定:

第一,"理学诗派"诗人过于重视道统而对文统有所忽视。此一路径自北宋邵雍、二程等人已经开启端绪。到了南宋,《四库全书总目》所评众多"理学诗派"诗人,如刘安节、陈渊、袁燮、黄榦、刘宰、陈文蔚、刘克庄、阳坊、陈淳、陈著等人的诗歌,具有"质实"、"笃实"、"质朴"、"质俚"等特征,以及南宋中后期诗坛上形成的"语录体"、"讲学体"、"俗体"等,都与诗人过于重视道统而忽视文统有关。祝尚书先生关于"理学诗派"的研究,关注的文献视野基本上不出这一方面。

第二,"理学诗派"诗人过于重视文统而对道统有所忽视。相对来讲,"理学诗派"诗人过于重视文统而轻视道统的情况较为少见,但也存在。如杨时,在其诗歌中就很少表现出"理学诗派"诗人过于关注理学的命题和范畴的倾向,反之多抒写那些与一般士人没有什么差异的情怀,感时悲秋、功业不遂、潦倒穷愁等思想,在其诗中所占比例不少。又如与朱熹交往非常密切的杨万里,《四库全书总目》重在评论其文学成就与人品,而对其理学素养关注甚少。实际上,杨万里与朱熹等理学家交往密切,写有《心学论》等理学著作。但整体而言,杨万里主要是以文学而受到时人及后人的关注。显然,文统意识与文学创作,才是杨万里所关注的重心。

第三,"理学诗派"诗人努力调和道统诗统关系而不偏颇,走适中的路线。南宋"理学诗派"的一些创作者,往往兼具理学家与诗人于一体,探讨心性之理、践行存养常常与交游吟唱相伴随,成为其个人生活的重要内容。一些人便试图以中和的思维路径来统合这属性不同的两者。除了前面提到的朱熹之外,如吕祖谦,"其文辞闳肆辨博,凌厉无前",被认为是"诸体虽豪迈俊发,而不失作者典型,亦无语录为文之习。在南宋诸儒之中,可谓衔华佩实。"[①] 当然,要想以适中路径统合道统与诗统,需

---

① 永瑢等:《四库全书总目》,中华书局1965年版,第1370页。

要创作个体在这两方面具有极为高明的诗学学养和理学素养。就两宋来看，极少有人能够做到这一点。如果我们稍微拓展一下标准，倒是那些不拘门派、学问庞杂而思想比较通脱的诗人，反而比"理学诗派"中的大多数理学诗人做得更好。如北宋黄庭坚，具有深厚的理学素养，他在以诗求道的同时，又充分注意到发挥诗歌这一文体的表现长处，表现为抒写心性存养的践履与体验感受、思想与认知，与充分发挥诗歌的抒情性相交融，因而思理深刻，情感动人，情景相生，摇曳生姿。从创作主体来讲，则表现为敦厚欢愉、中和自然的气象；从创作客体来讲，则外显为自然老成境界。黄庭坚试图适中地调适道统与文统的关系，由此造成的结果，便外显为他对于诗歌艺术技巧与创作方法的矛盾化的独特解决方式，最终造成了山谷诗歌重视"法度"与"无法"、"奇崛拗硬"与"自然简远"等诗学体系上的矛盾统一。[①]

由上可以进而谈及"理学诗派"的历史地位问题。无可否认，"理学诗派"诗人对道统文统的统合努力，不管是有意识的还是无意识的，都是一种历史存在。当我们评价这一诗派的历史贡献及其地位问题时，就应该立足于这一历史实际。如果我们拓展视野，对西方哲学界一直试图解决认知理性与道德理性的关系问题，从而找到价值界与自然界的合一标准与途径有所认识的话，那么，我们就会立刻察知宋儒心性之学所体现出的知识含量与极高明的圆融智慧。近代西方伟大的哲学家康德是从审美的角度来费尽心力进行沟通的，这一努力直到其晚年才初窥门径。康德的努力，岂不是与"理学诗派"不谋而合吗？从这个意义上来讲，"理学诗派"的历史贡献，恰在无意之间，打开了一道通向高明哲思的世界本原之门。

如果说，"理学诗派"以审美而沟通自然界与价值界的探索看作是其文化哲学层面上的贡献的话，那么，那些创作较为成功的理学诗，就因其独特的诗境构建方式、聚焦于哲思意趣的诗歌主题与具有自身特点的诗格追求特征，成为中国古典诗歌的一道亮丽风景。"理学诗派"丰富和完善了中国古代诗歌的表现形式和审美类型，拓展了中国古代文人诗的哲思深度，从而具有了独特的诗史地位。至于说"理学诗派"因其流弊而发展、衍育出不讲押韵、格律、用典，缺少诗情与诗意的"讲学体"、"语录体"

[①] 王培友：《黄庭坚统摄心性存养与诗歌艺术的方法及其诗学价值》，《中国文化研究》2009年冬之卷。

等"俗体",只能说是"理学诗派"发展的一个方向和分支,也可以说是"理学诗派"发展过程中所呈现出的某个弊端,正如我们评价一个事物一样,不能因其某一部分而否定其整体、本质。显然,某些学者从整体上对"理学诗派"持否定态度,其局限性是显而易见的。

本章小结

  作为两宋重要文化现象的理学文化思潮,对两宋诗歌品格及其生成,产生了极为重大的影响。自北宋中期以后,与理学家交游、具有理学学养乃至成为理学传承者的诗歌创作主体,数量是比较多的。这些兼具理学家与诗人的诗歌创作者,把理学学养和理学主题写入诗歌中,其诗歌创作便具有了独特的诗歌品格。

  理学文化思潮不仅影响到创作主体,也影响到诗歌审美范畴和诗歌境界。由于创作主体与实践主体的同一性身份,诗歌创作与理学文化就具有了话语的共用性、思理的共通性,尤其是两者都以审美体验与理性认知而内在地体贴"境界"而对天人合一的贯通,从而,诗性品格亦具有了理学文化的实践品格,诗歌的意境、境界与理学实践主体的"体贴"、"观物"等具有了一致性。因此,理学家"以物观物"的思维方式,必然就与两宋诗人标称的"以诗求道"的文化语境发生内在的关联。而这两者所发生的审美机制与心理体验,又都会统合于以"乐意"自适或者以追求"圣贤气象"为标的的审美追求中去。由此,"理学诗派"诗人的诗歌,就因其独特的诗境构建方式、聚焦于哲思意趣的诗歌主题与具有自身特点的诗格追求特征,成为中国古典诗歌的一道亮丽风景。

  理学文化思潮的巨大影响,致使彼时诗人的诗歌观念、诗歌创作实践与理学存养、理学追求都因实践主体与创作主体的身份一致性而得到贯通。理学家的思维方式、存养方式,如"观物"、"体贴""气象"等都成为诗歌创作的重要表达方式,相关理学境界和实践方式也成为诗歌内容所表现或者表达出的审美境界和表达方式。理学命题、理学范畴往往成为了诗歌创作的题材、内容或者主题。理学实践主体的道德追求和实践目的,往往也就体现出诗歌创作主体的诗境构建方式和诗歌风格追求。可以说,理学文化思潮对诗歌品格的影响是全面的,也是重大的。宋诗品格的形成路径,在很大程度上受到了理学文化思潮的巨大影响,这一影响在南宋诗歌品格的生成与发育方面,表现得更为明显。

　　由此可见,理学文化思潮对两宋诗歌品格及其生成产生了极为重大的影响,它提升了两宋诗歌的文化品格和诗歌境界,丰富了诗歌的内容、题材和审美类型,建构了宋代诗歌崭新的文化品格。

第七章 两宋文化生态与宋诗品格之关系

两宋文化生态不仅对宋诗发展历程产生了决定性的影响，也对宋诗的题材、内容、审美取向、风格等产生了影响。可见，中国传统的"诗言志"、"诗缘情"说，并不能较为全面地说明诗歌品格的生成因素和原因。包括马克思唯物史观和辩证法在内的，以意识形态论为重要理论特征的文学风格、特质生成论与发展论，虽然较为全面地触及文学发展的内部因素，但如何说明包括经济基础、政治制度、文化思潮等对文学品格的发育生成历程的影响，仍然很难说明其产生的影响机制、联系的关节点以及会通的方式等。何况，马克思主义文学理论，包括意识形态理论层面、艺术生产理论等，很难涵盖文道观念、文化功能等影响文化品格的诸多范畴和具体文化品类。而这些范畴或者品类，却对包括宋诗品格在内的文化品格的生成与发育，产生了不容忽视的重大影响。由此可见，对"宋诗品格"与"两宋文化生态"之间的关系尤其是两者的沟通方式、影响机制和联系的关键节点、会通方式等进行研究，具有其必要性和迫切性。

第一节 两宋文化生态对宋诗品格生成的多维作用

如本书前六章所述，两宋文化生态对宋诗品格的生成以及发展历程产生了重要影响。不但宋代诗歌的若干品格如诗歌题材、主题、意境构建，以及用典、用事、议论等表现手法，都受到了彼时文化生态的影响，而且两宋诗歌若干品格如诗歌风格、风貌的发展历程也受到了彼时文化生态的影响。按照我们对文化生态概念的理解，本书选择了政治制度、地域文化、政治事件、诗歌文化功能、文道观念、理学文化思潮等文化生态部类，来研究两宋文化生态对于宋诗品格及其生成所施加的影响或者作用。

通过全书考察来看，基本的结论如下：

两宋文化生态对宋诗品格的生成与发育，产生了重要影响。大致说来，北宋文化制度通过对士人文化心态产生了复杂而深刻的影响与制约，才外显为诗歌的主旨、内容、题材与审美取向的变化及发展，也就是说，沟通文化制度与诗歌发展变化的途径与关键节点，是受到文化制度影响的。不仅如此，作为文化生态的政治事件，成为影响社会面貌、政治格局的重要因素而深刻地决定了士人的生存状态与人生态度，士人在受政治事件内在规定了的社会环境中出处进退，纠缠于功业与归隐、坚持操守与委曲求全，生存的困惑与情感的挣扎，造就了士人的复杂文化心态：一些士人或选择大隐于朝，以闲适高致、存养息机来暂时与激烈的政治斗争相疏离，但更多的则是不得不为朋党所束结，团结以谋全，乃至为党派利益而不惜以权诈立身谋事。不过，两宋易代之际的政治风向转换、惨烈的民族战争、国运攸关的生死拼搏，毕竟是士人无可回避的时代主题。由此，士人不可避免地在诗歌主题、诗风流变等方面表现出这一特征。可以说，政治事件—士人生存状态与生活方式—士人文化心态—诗歌品格，是文化生态与诗歌品格发生关联的重要渠道，而"文化心态"则是两者发生关系的关键节点。可见，政治事件对诗歌品格生成的作用，是非常直接且巨大的。

地域文化与诗歌品格之间亦存在复杂关系。宋初百年南北士人承继不同文化，生成了不同的文化追求和文化心理，其诗歌反映出这种南北文化的差异性和南北诗歌创作者的不同文化气质。一些具有鲜明地域特色的文化，亦具有重要的育成和导向作用。居洛士人的诗歌走向与洛阳文化具有直接的关联，说明具有稳定性的文化类型往往对士人的知识结构、文化心理和文化认知产生重大作用，由此，创作主体的诗歌品格便会受到地域文化的重大影响。一些地域中心城市如汴京等，因为政治原因而聚集大量的士人，他们为了谋取出身或者应试而聚集交往，其雅集或应酬所写作的诗歌，往往具有趋同性的特征。不同地域虽然文化上可能具有差异，但是因为风俗等原因，普遍具有娱乐游玩等社会风气，而在这一社会风气的影响下，不同地域的诗人写作了大量具有一致性审美取向的诗歌。由此可见，地域文化与诗歌品格的关系是非常复杂的。具有独特地域特色的文化，虽然对创作者的诗歌品格产生作用，但也同时受到创作者的交游情况，以及各地的社会风俗所影响。可见，不同地域文化影响下的士人心态和文化素养，因政治、风俗等影响而生成的诗歌功用等，是地域文化对诗歌品格生成发生影响的重要因素。

诗歌文化功能的实现需要,往往直接决定了诗歌品格及其生成的历程,诗歌题材、主题、审美取向,乃至诗歌体裁、结构、表达方式等,受到了诗歌文化功能的直接而巨大的影响。诗歌品格并不完全服从和服务于"言志"、"缘情"的需要。不同文化功能的实现需求,也是决定诗歌品格的重要因素。诗歌的文化功能是发展的。不同的时代、不同诗人往往对诗歌功能有着不同的诉求。而同一文体如诗歌也会因各种需要而变化其文化功能。每一次的文化功能转换或者变化,都会直接决定着诗歌从内容到形式的变化,从而表现为诗歌的时代性和发展性。可以说,诗歌所实现着的文化功能,内在地决定了诗歌品格及其生成的整个历程。

不同的士人对于文道关系以及其中的"文"与"道"的含义,理解是有很大不同的。他们的文道观念同样有着非常显著的差异。但同一士人群体的文道观则具有相当的一致性。具有差异性的文学观念,往往成为不同士人群体创作的重要理论指南。很多士人因其对文道关系的深入探讨,提升了他们对文学本质规律的认识,促进了其诗歌创作。但是,不同的士人群体其诗歌品格及其生成历程亦有很大差异。不过,由于诗歌所具有的共同特性以及历史传承性,不同士人的诗歌在抒情性等方面亦具有共同的一面。但不同的士人群体,都存在其文道观念与诗歌创作的矛盾性。由此可知,作为抒发情志的文学艺术样式,诗歌在大多数情况下需要充沛的感情、突发性的兴发因素、适当的表达感情的载体等,而由创作者即兴发挥来实现。这一特性,是与明确的以文道关系为衡量尺度的理性思维方式所无法完全控制的。就理学家诗人而言,理学家文道观与其创作实践的矛盾性,也就是两宋理学家认识与实践的异质性问题。属于文学的"文",是具有形象性、虚构性和想象性的艺术形式,反映着人类的认知、情感和志趣,是人类感性认识和理性认识的结晶,具有有别于其他艺术形式的内容、主题和形式的特征与规律。而作为理学家追求事物共同本质,尤其是天人沟通途径和方法及其目的的"道",则显然是一个融道德理性、情感理性和认知理性于一体的和合体。可以说,文自是文,道自是道,本来就是两个虽有联系但本质不同的事物。可见,两宋不同士人群体的文道观念与其诗歌品格之关系,既有密切相关的一面,又有相互疏离乃至矛盾的一面。作为不同事物的观念与创作,因其属性和本质不同,是很难完全一致的。不过,两宋士人的文道观念在一定层面上,确实对其诗歌创作产生了重要影响,对此要有全面认识。

　　作为两宋重要文化现象的理学文化思潮,也对两宋诗歌品格及其生成,产生了极为重大的影响。自北宋中期以后,与理学家交游、具有理学学养乃至成为理学传承者的诗歌创作主体,占了彼时诗歌创作者的绝大多数。这些兼具理学家与诗人的诗歌创作者,把理学学养和理学主题写入诗歌中,其诗歌创作便具有了独特的诗歌品格。理学文化思潮不仅影响到创作主体,也影响到诗歌审美范畴和诗歌境界。由于创作主体与实践主体的同一性身份,诗歌创作与理学文化就具有了话语的共用性、思理的共通性,尤其是两者都以审美体验与理性认知而内在地体贴"境界"而对天人合一的贯通,从而,诗性品格亦具有了理学文化的实践品格,诗歌的意境、境界与理学实践主体的"体贴""观物"等具有了一致性。因此,理学家"以物观物"的思维方式,必然就与两宋诗人标称的"以诗求道"的文化语境发生内在的关联,而这两者所发生的审美机制与心理体验,又都会统合于以"乐意"自适或者以追求"圣贤气象"为目的的审美追求中去。由此,"理学诗派"诗人的诗歌,就因其独特的诗境构建方式、聚焦于哲思意趣的诗歌主题与具有自身特点的诗格追求特征,成为中国古典诗歌的一道亮丽风景。由此可见,理学文化思潮对两宋诗歌品格及其生成产生了极为重大的影响,它提升了两宋诗歌的文化品格和诗歌境界,丰富了诗歌的内容、题材和审美类型,建构了宋代诗歌不同于以往的崭新诗歌品格。

　　上述对本书主要内容进行了简要总结。需要说明的是,为了研究方便,本书采取分类研究的方式对课题内容展开研究。就研究的一般前提和规律而言,作为现代科学研究的前提,分类别的属性研究亦即定量、定性的研究,才能为研究事物的历史地位与价值进行界定。由此而言,以分类的方式对事物进行研究,要特别注意避免割裂事物全体而导致思维方式和研究方式的片面性和机械化的先天不足。不过,现代科学的分类、分层次研究同样亦有客观、精确的优势。为此,需要强调的是,在对事物进行研究而采用分类的方式之同时,必须充分注意到事物本身的完整性和复杂性。惟有如此,才能在充分发挥分层次研究的科学性、客观性的同时,把握事物的完整性。

　　通过上述考察可见,宋诗品格特性及其发展历程,受到了彼时文化生态诸要素的影响。可以说,即使就宋诗品格的某一特性而言,也许同时受到了彼时文化生态若干要素的影响。举例而言，宋初百年偈语诗的诗歌内容和诗歌创作数量，不但受到了彼时以传道功用决定着的诗歌形式的制约，也受到了由于科举制度的不断完善所造成的士人关注现实社会和理想人生的影响，以至于士人写作偈语诗非常稀少。不仅如此，佛教文化的独特性和偈语诗的传道功用，也影响到偈语诗的内容及诗歌意境、风格。就宋初百年偈语诗而言，如释延寿诗："欲识永明旨，门前一湖水。日照光明生，风来波浪起。"[①] 诗歌以湖水来与"永明旨"亦即佛性作比，强调佛性不染事相，它独立于事物之外。这从佛教"道德"层面实现了义理的生动阐释。而从自然界而言，"日照"与"光明"是自然联系在一起的，"风来"也会"波浪"兴起。可见，影响偈语诗诗歌特性的诸文化生态要素，是非常复杂的。

不惟偈语诗诗性品格受到了众多文化生态要素的影响，两宋诗歌发展历程中的若干走向与诗歌品格的变化，也受到了若干文化生态类型的重要影响。如"进奏院案"、"车盖亭诗案"、"靖康之变"等政治事件导致了诗歌走向及诗歌品格的重大变化，但这一变化同时与彼时的诗歌文化功能变化、文化制度转型以及文道观念的发育，也有某些关联。比如说黄庭坚因朋党之争而受祸，但他同时也十分重视"因诗求道"，而黄诗又在很大程度上对北宋后期的诗歌发展起到了引领作用。又如理学诗品格及其发展历程，亦是多个文化生态要素共同影响的结果。理学文化思潮对理学诗诗性品格的生成与发展固然有直接的影响，但彼时文道观念、宋人"求理"风尚、北宋晚期的政治生态，以及由于南宋初期一系列的政治迫害事件和政治制度而形成的对于士人气节和士人精神的摧残打压，亦是重要原因。当然还必须提及的是，除了理学文化思潮对南宋士人产生了直接而巨大的影响之外，彼时在道统影响下的文统及诗统认知，也对当时的理学诗品格及其发展历程产生了极为重要而直接的影响。

学术研究的历史，总是立足于具体问题的解决而不断验证着从具体到复杂、从微观到宏观的研究规律。从某种意义上来讲，对宋诗品格与两宋文化生态关系的研究，要坐实某一诗歌品格及其发展历程受到了多少文化生态要素的同时影响，其实也是永远不可能解决的学术问题。本书也无意解决此类问题。无论如何，对宋诗品格特性及其生成发育历程进行文化生

---

① 傅璇琮等主编：《全宋诗》，北京大学出版社1993年版，第27页。

态的多维观照，对于我们认识诗歌发展的历史，以及诗歌品格的生成与发育而言，是有意义的。

第二节　诗歌品格与文化生态发生关系的途径与机制

前已有述，诗歌品格的特性及其发生发展与演变历程，往往受到不止一个文化生态因素的影响。诗歌品格要素的生成与发展，如同世上其他事物一样，可以看作是受到了普遍联系的诸多因素的影响和制约。因此，作为人类精神活动的产物，诗歌品格生成和发生发展的历程所受到的文化生态的影响和作用，一定也会具有"诗歌品格—文化生态"发生关联的途径和形成机制。通过本书考察，从其重要性而言，可见"诗歌品格—文化生态"发生关联的途径与机制大致有三个方面：

其一，文化生态与诗歌品格生成的关键实现途径和内在机制之一，是实践主体与创作主体的同一性身份。诗歌是作为社会实践主体的人而写作的。作为诗歌创作主体的人，同时具有了政治性、道德性、审美性和娱乐性等各种身份属性。当作为这些文化属性的表达身份而与创作主体相侔合时，不同社会身份属性的特征，如文化心态、知识素养、人生目标、道德追求、娱乐生活喜好等，就成为影响诗歌创作的重要因素。社会文化制度、政治事件、地域文化等，都是影响社会实践主体的文化存在而发挥了对诗歌品格的影响和作用。当创作主体试图表达这些社会身份属性特征的时刻，诗歌品格包括题材、内容、主题、风格以及表达形式、审美追求等，其实已经是被内在规定了的文化特性所决定了的。由此可以理解，苏舜钦诗歌、欧阳修诗歌、王安石诗歌、黄庭坚诗歌等所表现出的品格及其生成与发展历程，是与其特殊的身份相关的。亦因此故，偈语诗、理学诗的诗歌品格，其实是与诗歌创作主体和社会实践主体的同一性身份密切相关的。正是同一性身份决定了的知识结构、文化心态、道德追求和对于诗歌功用的认知，才造成了偈语诗、理学诗的诗歌品格及其发展历程的基本走向。

其二，文化生态与诗歌品格实现会通的又一个重要的实现途径和内在机制，是创作主体的诗歌功能认知和诗歌创作实践。由于社会实践主体与创作主体身份上的同一性以及创作主体的生活诉求与人生理想实现的需要，导致创作者借以诗歌的形式来实现。而这些诉求和理想，又是彼时文化生态所施加于作为主体的人的表现。创作主体对于诗歌功能的认知，自然就会以实现理想与诉求的方式来贯彻、落实诗歌的功能。不管是欧阳修的诗词分工，还是黄庭坚的"因诗求道"，还是不同士人群体的文道关系诉求，其实都是集社会实践主体与诗歌创作主体于一身的诗歌创作者，因为文化生态要素的规定性作用而被内在地决定了的诗歌功能观的自觉或不自觉的外在表现。当然，包括文化观念、文化功能实现的理性认知，与文化思潮影响下的不自觉追求，是导致文化生态对诗歌品格产生影响的认知理性导向。不过从其根本来说，这一认知理性导向，其发生作用的前提，仍然是创作主体的诗歌功能认知与实践。而这又似乎是被创作者的社会实践主体身份与创作主体身份的同一性所规定了的。

其三，文化生态与诗歌品格实现会通的另一个重要途径和内在机制，是实践主体以审美的方式实现文化生态与诗歌品格的会通。在此一点上，不仅宋诗品格与两宋文化生态之关系可以借由实践主体以审美的方式实现会通，就是以西方诗歌而言，其道理亦是如此。

西方文化学者有一个"诗与哲学之争"的传统。这里，"诗"在广义上可以作为一切以感性思维或直觉思维为基本特征的艺术形式的集中体现物，如黑格尔讲的，诗"可以用一切艺术类型去表现一切可以想象的内容。……而想象是一切艺术类型和艺术部门的共同基础。"[①]"哲学"可以在广义上作为一切具有理性思维或逻辑思维为基本特征的非艺术形式的集中体现物，如理查·罗蒂讲："在古代世界，'哲学'并不是一门学科。……这个词指的是由受人尊重的个人——智者所持意见的总和。这些意见有关于今日或许会被称作'科学的'问题（例如物理的、化学的或天文的主题），以及有关于我们应称作'道德的'或'政治的'问题。"[②]在西方文化史上，"诗与哲学之争"自古希腊时代至今，已经延续了几千年。其观点主要有三派："诗"优于"哲学"；"诗"低于"哲学"；"诗"与"哲学"能够实现会通。抛开诗与哲学高低不论，就"诗"与"哲学"关系而言，黑格尔的观点值得重视。黑格尔把人类认识真理分为三

---

① 黑格尔：《美学》第三卷（下），朱光潜译，商务印书馆1981年版，第13页。
② 理查·罗蒂：《哲学与自然之镜》，李幼蒸译，上海三联书店1987年版，第11页。

第七章　两宋文化生态与宋诗品格之关系 ·343·

个阶段,分别是"艺术的"、"宗教的"、"哲学的",从而得出了"诗"必然消亡的结论。正如克罗齐所言:"黑格尔美学是艺术的悼词。"① 而在现当代西方学者那里,他们很多人的观点正与黑格尔相左,他们努力论证"诗"与"哲学"可以在某些方面实现会通,这一研究取向成为当今关于"诗"与"哲学"之争研究的主流,如现象学美学代表人物应伽登在《文学的艺术作品》中,强调文学的最高审美价值属性是贯穿于整个作品的形而上学性质,文学艺术变成了哲学的变体。② 总体而言,现代西方文化学者,致力于艺术(诗)与哲学之间的会通性思考和研究,已经越来越成为一种文化取向。③

　　宋诗品格与两宋文化生态借由审美的方式实现会通,则更为容易理解。作为社会实践主体与诗歌创作主体的同一体的诗歌创作者而言,他所生活的社会环境,往往是各种文化生态要素互相影响下的具体时空规定好了的环境。各种文化生态要素对创作者的影响,规定性地成为创作者的情志诉求、理性认知以及道德诉求等,而这一切经由创作者表达在具体的诗歌作品中的时候,由于诗歌语言的高度凝练性和诗歌表达方式的独特性,创作者就不得不考虑到中国诗歌的抒情传统和自《诗三百》、楚辞等形成的表达传统,这样,以符合审美传统的方式来表达文化生态影响下的各种心态与情志,就成为必然。由此,是否符合诗歌传统,尤其是否符合具有审美传统特质的诗之"美",自然就成为创作者的关注重点。亦惟有如此,审美方式就成为诗歌品格与文化生态发生关系的重要的途径。仔细想来,如果我们承认诗歌中的"情"与"志",都反映的是人类的独特感受,那么,具有不同知识结构、生活履历、情感体验的个体,在其独特情境中通过诗歌来表达的"志"、"情",当然就可以有多样性。

　　可见,社会实践主体与诗歌创作主体身份的同一性、创作者以审美实现的"诗歌品格"与"文化生态"的会通性、创作主体因文化生态内在规定性而力图以诗歌来实现情志诉求的诗歌功用性,是实现"诗歌品

---

　　① 贝奈戴托·克罗齐:《作为表现的科学和一般语言学的美学的历史》,王天清译,中国社会科学出版社1984年版,第144页。
　　② 参见蒋孔阳主编《二十世纪西方美学名著选》下卷,复旦大学出版社1988年版,第247页。
　　③ D. W. 佛克马、汉斯·伯顿斯编:《走向后现代主义》,王宁等译,北京大学出版社1991年版,第58、60页。

格—文化生态"发生联系的重要渠道和机制。文化制度、政治事件、地域文化、时代文化思潮等文化生态要素，因相互联系、交叉或者发生关联而形成了复杂、动态的社会环境与文化环境，这些环境进而对创作主体施加了影响或者作用，而以创作主体的诗歌功能认知和实现，来反映出文化生态要素对诗歌品格生成及发展的作用。

　　这里，附带说一下诗歌品格对文化生态的影响问题。诗歌，只不过是宋代文化生态中的一个较之政治文化制度、地域文化与文化思潮等要素相比更为低层级的文学样式。按照广为人所接受的看法，诗歌就其地位和价值而言，当然居于其他文化生态要素的次层级地位。不过，如果我们把诗歌作为精神产品的独立种类，而考察诗歌品格及其生成与其他文化生态要素的关系时，就会发现作为精神产品和艺术产品的诗歌，其实也在很多方面对彼时的文化生态要素产生着极为重要的影响。本书因为研究目的所限，重点考察的是文化生态要素对诗歌品格的影响，因此，这里对宋诗品格对两宋文化生态要素的作用并不展开说明，只是稍作概括，以便于读者对此有些了解。

　　诗歌对两宋文化制度产生了重要的影响，并成为文化制度中的重要规定性内容和组成部分。比较明显的例子是熙宁五年王安石变法后，虽在科举考试时一度取消诗赋应试，但在徽宗朝恢复科举后，却发现大概有十分之九的应试者，仍然乐于以诗赋应试。这种情况，迫使朝廷不得不为之修改科举考试的取士份额与考试内容。

　　诗歌对政治事件的影响也是很明显的。作为朋党之争的重要诱发事件，诗歌往往被当作两党相争的工具。乌台诗案、车盖亭诗案、同文馆诗案等都是以诗歌而影响政治走向的重大事件。因柳永词而激起金主完颜亮"投鞭之志"，更是诗歌史上典型的以诗歌而影响历史进程的重大文化事件。

　　不惟如此，诗歌也对地域文化、文化思潮的传播等产生了重要的影响。举例来讲，洛阳诗歌、京城士人群体诗歌在主题、内容和表达方式上的趋同性，说明了诗歌对于凝聚、张扬地域文化的重要作用。而北宋"五子"的诗歌，也成为两宋"理学诗派"诗人的诗歌创作的重要范型。比如说"观天地生物气象"、"生生不已"意趣等正是两宋理学诗人乐于表达的诗歌主题，这一传统显然从北宋"五子"继承而来。又如理学诗人的"格物"而"观化"思维方式，在其理学诗体现出来的，正是其理学学理和理学主张的诗化表达。这一传统显然与邵雍等人的诗歌写作有一定关联。

可以说,诗歌品格对文化生态的作用,与文化生态对诗歌品格的影响,是交织在一起的。诗歌在受到文化生态要素的影响而产生的诗歌品格的生成、发育与发展的同时,自然也反作用于文化生态诸要素,并成为文化生态要素的组成部分而为文化生态要素增添了新的质子。

参 考 文 献

阮元校刻：《十三经注疏》，中华书局1980年版。
朱熹集注：《四书集注》，岳麓书社1987年版。
朱熹编，张伯行集解：《近思录》，丛书集成初编本，中华书局1985
　　年版。
孙复：《春秋尊王发微》，上海古籍出版社影印文渊阁四库全书本。
皮锡瑞：《经学历史》，中华书局1959年版。
永瑢等：《四库全书总目》，中华书局1960年版。
脱脱等：《宋史》，中华书局1977年版。
佚名撰，李之亮点校：《宋史全文》，黑龙江人民出版社2005年版。
李焘：《续资治通鉴长编》，上海古籍出版社1985年版。
毕沅：《续资治通鉴》，中华书局1957年版。
马端临：《文献通考》，中华书局1986年版。
陈邦瞻：《宋史纪事本末》，中华书局1977年版。
薛居正：《旧五代史》，中华书局1976年版。
欧阳修等：《新五代史》，中华书局1974年版。
刘知几著，浦起龙通释：《史通通释》，上海古籍出版社2009年版。
岳珂：《桯史》，中华书局1981年版。
梅一科辑：《二梅公年谱六卷》，四库全书存目丛书本，齐鲁书社1996
　　年版。
周密：《癸辛杂识》，上海古籍出版社影印文渊阁四库全书本年版。
黄宗羲原著，全祖望补修：《宋元学案》，中华书局1982年版。
赵汝愚：《宋朝诸臣奏议》，上海古籍出版社1998年版。
佚名编：《宋大诏令集》，中华书局1962年版。
胡太初：《昼帘绪论》，丛书集成初编本，中华书局1985年版。
陈襄：《州县提纲》，丛书集成初编本，中华书局1985年版。

陈元靓：《岁时广记》，丛书集成初编本，中华书局1983年版。
费著：《岁华纪丽谱》，丛书集成初编本，中华书局1983年版。
孟元老：《东京梦华录》，上海古籍出版社影印文渊阁四库全书本。
陈鼓应注释：《老子注译及评介》，中华书局1984年版。
陈鼓应注释：《庄子今注今译》，中华书局1983年版。
杨伯峻译注：《孟子译注》，中华书局1960年版。
王先谦，沈啸寰、王贤星点校：《荀子集释》，中华书局1988年版。
苏舆撰，锺哲点校：《春秋繁露义证》，中华书局1992年版。
钱世昭：《钱氏私志》，上海古籍出版社影印文渊阁四库全书本。
魏泰：《东轩笔录》，中华书局1983年版。
范晞文：《对床夜语》，上海古籍出版社影印文渊阁四库全书本。
程颢、程颐：《二程遗书》，台湾商务印书馆影印文渊阁四库全书本。
邵雍：《皇极经世书》，中州古籍出版社1993年版。
王闢之：《渑水燕谈录》，中华书局1981年版。
吴处厚：《青箱杂记》，丛书集成初编本，中华书局1985年版。
王巩：《闻见近录》，上海古籍出版社影印文渊阁四库全书本。
田况：《儒林公议》，上海古籍出版社影印文渊阁四库全书本。
赵鼎：《家训笔录》，丛书集成初编本，中华书局1985年版。
沈作喆：《寓简》，丛书集成初编本，中华书局1985年版。
陆游撰，李剑雄、刘德权点校：《老学庵笔记》，中华书局1979年版。
朱熹撰，黎靖德编王星贤点校：《朱子语类》，中华书局1986年版。
吕祖谦编选，齐治平点校本：《宋文鉴》，中华书1992年版。
唐圭璋编：《全宋词》，中华书局，1965年版。
孔凡礼补辑：《全宋词补辑》，中华书局1981年版。
傅璇琮等主编：《全宋诗》，北京大学出版社1991年版。
曾枣庄主编：《全宋文》，巴蜀书社1991年版。
欧阳询撰，汪绍楹校：《艺文类聚》，上海古籍出版社1982年版。
董诰等编：《全唐文》，中华书局1983年版。
厉鹗辑：《宋诗纪事》，上海古籍出版社1983年版。
杨慎纂：《古今风谣》，丛书集成本，中华书局1985年版。
葛立方：《韵语阳秋》，上海古籍出版社影印文渊阁四库全书本。
田锡：《咸平集》，上海古籍出版社影印文渊阁四库全书本。

张咏：《乖崖集》，上海古籍出版社影印文渊阁四库全书本。
王禹偁：《小畜集》，上海古籍出版社影印文渊阁四库全书本。
范仲淹：《范仲淹全集》，四川大学出版社2002年版。
赵湘：《南阳集》，上海古籍出版社影印文渊阁四库全书本。
杨亿：《武夷新集》，上海古籍出版社影印文渊阁四库全书本。
林逋：《林和靖集》，上海古籍出版社影印文渊阁四库全书本。
穆修：《穆参军集》，上海古籍出版社影印文渊阁四库全书本。
苏舜钦撰，沈文倬校点：《苏舜钦集》，上海古籍出版社1981年版。
曾巩：《元丰类稿》，四部丛刊初编本。
秦克、巩军标点：《王安石全集》，上海古籍出版社1999年版。
李壁注：《王荆公诗注》，上海古籍出版社影印文渊阁四库全书本。
范仲淹：《范文正集》，上海古籍出版社影印文渊阁四库全书本。
欧阳修著，李逸安点校：《欧阳修全集》，中华书局2001年版。
梅尧臣：《宛陵集》，上海古籍出版社影印文渊阁四库全书本。
黄庭坚：《豫章黄先生文集》，四部丛刊初编本。
方回：《桐江续集》，上海古籍出版社影印文渊阁四库全书本。
吴澄：《吴文公集》，上海古籍出版社影印文渊阁四库全书本。
苏轼撰，王文诰等辑注，孔凡礼点校：《苏轼诗集》，中华书局1982年版。
苏轼撰，孔凡礼点校：《苏轼文集》，中华书局1986年版。
梅鼎祚编：《释文纪》，上海古籍出版社影印文渊阁四库全书本。
释慧洪：《禅林僧宝传》，上海古籍出版社影印文渊阁四库全书本。
张载著，章锡琛点校：《张载集》，中华书局1978年版。
程颢、程颐著，王孝鱼点校：《二程集》，中华书局1981年版。
邵雍：《邵雍集》，中华书局2010年版。
黄庭坚撰，史容注：《黄庭坚外集诗注》，上海古籍出版社影印文渊阁四库全书本。
黄庭坚：《黄庭坚集》，上海古籍出版社影印文渊阁四库全书本。
任渊注：《黄庭坚内集诗注》，上海古籍出版社影印文渊阁四库全书本。
黄庭坚著，刘琳、李勇先、王蓉贵校点：《黄庭坚全集》，四川大学出版社2001年版。
虞集：《道园学古录》，上海古籍出版社影印文渊阁四库全书本。

杨时：《龟山集》，台湾商务印书馆影印文渊阁四库全书本。
朱熹：《晦庵集》，台湾商务印书馆影印文渊阁四库全书本。
邵雍：《击壤集》，台湾商务印书馆影印文渊阁四库全书本。
程颢、程颐：《二程外书》，台湾商务印书馆影印文渊阁四库全书本。
陆游：《陆游集》，中华书局1976年版。
周敦颐：《周子通书》，上海古籍出版社2008年版。
朱熹编，严佐之校点：《朱子全书外编》，华东师范大学出版社2010年版。
陆九渊：《象山集》，台湾商务印书馆影印文渊阁四库全书本。
魏了翁：《鹤山集》，台湾商务印书馆影印文渊阁四库全书本。
杨时：《龟山集》，台湾商务印书馆影印文渊阁四库全书本。
杨简：《慈湖遗书》，台湾商务印书馆影印文渊阁四库全书本。
汪应辰：《文定集》，台湾商务印书馆影印文渊阁四库全书本。
薛季宣：《浪语集》，台湾商务印书馆影印文渊阁四库全书本。
叶适著，刘公纯、王孝鱼、李哲夫点校：《水心集》，中华书局2010年版。
包恢：《弊帚稿略》，台湾商务印书馆影印文渊阁四库全书本。
真德秀：《西山文集》，台湾商务印书馆影印文渊阁四库全书本。
真德秀：《文章正宗纲目》，台湾商务印书馆影印文渊阁四库全书本。
吕祖谦：《古文关键》，台湾商务印书馆影印文渊阁四库全书本。
吕本中：《紫薇诗话》，台湾商务印书馆影印文渊阁四库全书本。
阮阅：《诗话总龟》，上海古籍出版社影印文渊阁四库全书本。
刘勰著，陆侃如、牟世金译注：《文心雕龙译注》，齐鲁书社1995年版。
皎然：《诗式》，丛书集成初编本，商务印书馆1940年版。
刘熙载：《诗概》，上海古籍出版社1978年版。
魏庆之：《诗人玉屑》，上海古籍出版社1978年版。
刘克庄：《后村诗话》，中华书局1983年版。
杨慎：《升庵诗话》，上海古籍出版社1987年版。
胡应麟：《诗薮》，上海古籍出版社1979年版。
许学夷：《诗源辨体》，人民文学出版社1987年版。
阮阅：《诗话总龟》，人民文学出版社1987年版。
王夫之等：《清诗话》，上海古籍出版社1978年版。

王国维：《人间词话》，人民文学出版社1960年版。
郭绍虞编选：《清诗话续编》，上海古籍出版社1983年版。
郭绍虞编：《宋诗话辑佚》，中华书局1980年版。
吴文治主编：《宋诗话全编》，江苏古籍出版社1998年版。
程毅中主编：《宋人诗话外编》，国际文化出版公司1996年版。
何文焕辑：《历代诗话》，中华书局1981年版。
丁福保辑：《历代诗话续编》，中华书局1983年版。
陈青之：《中国教育史》，民国丛书据商务印书馆1936年版影印。
盛朗西编：《中国书院制度》，民国丛书据中华书局1934年版影印。
黄现璠：《宋代太学生救国运动》，民国丛书据商务印书馆本1936年版影印。
张亮采：《中国风俗史》，民国丛书据商务印书馆1926年版影印。
王书奴：《中国娼妓史》，民国丛书据生活书店1934年版影印。
郭绍虞主编：《中国古典文学理论批评专著选辑》，人民文学出版社1982年版。
齐治平：《唐宋诗之争概述》，岳麓书社1984年版。
张立文等：《道》，中国人民大学出版社1987年版。
孙昌武：《佛教与中国文学》，上海人民出版社1988年版。
邓广铭、漆侠：《两宋政治经济问题》，知识出版社1988年版。
蒙培元：《理学范畴系统》，人民出版社1989年版。
冯天瑜等主编：《中华文化史》，上海人民出版社1990年版。
加地哲定著，刘卫星译，秦惠彬校：《中国佛教文学》，今日中国出版社1990年版。
胡世庆、张品兴：《中国文化史》，中国广播电视出版社1991年版。
程千帆、吴新雷：《两宋文学史》，上海古籍出版社1991年版。
张蕙慧：《中国古代乐教思想论集》，台北文津出版社1991年版。
杨知勇：《中国传统丧葬祭仪功能剖析》，《中国民间文化》（第七集），学林出版社1992年版。
姜光辉：《理学与中国文化》，上海人民出版社1994年版。
陈尚君：《全唐诗补编》，中华书局1992年版。
刘乃昌、高洪奎：《王安石诗文编年选译》，山东教育出版社1992年版。
陈来：《宋明理学》，辽宁教育出版社1995年版。

张毅：《宋代文学思想史》，中华书局 1995 年版。
赵丕杰：《中国古代礼俗》，语文出版社 1996 年版。
程民生：《宋代地域文化》，河南大学出版社 1997 年版。
高丙中：《民间风俗志》，上海人民出版社 1998 年版。
沈松勤：《北宋文人与党争》，人民出版社 1998 年版。
牟宗三：《心体与性体》，上海古籍出版社 1999 年版。
张高评：《会通化成与宋代诗学》国立成功大学出版组，2000 年版。
王水照主编：《宋代文学通论》，人民文学出版社 2009 年版。
郭预衡主编：《中国古代文学史长编》（宋辽金卷），首都师范大学出版社，2000 年版。
漆侠：《王安石变法》，河北人民出版社 2001 年版。
罗家祥：《朋党之争与北宋政治》，华中师范大学出版社 2001 年版。
萧庆伟：《北宋新旧党争与文学》，人民文学出版社 2001 年版。
罗中峰：《中国传统文人审美生活方式之研究》，台湾洪叶文化事业有限公司 2001 年版。
龙榆生：《中国韵文史》，上海古籍出版社 2002 年版。
张伯伟《全唐五代诗格汇考》，凤凰出版社 2002 年版。
陶东风主编：《文学理论的基本问题》，北京大学出版社 2004 年版。
傅璇琮编：《黄庭坚和江西诗派资料汇编》，中华书局 2004 年版。
杨树增：《中国历史文学》，远方出版社 2003 年版。
杨树增：《汉代文化特色及其形成》，人民出版社 2008 年版。
韩经太：《清淡美论辨析》，百花洲文艺出版社 2005 年版。
韩经太：《中国文学批评史研究》，福建人民出版社 2005 年版。
韩经太：《理学文化与文学思潮》，中华书局 1997 年版。
韩经太主编：《中国诗歌通史》（宋代卷），人民文学出版社 2012 年版。
赵敏俐等：《中国古代歌诗研究》，北京大学出版社 2005 年版。
赵敏俐、杨树增：《二十世纪中国古典文学研究史》，陕西人民出版社 1997 年版。
赵敏俐主编：《中国诗歌史通论》，人民文学出版社 2013 年版。
赵敏俐：《汉代乐府制度与歌诗研究》，商务印书馆 2009 年版。
李春青：《诗与意识形态》，北京大学出版社 2005 年版。
沈松勤：《南宋文人与党争》，人民出版社 2005 年版。

陈友冰主编：《新时期中国古典文学研究述论》（第三卷），商务印书馆 2007 年版。

刘扬忠主编：《中国文学通论》（宋代卷），辽宁人民出版社 2005 年版。

虞云国：《宋代台谏制度研究》，上海书店出版社 2009 年版。

张兴武：《宋初百年文学复兴的历程》，中华书局 2009 年版。

钱穆：《宋明理学概述》，九州出版社 2010 年版。

陶文鹏主编：《两宋士大夫文学研究》，中国社会科学出版社 2012 年版。

王桐龄：《中国历代党争史》，上海书店出版社 2012 年版。

张祥云：《西京河南府研究》，河南大学博士论文 2010 年版。

孙泽娟：《蔡确研究》，河北大学硕士论文 2006 年版。

谢林《先验唯心论体系》，梁志学、石泉译，商务印书馆 1976 年版。

黑格尔著，朱光潜译：《美学》第三卷（下），商务印书馆 1981 年版。

贝奈戴托·克罗齐：《作为表现的科学和一般语言学的美学的历史》，王天清译，中国社会科学出版社 1984 年版。

柯林伍德：《艺术原理》，王至元、陈华中译，中国社会科学出版社 1987 年版。

列维·斯特劳斯：《野性的思维》，商务印书馆 1987 年版。

理查·罗蒂：《哲学与自然之镜》，李幼蒸译，生活·读书·新知三联书店 1987 年版。

泰勒著，蔡江浓译：《原始文化》，浙江人民出版社 1988 年版。

蒋孔阳主编：《二十世纪西方美学名著选》下卷，复旦大学出版社 1988 年版。

雅克·勒高夫、皮埃尔·诺拉：《史学研究的新问题新方法新对象》，郝名玮译，社会科学文献出版社 1988 年版。

D.W. 佛克马和汉斯·伯顿斯编：《走向后现代主义》，王宁等译，北京大学出版社 1991 年版。

保罗·利科：《历史学家的技艺：年鉴学派》，载王建华译《历史学家的技艺和贡献》，中国香港牛津大学出版社 1994 年版。

海德格尔：《海德格尔选集》，孙周兴选编，生活·读书·新知三联书店 1996 年版。

乔纳森·卡勒：《文学理论》，李平译，辽宁教育出版社 1998 年版。

德里达：《书写与差异》，张宁译，生活·读书·新知三联书店 2001

年版。

赵稀方：《后殖民理论》，北京大学出版社2009年版。

谢桃坊：《略论宋代理学诗派》，《文学遗产》1986年第3期。

何忠礼：《科举制度与宋代文化》，《历史研究》1990年第5期。

韩经太：《论宋人平淡诗观的特殊指向与意蕴》，《学术月刊》1990年第7期。

韩经太：《文、道离合辩》，《吉林大学社会科学学报》1996年第2期。

张鸣：《即物即理，即境即心》，载《文学史》第三辑，北京大学出版社1996年版。

程杰：《京东士人的诗歌实践》，《文学遗产》1997年第2期。

祝尚书：《论"击壤派"》，《文学遗产》2001年第1期。

张燕清：《福建文化生态与历史文化继承》，《东南学术》2003年第5期。

蒋寅：《顾炎武的诗学史意义》，《南开大学学报》2003年第1期。

丁武军、付美蓉：《古民居生态旅游资源的保护》，《江西社会科学》2004年第2期。

孙卫卫：《文化生态与先进文化的发展》，《理论探索》2004年第3期。

李翔海：《中国哲学"文化生态模式"的特质与意义》，《光明日报》2005年8月9日。

张兴武《宋初百年文道传统的缺失与修复》，《文学遗产》2006年第5期。

周扬波：《洛阳耆英会与北宋中期政局》，《洛阳大学学报》2007年第3期。

梁建国：《朝堂之外北宋东京士人走访与雅集——以苏轼为中心》，《历史研究》2009年第2期。

陈元锋：《翰林学士与诗史演进》，《文学遗产》2009年第4期。

洪本健：《两京地区人文自然环境与北宋大臣的致仕卒葬》，《湖北大学学报》（哲学社会科学版）2011年第6期。

雅克·勒高夫：《〈年鉴〉运动及西方史学的回归》，文立译，《史学理论研究》1999年第1期。

后 记

昔人云："学术乃天下公器"，则学者当为天下而治学。盖此中有两义：其一，学者宜为天下之士而治学。故治学当以天下之士关注之重心为旨归。惟天下之士有贤愚高下之别，故吾人宜取法乎上而引领天下，此可谓之学术品格；其二，学者宜为天下之事而治学。惟天下之事纷繁错杂，其各有理。故前哲反本用约，致知明道，此可谓之学术识见。而士有遇与不遇，才有学知之与不学而知，故达者尽己之才，乐道随化。苟能为天下之士、天下之事而治学，则庶几近乎道矣。治学之义大哉！

余生也不幸，长于海隅。幼失父怙，鄙陋孤寒。所可依者，惟力学耳！而立之后，得天眷顾，幸列张稔穰、杨树增、赵敏俐、韩经太四先生之门，又荷蒙袁世硕、李炳海、杨庆存、郑杰文、詹福瑞、董乃斌、陶文鹏、赵逵夫、刘跃进、张国星、李春青、蒋寅、左东岭、刘石、韩格平、廖可斌、朱万曙等先生奖掖提携，读书治学始入正途。是命也夫，何其晚也！然君子为学，朝夕闻道，亦可谓之善矣。况儒效天地，大道为公。故愿继往开来，守正用弘，以报师恩，以为天下而治学。治学之义尚矣！

余往昔拙于人事，落拓不遇。以至于今，夜半或攫然而醒，惕然生寒。非往事之不能释怀，实困穷亦足以摇荡耳！况十年负笈，飘荡南北，衣食恒无以为计。所赖姨父孙承金、友人李宗成、三叔王炳军、同门师兄王传飞等施以援手，而后乃有所成。善乎元代大儒许衡云："学者治生最为先务。苟生理不足，则于为学之道有所妨。"故知寒士每为治生所困者，天下更不知其几。呜呼！当才具之士潜几默运之时，普天之下可依赖者谁？如有之，其必贤者达人矣！故章表亲朋贤贤达达之高义，以示故谊古道尚存，且冀后之学人固守心志，安安以进进也。

甚矣，吾衰矣！老境来侵，何其速也！念天地运化之无穷，悯余身之终当为异物。以有涯而逐无涯，何其悲哉！然君子行健自强，践道定止，老亦何惧！惟吾世居海曲，山河表里而古风绵递，槐棠丰茂而祖茔在焉。

余不得志于桑梓而寓居京都，已无计南归矣。

本书幸获北京语言大学校级后期项目资助，以志谢忱。然为结项所迫，缺憾当亦不少。惟冀高明大德，幸以教我。为之歌曰：汶上弦歌，绿竹猗猗。我有好爵，相与共之！

王培友于北京天通苑百源楼

二零一五年四月十九日